BLONDE

VOLUME 2

BLONDE
JOYCE CAROL OATES

VENCEDORA DO
NATIONAL BOOK AWARD
E FINALISTA DO **PULITZER**

Tradução
Luisa Geisler

Rio de Janeiro, 2021

Copyright © 2020 by The Ontario Review. All rights reserved.
Copyright de tradução © 2021 by Casa dos Livros Editora LTDA. Todos os direitos reservados.
Título original: *Blonde 20th anniversary edition*

Blonde é uma obra de ficção. Enquanto muitos personagens apresentados aqui são homólogos à vida e à época de Marilyn Monroe, as caracterizações e os incidentes apresentados neste livro são produtos da imaginação da autora. Dessa forma, *Blonde* deve ser lido apenas como obra de ficção, não como uma biografia de Marilyn Monroe.

Todos os direitos desta publicação são reservados à Casa dos Livros Editora LTDA.
Nenhuma parte desta obra pode ser apropriada e estocada em sistema de banco de dados ou processo similar, em qualquer forma ou meio, seja eletrônico, de fotocópia, gravação etc., sem a permissão do detentor do copyright.

Diretora editorial: *Raquel Cozer*
Gerente editorial: *Alice Mello*
Editora: *Lara Berruezo*
Revisão de tradução: *Marcela Oliveira*
Revisão: *Rowena Esteves e Vanessa Sawada*
Capa: *Letícia Quintilhano*
Imagem de capa: *ScreenProd / Photononstop / Alamy Stock Photo*
Diagramação: *Abreu's System*

CIP-Brasil. Catalogação na Publicação
Sindicato Nacional dos Editores de Livros, RJ

Oates, Joyce Carol
   Blonde: um romance (parte 2) / Joyce Carol Oates; tradução Luisa Geisler. – 1. ed. – Duque de Caxias, RJ: Casa dos Livros Editora, 2021.

   Título original: Blonde 20th Anniversary
   ISBN 978-65-5511-171-2

   1. Artistas - Biografia 2. Cinema 3. Monroe, Marilyn, 1926-1962 I. Título.

21-65204   CDD: 709.2

Os pontos de vista desta obra são de responsabilidade de seu autor, não refletindo necessariamente a posição da HarperCollins Brasil, da HarperCollins Publishers ou de sua equipe editorial.

HarperCollins Brasil é uma marca licenciada à Casa dos Livros Editora LTDA.
Todos os direitos reservados à Casa dos Livros Editora LTDA.
Rua da Quitanda, 86, sala 218 – Centro
Rio de Janeiro, RJ – CEP 20091-005
Tel.: (21) 3175-1030
www.harpercollins.com.br

Sumário

"Marilyn" 1953-1958

"Famosa"	9
Os reis magos	21
"Sempre quer mais uma salsicha polonesa"	23
O Ex-Atleta: a visão	24
O Cipreste	27
"Aonde você vai quando desaparece?"	41
O Ex-Atleta e a Atriz Loira: o encontro	43
"Für Elise"	53
O grito. A canção.	60
O Ex-Atleta e a Atriz Loira: o pedido	64
Depois do Casamento: uma montagem	86
A deusa americana do amor sobre a saída de ar do metrô	129
"Minha linda Filha perdida"	132
Depois do divórcio	134
A mulher afogada	146
O Dramaturgo e a Atriz Loira: a sedução	151
O emissário	191
"Dançando no escuro"	200
O mistério. A obscenidade.	205
Cherie 1956	206
A Dançarina (Americana) de Cabaré 1957	226
O Reino à beira-mar	234
A despedida	272

A VIDA APÓS A MORTE 1959-1962

Em condolências	277
Sugar Kane 1959	279
Bela ratazana	303
A obra reunida de Marilyn Monroe	308
O Atirador de Elite	310
Roslyn 1961	315
Clube Zuma	343
Divórcio (segunda tomada)	345
Minha casa. Minha jornada.	355
O Cafetão do Presidente	359
O Príncipe e a Plebeia Esfarrapada	362
A Plebeia Esfarrapada apaixonada	367
O Presidente e a Atriz Loira: o *rendez-vous*	375
Histórias de Whitey	387
"Parabéns, sr. Presidente"	393
Entrega especial: 3 de agosto de 1962	399
"Partimos todos para o Mundo de Luz"	403

"Marilyn"
1953-1958

"Famosa"

Construa um círculo mentalmente, um círculo de luz e atenção. Não permita que sua concentração vá além dele. Se seu controle começar a diminuir, retraia-se rapidamente para um círculo menor.

— Stanislavski, *A preparação do ator*

O ano novo de maravilhas, 1953. Nunca Norma Jeane teria acreditado. O ano em que "Marilyn Monroe" se tornou uma *estrela* e o ano em que Norma Jeane ficou *grávida*.

— Estou tão feliz! Todos os meus sonhos se realizaram.

Atingindo-a como as pesadas e implacáveis ondas na praia de Santa Mônica em sua infância. Era uma lembrança vívida, como se fosse na véspera. Mas agora ela própria seria mãe, e sua alma se curaria. Logo ela silenciaria aquela voz de metrônomo.

Onde quer que você esteja, estou lá. Mesmo antes de você chegar ao lugar aonde está indo eu já estou lá, esperando.

— Não posso aceitar o papel. Sinto muito... Sim, eu sei que é "uma oportunidade única na vida". Mas tudo é.

O papel era de Lorelei Lee na comédia musical de Anita Loos, *Os homens preferem as loiras*. Um musical da Broadway em cartaz por muito tempo que o Estúdio havia adquirido para Marilyn Monroe, que, desde *Torrentes de paixão*, era a atriz mais lucrativa deles.

— E você está recusando? — perguntou o agente, incrédulo. — Marilyn. Você é inacreditável.

Marilyn. Você é inacreditável. Norma Jeane repetiu as palavras caprichosas em silêncio. Era uma pena que estivesse sozinha, sem Cass ou Eddy G. para rir com ela. Ela não respondeu. O agente falava rápido. Ali havia um homem que só a conhecia como Marilyn. E ele a temia e não gostava dela. Ele não a amava como

I.E. Shinn tinha amado. Nas suas costas, ela o chamava de "Rin Tin Tin", porque ele era um tipo de homem que latia com seus pelos eriçados, um rapaz velho, ferozmente ambicioso e esperto sem ser inteligente; Rin Tin Tin agia como escravo das pessoas com poder, mas era mandão e imperial com outras, as moças em seu escritório, atendentes, garçons e motoristas de táxi. Como era possível que o formidável I.E. Shinn tivesse partido e em seu lugar... Rin Tin Tin? *Como posso confiar em você? Você não me ama.*

Agora que Marilyn Monroe havia se tornado aquilo que chamavam de "famosa", Norma Jeane não podia confiar em ninguém que não a conhecia e não a amava antes disso. Cass Chaplin a havia alertado de que haveria uma multidão ao redor dela, como piolhos. Ele dissera:

— O ditado favorito do meu pai é "Quando se tem um milhão de dólares, se tem um milhão de amigos".

Norma Jeane nunca teria milhões de dólares, mas "fama" era percebida como um tipo de fortuna, para gastar conforme desejasse. A "fama" era um incêndio que ninguém poderia impedir de se espalhar, nem os chefes no estúdio que levavam o crédito. Buquês de flores desses homens! Convites para almoço, jantar. Festas em suas casas extravagantes em Beverly Hills. *Mesmo assim, eles ainda acham que sou uma vagabunda.*

Na festa depois da *première* de *Torrentes de paixão*, Norma Jeane, que certamente não era Rose, mas que havia tomado diversas taças de espumante, havia usado o meio-tom zombeteiro de Rose para dizer a Z cara de morcego: "Você se lembra daquele dia em setembro de 1947? Eu era só uma garota. Estava morrendo de medo! Não tinha nem ganhado meu nome artístico do Estúdio ainda. Você me convidou para o seu apartamento privativo atrás do escritório, para ver sua coleção de pássaros empalhados... Seu 'aviário'. Você se lembra de como me machucou, sr. Z? Você se lembra de como me fez sangrar, sr. Z? De quatro no chão, sr. Z? Você se lembra de gritar comigo, sr. Z? Anos atrás. E então vocês cancelaram meu contrato, sr. Z? O senhor se lembra disso?".

Z encarou Norma Jeane e balançou a cabeça, confuso como quem diz não. Ele lambeu os lábios; as dentaduras brilhavam com apreensão. Apesar de o rosto ser o de um morcego, a textura estranhamente granulosa da pele, em especial, o escalpo com ares ressecados, era de lagarto. Agora balançando a cabeça não, não. Os olhos de um amarelo opaco.

Não? Você não se lembra?

Receio não me lembrar, srta. Monroe.

O sangue no seu tapete de pele branco, você não se lembra?

Receio não me lembrar, srta. Monroe. Eu não tenho tapete de pele branco.

Você matou Debra Mae também? Fatiou o cadáver dela em pedacinhos depois?

Mas Z já havia se afastado. Outro homem lagarto poderoso havia atraído a atenção dele. Não escutara as palavras de Norma Jeane na voz ardentemente furiosa de Rose Loomis. E a celebração era festiva demais. Vozes, risos, um grupo negro de jazz. Aquele era um péssimo momento para acertar as contas com o inimigo. Pois outros estavam se amontoando ao redor, ansiosos para parabenizar Marilyn Monroe por seu sucesso. *Torrentes de paixão* era um filme B, de baixo orçamento e gravado às pressas, e traria muito retorno financeiro, então agora era uma boa ideia para Norma Jeane engolir sua amargura e sorrir, sorrir, seu belo sorriso como Marilyn.

Mesmo querendo tanto se agarrar à manga do smoking de Z e confrontá-lo. Porém, uma voz sóbria de aviso interveio.

Não! Não faça isso. Isso é uma coisa que Gladys faria. Num momento desses, cheio de testemunhas. Mas você, que é Marilyn Monroe, não vai fazer tal coisa, porque você não é doente como eu.

Dessa forma, o momento perigoso passou. Norma Jeane começou a respirar com mais calma. Ela se lembraria mais tarde de sua surpresa e de seu alívio por Gladys ter-lhe dado conselhos tão bons. Com certeza, era um momento de virada na vida de ambas! *Saber que ela me queria bem e não mal. Saber que ela estava feliz por mim.*

Lá estava Rin Tin Tin ao seu lado. Os pelos eriçados como se ele a tivesse inventado.

Rin Tin Tin era muitos centímetros mais alto do que Rumpelstiltskin, não tinha uma deformação no alto das costas e a lustrosa cabeça sebosa era a de um homem comum, não grande demais ou sutilmente malformada. Os olhos eram os de um homem avaro comum; havia até um lado rebelde de gentileza nele, súbita como um espirro, um sorriso rápido de garoto esperançoso. Mesmo assim, havia aquele medo subjacente e a desconfiança de sua cliente atriz loira que se tornara, pelo visto, da noite para o dia, famosa. Como todos os parceiros de negócios de atores bem-sucedidos do nada, Rin Tin Tin temia que a cliente fosse roubada dele por alguém como ele mesmo, só que mais. Norma Jeane sentia saudades do sr. Shinn! Em ocasiões tão públicas, a ausência dele a atingia como um cheiro de restos de comida, lixo jogado de uma cozinha nos bastidores. Não parecia possível que I.E. Shinn tivesse partido e aqueles outros gnomos continuassem a existir. E Norma Jeane continuava a existir. Se Isaac estivesse lá, veria que Norma Jeane estava ficando inquieta, ansiosa por ter de sorrir para estranhos; ela estava bebendo demais, por nervosismo, e os elogios efusivos e congratulações apenas a confundiam. Ela precisava ser repreendida por não ter dado o melhor de si em seu trabalho.

Tema seus admiradores! Fale de sua arte apenas com aqueles que podem lhe dizer a verdade. Isso era o que o grande Stanislavski alertava.

Agora ela estava cercada de admiradores. Ao menos, era o que parecia.

Sr. Shinn teria ficado com Norma Jeane em um canto, o sagaz e astuto Rumpelstiltskin a fazendo rir com seu sarcasmo cruel e divertidos comentários furtivos. *Ele* ficaria chocado em ouvir de sua gravidez — furioso de início, pois se havia alguém que ele detestava mais do que Cass Chaplin, era Eddy G. Robinson Jr.; ele não fazia ideia de como o signo de Gêmeos havia salvado a vida de Norma Jeane — ainda que, em poucos dias, Norma Jeane tinha certeza, ele ficaria feliz por ela. *O que a Princesa Cintilante quiser, a Princesa Cintilante terá.*

— ... está na linha? Marilyn?

Norma Jeane despertou do transe graças a uma vozinha irritante de rádio. Não, uma voz telefônica. Ela estivera meio jogada no sofá e o telefone havia caído ao seu lado. As palmas das mãos pressionavam a base da barriga, onde Bebê dormia seu sono mudo e secreto.

Norma Jeane ergueu o receptor, confusa.

— S-sim? O quê?

Era Rin Tin Tin. Ela se esquecera dele. Quando ele ligou? Isso era tão constrangedor! Rin Tin Tin perguntando se havia algo de errado e a chamando de *Marilyn* como se ele tivesse o direito.

— Não. Nada está errado. O que você queria?

— Pode me escutar, por favor? Você nunca fez uma comédia musical, e esta é uma oportunidade fantástica. A oferta é de...

— Comédia musical? Eu canto e danço mal.

Rin Tin Tin deu uma risada latida. Sua cliente não era hi-lá-ria? A próxima Carole Lombard. Ele disse:

— Você tem feito aulas, e todo mundo no Estúdio com quem falei diz que você é — pausou, buscando um termo plausível — muito promissora. Naturalmente talentosa.

Era verdade: uma alegre energia infantil parecia preenchê-la, quando ela não era si mesma, a não ser *na música*. Dançando, cantando! E agora tinha algo para se alegrar de fato.

— Sinto muito. Não posso. Não agora.

Houve uma respiração brusca, enfurecida. E então ele ficou ofegante como um cachorro.

— Não agora? Por que não *agora*? Marilyn Monroe é a mais nova estrela da bilheteria *agora*.

— Minha vida particular.

— Marilyn, o quê? Não ouvi bem.

— Minha vida p-particular. Eu tenho uma vida! Não sou só... uma coisa nos filmes.

Rin Tin Tin escolheu não ouvir isso. Aquele era um truque de Rumpelstiltskin também. Ele falou com animação, como se fossem notícias acabadas de chegar por um telegrama:

— Z adquiriu *Os homens preferem as loiras* para você. Ele não quer Carol Channing da produção da Broadway, apesar de ela ter transformado o musical numa sensação. Ele quer que esse filme seja sua vitrine, Marilyn.

Vitrine? De quê?

Com casualidade, Norma Jeane disse, acariciando a barriga como Rose poderia ter feito, aquele ligeiro arredondado quase imperceptível que era Bebê:

— Quanto eu ganharia?

Rin Tin Tin parou.

— Seu salário do contrato. Mil e quinhentos por semana.

— Quantas semanas?

— Eles estimam doze.

— E quanto Jane Russell ganharia?

De novo, Rin Tin Tin hesitou. Ele devia estar surpreso que Norma Jeane, que parecia tão vaga e distante e distraída, tão desinteressada em fofocas comerciais de Hollywood, que afirmava nem sequer ler a maior parte da explosão publicitária a respeito de Marilyn Monroe, saberia não apenas que Jane Russell iria coestrelar o filme, mas que uma pergunta sobre o salário de Jane Russell seria dolorosa para seu agente.

— O acordo está pendente — disse ele, tentando fugir. — Russell teria que ser liberada por outro estúdio.

— Sim, mas quanto?

— Os valores não estão fechados.

— *Quanto?*

— Estão pedindo cem mil.

— Cem mil!

Norma Jeane sentiu uma pontada de dor no fundo da barriga. Bebê também sentiu o insulto. Mas o sono de Bebê não seria incomodado. Pois Norma Jeane sentia majoritariamente alívio. Ela disse, rindo:

— Se o filme demora doze semanas para ser gravado, então meu salário seria dezoito mil dólares. E o de Jane cem mil? "Marilyn Monroe" tem que ter orgulho, não? Isto é um insulto. Jane Russell e eu fizemos ensino médio juntas em Van Nuys. Ela era um ano mais velha e conseguia mais papéis nas peças da escola, mas nós sempre fomos amigas. Ela ficaria envergonhada por mim! — Norma Jeane hesitou. Vinha falando rápido; apesar de não estar chateada, sua voz soava brava.

— Agora eu... eu vou desligar. Adeus!

— Marilyn, espere...
— Marilyn o cacete. *Ela não está aqui.*

A manhã com a ligação de emergência de Lakewood. Gladys Mortensen havia desaparecido!

Ao longo da noite ela escapulira do quarto, do prédio e então (embora com relutância, eles haviam chegado à conclusão depois de fazer uma busca completa) do terreno do hospital. Será que Norma Jeane poderia vir o quanto antes?

— Ah, sim. É claro que *sim*.

Ela não contaria a quem quer que fosse. Nem para o agente, nem para Cass Chaplin e nem Eddy G. *Espero protegê-los. Esta mágoa que é minha, apenas.* E ela temia a óbvia falta de interesse nos olhos de seus amantes sempre que ela mencionava, por mais elipticamente, sua mãe doente. ("Todos nós temos mães doentes", observou Cass, com leveza. "Vou poupar você da minha se você me poupar da sua. Combinado?")

Norma Jeane enfiou algumas roupas, um dos chapéus de palha de Eddy G., óculos de lentes bem escuras. Cogitou, mas, no fim das contas, não tomou um comprimido azul-mineral de Benzedrina do estoque de Cass no banheiro. Ela estava dormindo cerca de seis horas por noite, um sono profundo, renovador, pois a gravidez a fazia bem, como o médico lhe garantiu, brilhando tanto quanto um futuro pai que Norma Jeane havia começado a temer que ele a reconhecera. E se ele tirasse fotos dela enquanto estava anestesiada, dando à luz o seu bebê?

Ela dirigiu para Lakewood no tráfego matinal. Ansiosa com Gladys, afinal, e se Gladys houvesse se machucado? *De alguma forma ela sabe do bebê, seria possível?* Ela sabia que deveria se proteger de atribuir pensamentos oniscientes a Gladys; ela não era mais uma garotinha, e Gladys não era sua mãe poderosa que tudo sabia. *Ainda assim, ela poderia saber. E é por isso que ela tem que fugir.* Dirigindo para Lakewood, Norma Jeane passou por um, dois, três cinemas em que *Torrentes de paixão* estava passando. Deitada sobre a marquise de cada teatro estava MARILYN MONROE, a pele brilhante cor de creme, MARILYN MONROE num vestido decotado vermelho que mal continha os seios imensos. MARILYN MONROE, provocante, sorrindo com seus lábios sensuais os quais Norma Jeane olhou de relance com timidez.

A Princesa Cintilante! Nunca antes Norma Jeane se dera conta de como a Princesa Cintilante tanto zombava de seus admiradores como os atiçava. Ela era tão linda, e eles eram tão comuns. Ela era a fonte de emoção, e eles eram os servos da emoção. Quem seria um Príncipe Sombrio merecedor *dela*?

Sim, estou orgulhosa! Eu admito. Eu me esforcei muito e me esforçarei muito mais.

Aquela mulher no cartaz não sou eu. Mas é fruto de uma criação minha. Eu mereço minha felicidade.
Eu mereço meu bebê. Este momento é meu!
Quando Norma Jeane chegou ao hospital particular em Lakewood, como num passe de mágica, parece que Gladys havia retornado. Eles a encontraram dormindo num banco em uma igreja católica a menos de cinco quilômetros dali, no movimentado Bellflower Boulevard. Confusa e desorientada, mas sem resistir, ela foi trazida de volta para o hospital pela polícia de Lakewood. Quando Norma Jeane viu Gladys, ela se debulhou em lágrimas e abraçou a mãe, que cheirava a cinzas umedecidas, roupas úmidas, urina.

— Mas Mamãe não é nem católica. Por que diabo iria para *lá*?

O diretor do Lar de Lakewood se desculpou profusamente com Norma Jeane. Com cuidado, ele a chamou de "srta. Baker" (era estritamente confidencial que Gladys Mortensen era a mãe de uma certa atriz de cinema. "Não me traiam!", Norma Jeane implorara). Ele insistiu que checavam os pacientes nos quartos às nove da noite, assim como as janelas e as portas; havia seguranças o tempo todo. Rápido, Norma Jeane disse:

— Ah, não estou brava. Estou muito grata por Mamãe estar segura.

Norma Jeane passou o resto do dia em Lakewood. Era um dia abençoado no fim das contas! Ela se perguntou como dar a Gladys a notícia. Uma mãe nem sempre está preparada para ouvir boas notícias de uma filha, pois o momento em que uma mãe mais consegue ser ela mesma é quando cuida da filha. No entanto, agora Norma Jeane estava cuidando de Gladys, que parecia tão frágil e de movimentos tão vacilantes, piscando e apertando os olhos para Norma Jeane como se estivesse incerta de quem ela era. Diversas vezes disse, mais em tom de preocupação do que de acusação:

— Seu cabelo está tão *branco*. Você está velha como eu?

Norma Jeane ajudou a banhar a mãe, ela mesma lavou o cabelo opaco de Gladys e o penteou com cuidado. Ela falou com animação a Gladys, murmurou e cantou como para uma criança pequena.

— Todo mundo estava tão preocupado com você, Mãe. Você nunca mais vai fugir de novo, vai?

Em algum momento cedo da madrugada, Gladys havia conseguido destrancar não uma, mas diversas portas (a não ser que possivelmente essas portas não estivessem adequadamente trancadas, apesar das afirmações da equipe), e atravessou o jardim da frente do Lar sem ser detectada; uma vez na rua, conseguiu não ser notada pelos quatro quilômetros e alguns metros até a Igreja de St. Elizabeth, onde foi encontrada no dia seguinte quando paroquianos entraram na igreja para a missa das sete da manhã. Ela estava usando um vestido de algodão bege sem cinto, com a bainha desfazendo e nenhuma roupa íntima. Usava pantufas comuns de veludo de cotelê ao sair do hospital, mas parecia havê-las perdido durante a viagem; os pés ossudos estavam cobertos de cortes superficiais. Com ternura, Norma Jeane lavou os pés de sua mãe e passou iodo nos cortes.

— Mãe, aonde você estava indo? Você poderia ter me pedido, sabe? Se quisesse ir a algum lugar. Como a uma igreja.

Gladys deu de ombros.

— Eu sabia aonde estava indo.

— Você poderia ter se machucado. Sido atropelada por um carro ou... se perdido.

— Eu nunca me perdi. Eu sabia aonde estava indo.

— Mas aonde?

— Para casa.

A palavra pairou no ar, estranha e maravilhosa como um inseto neon. Norma Jeane, abalada, não fazia ideia de como responder. Viu que Gladys sorria. Uma mulher com um segredo. Muito tempo antes, em outra vida, ela havia sido poeta. Havia sido uma linda moça por quem homens, incluindo poderosos de Hollywood como o pai de Norma Jeane, sentiam atração. Antes da chegada de Norma Jeane ao hospital, Gladys havia tomado um remédio para "acalmar os nervos". Agora ela dava poucos sinais de agitação ou vergonha por haver causado tanta comoção. Dormindo no banco duro de madeira, ela havia molhado as roupas com urina, mas tampouco se envergonhava disso. *Ela é uma criança. Uma criança cruel. Ela assumiu o lugar de Norma Jeane.*

Os olhos de Gladys, um dia lindos, estavam sombrios e sem esplendor como pedras, e sua pele tinha um tom granuloso, esverdeado; ainda assim, estranhamente, por mais que tivesse caminhado de pés descalços à noite, não parecia muito mais velha do que Norma Jeane se lembrava. Era um feitiço que havia sido lançado nela anos antes: outros ao seu redor envelheceriam, mas não Gladys. Norma Jeane disse, com gentil reprovação:

— A qualquer hora que quiser, Mãe, você pode vir para casa comigo. Você sabe disso. — Houve uma pausa. Gladys fungou e limpou o nariz. Norma Jeane imaginou conseguir ouvir o riso irônico da mulher. *Casa! Com você? Onde?* Norma Jeane disse: — Você não está velha. Não deveria se chamar de velha. Você só tem 53. — Com manha, Norma Jeane falou: — O que acharia de ser avó?

Pronto. Estava dito. *Avó!*

Gladys bocejou. Um bocejo enorme como uma cratera. Norma Jeane se frustrou. Será que deveria repetir a pergunta?

Norma Jeane ajudou a colocar a mãe na cama, numa camisola limpa de algodão entre lençóis asseados de algodão. O triste odor azedo de urina sumira de Gladys, mas permanecia, suave como um eco, no quarto. O quarto privativo de Gladys, pelo qual "srta. Baker" pagava uma volumosa soma mensal, era do tamanho de um closet grande, com uma só janela de trapeira com vista para o estacionamento. Havia uma mesa de cabeceira, uma luminária, uma única cadeira de vinil, um estreito leito hospitalar. Na estante de alumínio, entre artigos de higiene pessoal e roupas, havia diversas pilhas de livros, presentes de Norma Jeane ao longo dos anos. Na maioria volumes de poesia, bonitos, livros finos com ares de intocados. Aninhada com conforto na cama, Gladys parecia prestes a pegar no sono. O cabelo castanho metálico havia secado em tufos desalinhados. As pálpebras pendiam e seus lábios pálidos despencavam. Norma Jeane viu com uma pontada de tristeza que as mãos de veias profundas da mãe, as mãos de Nell, um dia tão agitadas, tão vivas com furiosa vontade própria, agora estavam molengas. Norma Jeane pegou essas mãos.

— Ah, Mãe, seus dedos estão tão *gelados*. Vamos esquentá-los.

Mas os dedos de Gladys resistiam na frieza. Em vez disso, Norma Jeane começou a tremer.

Norma Jeane tentou explicar por que não trouxera um presente para Gladys naquele dia. Por que elas não passeariam na cidade, por que Gladys não seria levada a uma cabeleireira e a uma boa casa de chá para almoçar. Ela tentou explicar por que não poderia deixar muito dinheiro com Gladys para gastar.

— Tenho dezoito dólares na carteira! É tão vergonhoso. Meu contrato me paga mil e quinhentos dólares por semana, mas os gastos são tantos... — Era verdade: com frequência, Norma Jeane era forçada a pegar dinheiro emprestado, cinquenta dólares, cem dólares, duzentos dólares, de amigos ou amigos de amigos. Havia homens ansiosos para emprestar quantias de dinheiro a Marilyn Monroe. E nada de promissórias ou prazo para quitar. Presentes em joias — e Norma Jeane não tinha o que fazer com joias, não muito. Cass Chaplin e Eddy G., rapazes de pensamento prático, não se ofendiam. Como futuros pais, tinham que pensar no futuro, e não se pode pensar no futuro sem pensar em dinheiro. Cada um havia sido deserdado pelo pai famoso, então parecia lógico que homens mais velhos, pais de outro tipo, sustentassem-nos. Eles sempre estavam tentando convencer Norma Jeane de que isso também valia para ela. Ela também fora lograda de sua herança, traída. A opinião deles era a de que os três deveriam se mudar para Hollywood Hills para passarem o restante da gravidez de Norma Jeane. Se não conseguissem encontrar uma casa adequada sem aluguel, emprestada de alguém, eles precisariam de dinheiro para alugar. A opinião deles também era a de que cada um fizesse um seguro de vida de cem mil dólares — ou talvez duzentos mil —, colocando os outros dois como beneficiários. "Só por via das dúvidas. Não existe essa história de estar preparado demais. Com um bebê a caminho. É claro, nada vai acontecer com geminianos!" Norma Jeane não soubera o que responder à sugestão. Um seguro de vida? A ideia a apavorava, pois indicava com muita clareza que um dia ela devia morrer.

Mas não "Marilyn". *Ela* estava em filmes e em fotos. Em todos os lugares.

De súbito, Gladys arregalou os olhos, tentando focá-los. Norma Jeane teve a sensação inquieta de que a reação não era às suas palavras. Com empolgação, ela disse:

— Que ano é? Para que ano nós viajamos?

Norma Jeane disse de forma tranquilizadora:

— Mãe, estamos em maio de 1953. Eu sou Norma Jeane, estou aqui cuidando de você.

Gladys estreitou os olhos, desconfiada, para ela:

— Mas seu cabelo é tão *branco*.

Gladys cerrou os olhos. Acariciando os dedos molengas de Gladys, Norma Jeane tentou pensar em como dar a boa notícia à mãe sem chateá-la. *Um bebê. Quase seis semanas de vida. Você não está feliz por mim?* De certa forma, pareceu a ela que Gladys já sabia. Era por isso que Gladys estava tão elusiva, determinada a escapar sono adentro.

— Quando você me t-teve, Mamãe — disse Norma Jeane, hesitante —, você não estava casada, imagino eu? Não tinha um homem sustentando você. Ainda assim, você teve um bebê. Isso foi tão corajoso, Mãe! Outra garota teria... bem, você sabe. Teria se livrado daquilo. De *mim*. — Norma Jeane riu uma risada assustada e barulhenta. — Então eu não estaria aqui, de forma alguma. Não haveria "Marilyn". E ela está ficando tão famosa agora, recebe cartas de fãs! Telegramas! Flores de desconhecidos! É tão... estranho.

Gladys se recusou a abrir os olhos. Seu rosto estava se suavizando como cera derretendo. Saliva brilhava num canto da boca. Norma Jeane falava sem saber o que dizia. Parte de sua mente parecia saber quão implausível era, absurdo, o plano de ter um bebê. Um bebê, e sem marido? Se apenas ela tivesse se casado com o sr. Shinn. Se apenas V a amasse um pouco mais, ele haveria se casado com ela. Seria o fim de sua carreira. Com certeza, o fim de sua carreira. Mesmo se, às pressas, ela se casasse com um dos Geminianos, o escândalo a destruiria. Marilyn Monroe, recém-famosa, um balão inflado pela mídia, seria alegremente destruída pela mídia.

— Mas você foi corajosa. Você fez a coisa certa. Teve seu bebê. Você teve... *a mim*.

Mas os olhos de Gladys estavam fechados. Seus lábios pálidos caídos. Ela havia pegado no sono como se estivesse em transe em uma água escura misteriosa em que Norma Jeane não poderia seguir. Apesar de ouvir as ondas quebrando perto da cama.

* * *

De Lakewood, Norma Jeane fez uma única chamada telefônica para um número em Hollywood. O telefone tocou sem parar do outro lado.
— Me ajude, por favor! Preciso muito de ajuda.

Norma Jeane teria gostado de deixar o Lar de Lakewood de imediato, pois ela estivera chorando e a pele ao redor dos olhos ardia, vermelha. Ela era Nell, desorientada e em pânico, mas movida pela presença de outros a agir *normalmente*. Ainda assim, o diretor insistiu em falar com ela em particular. Era um homem de meia-idade com rosto redondo como ostra, óculos que aumentavam os olhos com grossas armações plásticas pretas. Pela empolgação em sua voz, Norma Jeane entendeu que ele estava vendo não ela, a filha da paciente psiquiátrica Gladys Mortensen, mas uma atriz de cinema. Talvez uma "beldade loira atriz de cinema". Será que ousaria pedir seu autógrafo? Em um momento como esse? Ela gritaria profanidades a ele se pedisse. Ela cairia no choro. Ela não suportaria!

Dr. Bender discutia sobre Gladys Mortensen. Quão bem, "em geral", ela estivera desde que chegara a Lakewood. Ainda assim, às vezes, como muitos pacientes em sua condição, ela tinha "lapsos" — "relapsos" — e se comportava de maneiras inesperadas e perigosas. Esquizofrenia paranoide, o dr. Bender explicou, com o ar de um aparelho de gravação gentil e solícito, é uma doença misteriosa.

— Eu sempre achei que parecia esclerose múltipla. Uma doença tão misteriosa que ninguém entende de verdade. Uma síndrome de sintomas. — Alguns teóricos acreditam que esquizofrenia paranoide pode ser explicada pela interação do paciente, ou interação frustrada, com o seu meio e outras pessoas; alguns teóricos, freudianos, acreditam que pode ser explicada pela infância do paciente; outros acreditam que tem uma origem puramente bioquímica e orgânica. Norma Jeane assentiu para mostrar que ouvia. Sorriu. Até em um momento assim, exausta e deprimida e a criança doendo em seu útero, começando a se lembrar dos numerosos compromissos que perderia naquele dia no Estúdio, totalmente esquecidos, não havia ligado para adiar ou explicar, ela sabia que tinha que *sorrir*. Sorrisos eram esperados de todas as mulheres, em especial, *dela*.

Norma Jeane disse, com tristeza:
— Eu não pergunto mais quando minha mãe vai ter alta. Acho que nunca. Desde que ela esteja segura e f-feliz, acho que é o máximo que podemos esperar?

Com seriedade, dr. Bender respondeu:
— Em Lakewood, nós nunca desistimos de um paciente. Nunca! Mas, sim... somos realistas também.

— É herdado?
— Perdão?

— A doença de minha mãe? A pessoa nasce com ela, no sangue?
— No *sangue*? — Dr. Bender repetiu as palavras como se nunca tivesse escutado algo assim antes. De forma evasiva, disse: — Foi notado, em algumas famílias, uma certa tendência, sim, mas em outras, absolutamente, *não*.

Norma Jeane disse com esperança:
— Meu p-pai era um homem muito normal. De todas as formas. Eu não o conheci em pessoa, só por fotos, só de ouvir falar. Ele m-morreu na Espanha, em 1936. Quero dizer, ele foi morto. Na guerra.

Quando Norma Jeane se levantou para partir, o dr. Bender de fato lhe pediu um autógrafo, com desculpas, explicando depressa que não era o tipo de pessoa que fazia coisas assim, mas será que Norma Jeane se importaria muito?
— É para minha menina de treze anos, Sasha. Ela acha que quer ser uma estrela de cinema também!

Norma Jeane sentiu sua boca sorrir com graça, como havia sido treinada. Apesar de conseguir sentir o começo de uma enxaqueca. Desde que engravidara, e sem menstruações, ela havia sido poupada das dores de cabeça lancinantes assim como havia sido poupada das cólicas paralisantes, mas agora sentia uma enxaqueca se formar e se perguntou em pânico como ela se conduziria de volta para casa com o Bebê. Ainda assim, com graça, assinou a capa da *Photoplay* com a caligrafia aerada num movimento único que o Estúdio havia inventado para "Marilyn". (Sua própria assinatura, "Norma Jeane Baker", eram letras miúdas inclinadas para a esquerda.) A capa da *Photoplay* retratava Marilyn como Rose, voluptuosa, sensual, com a cabeça inclinada para trás, olhos estreitos e sonhadores e lábios provocadoramente fechados. Os seios fartos quase explodiam de um vestido frente única transpassado em seda azul que Norma Jeane podia jurar que nunca usaria. Na verdade, havia esquecido dessa capa. Havia esquecido do ensaio. Talvez nunca tivesse acontecido?

Ainda assim ali, na *Photoplay* de abril de 1953, estava a prova.

Para meu Bebê

Em você,
o mundo outra vez nascerá.

Antes de você —
não existia mundo algum.

Os reis magos

Eles eram Hedda Hopper, P. Pukham (da publicação *Hollywood after dark*), G. Belcher, Max "o maioral" Mercer, Dorothy Kilgallen, H. Salop, codinome "Pela fechadura", Skid Skolsky (que chafurdava atrás de fofoca hollywoodiana de seu poleiro no mezanino da drogaria Schwab's), Gloria Grahame, V. Venell, "Buck" Holster, Jack "Sorriso", Lex Aise, Cramme, Pease, Coker, Crudloe, Gagge, Gargoie, Scudd, Sly Goldblatt, Pett, Trott, Leviticus, *buzz yard*, M. Mudd, Wall Reese, Walter Winchell, Louella Parsons e Hollywood Roving Eye, entre outros. Suas colunas em jornais e revistas apareciam no *L.A. Times, L.A. Beacon, L.A. Confidential, Variety, Hollywood Reporter, Hollywood Tatler, Hollywood Confidential, Hollywood Diary, Photoplay, PhotoLife, Screen World, Screen Romance, Screen Secrets, Modern Screen, Screenland, Screen Album, Movie Stories, Movieland, New York Post, Filmland Tell-All, Scoop!* e outras publicações. Eles estavam em sindicatos da United Press e da American Press. Era sua tarefa incansável espalhar a palavra. Arrancar os panos quentes e jogar lenha na fogueira. Eles corriam na frente, soltando rios de gasolina nas moitas para acelerar o avanço das chamas. Eles proclamavam, eram arautos, tocavam tambores. Tocavam cornetas, trompetes e tubas dos baluartes. Ecoavam as sinetas e tocavam os alarmes. Juntos e individualmente, em um coro e em árias, eles anunciavam, aclamavam, transmitiam e previam. Eles tornavam público de forma barulhenta. Revelavam e expunham. Eles elogiavam, xingavam, promulgavam e disseminavam. Eram vulcões de palavras. Eram maremotos de palavras. Eles traziam pautas e furos, eles pesquisavam, eles avançavam, eles ligavam e eles esmurravam. Eles colocavam sob o holofote. Expunham sob as luzes da ribalta. Eles vendiam pelas ruas. Eles inflavam, exibiam, faziam fanfarra, criavam folia, ventilavam e hiperventilavam. Eles prediziam e contradiziam. A ascensão "meteórica" de fulano, o "trágico" fim de ciclano. Eram astrônomos planejando as trajetórias de estrelas. Incessantemente revirando o céu noturno. Estavam lá no nascimento da estrela e estavam lá em sua morte. Eles faziam a rapsódia da carne e mordiscavam os ossos. Com ganância eles lambiam a bela pele e com ganância sugavam a deliciosa medula óssea. Em fonte grande dos anos 1950 proclamando MARILYN MONROE MARILYN MONROE MARILYN MONROE. Medalha de ouro para a melhor Nova Estrela de 1953 da revista *Photoplay*. A queridinha da *Playboy* do mês de novembro de 1953. Miss Beldade Loira 1953 da *Screen World*. Em revistas brilhantes, *Life, Collier's, Saturday Evening Post, Esquire*. Em pôsteres com uma criança aleijada numa cadeira de rodas o rosto erguido para a beleza loira: LEMBRE-SE DE DOAR COM GENEROSIDADE PARA A ONG MARCH OF DIMES. MARILYN MONROE.

Para Cass, ela diria, rindo com ansiedade:
— Ah... Ela é bonita, eu acho. Esta foto. Este vestido. Céus! Mas não sou eu, ou sou? O que dizer sobre quando as pessoas d-descobrirem?

O brilho estranho e opaco naqueles olhos azuis de boneca que ele seria capaz de decifrar apenas em retrospectiva, e então sem certeza absoluta. Pois ele não vinha ouvindo com atenção. Com Norma, você raramente ouvia. Ela falava sozinha, os pensamentos se amontoando no cérebro e transbordando. O jeito como apertava as próprias mãos, flexionava os dedos, tocava os lábios inconscientemente como se para conferir... o quê? Que tinha lábios? Que seus lábios eram jovens, carnudos, firmes? E Cass tinha seus próprios pensamentos ruminantes. Distraído, acariciando a mão de Norma, que em geral virava para pegar a dele de volta, os dedos surpreendentemente fortes agarrando os dele, dizendo:
— Ora, *baby, nós* descobrimos e nós amamos você do mesmo jeito. Não é?

Ele imaginou que tinha a ver com estar grávida e com medo.

"Sempre quer mais uma salsicha polonesa"

Os amantes! Da pasta volumosa do FBI intitulada MARILYN MONROE (NORMA JEANE BAKER).

Havia Z, S, D e T, entre uma meia dúzia de outros no Estúdio. Eram o fotógrafo comunista Otto Öse, o roteirista comunista Dalton Trumbo, o ator comunista Robert Mitchum. Eram Howard Hughes, George Raft, I.E. Shinn, Ben Hecht, John Huston, Louis Calhern, Pat O'Brien, Mickey Rooney, Richard Widmark, Ricardo Montalban, George Sanders, Eddie Fisher, Paul Robeson, Charlie Chaplin (pai) e Charlie Chaplin (filho), Stewart Granger, Joseph Mankiewicz, Roy Baker, Howard Hawks, Joseph Cotten, Elisha Cook Jr., Sterling Hayden, Humphrey Bogart, Hoagy Carmichael, Robert Taylor, Tyrone Power, Fred Allen, Hopalong Cassidy, Tom Mix, Otto Preminger, Cary Grant, Clark Gable, Skid Skolsky, Samuel Goldwyn, Edward G. Robinson (pai), Edward G. Robinson (filho), Van Heflin, Van Johnson, Tonto, Johnny "Tarzan" Weissmuller, Gene Autry, Bela Lugosi, Boris Karloff, Lon Chaney, Fred Astaire, Leviticus, Roy Rogers e Trigger, Groucho Marx, Harp Marx, Chico Marx, Bud Abbott e Lou Costello, John Wayne, Charles Coburn, Rory Calhoun, Clifton Webb, Ronald Reagan, James Mason, Monty Woolley, W.C. Fields, codinome "Esqueleto Vermelho", Jimmy Durante, Errol Flynn, Keenan Wynn, Walter Pidgeon, Fredric March, Mae West, Gloria Swanson, Joan Crawford, Shelley Winters, Ava Gardner, *BUZZ YARD*, Lassie, Jimmy Stewart, Dana Andrews, Frank Sinatra, Peter Lawford, Cecil B. DeMille e muitos outros. E isso era apenas até 1953, quando Norma Jeane tinha 27 anos! Os mais escandalosos ainda estavam por vir.

O Ex-Atleta: a visão

— Quero sair com ela.

O Ex-Atleta beirava os quarenta. Fazia anos desde que dera a tacada final na Major League Baseball, acertado o *home run* final, sorrido com timidez enquanto 75 mil fãs explodiram num frenesi de adulação. Em sua época, ele havia quebrado recordes de beisebol que datavam de 1922. Ele era comparado favoravelmente a Babe Ruth. Havia se tornado uma lenda americana. Um ícone americano. Ele se casou, teve filhos e se divorciou da esposa por motivos de "crueldade". Bom, ele tinha certo temperamento! Não se pode culpar um homem normal de sangue correndo nas veias por ter certo temperamento. Também, ele era "italiano e ciumento". Ele era "italiano e nunca esquecia um deslize, nem perdoava um inimigo". Tinha um nariz italiano, boa aparência italiana de pele morena. Em público, aparecia bem-arrumado. Em público, era quieto, de bons modos. Ele tinha reputação de tímido. Tinha uma reputação de galanteador. Ele preferia camisas esportivas para situações casuais, ternos escuros sob medida para eventos noturnos. Nascido em São Francisco, numa família de pescadores. Era católico. Era um homem de homens. Em temperamento, era um homem de família. Mas onde estava sua família? Ele havia namorado "modelos". Havia namorado "futuras vedetes". O nome às vezes aparecia em fonte grande nas colunas de fofocas. Na época em que se aposentou do beisebol, ganhava cem mil dólares por ano. Deu dinheiro aos pais, comprou propriedades e fez investimentos. Era conhecido por ter certas "conexões" com determinados homens de negócios italianos em São Francisco, Los Angeles e Las Vegas. Sem surpresa, ele preferia restaurantes italianos: vitela com camarões, macarrão, um risoto ocasional. Mas tinha que ser um risoto preparado escrupulosamente. Dava gorjetas generosas, em geral. Ficava de rosto branco lívido se fosse mal servido. Ninguém iria querer insultar esse homem, de propósito ou do contrário. Ele era um homem que mandava. Mulheres se referiam a ele com malícia como o "Yankee Durão". Ele bebia. Ele fumava. Ele refletia. Era viciado em esportes. Tinha muitos amigos homens, muitos ex-atletas como ele próprio, e todos viciados em esportes. Ainda assim, era solitário. Queria uma "vida normal". Ele assistia a beisebol, futebol americano e boxe na televisão. Quando ia a jogos de beisebol sempre era destacado para ganhar atenção e aplausos. A multidão amava como ele se levantava — sorriso envergonhado, aceno com a mão — e se sentava rápido, o rosto corado. Ele encontrava os amigos em restaurantes e clubes noturnos. Com frequência eram barulhentos, exigentes com a comida e o serviço, os últimos a ir embora. Mas davam gorjetas excelentes. Em lugares públicos o Ex-Atleta apreciava dar autógrafos, mas não gostava de ser cercado ou atropelado. Ele gostava de uma mulher bonita ao seu lado. Sorrindo, reluzindo. Com frequência, havia fotógrafos. Ele gostava que uma mulher se agarrasse ao seu braço, mas não a *ele*. Não gostava de mulheres que "tentavam ser homens". Ele se enchia de indignação e repulsa com o pensamento de mulheres "antinaturais" que não queriam ter filhos. Ele reprovava abortos. Pode ter praticado controle de natalidade, apesar de a igreja proibir qualquer método além de tabelinha. Reprovava comunistas e simpatizantes de comunistas, chamando-os pejorativamente de "vermelhos" e "comunas". Ele não havia lido um livro, quiçá chegara a abrir um exemplar, desde o ensino médio em São Francisco. Suas notas lá eram medianas. Aos dezenove, tornou-se jogador de beisebol profissional. Gostava de filmes, em especial, comédias e filmes de guerra. Era um homem grande, inquieto se obrigado a ficar parado por muito tempo. Ele frequentava a igreja apenas esporadicamente, mas nunca perdia a Eucaristia na Páscoa. Quando se ajoelhava para a Santa Comunhão, ele fechava os olhos como havia aprendido quando garoto. Ele não mastigava a hóstia, ele permitia que se dissolvesse na língua como havia aprendido quando garoto. Achava que comungar sem confessar os pecados era igual a levantar no meio da missa e gritar profanidades e obscenidades ao padre. Ele acreditava em Deus, mas também no livre arbítrio. Por acidente, ele viu "Marilyn Monroe" em uma foto de divulgação no *L.A. Times*. A loira de Hollywood posando bela entre dois jogadores de beisebol. *Começo de uma nova temporada. Preparem os tacos!*

O Ex-Atleta encarou a foto por muito tempo. Uma bola de beisebol, um taco, uma garota estonteantemente bonita de sorriso radiante com um rosto tão doce, um corpo esculpido como a Vênus de Milo, e aquele cabelo de algodão--doce. Lá estava um anjo, um anjo com peitos e quadris. O Ex-Atleta de imediato ligou para um amigo em Hollywood, dono de um restaurante de Beverly Hills bastante conhecido.

— Esta loira, Marilyn Monroe.

O amigo respondeu:

— Sim? O que tem?

— Eu gostaria de sair com ela.

— *Ela?* — repetiu o amigo, rindo. — Essa mulher é uma vagabunda. Sempre foi. Uma loira de farmácia. Uma vadia. Não usa calcinha. Amiga de judeus e mora com dois veados drogados. Chupou todos os pintos na cidade e mais ainda de fora. Passou fins de semana em Vegas servindo caras. Nunca saía da suíte. Sempre quer mais uma salsicha polonesa.

Silêncio. O amigo em Hollywood achou que o Ex-Atleta havia desligado sem dizer nada, pois este era seu jeito às vezes. Em vez disso, o Ex-Atleta disse:

— Quero sair com ela. Tome as providências necessárias.

O Cipreste

Era a sexta semana do Bebê. Era a semana de aniversário de Norma Jeane.
Vinte e sete! Quase velha demais para o primeiro bebê, dizem eles.
Era um momento de revelações súbitas.
— Eiii, quer saber? Acabei de pensar uma coisa.
Os Geminianos, o lindo triângulo amoroso, estava a caminho de uma casa numa propriedade estilo *villa* para alugar. *O Cipreste* era o nome, *Os Ciprestes*, em Hollywood Hills. No final da Laurel Canyon Drive. Era a sexta ou sétima *villa* que mostravam aos Geminianos desde o começo de sua "procura épica". (Essas eram as palavras de Cass. Cass era seu mestre de palavras.) Eles buscavam o ambiente ideal para a gravidez de Norma Jeane e, depois do nascimento, para os primeiros meses de Bebê.
— Somos produtos de nossos tempo e lugar — disse Cass. — Não somos espíritos puros. Da terra nascemos e de metais preciosos de estrelas distantes. Devemos ascender, além da Cidade dos Anjos cheia de fumaça, assim como acima da história... Ei, vocês dois estão ouvindo? — (*Sim, sim!* Norma Jeane, apaixonados olhos estrelados, sempre ouvia; Eddy G., ele daria de ombros e assentiria: "claro".) — Em cada nascimento, o mundo começa de novo. Neste nascimento, vamos garantir isso! O futuro da civilização pode estar em um único nascimento. O Messias. Você pode dizer que as circunstâncias estão contra o Messias, mas e daí? Jogue os dados.
Quando Cass Chaplin falava com tanta eloquência, tanta paixão, quem eram Norma Jeane e Eddy G. para *duvidar*?
Norma Jeane era a Plebeia Esfarrapada amada por dois príncipes ardentes. Um lhe dava livros para ler, livros que "significavam muito" para ele, o outro lhe dava flores, flores solitárias, flores com um ar de haverem sido colhidas numa pressa inspirada, cabos quebrados curtos, lindas pétalas delicadas que acabaram de sair do auge, folhas manchadas com pontos negros.
— Bela Norma, nós adoramos você.
Tão feliz. E nunca com tanta saúde em meu corpo, então comecei a ver que adorar a Deus nada mais é do que o espírito da Saúde (ou Cura) Divina.
Não há Demônio. O Demônio é uma doença da mente.

* * *

Naquele dia, Eddy G. os estava levando de carro adentro de Hollywood Hills pela cruel cidade manchada de poluição. O céu acima estava de um suave azul desbotado. O ar se agitava num vento quente e seco. Britas estalavam sob as rodas do Cadillac verde-limão dirigido com sua habilidade costumeira e aquele ar de caos que acabou de ser restringido, típico de Eddy G., que, quando escalado em filmes, era o belo cara impetuoso que morre, em geral, com violência. Norma Jeane estava sentada ao lado de Eddy G., e ao lado de Norma Jeane, estava Cass Chaplin. (Pobre Cass! "Não estou bem agora pela manhã, mas quem diabo *sou* eu para saber.") Norma Jeane no ápice de sua beleza jovem sentada sorrindo entre seus amantes de Gêmeos, a palma da mão direita em concha protetora na barriga. Sua mão quente e úmida, sua barriga começando a crescer.

A sexta semana de gestação. Será que era possível?

Os Geminianos, o lindo trio, nessa bela manhã agradável no sul da Califórnia, subindo a Laurel Canyon para encontrar a corretora de imóveis que havia tomado a busca épica deles como sua, querendo fechar um negócio logo. Pelas suas costas, chamavam a mulher de "Theda Bara", pois ela se maquiava naquele estilo sensual drogado de uma era passada; você sentia pena dela (bem, Norma Jeane sentia), ao mesmo tempo que quase queria rir de sua cara (Cass e Eddy G.). E de súbito, com tanta espontaneidade, podia-se jurar que ele tinha acabado de pensar em uma coisa dessas, Eddy G. gritou, batendo no volante:

— Eiii, sabe de uma coisa? Acabei de pensar em algo. — Norma Jeane perguntou em quê. E Cass resmungou algo ininteligível (ah, Deus, as entranhas de Cass se reviravam com tanta fúria que Norma Jeane quase conseguia sentir; ela havia havia se culpado de leve quando ele disse que estava com "enjoos matinais por simpatia", principalmente pelo fato de que ela mesma não tinha nada de enjoo matinal). Eddy G. seguiu, empolgado: — É como uma revelação, sabe? O que temos que fazer, nós três, antes de Norma ter o bebê, é o nosso testamento e a apólice de seguro, para que se algo acontecer conosco, os outros dois e Bebê possam receber. — Eddy G. parou. O ar entusiasmado de garoto, a energia de improviso. — Conheço um advogado. Quer dizer, um confiável. Entendem? O que vocês acham? Estão ouvindo? Para que o Bebê fique mais seguro.

Houve um pulsar. Norma Jeane estava em um estado onírico. Mergulhada em sonhos da noite anterior. Estranhos sonhos alucinantes e vívidos! Uma flotilha de sonhos, sonhos de gravidez que havia descrito a Cass, dizendo que nunca tivera sonhos assim antes, ah, nunca! A insônia havia sumido como se nunca a houvesse amaldiçoado. Ela nunca mais sentiu a tentação de tomar comprimidos do estoque de casa. Raramente se sentia tentada a beber. Pegando no sono quase no momento em que a cabeça tocava o travesseiro, apesar dos lindos garotos a acariciarem, a chuparem, a morderem e a cutucarem, rindo e se digladiando como crianças ao redor, ou no topo, de seu corpo feminino em coma. A Bela Adormecida, eles a chamavam. Seus seios, eles juravam, estavam se enchendo com creme. Hummm! Ainda que o sono da noite a levasse corrente acima com inocência, o rio a nutria.

Nunca tão saudável, Mãe! Por que você não me disse que ter um bebê seria assim?

Cass disse, pigarreando, um pouco irritadiço, como um ator despreparado para a cena.

— Ei. Ótima ideia, Eddy. É! Eu me preocupo com a criança às vezes. A falha de San Andreas. — Ele se virou para Norma Jeane para perguntar com gentileza: — Como isso soa para você, Mãezinha?

De novo, um pulsar. Norma Jeane parecia não estar respondendo a esse diálogo como desejavam os Geminianos. Ela lembraria mais tarde que foi muito estranho: como em uma filmagem, é possível ver como estava sendo levada a se portar de determinada maneira pela sua coestrela, como se recebesse a deixa para a próxima fala, mas estivesse se segurando, algum instinto em sua alma de atriz implorando que você se contesse, resistisse, não acompanhasse.

— Norma? O que você acha disso?

Eddy G. acelerou o Cadillac. Eles estavam voando pela estrada estreita, na beira do desfiladeiro. *Está bravo*, Norma Jeane pensou. Eddy G. futricava no rádio do painel, um hábito perigoso dele enquanto dirigia. "The Song from Moulin Rouge" começou aos estrondos.

A Laurel Canyon Drive era longa, sinuosa. Norma Jeane estava determinada a não se lembrar do bloqueio da polícia de Los Angeles. E Gladys de camisola.

Eu era só uma garotinha na época. Agora olhe para mim!

Cass pressionava a mão sobre a de Norma Jeane, sobre a barriga. Sobre Bebê. Dos dois homens, Cass era o mais afetivo quando queria; ele era um mestre do romance, não no estilo cômico de Chaplin pai, mas no estilo solene de Valentino ao que nenhuma mulher resistia. Eddy G., desde o início da gravidez, zombava, fazia piadas com nervosismo e se esquivava de tocar Norma Jeane.

— A questão crucial, querida, é que o bebê deve ser protegido. Das vicissitudes do destino. E se houver outra Grande Depressão? Pode acontecer! Ninguém estava preparado para a primeira. E se a indústria do cinema afundar? Pode acontecer! Todo mundo nos Estados Unidos terá uma televisão logo. "Ninguém que compartilha uma alucinação a reconhece como tal", diz Freud. No sul da Califórnia, alucinação é o ar que respiramos. Então financeiramente acho que nos prepararmos para o futuro de Bebê poderia ser uma boa ideia.

Norma Jeane se remexeu inquieta. Era sua vez de falar. Essa era a aula de atuação; ela havia sido lançada para improvisar dentro de uma cena com roteiro. Em um desses exercícios, tiram a atriz da sala, então a chamam de volta para interpretar uma cena com dois ou mais atores que memorizaram um roteiro.

Cass esfregava a bochecha na de Norma Jeane. O cheiro de seu hálito era o rançoso matinal misturado com o rançoso adocicado de glicínias podres.

— Não que qualquer coisa vá acontecer *conosco*, Mãezinha. Nós somos a nossa própria constelação da sorte.

E aí ela se lembrou! O sonho em que estivera tentando tanto dar de mamar para Bebê, mas os lábios não sugavam. Será que os lábios de um recém-nascido sugam automaticamente? Como um reflexo? Deve ser instinto, natureza, como um pássaro construindo o ninho, abelhas montando uma colmeia. Mas, como ela estranhava que em seus sonhos Bebê não tivesse rosto (ainda!), apenas uma auréola de luz brilhante. Norma Jeane disse:

— Ah, meu Deus, já *pensaram* nisso? E se o que as pessoas definem como Deus seja talvez apenas *instinto*? Como se sabe o que fazer em uma circunstância nova sem saber como sabe? Como animais jogados na água, eles já sabem nadar? Até os recém-nascidos?

Os homens de Gêmeos simplesmente continuaram olhando para avenida à beira do penhasco pela qual seguiam à toda.

Lá estava Theda Bara esperando por eles. Nos portões escancarados d'*O Cipreste*. Forçando um sorriso com voluptuosos lábios de batom escuro e acenando animada como uma melindrosa. A sedução sensual era de uma era anterior; ela tinha entre 35 e 45 anos de idade, se não mais. Pele cor de argila, firme e brilhante ao redor dos olhos. Norma Jeane sentia pena e impaciência por ela. *Cresça. Desista!*

Eddy G. gritou, soando sincero:

— Ei, desculpe! Estamos atrasados? — Ele era um garoto tão belamente grandalhão, mesmo com a barba por fazer e em calça cáqui amassada, exalando aquilo que comerciais de desodorante chamavam de odor corporal, você o perdoaria por qualquer coisa, ou quase. E Cass Chaplin, com seu amuado rosto de boneco e o cabelo desgrenhado de Carlitos, fios pelos quais mulheres desejavam passar os dedos. E a silenciosa loira tímida, que a corretora havia reconhecido de imediato como Marilyn Monroe, a nova sensação de Hollywood, mas cuja privacidade ela certamente desejava respeitar. O notório trisal! É claro que estavam atrasados, mais do que uma hora de atraso, os Geminianos sempre se atrasavam. O milagre seria se o trio sequer conseguisse chegar a qualquer lugar a qualquer hora.

Theda Bara, em maquiagem exagerada nos olhos, um conjunto de alfaiataria cor de ferrugem em tecido brilhante e salto alto de crocodilo, apertou as mãos de seus clientes com ansiedade. Com que rapidez ela aplacaria essas jovens pessoas de Hollywood.

— Não estão atrasados coisa alguma! Nem pensem nisso. Amo aqui em cima nas montanhas, em Hollywood Hills. *O Cipreste* é minha propriedade favorita no momento, só pela vista. Em um dia limpo, é de tirar o fôlego. Se não fosse por essa neblina ou fumaça ou o que quer que seja, poderíamos ver até Santa Mônica e o oceano — ela hesitou, sorrindo mais. — Espero que vocês jovens não julguem *O Cipreste* rápido demais! É uma casa única.

Cass assobiou.

— Estou vendo, madame.

— Até *eu* estou vendo, madame, e eu estou totalmente bêbado — disse Eddy G.

A intenção era fazer de piada, pois Eddy G. nunca estava *totalmente bêbado* tão cedo no dia.

A moça loira que anteriormente se apresentou para a corretora como "Norma Jeane Baker" agora encarava a mansão estilo normanda através de óculos escuros e com a solenidade de uma garotinha. Parecia estar com pouca maquiagem, mas a pele reluzia. O cabelo loiro-platinado escapava de um turbante carmesim do tipo usado por Betty Grable nos anos 1940. Os seios estavam cobertos por uma larga túnica branca de seda. Ela usava calça branca de seda amassada na virilha e estava com pés à mostra em sandálias de tira sem salto. Em uma ofegante voz maravilhada, disse:

— Ah...! É linda. Como em um conto de fadas, mas qual deles?

Theda Bara sorriu, incerta. Decidiu que a pergunta não merecia resposta. Começaria, ela lhes disse, com uma apresentação da propriedade:

— Para que vocês possam se localizar. — Rápido, ela os guiou para a calçada de pedra portuguesa, atravessando terraços de laje, passando por uma piscina reniforme em que folhas de palmeiras dessecadas, corpos de insetos mortos e diversos pássaros pequenos boiavam na trêmula água azul. — A piscina é limpa toda segunda-feira pela manhã — disse ela em tom de desculpas. — Tenho certeza de que foi limpa esta semana.

Norma Jeane pareceu ver sombras esvoaçando pelo fundo da piscina como se fossem nadadores fantasmas; ela não queria olhar perto demais. Eddy G. subiu até o trampolim e flexionou os joelhos como se estivesse prestes a mergulhar. Cass implorou às mulheres:

— Não o desafiem, por favor. Nem sequer olhem para ele. Não pretendo me afogar tentando um resgate.

— Vá se foder, Judeuzinho — disse Eddy G., rindo, mas soando genuinamente exaltado.

Theda Bara prosseguiu rapidamente a apresentação.

— Que grosseria — sussurrou Norma Jeane para Eddy G. — E se ela for judia?

— Ela sabe que só estou brincando. Mesmo que você não saiba.

Tão acima da cidade havia um vento persistente. Como seria morar ali durante a estação dos ventos de Santa Ana, Norma Jeane tinha pavor de pensar. Talvez não fosse uma boa atmosfera para uma grávida ou para uma criança. Ainda assim, Cass e Eddy G., ambos que haviam morado em lares elegantes quando criança, queriam uma casa nas colinas, algo "exótico", "especial". Dinheiro não parecia ser uma preocupação deles, mas de onde, exatamente, viria o dinheiro do aluguel? E seria preciso contratar empregados para uma casa assim. Norma Jeane não receberia bônus algum por *Torrentes de paixão*, apesar de ser um sucesso de bilheteria; ela era uma atriz em contrato do Estúdio e havia sido paga. Cass e Eddy G. sabiam disso! Agora ela estava grávida, não poderia fazer outro filme por um ano. Ou mais. (E talvez sua carreira estivesse terminada.) Mas quando ela perguntou quanto era o valor mensal de *O Cipreste*, os homens lhe disseram que era razoável o suficiente, que não se preocupasse.

— Nós daremos um jeito. Nós três.

Norma Jeane estava observando outra rachadura em zigue-zague, esta em uma parede de reboco decorada com requintados mosaicos mexicanos. Estava cheio de formigas minúsculas pretas.

O Cipreste era assim chamado porque ciprestes italianos foram plantados ao redor da casa em vez de palmeiras. Uns poucos desses haviam mantido suas graciosas formas esculpidas, mas a maioria definhara com o vento contínuo, desfigurada como criaturas torturadas. Quase se conseguia ouvi-las se contorcendo. Anões, elfos, fadas más. Mas Rumpelstiltskin não fora cruel, ele fora o único amigo de Norma Jeane. Ele a amara sem precedentes. Se apenas ela houvesse se casado com sr. Shinn... E ele não tivesse morrido. Ela estaria tendo o bebê de I.E. Shinn naquele momento, teria sua linda mansão própria e toda a Hollywood a respeitaria, até os chefes no Estúdio. (Mas Isaac a havia traído, apesar de toda a conversa sobre amor. Ele não havia lhe deixado nada no testamento. Nem um centavo! Ele a havia colocado em um contrato de sete filmes no Estúdio que a deixava praticamente escrava.)

Theda Bara os guiava para dentro da casa. Ao saguão de entrada baronial. Era como um museu: piso de mármore, luminárias de cristal e latão, papel de parede

de seda, painéis espelhados e uma grande escadaria se estendendo. A sala de estar era rebaixada e tão grande que Norma Jeane tinha que apertar os olhos para ver as paredes mais distantes. Ali, a mobília estava coberta por um pano branco e o piso de parquet estava nu. Sobre uma gigantesca lareira de pedras, havia espadas cruzadas. Por perto havia uma armadura com ar medieval. Cass assobiou:
— D.W. Griffith. Um de seus épicos esquisitos. — Espelhos ovais emoldurados com filigranas douradas refletiam espelhos ovais emoldurados com filigranas douradas em uma progressão infinita que acelerava o coração de Norma Jeane.
Há loucura aqui. Não entre!
Mas era tarde demais, ela não poderia voltar. Cass e Eddy G. ficariam furiosos com ela.

O atual dono da propriedade era o Banco do Sul da Califórnia. Ninguém havia morado em *O Cipreste* por diversos anos exceto locatários de curtos períodos. O dono anterior fora uma beldade de cinema dos anos 1930, uma atriz menor que tinha vivido décadas mais do que o marido, produtor rico de cinema. Essa mulher, uma lenda local, não tivera filhos biológicos, mas adotou um número de crianças órfãs, algumas nascidas no México. Uma ou duas dessas crianças havia morrido de "causas naturais" e outras haviam desaparecido ou fugido. A mulher trazia para dentro de casa um número inconstante de "parentes" e "assistentes", que, por sua vez, roubaram e abusaram dela. Havia histórias lúridas das tentativas de suicídio, uso de droga e bebedeiras da mulher. Ainda assim, ela doara quantidades grandes de dinheiro para caridades locais, inclusive às Irmãs de Nossa Senhora da Misericórdia, uma ordem católica extrema devotada a jejum, oração e silêncio. Norma Jeane não quisera ouvir o pior das histórias. Ela sabia como relatos assim poderiam ser enganosos.

— Mesmo quando se começa com a verdade, o que as pessoas dizem vira mentira. — O coração de Norma Jeane pulsava com a injustiça, coisas cruéis sussurradas sobre a mulher que havia morado sozinha naquela casa em seu fim, encontrada morta em seu quarto por uma empregada. O legista havia determinado a causa como um "contratempo" devido à má nutrição, barbituratos e álcool. Norma Jeane sussurrou: — Não é justo. Aqueles urubus!

Em frente, Theda Bara caminhava em seu salto agulha e ria com os homens. Permitindo-se pensar que poderiam de fato alugar *O Cipreste*. Ela disse para Norma Jeane:

— É uma casa de fantasia, não é, querida? Tão original e inventiva. Seus amigos estavam me contando, vocês três vão se isolar, certo? Este é o lugar ideal, garanto a você.

O passeio no andar de baixo estava demorando muito. Norma Jeane começava a ficar fatigada. Essa casa! Ilusões de grandeza. Oito quartos, dez banheiros, diversas salas de estar, uma enorme sala de jantar com luminárias de cristal que tremiam e vibravam como se o teto estivesse se mexendo, uma sala para café da manhã grande o suficiente para doze convidados. Não se parava de descer e subir escadas. Numa área rebaixada com vista para a piscina havia um salão com uma longa bancada de bar se curvando, bancos de couro, pista de dança e uma jukebox. Norma Jeane passou reto por ela, que estava não apenas desligada como sem disco algum dentro.

— Droga! Nada é tão triste como uma jukebox *desligada*. — Ela se voltou, carrancuda e taciturna.

Gostaria de tocar um disco e dançar. *Jitterbug*! Ela não dançava o *jitterbug* fazia anos. E a *hula*: ela amara dançar a *hula*, e era espetacular na *hula* aos catorze anos. Agora, grávida e com 27, exercitar-se era bom para ela; por que não deveria dançar? Se "Marilyn" fizesse *Os homens preferem as loiras* — o que não faria —, estaria dançando como uma dançarina de cabaré, em figurinos caros e glamouroso, em elaborados números musicais como Ginger Rogers com Fred Astaire, fingindo ser chique, não o tipo de dança que Norma Jeane amava de verdade.

— A primeira coisa que vamos fazer, Norma: *ligar* a jukebox — prometeu Eddy G.

Tinham decidido? Sem o consentimento dela?

Ainda assim Theda Bara os levou em frente. Falando e flertando com os homens. Que em roupas estilosas, mas amassadas e não limpas, pareciam exatamente quem eram: filhos rejeitados da realeza de Hollywood. Norma Jeane foi deixada na retaguarda do grupo, mordiscando o lábio. Ah, ela desconfiava de seus amantes! Bebê também desconfiava deles.

Um ator é instinto.

Mas para o instinto não há ator.

Norma Jeane estava tentando se lembrar de um perturbador sonho vívido que tivera logo antes de acordar naquela manhã. Ela segurava Bebê contra os peitos inchados e doloridos querendo dar de mamar, mas alguém aparecia e o arrancava... Norma Jeane gritara *não! não!* Mesmo assim as mãos puxavam Bebê, e ela apenas conseguira escapar do sonho ao se forçar a acordar.

— Norma Jeane — disse a corretora, com educação —, tem algo errado? Pensei em levar vocês por aqui...

Norma Jeane estava afastando o olhar de tantos malditos espelhos! Havia espelhos ovais, retangulares, altos verticais, painéis de espelhos em quase todas as paredes da casa. Um dos banheiros no andar de baixo era espelhos do piso ao teto, com beiradas de zinco! Em cada recinto em que se entrava, lá estava seu próprio reflexo entrando e seu rosto pairando como um balão, olhos atacando olhos. É essa coisa que se tornou a garota no espelho da drogaria Mayer! Com turbante carmesim e óculos escuros, Norma Jeane parecia uma figurante com peitões e pernas em *A caminho do Rio*, a que Bob Hope encararia com desejo. Norma Jeane ficou pensando que o objetivo da Amiga Mágica era permanecer secreta. Morando com sua Amiga Mágica por muito tempo, o especial se perde.

Cass deve ter lido seus pensamentos; ele disse que tirariam a maioria dos espelhos se era isso que Norma Jeane queria.

— Geminianos podem viver sem espelhos porque nós nos "espelhamos", não é?

— Cass, eu não sei. Quero ir para casa.

Ela o amava e não confiava nele. Não confiava em nenhum homem que amava. Um deles era o pai de Bebê, ou seria possível que os dois fossem? Aquela não tinha sido a primeira vez em que tocaram no assunto das apólices de seguro, e agora estavam sugerindo testamentos também. Eles esperavam que ela morresse, no parto talvez? Será que esperavam que ela morresse? (Mas eles a amavam. Ela sabia!) Se ela ao menos tivesse o sr. Shinn para consultar. Talvez: o Ex-Atleta que queria "sair" com ela?

Na noite anterior Norma Jeane contou a Cass a respeito do famoso ex-jogador de beisebol querendo conhecê-la, e Cass pareceu mais impressionado do que a própria Norma Jeane, dizendo que o Ex-Atleta era um herói para muitos americanos tanto quanto, ou até mais, que uma estrela de cinema, então, talvez Norma Jeane devesse conhecê-lo. Norma Jeane protestou, dizendo que não sabia nada de beisebol e não gostava e de qualquer forma ela estava grávida.

— Ele diz que quer "sair" comigo! Nós sabemos o que quer dizer.

— Você pode bancar a difícil. Difícil de ceder. Um papel excelente para Marilyn.

— Ele é famoso. Deve ser rico.

— Marilyn é famosa. Ela não é rica.

— Ah, mas eu não sou... famosa como ele. *Ele* teve uma carreira longa antes de se aposentar. Todo mundo ama o homem.

— Então por que você não?

Norma Jeane havia espiado Cass com ansiedade para ver se ele tinha ciúmes, mas ele parecia não ter. Ainda assim, Cass, ao contrário de Eddy G., era difícil de ler.

Norma Jeane não contou a Cass que havia rejeitado o Ex-Atleta famoso. Não pessoalmente, pois o homem não havia ligado em pessoa, mas por meio de alguém que havia contatado seu agente. Que audácia! Como se "Marilyn Monroe" fosse uma mercadoria. Bastava ver o pôster e fazer uma ligação com uma oferta. Qual era o preço de Marilyn?

No segundo piso d'*O Cipreste*, na seção mais antiga com ares de Normandia da casa, as luminárias onduladas de cristal e cobre eram ainda mais evidentes. Uma luz doentia e sinistra entrava pelas janelas, como se fosse de uma fonte outra que o sol. Havia um odor de drenos lotados, inseticida e perfume velho. E o vento incessante... Norma Jeane imaginava poder ouvir vozes, risos abafados de criança. Tinha que ser o vento, chocalhando vidraças ou luminárias. Ela notou Cass olhando para os lados com irritação; ele deveria estar ouvindo o som também. Ele estivera nauseado pela manhã, de ressaca, uma alarmante *ausência* nos olhos quando Norma Jeane o espiou. Enquanto Theda Bara explicava o complexo sistema de interfones da casa, Cass estava em pé esfregando os olhos e mexendo a boca como se tivesse algo preso que não conseguia engolir. Norma Jeane tentou passar um braço ao redor dele, que a empurrou para o lado, envergonhado.

— *Eu não sou o seu Bebê. Me solta.*
Por que nós viemos para este lugar horrível? Não era uma visão que buscávamos.
Theda Bara passou algum tempo descrevendo o complexo sistema de alarme de segurança, holofotes e vigilância. Evidentemente custou quase um milhão de dólares para instalar. A dona anterior, disse ela, tinha um "medo extremo" de alguém arrombar a casa e assassiná-la.

— Igual à minha mãe — disse Eddy G., com tédio. — Este é o primeiro sintoma. Mas não é o último.

Norma Jeane tentou dar leveza ao ambiente.

— Por que alguém iria querer *me* assassinar? Sempre me pergunto. Porque, sabe... quem é importante assim?

Theda Bara disse com um sorriso frio:

— Muita gente nesta parte do mundo é importante o suficiente para ser assassinada. E muitas mais são ricas.

Norma Jeane sentiu isso como uma rejeição, apesar de não entender. Ela se perguntou com um sorriso: o que o famoso Ex-Atleta pensaria se soubesse que ela estava grávida? E apaixonada não por um belo rapaz sensual, mas dois?

Talvez eu seja uma vagabunda. Céus, havia evidência suficiente!

Foi então que as coisas estranhas começaram a acontecer. Enquanto Eddy G. fazia perguntas à corretora, Norma Jeane não estava ouvindo muito, e Cass só faltava parar de segui-los, pele ressecada e com casquinhas, se coçando. Mexendo a boca como se tentasse engolir em seco. O ar estava tão árido, era como se areia se acumulasse na boca. Norma Jeane queria pegar Cass em seus braços, beijá-lo e confortá-lo. Num canto do olho, de súbito houve um movimento de fuga em passinhos rápidos. Uma sombra escapando. Atravessando um dos espelhos? Nem Theda Bara ou Eddy G. haviam notado, mas Cass virou-se para encarar em terror. Ainda assim, parecia não haver nada. Quando Theda Bara mostrou a eles mais um outro quarto, atrás de uma cortina de brocado parecia haver algo se movendo, agitado.

— Ah...! Olhe — disse Norma Jeane, sem pensar.

Incerta, Theda Bara disse:

— Não é... nada. Tenho certeza.

Com coragem, a corretora teria marchado até lá para ver, mas Cass a segurou e disse:

— Não. Foda-se; só fecha esta *porta*.

Eles saíram e a porta foi fechada.

Norma Jeane e Eddy G. trocaram um olhar preocupado. O que havia de errado com Cass? Dos três, Cass Chaplin tinha que ser a pessoa no controle.

Norma Jeane estivera escutando vozes soprando abafadas, gritos e risadas de crianças, ainda que, é claro, fosse o vento, apenas o vento, apenas sua imaginação febril, e quando Theda Bara os levou para o quarto das crianças, Norma Jeane viu com alívio que estava vazio; exceto pelo vento murmurante, estava em silêncio. *Por que sou tão boba? Ninguém teria matado uma criança aqui.*

— Que quarto l-lindo! — Norma Jeane sentia que tinha que dizer.

Mas o quarto infantil não era lindo, apenas grande. E longo. A maior parte da parede externa era de vidro laminado esfumaçado, olhando para o espaço vazio como se eternidade adentro; as outras paredes haviam sido pintadas com cor-de-rosa flamingo e decoradas com imagens de desenhos animados do tamanho de adultos humanos. Tanto criaturas bizarras, antigas, no estilo *Contos da Mamãe Gansa*, quanto personagens de desenhos animados americanos: Mickey Mouse, Pato Donald, Pernalonga, Pateta. Os olhos vazios, sem profundidade. Os sorrisos felizes e humanos. Mãos de luvas brancas em vez de patas. Mas por que tão *grandes*? Norma Jeane era da mesma altura do Pateta, e foi ela quem se afastou, fazendo piada:

— Esse aí jamais se impressionaria com um par de peitos.

Como fazia às vezes em festas, fora de si de tão chapado, como seus amigos bêbados viciados o descreviam com ternura, Cass Chaplin começou a reclamar — a respeito de filosofia tomista, ou falhas geológicas no Condado de Los Angeles, ou o "secreto desejo de linchamento" dos norte-americanos que não tinha sido, na visão de Cass, importado do Velho Mundo para o Novo: na verdade, era apenas um instinto esperando que os puritanos norte-americanos se estabelecessem nas terras selvagens... Agora, de forma abrupta, como um sonâmbulo acordando de um transe, Cass começou a falar de animais em livros e filmes infantis.

— Jesus! Seria apavorante se animais pudessem falar. Se de fato fossem como nós. Ainda assim, no mundo das crianças, eles sempre são. Por quê?

— É porque animais são humanos! — Norma Jeane o surpreendeu. — Eles não podem falar como nós, mas se comunicam, claro que sim. Eles têm emoções como nós... dor, esperança, medo, amor. Uma mãe animal...

— Não animais de desenho, querida — interrompeu-a Eddy G.— Eles nunca dão cria.

— Nossa Norma ama animais — disse Cass, com um rancor inesperado. — É porque não conhece um sequer. Ela imagina que eles corresponderiam seu amor sem qualificação.

— Ei — disse Norma Jeane, ferida —, não fale de mim como se eu não estivesse presente. E não seja condescendente.

Os homens riram. Possivelmente estavam orgulhosos dela, inflamando a situação assim, até tirando os óculos de sol como Bette Davis ou Joan Crawford em um melodrama, confrontando seus traidores.

— Norma dizendo "Não seja condescendente".

— Até a Peixinha tem seu orgulho.

— A Peixinha *em especial* tem seu orgulho.

Theda Bara estava olhando de um para o outro e em seguida para o terceiro, seus lábios volumosos abertos de surpresa. O que estava havendo ali? Quem eram aqueles jovens imprudentes?

Deliberado como uma facada no coração. Uma facada na barriga.

Ela. Norma Jeane era *ela.* Nunca poderia ser nada além *dela.* O terceiro ponto da Constelação de Gêmeos. Aquele terceiro ponto distante do triângulo eterno que Cass descrevia como a Morte. Norma Jeane foi obrigada a se dar conta de que nunca faria diferença para os homens — quanto ela os amava, quanto ela se sacrificaria por eles, quão celebrada ela seria por estranhos e quanto talento tinha como atriz —, ela sempre seria *ela.* Ela era a Peixinha deles, ela era Peixe.

As risadas dos homens diminuíram. Exceto pelo vento, tudo ficou muito quieto.

Eles haviam deixado o medonho quarto infantil cor-de-rosa, Theda Bara estava limpando a garganta para dizer algumas animadas palavras finais, quando veio um som súbito de algo deslizando no chão. Perto dos pés, em parte escondida por um cercadinho para crianças, havia uma sombra passando depressa.

— Cascavel! — gritou a corretora.

Em pânico, Eddy G. subiu em uma mesa. Era uma mesinha de piquenique com tampo plástico em uma pequena ilha de grama artificial e palmeiras em miniatura. Ele agarrou o braço de Norma Jeane e a ergueu ao seu lado, em seguida ajudou Theda Bara e o pobre Cass, trêmulo, que havia ficado pálido; quatro adultos arfando e se aninhando com medo.

— A cobra! É a mesma — disse Cass. Seu rosto de boneco devastado estava coberto de suor, e os olhos, dilatados. — É culpa minha. Eu causei isso. Não deveria ter nos trazido para cá.

Norma Jeane disse querendo ser prática, porque Cass não dizia nada com nada:

— Uma cascavel *atacaria* de verdade? Uma pessoa? Elas deveriam ter mais medo de nós.

Theda Bara gemia "Ah, ah, *ah*", como se estivesse prestes a desmaiar; Eddy G. teve que segurá-la.

— Madame, vai ficar tudo bem. Eu não estou vendo a filha da puta, na verdade. Alguém está vendo a maldita?

— *Eu* nunca vi cobra alguma — disse Norma Jeane. — Mas eu ouvi o bicho, acho.

— É culpa minha — disse Cass, inclinado e trêmulo. — Essas coisas. Eu comecei a ver isso nos banheiros, em vasos sanitários, e não consigo parar. É só por minha causa que elas estão aqui.

Parecia mesmo. Não havia cobra no quarto infantil. Norma Jeane e Eddy G. ajudaram a confortar Theda Bara, que tivera um susto imenso e só queria deixar *O Cipreste*, e Cass, que havia entrado em uma espécie de estado de fuga, como um homem em choque, os olhos abertos, dilatados e sem foco. Falava sem coerência, com arrependimento. Era sua culpa, ele levava essas coisas por toda parte, e uma hora esse seria seu fim, e não havia nada a fazer. Norma Jeane queria levar Cass a um banheiro para lavar seu rosto com água fria, mas Eddy G. não recomendou, não haveria água alguma, e se houvesse, seria água enferrujada e quente como sangue.

— Isso o assustaria ainda mais. Vamos só levar Cass para casa.

— Você sabia disso, Eddy? — perguntou Norma Jeane. — Dessas "coisas" dele?

— Eu não tinha certeza de quem eram, sabe? — disse Eddy G., de forma evasiva. — Dele ou minhas.

No caminho de volta para a cidade, Eddy G. sóbrio no volante, Norma Jeane ao seu lado, abalada e assustada, pressionando a palma das mãos em Bebê para confortá-lo, e Cass, a camisa aberta para que pudesse respirar, deitado trêmulo e choramingando no banco de trás. Norma Jeane disse em voz baixa para Eddy G.:

— Deus do céu. Deveríamos levar Cass a um médico. São alucinações por abstinência, não são? O Hospital Cedros do Líbano. A Emergência. — Eddy G. fez que não. Norma Jeane disse, implorando: — Não podemos só fingir que ele não está doente, como se não houvesse nada errado.

E Eddy G. disse:

— Por que não?

Assim que saíram da sinuosa Laurel Canyon e entraram no Boulevard, e de volta para a Sunset, Cass os surpreendeu sentando-se ereto, suspirando, bufando e rindo, envergonhado.

— Deus. Desculpem. Eu não me lembro do que foi tudo isso, mas não me atualizem, está bem? — Ele apertou a nuca de Eddy G. e apertou a de Norma Jeane. Seu toque era gelado, mas reconfortante. Tanto Eddy G. quanto Norma Jeane estremeceram com um rápido tipo estranho de desejo. — Sabem o que eu acho que é isso? Gravidez psicológica. Norma está tão saudável e sã com isso tudo que alguém de Gêmeos precisava enlouquecer. Não me importo que por enquanto seja *eu*.

Era tão convincente e parecia tanto com um tipo esquisito de poema, que não restava outra coisa a não ser acreditar.

Aquele sonho. A linda mulher loira agachada na sua frente, puxando suas mãos com impaciência. Uma mulher loira tão linda que era impossível ver seu rosto; uma imagem ofuscante. Ela saía de um espelho. As pernas eram tesouras, os olhos, chamas. O cabelo, um furacão de cachos claros. *Dê para mim! Sua vaca deprimente.* Ela estava tentando puxar a criança aos prantos das mãos enfraquecidas de Norma Jeane. *Não. Este não é o momento certo. Este é meu momento. Você não pode me negar!*

"Aonde você vai quando desaparece?"

Vida e sonhos são folhas do mesmo livro.

— Arthur Schopenhauer

Veio a manhã em que ela soube o que faria.

Era uma manhã depois da visita a *O Cipreste* e era uma manhã depois de Lakewood.

Uma manhã depois de uma noite longa de sonhos turbulentos como pedregulhos rolando sobre seu corpo desamparado e frágil.

Ela ligou para Z, com quem não tinha falado desde a noite da *première*. Contou qual era a situação. Começou a chorar. Talvez o choro houvesse sido ensaiado, Z pensaria, mas possivelmente não. Z ouviu em silêncio. Ela poderia ter pensado que era um silêncio de choque, mas, na verdade, era um silêncio prático, Z já estivera nessa posição, ouvira essas palavras, um roteiro batido, escrito por um roteirista anônimo muitas vezes.

— O que vou fazer, Marilyn, é passar você para Yvet. — O nome era pronunciado "ih-vê". Nome que Norma Jeane nunca havia ouvido antes. — Você conhece Yvet. Ela vai te ajudar.

Yvet era a secretária assistente de Z. Norma Jeane se lembrava dela da manhã vergonhosa no Aviário. Quantos anos! Antes mesmo de Norma Jeane ter sido *nomeada*. Num momento de inocência tão distante dela agora que Norma Jeane já não se lembrava mais dessa garota, e até os pássaros empalhados inóspitos não passavam de recordações passageiras; não que ela não os tivesse visto, testemunhado todos, ouvido os gritos de dor e terror, mas lhe parecia que a experiência havia acontecido com outra pessoa, ou em um filme que Cass Chaplin poderia identificar: alguma coisa de D.W. Griffith?

Yvet afastando os olhos, a expressão de pena e desdém. *Tem um camarim logo ali fora.*

* * *

Yvet entrou na linha, e a mulher foi simpática e casual e soava mais velha do que Norma Jeane teria imaginado. Chamando-a de "Marilyn". Bem, por que não? No Estúdio, ela era Marilyn. Em créditos de filmes, ela era Marilyn. No mundo tão vasto que poderia ser também a eternidade, ela era Marylin. Yvet dizia:

— Marilyn? Vou preparar tudo. E vou te acompanhar. Planeje-se para amanhã de manhã, às oito. Buscarei você em casa. Sairemos alguns poucos quilômetros de Wilshire. É uma clínica, não é um beco escondido ou perigoso. É um médico respeitado. Ele tem uma enfermeira. Você não vai precisar ficar muito tempo. Mas, se quiser, pode ficar o dia inteiro lá. Dormindo, descansando. Vão te anestesiar. Você não vai sentir, bem... Não é como se fosse sentir *nada*, com certeza, sentirá *algo*. Quando o efeito da medicação passar. Mas é só físico e passa, e então você se sentirá bem. Confie em mim. Você ainda está na linha, Marilyn?

— S-sim.

— Amanhã de manhã busco você às oito. A não ser que eu ligue para remarcar.

Ela não ligou para remarcar.

O Ex-Atleta e a Atriz Loira:
o encontro

Quando você acredita estar atuando, de súbito descobrirá sua versão mais verdadeira.

— de *Paradoxo sobre o comediante*

No primeiro encontro, o Ex-Atleta levou a Atriz Loira ao Villars Steakhouse, em Beverly Hills.
Jantaram das 20h10 às 23 horas.
Uma viva luz brilhante pairava ao redor da mesa deles.
O casal glamouroso era observado pelos espelhos, por clientes discretos que — no Villars, um dos restaurantes mais exclusivos de Beverly Hills — não teriam desejado ficar olhando. Notou-se que o Ex-Atleta, conhecido por ser taciturno, além de por sua notável habilidade no beisebol, falou relativamente pouco no começo, mas se comunicou com olhares. O olhar dele era fumegante: italiano. O belo rosto equino estava barbeado, jovial para a idade. O cabelo quase negro, já com falhas nas têmporas, era visto nos espelhos como grosso, intocado pelo cinza. Como um advogado ou bancário, usava um terno azul-marinho com riscas de giz, camisa branca engomada e sapatos de couro preto muito polidos. Sua gravata era de uma luxuosa seda azul-marinho gravada com imagens brancas em miniatura de tacos de beisebol. Quando o Ex-Atleta se dirigia a um garçom, fazendo os pedidos pela sua companheira ou por si mesmo, ouvia-se sua fala em uma voz estranhamente comedida. *Ela gostaria de...* e *Eu gostaria de... Ela gostaria de...* e *Eu gostaria de... Ela gostaria de* e *Eu gostaria de...* A Atriz Loira, apesar de muito linda, estava nervosa. Como uma iniciante em sua primeira performance no palco. Às vezes, durante a noite, ela ficava tão agitada de ansiedade que o reflexo espelhado ficava borrado como se por névoa ou vapor, e nós não conseguíamos vê-la. Às vezes, ela sumia por completo! Em outros momentos, quando ria, a boca

vermelha lustrosa brilhava para todos os lados, e era tudo o que conseguíamos ver. *A boca é como uma boceta. Este é o segredo dela. Ela é burra demais para saber?* Para alguns observadores no Villars, a Atriz Loira tinha a aparência "exatamente igual" à das fotos; para outros, a Atriz Loira tinha a aparência "completamente diferente" das fotos. A Atriz Loira estava usando, e isso deveria ter sido uma surpresa calculada, não o decote profundo que era sua marca registrada em tons chamativos de vermelho, branco ou preto, mas um vestido elegante, rosa-pastel em seda e lã, com a saia plissada bem feminina, o corpete cravejado de pérolas e gola apertada, a qual ela puxava inconscientemente com unhas das mãos feitas. Sobre o seio esquerdo estava presa uma gardênia cor de creme, parecida com os acessórios florais das formaturas colegiais, que ela, frequentemente, com um sorrisinho tímido para o Ex-Atleta, cheirava.

Tão delicado da sua parte! Muito obrigada! Gardênias são minhas flores favoritas.

O rosto do Ex-Atleta ficava corado de prazer. Ele parecia prestes a falar, mas não falava. Ele sorria, franzia a testa. Havia um tique leve no olho esquerdo. A luz que emanava da mesa do casal estava manchada e ondulante como água refletida. O Ex-Atleta estava empolgado com a beleza da Atriz Loira, ou intimidado por ela. Aos olhos de alguns observadores, o Ex-Atleta já estava ressentido pela beleza da Atriz Loira, e de vez em quando ele olhava para os lados com irritação, para o restaurante que murmurava sob a luz das velas, como se nos pressentisse assistindo à cena, apesar de, em momentos assim, nós afastarmos os olhos.

Exceto que: o Atirador de Elite à paisana, descansando no fundo do restaurante em uma alcova sombria entre a brilhante cozinha movimentada e o escritório do gerente, nunca tirou os olhos ou desviou a atenção. Para o Atirador de Elite isso mal era uma distração, mas um episódio crucial em uma narrativa em que ele, como um mero agente, contratado pela Agência, não poderia nomear nem desejaria fazê-lo.

O Ex-Atleta estava começando a se apaixonar! Tudo isso estava no futuro.

Não. O futuro é agora. Tudo o que virá nasce do AGORA.

Isso era um fato. Diversas vezes, com timidez apesar da ousadia, com o ar de um homem roubando uma base, o Ex-Atleta deixou a mão repousar na da Atriz Loira.

Uma onda elétrica atravessou o murmúrio contido sob a luz das velas.

Observou-se que a mão do Ex-Atleta era "duas vezes maior" que a da Atriz Loira.

Observou-se que o Ex-Atleta não usava anéis, tampouco a Atriz Loira.

Observou-se que a mão do Ex-Atleta era bronzeada e escurecida enquanto a mão da Atriz Loira era de uma palidez feminina e "suave de hidratante".

De certo modo, o Ex-Atleta começou a relaxar. Ele bebia uísque, e durante o jantar, vinho tinto. O Ex-Atleta foi encorajado pela Atriz Loira a falar de si mesmo. Ele contou uma sequência de anedotas do beisebol, que talvez tivesse contado antes. Mas cada contar de uma doce anedota familiar para uma audiência familiar é na verdade uma anedota diferente; no contar, nós nos tornamos pessoas diferentes. A Atriz Loira parecia emocionada. Ela ouvia com atenção, apenas bebericando seu drinque, uma bebida frutada gasosa de uma jovem na formatura do ensino médio, em um copo alto gelado com um canudinho; ela apoiava os cotovelos na beira da mesa, mirando seu corpo magnífico para o Ex-Atleta. Com frequência, arregalava os olhos azuis azulíssimos.

Não ria, eu adorarava softbol! No ensino médio às vezes eu jogava com os garotos quando deixavam.

Qual era sua posição?

Eu acho que... batedora? Quando deixavam.

O Ex-Atleta tinha duas risadas distintas, uma baixa e contida e uma gargalhada explosiva vinda das entranhas. A primeira era acompanhada de um olhar tímido; a segunda, que o tomava de surpresa, era hilaridade pura. A Atriz Loira se deleitou com a explosão de risadas de alguém tão sombriamente taciturno. *Ah! Papai costumava rir exatamente assim. Papai trazia o presente do riso a cada vida que tocava.*

O Ex-Atleta não perguntou a respeito de "Papai". Era suficiente saber, com uma expressão de compaixão e pesar, além de uma sensação interna de satisfação, que o pai da Atriz Loira estava morto e fora do caminho.

Enquanto a Atriz Loira, com frequência, sumia da imagem, ou na verdade era eclipsada em nossa visão por uma aura de luz brilhante, também sua risada era percebida com incerteza. Para alguns observadores atentos, era "aguda como vidro tilintando, bonita, mas nervosa". Para outros, era "cortante, como unhas arranhando uma lousa". Tinha ainda quem a achasse um "triste guinchado sufocado como um rato ao ser morto". Para outros, por fim, era "gutural, rouca, um gemido de prazer".

Gracioso em seu uniforme de beisebol, o Ex-Atleta ficava esquisito em roupas civis. Na metade da noite, abriu o terno. O terno caro de risca de giz feito sob medida era justo na região dos ombros; talvez desde a aposentadoria, ele houvesse ganhado de cinco a sete quilos no torso e na cintura? Percebeu-se a Atriz Loira desajeitada também. Onde em seus filmes, "Marilyn Monroe" era uma fluida presença mágica na tela, como música, inimitável e inconfundível, no que se chamava "vida real" (se uma noite no Villars Steakhouse na companhia do ex-jogador de beisebol mais famoso da era poderia ser designada como "vida real"), ela era uma garotinha enfiada no corpo de uma mulher completamente madura. O peso dos seios grandes a puxava para a frente de forma que ela estava continuamente obrigada a se inclinar para trás; o esforço na parte de cima da coluna deveria ser considerável. E estava de sutiã? *Com certeza parecia sem.*

Tampouco de calcinha. Mas uma cinta-liga, e meia-calça diáfana com costuras escuras sensuais.

O Ex-Atleta "devorou" a comida dele. A Atriz Loira "beliscou" a dela.

O Ex-Atleta comeu um contrafilé de 340 gramas, com cebolas salteadas, batatas assadas no forno e vagem. Exceto pela vagem, limpou o prato. Ele comeu boa parte de uma baguete crocante besuntada com manteiga. Na sobremesa, torta de chocolate com nozes e sorvete. A Atriz Loira comeu filé de linguado com um molho leve de vinho, batatas temporãs e aspargo. Para a sobremesa, peras escalfadas. Com frequência, ela levava o garfo aos lábios, então baixava, ao ouvir com atenção trêmula o recontar do Ex-Atleta de uma de suas anedotas.

No *Paradoxo sobre o comediante*, ela havia lido:

"Todos os atores se prostituem.
Eles só querem uma coisa: seduzir você."

Ela pensou *Se eu sou uma prostituta, isso me explica!*

Com vontade, a Atriz Loira sorria para as anedotas do Ex-Atleta. Ria com a frequência que a ocasião merecia. Paulatinamente, o Ex-Atleta aproximava mais sua cadeira da dela. Seu corpo desejoso do dela. No meio de seu enorme bife suculento, pediu licença para usar o toalete masculino. Ele voltou e puxou sua cadeira para mais perto da de sua companheira. Notou-se, conforme o Ex--Atleta passava pelo interior do restaurante à luz de velas, que ele cheirava a colônia forte, uísque e tabaco. Seu cabelo cheirava a loção oleosa. Seu hálito, a carne. Ele era apaixonado por charutos: cubanos. Havia um em um embrulho de papel-celofane no bolso de seu terno. Suas abotoaduras douradas eram na forma de bolas de beisebol e, assim como a gravata de seda, eram presente de um admirador. Quando se é uma celebridade do esporte, o mundo inteiro é um admirador. Ainda assim, naquela noite, o Ex-Atleta estava levemente fora de seu campo. Ele sorria de forma estranha e franzia a testa. Sua testa vincava com emoção. Sangue pulsava em ambas as têmporas. Ele estava preparado para rebater, forçado a encarar um sol desgraçado. Estava assustando-o pra caralho, esse negócio de se apaixonar por essa "Marilyn Monroe". Tão rápido! E a memória de um divórcio feio ainda batucando na cabeça como pinos de boliche atingidos por um lançamento cruel.

O Ex-Atleta era um cavalheiro com as mulheres que mereciam. Como todos os homens italianos. Com as mulheres que demonstravam não merecer, como a vagabunda da ex, ninguém poderia culpá-lo por perder o controle.

Com um retorcer amargo da boca, o Ex-Atleta falou rápido de seu precoce casamento anterior, seu divórcio, seu filho de dez anos. De imediato, a Atriz Loira perguntou a respeito do filho, a quem o Ex-Atleta claramente adorava naquela maneira sentimental e furiosa de pais divorciados que não receberam custódia e só podem ver os filhos em momentos definidos pelo juiz.

Com astúcia, a Atriz Loira não fez pergunta alguma da ex-mulher. *Se ele a odeia, ele odiará a próxima mulher. A próxima sou eu?*

A aura de luz brilhava, pulsava, quase obscurecia o casal.

O Ex-Atleta perguntou à Atriz Loira como ela havia começado.

A Atriz Loira parecia confusa. *Começado o quê?*

Os filmes. Interpretar.

A Atriz Loira tentou sorrir. Estranha e enervante, ela se tornou naquele instante uma atriz sem roteiro.

Eu não sei. Eu acho que... fui "descoberta".

Descoberta como?

Ela sorriu uma espécie de sorriso crispado com nervosismo. Um companheiro mais sensível que o Ex-Atleta não teria seguido essa linha de questionamento.

A Atriz Loira falou, devagar a princípio, hesitante, então com mais certeza: "Eu atuava no ensino médio. Interpretei Emily em *Nossa cidade* e um caça-talentos me viu. Nós tínhamos um excelente professor de teatro na Van Nuys; me fazia ter fé em mim mesma. Me ensinou a acreditar em mim mesma". Antes que o Ex-Atleta pudesse fazer outra pergunta, ela disse, agitada e ofegante, que estava ensaiando para sua primeira comédia musical, uma produção de grande orçamento de *Os homens preferem as loiras*. Ah, ela estava nervosa! Os olhos do mundo poderiam estar nela. Ela estava sendo bem instruída em dança e canto. Estava nas mãos de um coreógrafo brilhante. Sentia-se emocionada em estar envolvida em uma produção tão glamourosa. "Sempre amei música. Dançar. Levantar o ânimo das pessoas? Apenas desejando deixar as pessoas felizes com a vida e querendo viver. Às vezes eu acho que Deus me fez uma garota bonita e não, ah... uma cientista? uma filósofa?... por este exato motivo."

O Ex-Atleta estava encarando a Atriz Loira. Se havia um roteiro entre eles, o Ex-Atleta não tinha falas. Teria sido apenas um leve exagero dizer que ele ficou sem palavras.

Agora a Atriz Loira reclamava com muita infelicidade e um biquinho nos lábios de seus doloridos tenros pés e músculos das pernas, com os ensaios de dança seis dias por semana, das dez da manhã até as seis da tarde. Num impulsivo gesto infantil, ela estendeu a perna torneada e levantou a saia até o joelho, acariciando a panturrilha. *Tenho câimbra o tempo inteiro. Ah!*

Todos os olhos no Villars notaram como a mão do Ex-Atleta se moveu como um animal ferido, mancando, para tocar com apenas a ponta dos dedos a perna da Atriz Loira. E como o Ex-Atleta murmurou, em confusão tenra: "É um tendão estirado talvez. Você precisa de uma massagem."

Como se tocasse uma chapa quente, a pele dela! Por meio da diáfana meia-calça de náilon.

Com dedos trêmulos o Ex-Atleta acendeu um charuto. Um garçom vestido de branco apareceu para levar os pratos sujos. O Ex-Atleta, encorajado pelo álcool, começou a falar de estar aposentado *do esporte*. O que isso significava para ele. No fim dos seus trinta anos. Atenta como antes, a Atriz Loira ouvia. Ela estava mais confortável ouvindo do que falando; quando se ouve, não se precisa improvisar. Ela estava inclinada para a frente sobre os cotovelos, os seios predominantes no corpete adornado com pérolas, subindo e descendo com a urgência de sua respiração, ambas as pernas educadamente recolocadas para baixo da mesa.

O Ex-Atleta, exalando fumaça, falou de seu amor pelo beisebol desde garoto; como o beisebol fora sua salvação, uma espécie de religião para ele, seu time era uma família próxima e os fãs também. Os fãs! Os fãs eram instáveis, mas maravilhosos. E como o beisebol havia devolvido sua família a ele, o respeito de seu pai e dos irmãos mais velhos. Porque ele não tivera esse respeito antes de ser excelente em beisebol. Ele não havia sido verdadeiramente *um homem*, aos próprios olhos ou aos deles. Eles vendiam pescado em São Francisco, e ele não era bom em pescar e odiava o barco, o oceano, os peixes se debatendo enquanto morriam; por sorte, era bom em esportes, e o beisebol foi sua passagem para sair dali e ascender. Ele era um dos vencedores da grande loteria americana, e sabia disso, era grato; ele nunca subestimou isso. E agora... bem, estava aposentado. Ele estava fora do esporte, mas aquela ainda era sua vida, sempre seria sua vida, sua identidade. Ele tinha muito a fazer, aparições públicas, endossar produtos, rádio e televisão e conselhos diretivos, mas que diabo, ele ficava solitário, tinha que admitir que ficava solitário, apesar dos muitos amigos — e eram amigos incríveis, em especial em Nova York —, seu coração era solitário, tinha que admitir. Com quase quarenta anos, ele precisava se aquietar. Para sempre dessa vez.

A Atriz Loira enxugou as lágrimas dos olhos. Eram efeito dessas palavras honestas e da pungente fumaça de charuto flutuando na sua direção. Com leveza, tocou o punho do Ex-Atleta. Seu punho e as costas de suas mãos estavam cobertos por ásperos pelos pretos que, em contraste com os punhos da camisa espantosamente branca e os botões de punho dourado, faziam-na estremecer. Dizendo, como se fosse uma resposta adequada para tudo que ele havia confiado a ela e sem saber o que mais dizer, "Ah, mas...! Você não sai dos jornais! Não parece aposentado."

O Ex-Atleta riu. Estava lisonjeado, apesar de achar graça.

"Ei, não apareço nos jornais tanto quanto você, Marilyn."

Aquele sorriso tímido de novo, a Atriz Loira inclinando a cabeça e inconscientemente puxando a gola apertada de seu vestido.

"Ah, quem...? Eu? Isso é só publicidade do estúdio. Ah, eu odeio! E autografar todas aquelas fotos falsas de mim... "Com amor, Marilyn." Todas as cartas que "Marilyn" recebe. Mil por semana... ou talvez mais? De qualquer forma, é só por um tempo, até eu conseguir economizar dinheiro e poder fazer papéis mais sérios como, ah... no palco? Em um teatro de verdade? Eu poderia trabalhar com um professor de drama real. Eu poderia fazer parte de um teatro de repertório. Eu poderia interpretar em *Nossa cidade* de novo e poderia interpretar Irina em *As três irmãs*... ou Masha? Quando fui Rose em *Torrentes de paixão*, sabe no que eu estava pensando? Por favor, não ria de mim, eu estava pensando que poderia interpretar Lady Macbeth um dia..."

A Atriz Loira parou de falar. O Ex-Atleta não estava rindo dela, mas não estava absorvendo muito daquilo. O olhar tinha uma transparência suave e íntima, como se estivessem deitados em travesseiros lado a lado. Ele sugava seu charuto cubano.

Com arrependimento, a Atriz Loira concluiu: "De qualquer forma, não vai durar para sempre, o que estou fazendo. Mas você, um atleta campeão que todo mundo ama... você durará para sempre".

O Ex-Atleta pensou nisso. Pareceu profundamente tocado, ainda que incerto sobre como responder. Deu de ombros com a musculatura vigorosa. "Certo", disse ele. "Sim, eu acho."

Era uma cena improvisada na aula de atuação. Entendia-se por instinto que ela precisava de algo mais, uma virada dramática, uma espécie de fechamento. A Atriz Loira disse, com uma inspiração passional: "Ah, mas acima de tudo eu q--quero... me aquietar, como você. Como qualquer garota. E ter uma família. Ah, eu amo tanto crianças! Sou louca por bebês".

Foi então que, do nada, como se um alçapão abrisse em um filme mudo, o indivíduo identificado como M. Classen, 43 anos, rancheiro, de Eagle Bluffs, Utah, aproximou-se da mesa do casal. Todos os observadores o fitaram. O Atirador de Elite encarando no fundo do restaurante, sentidos apurados como uma navalha afiada. O que era isso? Quem era aquele? Pairando sobre o Ex-Atleta e a Atriz Loira, que em sua surpresa total simplesmente ficou piscando para ele, M. Classen abrira a carteira para mostrar a eles um retrato colorido de seu sorridente filho de onze anos, Ike, um garoto sardento e de cabelo castanho, que havia sido um "jogador nato" até dezoito meses atrás, quando começou a perder peso e se machucar com facilidade e vivia sempre cansado até que o levaram a um médico em Salt Lake City e ele foi diagnosticado com leucemia.

— Isso é um câncer do sangue. Por causa dos testes nucleares do governo americano! Nós sabemos! Todo mundo sabe! Do jeito que nossas ovelhas e nosso gado são envenenados também. Nos arredores da minha propriedade tem uma área de teste, com uma placa "ZONA PROIBIDA POR ORDEM DO GOVERNO DOS ESTADOS UNIDOS". Eu tenho seis mil acres, tenho meus direitos. O governo dos Estados Unidos não vai pagar pelas transfusões de sangue de Ike; os desgraçados se negam sequer a reconhecer que têm qualquer responsabilidade. Eu não sou um comunista! Sou cem por cento americano! Servi o Exército na última guerra! Por favor, se vocês dois pudessem me recomendar, falar bem de mim para o governo dos Estados Unidos...

Da mesma forma inesperada com que M. Classen apareceu, ele foi colocado para fora às pressas. Mal entrara em foco lúrido da aura luminosa cercando a mesa do casal, e a cena improvável terminou. Logo um gerente de rosto corado retornou para se desculpar profundamente.

Inesperadamente, a Atriz Loira escondeu o rosto, chorando. Lágrimas brilhando como joias descendo pelas bochechas. O Ex-Atleta a encarou, tocado e confuso. Nós podíamos ver como ele queria agarrar as mãos da Atriz Loira e confortá-la, mas a timidez o restringiu. (E os olhares de uma miríade de estranhos! A maioria de nós havia parado de se incomodar em olhar pelos espelhos e agora assistia de forma bastante aberta ao drama na mesa do casal celebridade.) O belo rosto equino do Ex-Atleta ficou vermelho vivo. Ele estava impotente e furioso. Enquanto o gerente trapalhão continuava a se desculpar, o Ex-Atleta o interrompeu com uma obscenidade murmurada.

"Não! Ah, p-por favor! Não é culpa de ninguém." A Atriz Loira reiterou o Ex--Atleta, ainda chorando, um lenço apertado nos olhos, e pediu licença para ir ao toalete. Que cena: conforme ela atravessava o restaurante, com urgência, mas em um passo sonâmbulo, escoltada pelo gerente abalado, o cabelo loiro-platinado flutuando, a silhueta feminina esculpida com suavidade dentro do vestido apertado com as infinitas pregas balançando, todos os olhares no restaurante seguiram seu rastro, os movimentos notáveis da parte inferior de seu corpo, como um longo plano-sequência em que a câmera segue, a uma distância discreta, o olhar desejoso de um voyeur invisível e anônimo. Parecia a todos que encaravam, até para o experiente Atirador de Elite, para quem estrelas de cinema e atletas campeões no fundo não significavam mais do que o centro do alvo, que a aura misteriosa pairando sobre a mesa do casal agora seguia a Atriz Loira até que, quase correndo para dentro do toalete, ela desapareceu de nosso escrutínio.

Lá, a Atriz Loira enxugou seus olhos lacrimosos com um lenço e reparou os estragos feitos ao rímel. Seu rosto queimava como se ela tivesse tomado um tapa. Que cena tão esquisita! Quando não se está preparada para chorar, chorar *dói*. E a gola perfurando sua garganta como os dedos de um homem a apertando, *como os dedos de Cass se ele conseguisse alcançá-la*. Ela fungava e estava empolgada, e notou atendente do salão do toalete a observando, despertada de seu transe pelo estado emocional da Atriz Loira. A atendente era poucos anos mais velha que a Atriz Loira, com uma pele morena. Com uma leve língua presa, perguntou:

— Senhorita? Você está bem?

A Atriz Loira garantiu que sim, sim! Em seu estado agitado a Atriz Loira não se importou de ser observada de perto. Revirou a bolsa branca com pérolas. Ela precisava de outro lenço, que a atendente lhe passou discretamente.

— Obrigada!

O salão do toalete era de um cor-de-rosa suave com dourado. A iluminação era suave e gentil. Pelo espelho, a Atriz Loira viu a atendente a olhando, aquele rosto modesto, cabelo preto amarrado na nuca, sobrancelhas acanhadas, um queixo recuado e um pequeno sorriso com biquinho. *Você é linda, e eu sou medíocre e eu odeio você*. Mas não, a moça parecia genuinamente preocupada.

— Senhorita? Por favor, tem algo que eu possa fazer?

A Atriz Loira encarava a atendente no espelho. Será que essa moça era alguém que ela deveria conhecer? A Atriz Loira havia bebido demais, o espumante foi direto para sua cabeça e lhe dava vontade de chorar, ou rir; espumante tinha muitas reações, e ainda assim ela não resistia, nem a vinho tinto, e a proximidade com o Ex-Atleta a noite toda era ainda mais desorientadora, pois ali estava um homem cuja fama eclipsava a dela e poderia protegê-la da sua própria. Ali estava um homem que era um cavalheiro, e será que outra coisa importava de verdade?

Foi então que a Atriz Loira se deu conta de que conhecia a atendente de pele morena. Jewell! Uma das órfãs irmãs de Norma Jeane no Lar, quinze anos antes. Jewell, cujo jeito engraçado de falar era motivo de piada para os garotos mais cruéis. E Fleece, que Jewell amava, fazia piada às vezes. Jewell encarava a Atriz Loira pelo espelho. "Você pertence a este lugar aqui comigo, este é seu devido lugar." A Atriz Loira estava prestes a exclamar com um sorriso. *Ah, será que é... Jewell? Nós não nos conhecemos?*

Exceto que uma voz a precaveu: *Não. Melhor não.*

Outra mulher entrou, vestida com glamour. A Atriz Loira se enfiou rápido em um dos cubículos do banheiro. Para cobrir o barulho gotejante de seu xixi, o qual desde a Operação (como ela pensava a respeito) saía quente, ardente, doloroso, ela puxou a descarga do banheiro uma vez, e outra. Tão vergonhoso! Ela se perguntou se Jewell a reconheceu; como se, ao reconhecer "Marilyn Monroe", Jewell houvesse *a* reconhecido. Pois uma estava dentro da outra, interpretando o papel inventado para ela.

Cass disse para ela ao telefone, depois de descobrir sobre o aborto: "Não venha culpar Marilyn! Foi tudo você".

Quando a Atriz Loira voltou à pia para lavar as mãos, a outra mulher havia entrado em um dos cubículos, graças a Deus. Já que não havia toalhas de papel, a Atriz Loira teve que esperar a atendente passar uma toalha de mão; ela agradeceu à moça e deixou uma moeda de cinquenta centavos em uma tigela de moedas e notas sobre a estante. Quando se virou para partir, a atendente insistiu bruscamente:

— Com licença, senhorita.

A Atriz Loira sorriu para ela, perplexa. Será que havia esquecido alguma coisa? Mas estava agarrada à sua bolsinha de pérolas.

— Sim? O que foi?

A atendente sorriu de um jeito estranho. Ela estendia algo para a Atriz Loira em uma das toalhas de mão. A Atriz Loira apertou os olhos e viu um pedacinho de carne em forma de gota, uma substância vermelha e deformada, com o tamanho aproximado de uma pera. Brilhava com sangue fresco. Parecia imóvel. Não tinha a parte inferior do corpo, apenas uma miniatura de torso humano; sem rosto, mas com olhos rudimentares, um nariz, uma minúscula rachadura angustiada no lugar boca.

— Senhorita Monroe? Esqueceu isto.

O Ex-Atleta havia sacado sua carteira de couro novinha em folha e bateu-a na mesa. Veias em suas têmporas pulsavam ominosamente. Uma mulher linda chorando — se as lágrimas não fossem de reprovação a ele — simplesmente derretia seu coração.

"Für Elise"

Você sempre interpretará a si mesmo. Mas será em uma variedade infinita.

— Stanislavski, *A preparação do ator*

Não poderia ter sido o acaso. Pois naquele lugar em que ela permaneceria intermitentemente pelo resto de sua vida loira, não há acaso. *Lá eu descobri que tudo é necessidade, como farpas de plumas que entranham a carne enquanto dilacera.*

"Für Elise" — aquela linda melodia assombrosa.

"Für Elise" — que um dia ela tocou, ou tentou tocar. No piano branco brilhante de Gladys, que um dia pertencera a Fredric March. Nos dias da avenida Highland, Hollywood. Gladys havia se sacrificado para se certificar de que Norma Jeane tivesse aulas de piano e de voz, sabendo que um dia Norma Jeane seria uma artista. *Sempre, ela tivera fé em mim. E eu sabia tão pouco.* Havia seu professor de piano, sr. Peace, o qual ela adorava e temia, erguendo e guiando com firmeza seus dedos pelo teclado.

— Norma Jeane. Não seja boba. *Tente.*

Ela estava sozinha quando ouviu a música. Com a cabeça nas nuvens, subia uma escada rolante na Bullock's, em Beverly Hills. Devia ter sido uma segunda-feira: nada de ensaios no Estúdio. Ela não estava fantasiada de Lorelei Lee ("O papel para o qual Marilyn Monroe nasceu!"), mas de uma mulher fazendo compras em Beverly Hills. Ninguém a reconheceria, ela tinha certeza. Ela fora a Bullock's comprar presentes para o maquiador, Whitey, que era uma figura e tanto e a fazia rir; e para Yvet, a assistente do sr. Z, que foi tão gentil e paciente com ela e guardaria seu segredo; e uma linda camisola para Gladys que ela mandaria entregar no Lar de Lakewood com um cartão "Com amor, sua filha, Norma Jeane". Ela usava óculos tão escuros que tinha dificuldade de ver as etiquetas de preço, um casaco de linho folgado cor de areia e calça de linho. Sapatos de lona com sola de cortiça para confortar os pés feridos e doloridos. Sobre o fino cabelo loiro esvoaçante ainda um pouco amassado do sono ela havia amarrado um lenço azul-piscina, muito provavelmente um presente ou uma apropriação. Nessa época, as pessoas empurravam tudo para ela, de itens de roupa, até joias, inclusive herdadas de família, e por educação ou sua necessidade habitual de dizer algo que impedisse questões íntimas ela expressava a menor admiração por essas coisas.

Marilyn, prove! Ora, fica lindo em você! Por favor, fique com isso, eu insisto.

Na escada rolante para o segundo piso da Bullock's, começou a ouvir a melodia do piano sem saber o que era. Pois sua própria cabeça estava cheia como uma jukebox maníaca com sons de uma comédia musical de ritmo acelerado, música para dançar estridentemente sincopada. Barulhenta, vulgar. Mas ali era música clássica vinda de um piso superior. Não uma fita ou gravação, ela tinha certeza, mas música ao vivo: um pianista ao vivo? Ele estava tocando "Für Elise", de Beethoven! Perfurando seu coração como uma lasca do vidro mais puro.

"Für Elise", que Clive Pearce havia tocado lentamente para Norma Jeane, com gentileza, com tristeza, no piano branco mágico antes de levá-la embora para o orfanato.

Seu tio Clive.

— Uma última vez, querida. Você me perdoa?

Ela perdoaria! Ela perdoou.

Cem, mil vezes, ela perdoou a todos.

Na verdade, Marilyn Monroe não é como nas fotos. Ela parece mais nova, bonita e com um rosto doce. Não é uma beldade. Nós a vimos na Bullock's dia desses, fazendo compras. Ela parecia comum. Quase.

Como sob encanto, ela seguiu as notas de "Für Elise" para o quinto e último piso. Estava tão cheia de emoção que não poderia dizer por que estava ali, nessa loja; na verdade, ela odiava fazer compras; estar em público a deixava ansiosa; mesmo que estivesse em disfarce havia a possibilidade de olhos atentos e inteligentes desvendarem aquele disfarce pois *aquela era uma época de informantes, testemunhas.* (Até mesmo V, que fora uma estrela tão popular na época da guerra e que era cem por cento patriota, havia sido recentemente interrogado por um comitê do estado da Califórnia investigando comunistas e subversivos na indústria do entretenimento. Ah, se V deu a eles o nome dela! Será que ela já havia dito qualquer coisa a ele defendendo o comunismo? Mas V não a trairia, não é? Depois de tudo que haviam significado um para o outro?) Ainda assim, a música do piano a atraiu, ela não conseguia resistir. Os olhos se enchiam de lágrimas. Ela estava tão feliz! Em sua vida e carreira as coisas estavam indo bem. Ela pensava no futuro e não no passado, e eles lhe haviam dado o camarim grande no Estúdio que um dia pertencera a Marlene Dietrich, ela não podia se permitir pensar muito nisso pois ideias assim a deixavam empolgada e ansiosa. Ficou insone de novo. Só dormia se trabalhasse, trabalhasse, trabalhasse, fizesse exercício, dançasse e escrevesse em seu diário até ficar exausta.

Mas eles a proibiram de experimentar roupas na Bullock's. Todas as boas lojas. Porque ela manchou roupas. Ela não usa roupa íntima. Não é limpa. Ela é uma viciada em Benzedrina, ela sua.

O quinto andar da Bullock's era o mais chique. Roupas caras de marca, a seção de peles. Carpete fofo rosa opaco. Até a iluminação era etérea. Ali, Norma Jeane havia provado roupas para o sr. Shinn, e ele havia comprado um vestido de festa branco para a estreia de *O segredo das joias*. Como era fácil sua vida, como Angela! Não havia pressão em "Marilyn Monroe" na época; "Marilyn Monroe" mal existia três anos atrás. Apenas I.E. Shinn tivera fé nela.

— Meu Is-aac. Meu judeu. — Ainda assim, ela o havia traído. Ela o havia feito morrer de coração partido. Havia pessoas em Hollywood, parentes próximos do sr. Shinn, que a desprezavam como uma vagabunda manipuladora e ainda assim... o que ela havia feito? Como podia ser culpa dela? — Eu não me casei com ele nem aceitei seu dinheiro. Só posso me casar por amor.

Ela amara Cass Chaplin e Eddy G., ainda que em uma hora febril tivesse abandonado o apartamento que compartilhava com eles. Gêmeos. Não havia futuro para os Geminianos. Ela tivera que escapar. Ela só teve tempo de pegar roupas essenciais, os livros especiais. Deixara todo o resto para trás, incluindo até o pequeno tigre listrado de pelúcia. Yvet supervisionou a mudança também. E emprestara para Norma Jeane outro apartamento, na avenida Fountain. (Yvet estava agindo sob a direção de Z, é claro. Pois Z, chefe de produções no Estúdio, tornara-se um zeloso cúmplice em sua vida, cordial e solidário a ela, seu investimento de milhões de dólares.) E agora, também, o Ex-Atleta afirmava amá-la, nunca havia amado uma mulher como a ela, queria se casar com ela. Já em seu segundo encontro, antes de sequer se tornarem amantes. Seria possível? Um homem tão famoso, tão gentil, generoso e um cavalheiro, querendo se casar com *ela*? Ela quisera confessar a ele que esposa ruim havia sido ao pobre Bucky Glazer. Ainda assim, em sua fraqueza e em seu medo de que ele deixasse de amá-la, ela acabou ouvindo sua voz de garota dizendo que o amava também e que sim, ela se casaria com ele algum dia.

Será que iria desapontar esse pobre homem também? Partir seu coração?

Acho que eu sou uma vagabunda... Eu não quero ser!

Lenta e cuidadosamente, Norma Jeane fora se aproximando do pianista por trás. Ela não queria distraí-lo. Ele estava sentado em um elegante Steinway *grand* perto da escada rolante que descia, um cavalheiro mais velho de gravata branca e fraque, dedos correndo sem errar pelas teclas brilhantes do teclado. Não havia partitura à sua frente; ele tocava de cabeça.

— É ele! Sr. Pearce!

É claro, Clive Pearce envelhecera de forma considerável. Fazia dezoito anos. Estava mais magro e o cabelo havia ficado totalmente prateado; a pele ao redor dos olhos inteligentes estava molenga e sem cor, o rosto um dia bonito se tornara uma ruína de rugas e pele caída. Ainda assim, com que beleza ele tocava piano para o público majoritariamente indiferente, mulheres ricas fazendo compras, a doçura assombrosa de "Für Elise" ignorada entre as conversas de vendedores e clientes. Norma Jeane queria gritar para esses outros. Como podem ser tão grosseiros? Eis aqui um artista. *Escutem-no*. Mas ninguém no piso escutava Clive Pearce ao piano, exceto por sua ex-aluna Norma Jeane, já adulta. Ela estava mordendo o lábio, secando os olhos por trás das lentes escurecidas.

Marilyn com certeza gosta de música tocada ao piano! Nós a vimos ouvindo um velho tocando piano no andar de cima da Bullock's, talvez ela estivesse fingindo, mas eu acho que não. Tinha lágrimas nos olhos. Dava para ver que ela não usava sutiã, os mamilos quase eriçados por trás do tecido branco fino.

No apartamento novo e esparsamente mobiliado de Norma Jeane, na avenida Fountain, ela havia colocado ao lado da cama um Panteão de Grandes Homens cujas imagens ela havia recortado de livros ou revistas. Proeminente entre essas havia uma interpretação de Beethoven por um artista: testa poderosa, expressão feroz e cabelo bagunçado. Beethoven, o gênio musical. Para quem "Für Elise" não era mais do que uma bagatela, uma ninharia.

Também no Panteão estavam Sócrates, Shakespeare, Abraham Lincoln, Vaslav Nijinsky, Clark Gable, Albert Schweitzer e o dramaturgo americano que recentemente recebera o Prêmio Pulitzer por drama.

Depois de "Für Elise", o pianista tocou diversos prelúdios de Chopin, e então a sonhadora "Stardust", de Hoagy Carmichael. Isso também não poderia ser mero acaso, pois a única canção bonita em *Os homens preferem as loiras* era "When Love Goes Wrong, Nothing Goes Right", de sr. Carmichael, que Lorelei Lee canta. Norma Jeane ouviu com reverência. Ela faltaria a diversos compromissos naquela tarde, incluindo uma reunião crucial com a figurinista, e ela havia prometido ao Ex-Atleta, que estava em Nova York, que estaria em casa às quatro da tarde para atender sua ligação. Ela estava tentando lembrar se tinha visto Clive Pearce em algum filme recente. Pois com todo aquele talento, o homem se encontrava em um nível inferior; o contrato no Estúdio deveria ter terminado muito tempo antes. Ele estava reduzido a ocupações como aquela! Tocando piano numa loja. Ela o ajudaria, se pudesse. Uma figuração em *Os homens preferem as loiras*, ou talvez ele pudesse tocar piano?

— É o mínimo que poderia fazer. Eu devo tanto a esse homem.

Era o intervalo do pianista. Norma Jeane aplaudindo com entusiasmo, se aproximou para se apresentar:

— Sr. Pearce? Você se lembra de mim? Norma Jeane.

Clive Pearce, levantando-se do banco do piano, a encarou por um longo momento estuporado.

— Marilyn Monroe? Você é...?

— E-eu sou agora. Mas eu era... Norma Jeane. Você se lembra? Avenida Highland? Gladys Mortensen? Nós morávamos no mesmo edifício...

Uma das pálpebras do sr. Pearce caiu. Havia uma teia de veias finas quase invisíveis nas bochechas caídas. Mas ele estava sorrindo muito, piscando como se uma luz ofuscante brilhasse em seu rosto.

— Marilyn Monroe. Eu fico honrado.

Em sua veste formal, de fraque, gravata branca e sapatos pretos lustrosos, Clive Peace parecia um manequim parcialmente trazido à vida. Norma Jeane havia estendido a mão em um gesto afetuoso para apertar a dele, como havia se tornado confiante em fazer, pois agora ela era uma daquelas mãos que as pessoas adoravam apertar e acariciar por longos segundos, e o sr. Pearce segurou as duas mãos de Norma Jeane, olhando-a maravilhado.

— Você *é* Clive Pearce, não é?

— Ora, sim. Sou. Como você me conhece?

— Eu na verdade sou Norma Jeane Baker. Ou melhor, Norma Jeane Mortensen. Você conhecia minha mãe, Gladys, Gladys Mortensen...? Você foi amigo dela, na avenida Highland? Por volta de 1935, creio eu.

Clive Pearce riu. O hálito cheirava a moedas de cobre seguradas por tempo demais em uma mão úmida.

— Faz tanto tempo! Ora, você não era nem nascida, srta. Monroe.

— Eu certamente era, sr. Pearce. Eu tinha nove anos. Você foi meu professor de piano. — Norma Jeane estava tentando não implorar. Inconscientemente, estava notando uma pequena reunião de estranhos observando de uma distância discreta. — Por favor, você não se lembra de mim? Eu era só uma g-garotinha. Você me ensinou a tocar "Für Elise".

— Uma garotinha, tocando "Für Elise"? Minha querida, duvido muito.

Sr. Pearce parecia suspeitar que estivessem fazendo troça dele.

— Minha mãe era... é... Gladys Mortensen. Você não se lembra *dela*?

— Gladys...?

— Vocês eram amantes, eu achava. Quer dizer, você amava minha m-mãe... ela era tão linda, e...

O cavalheiro de cabelo prateado sorriu para Norma Jeane e faltou apenas piscar de tão confuso: *Sua mãe? Uma mulher? Não.*

— Minha querida, você pode estar me confundindo com alguém. Todos os ingleses são parecidos nessa Cidade de Lantejoulas.

— Nós moramos no mesmo prédio, sr. Pearce. Avenida Highland, 828, em Hollywood. A cinco minutos de caminhada do Hollywood Bowl.

— O Hollywood Bowl! Sim, acho que me lembro do edifício, um lugar pavoroso caindo aos pedaços e lotado de baratas. Fiquei pouco tempo lá, graças a Deus.

— Minha mãe não estava bem, ela teve de ser levada embora e hospitalizada. Você foi meu tio Clive. Tia Jessie e você me levaram para o or-or-or-orfanato?

Finalmente o sr. Pearce se assombrou. A expressão ficou atenta e austera.

— Tia Jessie? Tem alguma mulher dizendo que foi minha *esposa*?

— Ah, não. Esse era apenas o jeito que eu chamava vocês. Quero dizer... Você queria que eu ligasse para você, para você e para ela, mas eu não p-podia. Você não se lembra mesmo? — Norma Jeane estava francamente implorando agora. Parada perto do homem idoso, que era centímetros mais baixo do que ela se lembrava, para que aquele círculo de espectadores não pudesse ouvi-los tão bem. — Você me ensinou piano em uma espineta Steinway marfim, minha mãe a conseguira com Fredric March...

Nesse instante, Clive Pearce estalou os dedos.

— A espineta! É claro. Minha querida, eu tenho esse piano em minha posse.

— Você tem o piano da minha m-mãe?

— O piano é meu, querida.

— Mas... como você conseguiu?

— Como eu consegui o piano? Ora, um momento. — Clive Pearce franziu a testa e crispou os lábios. Estreitou os olhos com o esforço para lembrar. — Creio que o senhorio tomou posse de alguns dos pertences de sua mãe, por causa do dinheiro que ela devia. Sim, acho que foi isso. O piano havia sido levemente danificado pelo incêndio... Acho que me lembro de fogo...? E então me ofereci para comprar. Mandei consertar e estou com ele desde então. Um adorável pianinho do qual eu nunca poderia me separar, nunca.

— Nem mesmo por um... preço alto?

Contorcendo os lábios, Clive Pearce considerou isso. Sorrindo então do jeito que Norma Jeane se lembrava, do jeito que a fizera estremecer, ali estava o tio Clive maliciosamente astuto em quem não se deveria confiar.

— Minha querida e bela Marilyn, talvez eu pudesse abrir uma exceção especial para *você*.

Dessa forma mágica Clive Pearce foi contratado como figurante em *Os homens preferem as loiras*, tocando piano no fundo de uma cena que se passava no saguão luxuoso de um transatlântico a vapor, e a espineta Steinway que um dia pertencera a Fredric March foi comprada por Norma Jeane por 1.600 dólares, emprestados do Ex-Atleta.

O grito. A canção.

> Você vai imaginar que no mesmo espaço que ocupa com seu próprio corpo, real, existe outro corpo: o corpo imaginário de seu personagem, que você criou em sua mente.
>
> — Michael Chechov, *Para o ator*

O Estúdio não mandou um carro preto e reluzente digno de uma rainha, mas um Nash corcunda e feio com uma melancólica cor de água suja que sai da louça lavada e um chofer de uniforme e quepe, pele escura e parecendo uma criatura parte sapo e parte humana, com enormes olhos brilhantes e vítreos dos quais ela se encolhia.

— Ah, não olhe para mim! Esta não sou eu. — Ela havia engolido areia, a boca estava seca. Ou eles haviam enfiado um pano de algodão em sua boca para sufocar seus gritos? Tentava explicar que tinha mudado de ideia para a mulher de sorriso emoldurado por batom e luvas de renda preta que a empurrava para o banco de trás, mas a mulher se negou a ouvir. E as mãos da mulher tão fortes, hábeis e experientes.

— Não. Por favor. Eu q-quero voltar. Isso é um... — A ofegante voz apavorada de uma garota. Miss *Golden Dreams*? O Chofer Sapo levou o veículo corcunda com agilidade e habilidade louváveis pelas ruas brilhantes da Cidade de Areia. Não era noite, ainda que o sol a cegava tanto que era quase como se estivesse escuro.

— Ah, ei...! Eu mudei de ideia, está bem? Eu tenho vontade própria, sou capaz de pensar sozinha! Sou sim! — Havia grãos de areia não apenas em sua boca, mas nos olhos.

A mulher com as mãos enluvadas fez uma expressão que poderia ser descrita como um franzir de testa sorridente. Uma parada sacudiu o carro todo. Norma Jeane foi induzida a perceber que eles haviam viajado pelo Tempo.

Qualquer papel para o ator é uma jornada no Tempo. É a sua versão anterior da qual você se separa para sempre. Uma calçada súbita! Um lance de escadas de concreto! Um corredor e um cheiro pungente químico-médico como o cheiro das mãos de garotão de Bucky Glazer. Ainda assim a surpresa (como em um filme em que uma porta se abre inesperadamente e uma música começa a tocar) de um quarto elegantemente mobiliado. Uma *sala de espera*. As paredes eram de painéis de madeira polida, os quadros, reproduções de Norman Rockwell da *The Saturday Evening Post*. Havia cadeiras "modernas" com pernas tubulares. Uma brilhante escrivaninha ampla e... um crânio humano? O osso era amarelado, com rachaduras finas como se esmaltado, enervantemente vazio no topo (o resultado de uma autópsia? Haviam aberto um orifício na parte de cima do osso?) e cheio de canetas, lápis e os cachimbos caros do médico. Esse era oficialmente o dia de folga dele. O médico jogaria golfe mais tarde naquela manhã no Country Club de Wilshire com seu velho amigo Bing Crosby. Agora havia luzes brilhantes como safiras que a confundiam como se fossem ilusões. No alvorecer, ela se arrastou de sua cama, suada para engolir um ou dois ou três comprimidos de codeína.

— Por favor, não, me escutem, por favor, eu mudei de ideia. — Ainda assim, não era uma ideia sua para mudar. Ela disse a si mesma para se animar. *Esta luz é esterilizante. O perigo de germes e infecções será mínimo.* (Tais pensamentos curiosos e cômicos regularmente atravessavam com fugacidade sua mente no estúdio de gravação. O exagero de luzes, a intensidade do olho vítreo da câmera encarando-a, a noção disso, conforme a filmagem começava, conforme sua versão cinematográfica emergia, sem esforço e em um piscar de olhos; por aquela duração de tempo você e a Amiga Mágica eram uma só, em segurança e alegria completas.) Ainda assim ela estava tentando explicar que cometera um erro, não queria a Operação; sim, mas ela estava em "boas mãos"; o sr. Z havia prometido. Um investimento de milhões de dólares não poderia ser arriscado. Era certo, ela não estava correndo risco algum. Se ela fosse "Marilyn Monroe", ela nunca correria risco se o Estúdio pudesse prevenir. Para garantir a ela, Yvet cantarolava: "Você está em boas mãos para curar a tristeza, essas são boas mãos para lhe trazer beleza. Boas mãos do nascer ao pôr do sol". Vendo que não ouviriam suas súplicas, ela disse em seguida, com sua voz de garotinha sensual, cômica e ofegante como a de Lorelei Lee:

— Ah, vejam só...! Sabem de uma coisa, pessoal...? Eu meio que espero que vocês todos comecem a cantar e dançar?

Doutor não sorriu diante dessa observação, mas Doutor sorriu. Ele tinha uma cara de cogumelo, um nariz gorducho com pelos. Ele a chamava de "minha querida" talvez para reafirmar que não sabia seu nome e nunca o pronunciaria. Então haveria aquele alívio, Doutor não reconheceu a paciente famosa. Nenhum deles *a* conhecia. Ela estava tremendo nua, sob um avental fino. Bucky nunca a havia autorizado a ver qualquer cadáver, ainda assim, de alguma forma, ela tinha visto e ela sabia. A pele acinzentada, os olhos fundos. Quando a pele esponjosa é cutucada com o dedo, não volta para o lugar. Ela sentia a pele encolher de pavor e mordia o lábio para se segurar de soltar uma risada histérica. Eles a colocaram na mesa onde lenços de papel farfalharam e amassaram sob ela. Ela estava gotejando xixi, de tanto medo, e eles a limparam sem falar nada e posicionaram seus pés nos apoios. Seus pés descalços! As solas de seus pés são tão vulneráveis!

— Por favor, não olhe para mim? Não tire fotos? — Tia Elsie havia aconselhado: "Só fique fora do caminho deles, é simples assim". Era assim que Norma Jeane fazia amor, na maior parte; ela se deitava muito imóvel, sorrindo com alegria pelo que aconteceria, doce, desfocada e esperançosa, e ela se abria para o amante, fazia de si mesma um presente ao amante; não é isso que os homens querem, no fundo? A surpresa era o Ex-Atleta ser um amante gentil ainda que vigoroso, um amante de mais idade, como V, arquejando, suando e grato, e nunca o Ex-Atleta, que era um cavalheiro, riria dela, faria piada como os Geminianos fizeram, sem dó nem piedade.

— Manchete para o *Tatler*: "Revelação tétrica: ícone sexual Marilyn Monroe indaga "mas foder é um verbo?". — Risos e mais risos.

Bem, ela havia rido também. E Doutor fazia cócegas nela com seus dedos emborrachados. Dedos cutucando, mexendo dentro dela. Como tio Pearce para cima e baixo, na junção das nádegas como um ratinho safado. Mas saindo tão rápido que nem se notava que estivera ali. A codeína a havia amortecido, ela entrara naquele estado em que se sente dor a distância. Como se ouvisse gritos do quarto ao lado. Doutor dizendo "Não se debata, por favor. Haverá um mínimo de dor. Esta injeção vai te induzir a um sono leve. Nós não queremos ter de amarrar você".

— Espere. Não. Tem alguma coisa errada, eu... — Ela empurrou as mãos. Eram mãos de borracha. Ela não conseguia ver rosto algum. Acima, a luz era cegante. Era possível que ela houvesse viajado para longe, no futuro e o sol havia se expandido para preencher o céu inteiro. — Não! Esta não sou eu! — Ela havia conseguido deslizar para fora da mesa, graças a Deus. Gritaram atrás dela, mas ela havia partido. Correndo de pés descalços, arfando. Ah, ela poderia fugir! Não era tarde demais. Ela fugiu depressa pelo corredor. Conseguia sentir o cheiro de fumaça. Ainda assim, não era tarde demais. Subindo um lance de escadas, a porta estava destrancada, então ela empurrou para abrir. Lá, os rostos familiares de Mary Pickford, Lew Ayres, Charlie Chaplin. Ah, Carlitos! Charlie era seu papai verdadeiro. Aqueles olhos! No recinto ao lado havia um som abafado. Sim, o quarto de Gladys. Um lugar proibido às vezes, mas agora Gladys não estava lá. Ela entrou correndo e lá estava a cômoda. E lá, a gaveta que deveria abrir. Ela puxou, puxou, puxou aquela gaveta. Estava emperrada? Será que era forte o suficiente para abri-la? Enfim, ela abriu, e o bebê agitava mãos e pés minúsculos, respirando com dificuldade. Engasgando e inspirando para chorar. Justo quando o gelado espéculo de metal entrou em seu corpo por entre suas pernas. Justo quando a esvaziaram como se limpassem as entranhas de um peixe. As entranhas caindo pelas beiradas da pá. Ela atirou a cabeça de um lado para o outro gritando até que os tendões na garganta cederam.

O bebê gritou. Uma vez.

— Srta. Monroe? Por favor. Está na hora.

Bem, mais que na hora. Eles estavam chamando por ela fazia quanto tempo? Batendo com cuidado na porta do camarim. Ela ficou ali dentro por quarenta minutos, o cabelo perfeito, máscara cosmética perfeita, num transe, encarando o vestido longo de seda rosa-sensual, luvas até os cotovelos e a parte de cima de seus notáveis seios à mostra e as joias brilhantes do figurino nas orelhas e ao redor do adorável pescoço. E a perfeição da boca de boceta lustrosa. Hora de interpretar "Diamonds are a Girl's Best Friend".

Monroe foi impecável. Uma profissional de verdade. Uma vez que cada palavra, cada sílaba, cada nota e cada batida foram memorizadas, ela funcionava como um relógio. Não era uma "personagem" — um "papel". Ela deveria ter a habilidade de se enxergar já no filme, como uma animação. A animação que ela conseguia controlar de dentro de si. Controlava como a animação seria vista por estranhos em um cinema escuro.

Isto era o que Marilyn Monroe era na tela: a imagem animada que estranhos um dia veriam e adorariam.

Uma vez me enviaram para buscá-la, eu *bati na porta e coloquei a orelha para ouvir, e juro que ouvi um bebê gritar lá dentro. Não alto, não como se houvesse um bebê naquele recinto, mas com certeza eu ouvi um bebê gritar. Só uma vez.*

O Ex-Atleta e a Atriz Loira:
o pedido

1.

Haveria observadores — ao considerar em retrospectiva o casamento condenado, como quem anatomiza um defunto — que se perguntariam se era um pedido de fato ou se, em vez disso, era uma declaração coercitiva.

O Ex-Atleta dizendo em voz baixa para a Atriz Loira: "Nós nos amamos, é hora de nos casarmos".

E houve uma pausa. E em seu pavor silencioso, a Atriz Loira sussurrou: "Ah, sim! Sim, querido!". E, confusa, acrescentando com uma risada estridente e nervosa: "Eu a-acho!".

(Será que o Ex-Atleta ouviu essas últimas palavras enroladas? As evidências sugerem que *não*. O Ex-Atleta ouvia qualquer palavra da Atriz Loira que desafiasse seu orgulho, dita em murmúrio ou de qualquer outra maneira? As evidências sugerem que *não*.)

E então eles estavam se beijando. E terminando a garrafa de espumante. E então fazendo amor outra vez, com ternura e esperança infantil. (Na Suíte Imperial, que fazia jus ao nome, no Beverly Wilshire, onde o Estúdio deixou Marilyn Monroe na noite depois da festa de gala no hotel para quinhentos convidados em celebração à estreia de *Os homens preferem as loiras*. Ah, que noite!) E de súbito a Atriz Loira estava chorando. E o Ex-Atleta ficou profundamente tocado e fez o que amantes fazem em romances bregas ou em filmes dos anos 1940: ele beijou as lágrimas de sua amada.

Dizendo "Eu simplesmente amo tanto você".

Dizendo "Eu simplesmente quero proteger você desses chacais".

Dizendo com agressividade de garoto, erguendo-se sobre ela com os cotovelos, espiando-a de cima como alguém que analisa um território traiçoeiro na ilusão benigna de que atravessá-lo não apenas seria possível, mas uma aventura, "Só quero levar você para longe daqui. Quero que seja feliz".

2.

Em momentos cruciais a imagem no filme sai de foco. Esta é a única cópia existente; dá para imaginar seu valor para os colecionadores. É claro, a trilha sonora está ruim. Aqueles de nós que podem ler lábios (é uma habilidade útil para um fã) estão em vantagem óbvia, ainda que não muita já que o Ex-Atleta não era apenas um homem reticente, mas quando falava, movia os lábios de forma esquisita como se a fala fosse uma vergonha, como a própria emoção fosse abrupta e ingovernável; e a Atriz Loira, quando não enunciando de propósito para a câmera (com a qual ela conseguia se "comunicar" como nenhuma outra pessoa viva), tinha uma tendência exasperante a balbuciar e engolir palavras.

Marilyn, nós queremos gritar para você. Olhe para nós. Sorria. Um sorriso de verdade. Esteja feliz. Você é *você*.

Quando o Ex-Atleta falava de "chacais" e de querer levar a Atriz Loira "para longe daqui", ele estava aludindo ao Estúdio (ele sabia como os executivos a exploravam, quão pouco pagavam pelos milhões de dólares que ela gerava), à toda a Hollywood e possivelmente ao mundo vasto além, que, o instinto lhe dizia, apesar de sua fama, não a queria bem. (Ou qualquer um deles. Afinal, fãs de beisebol não haviam vaiado o Ex-Atleta quando, mancando com um esporão de calcâneo, ele não atendeu às expectativas deles?) Seu desprezo masculino implacável talvez notasse, também, a gentalha teimosa de meia dúzia ou mais de fãs naquele exato momento do outro lado da rua, em um Wilshire Boulevard chuvoso (pois haviam sido expulsos por porteiros do grandioso hall do hotel) com cadernos de autógrafos imensos e câmeras Kodak baratas, esperando pelo casal de celebridades sair; a não ser que fosse suficiente para esses adoradores se regozijarem ao saber que, apesar de invisíveis e de todas as formas inacessíveis a eles, o belo moreno Ex-Atleta e a linda Atriz Loira poderiam naquele exato momento estar copulando como Shiva e Shakti, construindo e destruindo o Universo?

Uma coisa está clara. Depois que o Ex-Atleta diz com paixão "Quero que seja feliz", a Atriz Loira sorri confusa e responde algo, mas as palavras se perdem em estática. Um leitor labial infatigável, após estudar essas gravações repetidamente, especulou que a Atriz Loira respondeu: "Ah...! Mas eu sou feliz, eu fui feliz minha v-vida toda". Então como uma supernova explodindo, o Ex-Atleta e a Atriz Loira em seu abraço desesperado entre os lençóis sedosos emaranhados da cama maior que um sarcófago faíscam e se incineram em luz sem corpo — enquanto o próprio filme se derrete.

É um fato histórico. Apropriado, se irônico. Aprendemos a viver com isso como qualquer fato irremediável da história. Nosso instinto é de imediatamente

rebobinar o filme e repetir a gravação, esperando que desta vez vá resultar em algo diferente e todos nós possamos ouvir com mais clareza as palavras gaguejantes da Atriz Loira...
Mas não, nós nunca ouviremos.

3.

Na clamorosa estreia de *Os homens preferem as loiras* no cinema reformado do Grauman's Egyptian Theatre, no Hollywood Boulevard, entre holofotes e flashes de câmeras e assobios, gritos e aplausos, viera, furtiva como uma leoa, Yvet, a mulher de confiança do sr. Z, para murmurar misteriosamente na orelha da Atriz Loira:
— Marilyn. Acabei de descobrir. Certifique-se de ir sozinha para sua suíte de hotel hoje à noite. Alguém especial estará esperando por você lá.
A Atriz Loira fechou a mão ao redor da orelha lotada de diamantes.
— Alguém especial? Ah. Ah!
Aquele caco de vidro perfurando o coração. Em meio às borbulhas da onda de Benzedrina, praticamente todas as observações que se ouve são obras do destino, uma facada dolorida e doce no coração. E Benzedrina e espumante, que combinação! A Atriz Loira estava apenas descobrindo o que todo mundo em Hollywood sabia.
— Será que é... meu p-pai?
— Quem?
A música ensurdecedora da trilha sonora — "A Little Girl from Little Rock". Com a multidão clamorosa e a voz amplificada do anunciador, Yvet não ouviu, muito menos o que a Atriz Loira queria exatamente que ela ouvisse. (Raciocinando com a lógica da Benzedrina, se o visitante misterioso fosse de fato o pai de Norma Jeane Baker/Marilyn Monroe, ele teria escondido sua identidade de estranhos; sua identidade seria revelada única e exclusivamente para *ela*.) Yvet em esbelto veludo preto e uma única fileira de pérolas, cabelo acinzentado e olhos acinzentados perplexos perfurando a alma da Atriz Loira. *Eu conheço você. Eu vi a sua maldita boceta. Suas entranhas reviradas para fora como as de um peixe. Eu sei.* Yvet pressionou seu indicador contra os lábios. Era segredo! Não podia contar. A Atriz Loira — que não havia se dado conta de que estava agarrando o pulso da mulher mais velha como uma assustada adolescente eufórica — decidiu não ficar insultada com o aviso, mas expressar, como a própria Lorelei Lee poderia ter feito, com gratidão apenas:
— Obrigada!
Para que eu não trouxesse um homem de volta comigo. Ficasse bêbada e escolhesse alguém. É assim que imaginam Marilyn.

O Ex-Atleta, para a decepção extrema da equipe de relações públicas do Estúdio, não estava acompanhando a Atriz Loira na *première*. Ela seria acompanhada em sua espetacular elegância loira por executivos do Estúdio, seus mentores, sr. Z e sr. D. O Ex-Atleta estava longe na Costa Leste sendo homenageado no Hall da Fama de Beisebol. Ou será que estava em Key West, pescando com Papa Hemingway, um dos maiores fãs do Durão? Ou em Nova York, sua cidade favorita, onde poderia ser quase anônimo, jantando com Walter Winchell no Sardi's, ou com Frank Sinatra no Stork Club, ou no restaurante de Jack Dempsey na Times Square na mesa do ex-campeão de pesos-pesados, bebendo e fumando charutos e dando autógrafos ao lado do próprio lendário Dempsey.

— Sabe o que é "celebridade", garoto? É quando te pagam para enganar todo mundo por todo o tempo que restar do curso natural da sua vida.

Assim que Dempsey ganhou o título de peso-pesado em 1919, ele perdeu a fome pelo boxe. Pelo ringue. Pelos fãs. Até por ganhar — "Ganhar é para otários". O Ex-Atleta admirava como diabo seu companheiro ex-campeão em um esporte mais masculino e mais perigoso e portanto mais profundo do que beisebol, esse Dempsey em pele desgastada feito couro de elefante, acima do peso, dando piscadelas e rindo... "Ei, eu consegui. O grande Dempsey!"

A Atriz Loira não tinha ciúmes da carência fraterna e juvenil do Ex-Atleta por homens machões. A própria Atriz Loira poderia compartilhar desta carência.

Quantas horas árduas e tediosas foram necessárias para preparar a Atriz Loira para esta noite de comemoração! Ela havia chegado ao Estúdio às duas da tarde, já uma hora atrasada, de calça, casaco e sapatos baixos de lona. Chegou ao Estúdio sem maquiagem alguma, exceto pelo batom. Nenhuma sobrancelha! Ela ainda não havia tomado sua Benzedrina prescrita, para que estivesse em um humor claro e cortante. O cabelo loiro-platinado amarrado em um rabo de cavalo, ela parecia ter dezesseis anos talvez, uma líder de torcida bonita do sul da Califórnia, mas pouco extraordinária com um busto incomumente bem-desenvolvido.

— Por que diabo eu não posso só ser eu mesma? — reclamou ela. — Uma vez na vida.

Ela gostava de divertir a equipe do Estúdio. Ela gostava da risada deles e que eles gostassem dela. *Marilyn é uma de nós. Ela é ótima.* Percebia-se nela, às vezes, uma necessidade frenética de ganhar a afeição de cabeleireiros, maquiadores, mulheres do figurino, câmeras, técnicos de iluminação, o exército de funcionários do Estúdio que só tinham primeiros nomes como "Dee-Dee", "Tracy", "Whitey", "Fats". *Como a Marilyn Monroe realmente é...? Maravilhosa!* Ela lhes dava presentes. Alguns eram coisas que ela ganhava e repassava, outros eram comprados. Dava ingressos de cortesia. Ela se lembrava de perguntar a eles sobre as doenças das mães, o siso encavalado, os filhotes de cocker spaniel, as vidas amorosas tumultuadas que pareciam a ela tão mais interessantes que a sua.

Não quero ouvir qualquer coisa contra Marilyn, vou socar a porra da sua cara até engolir seus dentes. Ela é a única deles que é humana.

No dia da estreia de *Os homens preferem as loiras*, meia dúzia de mãos especialistas atravessaram a Atriz Loira como depenadores de frango atravessam carcaças de aves. O cabelo foi lavado, recebeu um permanente, e a raiz escura foi descolorida com uma água oxigenada tão forte que tiveram que ligar um ventilador diante da Atriz Loira para impedir que se asfixiasse, seu cabelo então foi lavado outra vez e colocado em enormes rolos plásticos cor-de-rosa, e um secador rugindo foi baixado em sua cabeça como uma máquina destinada a dar choques elétricos. Seu rosto e pescoço foram vaporizados, gelados e receberam creme. O corpo foi banhado e oleado, os pelos desagradáveis removidos; ela foi polvilhada, perfumada, pintada e colocada para secar. As unhas das mãos e dos pés foram pintadas em um carmesim brilhante para combinar com a boca neon. Whitey, o maquiador, havia trabalhado por mais de uma hora quando viu, para seu desgosto, uma assimetria sutil nas sobrancelhas escurecidas da Atriz Loira e as removeu por completo para refazê-las. A pinta no rosto foi colocada a um décimo de fração de centímetro errado, e então prudentemente restaurada à posição original. Cílios falsos colados no lugar. Em exasperação, o sacerdotal Whitey entonou:

— Srta. Monroe, por favor, olhe *para cima*. Por favor, não *se encolha*. Por acaso eu já *esfaqueei você no olho*? — O lápis delineador se movia perigosamente perto do olho da Atriz Loira, mas não entrava de fato.

A essa altura, a Atriz Loira já havia tomado um comprimido de Nembutal para acalmar os nervos, pois ela estivera se sentindo não ansiosa com a *première* naquela noite (houve inúmeras exibições de *Os homens preferem as loiras*, pré-estreias e críticas adiantadas dizendo que o filme era um estouro certeiro e que Marilyn Monroe era uma Lorelei Lee perfeita), mas estranhamente brava e impaciente. E talvez sentisse falta do Ex-Atleta? Ela tinha medo de que ele estivesse longe da *première* por se ressentir de tanta atenção lançada a ela.

Quando o Ex-Atleta estava longe dela, a Atriz Loira sentia sua ausência gritante. Quando o Ex-Atleta estava com ela, a Atriz Loira com frequência tinha pouco a dizer para ele, e ele, para ela.

— Mas talvez seja assim que um casamento deva ser? Duas almas. Imóveis.

O Ex-Atleta reluzia de orgulho de ser visto com a Atriz Loira ao seu lado em lugares públicos. Ele tinha quase quarenta anos; ela era mais jovem e aparentava ser mais ainda. Depois de passeios assim, o Ex-Atleta estava pronto para fazer amor com o vigor de um homem de metade da sua idade. No entanto, o Ex-Atleta era levado à raiva se outros homens encarassem a Atriz Loira de forma muito óbvia. Ou se comentários vulgares fossem feitos no seu campo de audição. Em geral, ele não aprovava as performances públicas da Atriz Loira, sua versão Marilyn. Ele queria que ela usasse roupas provocantes para ele, mas não para os outros. Ele havia ficado chocado e enojado com *Torrentes de paixão*, tanto o filme quanto os pôsteres lascivos e onipresentes. Ela não tinha controle contratual algum sobre a maneira como divulgavam sua imagem? Ela não se importava de ser comercializada como um pedaço de carne? Quando "Miss *Golden Dreams*" foi ressuscitada como a matéria central na primeira edição da *Playboy*, o Ex-Atleta se enfureceu. A Atriz Loira tentou explicar que a foto nua não pertencia a ela e que fugia de seu controle; havia sido comprada da empresa de calendários sem a sua permissão e sem pagamento. O Ex-Atleta soltou tanta fumaça pelas orelhas que poderia matar os desgraçados, cada um deles.

No espelho, ela encarava olho no olho.

— E talvez seja assim que o casamento deva ser também? Um homem que se importa comigo. Que nunca me exploraria.

Antes de partir para o cinema, a Atriz Loira engoliu uma, talvez duas, Benzedrinas para neutralizar o efeito do Nembutal. O coração parecia estar *desacelerando*. Ah, que necessidade poderosa ela sentia, uma necessidade maravilhosa de se enroscar no chão e *dormir*. Nessa noite, a mais feliz e mais triunfante de sua vida, querendo nada mais do que *dormir, dormir, dormir como a morte*.

A Benzedrina mudaria isso. Ah, sim! As balinhas eram garantia de acelerar o coração e trazer uma efervescência delirante ao sangue e ao cérebro. Aquela corrente doce e quente atingindo a cabeça como um raio do céu. Mas não havia perigo ali, pois as drogas da Atriz Loira eram exclusivamente legais. Nunca a Atriz Loira sucumbiria aos destinos esfarrapados de Jeanne Eagels, Norma Talmadge, Aimee Semple McPherson. Nunca se afastaria das *ordens médicas*. A Atriz Loira era uma moça inteligente e atenta, totalmente diferente de uma típica atriz de Hollywood. Aqueles que a conheciam bem a conheciam como Norma Jeane Baker, uma garota nascida em Los Angeles que havia saído dos bueiros, abrindo caminho a unhas e dentes. O médico do Estúdio, doutor Doc Bob providenciava apenas medicações apropriadas. Ela sabia que podia confiar nele, o Estúdio não arriscaria seu investimento de milhões de dólares. Benzedrina, com moderação: para "aliviar um humor mais sombrio", para "energizar rapidamente" em caso de extrema necessidade para uma atriz exausta. Nembutal, com moderação: para "acalmar os nervos", para gerar um "sonho restaurador sem sonhos" em caso de extrema necessidade para uma exausta atriz insone. A Atriz Loira perguntou com preocupação para Doc Bob se essas drogas poderiam viciar e Doc Bob pôs a mão, num gesto paternal, em seu joelho com covinhas e disse:

— Ah, querida! A vida pode viciar. Ainda assim, precisamos viver.

4.

Cinco horas e quarenta minutos tediosamente árduos foram necessários para replicar a Atriz Loira como Lorelei Lee de *Os homens preferem as loiras*. Mas essas multidões animadas pelo Hollywood Boulevard! Gritos de "*Marilyn! Marilyn!*". Você tinha que aceitar que valia o esforço, não?

Ela foi costurada dentro de seu vestido. O feito em si havia requerido mais do que uma hora. Era o vestido sem alças rosa-sensual que a servia como uma camisa de força, um decote profundo revelando o topo de seus seios cor de creme. Pequenas respirações, calculadas, alertaram-na. Nos braços, luvas até os cotovelos justas como torniquetes. Nas orelhas tenras, ao redor de pescoço maquiado e nos braços, havia diamantes brilhantes (na verdade, zircão, propriedade do Estúdio) e, na cabeça de algodão-doce platinado, a tiara de "diamantes" que ela usara brevemente no filme. Uma estola de raposa-do-ártico sobre os ombros nus, e nos pés, já doloridos, sapatos salto agulha rosa-sensual tão justos e oscilantes que a Atriz Loira apenas conseguia caminhar em modestos passos de formiga, sorrindo, apoiando-se nos braços em smoking do sr. Z e sr. D, respeitáveis como donos de funerárias. O trânsito pelo Hollywood Boulevard havia sido desviado por quadras, e milhares de espectadores — dezenas de milhares?, centenas de milhares? — estavam sentados em bancos pelo Boulevard e se apertavam barulhentos atrás de barricadas de polícia. Conforme o comboio de limusines do Estúdio passava, cabeças decapitadas de rosas vermelhas recém-desabrochadas eram lançadas. Um canto enlouquecido das multidões — *Marilyn! Marilyn!* —, era preciso aceitar que isso valia qualquer esforço, não era?

Holofotes a cegaram, gritos e assobios e microfones enfiados em seu rosto.

— *Marilyn!* Conte para a audiência de nossa rádio: você está sozinha hoje à noite? Quando vocês dois vão se casar?

Ao que, com esperteza, a Atriz Loira respondeu:

— Quando eu me decidir, vocês vão ser os primeiros a saber. — Uma piscadela. — Antes, inclusive, dele.

Risada, vivas, assobios e aplausos! Uma agitação de botões de rosa como passarinhos dementes.

Com sua glamourosa coadjuvante morena Jane Russell, lá estava a Atriz Loira lançando beijos e acenando para os holofotes, os olhos animados então e as bochechas com ruge brilhando. Ah, ela estava feliz! *Ela estava feliz!* * GEMINI * (a marca de filme) preserva esta alegria para sempre. Se Cass Chaplin e Eddy G. estivessem lá em qualquer lugar na multidão, encarando a Atriz Loira — odiando-a, a Norma deles, a Mãezinha deles, a Peixinha de estimação; como aquela vagabunda os havia traído; como havia trapaceado e logrado da paternidade que acreditavam beirar o absurdo, se não monstruoso, mas que haviam aprendido a aceitar, com o tempo, como um destino extraordinário porém ingovernável —, até os lindos rapazes de Gêmeos não conseguiriam negar a alegria da Atriz Loira, ela-que-era-tão-tímida, confrontando a sua primeira grande multidão. *Fãs!* O efeito da Benzedrina em sua forma mais pura. Hollywood amava (ou assim se dizia) que no set de *Os homens preferem as loiras*, a morena Jane Russell e a loira Marilyn Monroe não eram rivais, mas amigas. As garotas haviam sido da mesma escola de ensino médio! "Que coincidência incrível. De algum modo, era de se imaginar. Só nos Estados Unidos isso acontece." Na presença de Jane Russell, a Atriz Loira tendia a ser irônica e bancar a espertinha, levemente atrevida, enquanto Jane, uma cristã devota, tendia a ser ingênua e se chocar com facilidade. Justo o oposto do filme. Enquanto os dois ícones do glamour vestidos com luxo paravam na plataforma brilhando e acenando para a multidão, as duas costuradas em vestidos camisa de força decotadíssimos, as duas respirando em pequenas arfadas comedidas, a Atriz Loira disse com o canto da boca cheia de batom:

— Jane! Nós duas poderíamos causar um tumulto imenso, adivinha como?

Jane riu e perguntou:

— Tirando a roupa?

A Atriz Loira lhe lançou um olhar coquete, meio de soslaio, e lhe deu uma cotovelada, de leve, logo abaixo de seus enormes seios saltados.

— Não, *baby. Um beijo.*

O olhar de Jane Russell!

Momentos tão deliciosos, que biógrafos e historiadores de Hollywood desconheceriam, que *GEMINI* (o filme) preserva.

5.

— Eu morri? O que é tudo isso?

Painéis florais enfiados em seu camarim, infantis demais para sua idade. Pilhas de telegramas e cartas. Presentes de "fãs" em embrulhos amadores. Eram indivíduos sem rosto, anônimos, devotados, que compravam ingressos de cinema por todo o vasto continente norte-americano, que faziam o Estúdio ser possível, e a Atriz Loira. De início, a Atriz Loira se sentira lisonjeada, é claro, nos levianos meses iniciais da fama. Ela havia lido e chorado por suas cartas de fãs. Ah, algumas das cartas sinceras e de coração! Cartas de coração partido! Cartas do tipo que a própria Norma Jeane poderia ter escrito, como uma jovem adolescente deslumbrada. Havia cartas de pessoas deficientes, e de pacientes misteriosamente doentes e incapacitados em hospitais para veteranos e idosos, ou dos que pareciam idosos e daqueles que assinavam cartas como poetas: "Coração ferido", "Devotado a Marilyn para sempre", com referências a poemas de amor como de John Keats — "Fiel para sempre a *La belle dame sans merci*". A essas, com a ajuda de assistentes, a Atriz Loira respondia pessoalmente.

— É o mínimo que posso fazer. Essas pobres pessoas patéticas... escrevendo para Marilyn como alguém escreveria para a Virgem Maria. — (Já, antes do sucesso de *Os homens preferem as loiras*, "Marilyn Monroe" estava recebendo tantas cartas de fãs quanto Betty Grable no auge da carreira, e muito mais do que Betty Grable já com idade recebia naquele momento.) Toda essa atenção, apesar de empolgante, era perturbadora. Toda essa atenção implicava responsabilidade. A Atriz Loira dizia para si mesma com seriedade: "É por isso que sou uma atriz, para tocar corações assim". Ela autografou centenas de fotos brilhantes de imagens loiras de Marilyn do Estúdio (uma *bebop* em um suéter apertado de trancinhas, uma ícone sexy e glamourosa com um cabelo à la Veronica Lake, como uma Rose fatal acariciando o ombro nu sugestivamente, como a dançarina de cabaré com rosto de bebê Lorelei Lee) com a diligência do sorriso fixo da garota que havia trabalhado exaustivos turnos de oito horas sem reclamar na Radio Plane. Pois não seria isso, também, uma espécie de patriotismo? Isso, também, não requeria sacrifício? Desde a infância, vendo seus primeiros filmes no Gauman's Theatre, em servidão à Princesa Cintilante e ao Príncipe Sombrio, ela havia entendido que o cinema era a religião dos Estados Unidos. Ah, ela não era a Virgem Maria! Ela não acreditava na Virgem Maria. Mas ela poderia acreditar em Marilyn — um pouco. Por bondade aos seus fãs. Às vezes ela aplicava um beijo com batom em sua foto e na assinatura corrida que aprendera a replicar,

até o pulso doer e a visão embaralhar. Sentindo o sabor de pânico, então se dando conta: *A fome de estranhos é sem limites e nunca pode ser satisfeita.*

Ao final do Ano das Maravilhas de 1953, a Atriz Loira havia se tornado cética. Ser cético é ser melancólico. Ser melancólico é ser engraçado em público. Como um comediante em um monólogo, a Atriz Loira desenvolveu um roteiro cômico para fazer os assistentes rirem.

— Estas flores! Eu sou um cadáver, isso aqui é uma funerária? Um cadáver precisa de um maquiador! Whitey! — Quanto mais riam, mais a Atriz Loira fazia palhaçadas. Ela chamava "White-eey" na voz prolongada de Lou Costello chamando "Ab-*bott!*". Ela reclamava, agitando os braços em aflição teatral. — Sou uma escrava desta Marilyn Monroe. Eu fechei contrato para um cruzeiro de luxo como Lorelei Lee, e acabei aqui *remando*. — Em seus turnos cômicos, a Atriz Loira falava diferente de qualquer outro momento: uma maravilhosa chama demoníaca a tocava; ela poderia ser profana, e ela poderia ser vulgar; os assistentes do estúdio às vezes ficavam escandalizados, mas eles riam, riam até lágrimas escorrerem por seus rostos.

Whitey dizia, repressiva como um tio mais velho:

— Ora, srta. Monroe. Você não fala essas palavras a sério. Se você não fosse Marilyn, quem seria?

E Dee-Dee dizia, secando os olhos:

— Srta. Monroe! Você é cruel. Qualquer um de nós, qualquer um no mundo inteiro, daria o braço direito para ser *você*. E você sabe disso.

Cabisbaixa, a Atriz Loira gaguejava:

— Ah...! Eu s-sei?

Ela pulava de um humor para outro tão rápido! Ninguém conseguia decifrar. Como uma borboleta ou um beija-flor.

Não eram as drogas! Ao menos, não no início.

Algumas das cartas escritas para Marilyn Monroe não eram tão amorosas. Era preciso chamá-las de agressivas, até um pouco malvadas, dirigindo-se aos atributos físicos da atriz. Algumas vinham de pessoas perturbadas. Estas, seus assistentes filtravam. Ainda assim, se ela soubesse que cartas estavam sendo escondidas, seriam exatamente essas que ela desejaria ver.

— Talvez tenham algo para me dizer? Eu ficaria melhor se soubesse?

— Não, srta. Monroe — dizia Dee-Dee, com sabedoria —, cartas assim não falam de você. São a respeito de alguém se projetando em você.

Ainda assim, havia algo *mesmo* gratificante em ser chamada de cadela, puta, vagabunda loira. Onde havia tanta bruma sonhadora, qualquer promessa de *realidade* era estimulante. Com certa rapidez, até cartas de ódio se tornavam previsíveis e lugares-comuns, como uma espécie de fórmula. Como Dee-Dee entendia, os depreciadores estavam desabafando seus ódios em um ser imaginário.

— Como críticos de cinema. Alguns deles amam Marilyn, e outros a odeiam. O que isso tem a ver *comigo*? — A Atriz Loira não contava a ninguém, exceto para o Ex-Atleta, depois de ele se tornar seu amante e (ela gostava de pensar) seu melhor amigo, pois o Ex-Atleta entendia: o que a mantinha revirando pilhas de cartas de estranhos era a esperança de nomes familiares — nomes do passado, nomes para conectá-la com seu passado. É claro, alguns de fato escreviam para ela, na maioria mulheres, garotas adultas com quem ela cursara o ensino médio, o ensino fundamental na avenida El Centro, ou até o primário na Escola Highland ("Você sempre estava tão bem-vestida, nós sabíamos que sua mãe estava no cinema e você seria uma atriz também um dia"); vizinhos antigos de Verdugo Gardens (embora nada de Harriet, havia muito desaparecida); mulheres que afirmavam ter participado de encontros de casais com Norma Jeane e Bucky Glazer, antes do casamento deles, cujos nomes a Atriz Loira não conseguia se lembrar ("Você se chamava Norma Jeane na época, acredito. Você e Bucky Glazer eram o casal mais dedicado, nós todos nos surpreendemos com o divórcio. Acho que foi a Guerra???"). Elsie Pirig escreveu, não uma, mas diversas vezes:

Querida Norma Jeane, espero que se lembre de mim. Espero que não esteja brava comigo. Mas acho que deve estar, pois nunca mais ouvi de você em anos e anos e você sabe onde eu moro, e meu telefone permanece o mesmo.

A Atriz Loira rasgou esta carta em pedacinhos. Ela não soubera o quanto odiava sua tia Elsie. Quando uma segunda carta chegou, e uma terceira, a Atriz Loira as amassou, em triunfo, no chão. Dee-Dee disse, perplexa:
— Ora, srta. Monroe. De quem é esta, que te chateou tanto?
A Atriz Loira estava contraindo os lábios daquela forma inconsciente que era seu hábito, como se, observadores diziam, estivesse conferindo se ainda tinha lábios. Ela piscava para conter as lágrimas.
— Minha mãe de criação. Quando eu era garotinha. Órfã. Ela tentou destruir minha vida porque tinha ciúmes de mim. Ela me casou aos quinze anos para me tirar de casa. Porque seu m-marido estava apaixonado por mim e ela ficou com c-c-ciúmes.
— Ah, srta. Monroe! Que história triste.
— Era. Não é mais.
Warren Pirig nunca escreveu, é claro. Nem detetive Frank Widdoes. Dos inúmeros homens com quem saíra em Van Nuys, ela apenas ouviu de Joe Santos, Bud Skokie e alguém chamado Martin Fulmer, de quem não se lembrava. O sr. Haring nunca escreveu. O professor de inglês que ela adorava e que parecia gostar dela.
— Imagino que esteja decepcionado. Estou tão distante do que ele me ensinou a ser.

Por um ano ou dois depois de deixar o Lar, Norma Jeane se correspondeu com a dra. Mittelstadt. A mulher mais velha enviara publicações da Ciência Cristã, presentes de aniversário. Então, por algum motivo, parou de escrever. Norma Jeane imaginava que fosse culpa sua, depois de ter se casado.

— Mas por que ela não me escreve agora? Mesmo que não assista aos filmes, ela veria Marilyn. Não me reconheceria? Está brava comigo também? Decepcionada? Ah, eu odeio essa mulher...! Outra que me deixou sozinha.

Ela também estava ferida por nunca receber cartas da sra. Glazer.

É claro, não havia um dia em que entrasse no camarim para confrontar as cartas dos fãs e não pensasse "Talvez meu pai tenha escrito! Eu sei que ele sabe de mim. Da minha carreira".

Não era claro como o pai de Norma Jeane sabia de sua carreira. Ou de como ela poderia saber que ele sabia.

Mas semanas se passaram, e meses neste Ano das Maravilhas. E o pai de Norma Jeane nunca escreveu. Apesar de Marilyn Monroe estar se tornando tão famosa que não se podia evitar ver sua foto e nome em toda e qualquer parte. Jornais, colunas de fofocas, pôsteres para filmes, marquises em cinemas. Publicidade de *Os homens preferem as loiras!* Um *outdoor* gigantesco no Sunset Boulevard! Depois do ensaio nu de "Miss *Golden Dreams* 1949", aparecer na primeira edição da *Playboy* como a matéria de centro dessa nova e atrevida revista para homens, uma avalanche de cartas se seguiu e ainda mais atenção da mídia. A Atriz Loira protestou para os repórteres, com bastante sinceridade, que não dera permissão para a reprodução de "Miss *Golden Dreams*" na *Playboy* ou em qualquer outro lugar, mas o que poderia fazer? Ela não era dona do negativo. Cedera os direitos em contrato. E tudo por cinquenta dólares, quando estava desesperadamente pobre, em 1949. O colunista de fofoca Leviticus, conhecido por sua perspicácia cruel e revelações escandalosas no *Hollywood Confidential*, surpreendeu leitores com uma coluna inteira dedicada a uma carta aberta que começava com:

Querida "Miss *Golden Dreams* 1949".

Você de fato é a "Queridinha do mês". Ou de qualquer mês.

Você de fato é uma vítima da exploração mercenária da inocência feminina de nossa cultura.

Você é uma das que têm sorte: seguirá em frente para florescer numa carreira no cinema. Que bom!

Ainda assim, saiba: você é mais linda e desejável até do que a "Senhorita Marilyn Monroe" — e isso não é pouco!

A Atriz Loira ficou tão profundamente tocada pelo galanteio afetuoso de Leviticus, que impulsivamente lhe enviou uma impressão da controversa foto nua assinada, de próprio punho, com: "Sua amiga para sempre, Mona/Marilyn Monroe".
O Estúdio havia impresso cópias do ensaio de "Miss *Golden Dreams*" para propósitos assim.
— Por que não? Era eu, afinal de contas. Que me processem esse povo dos calendários.
Um dia, uma semana antes da estreia de *Os homens preferem as loiras*, Dee-Dee entregou a carta de uma fã para a Atriz Loira com uma estranha expressão acometida:
— Srta. Monroe? Esta é uma carta confidencial, eu acho.
A Atriz Loira, pressentindo o que a carta (datilografada em máquina de escrever) poderia ser, pegou-a com ansiedade e leu:

Querida Norma Jeane,
Esta provavelmente é a carta mais difícil que já escrevi.
Verdadeiramente não sei por que estou contatando você agora. Depois de tantos anos.
Não é pelo que se tornou "Marilyn Monroe". Pois eu tenho minha própria vida por inteiro. Minha carreira [da qual estou recém & confortavelmente aposentado] & minha família.
Aqui quem escreve é seu pai, Norma Jeane.
Eu talvez explique as circunstâncias de minha relação com você quando pudermos nos encontrar cara a cara. ~~Até lá~~
Minha esposa amada de muitos anos está doente e não sabe que estou escrevendo. Isso a chatearia imensamente ~~e então~~
Não vi filme algum de "Marilyn Monroe" & provavelmente não verei. Eu devo explicar que não vejo filmes. Sou um homem do rádio por gosto & prefiro "imaginar". Minha passagem breve no Estúdio como "protagonista" abriu meus olhos para a grosseria & estupidez deste mundo. Não, muito obrigado!
Para ser franco, Norma Jeane, eu não veria seus filmes porque reprovo a imensa vulgaridade de Hollywood. Sou um homem bem-educado & democrático, acredito. Estou 100% a favor do senador Joe McCarthy em sua cruzada contra os comunistas. Sou 100% cristão, assim como minha esposa, em ambos os lados da sua família.
Não há razão justificada para tolerem que Hollywood, conhecidamente um vespeiro de judeus, guarde por tanto tempo indivíduos traidores como

um tal de "Charlie Chaplin", cujos filmes, me envergonho de admitir, eu já paguei para ver. E há

Você vai se perguntar por que estou entrando em contato com você, Norma Jeane, depois de mais de 27 anos. Para falar a verdade, sofri um ataque cardíaco & contemplei minha vida com gravidade & não me orgulho do meu comportamento em todo caso. Minha esposa não sabe de

Seu aniversário é em primeiro de junho, acredito, & o meu é em oito de junho, então estamos sob o signo de gêmeos. Como cristão não levo tais histórias pagãs a sério, mas há talvez uma inclinação de temperamento ligando pessoas como nós. Eu não afirmo saber muito a respeito, dado que não leio revistas femininas.

Tenho na minha frente uma entrevista com "Marilyn Monroe" na nova revista Pageant. Ao ler, meus olhos começaram a se encher de lágrimas. Você contou ao entrevistador que sua mãe está hospitalizada & que você não sabe quem é seu pai, mas "espera por ele com o passar de cada hora". Minha pobre Filha. Eu não sabia. Eu soube de você a distância. Sua mãe exigente nos manteve longe. Anos se passaram & a distância tornou-se grande demais para transpor. Eu não esperava, nem recebi, agradecimento daquela lá. Ah, não!!!

Sei que sua mãe é uma mulher doente. Ainda assim, antes de estar doente, Norma Jeane, ela era cruel no coração.

Ela me expulsou da vida dela. Sua crueldade (eu sei muito bem) foi que ela fez você acreditar que eu a expulsei.

Já me estendi demais. Perdoe um homem envelhecendo. Não estou doente, mas ainda estou me recuperando, meu médico diz. Ele está surpreso, diz ele considerando a extensão do

Espero entrar em contato com você em breve, Norma Jeane, em pessoa. Procure por mim, minha preciosa Filha, em uma ocasião especial em sua vida em que tanto Filha & Pai possam celebrar nosso longo amor negado.

Seu Pai em lágrimas

Não havia endereço do remetente. Mas o selo era de Los Angeles. Em triunfo, a Atriz Loira sussurrou:

— É ele. — Ela pousou o papel de carta com datilografia amadora na mesa à sua frente e compulsivamente alisou os vincos. Por diversos minutos tensos, Dee-Dee a observou em segredo, ela continuou o gesto, e leu a carta outra vez, e disse de novo, não para Dee-Dee, mas como se falasse em voz alta: — Ah, é ele. Eu sabia. Eu nunca duvidei. Bem aqui, por perto. Todos esses anos. Vigiando, cuidando. Eu sentia. Eu sabia.

"Tanta felicidade naquele rosto lindo", Dee-Dee se maravilharia mais tarde, "quase não dava para reconhecê-la".

6.

Depois de Yvet sussurrar o segredo compartilhado no ouvido da Atriz Loira, a noite da estreia passou como uma bruma desgovernada, aquecida por Benzedrina e espumante, uma alegre paisagem em tecnicolor piscando, por exemplo, como uma montanha-russa. *Certifique-se de ir sozinha para sua suíte de hotel hoje à noite. Alguém especial estará esperando por você lá.* Apesar da observação de seu pai de que ele era um "homem do rádio" e desprezava Hollywood, a Atriz Loira estava convencida de que ele deveria estar indo à *première* de *Os homens preferem as loiras*; ele tinha conexões no Estúdio e poderia conseguir um ingresso de cortesia.

— Se apenas ele houvesse me dito seu nome, eu o convidaria para se sentar comigo. — Ele estava em algum lugar naquela multidão de convidados influentes. Ah, ela sabia! Ela sabia. Um homem mais velho, claro; ainda que não terrivelmente velho, não muito além de sessenta. Sessenta não era velho, para um homem! Olhe para o notório sr. Z. Ele seria um belo cavalheiro de cabelos brancos, respeitável e sozinho. Desconfortável em seu smoking, pois tais ocasiões pretensiosas eram desagradáveis para ele. Ainda assim, ele viria por ela: esta era de fato uma "ocasião especial" na vida de sua filha.

Enquanto a Atriz Loira era escrutinizada por todos os lados, ela que fora tão estrategicamente costurada em seu vestido de gala sem alças de seda rosa-sensual, revelando cada doce curva dilatada e saliência voluptuosa do corpo mamífero supremo, ela sorria radiante como uma lâmpada em voltagem alta e apertava os olhos na multidão buscando por *ele*. Se seus olhares se cruzassem, ela saberia! Provavelmente, os olhos dele espelhavam os dela. Ela lembrava mais seu pai do que lembrava sua mãe. Ela sempre lembrara. Ah, ela esperava que ele não se envergonhasse da filha, enfeitada, pintada e exibida como uma grande boneca animada. "A maravilhosa substituta para Betty Grable do Estúdio. Bem na hora." Ela esperava que ele não mudasse de ideia e se retraísse com nojo. Segundo ele, não tinha visto nenhum de seus filmes e provavelmente não veria. "Porque ele reprova a 'vulgaridade' de Hollywood." A Atriz Loira, engolindo um bocado de espumante, rindo descontroladamente, o líquido borbulhante drenado de suas narinas.

— Ah, "vulgaridade"... Eu queria poder contar a Cass. — Cass era o único indivíduo em Hollywood em quem a Atriz Loira poderia ter confidenciado. Ele sabia do "passado sórdido de tabloide" de Norma Jeane, como ele chamava. Ao menos, tanto quanto ela permitira que ele soubesse.

Quando a Atriz Loira tomou a decisão de terminar com os Geminianos para fazer a Operação e assinar o contrato de Lorelei Lee em *Os homens preferem as loiras*, apesar do salário modesto que receberia (um pouco mais do que um décimo do que receberia Jane Russell), seu agente lhe enviou uma dúzia de rosas vermelhas e parabéns:

Marilyn. Quanto orgulho Isaac teria de você.

Bem, isso era fato. Na verdade, todo mundo estava orgulhoso dela. Esses veteranos de Hollywood, executivos do estúdio, produtores, homens do dinheiro e suas esposas de olhos atentos, sorrindo para a Atriz Loira como se, enfim, ela fosse uma igual.

Durante a exibição de *Os homens preferem loiras*, o qual a Atriz Loira tinha visto por inteiro diversas vezes e o qual ela tinha visto parcialmente mais vezes ainda (pois até como "Lorelei Lee", ela havia sido uma perfeccionista no estúdio, tão exasperante para seus coadjuvantes como para o diretor), a Atriz Loira achou difícil se concentrar. Ah, o calor das borbulhas fervilhando no sangue! A alegria batucando em seu coração. *Alguém especial estará esperando por você.* Ela estava tão grata que o Ex-Atleta não estava ao seu lado; ou V (que fora à *première* com uma nova companheira, Arlene Dahl); ou sr. Shinn. Grata por estar sozinha, e tão plausivelmente sozinha para a noite. *Alguém especial. Na sua suíte de hotel.* Combinações devem ter sido feitas pelo Estúdio, que estava pagando pela suíte; por meio do sr. Z ou seu escritório, alguém com a autoridade para dizer ao Beverly Wilshire deixar entrar um visitante na suíte ocupada por Marilyn Monroe. Era empolgante para ela pensar que o sr. Z, que fora seu inimigo até pouco tempo atrás, que havia falado de maneira tão chula dela como uma vagabunda qualquer, deveria conhecer seu pai, saber deste encontro iminente e desejar bem tanto a ela quanto a seu pai.

— É como um final feliz de um longo filme confuso. — Antes do apagar das luzes e os primeiros estouros de música começarem, a Atriz Loira disse ao sr. Z, no assento ao seu lado: — Fui informada de que tenho um encontro especial depois da festa, na minha suíte de hotel.

E o astuto sr. Z com sua cara de morcego abriu seu sorriso secreto, levando o indicador aos lábios gordos como Yvet havia feito com o seu. Talvez todo mundo no Estúdio soubesse? Toda a Hollywood soubesse?

Eles me querem bem. A Marilyn deles. Eu os amo!
Estranho estar de volta ao Grauman's Egyptian Theatre. Era quase uma cena de filme em si: *a Atriz Loira retornando ao exato teatro onde, quando garotinha solitária, havia idolatrado atrizes loiras como ela mesma.* Desde aqueles dias da Grande Depressão, o Grauman's havia sido reformado por custos consideráveis. Pois estavam em outra era, de prosperidade pós-guerra. Dos destroços da Europa e das cidades demolidas de Hiroshima e Nagasaki, o bater estrondoso do coração de um novo mundo.

A Atriz Loira conhecida como Marilyn Monroe era desse novo mundo. A Atriz Loira de sorriso perpétuo, mesmo que fosse um sorriso sem o calor ou sentimento ou a complexidade de espírito chamada "profundidade".

A atmosfera no Grauman's estava calorosamente festiva. *Os homens preferem as loiras* ficou conhecido como o vencedor. Não era uma estreia como a de *O segredo das joias* ou *Almas desesperadas* ou *Torrentes de paixão*, filmes que poderiam ofender algumas audiências e de fato ofenderam. *Os homens preferem as loiras* era sintético, atrevido e superproduzido, um triunfo da vulgaridade extravagante, um desenho tecnicolor sobre vencer, estilo americano, e logo *virou* um filme vencedor, já previsto para passar imediatamente em milhares de cinemas nos Estados Unidos e destinado a ganhar milhões em casa e no exterior.

— Meu Deus...! Aquela ali sou *eu*? — a Atriz Loira deu um gritinho, encarando a gigantesca fabulosa mulher-boneca pairando sobre a audiência, em empolgação de garotinha agarrando as mãos do sr. Z e sr. D.

Ah, a poção mágica tamborilando em seu sangue! Na verdade, ela não fazia ideia do que sentia, ou se sentia qualquer coisa.

Na Broadway, *Os homens preferem as loiras* havia sido uma sequência de números musicais, não uma comédia musical. Não havia "história" e não havia "personagens". O filme era apenas levemente mais coerente, mas coerência não era o objetivo. Quando Norma Jeane recebeu o roteiro, ficou chocada com quão insípida e pouco desenvolvida sua personagem era; ela queria mais diálogo para Lorelei Lee, uma virada ou surpresa na personagem, algum histórico, alguma profundidade, mas é claro que isso lhe foi negado. Ela havia invejado o papel mais adulto e mais inteligente de Dorothy, mas lhe disseram:

— Olha, você é a loira, Marilyn. Você é Lorelei.

O sorriso da Atriz Loira se dissipou enquanto assistia ao filme. Conforme a euforia se acalmava. Ela não queria pensar o que, se ele estivesse naquela multidão, seu pai poderia estar pensando. Lorelei Lee feita de espuma e borracha e sua gêmea mamífera Dorothy cantarolando suas letras bobas e espertinhas, movendo seus corpos de forma insinuante. "A Little Girl from Little Rock". Ah, e se Papai saísse do cinema sem sequer falar com ela? E se, enojado (e com toda a razão), ele decidisse não encontrar Norma Jeane, sua filha, afinal de contas?

— Ah, Papai. Aquela coisa na tela, *não sou eu*.

Tão estranho! A audiência amou Lorelei Lee. Gostaram de Dorothy também — Jane Russell estava maravilhosamente calorosa, atraente, simpática e engraçada —, mas claramente a audiência preferira Lorelei Lee. Por quê? Rostos tão sorridentes e extasiados. Marilyn Monroe era uma vencedora, e todo mundo ama uma vencedora.

Mas a ironia, que com certeza todas essas pessoas sabiam, era: Marilyn não existia.

Não posso fracassar. Se eu fracassar, devo morrer. Este havia sido o segredo de Marilyn que ninguém sabia. Depois da Operação. Depois de Bebê ser levado dela. Sua punição era a pulsante dor uterina. De início, sangramento pesado (ela não se queixou, merecia), e então um gotejar mais lento de sangue, umidade quente e abafada como lágrimas drenando de seu útero. *Onde ninguém poderia ver. A punição.* Borrifava-se com perfume francês caro que alguém lhe dera. Saindo trôpega do set para se esconder no camarim em pânico de sangrar até morrer. Ela queria que pensassem que ela era *temperamental*, talvez; todas as estrelas glamourosas eram, mulheres e homens. Não esse terror. E acordar no meio da noite (sozinha, o Ex-Atleta longe) quando passava o efeito da codeína. *Eu criarei Lorelei Lee a partir dessa doença.* Esta era a grande conquista de Norma Jeane, exceto que ninguém na audiência da *première* sabia ou poderia adivinhar; nem eles desejariam saber.

Com gentileza, Doc Bob, que sabia de todos os detalhes da Operação, inclusive a histeria da paciente mais tarde, havia prescrito comprimidos de codeína para dor "real ou imaginária", Benzedrina para "energia rápida" e Nembutal para sono "profundo e sem sonho (ou consciência)". Dizendo em sua voz estilo Jimmy Stewart:

— Imagine que eu sou seu amigo mais próximo, Marilyn. Neste mundo e no próximo.

A Atriz Loira riu, assustada.

Ele me conhece. Minhas entranhas.

Porém, lá ia Lorelei Lee triunfante movendo os lindos ombros nus sugestivamente, inclinando a cabeça daquela forma que havia ensaiado à perfeição robótica e murmurando em uma voz sensual de bebê na canção

Men grow cold   as girls grow old
And we all lose our charms   in the end

Homens deixam de desejar as garotas que começam a envelhecer. E todos nós perdemos o charme no fim. Com quanta beleza Lorelei Lee cantava essa letra cáustica! Que radiante o sorriso. Lorelei, que não tinha voz, cantava, mas a voz era surpreendentemente doce e segura; Lorelei dançava, e seu corpo, que não era o corpo de uma dançarina e fora treinado tarde demais na vida, era surpreendentemente flexível. Quem poderia imaginar as horas, horas, horas de ensaio? Unhas dos pés sangrando e o útero latejando de forma tão trágica. Ela soava como a irmã mais nova de Peggy Lee. Mas é claro que era muito mais bonita que Peggy Lee.

— Estou orgulhosa de mim, creio eu. Eu não deveria estar?

Sussurrando para o sr. Shinn, que tinha que ficar ao seu lado. Agarrando sua mão. Ah, ela confiava *nele!*

O filme enfim estava acabando. Um casamento duplo triunfante. Essas noivas como dançarinas de cabaré, radiantemente belas, Lorelei Lee e Dorothy, virginais de branco. (Essas garotas eram *virgens*? Era um choque, mas sim.) Aplauso instantâneo. A audiência amou, cada segundo falso e engomado. A Atriz Loira, levantada às pressas por braços de smoking ao seu lado, estava chorando. Olhe! Marilyn Monroe estava chorando lágrimas genuínas! Tão profundamente comovida. Assobios, vivas, uma ovação em pé.

Foi para isso que você matou seu bebê.

7.

A Suíte Imperial ficava na cobertura do Beverly Wilshire. A Atriz Loira, atordoada e empolgada, permaneceu menos de uma hora no luxuoso jantar em sua homenagem, pedindo licença para escapulir. *Alguém especial. Venha sozinha!* Quando enfim chegou ao hotel, passava das onze da noite. O coração batendo como o de um pássaro, com tanta rapidez que ela temia desmaiar. No cinema depois da calorosa ovação fenomenalmente tumultuosa que Jane Russell e ela receberam, ela teve que engolir às escondidas outro dos comprimidos de Doc Bob para se certificar de que não desfaleceria em exaustão prematura. Para manter sólida a constituição de espuma e borracha de Lorelei Lee, e não esvaziar feito um balão gasto e pisado em um chão imundo.

— Só uma a mais. Só essa à noite — ela se prometeu!

Atrapalhou-se com a chave na fechadura. Seus dedos estavam gelados e quebradiços. Sua voz estava assustada:

— O-olá? Quem é?

Na poltrona de veludo para dois, ele estava sentado em uma pose de relaxamento constrangido. Como Fred Astaire, apesar de não em um smoking e não com a pose de Fred Astaire. Em uma mesinha à sua frente havia um vaso de vidro contendo uma dúzia de rosas vermelhas de cabo longo, um balde prateado de gelo e uma garrafa de espumante. Ele estava tão empolgado quanto ela; ela conseguia ouvir sua respiração acelerada. Talvez tivesse bebido, à espera dela. A estola de raposa-do-ártico escorregava de seus ombros. Ela estava com pavor infantil, seria revelada a ele apenas parcialmente vestida. Ele havia se levantado sem jeito, uma figura alta e musculosa com cabelo surpreendentemente escuro. Ele disse:

— Marilyn?

Ao mesmo tempo em que a atriz disse:

— P-papai? — Correram um para o outro.

Seus olhos estavam cegos com lágrimas. Ela pode ter tropeçado, o salto agulha prendendo no carpete, mas de imediato ele a abraçou. Ela estendeu as mãos; ele as pegou com força. Quanta força em seus dedos, quanto calor. Ele estava rindo, assustado por sua emoção. Ele começou a beijá-la, com força, nos lábios.

É claro, era o Ex-Atleta. É claro, este homem era seu amante. Ela estava chorando e rindo.

— Estou tão f-feliz, querido. Você veio afinal de contas. — Eles se beijaram desejosos, acariciando os braços um do outro.

Ah, era um sonho realizado. Ele estava explicando que havia decidido pegar um voo de volta um dia antes; queria ter chegado a tempo da *première*, mas não conseguira um voo. Ele havia sentido saudades. Ela disse:

— Ah, querido, eu senti saudades de *você*. Todo mundo estava perguntando de *você*.

Eles beberam espumante e ingeriram um jantar tardio. O Ex-Atleta afirmava não haver comido desde o almoço e estar faminto. A Atriz Loira beliscou a comida com distração. Ela não conseguira comer no jantar em sua honra, ansiosa pelo que viria a seguir; agora, risonha com a alegria ao lado do Ex-Atleta, tampouco tinha apetite. O cérebro estava flamejante, como uma casa com todos os recintos iluminados e as persianas escancaradas. O Ex-Atleta havia encomendado peras escalfadas em conhaque, canela e cravo para ela. Desde o primeiro encontro deles no Villars, ele fora levado a pensar que peras escalfadas eram a sobremesa favorita da Atriz Loira. Assim como espumante era sua bebida favorita, e rosas vermelhas como sangue, sua flor favorita.

Com gentileza, ela o chamava de "Papai". Ela o vinha chamando de "Papai" por meses, em particular, desde que haviam se tornado amantes.

Em resposta, o Ex-Atleta a chamava de "Baby".

Outra surpresa era que ele trouxera um anel. Isso havia sido planejado? Um diamante imenso cravejado com diamantes menores. Ela riu com nervosismo en-

quanto ele ajudou a empurrá-lo em seu dedo. Quando isso havia sido decidido? Ele estava dizendo em voz baixa e tensa, como se houvessem discutido:
— Nós nos amamos, é hora de nos casarmos.
E ela deve ter concordado, porque ouviu sua voz assustada sussurrar:
— Ah, sim! Sim, querido. — Ela levantou as mãos dele num impulso, pressionando-as no próprio rosto. — Suas mãos...! Suas lindas mãos fortes. Eu te amo.
— Deveria ser de um roteiro que ela havia memorizado sem perceber.

O Ex-Atleta dormia. Roncava. Um homem dando uma risada babada para si mesmo. Estava deitado de costas com uma cueca samba-canção (que vestiu depressa depois de usar o banheiro quando terminaram de fazer amor), o peito nu. Ele era uma pessoa que suava muito no sono e se remexia, se revirava e cerrava a mandíbula. No momento desviava de bolas fantasmas jogadas discretamente em sua cabeça desprotegida. Às vezes a Atriz Loira confortava o amante em ocasiões assim, mas naquela ela escapuliu da cama nua pelo carpete. Usou o banheiro, com o cuidado de fechar a porta antes de acender a luz. Azulejo ofuscante de tão branco, espelhos refletindo espelhos. A Amiga Mágica a encarando sem reconhecê-la. *Não deixou cicatriz visível alguma. Não como uma retirada de apêndice ou uma cesárea deixariam.* Ela entrou no quarto adjacente, a sala de estar espaçosa e decorada com formalidade da suíte em que comeram o romântico jantar tardio, se embebedaram de espumante, se beijaram e beijaram e fizeram juras de amor. *Eu simplesmente quero proteger você desses chacais. Quero que seja feliz.* Ela acreditava que poderia funcionar: ali havia um homem que a amava mais do que ela mesma se amava. Ela significava mais para ele do que significava para si mesma. Talvez a chave para a felicidade não esteja em sua proteção própria, mas na do outro. Ela, em resposta, seria a chave para a felicidade daquele homem. O Ex-Atleta e a Atriz Loira.
— Eu consigo fazer dar certo! Vou fazer.
Impregnada de alegria ela se aproximou para olhar pela janela. Era uma janela alta e estreita como um portal em um sonho. A cortina era de um tecido fino e transparente. Uma mulher nua em pé na janela do sexto piso do Wilshire. Quanto alívio ela sentia, agora que sua vida estava estabelecida! Eles se casariam; havia sido decidido. Eles se casariam em janeiro de 1954. Eles se amariam profundamente, mas seria um amor cego e confuso, e eles se feririam como animais machucados atacando em desespero com suas garras e dentes. Ela talvez soubesse disso desde antes. Ela poderia já ter memorizado o roteiro.
Do outro lado do boulevard do Wilshire, a ralé insistente de fãs ainda aguardava. Pelo quê? Por quem? Eram quase duas da madrugada. Havia talvez doze ou quinze deles, a maioria homem. Um ou dois de sexo indeterminado. Despertados

do estupor por um movimento súbito na janela do sexto andar. Com curiosidade infantil, a Atriz Loira espiou esses rostos ao mesmo tempo conhecidos e desconhecidos, como rostos em sonhos que temos motivo para acreditar que não são nossos sonhos, mas paisagens de sonho através das quais nós viajamos impotentes e enfeitiçados como crianças nos braços maternos. Aonde nossas mães à deriva nos levam, devemos ir. A Atriz Loira viu um homem albino, alto e gorducho que ela havia notado em uma arquibancada perto do Grauman's Theatre mais cedo naquela noite. Ele usava um boné de tricô na cabeça oblonga e sua expressão era de total arrebatamento. Ela viu um homem mais baixo em formato de hidrante com um rosto jovial sem barba e olhos apertados escondidos atrás de óculos. Ele apertava algo precioso na altura do peito — uma câmera com *flash*? Uma mulher esguia com mandíbulas proeminentes, mãos ossudas e longos pés estreitos em botas de caubói estava lá, de jeans e chapéu com abas de jeans; ela carregava uma sacola de lona lotada de pertences. (Seria Fleece? Mas Fleece estava morta.) Esses, e outros, seguravam livros de autógrafos encapados com plástico e câmeras. Eles chegaram para a frente hesitantes, como se não confiassem nos próprios olhos. Olhando para cima, para a janela do sexto andar, onde a Atriz Loira havia aberto a cortina fina.

— Marilyn! *Marilyn!* — Muitas pessoas foram na direção dela enquanto outras em frenesi clicavam suas câmeras baratas.

O rapaz com a câmera de vídeo a levantou mais, acima da cabeça.

Mas que imagem qualquer câmera poderia registrar, no escuro, com tamanha distância? E o que estavam vendo? Uma mulher nua, calma, radiante e imóvel como uma estátua? Cabelo loiro-platinado bagunçado de amor. Lábios úmidos entreabertos. Aqueles lábios inconfundíveis. Seios pálidos nus, mamilos às sombras. Mamilos como olhos. E a fenda ensombreada entre as coxas.

— Marilyn!

E assim ela suportou a longa noite.

Depois do Casamento:
uma montagem

Ela estava estudando mímica: a primazia do corpo e a inteligência natural do corpo. Estava estudando yoga: a disciplina da respiração. Estava lendo *Autobiografia de um iogue*. Ela estava lendo *O caminho zen* e *O livro de Tao* e escrevia em seu diário "Eu sou uma pessoa nova em uma vida nova! Cada dia é o dia mais feliz da minha vida". Ela estava escrevendo haikais, poemas zen:

Rio da noite só
Corre em frente sem fim.
E vejo. Olhos abertos.

(Embora na verdade não estivesse com insônia, muita. Nestas noites.) Ela estava ensinando a si mesma a tocar piano. Por longos períodos de devaneio à frente da espineta Steinway que havia comprado de Clive Pearce, consertado, afinado e levado para casa. A espineta não era mais branca, mas um marfim sutilmente descolorido. O tom já alternava entre forte e bemol, dependendo de qual parte do teclado se tocasse. O sr. Pearce estava correto: ela nunca havia tocado "Für Elise" de Beethoven e nunca tocaria. Não como "Für Elise" deveria ser tocada. Seja como for, ela gostava de se sentar ao piano, apertando as teclas com gentileza, correndo os dedos pelo agudo, até o grave. Se ela tocasse o grave com ênfase demais conseguia ouvir, como se desalojado de profundezas aquáticas, uma voz masculina profunda de barítono; no agudo, a voz soprano de uma mulher em disputa. *Será que você me contou que teve um bebê? Será você que me contou que teve este bebê?* E as palavras de Gladys, que arrepiavam Norma Jeane cada vez que as ouvia. *Ninguém vai adotar minha garotinha! Não enquanto eu viver para evitar.* Ela com frequência era abraçada pelo marido, que a adorava. Aninhada em seus braços, que eram fortes e musculosos. Suas mãos, fortes e musculosas. Ela teria gostado de desenhá-lo, esse belo homem forte e musculoso! Esse gentil papai. Ela teria gostado de "esculpi-lo". Mas estava fazendo curso de desenho anatômico nas noites de quinta-feira na Academia de Arte de West Hollywood, não com a aprovação total do marido. E ela estava aprendendo a cozinhar comida italiana: quando visitavam sua família em São Francisco, o que ocorria com frequência, a sogra dava instruções sobre as comidas favoritas do Ex-Atleta, molhos italianos e risotos. Ela não lia muito os jornais. Não lia os jornais sobre o mercado de ações, as revistas de entretenimento. Não lia tabloides lixo. Via poucas pessoas de Hollywood. Tinha um telefone novo e um endereço novo. Ela havia enviado uma garrafa de espumante para seu agente com um bilhete:

Marilyn está permanentemente em lua de mel.
Não insista & não interrompa!

Ela estava lendo *As profecias de Nostradamus*. Estava relendo *Ciência e saúde com a chave das Escrituras*, de Mary Baker Eddy. Estava em saúde perfeita, dormindo bem e estava esperando engravidar pela primeira vez, como havia dito ao Ex-Atleta, que era seu marido, que era Papai e que a adorava. Ele havia alugado uma casa espaçosa estilo *hacienda* ao norte de Bel Air e ao sul da Reserva de Stone Canyon. A casa ficava atrás de uma parede coberta com buganvílias. À noite, ela às vezes ouvia agitados sons de arranhões no teto e contra as janelas, e tinha o pensamento "*Macaco-aranha!*", apesar de saber que certamente não havia macacos-aranha ali. O marido dormia profundamente e não ouvia esses ruídos nem outros. Ele dormia apenas com cueca samba-canção, e durante a noite os pelos encaracolados agrisalhando no peito, na barriga e na virilha ficavam úmidos, e um óleo fino transpirava dos poros de sua pele. Era o "cheiro de Papai" e ela amava. O cheiro dele! Um homem. Ela própria era meticulosa com o banho, lavar o cabelo, mergulhar em longas imersões terapêuticas. Tinha vaga lembrança de, no Lar, ou talvez fosse na casa dos Pirig, às vezes, ter de se banhar em água já usada por outros, até cinco ou seis pessoas antes, mas agora ela podia tomar banho em sua própria água de banho por longos períodos entre sais de gualtéria, fazendo os exercícios de respiração da yoga.

Inspire fundo. Segure. Observe a respiração enquanto ela sai lentamente.
Diga a si mesma "Eu sou respiração. Eu sou respiração".

Ela não era Lorelei Lee e mal conseguia se lembrar de Lorelei Lee. O filme havia gerado milhões de dólares para o Estúdio e geraria mais milhões, e ela havia recebido por seu esforço menos de vinte mil dólares, mas não estava amarga, pois não era Lorelei Lee, que vivia apenas para dinheiro e diamantes. Ela não era Rose, que havia conspirado para assassinar o marido adorado, e não era Nell, que tentou assassinar a pobre menininha. Se voltasse a atuar, seria exclusivamente para papéis sérios. Se voltasse a atuar, talvez se tornasse uma atriz de teatro. Ela admirava tanto atores de teatro porque eram atores "de verdade". Com frequência, caminhava ou corria perto da reserva. Estava ciente de pessoas a observando às vezes. Vizinhos que sabiam da identidade dela e do Ex-Atleta, mas não se intrometiam na privacidade. Não normalmente! Mas havia outros, indivíduos passeando com cachorros ou guardando casas e homens com câmeras secretas. Havia indivíduos visíveis e invisíveis. Otto Öse ainda estava vivo, ela acreditava. Otto Öse fez escárnio de seu casamento com o Ex-Atleta, ela acreditava. Assim como os amantes de Gêmeos, que haviam jurado (ah, ela sabia) vingança. Como se não quisessem a morte de Bebê. Como se não tivesse sido coagida pela vontade dos Geminianos. Naquele período de felicidade ela chegou a aceitar o fato de que a vida é respiração. Uma respiração segue a outra. Tão simples! Ela estava feliz! Não infeliz como Nijinsky, que enlouqueceu. O grande dançarino Nijinsky, que todos adoravam. Nijinsky, que dançava porque era seu destino, assim como era seu destino enlouquecer; que disse:

Eu choro de pesar. Eu choro porque estou tão feliz. Porque eu sou Deus.

Ela tentou assistir à televisão com o marido, que era obcecado por esportes, mas sua mente se distraía e ela dava por si em um vestido longo de paetês roxos, a costura quase arrebentando de tão apertado, ela sendo lançada pelos céus como uma estátua trazida por um veículo aéreo, via seus braços erguidos e o cabelo que parecia branco sob o vento. Ela fazia um esforço rápido de comentar os lances na televisão ou perguntar para seu marido o que havia acontecido. Em momentos assim ela formulava a pergunta no formato de "Ah, foi tudo isso? Acho que só perdi uns detalhes". Durante a pausa para os comerciais, o marido explicaria. Sozinha ela raramente assistia a noticiários na televisão por medo de se angustiar com o mal do mundo. O Holocausto havia terminado na Europa, agora ele se espalharia invisivelmente pelo resto dos lugares. Pois os próprios nazistas haviam emigrado, ela sabia. Muitos para a América do Sul, inclusive (circulava um boato) o próprio Hitler. Nazistas proeminentes moravam incógnitos na Argentina, no México e no Condado de Orange, na Califórnia. O boato, ou conhecimento geral, era de que um nazista de alto nível fizera cirurgia cosmética, transplantara cabelo, uma transformação total de sua identidade, e agora estava envolvido com o sistema bancário de Los Angeles e "negócios internacionais". Um dos autores mais brilhantes de discursos de Hitler trabalhava incógnito para um certo congressista americano frequentemente no noticiário por sua zelosa campanha anticomunista. Atrás da espineta Steinway branca, presente de Fredric March para Gladys, ela era Norma Jeane e tocava peças infantis devagar, baixo. O sr. Pearce lhe dera uma partitura de "Evenings in the Country", de Béla Bartók. O Ex-Atleta recebeu uma ligação de seu advogado avisando de uma intimação. Ela não pensou nisso. Ela sabia que X, Y e Z haviam sido interrogados por comitês caçadores de comunistas e haviam "dado nomes", e um dos homens que havia sido ferido era o roteirista Clifford Odets, mas o sr. Odets não era seu roteirista. Ela não estava pensando em política, mas em sua respiração, que era uma forma de pensar na alma e de não pensar na política ou no bebê cavoucado de seu útero para ser jogado fora em um balde como lixo, e ela não estava pensando se o bebê chegara a ter uma batida do coração ou duas fora de seu útero ou se havia morrido de imediato (como Yvet a garantiu: "É sempre imediato e misericordioso e é perfeitamente legal em nações civilizadas como as do norte da Europa"). Mas normalmente ela não estava pensando nessas coisas assim como não estava lendo os jornais ou assistindo a noticiários de televisão. Do lado mais distante do mundo, na Coreia, tropas da Organização das Nações Unidas estavam ocupando um terreno devastado e caótico, mas ela não queria saber os detalhes dolorosos. Não queria saber dos testes nucleares do governo a algumas centenas de quilômetros ao leste de Nevada e Utah. Ela pode ter entendido que estava sendo observada por informantes do governo e que sua versão famosa "Marilyn" estava "em uma lista", mas ela não queria saber disso, e de qualquer forma havia muitas listas e muitos nomes no ano de 1954.

Aquilo que não podemos afetar, aquilo pelo que devemos atravessar em silêncio como as esferas rodopiantes dos Céus.

Assim falou Nostradamus. Ela estava lendo *Os irmãos Karamázov*, de Dostoiévski. Ela foi profundamente tocada pela personagem de Grushenka, a peituda de 22 anos com uma crueldade infantil e cuja beleza camponesa duraria pouco como uma flor, mas cujo amargor duraria a vida inteira. Ah, em outra vida, Norma Jeane fora Grushenka! Ela estava lendo os contos de Anton Tchekhov em sessões fanáticas que duravam a noite toda, em momentos que parecia não ter a mais vaga ideia de onde estava, quem era, e em que se afastaria tremendo se tocada (pelo marido irritado, por exemplo), como um caramujo sem proteção do casco. *Minha querida* — ela era Olenka! Ela havia lido e chorado por *A dama do cachorrinho* — ela era a jovem mulher casada que se apaixona por um homem casado e cuja vida mudava para sempre! Ela havia lido *Volodia* — e ela era a jovem esposa que se apaixona perdidamente, e desapaixona, por seu marido sedutor! Mas *Enfermaria nº 6* ela não aguentou terminar.

* * *

— Este é o dia mais feliz da minha vida.

Ela levaria consigo para Tóquio o vestido longo de paetês roxos com alças finas e um broche de diamante falso sobre o cume do seio direito como um mamilo, vestido em que o marido Ex-Atleta gostava de vê-la; aquele vestido a apertava como uma linguiça, ele caía logo abaixo do joelho, não um vestido verdadeiramente barato, mas que com certeza parecia barato, e, apertada dentro dele, ela mesma parecia barata, como uma prostituta com preço moderadamente alto, que ele gostava às vezes, em momentos privados, mas não em outros. Ela levaria o vestido para Tóquio em segredo, mas não seria em Tóquio que ela o usaria.

"Havia modelos homens naquela aula de desenho anatômico?", perguntou ele em tom de brincadeira, analisando-a com um olhar de esguelha que queria dizer que não era brincadeira nenhuma; nem pense em dar uma resposta rápida e negligente. Então a resposta foi pura Lorelei Lee, o que ele quase conseguiu apreciar; de qualquer forma, ele riu uma risada-latido que vinha das entranhas por seu comentário:
— Meu Deus, Papai! Eu não cheguei a notar.

Eram as modelos femininas que a fascinavam e a assustavam.
   Com frequência, ela ficava olhando e esquecia de desenhar. O carvão de artista vacilava e parava com seus movimentos plumosos. Aconteceu mais de uma vez, a barrinha frágil quebrou em dois, ao meio da mão! As modelos às vezes eram jovens, mas frequentemente não. Uma mulher deveria estar beirando os cinquenta anos. Nenhuma era bela. Nenhuma era o que se chamaria de bonita. Não usavam maquiagem; o cabelo nunca estava arrumado e muitas vezes nem penteado. Elas tinham olhos vazios e indiferentes à dúzia de alunos na sala de aula, "alunos" esses que iam desde o fim da adolescência ao fim da meia-idade, organizados ao redor da modelo em um círculo e encarando com a intensidade honesta dos sem talento.
   — Como se nós nem estivéssemos lá. E, se estamos, não nos importamos.
   Uma das modelos era barriguda e de peitos caídos, com pernas vigorosas sem depilação. Uma tinha um rosto que era só ângulos retos e rugas como uma abóbora de Halloween, um doentio brilho alaranjado na pele e pelos toscos despontando das axilas e virilha. Havia modelos com pés feios, unhas dos pés nada limpas. Houve uma modelo (que lembrava uma garota desgrenhada do Lar chamada Linda) com uma lúrida cicatriz falciforme na coxa esquerda, talvez com

dezessete centímetros de extensão. Era fascinante para Norma Jeane que fêmeas tão pouco atraentes não só ousassem se desnudar na frente de estranhos, como não evidenciassem o menor desconforto ao serem encaradas. Ela as admirava. Admirava, sim! Mas as modelos raramente ficavam para falar com qualquer pessoa além do instrutor. Elas evitavam contato visual em todos os momentos. Sem olhar nenhum relógio, sabiam exatamente quando era a hora do intervalo e de um cigarro, e de imediato colocavam os robes maltrapilhos, davam pontapés até colocar as sandálias gastas e saíam da sala depressa e impetuosas. Se qualquer uma das modelos sabia, assim como os outros estudantes sabiam, que a moça loira timidamente honesta que o instrutor lhes havia apresentado seriamente como "Norma Jeane" era de fato "Marilyn Monroe", não davam sinais. Elas não se impressionavam! (Ah, mas elas lançavam olhadelas para ela às vezes. Ela pegava no flagra. Olhares como anzóis que não a pescavam, ao menos. Olhares frios, Norma Jeane não ousava sorrir.)

Depois da aula, certa noite, Norma Jeane ousou abordar a moça da cicatriz (cujo nome não era Linda) e perguntou se ela gostaria de parar e tomar um café.

— Obrigada, mas tenho que ir para casa — murmurou a modelo, sem encarar Norma Jeane. Ela estava se dirigindo à porta, um cigarro aceso na mão. Bem, ela gostaria de uma carona para casa?

— Obrigada, mas alguém vem me buscar.

Norma Jeane abriu o encantador sorriso de Marilyn que raramente fracassava em conseguir atenção, mas fracassou naquela situação. *De fato esta é Linda. Ela sabe muito bem quem sou. Quem eu sou agora e quem eu era na época.* Tentando não transmitir exasperação ou desespero, Norma Jeane disse:

— Eu só queria dizer que realmente admiro você. Ser uma m-modelo como você é.

A modelo exalou fumaça. Não se via o menor sinal de ironia na expressão plena que mandava Norma Jeane calar a boca, ainda assim era ironia pura que ela exalava.

— Ah, é? Que bom.

— Porque você é tão corajosa.

— Corajosa, por quê?

Norma Jeane hesitou, ainda sorrindo. O reflexo Marilyn era tão instintivo, um doce movimento sensual dos lábios, na verdade, não passava (Norma Jeane havia lido) do reflexo social mais antigo geneticamente programado da criança humana, um doce sorriso esperançoso, um sorriso para conquistar amor.

— Porque você não é bonita. De forma alguma. Você é feia. Ainda assim, tira as roupas perante estranhos.

A modelo riu. Talvez Norma Jeane não tivesse dito essas palavras em voz alta? Talvez essa não fosse de fato Linda, mas uma irmã atriz com pouca sorte, possivelmente com um vício em drogas e um amante violento? Norma Jeane disse:

— Porque... ah, eu não sei... Eu não conseguiria fazer isso. Se eu fosse você.

A modelo riu, a caminho da saída.

— Se precisasse de dinheiro, Norma Jeane, com certeza faria. Colocaria esse seu lindo rabo para fora.

— Hoje é o dia mais feliz da minha vida.

Ela o envergonhou na lua de mel ao exclamar essas palavras honestas para garçons, porteiros de hotel, vendedores e até para as camareiras mexicanas que sorriam para a linda *gringa* loira sem compreender.

— Hoje é o dia mais feliz da minha vida. — Não havia dúvida de que ela falava sério. Pois uma das verdades reveladas na Escritura é que cada dia é o dia abençoado, cada dia é o mais feliz de nossa vida.

Ela acariciava o rosto dele, que parecia a ela um rosto lindo mesmo se estivesse com a barba por fazer. Ela o encarava fascinada. Como uma criança-esposa, ela se divertia com os ásperos pelos agrisalhados em seu peito e braços, e apertava de brincadeira as dobras na cintura, das quais, em sua vaidade de atleta-homem, ele se envergonhava. Ela beijava suas mãos, o que o envergonhava também. E às vezes ela enterrava o rosto em sua virilha, o que o excitava selvagemente. *Pois garotas boazinhas não beijavam essa parte do corpo de um homem, e ela sabia disso. Mas ele sabia que ela sabia? Talvez ela fosse só tão ingênua!* Na praia ao lado do oceano verde-água ela corria com ele de manhã cedo, surpreendendo o Ex-Atleta que uma mulher conseguisse correr tão bem e por tantos minutos extenuantes.

— Querido, eu sou uma dançarina, você não notou? — Mas ela se cansava antes dele e parava para o observar seguir correndo.

Mas ela não praticava sexo oral no marido. Assim como ele também não fazia na mulher agora oficialmente esposa. Seria uma anedota de Hollywood contada por gerações que, em um corredor do lado de fora do próprio cartório na prefeitura de São Francisco, onde ela havia casado alguns instantes antes numa breve cerimônia civil, ela teria ligado, maliciosamente, para seu amigo Leviticus com o boletim de notícias impublicável: "*Marilyn Monroe chupou sua última rola*".

Com o que o colunista surpreso entendeu que a Atriz Loira e o Ex-Atleta haviam se casado em silêncio depois de meses de especulação febril da mídia.

Outro furo para Leviticus!

* * *

Cantando para seu marido "I Wanna Be Loved By You".
Repetindo que era o dia mais feliz de sua vida, o homem ficava tão comovido que apenas conseguia murmurar, quase inaudivelmente:
— Meu também.

Ela foi intimada a se apresentar perante a Diretoria de Controle de Atividades Subversivas em Sacramento. O Ex-Atleta a instruiu: "Apenas diga a verdade". Ela disse: "Eu não devo a verdade a esses homens". Ele disse: "Se você conhece comunistas, diga os nomes". Ela disse: "Eu não direi". Ele disse, estupefato: "Você não tem nada a esconder, tem?" Ela disse: "É assunto meu o que quero esconder e o que quero revelar". Ela viu que ele desejou bater nela, mas não bateu, pois a amava; ele não era um homem que batia em alguém mais fraco, em especial em uma mulher, e uma mulher que ele amava. Havia uma história feia do Ex-Atleta bater na primeira esposa, mas isso havia acontecido muito tempo antes, o Ex-Atleta era jovem na época, tinha cabeça quente, e a mulher "provocava". Com calma, ele dizia agora: "Eu não entendo isso e não gosto". Ela disse: "Eu não gosto também". Ela pode tê-lo chamado de Papai. Ela pode tê-lo beijado. Ele pode ter recebido o beijo em um silêncio digno. Mas, no fim das contas, por meio de negociações dos advogados do Estúdio, a natureza do encontro com o "comitê de controle" mudou de um interrogatório público na legislatura do estado da Califórnia para uma audiência privada, e a audiência seria um encontro de almoço elegante em salão de jantar no edifício do capitólio. Não houve interrogatório. Não houve confronto. Nenhum jornal ou pessoas da mídia presente. Ao concluir o almoço de três horas, a Atriz Loira deu autógrafos para os membros da diretoria e fotos do Estúdio de Marilyn Monroe, tantas quantas fossem pedidas.

Uma alma pura. Numa aula de mímica, disseram a nós que o corpo tem uma linguagem natural, um discurso sutil e musical. O corpo é predador do discurso. E com frequência vive além do discurso. Mandaram que fizéssemos mímica de nossas versões mais profundas.
A moça loira se encolheu de início a nossos olhos. Ela se agachou e abraçou os joelhos. Usava calças capri de algodão e uma camiseta masculina, e o cabelo platinado quase branco estava amarrado para trás sem muito cuidado com um lenço. O rosto estava nu de maquiagem (mas nós conhecíamos aquele rosto). Ela se agachou em um canto, os olhos fixos em um horizonte invisível. Começou a bambear para a frente, desengonçada. Levantou-se devagar como um raio de luz.

Estendeu os braços e ficou na ponta dos dedos dos pés até o corpo tremer. Então se moveu devagar pela sala, encarando o horizonte invisível. Começou a dançar sem música. Como se estivesse num transe, moveu o corpo em lentas revoluções dolorosas. Tirou a camisa, sem saber o que fazia. Cruzou os braços sobre os seios nus. Sob um encantamento, ela se deitou no chão, enroscou-se como criança e dormiu de imediato, ou pareceu dormir. Um longo minuto mágico passou. Era impossível julgar se ainda era mímica ou um autêntico sono abrupto. No entanto, é claro que poderia ser ambos. Depois de outro minuto, o instrutor de mímica se ajoelhou com preocupação ao seu lado e falou o nome que havia nos dado:

— Norma Jeane?

A moça loira "Norma Jeane" estava em um sono pesado. Foi necessário algum esforço para despertá-la. Claro que nós sabíamos quem era ela. Seu nome de estúdio/Hollywood. Mas a versão mais profunda da mulher brilhou através disso. Uma alma pura. Era linda e não tinha nome.

Era só que ele a amava tanto. Ele não aguentava vê-la se baratear. Ela se humilhando e se degradando. O nome dela e o dele. Essas fotos e fotogramas do filme. Aqueles chacais. E lhe pagando tão pouco, naquele contrato. Todo mundo sabe que Hollywood é escancaradamente um prostíbulo. Permitia que eles a exibissem como uma prostituta comum. Uma puta de esquina. Eles estavam casados agora; ela era esposa dele. O que dizer da família e parentes dele em São Francisco? E a vergonha dele? Seus fãs? Casando-se com ela por amor, e em todos os jornais o fato vergonhoso de que ele havia sido excomungado. Seu divórcio anterior. A Igreja proíbe o divórcio. Por ela! Por amor a ela. E ela se mostrando como carne. Costurada dentro dos vestidos. Rebolando os quadris ao andar. Não diga que é piada. Se é uma piada, é uma piada imunda. Seios transbordando das roupas. Aquele jantar do prêmio da *Photoplay*. Na cerimônia do Oscar. Disse que não iria, mas foi. É isto que você é? Carne? Todo mundo sabe o que é Hollywood. O nome dela nos jornais. E o dele. Recém-casados brigando? Em público? Mentiras imundas. Mentiroso do caralho. Nunca ele levantaria a mão contra qualquer mulher. Como ela ousava provocá-lo.

Ela estava nua, tonta. Meio da tarde e parecia não conseguir despertar por completo. No dia anterior, na aula de mímica (a não ser que fosse diversos dias antes), ela caíra em um sono profundo e não conseguia dissipar os efeitos daquele sono. Se ela tivesse os comprimidos de acordar de Doc Bob... mas não tinha. Seu marido furioso os havia tomado de sua mão e os jogado na privada.

— É isto que você é? Carne?

— Papai, não! Eu não quero ser.

— Diga a eles que não vai. Esse filme novo. Nem pensar.

— Papai, eu tenho que trabalhar. É minha vida.

— Diga a eles que quer papéis bons. Sérios. Diga a eles que vai se demitir. Seu marido diz que você está se demitindo.

— Sim. Sim, vou dizer.

Ela começou a chorar. Mas nada aconteceu. Ela estava assustada, pois não tinha lágrimas. Não tinha nem trinta anos e as lágrimas já tinham secado! *Eu matei meu bebê.* Uma lágrima ou duas se arrastou. *Meu bebê? Por quê?* Ainda não conseguia chorar. Alguém havia esfregado areia em seus olhos e forrado o interior de sua boca com areia. Onde seu coração estivera, uma ampulheta de areia, peneirando para baixo.

Na verdade, ela estava doente. Era uma emergência, apendicite.

Em seu pânico, pensara que era um parto; estava tendo um bebê afinal de contas. Um bebê demônio furioso se retorcia e revirava com uma cabeça tão grande que iria quebrar seu quadril em dois. E o marido não era o pai e a estrangularia com suas lindas mãos fortes. Culpada e assustada, tomada por dor, e a pele queimando, e ele havia acordado assustado e se deparado com ela no banheiro, suas nádegas nuas na borda da banheira branca de porcelana se embalando de um lado para outro em agonia, nua, suando e soltando um cheiro rançoso e animal do mais puro terror físico. O Ex-Atleta conhecia os sintomas. Na verdade, ele se aliviou em identificar os sintomas. Ele próprio teve o apêndice praticamente rompido quando mais novo. Chamou uma ambulância, e ela foi levada à emergência do Hospital Cedros do Líbano, e um conto de Hollywood emergiria do caos e da confusão dessas horas para recontar com avidez por gerações sobre o cirurgião residente, que só descobriu a identidade da paciente famosa quando entrou na sala de operação e viu, grudado em sua barriga, o bilhete de caligrafia trêmula:

Muito importante LER ANTES da cirurgia
Querido doutor,
Faça o menor corte que puder. Sei que parece um pedido vaidoso, mas não é isso — o fato de eu ser uma *mulher* é importante e significa muito para mim. Você tem filhos e deve saber o que isso quer dizer — *por favor, doutor* —, sei que entenderá de algum jeito! Obrigada — pelo amor de Deus, Querido Doutor. Não remova meus *ovários* — mais uma vez, por favor faça o que puder para evitar *cicatrizes* grandes. Agradeço de todo o meu *coração*.
Marilyn Monroe

Desde a noite da *première* de *Os homens preferem as loiras*, que foi também a noite em que ela decidiu se casar com o Ex-Atleta, ela não tinha ouvido do homem que se identificava como seu pai.
Seu Pai em lágrimas.
Ela não havia contado a ninguém. Ela estava esperando.

Ela visitou Gladys em Lakewood. Foi sozinha. Dirigia um conversível Studebaker brilhante cor de ameixa com uma listra branca nos pneus. Ela estava suspensa do Estúdio por recusar um filme novo, então não havia um carro do Estúdio disponível para levá-la. O Ex-Atleta se ofereceu, mas ela recusou.
— Minha mãe apenas chatearia você. Ela é uma mulher doente.
Nunca o Ex-Atleta viu Gladys Mortensen, nem veria.
Exceto pelo retrato datado de dezembro de 1926 que ela havia mostrado. Gladys com sua filha criança Norma Jeane nos braços. O Ex-Atleta olhou uma mulher jovem com ares etéreos e rosto descarnado com olhos de Garbo e sobrancelhas finas modeladas à pinça, segurando pela dobra do braço, como uma pessoa seguraria um objeto novo, uma bebê rechonchuda de boca úmida e um cacho loiro-escuro em forma de ponto de interrogação no topo da cabeça. Com timidez, a Atriz Loira espiou seu marido, que de muitas maneiras ela não conhecia. Pois amar um homem não é conhecê-lo, mas, pelo contrário, desconhecê-lo. E ser amada por um homem é ser bem-sucedida em criar o objeto de seu amor que, então, jamais deve ser comprometido.
— Ora! Mãe e eu. Muito tempo atrás.
O Ex-Atleta estreitou os olhos, mas por quê? Ele estudou o retrato sépia por alguns minutos. Quaisquer palavras que ele poderia ter dito de pesar, simpatia, amor confuso, ou até mágoa, ele não tinha a habilidade de formular.
Em Lakewood, a Atriz Loira se tornou Norma Jeane Baker, cuja chegada foi celebrada com a costumeira empolgação moderada e respeitosa. Estava usando sapatos com salto apenas médio e um conjunto de gabardine de bom gosto cor malva-acinzentado, com um blazer quadrado que não se ajustava a suas curvas. Ela não era "Marilyn Monroe" — via-se de imediato. Não obstante, algo da aura loira a acompanhava, como um vestígio de perfume. Ela trazia um presente para a equipe: uma caixa de chocolate de Dia de São Valentim de cinco quilos, com uma variedade de chocolates suíços.
— Ah, srta. Baker! Obrigada.
— Srta. Baker, não precisava! — Olhos sorridentes encarando o anel em seu dedo, pois ela havia se casado com o Ex-Atleta mundialmente famoso desde a última visita a Lakewood.

— Não está um dia fabuloso? Você levará sua mãe para um passeio nesta tarde?
— Venha comigo, srta. Baker. Sua mãe está acordada e ansiosa para vê-la.

Na verdade, Gladys Mortensen não parecia ansiosa para ver Norma Jeane e muito provavelmente não sabia que Norma Jeane era esperada. Se ela foi avisada, esqueceu. Norma Jeane trouxe presentes para Gladys também, mas frutas em vez de doces, uma cesta de tangerinas, brilhantes uvas roxas e uma cópia da *National Geographic* porque era uma revista de qualidade com belas fotos de que Gladys poderia gostar, e havia a última edição da *Screenland* com a Atriz Loira na capa numa elegante pose restringida sobre a manchete "O CASAMENTO DE LUA DE MEL DE MARILYN MONROE". Gladys espiou os itens, apertando o nariz. Será que ela esperava doces?

Norma Jeane abraçou a mãe com gentileza, não com o afeto que ela teria desejado, pois sabia que Gladys endureceria em um abraço assim. Com leveza, beijou a bochecha da idosa. Era um dos dias bons de Gladys, dava para ver. Norma Jeane havia ouvido por telefone que Gladys tivera uma "fase ruim" recentemente e havia "saído de si quase cem por cento". O cabelo fora lavado naquela manhã, e ela estava usando o bonito robe fofo e cor-de-rosa que Norma Jeane lhe havia comprado na Bullock's; estava um pouco manchado, mas Norma Jeane não iria notar. As pantufas de mesma cor foram colocadas lado a lado sob a cama de Gladys. Na parede, ao lado da cômoda de Gladys, havia algo novo: uma imagem de Jesus Cristo com seu coração em chamas, um halo de luz na cabeça bonita como de cinema. Uma imagem católica? Um dos outros pacientes devia ter dado a ela. Norma Jeane suspirou, como se mirasse o abismo no fundo do qual havia uma criaturinha minúscula, supostamente sua mãe.

Ela se surpreendeu e se agradou de ver, apoiada contra um espelho, a foto emoldurada que ela enviara a Gladys de seu casamento com o Ex-Atleta. A esposa em branco-ostra sorrindo com alegria. O noivo alto, bonito, com sobrancelhas definidas tão marcadas que pareciam a de um ator. *Ela não jogou fora! Ela deve me amar.*

Gladys deu uma risadinha, mastigando uma uva.
— Este homem é seu marido? Ele sabe de você?
— Não.
— Isso é bom, então. — Gladys assentiu, séria.

Norma Jeane viu com alívio que a mãe ainda estava naquele estado suspenso. Mas parecia mais jovem, tinha um ar malicioso de garota. Quando Norma Jeane a abraçou, sentiu os frágeis ossos de pássaro. E quão delicados eram os ossos no rosto de Gladys. Os olhos misteriosos de Garbo. A expressão etérea que uma câmera havia capturado muito tempo antes. Havia agradado Norma Jeane que, olhando

Gladys como olhara em 1926, mais jovem do que Norma Jeane era agora, o Ex-Atleta havia sido atraído para o feitiço de Gladys. Brevemente.

Tudo o que permanecia das sobrancelhas meticulosamente pinçadas e desenhadas de Gladys eram alguns fios cinza.

A equipe relatou para Norma Jeane que quando o tempo estava bom Gladys se exercitava caminhando "sem parar" no terreno do hospital. Ela era uma das pacientes idosas mais ativas. A saúde física no geral estava boa. Enquanto falavam, Norma Jeane se maravilhou com a animação da mãe. Talvez fosse rápido, superficial e sem reflexão, mas ao menos ela não estava ruminando carrancuda como fazia às vezes. Norma Jeane não conseguia evitar de comparar sua mãe com sua nova sogra: uma mulher italiana baixa e atarracada com nariz proeminente e um ligeiro bigode, um grande peito caído e uma barriguinha rotunda. "Mamma", ela queria que a chamasse. *Mamma!*

Gladys, quase como um pássaro, estava empoleirada na ponta de sua cama, pés descalços pendurados. Ela comia as uvas com ruído, cuspindo as sementes nas mãos. De tempos em tempos, sem uma palavra, Norma Jeane recolhia as sementes com um lenço. Exceto por um tique facial ocasional e um movimento peculiar nos olhos, Gladys mal parecia ser uma paciente psiquiátrica. Parecia animada e definitivamente bem-humorada. O humor de Norma Jeane, fortalecido pela Benzedrina de Doc Bob, estava animado e resolutamente de boa natureza. Gladys falava das "notícias do mundo" — "mais problemas na Coreia". Gladys vinha lendo jornais? Isso era mais do que Norma Jeane havia feito ultimamente. *Esta mulher não está mais louca do que eu. Mas ela está se escondendo. Ela permitiu que o mundo a derrotasse.*

Isso não iria acontecer com Norma Jeane.

Gladys vestiu uma calça e uma camisa, e Norma Jeane a levou para passear no jardim. Era um dia fresco e nublado. O Ex-Atleta definia dias assim como dias "de lugar e tempo nenhum". Nada estava marcado para acontecer em um dia assim. Nada de jogos de beisebol, nada de foco, de atenção. Muito da vida, para quem está aposentado ou em um hiato ou desempregado ou mentalmente doente, é de lugar e tempo nenhum.

— Talvez eu largue o cinema. "No auge da minha carreira." Meu marido quer que eu faça isso. Ele quer uma esposa e uma mãe. Quero dizer... uma mãe para os filhos. É o que eu quero também.

Gladys podia estar ouvindo, mas não deu resposta alguma. Ela se afastou de Norma Jeane como uma criança impaciente que preferia andar sozinha.

— Este é meu atalho. Por aqui. — Ela levou Norma Jeane, em seu conjunto de gabardine malva-acinzentado e nos novos sapatos de senhora, por um caminho de tijolos, estreito demais para ser uma ruela, entre dois edifícios hospitalares. Ventiladores rugiam acima. Um odor virulento de gordura quente a atingiu com a força de um tapa de mão aberta. Mãe e filha emergiram em uma área gramada em declive saindo de um amplo caminho pavimentado. Norma Jeane riu com vergonha, perguntando-se se alguém estava olhando. Ela temia que alguns membros da equipe, até os médicos, estivessem tirando fotos dela em certos momentos, sem que ela soubesse; para aplacá-los, ela havia posado no escritório do diretor com ele e alguns outros exibindo seu sorriso Marilyn. *Já basta? Por favor.* Ainda assim quando ninguém surgia com uma câmera, quando ninguém parecia estar observando, quando o vasto céu vazio se abria sem sequer a concentração do sol, não estariam momentos assim sendo perdidos? Os preciosos batimentos cardíacos de uma vida sendo perdida? Não seria a maior parte da vida de lugar e tempo nenhum, e irrevogavelmente perdida sem uma câmera para gravar e registrá-la?

— Indo direto ao ponto, o Estúdio só me oferece filmes com sexo! É isso que são. O próprio título... *O pecado mora ao lado*. Meu marido diz que é nojento e humilhante. "Marilyn Monroe" é essa boneca inflável de espuma e borracha que eu deveria ser, eles querem usar a personagem até gastar; então vão largá-la no lixo. Mas ele enxerga as verdadeiras intenções. Muitas pessoas tentaram explorar meu marido. Ele cometeu alguns erros, conta. Eu posso aprender com seus erros, diz. Para ele, pessoas de Hollywood são chacais. E isso inclui meu agente e as pessoas que afirmam estar do meu lado contra o Estúdio. "Todos eles querem explorar você", diz ele. "Mas eu só quero te amar."

Essas palavras vibraram estranhamente no ar, como sinos de vento amassados. Norma Jeane se ouviu continuar, como se Gladys tivesse contestado:

— Tenho estudado mímica. Quero começar de novo, do zero. Talvez me mude para Nova York para estudar atuação. Atuação séria. Não em filmes, mas no palco. Meu marido não contestaria isso, talvez. Quero morar em outro mundo. Não em Hollywood. Eu quero morar em... Ah, Tchekhov! O'Neill. *Anna Christie*. Eu poderia interpretar Nora em *Casa de bonecas*. Ora, se "Marilyn" não seria perfeita para Nora! A única interpretação verdadeira é viver. Viva. Nos filmes, eles quebram você em pedacinhos, centenas de cenas desconexas. É um quebra-cabeça mas não é você quem monta as peças.

Gladys disse de forma abrupta:

— Aquele banco? Eu costumava me sentar ali. Mas alguém foi morto ali.

— Morto?

— Eles te machucam se você não obedecer. Se você não engolir o veneno deles. Se colocar o comprimido no canto da boca e se recusar a engolir. Isso é proibido.

A voz de Gladys estava estridente e emotiva. *Ah, não,* Norma Jeane pensou. *Por favor, não.*

Protegendo os olhos e soluçando, Gladys se apressou para ir além do banco. Esse era o exato banco em que filha e mãe haviam se sentado inúmeras vezes, com vista para um riacho raso. Agora Gladys falava de um terremoto. A falha de San Andreas. Na verdade, houvera inúmeros tremores recentemente na área de Los Angeles, mas nenhum terremoto. Pessoas entravam em seu quarto à noite, Gladys disse, e faziam um filme dela. E faziam coisas com ela, com instrumentos cirúrgicos. Outros pacientes eram encorajados a roubar dela. No momento de terremoto, coisas assim aconteciam porque não havia ninguém para governar. Mas ela tinha sorte: ninguém a havia matado. Ninguém a sufocara com um travesseiro.

— Eles respeitam pacientes com família, como eu. Eu sou VIP aqui. As enfermeiras estão sempre murmurando: "Ah, quando a Marilyn vem ver você, Gladys?". Eu respondo: "Como é que vou saber? Eu sou só a mãe dela". Eles estavam perguntando sobre o jogador de beisebol, se Marilyn ia se casar com ele. Enfim, eu disse: "Vão vocês perguntar para ela, já que significa tanto para vocês. Talvez ela escolha vocês todas como madrinhas".

Norma Jeane riu sem muita força. A mãe estava falando em uma voz baixa, rápida e acelerada, que sinalizava problemas. Era a voz da avenida Highland, mais alta do que o som de cascata da água fervente.

Assim que emergiram do corredor fedorento, como se fora do alcance de autoridade:

— Mãe, vamos nos sentar. Tem um banco simpático ali.

— Banco simpático! — Gladys soltou uma risada de escárnio. — Às vezes, Norma Jeane, você parece tão tola. Como o resto deles.

— É só uma forma de f-falar, Mãe.

— Então aprenda uma forma melhor. Você não é tola.

No ar fresco nebuloso que cheirava levemente a enxofre elas caminharam para o lado mais distante do terreno de Lakewood, onde uma cerca de arame de três metros pairava sobre elas, telada por uma cerva viva de alfeneiro. Gladys enfiou os dedos por entre a cerca e a sacudiu com violência. Era notável que esse tinha sido o objeto de seus passos rápidos. Veio à Norma Jeane o pensamento em pânico de que ela e Gladys agora eram pacientes em Lakewood. Ela fora enganada até então, para visitar, e agora era tarde demais.

E ao mesmo tempo ela sabia que não era assim. Sob a lei da Califórnia, o marido teria que ser responsável pela internação. O Ex-Atleta a adorava, ele nunca faria algo assim.

Talvez ele fosse matá-la! Com suas belas mãos forte. Mas ele nunca faria uma coisa tão cruel e traiçoeira.

— Agora tenho um marido que me ama, Mãe. Isso faz toda a diferença do mundo. Ah, espero que um dia vocês possam se conhecer! Ele é um homem maravilhoso caloroso, que respeita as mulheres...

Gladys estava respirando rápido, revigorada da caminhada ágil. Nos últimos anos, ela havia ficado uns dois ou quatro centímetros mais baixa que Norma Jeane, ainda assim, parecia a Norma Jeane que para encontrar o entretido olhar de aço da mãe, ela tinha que se voltar para cima. O esforço no pescoço era considerável.

Gladys perguntou:

— Você não teve um bebê, teve? Eu sonhei que morreu.

— Ele morreu, Mãe.

— Era uma garotinha? Falaram para você?

— Eu tive um aborto espontâneo, Mãe. Ainda na sexta semana. Fiquei terrivelmente doente.

Gladys assentiu, séria. Ela não parecia surpresa de forma alguma com a revelação, apesar de claramente não acreditar.

— Foi uma decisão necessária.

Norma Jeane respondeu de pronto:

— Foi um aborto espontâneo, Mãe.

— Della foi minha mãe, Della foi uma avó e este foi seu prêmio no fim. Ela teve uma vida difícil, eu causei muita dor a ela. Mas enfim ela estava feliz — disse Gladys, com uma luz de bruxa surgindo em seus olhos. — Mas se você fizer isso comigo, Norma Jeane, não posso prometer.

— Prometer o quê? Eu não entendo — retrucou Norma Jeane, confusa.

— Não posso ser uma delas. Uma avó. Como ela. É minha punição.

— Ah, Mãe, o que está dizendo? Punição pelo quê?

— Por trair minhas lindas filhas. Por deixar que morressem.

Norma Jeane se afastou da mãe, empurrando o ar com as palmas das mãos como se empurrasse uma parede. Isso era impossível! Não se podia falar com uma paciente psiquiátrica. Uma esquizofrênica paranoica. Como uma das improvisações desalentadas em que o instrutor contava a um ator certos fatos secretos do parceiro de cena, e o outro ator tinha que mergulhar cegamente na cena.

Ela determinaria uma cena nova.

Só por se mover de um espaço para outro no palco conseguia se estabelecer uma cena nova. Só pela força de vontade.

Ela pegou o braço magro, como arame, resistente, e a puxou de volta para a rota pavimentada. Bastava! Norma Jeane estava no comando. Ela pagava os valores exorbitantes do Lar de Lakewood e ela estava designada como a guardiã de

Gladys Mortensen e parente mais próxima. Filhas! Havia apenas uma filha, e ela era Norma Jeane. Ela disse:

— Mãe, eu te amo tanto, mas você me machuca tanto! Por favor, não faça isso, Mãe. Eu entendo que você não está bem, mas não pode tentar? Tentar ser gentil? Quando eu tiver meus filhos eu nunca vou ferir nenhum deles. Vou amar todos para que sigam vivos. Você é como uma aranha na sua teia. Uma dessas aranhas marrons pequenas reclusas. O tipo mais perigoso! Todo mundo pensa que "Marilyn Monroe" deve ter dinheiro, mas eu não tenho dinheiro de verdade, eu pego dinheiro emprestado o tempo inteiro, eu pago para você morar aqui, este hospital particular, e você me envenena. Você devora meu coração. Meu marido e eu pretendemos ter bebês. Ele quer uma família grande e eu também. Eu quero seis bebês!

— Como você daria de mamar para seis? É muito até para Marilyn.

Norma Jeane riu, ou tentou. Isso *foi* engraçado!

Em sua bolsa de mão ela tinha a carta preciosa de seu pai.

— Sente-se, Mãe. Tenho uma surpresa para você. Tenho algo para ler para você e não quero ser interrompida.

O Ex-Atleta estava viajando a negócios. A Atriz Loira foi a uma performance teatral, de um dramaturgo americano contemporâneo, no Teatro de Pasadena.

Foi levada por amigos. Todas as noites em que o Ex-Atleta estava viajando, ela ia a uma peça em um teatro local. Nesta fase da vida, a Atriz Loira tinha inúmeros amigos em círculos que não se cruzavam, e eram amigos mais jovens, desconhecidos do Ex-Atleta. Eram escritores, atores, dançarinos. Um deles era o instrutor de mímica da Atriz Loira.

No Teatro de Pasadena, membros da plateia observavam secretamente a Atriz Loira ao longo da noite. Ela parecia estar genuinamente tocada pela peça. Não estava de roupas glamourosa e não chamou atenção para si mesma. Os amigos se sentavam protetoramente nos dois lados dela.

Seria relatado que, no fim da peça, enquanto o resto da plateia estava saindo, a Atriz Loira permanecera no assento como se estivesse aturdida. Ela disse, com fraqueza:

— Esta é uma tragédia de verdade. Ela faz o coração chorar. — Mais tarde, bebendo drinques, disse: — Quer saber? Vou me casar com o dramaturgo.

— Ela tinha o senso de humor mais maravilhoso! Fazia uma cara séria e de garotinha, e dizia as coisas mais absurdas. De uma cara feia de pug molhado como W.C. Field, espera-se ironia. De sobrancelhas e bigode de Groucho Marx, espera-se algo surreal. Mas Marilyn, ela sacava essas coisas espontaneamente. Era como se algo dentro dela desafiasse. "Choque esses sacanas. Dê uma chacoalhada neles." E ela dava. E o que ela dizia poderia voltar para assombrar ou ferir Marilyn e, possivelmente, ela sabia disso com antecedência. Mas, que diabo, e daí?

De volta em seu quarto em Lakewood, Gladys rastejou com fraqueza para a cama. Ela não precisava da ajuda de Norma Jeane. Estivera sem palavras desde que Norma Jeane leu para ela a carta em uma voz calma, campânula, não acusatória, e continuava sem palavras. Norma Jeane beijou sua bochecha e disse em voz baixa:

— Adeus, Mãe. Eu amo você.

Ainda assim, Gladys não respondeu. Muito menos olhou para Norma Jeane. Na porta do recinto, Norma Jeane parou para ver que sua mãe estava virada de frente para a parede. Olhando para cima, para as lúridas cores brilhantes do Sagrado Coração de Jesus.

Tinha algo a ver com a Páscoa.

A Atriz Loira foi levada para a Sociedade Lar de Órfãos de Los Angeles em uma limusine preta com um interior acolchoado e suntuoso como o interior almofadado de um caixão. Em seu uniforme e quepe, o Chofer Sapo estava atrás do volante.

Por dias, a Atriz Loira estivera empolgada, emocionada. De certa forma, era uma estreia no palco. Por muito tempo, ela pretendera voltar ao Lar para visitar a dra. Mittelstadt, que havia mudado tanto o rumo de sua vida — para dizer "obrigada".

Talvez (a Atriz Loira esperava que fosse um gesto natural, não forçado), elas orariam na privacidade do escritório de dra. Mittelstadt. Ajoelhadas juntas no carpete!

Com frequência, o Ex-Atleta não aprovava as aparições públicas da Atriz Loira. Com justificativas maritais, o Ex-Atleta achava que aparições assim eram "vulgares" — "exploradoras" — "impróprias para sua dignidade como minha mulher". Nesse caso, no entanto, o Ex-Atleta aprovava. Por anos, antes e depois de sua aposentadoria do beisebol, ele visitava lugares assim para crianças, lares, hospitais e instituições. Algumas dessas crianças, em especial as doentes, feridas, poderiam partir o coração, ele alertou. Mas era emocionante também. Dava a sensação de estar fazendo algo bom. Causando algum impacto. Criando memórias positivas.

Em tempos idos, reis e rainhas visitavam lugares assim para ungir os doentes, os mutilados, os párias e os condenados, mas nos Estados Unidos havia apenas indivíduos como o Ex-Atleta e a Atriz Loira, e eles tinham que "fazer sua parte".

— Só não deixe a mídia sufocar você — o Ex-Atleta alertou.

— Ah, sim — concordou a Atriz Loira.

Um número de celebridades de Hollywood havia se voluntariado. A Atriz Loira, apesar de oficialmente em descrédito, suspensa do Estúdio por violação contratual, era uma dessas. Ela havia pedido para ser levada para a Sociedade Lar de Órfãos de Los Angeles, na avenida El Centro.

— Morei lá no passado. Tenho muitas lembranças.

A maioria boa. É claro.

A Atriz Loira acreditava em boas lembranças. É claro que ela havia sido uma órfã. — Muitas pessoas são! — E, sim, sua mãe a havia cedido. — Era a Grande Depressão. Muita gente foi afetada! — Ainda assim, ela fora bem cuidada no Lar. A Atriz Loira não nutria amargor algum por ter sido órfã na Terra de Abundância. — Ei, ao menos eu estava viva. Não como em algum país cruel como na China onde bebês meninas são afogadas como gatinhos.

Manchetes em todos os jornais. Colunas especiais por Louella Parsons, Walter Winchell, Sid Skolsky e Leviticus. Uma história de capa para o *Hollywood Reporter* e para o *L.A. Times Sunday Magazine*. Matérias menores divulgadas por jornais em toda a nação e na *Time, Newsweek, Life*. Tropas de fotógrafos, equipes de televisão. Cobertura breve nos noticiários televisivos noturnos.

MARILYN MONROE REVISITA ORFANATO DEPOIS DE ANOS.
MARILYN MONROE "REDESCOBRE" PASSADO COMO ÓRFÃ.
MARILYN MONROE FAZ AMIZADE COM ÓRFÃOS NA PÁSCOA.

A Atriz Loira diria ao Ex-Atleta que "não fazia ideia" de como quanta publicidade foi gerada. Outras celebridades de Hollywood visitando outros lares, hospitais e instituições não haviam gerado nem perto disso!

A Atriz Loira se sentia igualmente empolgada e apreensiva, tanto quanto na infância. Quantos anos haviam passado? Dezesseis anos!

— Mas eu vivi mais do que uma vida inteira depois disso.

Enquanto o Chofer Sapo dirigia a limusine preta e brilhante com habilidade, saindo de uma afluente Beverly Hills e atravessando Hollywood para o interior de Los Angeles, a Atriz Loira começou a perder a calma. Uma leve dor latejante entre seus olhos ficou mais forte. Ela estivera tomando aspirina, pois (para sua vergonha secreta) havia ido além da dosagem prescrita por Doc Bob do "tranquilizante milagroso" Demerol e estava determinada a não tomar mais. Conforme se aproximava da presença poderosa da dra. Mittelstadt, como se aproximasse de um sol acalentador, curador, ela sabia que aquela cura apenas poderia vir de dentro. Não há dor e de certa forma não há "cura". *O amor divino sempre atendeu e sempre atenderá todas as necessidades humanas.*

Diversos assistentes vinham com a Atriz Loira em um automóvel separado. Uma van de entrega com centenas de cestas de Páscoa embrulhadas alegremente cheias de coelhos de chocolate, pintinhos de marshmallows e jujubas multicoloridas. Presunto curado no estilo da Virginia, com abacaxis trazidos de avião diretamente do Havaí. A Atriz Loira havia doado quinhentos dólares de seu próprio dinheiro (ou do Ex-Atleta?) para entregá-los em forma de cheque para a dra. Mittelstadt como um "gesto pessoal de minha gratidão".

Na verdade, a diretora do Lar não a havia traído de alguma forma? Parado de escrever para ela, depois de um ou dois anos? A Atriz Loira deu de ombros para isso.

— Ela é uma profissional ocupada. E eu também.

Quando o Chofer Sapo virou no terreno do orfanato, a Atriz Loira começou a tremer. Ah, mas ali não era o lugar certo... ou era? A fachada encardida de tijolos vermelhos havia sido lavada e agora parecia pele arranhada crua. Onde houvera uma área aberta, agora havia barracões pré-fabricados feios. Onde houvera um parquinho modesto, agora havia um estacionamento asfaltado. O Chofer Sapo subiu a limusine silenciosamente à entrada, onde repórteres, fotógrafos e câmeras haviam se reunido de haviam sido desordenada. A Atriz Loira falaria com a imprensa depois, essas pessoas haviam sido informadas, mas é claro que tinham perguntas para ela agora, chamavam-na aos gritos conforme ela era acompanhada às pressas para dentro do prédio, câmeras clicando atrás dela como metralhadoras. Dentro, estranhos apertaram sua mão. Dra. Mittelstadt não estava em lugar algum. O que havia acontecido com o salão? Que lugar era esse? Um homem de meia-idade com um rosto recém-barbeado de Porco Gaguinho estava guiando a Atriz Loira para o salão de visitantes, falando rápido e com alegria.

— Mas onde está a dra. M-Mittelstadt? — perguntou a Atriz Loira.

Ninguém pareceu ouvir. Assistentes estavam trazendo cestas de Páscoa, presuntos e abacaxis em caixas. Um sistema de amplificadores estava sendo testado. A Atriz Loira estava com dificuldade de ver com clareza por trás de seus óculos escuros, mas não queria removê-los por medo de que esses estranhos ávidos vissem o pânico em seu olhar. Diversas vezes, ela chorou, com um sorriso deslumbrante.

— Ah, meu Deus...! É uma honra imensa estar aqui. A época de Páscoa é um momento tão especial! Estou verdadeiramente feliz. Obrigada a todos pelo convite.

O evento passou num borrão. Mas não um borrão rápido. Por algum tempo, antes de a cerimônia começar, a Atriz Loira foi fotografada para o "arquivo" do orfanato. Ela foi fotografada com o homem igual ao Porco Gaguinho brilhando, que tirou os óculos bifocais para a foto, e com algumas crianças. Uma das garotas a lembrava tanto Debra Mae aos dez ou onze anos... A Atriz Loira queria acariciar o cabelo bagunçado laranja como uma cenoura.

— Qual seu nome, queridinha? — perguntou a Atriz Loira. A garota murmurou uma ou duas sílabas, de má vontade. A Atriz Loira não conseguiu ouvir bem. *Nancy*, talvez? Ou Eunice, *Eununse?* — ... Eu não sei.

A cerimônia aconteceu no salão de jantar. Desse vasto espaço feio, a Atriz Loira se lembrava. Levadas para dentro marchando, em fileiras ordenadas, as crianças foram obrigadas a sentar em mesas encarando-a como se ela fosse uma criatura animada da Disney. Conforme a Atriz Loira se aproximava do microfone para recitar seu discurso pronto, seus olhos dispararam pelo salão buscando rostos familiares. Onde estava Debra Mae? Onde estava Norma Jeane? Talvez aquela fosse Fleece? — uma criança esguia taciturna, infelizmente, um garoto.

Seria relatado que a Atriz Loira, ao contrário das expectativas de boa parte da equipe do orfanato, era uma mulher "doce, gentil, parecendo sincera". Aos olhos de muitos, era "quase uma dama". "Não glamourosa como dizem, mas muito bonita. E *encorpada*." Ela foi vista como "um pouco nervosa, com quase um gaguejar às vezes (nós esperávamos que ela não entreouvisse algumas das crianças a imitando!)" Foi admirada por sua paciência com os órfãos, que ficaram empolgados e energizados demais com as cestas de Páscoa e inquietos e barulhentos; "... em especial, as crianças hispânicas que não sabem inglês." Alguns dos garotos mais velhos foram grosseiros e a encaravam, movendo a língua sugestivamente, mas a Atriz Loira, acreditou-se, "sabiamente ignorou. Ou talvez ela estivesse amando aquilo, quem vai saber?".

Apesar de um latejar doloroso na cabeça, a Atriz Loira apreciou dar cestas de Páscoa para as crianças, que passaram na frente dela uma por uma por uma. Uma infinidade de órfãos. Uma eternidade de órfãos. Ah, ela poderia fazer isso para sempre! Basta tomar o remédio mágico de Doc Bob para fazer qualquer coisa para sempre! Melhor que sexo. (Bem, qualquer coisa era melhor que sexo. Ei, só estou brincando!) Ah, essa era uma experiência recompensadora, extensa e jubilosa, ela diria ao mundo se perguntassem. E eles perguntariam. Entrevistariam. Cada uma de suas sílabas seria transformada em um valioso papel impresso ou filme gravado. Porém, não diria a eles que as órfãs meninas a interessavam muito mais do que os órfãos meninos. Os garotos não precisavam *dela*. Qualquer mulher servia para eles, qualquer corpo feminino, querendo se definir machos, portanto superiores, um corpo é como o outro, mas as órfãs meninas olhavam para *ela*, encarando-*a*, memorizando-*a*, lembrariam por muito tempo *dela*. As órfãs que haviam sido feridas como Norma Jeane. Ela via isso. Órfãs que necessitavam de um toque, um toque rápido no cabelo, uma carícia na bochecha, até um beijinho de borboleta. Ouvir: "Você não é uma gracinha? Amo suas tranças!". Ou: "Qual seu nome? Que nome bonito!".

Ela dizia a elas, com o ar de quem compartilhava um segredo:

— Meu nome, quando eu morei aqui, era Norma Jeane.

E uma das garotas disse:

— Norma Jeane... Ah, eu queria que esse fosse meu nome.

A Atriz Loira emoldurou o rosto dessa garota em suas mãos e surpreendeu a todos que assistiam à cena caindo no choro.

Ela perguntaria mais tarde: "Qual era o nome completo da garota?".

Ela enviou um cheque para o Lar, para uma "doação especial de roupas e livros" para aquela garota.

Se o cheque, de duzentos dólares, foi de fato um dia usado para esse propósito, e não apenas dissolvido no orçamento no Lar, ela não descobriria. Pois teria se esquecido.

Uma desvantagem, ainda que uma vantagem, da fama: você se esquece muito.

E o cheque de quinhentos dólares que ela havia feito, impulsivamente, para a *dra. Mittelstadt?* Este a Atriz Loira não removeria de sua bolsa de mão.

O novo diretor da Sociedade Lar de Órfãos de Los Angeles era, de fato, o homem de meia-idade com a cara de Porco Gaguinho. E era um homem gentil, um pouco tagarela e cheio de si. A Atriz Loira o ouviu por alguns minutos pacientes antes de interrompê-lo para perguntar, dessa vez com mais ênfase, o que havia acontecido com a dra. Mittelstadt? Foi respondida com pálpebras que se agitavam e lábios contraídos.

— Dra. Mittelstadt era minha predecessora — disse Porco Gaguinho, em uma voz neutra. — Eu não tinha relação com ela, de fato. Eu nunca faço comentários a respeito dos que vieram antes de mim. Acredito que todos nós fazemos o melhor que podemos. Adivinhar não é do meu feitio.

A Atriz Loira buscou uma matrona mais velha, um rosto familiar. Esse um dia jovem e agora de meia-idade, mais robusto, com papada de buldogue, ainda que com um sorriso animado.

— Norma Jeane. Claro que me lembro de você! Uma garotinha tão tímida, tão doce. Você tinha um tipo de... era alergia? Era asma? Não. Teve pólio, e coxeava um pouquinho? Não? (Bom, com certeza você não coxeia agora. Eu te vi dançar naquele último filme, boa como Ginger Rogers!) Você era amiga daquela menina doida, Fleece? Sim? E a dra. Mittelstadt gostava tanto de você. Você estava no círculo próximo dela. — A matrona riu, balançando a cabeça.

Era uma cena de filme, a Atriz Loira retornando ao orfanato em que ficou encarcerada por muito de sua infância e recebendo revelações distribuídas como se por um crupiê, mas a Atriz Loira não conseguia determinar qual era a música de fundo a definir o tom da cena. Durante a cerimônia da cesta de Páscoa, "Easter Parade" cantada por Bing Crosby havia sido tocada no salão de jantar. Mas agora não havia música de fundo.

— E a dra. Mittelstadt? Ela se aposentou, imagino?

— Sim. Se aposentou.

Um olhar furtivo na expressão da matrona. Melhor não perguntar.

— O-onde ela está?

Um olhar pesaroso.

— Temo dizer que a pobre Edith morreu.

— Morreu!

— Ela era minha amiga, Edith Mittelstadt. Eu trabalhei com ela por 26 anos, nunca respeitei tanto alguém. Ela nunca tentou impor a religião dela em *mim*. Era uma boa mulher cuidadosa. — A boca contraída se contorceu para baixo. — Não como certos dessa "turma nova". Esses com "foco no orçamento". Enfiando ordens por todos os lados como a Gestapo.

— Como a dra. Mittelstadt m-morreu?

— Câncer de mama. Foi o que soubemos.

Os olhos da matrona se umedeceram. Se essa fosse uma cena de filme, e certamente era, também era vividamente real e dolorosa; e a Atriz Loira teria que mandar o Chofer Sapo parar em uma farmácia na avenida El Centro para que ela pudesse correr para dentro, implorar com o farmacêutico para usar o número de emergência de Doc Bob e adquirir com urgência um comprimido de Demerol naquele instante. *Tão real assim, com música de fundo ou não.*

A Atriz Loira se encolheu.

— Ah. Eu sinto muitíssimo. Câncer de mama. Ah, Deus.

Inconscientemente, a Atriz Loira pressionava os antebraços contra o peito. Esses eram os famosos seios salientes de "Marilyn Monroe". Mas ali, no orfanato, como visitante de Páscoa, a Atriz Loira não estava exibindo seus seios de forma conspícua. Seu figurino era modesto, de bom gosto. Ela até usou um chapéu pascal, com uma fileira de centáureas e um véu. Um ramo de lírio-do-vale na lapela. Os seios da dra. Mittelstadt eram maiores do que os da Atriz Loira, mas é claro que não do mesmo tipo que os da Atriz Loira, que eram, ou haviam se tornado, obras de arte. Em seu epitáfio, a Atriz Loira brincou, apenas suas estatísticas vitais deveriam ser gravadas: "96-60-96".

— Pobre Edith! Nós sabíamos que ela estava doente, e ela vinha perdendo peso. Imagine, dra. Mittelstadt quase *magra*. A pobre deve ter emagrecido uns 25 quilos enquanto estava aqui entre nós. E sua pele ficou como cera. E olhos vazios.

Nós implorávamos para que ela fosse ver um médico. Mas você sabe como ela era teimosa e corajosa. "Eu não tenho motivo para ver um médico." Ela estava apavorada, mas nunca admitiria. Talvez você saiba que devotos da Ciência Cristã têm pessoas que oram por eles quando ficam doentes. Ou o que quer que seja, acho que não ficam "doentes". Essas pessoas oram, e você ora. E se tiver fé, você deveria se cuidar. E esta foi a forma de Edith lidar com o câncer, sabe? Quando nos demos conta das circunstâncias, do que realmente havia de errado com ela, ela já estava afastada por motivo de doença. Ela se negou a ir a um hospital até o fim. Mesmo quando foi, não foi por vontade própria. A tragédia era que Edith sentia que sua fé era inadequada. Com o câncer devorando seu corpo, até as profundezas dos ossos, aquela pobre mulher teimosa acreditava que era culpa dela. A palavra "câncer" nunca cruzou seus lábios. — A matrona respirou fundo, secando os olhos com um lenço. — Eles não acreditam em "morte", veja bem. Devotos da Ciência Cristã. Então, quando acontece com eles, deve ser culpa deles.

Com coragem, a Atriz Loira perguntou:

— E Fleece, o que houve com Fleece?

— Ah, aquela Fleece. — A matrona sorriu. — A última vez que ouvimos dela ela havia se alistado no Regimento Feminino. Ela conseguiu chegar a sargento, ao menos.

— Ah, Papai, me abrace.

Em seus quentes braços musculosos. Ele ficou surpreso, um pouco inquieto, mas com certeza ele a amava. Era louco por ela. Mais agora do que no começo.

— Eu estou me sentindo tão... fraca, acho. Ah, Papai!

Ele estava envergonhado, sem saber o que dizer. Murmurou:

— O que houve, Marilyn? Eu não estou entendendo.

Ela estremeceu e se aninhou nele. Ele conseguia sentir seu coração batendo rápido como o de um passarinho. Como decifrá-la? Essa mulher maravilhosa e sensual que conseguia falar melhor em público do que ele falava em qualquer momento, uma das mulheres mais famosas nos Estados Unidos e talvez do mundo, e ela está... se escondendo nos braços do marido?

Ele a amava, isso estava definido. Ele cuidaria dela. Claro.

Apesar de confuso com esse comportamento, cada vez mais frequente.

— Amor, que diabo? Eu não estou entendendo.

Ela leu para ele a Bíblia. Numa voz ansiosa e desejosa. Ele adivinhou que era sua voz de garotinha, raramente ouvida.

— "... e Jesus Cristo cuspiu no chão e fez um pouco de lama com a saliva, e então ungiu a lama nos olhos do cego, e os olhos do cego se abriram." — Ela ergueu o olhar para ele, os próprios olhos brilhando de forma estranha.

O que ele diria? Que diabo?

Ela leu para ele alguns poemas que havia escrito. Para ele, ela disse.

Na voz de garota ansiosa e desejosa. As narinas avermelhadas de uma gripe que se dissipava, e ela fungava; com uma falta de constrangimento infantil, ela limpou o nariz com os dedos, tão estranhamente ofegante, como se estivesse à beira de um precipício.

Em você,
vejo o mundo renascer.
Em dois.
Antes de você,
havia menos do que um.

O que ele deveria dizer? Que diabo?

Ela estava aprendendo a fazer molhos. Molhos! *Puttanesca* (com anchovas), *carbonara* (com bacon, ovos, creme de leite), *bolognese* (com carne moída bovina, suína, cogumelos, creme de leite), *gorgonzola* (queijos, noz-moscada, creme de leite). Ela estava conhecendo as massas e essas eram palavras, como poemas, que a faziam sorrir: *ravioli, penne, fettuccine, linguine, fusilli, conchiglie, bucatini, tagliatelle*. Ah, como ela estava feliz! Será que era um sonho? E, se fosse, será que era um sonho bom, ou não tão bom? O tipo de sonho que pode mudar sutilmente para pesadelo? Como abrir uma porta destrancada e dar um passo dentro de um poço de elevador?

Acordando em uma cozinha quente demais, não familiar. Linhas de perspiração grudenta escorrendo pelo rosto, entre os seios. Ela estava cortando cebolas sem jeito enquanto alguém falava com ela com ferocidade. Os olhos ardiam e se enchiam de água pelas cebolas. Tirando uma enorme frigideira de ferro fundido de um armário. Crianças correndo para dentro e fora da cozinha aos berros. Eram os sobrinhos e sobrinhas pequenos de seu marido. Ela não conseguia se lembrar dos rostos e certamente não conseguia se lembrar dos nomes. Alho e azeite de oliva fumegavam na frigideira de ferro! Ela havia deixado o fogo alto demais. Ou pensamentos voando acima dela para fora da janela, ela não estava cuidando do fogão.

Alho! Muito alho. A comida deles estava saturada daquilo. O cheiro de alho nos hálitos dos sogros. No hálito da sogra. E dentes feios. *Mamma* se aproximando demais. *Mamma* impossível de evitar. Uma pequena mulher-linguiça se agitando. Nariz de bruxa e queixo pontudo. Peito caído na barriga. Ainda assim ela usava vestidos pretos com decotes. Suas orelhas estavam furadas, ela sempre usava brincos. Ao redor de seu pescoço gorducho, uma cruz de ouro em uma corrente de ouro. Sempre usava meia-calça. Como as meias de algodão de Vovó Della. A Atriz Loira tinha visto fotos de sua sogra quando ela fora moça na Itália, não linda, mas de boa aparência, sensual como uma cigana. Mesmo quando garotinha, ela era vigorosa. Quantos bebês aquele corpinho borrachudo havia produzido? Agora era comida. Tudo era comida. Para os homens devorarem. E eles de fato devoravam! A mulher havia se tornado comida e amava ela mesma comer.

Anos atrás, na cozinha da sra. Glazer, ela fora feliz. Norma Jeane Glazer. Sra. Bucky Glazer. A família a havia recebido como uma filha. Ela havia amado a mãe de Bucky e havia se casado com Bucky para conseguir tanto um marido quanto uma mãe. Ah, quantos anos atrás! O coração havia se partido, mas ela sobrevivera. E agora era uma adulta e não precisava de mãe. Não esta mãe! Tinha quase 28 anos e não era mais uma garota órfã. Seu marido queria que ela fosse uma esposa, e uma nora para seus pais. Ele queria que ela fosse uma mulher glamourosa em público, na companhia dele; mas apenas na companhia dele, sob sua supervisão de perto. Ainda assim, ela era adulta; tinha sua própria carreira, senão sua identidade. A não ser que ser "Marilyn Monroe" fosse a carreira inteira. E possivelmente a carreira não duraria muito. Havia dias que passavam com lentidão excruciante (esses dias em São Francisco na casa dos sogros, por exemplo), ainda assim, anos passavam rápidos conforme a paisagem piscava para ela de um veículo acelerando. Nenhum homem tinha direito de se casar com ela e querer mudá-la! Como se dizer "*Eu amo você*" fosse afirmar "*Eu tenho o direito de mudar você*".

— Por que eu sou diferente dele no auge de sua carreira? Um atleta. Só se tem alguns anos ativos. — Ela viu a faca escorregar de seus dedos úmidos e quicar no chão. — Ah...! Eu sinto muito, Mamma. — As mulheres na cozinha a encararam. O que elas pensaram? Que ela havia tentado esfaquear seus pés? Seus tornozelos gordos? Rápido, ela passou a faca sob água corrente na pia, secou com uma toalha e voltou a sua tarefa de cortar. Ah, mas ela estava entediada! Seu coração de Grushenka urrava com tédio.

Hora de fritar fígados de frango. O cheiro pungente e azedo que dava ânsia de vômito.

Toda garota e mulher nos Estados Unidos a invejava! Como todo homem invejava o Yankee Durão.

No Teatro de Pasadena, ela soubera que estava na presença de um talento imenso. O Dramaturgo cuja poesia entrava em seu coração. A visão dele era do sofrimento trágico na casa ao lado. Vida "comum". *Você dá seu coração ao mundo, é tudo que você tem. E então ele se parte.* Essas palavras ditas no túmulo de um homem, no final da peça, impregnado com uma misteriosa luz azul que diminuía devagar, haviam assombrado a Atriz Loira por semanas.

— Eu poderia interpretar em suas peças. Exceto que não tem um papel para "Marilyn". — Ela sorriu. Depois riu. — Isso é bom. Serei outra pessoa para ele, então.

Elas a observavam, fritando os fígados de frango. Da última vez, ela havia praticamente colocado fogo na cozinha. Ela estava falando sozinha? Sorrindo? Como uma garota de três anos, inventando histórias. Ninguém quer interromper. Ela poderia se assustar, derrubar o garfo trinchante em seu pé.

Febril e de corpo pesado desde que abrira mão das drogas prescritas por Doc Bob. Jurando que nunca tomaria algo mais pesado que aspirina de novo; ela levou um susto, escapou por um triz, sem conseguir acordar ou ser despertada por quinze horas de sono estuporoso, até que o marido desesperado quase chamou uma ambulância e a fez prometer que *nunca mais!*, e ela havia prometido, e queria manter a promessa. Então o Ex-Atleta veria como ela falava sério. Não só ela estava dizendo não ao Estúdio, chega de filmes sexuais de Marilyn, como também era uma esposa devotada, uma boa mulher. Esfregaria na cara do Ex-Atleta seu bom comportamento no fim de semana. Até foi à missa com elas. As mulheres. Ah, o Sagrado Coração de Jesus! Lá do lado do altar da cavernosa igreja velha fedendo a incenso. Aquele lúrido coração exposto como uma parte do corpo que não se deveria ver. *Pegue meu coração e o devore.*

O Ex-Atleta, o jogador celebridade, havia sido excomungado por se casar com a Atriz Loira, ainda assim o arcebispo de São Francisco era um amigo da família e fã de beisebol e "talvez, de alguma forma" as coisas se resolvessem. (Como? Com o casamento anulado?) Ela havia ido à missa com as mulheres. Elas pareciam deleitadas em levá-la, a bela Marilyn. A única loira em um meio de cabelo escuro e pele morena. Mais alta que Mamma por uma cabeça. Ela não trouxera um chapéu adequado então Mamma lhe deu uma mantilha de renda preta para cobrir o cabelo. Muitos olhos sombriamente quentes e italianos desviando-se para ela e tirando uma casquinha apesar de ela não usar nada provocativo, e sim roupas monótonas como de uma freira. Ah, mas que tédio estar na igreja! A missa em latim, a voz aguda do padre zumbindo, interrompida pelo tocar de sinos (para acordar você?), e tão *comprida*. Mas ela havia se comportado bem, o marido apreciaria. E na cozinha preparando refeições gigantescas e limpando, enquanto ele saía de barco com seus irmãos ou jogava beisebol na sua escola antiga com os caras da vizinhança que ele precisava que fingissem que eram seus amigos. Dando autógrafos para crianças ou pais com aquele sorriso tímido-assustado que fazia com que fosse amado, apesar de estar se tornando um sorriso familiar, não tão espontâneo quanto antigamente. Em um filme ou uma peça ele poderia dizer "Sei que é difícil para você, querida. Sei que minha família pode ser dominadora. Minha mãe". Ele poderia dizer apenas "Obrigado. Eu amo você!". Mas não era realista esperar uma fala dessas do homem que era seu marido, ele não tinha as palavras, nunca as teria, e ela não ousaria fornecê-las.

"Não venha ser condescendente comigo!" Uma vez ele lhe lançou uma expressão de fúria incandescente, e ela recuou. E como ele era sensual, seu sangue pulsando nas veias.

Ah, mas ela o amava! Estava desesperada de amor por ele. Queria ter seus filhos, queria ser feliz com ele — e por ele. Ele prometera fazê-la feliz. Ela precisava confiar nele. A chave para sua felicidade não estava em cuidar de si, mas dele. Afinal, e se ele não a amasse mais? O fedor e vapor de fígado fritando faziam sua cabeça girar. Ela havia amarrado o cabelo para trás para mantê-lo longe do rosto suado. Notou a sogra e outra das parentes mais velhas observando-a com aprovação. "Ela está aprendendo!", diziam em italiano. "Ela é uma boa garota, esta esposa". Era uma cena de filme do tipo que segue inexoravelmente para um fim feliz. Ela viu o filme muitas vezes. Nesta residência no meio da grande família barulhenta do marido ela não era a Atriz Loira e certamente não era Marilyn Monroe, porque ninguém poderia ser "Marilyn" sem uma câmera para gravá-la. Ela tampouco era Norma Jeane. Apenas a esposa do Ex-Atleta.

Não era segredo que ela havia colocado o vestido longo de paetês roxos na bagagem para Tóquio, mas ele a acusaria disso. Ah, ela juraria! Ou se ela escondera dele de propósito, era um segredo para agradá-lo. Como as sandálias de dedo prateadas com salto agulha e uma tira no tornozelo. E certas lingeries de renda preta que ele havia comprado para ela. Ela também levaria uma peruca loira, uma réplica quase exata de seu cabelo loiro-platinado de algodão-doce, mas a peruca foi descartada na noite de sua chegada em Tóquio.

Ah, como ela saberia que seria convidada por um coronel do Exército dos Estados Unidos para "animar o moral dos soldados" na Coreia? Ela juraria, na época ela mal sabia onde aquele país trágico "se situava".

Na edição em brochura do clássico *Paradoxo sobre o comediante*, que alguém lhe dera, ela sublinhou em vermelho:

Assim como a eternidade é uma esfera cujo centro está em todos os lados e a circunferência em parte alguma, o ator verdadeiro descobre que seu palco está em todo lugar e em lugar algum.

Isso na véspera de sua partida para o Japão.

O Ex-Atleta era um homem de tão poucas palavras que, de certa forma ele, também, era um mímico.

Para sua aula de mímica final (que ninguém além da Atriz Loira sabia que seria sua aula final), ela interpretou uma mulher idosa no leito de morte. Os companheiros de aula foram cativados pela performance dolorosamente realista, tão diferente de sua própria mímica estilizada e jovial. A Atriz Loira deitou-se de costas, vestindo um pano preto que ia até os tornozelos, de pés descalços, e se ergueu em etapas por meio da angústia, da dúvida e do desespero, dando-se por vencida, enfim, a aceitar o destino e um despertar alegre para... a Morte? Ela se levantava cada vez mais até que como uma dançarina, ela se equilibrou na ponta dos pés trêmulos, os braços estendidos sobre a cabeça. Por um longo momento extático ela manteve a postura, seu corpo tremendo.
Dava para ver o coração bater. Dentro da caixa torácica. Dava para ver a vida vibrando dentro dela, quase transbordando. Alguns de nós poderiam jurar que a pele dela estava translúcida!
Não era só porque eu estava apaixonado por esta mulher porque não tenho certeza de que estive.

O que não estava sendo dito era que ele não conseguia perdoá-la por se entediar com a família dele. A família dele!
Ele se sufocava com isso. O que era não dito. Não dito e não perdoado. *Sua mulher se entediava com sua família e com ele.*
Ela se achava superior a ele? *Ela?*
No Natal, foram de carro, ela ficara quieta, atenta, educada, de sorriso doce. Mal disse uma palavra. Rindo quando os outros riam. Ela era o tipo de mulher com rosto de bebê para quem tanto mulheres quanto homens contam histórias, e ela parecia ouvir impressionada e de olhos arregalados, mas ele, o marido, o único deles que a conhecia, conseguia ver como sua atenção era forçada, seu sorriso desaparecendo, deixando apenas linhas ao redor de sua boca. Ela sabia como se submeter a seu pai e a homens mais velhos da família. Sabia como se submeter à mãe dele e a mulheres mais velhas da família. Sabia que

deveria fazer um escarcéu a respeito de bebês e crianças pequenas e elogiar suas mães.

— Você deve estar tão feliz! Tão orgulhosa. — Não havia erro na performance, mas ele conseguia ver que era uma performance, e isso o enfurecia. Como quando ela mordia um pouco de fígado de frango, moleja, salmão marinado em fatias finas, pasta de anchovas e praticamente com lágrimas nos olhos dizia que estava delicioso, mas que ela não estava com muita fome no momento. Quase um olhar de pânico no rosto em meio a tanto grito, risos, aglomeração e empurrões e crianças correndo aos berros para dentro e fora do recinto, e o jogo de futebol na televisão com o volume tão alto para os homens que tinham dificuldade de ouvir. E mais tarde ela se desculparia para ele, debruçando-se daquele fraco jeito culpado dela, pressionando a própria bochecha contra a dele, dizendo que nunca tivera um Natal real quando era mais nova. Como se esse fosse o problema.

— Acho que tenho muito a aprender, não acha, Papai? Hein?

Depois do casamento, quando era de se esperar que ela ficasse mais tranquila com a família e feliz de visitá-los, ela não ficou. Ah, ela dava essa impressão, ou tentava. Mas ele, o marido — um atleta treinado para ler expressões impassíveis de adversários, um rebatedor habilidoso não apenas em decifrar a menor nuance de tique do lançador, mas em ter em mente a posição exata de cada jogador adversário em relação aos jogadores de sua equipe (se algum estivesse) na base e a si mesmo — conseguia decifrar. Ela achava que ele era cego? Que ele era só algum imbecil como do tipo com quem ela tinha "saído" desde possivelmente o primeiro ano do ensino médio? Que ele era insensível feito ela, agindo como se vomitar a noite inteira depois de uma das maratonas culinárias de Mamma fosse uma brincadeira? Ela sabia, ela estava sempre garantindo a ele que sua família "me culpa, um pouco" por ele ter sido excomungado da Igreja. Claro, ele se divorciara, e a Igreja não reconhece divórcio, mas foi apenas ao se casar de novo (com uma mulher divorciada!) que ele violara a lei canônica e teve que ser excomungado. Ela precisava compensar, se eles duvidavam dela. Duvidavam de sua sinceridade. Sua integridade. Sua seriedade com a vida e a religião.

— Talvez eu me converta? Vire católica? Você aceitaria isso, Papai? Minha m-mãe é católica, mais ou menos.

Então ela ia à missa com elas. As mulheres. A mãe dele, a avó idosa e as tias. E as crianças. E tanto Mamma quanto a tia reclamavam que ela estava sempre "esticando o pescoço para ver", "sorrindo". Não é assim que se comporta na igreja. Como se algo fosse engraçado? Quando elas estavam entrando ela apontou para uma estátua em um altar lateral e sussurrou:

— Por que o coração dele está para fora? — E aquele sorriso, como se tudo fosse uma piada.

— *Pappa* diz que é um sorriso assustado, ela é uma passarinha assustada. Será que está nervosa? As pessoas olhando para ela. Porque olham. Sabendo que é sua mulher, e quem ela é. E ela ficava puxando o xale para cima da cabeça, e ele ficava caindo como se fosse um acidente. Ela bocejava tanto durante a missa que nós achamos que a mandíbula ia quebrar. Então tinha a comunhão, e ela queria ir junto! "Mas eu não deveria?", perguntou ela. Nós dissemos que não, você não é católica, ou será que é católica, Marilyn? E ela disse com esse beicinho de bebê magoado: "Ah, vocês sabem que não sou". Claro que ela sabe dos homens olhando para ela, aquele jeito de caminhar dela. E ela fica de cabeça baixa, mas os olhos correndo para todos os lados. No carro, voltando para casa, ela diz que interessante foi o culto, como se "culto" fosse uma palavra que a gente devesse saber. Ela fala a palavra "Ca-*to*-li-cis--mo" como se fosse algo que todo mundo saberia. Ela diz com aquela risadinha ofegante: "Ah, foi longa, não foi?". E as crianças rindo dela no carro e dizendo: "Longa? É por isso que vamos à missa das nove horas, esse padre é o mais rápido". "Longa? Espere até levarmos você para a missa solene." "Ou uma missa de réquiem!" E todo mundo ria dela, e o xale escorregava do cabelo tão liso e brilhante como o de um manequim numa loja de departamentos, é por isso que o xale não fica no lugar.

E a mãe continuava:

— Na cozinha, era verdade que ela se esforçava. Tinha boas intenções, mas era desastrada. Era mais fácil tirar as coisas dela e fazer você mesmo. Então ficava assustadiça e nervosa, caso você se aproximasse. Ela deixava macarrão ferver até virar uma gosma, se você não olhasse cada segundo. E estava sempre derrubando coisas, como a faca grande. Não conseguia fazer um risoto, a cabeça estava sempre indo para outros lugares. Provava algo e não sabia o que estava provando. "Coloquei sal demais? Precisa de mais sal?" Ela achava que cebola e alho eram a mesma coisa! Achava que azeite de oliva era o mesmo que margarina derretida! Ela disse: "As pessoas fazem macarrão em casa? Quer dizer... não só na loja?". Sua tia deu para ela um ovo em conserva da geladeira e ela disse: "Ah, isso é de comer? Quer dizer... em pé, assim?".

O Ex-Atleta, o marido, ouvia com educação a litania de reclamações da mãe, que estavam cheias do estribilho: "Bem, não é nada da minha conta". Ele ouvia e não dizia uma palavra sequer. O rosto escurecia com sangue, ele encarava o piso e, quando Mamma terminava, ele saía do recinto, e atrás dele invariavelmente ele ouviria em italiano magoado: "Viu? Ele me culpa".

Era mais ofensivo para ele, seu senso de propriedade de solteiro, que sua mulher deixasse qualquer quarto que habitava uma bagunça, falhando em recolher não apenas as coisas dele, mas as dela própria. Até na casa dos pais. Ele podia jurar que ela não era tão distraída antes de se casarem; havia sido organizada e limpa e belamente tímida ao se despir na presença dele. Agora ele tropeçava em roupas que nem sequer lembrava que ela tinha de tanto tempo que não eram usadas. Lenços lotados de maquiagem! No banheiro da casa dos pais dele, havia manchas feias de maquiagem na pia, um tubo de pasta de dente sem tampa, cabelos loiros em pentes e escovas, e espuma na banheira que Mamma encontraria depois que eles partissem se ele mesmo não limpasse. Que *diabo*.

Às vezes, ela se esquecia de dar descarga.

Não eram as drogas, ele tinha certeza. Ele havia destruído seu estoque com um discurso enorme, e ela havia prometido que nunca, nunca mais engoliria comprimido algum.

— Ah, Papai! Acredite em mim.

Ele não conseguia decifrá-la: já que ela não estava fazendo filmes, por que precisaria de coragem ou energia instantâneas? Quase parecia que a vida normal a desconcertava. Como um de seus colegas de time, só jogando bem no calor de um jogo apertado, do contrário, cagando toda a partida. Ela era tão honesta, dizendo:

— Papai, é tão assustador: como uma cena com pessoas reais só *segue*? Como em um ônibus? Onde vai dar? — E aquele olhar melancólico de garotinha no rosto. — Você já pensou, Papai, como é difícil decifrar o que as pessoas querem dizer quando provavelmente elas não querem dizer nada? Ao contrário de um roteiro. Ou que o objetivo de algo acontecer é quando provavelmente não tem objetivo, afinal, só "aconteceu"? Como o clima?

Ele balançava a cabeça, sem saber o que diabo dizer. Já havia saído com atrizes, modelos e garotas festeiras, e ele poderia jurar que conhecia a personalidade típica, mas Marilyn era outra coisa. Como seus parceiros diziam, sugestivamente, dando-lhe um cutucão nas costelas para fazê-lo corar: "Marilyn é diferente, hein?". Aqueles cuzões não sabiam nem da metade.

Às vezes ela o assustava. Um pouco. Como se uma boneca real abrisse os olhos azuis vítreos e você esperasse bê-á-bá, mas ela dissesse algo muito estranho, e possivelmente muito profundo, quase um daqueles mantras que ninguém consegue entender. E dizendo aquilo no vocabulário de alguém de dez anos. Ele tentava garantir a ela que entendia, sim, claro, mais ou menos.

— Veja, Marilyn, você está há dez anos fazendo filmes sem parar, quase como eu, uma profissional de verdade; agora está dando um tempo, está na entressafra, entre temporadas, mas eu estou aposentado, entende? — Contudo a essa altura ele tinha se perdido no que queria dizer.

Ele não era bom enrolando as pessoas. Só ele conseguia apreciar a similaridade entre eles. Quando se é um jogador profissional de elite e os olhos do mundo estão em você e é uma temporada difícil, como nos *playoffs* e nas finais, você nunca precisa olhar para os lados à procura de algo para pensar, muito menos *fazer*. E um jogo acontecendo consome aquelas horas daquele dia como nada mais consegue, exceto, possivelmente, lutar na guerra ou morrer.

— No boxe, costumam dizer: "Agora ele perdeu o foco". Quando um cara é acertado com força — ele contou a ela esse significado para ser solidário, e ela olhou para ele sorrindo e confusa como se ele falasse um idioma estrangeiro. — É uma questão de atenção — disse ele, hesitante. — Concentração. E se você não tem isso... — Suas palavras se dissiparam como balões de crianças, sem gravidade.

Uma vez, na casa deles em Bel Air, ele havia entrado no quarto e viu que, às pressas, ela limpava o cômodo lotado de roupas, embora supostamente estivessem esperando uma empregada (ele mesmo havia contratado) chegar em algumas horas. Ela havia tomado banho e estava totalmente nua exceto por uma toalha enrolada na cabeça como um turbante. Ela reagiu com culpa ao vê-lo e gaguejou:

— Eu n-não sei como o quarto ficou desse jeito. Eu andei doente, eu acho.

Era como se, ele começou a pensar, ela fosse duas pessoas: a mulher que parecia cega e totalmente absorta em si mesma que deixava uma bagunça por onde passava, e a mulher alerta e inteligente e acometida, uma garota na verdade, seus olhos roubando os dele como se fossem duas crianças juntas naquele dilema, talvez com quinze anos, que de alguma forma acordaram casados. Naquele instante seu corpo não parecia a ele um lindo corpo feminino voluptuoso, mas uma responsabilidade que ambos compartilhavam, como um bebê gigante.

Na casa dos pais, na rua Beach, em São Francisco, ele se sentia afastado dela. Mesmo quando ela o observava com seu olhar melancólico culpado. Mesmo quando, fora do campo de visão familiar, ela o puxava com seus dedos: "Ajude! Estou me afogando". De alguma forma, isso endurecia o coração dele contra ela. Sua primeira esposa havia se dado bem com sua família, ou razoavelmente bem. E Marilyn era a garota dos sonhos que todo mundo estava pronto para adorar. Mas ela se fechava como uma ostra se alguém perguntasse sobre ser uma "estrela de cinema", como se ela nunca tivesse ouvido falar de uma coisa dessas. Ficava vermelha e gaguejava se qualquer um falasse de ver seus filmes, como se tivesse vergonha deles, o que possivelmente tinha mesmo. Ela ficava com a língua amarrada de constrangimento quando uma das sobrinhas do Ex-Atleta perguntava com inocência: "O seu cabelo é de verdade?". Então, um tempo depois, ele veria um olhar selvagem em seu rosto: era Rose, a vaca. Superior. Desdenhosa. Bem, Rose era apenas uma garçonete, naquele filme lixo, e uma vadia. E Marilyn Monroe — uma *pin-up*, uma modelo fotográfica, uma vedete e Deus sabe o que mais.

Ele queria lhe dar uma surra de cinto. Quem ela achava que era, olhando para sua família dessa forma?

Ele nunca havia dito isso para ela, é claro: ele chegou perto de cancelar o primeiro encontro deles quando um amigo ligou para avisar que Monroe havia se envolvido com Bob Mitchum, um notório usuário de cocaína e, suspeitava-se, comunista; a história era que ela havia engravidado e Mitchum, furioso, a havia espancado e causado um aborto espontâneo.

(Será que algo disso era verdade? Ele sabia como rumores se espalhavam, como as pessoas mentiam. Contratou um detetive particular recomendado pelo amigo Frank Sinatra — que o contratara para conferir Ava Gardner, por quem ele estava louco de amor —, mas os resultados foram, depois de um pagamento de seiscentos dólares, "inconclusivos".)

Uma coisa era certa. Muito antes de conhecê-la, ela havia posado nua. Havia uma anedota eterna em Hollywood de que Monroe havia feito alguns filmes pornôs no fim da adolescência, também, mas nenhum havia chegado à tona. Depois de se casarem, um suposto distribuidor de fotos contatou o Ex-Atleta por meio de um parceiro de negócios dizendo que tinha alguns negativos que ele acreditava que "o marido da srta. Monroe gostaria de adquirir". O Ex-Atleta ligou para o homem e perguntou de forma direta se era chantagem. Extorsão? O distribuidor protestou que era apenas uma transação de negócios.

— Você paga, Durão. E eu entrego.

O Ex-Atleta perguntou o valor. O distribuidor deu uma quantia.

— Nada vale tudo isso.

— Se você ama a moça, com certeza vale.

O Ex-Atleta falou em voz baixa:

— Eu posso acabar com você, seu filho da puta.

— Ei, ei, calma. Essa não é a melhor postura.

O Ex-Atleta não respondeu.

— Estou do seu lado — disse o distribuidor, rápido. — Sou um admirador antigo seu, na verdade. E da dama também. Ela é de fato uma dama de alta classe. Uma das poucas com alguma integridade. Das mulheres, quero dizer. — Ele fez uma pausa. O Ex-Atleta conseguia ouvi-lo respirar. — Mas eu estou convencido de que esses negativos deveriam estar fora do mercado para que não possam ser mal utilizados.

Um encontro foi marcado. O Ex-Atleta foi sozinho. Examinou os fotogramas por muito tempo. Ela era tão nova! Pouco mais que uma garota. As fotos eram nus artísticos para o calendário ao qual a série "Miss *Golden Dreams* 1949" pertencia, que ele já tinha visto na *Playboy*. Alguns poucos eram frontais, mais reveladores. Um trecho de pelos pubianos loiro-escuros, as solas tenras de seus pés descalços. Seus pés! Ele queria beijar seus pés. Essa era a mulher que ele amara antes de ela se tornar aquela mulher. Ainda não tinha se tornado Marilyn. O cabelo não era loiro-platinado, mas um tom de mel-amarronzado, volumoso e cacheado até os ombros. Uma garota de rosto doce e confiando em você. Até os seios estavam diferentes. O nariz, os olhos. O inclinar da cabeça. Ela não havia aprendido a ser Marilyn ainda. Ele se deu conta de que essa era a garota que ele amava de verdade. Pela outra, Marilyn, ele era louco, ou talvez enlouquecido por causa dela, mas não se podia confiar na mulher.

Então o Ex-Atleta comprou as fotos e os negativos e pagou o "distribuidor de fotos" em dinheiro, tão cheio de nojo pela transação que mal conseguia olhar o homem nos olhos. Não apenas porque o Ex-Atleta era o marido da garota; ele era um homem de integridade. O que o mundo sabia dele, sua masculinidade, seu orgulho, sua reticência, era verdade.

— Obrigado, meu chapa. Você fez a coisa certa.

Como um boxeador treinado não para liderar a luta, mas para contra-atacar, o Ex-Atleta levantou a cabeça para essa observação sarcástica e encontrou o olhar de seu algoz, um caucasiano com cara de molusco, sem idade discernível, cabelo oleoso, costeletas, uma fileira de dentes com coroa, e, sem uma palavra, o Ex--Atleta fechou o punho e deu um soco nos dentes, um soco que vinha do ombro, um diabo de bom soco para um cara de quase quarenta anos, não na melhor forma física e de boa natureza, não um brigão. O distribuidor tropeçou e caiu. Aconteceu com rapidez e limpeza, como um *home run*. O mesmo *crack!* inconfundível da bola batendo no taco. O Ex-Atleta, arfando agora, ainda sem palavras, acariciando os nós dos dedos cortados, caminhou para longe rápido.

Ele destruiria a evidência. Fotogramas, negativos. Tudo virou fumaça.

— "Miss *Golden Dreams* 1949". Se eu tivesse conhecido você nessa época...

O Ex-Atleta reveria diversas vezes esse episódio como um filme. Era o filme dele, ninguém mais sabia. Ele nunca contaria à Atriz Loira. Observando-a com a família dele, seu sorriso forçado desaparecendo, o olhar de tédio em seus olhos, ele era obrigado a reconhecer que sua generosidade, seu perdão, o afeto de sua família, o esforço de sua mãe, não eram valorizados pela esposa. Talvez não estivesse usando drogas, mas estava egoísta, uma desgraçada absorvida em si mesma. Ao final do jantar de domingo ela havia desaparecido de novo? Onde, diabos? O Ex-Atleta viu os parentes o espiando quando saiu marchando para encontrá-la. Sabendo como sussurrariam em italiano, quando ele saísse do recinto. "É entre ele e ela, não é da conta de ninguém. Você acha que ela pode estar grávida?"

No quarto deles, ela estava fazendo exercícios de dança. Erguendo as pernas, subindo na ponta dos pés. Ela usava um vestido acetinado laranja-enferrujado que ele havia comprado para ela em Nova York, que não era uma veste apropriada para se exercitar, e ela estava sem sapatos, só de meia-calça, formando bolinhas e pequenos rasgos. Pela cama por fazer e cadeiras e até no carpete havia itens de roupa, deles e dela, as toalhas molhadas e livros — Ah, Deus do céu, ele estava cheio daqueles livros, uma das malas quase totalmente cheia só de livros, ele teve que carregar aquela merda e não gostou nada. Em Hollywood era uma piada comum que Marilyn Monroe se achasse uma intelectual mesmo sem nunca ter se formado no ensino médio e até mesmo pronunciando errado uma outra palavra.

— Aonde você foi tão rápido? O que é isso? — Ela virou um brilhante sorriso falso de atriz para ele, cuja mão a atingiu no queixo.

Não de punho fechado. Mão aberta, a palma.

— Ah...! Ah, por favor.

Ela tropeçou e se encolheu para trás, desabando na cama. Exceto pelo batom vermelho na boca, seu rosto estava mortalmente branco e parecia um pedaço de porcelana no instante antes de espatifar. Uma única lágrima escorreu por sua bochecha. Ele estava ao lado dela, abraçando-a.

— Não, Papai. Foi minha culpa. Ah, Papai, eu *sinto muito*. — Ela começou a chorar, e ele a abraçou, e depois de um tempo eles fizeram amor, ou tentaram, exceto que do lado de fora da janela, do lado de fora da porta fechada, ela conseguia ouvir vozes abafadas murmurando, como ondas chegando. Enfim, eles desistiram e só ficaram abraçados.

— Papai, pode me perdoar? Não vou fazer isso de novo.

Era o Ex-Atleta quem havia sido oficialmente convidado ao Japão, para iniciar a temporada de 1954 de beisebol japonês, mas era a Atriz Loira quem os repórteres, os fotógrafos e as pessoas da televisão estavam doidos para ver. Era a Atriz Loira que multidões imensas estavam enlouquecidas para espiar. No aeroporto de Tóquio, a polícia conteve centenas de japoneses olhando ainda que impassíveis e em silêncio. Apenas alguns chamaram a Atriz Loira, em um estranho canto, quase uniforme:

— *Mon-chan! Mon-chan!*

Alguns dos fãs mais jovens ousaram lançar flores, que caíam no pavimento sujo como passarinhos baleados. A Atriz Loira, que nunca estivera em um país estrangeiro, muito menos do outro lado da casa deles, agarrava o braço do Ex-Atleta. Seguranças os acompanharam depressa para a limusine. A Atriz Loira ainda não havia se dado conta, apesar de ser insultantemente claro para o Ex-Atleta, que as multidões vieram por ela e não ele.

— O que é *mon-chan*? — perguntou a Atriz Loira, inquieta.

Ouviu de um segurança, com um risinho trêmulo:

— Você.

— Eu? Mas meu marido é quem o país convidou, não eu. — Ela ficou inflamada em nome dele; ela agarrou sua mão em indignação.

Fora da limusine, dos dois lados da via de acesso do aeroporto, mais japoneses se amontoavam para ver *Monchan* sentada com dureza no banco de trás da limusine, atrás do vidro escurecido protetor. Eles acenavam com mais vigor do que os de dentro do terminal ousaram acenar, e lançavam flores com mais energia, mais flores e flores maiores, caindo com suaves baques ondulantes no teto e para-brisa do veículo. Em estranho quase-uníssono como robôs, eles gritavam:

— Mon-chan! Mon-chan! *Mon-chan!*

A Atriz Loira riu com nervosismo. Eles estavam tentando dizer "Marilyn"? Era assim que "Marilyn" soava em japonês?

No elegante Imperial Hotel, mais multidões esperavam nas ruas. O trânsito havia sido fechado. Um helicóptero de polícia pairava acima.

— Ah! O que eles querem? — sussurrou a Atriz Loira.

Era uma cena maluca de um filme de Charlie Chaplin. Uma comédia muda. Exceto que a multidão ali não era muda, e sim impaciente, clamorosa. A Atriz Loira queria protestar; os japoneses não deveriam ser pessoas contidas? Exceto durante a guerra, a Atriz Loira se recordou com horror, ah, lembre-se de Pearl Harbor! Lembre-se dos campos de prisioneiro de guerra japoneses! Atrocidades japonesas! Ela estava pensando, também, no velho crânio de Hirohito sobre a cômoda do rádio. Aquele olhar de espaço vazio perfurando seus olhos se ela se descuidasse.

— Mon-CHAN! Mon-CHAN! — vinha o canto estrondoso.

A Atriz Loira e o Ex-Atleta, ambos visivelmente abalados, foram escoltados até o hotel enquanto centenas de policiais de Tóquio tinham dificuldade em conter a multidão, que só aumentava.

— O que essas pessoas querem *comigo*? Achei que esta civilização fosse superior à nossa. Eu estava *esperando* que fosse — disse a Atriz Loira com sinceridade, mas ninguém a ouviu.

Ninguém a estava ouvindo. O rosto do Ex-Atleta estava pesado e sombrio de tanto sangue. Eles haviam viajado por tanto tempo, seu rosto estava escuro da barba por fazer.

Houve formalidades apressadas no lobby do hotel e na suíte de luxo no oitavo andar reservada para o Ex-Atleta e a esposa. Houve uma saudação cerimonial por um grupo de membros da equipe e uma segunda saudação cerimonial por outro grupo de membros da equipe. Durante esse período, fora das janelas, o coro "*Mon-chan! Mon-chan! Mon-chan!*" subia a rua toda. Havia se tornado mais demandante, como ondas subindo, reviradas pelo vento. A Atriz Loira tentou falar com um dos recepcionistas japoneses a respeito de mantras e a "quietude no centro de toda agitação", mas o homem sorriu e assentiu com tamanha intensidade, fazendo pequenas reverências com a cabeça e murmurando em concordância, que ela logo desistiu. Ela se sentiu tentada a espiar pela janela, mas não ousou. O Ex-Atleta, ignorando a multidão na rua abaixo, ignorou ela também. Será que estavam presos no hotel? Como eles poderiam se aventurar nas ruas? *Agora minha punição está começando*, ela pensou. *Eu deixei que matassem meu bebê. E isso veio atrás de mim até aqui. Querem me devorar.*

Ela era a única mulher no recinto. Ela riu subitamente, correu para um banheiro e trancou a porta.

Algum tempo depois, ela emergiu cheirando vagamente a vômito, trêmula e pálida, exceto pela boca de feroz batom vermelho. O Ex-Atleta, que era Papai quando estavam sozinhos, mas não Papai naquele momento, falava em voz baixa com ela, com o braço ao redor de sua cintura. Os recepcionistas japoneses haviam sugerido a ele por meio de um tradutor que, se ela consentisse aparecer na sacada por apenas alguns segundos, reconhecer a presença e aceitar a homenagem, a multidão se acalmaria e se dispersaria. A Atriz Loira estremeceu.

— Eu n-não posso fazer isso.

O Ex-Atleta, profundamente envergonhado, apertou o braço ao redor da cintura dela. Ele disse a ela, hesitante, que estaria ao lado dela. O chefe de polícia de Tóquio a precederia na sacada e explicaria à multidão por um megafone que a srta. Marilyn Monroe estava muito cansada da viagem de avião e não poderia entretê-los no momento, mas que os agradecia por virem visitá-la. Ele diria que ela estava "profundamente honrada" de estar visitando a terra natal deles. Ela então se apresentaria de forma modesta a eles, diria algumas palavras, sorriria e acenaria em uma forma amistosa, porém formal, e nada mais.

— Ah, Papai, não me obrigue — disse a Atriz Loira, fungando. — Não me faça ir lá fora. — O Ex-Atleta garantiu que estaria ao lado dela. Seria algo de menos de um minuto.

— Façamos isso por eles para "livrar nossa cara". Para que eles possam ir para casa e nós possamos jantar. Você sabe o que é isso, "livrar a cara"?

A Atriz Loira se afastou com leveza do Ex-Atleta.

— A cara de quem?

O Ex-Atleta riu como se isso fizesse sentido e fosse engraçado. Com cuidado ele repetiu o que os recepcionistas japoneses sugeriram, e quando a Atriz Loira o encarou sem ouvir, ele repetiu, com mais força:

— Olha. Eu vou estar bem do seu lado. Faz parte do protocolo japonês. "Marilyn Monroe" trouxe todos aqui e apenas "Marilyn Monroe" pode liberá-los.

A Atriz Loira pareceu enfim dar ouvidos.

Ela então concordou com o pedido. O Ex-Atleta, rosto turvo de vergonha, agradeceu. Ela se retirou para um quarto para trocar de roupa e surpreendeu o Ex-Atleta reaparecendo rápido, em um blazer sob medida de lã escura, um lenço vermelho ao redor do pescoço. Havia passado ruge nas bochechas e pó no rosto, e feito alguma coisa com o cabelo para deixá-lo mais volumoso e mais luminosamente loiro do que estava, amassado e bagunçado depois do longo voo. Todo esse tempo a multidão havia continuado seus cantos diligentes:

— Mon-*chan!* Mon-*chan!* — Havia sirenes. Diversos helicópteros se aproximavam. No corredor do lado de fora da suíte, sons de passos e vozes masculinas gritaram comandos. Será que o Exército Imperial Japonês estava ocupando o hotel? Ou o Exército Japonês não existia mais, destruído pelas Forças Aliadas?

A Atriz Loira não queria ser escoltada até a sacada, mas foi andando rápido para a frente, seguida pelo Ex-Atleta. Oito pisos abaixo, na rua, transbordando pelo pavimento em sua posição privilegiada na frente do Imperial Hotel, uma pequena multidão de fotógrafos e equipes televisivas gravavam a cena para a posteridade. Holofotes resplandeciam na noite como luas errante. Com um megafone, o chefe da polícia de Tóquio se dirigiu à multidão, agora respeitosamente vencida. Então a Atriz Loira, escoltada pelo Ex-Atleta se aproximou. Com timidez, ela ergueu a mão. A turba vasta abaixo trocou murmúrios. Os cantos recomeçaram, mais musicais agora, sensualmente:

— Mon-*chan.* Mon-*chan.* — Sorrindo, impregnada de súbito com um tipo de felicidade um pouco amarga, a Atriz Loira apoiou as mãos no balaústre e olhou para a multidão. *Onde não há rostos visíveis, há Deus.* A multidão se estendia até onde o olho alcançava, uma imensa besta com diversas cabeças, em êxtase e expectativa.

— Eu sou… "*Mon-chan*". Eu amo vocês. — O vento levou as palavras, ainda assim a multidão ouviu em silêncio abafado. — Eu sou… "*Mon-chan*". Perdoe--nos, Nagasaki! Hiroshima! Eu amo vocês. — Ela não havia falado no megafone e as palavras roucas sussurrantes seguiram sem ser ouvidas. Apenas alguns metros acima do teto do hotel, um helicóptero planava por perto, ensurdecedor. Em um gesto extravagante, a Atriz Loira levou as mãos ao cabelo, pegou a luxuosa peruca loira-platinada e a desprendeu da cabeça (o cabelo verdadeiro estava escovado para trás e preso com grampos), soltou-a e a lançou no vento. — *Mon-chan* ama você! E você! E você!

Arrebatados, os rostos japoneses abaixo, maravilhados pelo amontoado de cabelo loiro brilhante que por alguns segundos brincalhões dançou no vento — e um vento frio do norte — e que então começou a cair, girando à deriva como se em espiral, deslizando lateralmente como um falcão, para desaparecer enfim em um vórtice de mãos erguidas e desejosas.

Naquela noite, quando finalmente estavam sozinhos juntos, a Atriz Loira deu as costas para o Ex-Atleta quando ele a tocou. Com amargura, ela disse:
— Você nunca me respondeu... a cara de quem?

Em seu diário de Tóquio, esta anotação tensa.

Os japoneses têm um nome para mim.
Mon-chan é como me chamam.
"Garotinha preciosa" é como me chamam.
Minha alma voou para fora de mim.

Ele não queria que ela fosse. Ele não achava que era uma "boa ideia" no momento. Ela perguntou o que era "o momento". O que distinguia "o momento" de outro. Ele não tinha resposta. Sua carranca lembrava os nós feridos das mãos.
Mais tarde, a Atriz Loira imploraria: era uma mera coincidência, não era? Como poderia ser culpa dela?
Que em Tóquio, em uma festa na embaixada americana, ela encontraria este coronel do Exército dos Estados Unidos. Tão charmoso! E tantas medalhas! O coronel, atraído à Atriz Loira como qualquer outro homem no recinto, perguntou se ela estaria disposta a entreter tropas dos Estados Unidos na Coreia?
A consagrada tradição americana de "levantar a moral" dos alistados. A consagrada tradição de estrelas de Hollywood apresentando-se gratuitamente para enormes audiências de soldados, suas fotos na *Life*.
Como a Atriz Loira não diria *sim*? Com empolgação, lembrando-se de noticiários no cinema nos anos 1940: Rita Hayworth glamourosa, Betty Grable, Marlene Dietrich, Bob Hope e Bing Crosby e Dorothy Lamour *entretendo as tropas do outro lado do oceano*.
Disse a Atriz Loira em sua voz ofegante de garotinha: *"Ah, sim, senhor, obrigada! É o mínimo que posso fazer".*
Exceto que ela não tinha certeza de por que tropas americanas estavam designadas na Coreia. Não houvera um armistício no ano anterior? (E o que exatamente era um "armistício"?) A Atriz Loira disse ao coronel que não aprovava intervenção militar americana imperialista em nações estrangeiras, mas ela entendia que soldados americanos, longe de casa, longe das famílias e namoradas, deveriam estar terrivelmente solitários.
A política não é culpa deles. E não é minha!

Por sorte, ela trouxera o vestido longo decotado de paetês roxos que o Ex-Atleta amava quando ela usava. E as sandálias de dedo prateadas com salto agulha e uma tira no tornozelo.

Por sorte, ela conseguia cantar de cabeça, como uma grande boneca com vida, músicas de *Os homens preferem as loiras*. Quantas vezes havia cantado "Diamonds Are a Girl's Best Friend", "When Love Goes Wrong", "A Little Girl from Little Rock". Havia a sensual "Kiss", de *Torrentes de paixão*. E "I Wanna be Loved by You" e "My Heart Belongs to Daddy". Foram gravações dolorosas realizadas por Marilyn Monroe, envolvendo 25 sessões cada, depois das quais o astuto técnico de canto do Estúdio dissipou pedaços separados de fita e os reuniu para criar uma gravação perfeita sem nenhuma costura.

Tudo isso passou pela mente da Atriz Loira enquanto o Coronel falava. E se dando conta de que, apesar de estar sua lua de mel com o Ex-Atleta, o Ex-Atleta poderia amá-la ainda mais se ela não estivesse sempre ali esquentando o banco.

Impassível, ela disse ao coronel: "Ah, quer saber...? Eu posso fazer uns solilóquios de Shakespeare. E posso fazer mímica! Uma velhinha muito velha no leito de morte, eu interpretei mês passado. O que você acha?".

A expressão do coronel. A Atriz Loira deu um apertão na mão dele; ela quase queria beijá-lo. "Calma, calma. Estou só brincando."

Assim foi, o Ex-Atleta permaneceria sozinho no Japão. Essa era a lua de mel dele e da Atriz Loira, mas havia obrigações profissionais também — ele havia explicado para os malditos repórteres que o seguiam por todos os lugares em público — que eles tinham compromissos a honrar. O Ex-Atleta viajou para jogos de exibição por todo o Japão, sem a esposa-atriz-loira, mas acompanhado por uma comitiva, e em todos os lugares, ele era homenageado, alto e gracioso, como o Grande Jogador de Beisebol Americano. Dia após dia ele foi honrado em almoços e intermináveis jantares com banquetes de diversos pratos. (Quando, às vezes, podia jurar que via algo se mexer entre as iguarias repulsivas que esperavam que ele comesse, Cristo, como ele desejava um hambúrguer com fritas, espaguete com almôndegas, até um risoto pegajoso!) Talvez uma noite bêbada com gueixas? O mínimo que um homem merece no Japão. Um homem viajando sem a mulher, solteiro por temperamento, furioso com a esposa sobre a qual todos insistiam em ficar perguntando: "Onde está Mari-lyn?".

Quando foi ele, o Ex-Atleta, quem havia sido convidado ao Japão.

Ele ficava furioso com ela, quanto mais pensava a respeito. Fugindo e deixando-o. E ela tinha apenas fingido, antes de se casarem, que gostava de beisebol! Ele se chocara de entreouvi-la contar a um jornalista japonês: "Toda partida de beisebol é igual a outra partida de beisebol, com algumas mudanças às vezes. Como o clima? De um dia para o outro...".

Não, ele nunca a perdoaria. Ela teria de batalhar muito para que isso acontecesse.

Entre um frenesi de fotógrafos e equipes de televisão, a Atriz Loira foi escoltada por equipes militares em um voo turbulento para Seul, capital da Coreia do Sul, então de helicóptero ainda mais turbulento para acampamentos da Marinha e do Exército no interior. A Atriz Loira usava ceroulas longas do exército em verde-oliva, calça, camisa, jaqueta corta-vento e coturnos pesados amarrados. A cabeça estava protegida de ventos gélidos por um capacete militar preso sob o queixo. (Pois, apesar da época do ano ser abril, não era como abril em Los Angeles!) Como ela se parecia com uma garotinha de talvez doze anos, exceto pelos maravilhosos olhos azuis arregalados de cílios alongados e boca de batom vermelho.

Marilyn estava assustada? Diabos, não. Ela não tinha medo algum. Talvez não soubesse de acidentes de helicóptero, em especial, em ventos fortes como os que tínhamos. Talvez, ela até pensasse que, se Marilyn estivesse no helicóptero, ele não poderia cair. Ou talvez, como ela nos garantiu, na sua vozinha de garotinha de matar: "Se chamarem meu número, é minha vez. Ou não".

Um cabo, repórter da revista *Stars and Stripes*, foi designado para acompanhar a Atriz Loira aos acampamentos. Para uma matéria de capa, ele relataria como a Atriz Loira maravilhou a todos no helicóptero — em especial, o piloto! — perguntando se poderiam voar baixo sobre o campo antes de aterrissar, para que ela pudesse acenar para os homens. Então o piloto voa baixo pelo campo e a Atriz Loira gruda no vidro, acenando empolgada como uma garotinha para alguns homens espalhados que estavam do lado de fora e a reconheceram. (É claro que todos os homens no acampamento sabiam que Marilyn Monroe chegaria em algum momento. Mas não exatamente quando.)

"Faça de novo, por favor", murmura a Atriz Loira, e o piloto ri como um menino, dá uma volta com o helicóptero e o leva de volta por cima do campo como um pêndulo, e o vento nos chacoalhando, a Atriz Loira acena para os homens de novo, e já há muito mais homens, e neste momento os homens estão acenando para ela, gritando e correndo atrás do helicóptero como crianças maravilhadas. Estamos pensando "Agora vamos aterrissar", mas logo em seguida a Atriz Loira nos surpreende ainda mais dizendo: "Vamos surpreender a todos, hein? Abre a porta e me segura?". E nós não podemos acreditar no que essa maravilhosa mulher doida quer fazer, mas ela tem a ideia fixa de que precisa fazer isso, como se fosse uma cena de filme talvez; ela consiga imaginar como seria vista do chão, a vista aérea e a vista de terra alternando, e é uma cena de suspense também, então ela se deita no piso do helicóptero e nos instrui a segurar suas pernas, e de súbito estamos todos juntos nesse filme. Nós abrimos uma fresta da porta, e o vento é suficiente para praticamente nos emborcar, mas Marilyn está determinada, ela até tira o capacete — *para que possam ver quem é!* Ela se inclina porta afora, e está quase caindo, não assustada, mas rindo de nós, porque nós estamos nos cagando de medo, segurando as pernas dela com tanta força que ela ficaria com vergões dos nossos dedos, com certeza, e deve ter doído, sem falar do vento gelado, o cabelo balançando loucamente. Mas o piloto faz o que ela pede, nessa altura ele está se dando conta, assim como ela e como todos nós, de que se Deus chamasse algum de nós, chamou; e se não chamasse, não chamou.

Então nós damos a volta sobre o campo com Marilyn pendurada do lado de fora da aeronave, acenando e mandando beijos para os homens, gritando: "Ah! Eu amo vocês! Vocês, soldados americanos!", não uma, não duas, mas três vezes. Três vezes! Àquela altura, o acampamento inteiro já estava do lado de fora: oficiais, o comandante do acampamento, todo mundo. Gente da cozinha, pessoal da enfermaria de pijamas, homens saindo aos tropeços de latrinas e agarrando as calças. "Marilyn! Marilyn!", todo mundo está gritando. Os caras sobem em telhados e tanques de água, alguns caem e quebram ossos, os pobres imbecis. Um dos caras da enfermaria escorrega e cai no meio da manada e é atropelado. É uma cena de horda. Hora da comida no zoológico, macacos, símios. A Polícia Militar precisa bater nos mais irresponsáveis para que saíssem da zona de aterrissagem.

O helicóptero aterrissa, e lá está Marilyn Monroe descendo flanqueada por nós, parecendo que tínhamos tomado um choque elétrico e adorado. Marilyn está com bochechas e nariz brancos de queimaduras de frio e aqueles grandes olhos azuis vítreos brilhando com os cílios longos e o cabelo em amontoados loucos, aquele cabelo de uma cor que nunca tinham visto, exceto em filmes, e ninguém diria que é real, mas é, e ela tem lágrimas nos olhos, chorando: "Ah! Ah! Este é o dia mais f-feliz da minha vida". Se nós não a impedíssemos, ela sairia correndo, agarrando as mãos de homens estendidas para tocá-la, ela os teria abraçado e beijado como se fosse a namorada de todo mundo visitando. A multidão a teria estraçalhado de membro a membro por tanto amor, pois com certeza eles teriam arrancado pelas raízes o seu cabelo loiro abatido e bagunçado, loucos de amor por Marilyn. Então nós tivemos que segurá-la, e ela não lutou conosco, mas está dizendo, como se fosse um profundo mantra zen que a atingiu bem no centro dos olhos: "Este é o dia mais feliz da minha vida, ah, obrigada!".

Com certeza, dava para ver que ela estava sendo sincera.

A deusa americana do amor sobre a saída de ar do metrô

Cidade de Nova York, 1954

— Ahhhhh.
Uma garota de corpo exuberante no auge de sua beleza física. Em um vestido de crepe marfim com saia plissada e uma frente única que amontoa seus seios em leves dobras de tecido. Ela está parada com as pernas nuas abertas sobre uma saída de ar do metrô. A cabeça loira está jogada em êxtase para trás quando uma brisa de baixo ergue e abre a saia, resplandecente, expondo calcinhas bancas de algodão. Algodão branco! O vestido de crepe marfim flutua, desvelado como mágica. O vestido é mágico. Sem ele, a garota seria carne fêmea, crua e exposta.
Ela não está pensando em algo assim! Ela não.
Ela é uma garota americana saudável e limpa como um Band-Aid. Ela nunca teve um pensamento sujo ou amuado. Nunca teve um pensamento melancólico. Nunca teve um pensamento selvagem. Nunca teve um pensamento desesperado. Nunca teve um pensamento não patriótico. Em seu vestido fino como papel, ela é uma enfermeira de mãos suaves. Uma enfermeira de boca lasciva. Coxas fortes, seios fartos, pequenas dobras de gordura infantil nas axilas. Ela está rindo e dando gritinhos como uma garotinha de quatro anos quando outra ergue sua saia. Joelhos com covinhas, as pernas fortes de uma dançarina. Essa garota saudável e vigorosa. Os ombros, braços, seios pertencentes a uma mulher totalmente madura, mas o rosto é de garotinha. Tremendo em Nova York no meio do verão quando o vapor do metrô ergue sua saia como a respiração acelerada de um amante.
— Ah! *Ahhhhh.*
É noite em Manhattan, avenida Lexington com a 51ª. Ainda assim, as luzes branquíssimas exalam o calor do meio-dia. A deusa do amor estava parada desse jeito, pernas separadas, em sandálias brancas de salto agulha tão apertadas e justas que deformariam seus dedinhos por horas. Vinha dando gritinhos e rindo,

a boca dói. Há muita escuridão no fundo de sua cabeça, uma água lamacenta. O escalpo e a púbis queimavam das aplicações de água oxigenada daquela manhã. A Garota Sem Nome. A Garota Sobre a Saída de Ar do Metrô. A Garota de Seus Sonhos. São 2h40 e luzes brancas fuzilantes focam nela, ela sozinha, gritinhos loiros, risos loiros, Vênus loira, insônia loira, pernas loiras depiladas por completo e separadas e mãos loiras flutuando em um esforço fútil de evitar a saia de levantar e revelar a calcinha de algodão branco de garota americana e a sombra, só a sombra, da virilha oxigenada.

— Ahhhhhh.

Agora ela está se abraçando, envolvendo os grandes seios generosos. As pálpebras se agitam. Entre as pernas, não há dúvidas de que ela está limpa. Ela não é uma garota suja, nada estrangeiro ou exótico. Ela é um talho americano na carne. Aquele vazio. Garantido. Ela foi cavoucada, drenada e limpa, nenhum tecido de cicatrização para interferir em seu prazer, e nenhum odor. Em especial, nenhum odor. A Garota Sem Nome, a garota sem memória. Ela não viveu por muito tempo, nem viverá por muito tempo.

Me ame! Não me bata.

Nas margens das luzes brancas flutuantes, assim como nas margens da civilidade, tem um grupo de pessoas, a maioria masculina, uma multidão de curiosos que surgiu aos poucos, inquieta e animada, reunida atrás de barricadas da polícia de Nova York desde que o ensaio começou, às 22h30. O trânsito estava bloqueado, parecia assunto oficial — Ah, o quê? Gravação de filme? Marilyn Monroe?

E lá, com os outros homens, anônimo como eles, lá o Ex-Atleta, o marido. Assistindo com os outros. Homens excitados, olhando, empolgados. Homens em bando. Homens cujos desejos sexuais reunidos passam como uma onda agitando a água. Há um ímpeto latente. Há um ímpeto furioso. Há um ímpeto de ferir. Há um ímpeto-de-agarrar-e-rasgar-e-foder. Há um ímpeto festivo. Um ímpeto celebratório. Todo mundo esteve bebendo! Ele, o marido, é um do grupo. Seu cérebro está em chamas. Seu cacete está em chamas. Chamas azuis flamejantes de raiva. Sabendo como a fêmea vai tocar e beijar, e então acariciá-lo com aqueles dedos. Suave voz ofegante culpada: "Ahhh, Papai, meu Deus, eu sinto muito por deixar você esperando por tanto tempo, por que você não me esperou no hotel, céus, por que não?". Até as luzes brancas se extinguirem e os homens-sem-rostos partirem, e num rápido corte cinematográfico eles estão sozinhos juntos na suíte no Waldorf-Astoria, luminárias de cristal tremulando acima, há uma garantia de privacidade, e então ela vai se afastar dele implorando. Aquela mesma respiração de bebê. Os olhos de boneca brilhantes com medo. "Não. Papai, não. Veja, eu estou trabalhando? Amanhã? Todo mundo vai saber se". — Mas a mão do marido vai saltar. As duas. Fechadas em punhos. Essas são mãos grandes, mãos de atleta, mãos habilidosas, mãos com pelos pretos finos no dorso. Porque ela está resistindo. Provocando-o. Protegendo seu rosto da justiça dos golpes do marido — "Vagabunda! Está orgulhosa? Mostrando a virilha daquele jeito, na rua! Minha mulher!" —, a força de seu arremesso final jogando a Garota Sem Nome, cambaleante, contra o papel de parede de seda, excelente como em qualquer *home run*.

"Minha linda Filha perdida"

Ela seguraria com a mão trêmula por algum tempo depois de abrir. Um cartão de loja com uma rosa vermelha gravada na capa e as palavras "FELIZ ANIVERSÁRIO, FILHA". Dentro, uma única folha de papel, datilografada.

1º de junho, 1955.
Minha querida Filha Norma Jeane,

Estou escrevendo para você em seu aniversário pra lhe desejar um feliz aniversário & explicar que estive doente, mas você está em meus pensamentos com frequência.

É seu 29º aniversário! Agora você é uma mulher adulta & verdadeiramente não mais uma garota. A~~ carreira de "Marilyn Monroe" não seguirá muito além dos 30 anos de idade, eu imagino.~~

Eu não vi seu "filme novo" — o título xulo & publicidade ao redor dele, anúncios gigantes & pôsteres & a imagem de você crua com o vestido levantado pro mundo inteiro ver suas partes íntimas não me fez querer comprar um ingresso.

Mas eu não te criticaria, Norma Jeane, pois você tem sua própria vida. É uma Geração Pós-Guerra. Você sobreviveu à maldição de sua mãe doente para criar uma carreira pra si, e por isso você deve ser elogiada.

Eu direi, eu esperava poder conhecer seu marido! Fui admirador dele por muitos anos. Apesar de não ser um fanático por beisebol como alguns. Norma Jeane, eu fiquei muito desapontado ~~(mas não surpreso)~~ que o seu casamento com este atleta esepsional tenha acabado em divórcio & tanta publicidade sensacionalista. Ao menos não havia filhos pra colher a vergonha.

Ainda assim, eu espero ter um neto. Um dia! Antes de ser tarde demais.

Há um rumor de que "Marilyn Monroe" foi investigada por conversas com comunistas & seus amigos ciganos. Espero por Deus, minha querida Filha, que não haja nada incriminador em seu passado. Sua vida em Hollywood deve ter muitos cantos escondidos da luz do dia. A "derrubada do governo dos Estados Unidos" é uma ameaça sóbria. Se os Comunistas Vermelhos fizerem um ataque nuclear antes que nós possamos equipar nossos exércitos, como nossa civilização poderia sobreviver? Espiões judeus como os Rosenberg nos tririam, entregando-nos ao inimigo & mereceriam morte por Electrussão. É errado defender "liberdade de expressão" como você tem feito quando não sabe nada das realidades duras da vida. Todo mundo viu como indivíduos traiçoeiros um dia vistos como "grandes" — Charlie Chaplin & o negro Paul Robeson são exemplos — se comportam quando sob pressão. Mas chega disso! Minha Filha, quando eu falar com você em pessoa, eu ainda espero persuadi-la de sua loucura.

Logo entrarei em contato com você, prometo. Perdi muitos anos. Até sua Mãe começa a emergir na memória mais como uma mulher doente do que cruel. Em minha doença recente, comecei a ver que devo perdoá-la. E devo ver você, minha linda Filha perdida. Antes que eu "embarque na longa viagem" pelo outro lado do oceano.

Seu Pai em lágrimas

Depois do divórcio

— Um ingresso.

A bilheteira em sua cabine no Cinema Sepulveda, Van Nuys, mascando chiclete de menta, uma robusta loira oxigenada com um olhar ágil, como uma boneca cuja cabeça foi sacudida de brincadeira, empurrou o ingresso para Norma Jeane sem olhar duas vezes.

— O filme está fazendo sucesso, não é?

A bilheteira, mascando chiclete de menta, assentiu rápido.

— Marilyn Monroe é de Van Nuys, ouvi dizer... Estudou na Van Nuys?

A bilheteira, mascando chiclete de menta, deu de ombros, dizendo, entediada:

— É, eu acho. Eu me formei em 1953. Ela é bem mais velha.

Uma noite em julho de 1955. No cinema suburbano onde catorze anos antes, em sua adolescência perdida, um garoto chamado Bucky Glazer e ela haviam "se encontrado" pela primeira vez. De mãos dadas suadas e "se espichando" nos fundos do cinema entre odores de pipoca gordurosa, óleo de cabelo masculino e spray de cabelo feminino. Onde Norma Jeane e Elsie Pirig ganharam um conjunto de pratos de jantar e salada de plástico verde-claro com um delicado padrão de flor de lis. O choque de ter o bilhete vencedor! Ser chamada ao palco e todo mundo aplaudindo. "O que eu disse para você, querida? É nossa noite de sorte." Tia Elsie estivera tão empolgada que abraçou Norma Jeane e deixou uma mancha de batom na bochecha dela, mas seria a última vez que Norma Jeane e sua tia Elsie iriam ao Cinema Sepulveda juntas.

Você partiu meu coração. Marido algum nunca me machucou tanto assim.

E quantas vezes nesse mesmo cinema sozinha ou com companheiros anos antes ela havia admirado, encantada, a Princesa Cintilante e o Príncipe Sombrio. O coração dela desejando aquele lindo casal predestinado. Desejando ser os dois. E, ainda assim, de alguma forma, ser amada por eles. Ser levada para seu mundo perfeito, banhando-se em sua beleza e amor, e nunca haveria silêncio naquele mundo, mas sempre a música, a trilha sonora ao fundo; nunca estaria em perigo de sair se debatendo como em um oceano revolto com terror de se afogar.

Agora, acima da marquise do filme à frente, pairava uma gigantesca Marilyn Monroe de placas de gesso de três metros de altura em sua notória pose de *O pecado mora ao lado*. Loira Marilyn risonha parada com pernas afastadas, a saia plissada cor marfim voando para cima e revelando pernas, coxas, calcinhas justas de algodão branco.

Olhe para você! Uma vaca. As tetas e a boceta na cara de todo mundo.

Até Norma Jeane ergueu o rosto para a marquise. Vendo sem ver no mesmo instante. "Não a minha mulher. Está ouvindo?" Ela ouvira. Os ouvidos badalando onde ele havia desferido os golpes, e ela ainda conseguia ouvir aqueles badalos, ligeiramente. Misturado com o sangue pulsando, acelerado.

— Mas ele não vai me bater nunca mais. Ninguém vai.

Esse era um bom momento para ela. Aquele mês. O anterior não havia sido tão bom, nem os meses anteriores. Desde a separação e o divórcio em outubro. Ela havia se mudado diversas vezes. Mudou de número telefônico com maior frequência. O marido anterior a havia ameaçado. O marido anterior a seguia. Ligava para ela. Ela não contou a ninguém. Ela não poderia traí-lo mais. "Coração partido por um casamento de nove meses. A história real de Marilyn." Não havia contado a ninguém a história real. Ela não estava em posse da história real. "Relatos de testemunhas de Marilyn em hospital de NY 'espancada'." Não houvera testemunhas. Nem o casal predestinado. Ela não foi levada a um hospital em Nova York nem a lugar algum. O médico do hotel a tratou. Noventa minutos depois, às cinco da manhã, Whitey fora em silêncio para a suíte de luxo da qual o Ex-Atleta havia partido e, com suas mãos mágicas, disfarçado machucados e até um talho acima de seu olho esquerdo. Ela beijou as mãos de Whitey em gratidão. Sendo a beleza loira restaurada no espelho.

Se não em seu coração, no espelho. E ali estava sua Amiga Mágica posando loira e triunfante sobre a marquise do Cinema Sepulveda rindo como se nada feio jamais tivesse acontecido com ela, e nunca fosse acontecer.

— ... frequentou a Escola Van Nuys. Formandos de 1947.

— Certeza? Ouvi que foi mais tarde.

Mas eu nunca me formei. Em vez disso, me casei.

Atravessando o saguão, e talvez houvesse olhares na sua direção — ela era uma estranha, afinal de contas, Van Nuys era uma cidade pequena —, mas ninguém a reconheceu, nem reconheceria. Ninguém nunca reconhecia Norma Jeane quando ela não queria ser reconhecida, às vezes mesmo sem se dar ao trabalho de usar uma peruca, pois quando ela não era Marilyn, ela não era Marilyn. Naquela noite estava em sua peruca morena cacheada com um corte de poodle, óculos de gatinho de plástico vermelho, nenhuma maquiagem, sequer batom, um vestido tipo chemise com manga e gola como de camisa, confortável e de raiom azul-marinho com botões e cinto cobertos por tecido, pés à mostra em sapatilhas de tiras baratas. Caminhando com as nádegas contraídas como se tivesse recebido uma injeção de Novocaína no traseiro. Irreconhecível para os próprios clientes que encaravam Marilyn Monroe em cartazes no saguão ou em imagens do filme e falando dela, a garota que estudou na Escola Van Nuys em meados dos anos 1940, sim, mas seu nome não era "Marilyn Monroe" na época, como é que era?

— Ela foi adotada por um pessoal local. Aquele cara que tem o ferro-velho na Reseda. Pisig? Mas ela fugiu de casa. Pisig talvez tenha estuprado a garota, foi tudo acobertado.

Norma Jeane quis se virar para esses estranhos e protestar. *Vocês não sabem nada de mim ou do sr. Pirig! Por favor, nos deixe em paz!*

Na verdade, não era da conta de Norma Jeane o que estranhos diziam. Não importava o que diziam sobre ela, não mais do que o que diziam a respeito de qualquer pessoa ou coisa.

O saguão do Sepulveda não tinha mudado muito. Com quanta vivacidade ela se lembrou das paredes de veludo carmim falso, os espelhos emoldurados em dourado e os carpetes vermelhos felpudos com uma tira plástica suja especial da bilheteria até a entrada. Os pôsteres e as imagens de filmes "em exibição" e os "em breve" estavam em lugares idênticos nas paredes. Às vezes, Norma Jeane entrava no saguão só para estudar as imagens e atrações futuras. O mundo tinha tanta promessa! Sempre filmes novos, sempre uma sessão dupla. Exceto se um filme fosse um sucesso colossal (como *O pecado mora ao lado*), a programação mudava toda quinta-feira. *Algo pelo qual esperar. Você nunca desejaria se matar, não é?*

A pessoa que recolhia os ingressos era um adolescente vestido de lanterninha, com olhos pesarosos e bochechas ásperas de tantas espinhas. Norma Jeane sentia pena dele, nenhuma garota iria querer beijá-lo.

— Está cheio hoje. Para um dia de semana? — perguntou ela, sorrindo.

O garoto deu de ombros, rasgou seu ingresso em dois e lhe deu o comprovante. Ele murmurou o que parecia ser:

— É. Acho que sim.

Era um lanterninha a serviço do cinema. Ele tinha visto *O pecado mora ao lado* muitas vezes. Estava passando desde meados de junho lá. Olhando rápido para Norma Jeane, viu uma mulher que ele poderia ter acreditado ter idade suficiente para ser sua mãe. Por que ela ficaria ferida com a indiferença dele? Ela não ficou.

Ela estava feliz! Aliviada. Que ninguém a reconheceu. Que ela poderia circular sozinha pelo mundo assim. Uma mulher não casada. Uma mulher a sós. A mão esquerda livre de anéis. A marca do anel de noivado e da aliança de casamento no quarto dedo havia sumido. Ela os havia tirado naquela noite no Waldorf-Astoria, com creme. Torcendo e puxando os anéis até que passassem pelo nó do dedo. Estranho que os dedos estivessem inchados, como seu rosto. Como se ela tivesse sofrido uma reação alérgica.

O médico do hotel lhe deu uma injeção de secobarbital para "acalmar os nervos", pois ela estava histérica e havia falado loucamente de se ferir. No começo da tarde do dia seguinte, o solícito Doc Bob lhe deu outra injeção de secobarbital.

Isso tinha sido meses antes. Ela não tivera secobarbital injetado na corrente sanguínea desde novembro passado.

Ela não precisava de drogas! Às vezes, para dormir. Mas era um bom momento para ela. Ela havia chegado a entender que deve sempre haver momentos bons na vida para equilibrar os ruins. E esse era um bom momento, pois ela havia se acomodado, enfim, em uma casa alugada na área sudeste de Westwood e tinha amigos (não ligados ao cinema) que se importavam com ela e em quem podia confiar. Ah, ela acreditava nisso! E os executivos no Estúdio a amavam de novo. E a perdoaram. Pois o filme novo estava gerando ainda mais lucro que *Os homens preferem as loiras*. E seu salário foi congelado em 1.500 dólares. Mas ela aceitaria isso, por enquanto. Ela estava grata por estar viva, por enquanto. *Talvez eu devesse matar nós dois. Nós ficaríamos melhor.* Mas ele não a havia matado e não mataria. Ela estava livre dele agora. Ela o amava, mas estava livre dele. Ela nunca estivera grávida dele. Ele nunca soube do Bebê. Mesmo se ela tivesse chorado enquanto dormia, ele nunca soube. Ele a segurou em seus braços, e ela o chamou de Papai, e ele a reconfortou, mas nunca soube. Em outubro, finalmente, ele concordou com os termos do divórcio e prometeu não a assediar, mas ela tinha motivo para acreditar que ele a seguia às vezes. Ele estava vigiando a casa em Westwood. Ou havia contratado alguém. Ou mais de uma pessoa. A não ser que ela estivesse imaginando! Ainda assim, ela certamente não havia imaginado o homem-sem-rosto no Chevrolet cupê cinza-metálico que passou devagar atrás dela na rua residencial em Westwood, mantendo outro carro entre eles, e então acelerou na Wilshire para não perdê-la de vista, e ela tentou permanecer calma, respirando fundo e contando as respirações enquanto manobrava o veículo pelo trânsito, e, vendo uma oportunidade, cortou rápido para o estacionamento de um banco e, poucos segundos depois, estava fazendo o retorno numa rua lateral. Quando não viu o Chevrolet cinza-metálico no retrovisor acelerou com força, passando por um semáforo justo quando mudava de amarelo para vermelho, e então, rindo, entusiasmada feito uma garotinha acelerando ao norte da autopista de San Diego, ela se dirigiu a Van Nuys.

— Não podem me pegar! Nenhum de vocês.

Ela dirigiu para Van Nuys em um estado de exaltação. Saiu da autopista e passou pela Escola Van Nuys, que havia sido ampliada desde a Guerra, e não sentiu emoção alguma, exceto por uma pontada de dor por sr. Haring nunca ter entrado em contato depois que ela saiu da escola, como em um sonho frequente dela em que o professor de inglês chegava na casa dos Pirig, tocava a campainha e perguntava a Elsie Pirig, embasbacada, se ele poderia falar com Norma Jeane, e lá estava ele recriminando Norma Jeane com seriedade, perguntando por que ela havia largado a escola sem falar com ele. E tão nova? Com tanto potencial?

— ... uma das minhas melhores alunas, em todos os meus anos de ensino. — Mas o sr. Haring não fora salvá-la. Não escreveu para ela quando ela se tornou Marilyn Monroe; ele não estava orgulhoso dela? Ou será que estava, como seu marido anterior, com vergonha dela?

— Eu estava apaixonada por você, sr. Haring. Mas acho que você não me amava! — Era uma cena de cinema, ainda que não original ou convincente, pois não havia palavras adequadas e, em seu desespero adolescente, Norma Jeane foi incapaz de descobri-las.

Ela seguiu dirigindo. Secando as lágrimas dos olhos, e o coração batendo com força. Atravessou a cidade de Van Nuys, que parecia mais próspera do que era na época da Guerra, mais construções residenciais, mais negócios, Van Nuys Boulevard e Burbank, e lá estava a drogaria Mayer com uma nova fachada branca de azulejos lisos (será que o lindo espelho chanfrado ainda estava lá dentro?). Em um estado de exaltação e pavor, Norma Jeane dirigiu para rua Reseda e passou pela casa dos Pirig — aquela casa! — coberta agora com reboco de asfalto, feito para lembrar tijolos vermelhos, mas, fora isso, totalmente a mesma. Lá, a janela do sótão de Norma Jeane! Ela se perguntou se os Pirig ainda eram lar temporário para crianças órfãs. As narinas contraíram; havia um cheiro de borracha queimada no ar. Uma descoloração nebulosa do ar. Ela sorriu ao ver que o negócio de Warren Pirig havia transbordado para um terreno ao lado. Carros velhos, uma picape e três motocicletas à VENDA. Norma Jeane estivera pensando que os Pirig, também, a haviam abandonado, mas na verdade Elsie Pirig havia escrito para ela no Estúdio, e em mágoa e raiva ela rasgara as cartas. Que doce, sua vingança!

— Estou passando de carro pela sua casa feia agora. Eu sou "Marilyn Monroe" agora. Você está dentro, é hora do jantar, e eu não vou parar e te visitar. Você adoraria me ver agora, não é? Você olharia para mim agora, Warren, não é? Você me ofereceria uma cerveja do refrigerador, como adulta. Seria respeitoso. Você me pediria que eu, por favor, me sentasse e não tiraria os olhos de mim, e eu diria: "Você não me amou, Warren, só um pouquinho? Você deveria ter visto como eu estava apaixonada por *você*". E eu seria educada com Elsie também. Ah, eu seria graciosa! Doce como a Garota do Apartamento de Cima em *O pecado mora ao lado*. Como se nada houvesse acontecido entre nós. Eu não ficaria muito, explicando que tinha outro compromisso em Van Nuys; eu partiria prometendo mandar alguns ingressos de cortesia para minha próxima *première* em Hollywood, e vocês nunca mais ouviriam falar de mim. Minha vingança!

Mas, em vez disso, ela caiu no choro. Molhando a frente de sua chemise de raiom azul-marinho.

Uma atriz se inspira em tudo que já viveu. Sua vida inteira. Sua infância em especial. Apesar de você não se lembrar da infância. Acha que lembra, mas na verdade não! E mesmo quando tem mais idade, na adolescência. Muito da memória são os sonhos, eu acho. Improvisando. Voltando ao passado, para mudá-lo.

Mas, sim! Fui feliz. As pessoas foram boas comigo. Até mesmo minha mãe, que ficou doente e não pôde mais ser uma mãe para mim, e minha mãe no lar temporário em Van Nuys. Um dia quando eu for uma atriz séria em peças de Clifford Odets, Tennessee Williams, Arthur Miller, prestarei uma homenagem a essas pessoas. A humanidade delas.

— Ah. Sou *eu*?

A surpresa era que *O pecado mora ao lado* era muito engraçado. A Garota do Apartamento de Cima, que era a garota-fantasia de verão de Tom Ewell, era *engraçada*. Norma Jeane começou a relaxar. Ela pressionou os nós das mãos na boca, ela riu. Ora, ela estivera apavorada com isso, e com a visão de si mesma, era uma revelação: o que as pessoas em Hollywood e o que os críticos haviam dito era verdade.

> Marilyn Monroe é uma comediante nata. Como Jean Harlow em seus
> papéis exibidos e sensuais. Como uma Mae West garotinha.

Essa foi a primeira vez que ela via *O pecado mora ao lado* desde a *première* em junho, quando entrou em um estado de fuga-em-pânico mesmo antes do início do filme, ou talvez estivesse exausta pela melancolia, uma combinação do Nembutal com espumante e todo o estresse do divórcio, e tinha visualizado a imensa tela tecnicolor por trás de uma bruma como se estivesse embaixo d'água, ouvia risadas ao redor zunindo em seus ouvidos, e teve que lutar contra o sono em seu vestido espetacular tomara que caia costurado ao corpo, tão apertado no busto que ela mal conseguia respirar, o cérebro privado de oxigênio, e os olhos vagando para dentro da máscara de Marilyn que seu maquiador Whitey havia esculpido por cima da pele amarelada e doente e da alma ferida. Feita para se levantar no fim do filme, ela e seu companheiro de cena, Tom Ewell, piscando e sorrindo para a plateia que aclamava, havia conseguido não desmaiar e depois se lembraria pouco da noite exceto que havia sobrevivido. E durante as filmagens em Nova York quando o casamento estava desintegrando como um guardanapo molhado e depois em Hollywood no Estúdio, ela se recusava a assistir ao material bruto a cada dia por medo de que pudesse ver algo que a impossibilitaria de continuar. Pois o julgamento do Ex-Atleta era duro e ribombava em seus ouvidos: "Mostrando o corpo desse jeito. Seu corpo. Você prometeu que este filme seria diferente. Você é nojenta".

Mas não! A Garota do Apartamento de Cima não era nojenta. Tom Ewell não era nojento. A história de amor falsa deles era só... comédia. E o que é comédia, senão a vida vista com risadas, em vez de lágrimas? O que é a comédia senão negar lágrimas e rir em vez disso? O riso sempre era inferior às lágrimas? A comédia sempre era inferior à tragédia? Qualquer comédia, qualquer tragédia.

— Talvez eu já seja uma atriz? Uma comediante? — Vendo Marilyn Monroe na tela do filme fútil, qualquer um pensaria que ela era uma atriz talentosa, totalmente no controle da situação, roubando a maioria das cenas com sua voz de bebê ofegante, os movimentos sinuosos do corpo, o rosto de garotinha inocente. Via-se a Garota do Apartamento de Cima pelos olhos desejosos de Tom Ewell, então ria-se dele na fantasia adolescente atrapalhada da Garota, que estava tão perto de ser conquistada, ainda que tão longe; tão aparentemente disponível para sexo, ainda que elusiva. E isso era engraçado! Luxúria reprimida em um homem adulto, um homem casado, um potencial adúltero, era engraçado. A plateia no Sepulveda ria, e Norma Jeane ria. E que bom é rir com os outros. *Isso nos torna humanos juntos. Eu não quero ficar sozinha.*

Por pouco, Norma Jeane não sentiu um arrepio de orgulho. Lá estava sua identidade de atriz loira na tela, fazendo estranhos relaxarem, rirem e se sentirem bem a respeito da loucura humana e a respeito de si mesmos. Por que o ex-marido fez piada de seu talento? E dela própria? *Ele estava errado. Eu não sou nojenta. Isto é comédia. Isto é arte.*

Ainda assim, nem todos no cinema riam. Aqui e ali, espalhados pelos assentos havia homens solitários, olhando para a tela com um sorriso fixo em uma careta. Um, gorducho e de meia-idade, um pedaço de carne parecendo um queixo mal posicionado na nuca, havia se aproximado em um assento perto de Norma Jeane, e ele espiava Norma Jeane mesmo com a atenção fixa em Marilyn Monroe na tela; não como se a reconhecesse, não como se a visse como algo além de uma moça sentada sozinha a apenas alguns metros dele em um cinema escuro. *Ele está me trazendo para sua fantasia de Marilyn. Ele quer que eu veja o que ele está fazendo com as mãos.*

    Rapidamente, Norma Jeane se levantou e tomou outro assento diversas fileiras para trás e para o lado do homem solitário. Perto de um casal jovem que ria do filme. Ah, ela se sentia roubada! De verdade, aquilo tinha sido nojento. Ou teria sido só patético. O homem solitário com o pescoço gordo não olhou de volta para Norma Jeane, mas prosseguiu com o que quer que estivesse fazendo, maliciosamente, sub-repticiamente, inclinado no assento. Norma Jeane o ignorou e se concentrou no filme. Tentou lembrar o que estava sentindo antes — orgulho? Um senso de conquista? Talvez as críticas positivas não tivessem sido um exagero. Marilyn Monroe realmente era uma boa comediante? *Talvez eu não seja um fracasso. Nenhum motivo para desistir. Para me punir.* No entanto, enquanto ela sorria para a Garota do Apartamento de Cima tal como Tom Ewell faminto de luxúria a via, um solteiro no verão, Norma Jeane estava distraída, pensando em quantas vezes quando garotinha ela precisou mudar de lugar no cinema quando ia sozinha. Observando arrebatada a Princesa Cintilante e o Príncipe Sombrio, ela tivera que se dar conta de que outros, homens solitários, a estavam observando. Aqui no Sepulveda ou em outros lugares. Ah, o Grauman's no Hollywood Boulevard era o pior! Quando ela era pequena e morava na avenida Highland. Homens solitários em filmes de fim de tarde, lançando olhares vorazes para ela no escuro. Como se não pudessem acreditar na sorte que tinham, uma garotinha desacompanhada no cinema. Gladys alertou para não se sentar "perto demais" de homens no cinema, mas o problema era que os homens mudavam de lugar para ficar perto dela. Quantas vezes ela poderia mudar de lugar, como uma criança? Uma vez, no Grauman's, um lanterninha lançou a sua luz nela e a xingou. Gladys a havia alertado a nunca falar com homens, mas e se eles falassem com ela? Ela a havia instruído a sempre andar perto da calçada a caminho de casa. Sob os postes de luz. *Para que me enxergassem. Se alguém tentasse me pegar. Era isso?*

    Norma Jeane se ajeitou no assento, rindo com outros, mesmo se dando conta de outro homem solitário à sua esquerda, apenas a duas poltronas de distância. Por que ela não o havia percebido antes de se sentar? Ele se inclinou para a frente de forma abrupta para espiá-la. Um homem no começo da meia-idade, de óculos arredondados e um queixo para trás, características juvenis que a lembravam do... sr. Haring? O professor de inglês? Mas ele havia perdido a maior parte de seu cabelo fino. Norma Jeane sequer ousou olhar com muita atenção. Se esse fosse o sr. Haring, eles se encontrariam no fim do filme; se não, não. Norma Jeane se forçou a sorrir para a tela em preparação para a cena a seguir. Era a cena mais famosa do filme: a Garota do Apartamento de Cima andando na rua, em seu vestidinho de crepe marfim com o decote justo frente única, as pernas nuas e sandálias de salto alto sobre a saída de ar do metrô quando um vento sobe, levantando sua saia, e o trânsito na Lexington praticamente para. No entanto, na cena do filme, Norma Jeane, era muito diferente das imagens da publicidade. Para não ser condenado pela Legião Católica pela Decência, o Estúdio havia censurado a cena consideravelmente: a saia da Garota se levantava apenas acima do joelho, e não há lampejos da notória calcinha branca. Esta era a única cena pela qual as audiências esperavam, vendo fotos sensacionais reproduzidas no mundo todo, a saia branca vistosa, a cabeça loira lançada para trás, o sorriso de êxtase, feliz e sonhador, como se o próprio ar estivesse fazendo amor com a Garota ou, de alguma forma, com as mãos escondidas no vestido flutuante, ela estivesse fazendo amor consigo mesma: uma pose vista de frente, de lado, de trás, em perfil de três quartos, em número igual de olhos que poderiam vê-la e de ângulos de câmeras. Norma Jeane esperava pela cena, ciente do homem solitário na poltrona por perto. Será que poderia ser o sr. Haring? Mas o sr. Haring não tinha sido casado? (Talvez estivesse divorciado e morando sozinho em Van Nuys?) Ele a reconheceria? Ele tinha que reconhecer "Marilyn" no filme, a ex-aluna, mas será que ele *a* reconheceria? Fazia tantos anos. Ela não era mais uma garota.

Que estranho! A Garota do Apartamento de Cima parecia um ser descolado da atriz desesperadamente preocupada e ansiosa que a interpretava. Norma Jeane se lembrou de noites insones mesmo quando havia tomado Nembutal. E Doc Bob prescrevia Benzedrina para despertá-la. Ela estivera doente de preocupação com o casamento. O Ex-Atleta havia insistido em visitar o estúdio de gravação, apesar de odiar gravações, o tédio de tudo e, como ele dizia com literalidade entorpecente, "como tudo é tão falso". Por acaso ele esperava que filmes fossem *reais*? Atores dissessem suas falas espontaneamente e não seguissem *roteiros*? Norma Jeane não quis pensar que ela possivelmente havia se casado com um homem ignorante, não apenas um homem ignorante e desinformado, mas um homem estúpido; não, ela amava de verdade o marido, e certamente ele a amava. Ela estava no centro da vida emocional dele. A própria masculinidade dele dependia *dela*. Então ela tinha que interpretar a Garota, ela tinha que fazer comédia fútil, comédia fluida, mesmo com o marido em pé encarando, em silêncio, fuzilando com os olhos, às margens do cenário. Ele deixava todos desconfortáveis, mas lá estava ele dificilmente faltando um dia sequer, apesar de que em sua vida profissional como um promotor do beisebol e suposto consultor de fabricantes de material esportivo, ele deveria ter muito o que fazer. Nervosa em sua presença, Marilyn pedia para regravar inúmeras vezes.

— Eu quero fazer *direito*. Sei que consigo me sair melhor. — O diretor ficava exasperado com ela às vezes, mas sempre cedia. Pois independente de quão boa é uma cena, ela não pode melhorar? Pode!

Com a reprovação sombria do velho Hirohito no aparelho de rádio, o Ex-Atleta a encarava. Apertando os dedos pensando em sua família em São Francisco, sua amada Mamma, assistindo àquilo. *"Este lixo! Lixo pornográfico! Depois deste filme acabou, está me ouvindo?"*

O que o enfurecia era quão bem Marilyn e Ewell se davam. Aqueles dois, rindo juntos! Quando Marilyn e ele estavam sozinhos, ela não era engraçada; ela raramente ria; ele raramente ria; ela tentava falar com ele, então desistia e eles se sentavam à mesa de jantar, por exemplo, comendo em silêncio. Às vezes, ela até perguntava se poderia ler um roteiro ou um livro! Ela implorava a ele para assistir à televisão, se houvesse esportes ou noticiários. Ah, ele nunca a perdoara por fugir e o deixar no Japão, para ir "entreter" as tropas na Coreia. A publicidade mundial que se seguiu, eclipsando o Ex-Atleta no Japão. Apesar de ter encontrado grandes multidões de admiradores, não chegou nem perto das multidões que celebravam Marilyn Monroe. No total, mais de cem mil soldados dos Estados Unidos foram vê-la se apresentar, no vestido decotado de paetês roxos e salto alto com dedos à mostra, cantando "Diamonds Are a Girl's Best Friend" e "I Wanna Be Loved by You" a céu aberto em clima congelante, a respiração virando vapor. Ele havia suspeitado de que ela tivesse tido um caso breve com o jovem cabo da *Stars and Stripes* que a havia escoltado na Coreia. Ele suspeitou de um caso ainda mais breve, talvez uma única foda rápida com um jovem tradutor japonês da Universidade de Tóquio, que, para o Ex-Atleta, parecia uma enguia em pé. Em Nova York, no set do filme, ele tinha motivos fortes para acreditar que Marilyn e Tom Ewell escapuliam durante os intervalos para transar no camarim de Ewell. Havia uma conexão entre aqueles dois, uma coisa sensual e brincalhona! O Ex-Atleta não tinha ciúmes, mas todos no estúdio sabiam, e provavelmente todo mundo em Hollywood. Eles estavam rindo dele, o marido traído!

Seu pai e seus irmãos haviam sido francos com ele. Você não consegue segurar essa mulher? Que tipo de casamento é esse, você e *ela*?

No final, ele não fora capaz de amá-la. Fazer amor com ela. Como um homem. Como o homem que havia sido — o Yankee Durão. E ele a odiara por isso também. Majoritariamente por isso. *"Você suga um homem até secar. Você está morta por dentro. Não é uma mulher normal. Eu espero, por Deus, que nunca tenha filhos."*

Ela estava se perguntando, por que ele odiava Marilyn, quando havia amado Marilyn? Por que ele odiava a Garota do Apartamento de Cima? A Garota era tão doce e de boa natureza, prestativa e *gentil*. É claro que era uma fantasia sexual masculina, um anjo sexual, mas era para ser engraçado, não? Sexo não era engraçado? Se não fosse fatal? A Garota do Apartamento de Cima convidava você a rir dela e com ela, mas não era um riso cruel.

— Eles gostam de mim porque não tenho ironia. Eu não fui ferida, então não posso ferir. — Um adulto aprende a ser irônico quando aprende sobre dor, frustração e vergonha, mas a Garota do Apartamento de Cima poderia apagar esse conhecimento.

A Princesa Cintilante era uma garota com carreira em Nova York em meados dos anos 1950.

A Princesa Cintilante sem seu Príncipe Sombrio. Pois homem nenhum se equiparava a ela.

A Princesa Cintilante fazendo propaganda de pasta de dentes, xampu, bens de consumo. É *engraçado*, não *trágico*, que garotas bonitas sejam usadas para vender produtos; por que Otto Öse não conseguia ver o humor naquilo?

— Nem tudo é o Holocausto. — Era na verdade (como ela havia dito ao sr. Wilder, o diretor) uma reviravolta profunda e maravilhosa que em *O pecado mora ao lado*, na pessoa inventada de "Marilyn Monroe", Norma Jeane tivesse a oportunidade de reviver certas humilhações de sua vida jovem não como tragédias, mas como comédias.

Agora vinha a cena da saia voando! Mais de quatro horas de gravação em Nova York, horas que acabaram com seu casamento, e nenhum segundo daquela gravação foi usado. A filmagem final foi produzida no Estúdio, em Hollywood, uma locação particular. Sem homens amontoados em barricadas de polícia. A cena da saia voando era só brincalhona e breve. Nada para chocar. Pouco para provocar. O Ex-Atleta nunca tinha visto a cena no filme de fato. A Garota dá gritinhos, ri e bate na saia para segurá-la, a calcinha não aparece e... só isso.

— Moça! Moça! — chamou o homem solitário sentado perto de Norma Jeane, sibilando, curvado para a frente e manhoso em seu assento.

Norma Jeane sabia que deveria ignorá-lo, mas espiou desamparada na direção dele, meio pensando que ele era o sr. Haring no fim das contas e que a havia reconhecido, mesmo que soubesse, encarando os traços imaturos curiosamente corroídos do homem, os olhos úmidos piscando atrás de lentes redondas, a testa oleosa de suor, que ele não era ninguém que ela conhecia.

— Senhorita... Senhorita... Senhorita! — Ele estava arfando. Excitado. Movendo a parte de baixo do corpo na poltrona, ambas as mãos ocupadas na virilha parcialmente escondida por uma bolsa de lona ou uma jaqueta enrolada, e conforme Norma Jeane o encarava em choque e repulsa, ele gemeu suavemente, seus olhos reviraram, a fileira inteira de assentos saltou como se alguém a houvesse chutado. Norma Jeane ficou sentada paralisada e confusa. Isso não havia acontecido com ela, muito tempo antes? Ou mais de uma vez? E ela estava pensando: *É ele? Sr. Haring? Ah, será que pode ser?* Curvado como um gnomo na poltrona o homem ousou revelar uma das mãos para ela, baixa para que ninguém mais pudesse ver, um líquido brilhante e gosmento na palma e nos dedos. Norma Jeane soltou um ganido de dor e nojo. Ela já estava em pé, saindo da fileira, enquanto o homem-que-lembrava-sr.-Haring ria em voz baixa às suas costas, um som como britas apertadas se misturando à gargalhada maior, mais alta, do resto da audiência.

O lanterninha com bochechas de acne, descansando no fundo, vendo Norma Jeane se levantar na fileira e o olhar em seu rosto, perguntou, com surpresa:

— Senhora? Tem algo de errado?

Norma Jeane passou reto sem olhar para ele.

— Não. Agora já é tarde.

A mulher afogada

Era Venice Beach? O lugar em que havia chegado? Ela sabia sem ver.
Havia algo de errado com seus olhos; ela os esfregara com os punhos até que ficaram vermelhos. Areia nos olhos. E acima, o céu no alvorecer se rompia como peças de um quebra-cabeça se separando em partes. E se separados, nunca se encaixariam. Por que seu sangue pulsava! e pulsava! e o coração pulsava! apavorada que poderia segurá-lo na mão como um beija-flor.

Eu não queria morrer, era para desafiar a morte. Eu não me envenenei. Deus morre se não é amado, mas eu não fui amada e não morri.

Era Venice Beach, a areia dura e com nervuras, rajadas de uma névoa feito um véu, algas como enguias sonolentas, e os primeiros surfistas estranhos e silenciosos, também como criaturas marinhas, água corrente, encarando-a. Alguém havia rasgado a frente do vestido de chiffon cereja, os peitos caídos soltos. Mamilos duros como caroços. O cabelo opaco e a boca sorrindo inchada e o suor oleoso da Benzedrina cobrindo o corpo.

Olá, você, qual seu nome? Eu sou Miss Golden Dreams. Você acha que eu sou linda? Desejável? Amável? Você gostaria de me amar? Eu sei que poderia amar você.

Primeiro, ela havia ido ao píer de Santa Mônica de carro. Horas antes. De chiffon e pernas nuas e sem calcinha. Havia andado de montanha-russa, pagado o ingresso de uma criança e levado uma garotinha consigo, os pais da menina sorrindo e confusos parecendo reconhecê-la, mas não com certeza (pois havia tantas loiras em Hollywood), e ela chacoalhou a cabine em que estavam, e a garotinha gritou em seus braços *Ah, ah!*, voando céu adentro. Ela não estava bêbada. O hálito impecável. Doce como citrino. Se havia marcas de agulhas nos braços, na pele macia dentro do cotovelo, ela não havia injetado. Partes do corpo haviam ficado dormentes e saíram voando. Onde seu ex-marido musculoso a havia apertado no pulso, braço, garganta. Lindos dedos fortes. Anos antes houvera um deles que conseguia fazer amor apenas com os seios dela, o pênis desejoso inchado entre os seios, ele espremeria os seios com mãos trêmulas e se apertaria até que com um soluço de angústia gozasse, o sêmen molhando-a, mas Norma Jeane não estava lá, olhos vazios e sem enxergar, como pedras. *Não dói. Acaba rápido. Você esquece na mesma hora.* Ela havia perguntado se a garotinha poderia vir morar com ela por um tempo. Tentando explicar para os pais que estavam chateados depois do passeio de montanha-russa que eles poderiam ir visitar também. E por que o operador do brinquedo estava com raiva? Ninguém havia se machucado. Tinha sido só brincadeira! Ela deu uma nota de vinte dólares para o homem, e sua agitação cessou. E a garotinha estava segura, agarrada à mão da mulher loira e não querendo soltar nunca. Como outra garotinha havia agarrado sua mão. *O tigre de pelúcia que costurei para Irina. Ele sumiu com ela. Onde?* Essas mortes no Condado de Los Angeles, houvera outra no mês anterior, uma "modelo ruiva", os jornais a descreveram, apenas dezessete anos. Às vezes o assassino enterrava a garota em uma "cova rasa" e a chuva lavava o solo arenoso, expondo o corpo, ou o que sobrava do corpo. Mas nenhum mal foi feito a Norma Jeane. Cada uma das oito ou nove ou dez garotas estupradas-e-mutiladas era sua conhecida, ou poderia ser conhecida, irmã aspirante a vedete no Estúdio ou irmã modelo na agência Preene, ou modelo de Otto Öse, ainda que nunca fosse *ela*. O que isso queria dizer? Que ela estava destinada a uma vida mais longa? Uma vida além dos quarenta anos e uma vida além de Marilyn?

Ela fora de Santa Mônica até Bel Air, rica e residencial. As montanhas. Uma mansão de conto de fadas perto do Clube de Golfe de Bel Air. Ele havia se oferecido para pagar pelo divórcio com o Ex-Atleta. "Crueldade mental." "Incompatibilidade." Era um Bentley verde-garrafa com arranhão leve no para-choque frontal, onde ela havia batido lateralmente em uma mureta na autopista de Santa Mônica. Será que Gladys estava recebendo tratamento com choque a essa hora? Porque ela sentia a própria cabeça doer, uma dor irregular. Seus próprios pensamentos com frequência descarrilhavam. Podia-se sorrir para a Garota do Apartamento de Cima, mas a Garota tinha um roteiro e nunca desviava. A maioria das risadas era dela. Eletroconvulsoterapia, chamavam. Haviam pedido à Norma Jeane, a familiar mais próxima, a guardiã legal da mulher doente, permissão para uma lobotomia. Ela, a filha, negou. Uma lobotomia pode fazer milagres às vezes em pacientes perturbados e alucinando, um médico garantiu. Não a minha mãe. Não o cérebro da minha mãe. Minha mãe é uma poeta, minha mãe é uma mulher inteligente e complexa. Sim, minha mãe é uma mulher trágica, mas eu também! E então eles apenas "deram choques" em Gladys. Ah, mas isso foi em Norwalk anos antes. E não no Lar de Lakewood, mais gentil e educado, onde Gladys estava agora.

Mãe, ele quer ver você! Logo. Vai perdoar você, ele diz. Ele vai amar nós duas.

Devia significar alguma coisa, seu pai a havia chamado de "Norma". De início, ele a chamava de "Norma Jeane"; então, ao fim da carta, ele a chamou de "Norma". Portanto esse seria o nome dele para ela quando se encontrassem e para sempre depois: "Norma". Não "Norma Jeane", e não "Marilyn". E é claro, "Filha". Enfim, ela havia tomado as chaves do Bentley, precisando escapar. Mas ele não a denunciaria para a polícia. Sua fraqueza era que ele a adorava. Um homenzinho resmungão e pau-mandado, um Porco Gaguinho rastejando aos seus pés. Os pés descalços de Marilyn. Ele havia sugado seus dedos do pé imundos! Ela gritou de tantas cócegas. Ele era um bom homem, um homem decente, um homem rico. Tinha ações na 20th Century Fox. Não só quis pagar pelo divórcio, como queria contratar um detetive particular casca-grossa (na verdade, um detetive de homicídios de Los Angeles com um número de "mortes justificadas" no registro e que fazia uns bicos por fora) para assustar o detetive particular do Ex-Atleta. Quis apresentá-la a um amigo advogado, para ajudá-la a formar sua própria produtora. *Marilyn Monroe Productions, Inc.* Ela escaparia e romperia o estrangulamento do Estúdio. Como poucos anos antes Olivia de Havilland havia entrado com um processo para romper seu contrato com outro estúdio e ganhado. Ele lhe dera um par de brincos de safira comprados em Madri; ela disse a ele que nunca usava joias caras! "Meu passado caipira", explicou. Guardou os brincos de safira com outras joias caras dentro de pantufas e sapatos para serem encontrados em seu armário cobertos de poeira depois de sua morte. Mas não tão cedo. Ela não pretendia morrer tão cedo! Daqui a anos.

Eu sou Miss Golden Dreams. Gostaria de me beijar? De beijar meu corpo inteiro? Aqui estou, esperando. Já fui amada por centenas de milhares de homens. E meu reinado está apenas começando!

Era a noite em que ela tinha visto *O pecado mora ao lado* no Sepulveda. Bucky teria amado o filme, rido e apertado a mão de Norma Jeane com força. E depois ele a faria usar uma das camisolas sensuais de renda e realmente faria amor com ela, um rapaz saudável, casado e cheio de tesão. Ela havia tomado sua decisão de desaparecer. Como Harriet levando Irina para longe. Poderia acontecer em uma hora. Poderia acontecer em um minuto! Ela desapareceria de Hollywood e da supervisão do Ex-Atleta e se mudaria para Nova York, moraria sozinha num apartamento. Estudaria teatro. Não era tarde demais! Seria anônima. Começaria de novo, humildemente, como uma estudante. Ela estudaria drama para palco. Teatro vivo. Faria peças de Tchekhov, Ibsen, O'Neill. Filmes são um meio morto, vivo somente pela audiência. A Princesa Cintilante e o Príncipe Sombrio estão vivos apenas para a audiência. São amados apenas pela audiência, nas suas ignorâncias e necessidades. Mas não havia uma Princesa Cintilante, havia? Nenhum Príncipe Sombrio para salvar você.

Mais tarde, ela dirigiu para Venice Beach. Ela se lembraria dos pés descalços no acelerador e depois buscando o freio. Mas onde estava a embreagem? Ela abandonara o Bentley arranhado e superaquecido no Venice Boulevard, chaves na ignição. A pé, então. Pés descalços. Correndo. Ela não estava assustada, mas exultante, correndo. A frente do vestido bonito havia rasgado. As mãos ásperas do barbudo. Agora essa extensão de praia era o lar, no alvorecer. Pois vovó Della vivia perto. Seu túmulo estava perto. Ela e Norma Jeane caminharam pela praia protegendo os olhos das ondas brilhantes cintilando. Vovó Della estaria orgulhosa dela, é claro; ainda assim ela diria: "Tome sua própria decisão, querida. Se você odeia sua vida". Gaivotas, aves marinhas. Circulavam sobre ela gritando. Ela correu para a praia, o frio das ondas. A água é tão fina, escapa pelos dedos, como pode ser tão forte, tão dolorosa? Tão estranha! Ela via naquelas ondas, mais longe, alguma coisa viva, uma criatura impotente se afogando, era a tarefa dela salvá-la. Ah, ela sabia que não estava certo, era um sonho ou uma alucinação ou um feitiço lançado por alguém malvado, ela sabia disso, mas de alguma forma não conseguia *sentir que sabia* com convicção, então ela tinha que agir rápido. Será que era... O Bebê? Ou o bebê de outra mulher? Uma criatura viva, desamparada, e apenas Norma Jeane via, apenas Norma Jeane poderia salvá-la. Correu aos tropeços e vacilando para dentro da água e ondas atingiram seus tornozelos, suas coxas, sua barriga. Não eram carícias amáveis, mas golpes poderosos. Enfiando-se depressa no talho profundo entre suas pernas. Ela foi derrubada e se atrapalhou para se levantar. Ela só conseguia ver a pequena criatura em apuros. Carregada na crista de uma onda espumosa e então desembocando em uma área rasa; levantou-se de novo e de novo caiu. Seus membros minúsculos se agitavam! Ela havia começado a hiperventilar. Oxigênio insuficiente. Ela estava engolindo água. Água até o nariz. Um toque em sua garganta. Lindas mãos fortes. *Melhor que nós dois morramos.* Ainda assim ele a soltou... por quê? Sempre ele a soltava, essa era a fraqueza do homem, ele a amava.

Surfistas a resgataram do afogamento.
    E haviam guardado segredo, como ela implorou.
    Era a sorte dela, essa era a área de Venice Beach em que uma meia dúzia de surfistas ficava. Alguns de nós até passávamos à noite, nas noites agradáveis. Estávamos totalmente acordados e já na água no nascer do sol pegando umas ondas sérias e difíceis. E surgiu essa mulher loira com ar perturbado num vestido de festa rasgado cambaleando pela praia. De pés descalços e o cabelo levado pelo vento.
    De início, pensamos que alguém deveria estar atrás dela, mas ela estava sozinha. E de súbito entrando na rebentação! E as ondas muito fortes. Ela parecia uma boneca loira derrubada e espancada pelas ondas e teria se afogado em minutos se um dos caras não tivesse chegado a tempo. O cara saltou da prancha, a arrastou

para a areia e montou no corpo molengo dela fazendo respiração artificial como ele aprendeu com escoteiros, e logo ela estava tossindo, sufocando, vomitando e respirando normalmente de novo, de volta à vida, por sorte não tinha engolido ou inalado mais água para os pulmões.

Tem esse momento de filme fantástico, que a gente se lembraria pela vida toda quando os olhos surpresos da loira abriram — olhos azuis vítreos, injetados —, vendo uma meia dúzia de nós parados sobre ela, encarando-a, reconhecendo quem ela era, ou, de qualquer forma, quem ela deveria ser. "*Ah, por quê?*", é a primeira coisa que ela diz nessa vozinha acometida. Mas tentando rir também. E vomitando de novo, e o cara que a havia salvado, um universitário de cara lisa de Oxnard, limpa a boca dela rápido com as costas da mão em um súbito gesto tenro como nada que havia feito em seus dezenove anos, e por toda a vida vai se lembrar de como a mulher quase-afogada, essa atriz loira famosa, agarra a mão dele e se atrapalha para beijá-la dizendo o que parece ser "*Obrigada!*", mas ela está soluçando demais para ele ter certeza, e as ondas são altas demais, o garoto de Oxnard ajoelhado ao lado dela na areia molhada se pergunta se ele fez a coisa errada.

"Como se ela quisesse morrer. E eu tivesse interferido. Mas se não fosse eu, teria sido um dos outros caras, não é? Então que culpa eu tenho?"

O Dramaturgo e a Atriz Loira: a sedução

No processo criativo, há o pai, o autor da peça; a mãe, o ator grávido com o papel; e o filho, o papel a nascer.

— Stanislavski,
A construção da personagem

1.

Você nunca vai escrever sobre mim, vai? Sobre nós.
Querida! É claro que não.
Porque nós somos especiais, não somos? Nós nos amamos tanto. Você nunca conseguiria fazer qualquer um entender... como é entre nós.
Querida, eu nunca sequer tentaria.

2.

Ele havia escrito uma peça, e a peça se tornara sua vida.
Isso não era uma coisa boa. O Dramaturgo sabia. Um trabalho de palavras, um veículo de mera linguagem, de alguma forma embrulhado em suas entranhas, amarrado com as artérias de seu corpo vivo. Em uma voz neutra, ele disse sobre seu trabalho novo, seu primeiro em diversos anos:
— Eu tenho esperança para este. Não está terminado.
Esperança para este. Não está terminado.
Ele sabia! Nenhuma peça é a vida do dramaturgo, assim como nenhum livro é a vida do autor. São apenas interlúdios na vida, como uma ondulação, uma onda, um tremor violento, que podem passar por um elemento como água, agitando-a sem poder alterá-la. Ele sabia. Ainda assim, trabalhava em *The Girl with the Flaxen Hair* por tanto tempo. Ele havia iniciado a peça na faculdade, na

versão mais primitiva, mais crua, "épica". Ele a havia deixado de lado no desespero e arrebatamento de sua primeira paixão, escrevendo então outras peças — nos anos 1940 pós-guerra, ele havia se tornado o Dramaturgo! — e voltando a ela no começo da meia-idade, havendo carregado *The Girl with the Flaxen Hair* — as anotações manuscritas, os rascunhos datilografados de um jeito estranho, as cenas abortadas e cenas prolongadas e descrições extensas de personagens e retratos, tudo cada vez mais amarelado e amassado dos anos 1920; acima de tudo, ele havia carregado a esperança quimérica dela — de uma vida à outra, de quartos únicos e apartamentos lotados em Nova Brunswick, Nova Jersey e Brooklyn até Nova York e seu apartamento de arenito vermelho de seis quartos na 72ª Oeste, perto do Central Park, e casas de veraneio nas montanhas Adirondack e na costa do Maine e até para Roma, Paris, Amsterdã, Marrocos. Ele levou a peça de sua vida de solteiro para uma vida inesperadamente complicada com casamento e filhos, uma vida familiar cujo começo o alegrara, como um antídoto para o mundo obsessivo dentro da cabeça; ele a havia carregado consigo da sexualidade atônita e arrebatada da masculinidade jovem até a sexualidade minguante e incerta de sua quinta década. A garota em *The Girl with the Flaxen Hair* havia sido seu primeiro amor, nunca consumado. Nem sequer declarado.

Agora ele estava com 48 anos. A garota estaria, se viva, na casa dos cinquenta. Linda Magda, na meia-idade! Ele não a espiava havia mais de vinte anos.

Ele havia escrito uma peça, e a peça havia se tornado sua vida.

3.

Desapareceu! Ela sacou o dinheiro que tinha economizado em contas correntes em três bancos de Los Angeles. Fechou a casa alugada e deixou mensagens para apenas poucas pessoas explicando que desapareceria de Hollywood e pedindo que não sentissem saudade dela, por favor! E que não procurassem por ela. Não deu endereço de encaminhamento nem para o agente perturbado, porque na época da fuga, ela não tinha agente. E nenhum número de telefone, porque não tinha telefone. Livros e papéis e poucas roupas, ela os encaixotou às pressas e postou o pacote "a/c Norma Jeane Baker, Postagem geral, Nova York, Nova York".

Vovó Della me disse para tomar minhas próprias decisões caso eu viesse a odiar minha vida. Mas eu odiava outra coisa: não a vida.

4.

Um sonho de Muito Tempo Atrás. Na noite antes do Dramaturgo e a Atriz Loira se conhecerem em Nova York, no começo do inverno de 1955, o Dramaturgo tem um de seus sonhos recorrentes de humilhação.

Sonhos que, desde o começo da adolescência, ele nunca confessou a ninguém. Sonhos que ele tenta apagar de imediato ao acordar!

"Na arte", o Dramaturgo pensa, "sonhos são profundos, mudam vidas, com frequência, lindos. Na vida, sonhos com menos significado que uma visão borrada de Rahway, Nova Jersey, pela janela com gotas de chuva de um ônibus Greyhound expelindo fumaça na Rota 1".

Na verdade, o Dramaturgo havia nascido na zona operária de Rahway, nordeste de Nova Jersey. Em dezembro de 1908. Os pais eram judeus alemães de Berlim que emigraram no fim dos anos 1890 com esperança de serem assimilados na América, o idiossincrático sobrenome judeu americanizado e as retorcidas raízes judias extirpadas. Eles eram os judeus se impacientando de serem judeus mesmo que fossem judeus cientes, com ressentimento, de serem o objeto de escárnio de não judeus, a maioria inferior a eles. Na América, o pai do Dramaturgo encontraria trabalho em uma oficina mecânica ao leste de Nova York junto de outros imigrantes, conseguiria emprego no açougue em Hoboken e como vendedor de sapatos em Rahway e, enfim, na aventura mais ousada de sua vida madura, ele adquiriria uma franquia para vender máquinas de lavar e secar roupa Kelvinator em uma loja na avenida principal de Rahway; a loja se tornaria sua propriedade em 1925 e proveria uma renda crescente até colapsar no começo de 1931, quando o Dramaturgo estava terminando seu último ano na Universidade Rutgers, nas proximidades de Nova Brunswick. Falência! Miséria! A família do Dramaturgo perderia a casa com gabinetes vitorianos em uma arborizada rua residencial e assumiria morada no andar de cima do próprio edifício em que as máquinas de lavar e as de secar haviam sido vendidas, propriedade em uma seção deprimida de Rahway que ninguém queria comprar. O pai do Dramaturgo sofreria de pressão sanguínea alta, colite, problemas cardíacos e "nervos" por todo o restante de sua vida amargurada (que duraria até 1961); a mãe do Dramaturgo seria empregada como funcionária de refeitório e, mais tarde, como nutricionista para escolas públicas em Rahway, até o ano dos milagres em 1949, quando o filho dramaturgo teria seu primeiro sucesso da Broadway e ganharia seu primeiro prêmio Pulitzer, tirando seus pais de Rahway para sempre. Um conto de fadas com final feliz.

O sonho do Dramaturgo de Muito Tempo Atrás se passa na Rahway desses anos. Ele abre os olhos, apavorado de dar por si mesmo na cozinha do apartamento apertado sobre a loja na avenida principal. De alguma forma, cozinha e loja se juntaram. Máquinas de lavar na cozinha. O tempo está torto. Não está claro se o Dramaturgo é um garoto com apenas idade suficiente para sentir a vergonha familiar, ou se é um universitário em Rutgers com sonhos de ser o próximo Eugene O'Neill, ou se tem 48 anos, sua juventude misteriosamente desaparecida, com pavor de fazer cinquenta anos sem uma peça forte, eletrizante, em quase uma década. No sonho, na cozinha, o Dramaturgo encara uma fileira de máquinas de lavar, todas funcionando, barulhentas. Água suja, espumosa, agitando-se em cada uma das máquinas. O cheiro inconfundível de drenos lotados, encanamento. O Dramaturgo sente vontade de vomitar. É um sonho, e ele parece reconhecer que é um sonho, mas, ao mesmo tempo, é tão dolorosamente real que ele se convencerá, abalado, de que deve ter acontecido na vida. Os registros financeiros do pai e os materiais de escrita do próprio Dramaturgo estão misturados e largados com descaso no chão sob as máquinas, e a água transbordou nos papéis. O Dramaturgo precisa recuperá-los. É uma tarefa simples que ele confronta com pavor e nojo. Ainda assim, tem um orgulho perverso nisso, pois é a responsabilidade do filho ajudar o pai fraco e adoecido. Ele se abaixa, tentando não vomitar. Tentando não respirar. Ele vê a mão se atrapalhando para pegar um punhado de papéis, uma pasta amarela. Até antes disso, ele os traz para perto da luz, para ver que os papéis estão molhados completamente, tinta está borrada e os documentos, arruinados. Será que *The Girl with the Flaxen Hair* está no meio disso? "Ah, Deus, me ajude." Não é uma oração, pois o Dramaturgo não é um homem religioso: é uma maldição.

O Dramaturgo acorda abruptamente. É a sua própria respiração rouca que ele estava ouvindo. A boca está seca e amarga, ele estava apertando os dentes em aflição e frustração. Grato por estar dormindo a sós nesta cama no apartamento de arenito vermelho na 72ª Oeste, e fora de Rahway, Nova Jersey, para sempre.

A esposa está em Miami visitando parentes idosos.

Naquele dia inteiro, o sonho de Muito Tempo Atrás vai assombrar o Dramaturgo. Como uma refeição ruim, mal digerida.

5.

Eu conhecia aquela garota! Magda. Ela não era eu, mas estava dentro de mim. Como Nell, só que mais forte que Nell. Muito mais forte que Nell. Ela teria seu bebê; ninguém poderia privá-la. Ela teria seu bebê dando à luz em pisos nus num quarto sem aquecimento e abafando seus gritos com um pano.

Ela estancaria o sangramento com panos.

Dando de mamar ao bebê, então. Os seios grandes e inchados como as tetas de uma vaca, quentes e pingando leite.

6.

O Dramaturgo foi conferir os papéis em sua escrivaninha. É claro, *The Girl with the Flaxen Hair* estava onde ele havia deixado. Mais de trezentas páginas de roteiros, revisões, anotações. Ergueu os papéis e um dos retratos amarelados caíram. *Magda, junho de 1930.* Estava em preto e branco, uma atraente garota loira com olhos grandes apertados contra o sol, o cabelo grosso trançado e enrolado ao redor da cabeça. Magda tivera um filho, mas não dele. Mas no roteiro era.

7.

Ansioso como um amante jovem, apesar de não mais jovem, o Dramaturgo foi correndo por quatro lances de escadas de metal sujos de tinta para a espécie de sótão ventoso para ensaios entre a 11ª Avenida e a 51ª. Tão empolgado! Sem fôlego! Tão ansioso. Conforme entrava no espaço e numa mistura de vozes, uma neblina de rostos, ele teve que parar, para acalmar o coração. Para se recompor.

Ele não tinha mais condições de subir escadas correndo como antigamente.

8.

Eu estava apavorada. Eu não estava pronta. Eu havia ficado acordada quase a noite toda. O tempo todo com vontade de fazer xixi! Eu não estava tomando drogas, só aspirina. E um comprimido anti-histamínico que a assistente do sr. Pearlman me deu para dor de garganta. Eu acreditava que o Dramaturgo daria apenas uma olhada em mim e falaria com o sr. Pearlman e isso seria tudo, eu estaria fora do elenco. Porque nunca mereci estar ali, e eu sabia disso. Sabia disso antes. Eu parecia me ver descendo as escadas. Segurei o roteiro e tentei ler as falas que havia marcado em vermelho, e era como se eu nunca as tivesse visto. Meu único pensamento claro era: se eu fracassar agora, estamos no inverno, está congelante. Não seria difícil morrer, seria?

9.

O Dramaturgo se ressentiria disso, que todo mundo sabia. Exceto ele. A identidade da Atriz Loira que havia sido escolhida para o elenco, para a leitura, como sua Magda.

Sim, ele tinha ouvido um nome. Um nome murmurado. Pelo telefone. Pelo diretor artístico, Max Pearlman, que havia dito a ele daquele jeito apressado, atormentado de costume, que o Dramaturgo conhecia todos no elenco.

— ... menos a atriz que está lendo Magda. Ela é nova na Companhia. Ela é nova em Nova York. Eu não a conhecia até umas semanas atrás, quando entrou em meu escritório. Ela fez uns filmes e está exausta dessas bobagens de Hollywood e ansiosa para aprender a atuar de verdade, e veio estudar conosco. — Pearlman parou. Em seus modos teatrais, pausas são tão significativas como a pontuação de um escritor. — Francamente, ela não é ruim.

O Dramaturgo, com muita coisa na cabeça, o sonho humilhante de Muito Tempo Atrás ainda pesando no estômago, não pediu para ouvir o nome da mulher nem mais informações de seu histórico. Seria apenas uma leitura interna na Companhia de Atores de Teatro de Nova York, a companhia a qual o Dramaturgo estivera associado por vinte anos; não era uma leitura pública ou em palco. Apenas membros estavam convidados. Não se permitiriam aplausos. Por que o Dramaturgo pausaria para pedir ao seu velho amigo Pearlman, por quem não tinha muito apreço pessoal, mas em quem confiava absolutamente para todos os assuntos teatrais, que repetisse o nome de uma atriz pouco conhecida? Em especial uma atriz que não era de Nova York? O Dramaturgo só conhecia Nova York.

Muita coisa na cabeça! Um enxame de mosquitos, pensamentos mosquitos, zunindo continuamente ao redor da cabeça do Dramaturgo, nas horas acordadas e com frequência enquanto ele dormia. Em muitos de seus sonhos ele continuava a trabalhar. Trabalho, trabalho! Mulher alguma havia conseguido competir. Algumas poucas haviam ganhado seu corpo, mas nunca sua alma. Sua esposa, com ciúmes por muito tempo, não sentia ciúmes mais. Ele havia notado pouco de sua retração emocional, assim como havia notado superficialmente que ela estava sempre viajando, visitando parentes. Nos obsessivos sonhos de trabalho do Dramaturgo, seus dedos dedilhavam palavras ainda não datilografadas em sua Olivetti portátil; ele buscava a todo custo ouvir diálogos de beleza transcendente, mas continuava os sentindo inarticulados em sons de fato. Sua vida era o trabalho, pois apenas o trabalho justificava sua existência; e cada hora contribuía com, ou muitas vezes mais fracassava em contribuir com, a completude de seu trabalho.

A consciência culpada da América da metade do século. América consumista e mercantil. América trágica. Afinal, as contraminas da Tragédia atingem mais fundo do que os consertos rápidos da Comédia.

10.

No sótão amplo a leitura começou. Seis atores em um semicírculo de cadeiras dobráveis em um tablado sob lâmpadas nuas. Um gotejar perpétuo de um lavatório próximo. A fumaça acumulada de cigarros, pois alguns dos atores fumavam, e muitos na plateia de cerca de quarenta pessoas também.

Dos seis atores, todos exceto os dois mais antigos, veteranos da Companhia e das peças do Dramaturgo, estavam visivelmente nervosos. O Dramaturgo, com toda a sua reserva rabino-acadêmica, tinha uma reputação de ser severamente crítico com seus atores, exasperava-se com suas limitações. "Não tentem me entender rápido demais", ele era notório por haver dito mais de uma vez.

O Dramaturgo estava sentado na primeira fila, apenas a poucos metros dos atores. De imediato, ele começou a encarar a Atriz Loira. Ao longo da extensa primeira cena, em que ela como Magda não tinha falas, ele a encarou, enfim a reconhecendo, um rubor pesado de sangue escurecendo seu rosto. Marilyn Monroe? Ali, na Companhia em Nova York? Sob a tutela de Pearlman, tão astuto com autopromoção? Isso explicava a empolgação murmurada na audiência antes do começo da leitura; um ar de ansiedade com o qual o Dramaturgo não ousara supor que tinha a ver com ele. Na verdade, agora o Dramaturgo se lembrava de ter passado os olhos por um trecho da coluna de Walter Winchell não muito antes do "desaparecimento misterioso" da Atriz Loira de Hollywood, violando um contrato do Estúdio, que requeria que ela começasse a trabalhar em um filme novo. Sob uma foto de Monroe, havia a legenda "Mudando-se para Nova York?". A foto lembrava o logo de uma propaganda, um rosto humano reduzido aos seus traços proeminentes, os olhos de pálpebras pesadas e o rasgo quente e úmido que era a boca parodiando uma súplica erótica.

— Minha Magda. Ela?

Mas a Atriz Loira que segurava o roteiro do Dramaturgo em suas mãos trêmulas não lembrava muito Marilyn Monroe. Depois do burburinho inicial interessado, a novidade se dissipou rápido. A Companhia era formada por atores e profissionais do teatro que já estavam habituados às celebridades. E talento, até gênio. Seu julgamento seria imparcial, desapaixonado.

A Atriz Loira estava sentada no centro do semicírculo como se Pearlman a tivesse colocado ali por proteção. Via-se que, ao contrário dos outros atores com mais experiência de palco, ela se portava com imobilidade anormal, os ombros eretos e a cabeça, que parecia apenas um pouco grande demais para sua estrutura magra, inclinada para a frente. Ela estava nervosa, lambendo os lábios compulsivamente. Os olhos brilhavam com lágrimas contidas. O rosto era de uma garota, a pele marcada em sua palidez e as sombras sob os olhos exageradas pelas luzes acima. Ela usava um suéter de malha, descolorido por completo pelas luzes duras, e calça de lã escura enfiada em botas altas até o tornozelo. O cabelo loiro estava preso em uma única trança curta na nuca. Ela não usava joias ou maquiagem. *Ninguém a teria reconhecido. Ela não era ninguém.* O Dramaturgo sentiu uma pontada de ressentimento, por Pearlman ter ousado colocar a Atriz Loira no elenco de sua peça sem consultá-lo mais explicitamente. A peça *dele!* Um pedaço de seu coração. E a Atriz Loira, para o bem ou para o mal, sugaria toda a atenção da plateia.

Mas, quando enfim a Atriz Loira falou, na voz de Magda, no começo da segunda cena, era experimental e inquisitiva, e ficou claro de imediato que a voz era baixa demais para o espaço. Esse não era um estúdio de gravação, sonorizado, com microfones, amplificadores, aproximações. Sua empolgação, ou terror, era hipnotizante para a audiência como se ela estivesse nua na frente deles. "Ela era um erro de elenco", pensou o Dramaturgo. "Não é minha Magda." Ele estava furioso com Pearlman, que se apoiava em uma parede ali perto, mastigando um cigarro ainda apagado e assistindo à cena com uma expressão de absorção arrebatada. "Ele está apaixonado por ela. O maldito."

Ainda assim, a Atriz Loira, como Magda, era tão atraente! Havia um tremor em sua voz como uma chama, na própria incerteza de seus gestos, que incitavam profunda simpatia: seu apuro como Magda, a filha de dezenove anos de imigrantes húngaros de 1925, contratada para trabalhar em uma residência judia em Nova Jersey, e seu apuro como a Atriz Loira, uma confecção de Hollywood e uma espécie de piada nacional, corajosamente colocada contra atores de teatro em Nova York em um ambiente aberto.

— Ah, perdão? Sr. Pearlman? P-posso refazer essa? Por favor.

O pedido foi feito com ingenuidade e desespero. A voz da Atriz Loira falhava. Até o Dramaturgo, um estoico do teatro de longa data, estremeceu. Pois na Companhia, nenhum ator havia ousado interromper uma cena para se dirigir a Pearlman ou a qualquer pessoa; apenas o diretor tinha a autoridade de interromper, uma autoridade que ele praticava com limitação real. Mas a Atriz Loira não sabia sobre esses protocolos. Seus companheiros nova-iorquinos a observavam como visitantes em um zoológico olhariam maravilhosos espécimes primitivos raros de um ancestral símio, dotado de fala e ainda sem a inteligência para falar corretamente. No silêncio desajeitado, a Atriz Loira apertou os olhos para Pearlman, com um misto de careta e sorriso e um tremular de pálpebras, com a intenção de talvez ser sedutora, e repetiu, em uma voz rouca e ofegante:

— Ah, eu sei que posso me sair melhor. *Ah, por favor!* — O pedido era tão genuíno que poderia ter sido a própria Magda a tê-lo feito.

Mulheres na plateia que tinham estudado atuação com Pearlman e haviam se apaixonado insensatamente por ele e se permitiram ser "amadas" por ele de volta, por mais breve e esporádico que fosse, sentiram naquele instante não uma rivalidade furiosa com a Atriz Loira, mas simpatia em sororidade e medo por ela, que estava tão vulnerável, arriscando uma repreensão pública; homens se enrijeceram de vergonha. Pearlman enfiou o cigarro na boca e mordeu com força. Os outros atores olharam para seus roteiros. Era evidente (ao menos, todos afirmariam isso!) que Pearlman estava prestes a dizer algo cruel para a Atriz Loira, em seus modos concisos e frios, rápido como a língua de um réptil. Ainda assim, ele apenas resmungou:

— Claro.

11.

Pearlman! O Dramaturgo conhecia o controverso fundador da Companhia de Atores de Teatro de Nova York por um quarto de século e sempre temera o homem em segredo. Isso porque Pearlman reservava seu mais profundo respeito, quaisquer que fossem os entusiasmos do dia, da semana, da estação, por dramaturgos "clássicos" e mortos. Ele fora responsável por trazer à Nova York do pós-guerra produções racialmente escassas e politizadas, por exemplo, *A casa de Bernarda Alba*, de García Lorca; *A vida é sonho*, de Calderón; *Solness, o construtor* e também *Quando despertamos de entre os mortos*, de Ibsen; ele não apenas dirigiu, mas traduziu Tchekhov, ousando apresentar Tchekhov como o dramaturgo desejaria, não nos monótonos tons fúnebres da tragédia, mas com o agridoce da comédia. Ele poderia afirmar que "descobriu" o Dramaturgo, apesar de ambos serem da mesma geração e do mesmo histórico imigrante judaico-alemão.

Em entrevistas que irritavam o Dramaturgo, Pearlman falava do processo colaborativo "misterioso e místico" do teatro em que "talentos parciais" se fundem, tateantes, desastrados, da mesma forma como a Teoria da Evolução de Darwin através da adaptação, para criar obras de arte únicas.

— Como se eu não fosse conseguir escrever minhas peças sem *ele*.

Ainda assim, era verdade, as peças iniciais do Dramaturgo haviam sido desenvolvidas na Companhia, e Pearlman havia dirigido a produção da *première* da peça mais ambiciosa do Dramaturgo, que o tornaria famoso e seria para sempre associada ao seu nome. Pearlman se professava como um irmão espiritual do Dramaturgo, não um rival; ele parabenizava o Dramaturgo por cada prêmio, cada honra recebida, enquanto murmurava observações críticas dentro do campo de audição do Dramaturgo:

— Genialidade é o que resta quando reputações morrem.

Ainda assim, inesperadamente, pois ele mesmo havia sido um ator medíocre, Pearlman se destacava com maior brilho enquanto treinador de atores. A Companhia de Atores de Teatro de Nova York conquistara fama internacional pelas oficinas e tutoriais íntimos; ele havia ensinado muitos atores iniciantes, se tivessem talento, e também atores já profissionais. A Companhia se tornou depressa um paraíso para atores assim, atores bem-sucedidos da Broadway e da televisão que ansiavam por retornar às suas raízes ou ansiavam por ganhar raízes. O alojamento da Companhia com aluguel barato no centro da cidade se tornou um lugar de abrigo, não diferente de um retiro religioso. Conhecer Pearlman havia mudado a vida de muitos atores e rejuvenescido suas carreiras, mesmo que nem sempre comercialmente. Pearlman havia prometido:

— Aqui no meu teatro, um "sucesso" pode fracassar. Um "sucesso" pode dar de cara ou bunda no chão e nenhum crítico vai saber. Um "sucesso" pode admitir que não sabe merda alguma sobre a profissão. Ele pode começar de novo do zero. Pode ter doze, quatro anos de idade. Pode ser uma criança. Se você não consegue engatinhar, meu amigo, você não consegue caminhar. Se não consegue caminhar, não consegue correr. Se não consegue correr, não consegue voar alto. Começar com o básico. O objetivo do teatro é partir o coração. Não entreter. Bobagem na televisão e nos tabloides entretém. O objetivo do teatro é transformar o espectador. Se você não consegue transformar o espectador, pode desistir. O objetivo do teatro, Aristóteles disse primeiro e Aristóteles disse melhor que todos, é despertar emoção profunda na plateia e, por meio desse despertar, causar uma catarse da alma. Se não há catarse, não há teatro. Na Companhia, nós não mimamos, mas respeitamos você. Se nos mostrar que pode sangrar, vamos respeitar você. Se é mais um elogio de merda que você quer de críticos cuzões, está no lugar errado. Eu não peço muito de meus atores: só que se revirem e coloquem o âmago para fora. — Para Pearlman, o mais trágico de todos os artistas era o prodígio que, assim como o excelente Nijinsky, alcança o pico da genialidade na adolescência, e está desgraçado a um declínio igualmente prematuro. — O ator verdadeiro — disse Pearlman — continuará a crescer até o dia de sua morte. Morrer é a última cena do último ato. Estamos ensaiando!

O Dramaturgo, dado a duvidar de si mesmo e ruminar, afligido com uma vaidade muito diferente da de Pearlman, tinha que admirar esse homem. Que energia! Que suprema autoconfiança! Pearlman lembrava um matador de touros espanhol. Ele era baixo, menos de um metro e setenta; um dândi, sem ser bonito, bem-cuidado ou bem-vestido; sua pele era ressecada e exalava um odor suado e febril; ele penteava com precisão seu cabelo que rareava pelo couro cabeludo avermelhado; no começo dos quarenta anos, de súbito ele colocou coroas em todos os dentes da frente manchados, então seu sorriso agora fuzilava de luz como refletores. Pearlman era notório por manter atores em ensaios exaustivos depois da meia-noite, nos dias antes de contratos de trabalho mais justos; ainda assim ele era admirado, ou ao menos respeitado, pois nunca demandava mais de outros do que demandava de si mesmo. Ele trabalhava por doze, quinze horas diárias. Reconhecia abertamente que era um obsessivo; gabava-se de ser "seletivamente psicótico". Havia sido casado três vezes e tinha cinco filhos; tivera inúmeros casos, inclusive com alguns rapazes (segundo boatos); ele se atraía pela "faísca interior" independentemente da aparência de um indivíduo. (Então ele insistiria, em entrevistas, que seu interesse em trabalhar com a Atriz Loira não tinha a ver com a beleza, apenas com seu "dom espiritual".) Diversos dos atores elogiados por Pearlman tinham rostos que se descreveria no mínimo como "idiossincráticos"; livre de diretores americanos de teatro, Pearlman ousava selecionar um elenco de homens e mulheres mais pesados em suas produções se fossem qualificados; ele havia conquistado alguma admiração, mas em maioria escárnio, por haver escolhido uma Hedda Gabler com mais de um metro e oitenta em uma produção da Companhia para uma peça de Ibsen.

— A ideia é que Hedda é uma amazona solitária em um mundo de homens pigmeus. — Pearlman poderia até ser ridicularizado, mas ele nunca estava errado.

— É verdade. Devo muito a ele, mas não tudo.

O Dramaturgo era um homem alto e esguio, com jeitos de cegonha. Ele tinha modos reservados e atentos, olhos guardados e uma boca que sorria devagar. Na cena de teatro de Nova York ele não era um "personagem", ele era um "cidadão". Uma pessoa esforçada, um homem de integridade e responsabilidade. Não um poeta, talvez (como seu rival Tennessee Williams), mas um artesão. Uma de suas poucas excentricidades era usar camisas brancas e gravatas em ensaios de peças, como se ensaios fossem trabalho comum, nos moldes de seu pai vendedor na loja de Kelvinator, na Rahway. Em contraste, Max Pearlman era baixo, com corpo de barril e tagarela, em desleixados suéteres e calças sem cinto, na cabeça, quepe estilo de marinheiro ou chapéu fedora elegante ou, no inverno, seu gorro russo *ushanka* de lã preta de cordeiro de Astracã, que o deixava alguns centímetros mais alto. Onde o Dramaturgo passava notas escritas com cuidado para os atores, durante ensaios ou depois de leituras, Pearlman dava monólogos de horas de duração, fascinando e exaurindo sua audiência em igual proporção. Onde o Dramaturgo tinha um rosto magro e austero que algumas mulheres achavam belo, como um busto romano desgastado, Pearlman tinha um rosto que nem suas amantes chamariam de bonito, era gorducho e profundo, com lábios e nariz bulbosos. Mas que olhos alertas e apreciadores! Onde o Dramaturgo ria com suavidade, com o ar de um garoto pego de surpresa às gargalhadas em algum lugar (escola, sinagoga?) onde riso é proibido, Pearlman ria com vontade como se rir fosse algo bom, terapêutico como espirrar. A risada de Pearlman! Ouvia-se pelas paredes. Na rua barulhenta fora do teatro. Atores adoravam Pearlman por rir de suas falas cômicas apesar de tê-las ouvido dúzias de vezes; durante a performance de uma peça, Pearlman tinha o hábito de ficar em pé no fundo do teatro por muito tempo após seu término. Como todos os diretores devotados e monomaníacos, era tão ligado às performances de seus atores que seu rosto e corpo se retorciam em simpatia com eles, rindo alto, a risada mais alta e mais contagiosa da casa.

Pearlman falava do teatro como se falaria de Deus. Ou mais do que de Deus, pois o teatro era algo em que se participava e vivia.

— Morra pelo teatro! Pelo seu talento! Bote as entranhas para fora! Seja duro consigo mesmo, você aguenta. É vida ou morte lá no palco, meus amigos. E se não é vida ou morte, é *nada*.

Era o que eu reverenciava nele. Ah, ele conseguia chegar lá no fundo...
Mas ele explorou você, não? Como mulher.
Como mulher? Por que eu me preocuparia comigo como mulher? Nunca fiz isso... Eu vim à Nova York para aprender a interpretar.
Por que você dá tanto crédito a Pearlman? Eu odeio isso, em entrevistas você exagera o papel dele na sua vida. Ele devora tudo, é uma publicidade ótima para ele.
Ah, mas é verdade... não é?
Você só quer tirar a atenção de si mesma. É o que as mulheres fazem. Se submetem aos abusivos. Você sabia atuar, querida, quando veio para cá.
Eu sabia? Não sabia.
Com certeza, sabia. Eu odeio isso também, como você se entende mal.
Eu faço isso? Céus...
Você era uma maldita atriz excelente quando veio para Nova York. Ele não criou você.
Você me criou.
Ninguém criou você, você sempre foi você.
Bem, acho que eu sabia... de algo. Quando fazia filmes. Na verdade, eu estava lendo Stanislavski. E o diário de, de... Nijinsky.
Nijinsky.
Nijinsky. Mas eu não sabia do que sabia. Na prática. Era só... o que acontecia quando eu tinha que atuar. Improvisar. Como acender um fósforo...
Para o raio que o parta com isso. Você era uma atriz nata desde o começo.

Ah, ei! Por que você está tão bravo, Papai? Não estou entendendo.

Só estou dizendo, querida, você nasceu com o dom. Você tem um tipo de genialidade. Você não precisa de teoria. Esqueça Stanislavski! Nijinsky! E ele.

Eu nunca penso nele.

Ele mexendo com você... sua mente, seu talento..:. Como os dedões grandes de alguém agarrando uma borboleta, sujando e quebrando as asas.

Ei, eu não sou uma borboleta. Está sentindo meus músculos? Minha perna aqui. Sou uma dançarina.

Essa teoria de merda é para alguém como ele: não consegue atuar, não consegue escrever.

Um beijinho, Papai? Hein? Por favor.

* * *

Ei, ouça só: sr. Pearlman não foi meu amante de verdade.

O que isso quer dizer... "de verdade"?

Ah, ele pode ter feito algumas coisas, mas não era... Não me olhe assim, Papai. Isso me assusta.

O que ele fez?

Nada de fato.

Ele... tocou você?

Acho que sim. Como assim?

Como um homem toca uma mulher.

Hummmmm! Assim?

* * *

Talvez assim? ... Assim?

* * *

Mas Papai, como eu disse: não era algo de fato, sabe?

Querendo dizer o quê...?

Só uma coisa em seu escritório...? Como... um presente para ele? Ele pediu para me entrevistar. Eu! Ele disse que estava cético. Por que uma atriz de cinema iria querer estudar em seu teatro? Ele achou que era... algum tipo de coisa para publicidade? Como se alguém desse a mínima para o que eu fazia, aonde ia... Agora eu tinha parado com filmes? Ele me fuzilou com essas perguntas. Ele tinha suspeita,

eu não o culpo. Acho que eu chorei. Como ele saberia que "Marilyn Monroe" era uma pessoa real? Ele esperava por ela, e eu entrei.
Que tipo de perguntas ele fez?
Sobre a minha... motivação.
Que era?
Era... não morrer.
O quê?
Não morrer. Continuar a...
Eu odeio quando você fala assim. Isso acaba com o meu coração.
Ah, eu não vou! Perdão.
Ele fez amor com você, então. Quantas vezes?
Não era a-amor! Eu não sei. Papai, céus, isso me deixa mal. Você está furioso comigo.
Querida, não estou furioso com você. Só estou tentando entender.
Entender o quê? Eu não conhecia você na época. Eu estava... divorciada.
Onde você se encontrou com Pearlman? Não sempre naquele escritório fedorento dele.
Ah, na maior parte das vezes foi no escritório dele! Tarde, depois da aula. Eu pensei... bem, eu me senti lisonjeada. Tantos livros! Alguns deles, os títulos que eu pude ver, em alemão? Russo? Uma foto do sr. Pearlman com Eugene O'Neill. Todos esses atores incríveis: Marlon Brando, Rod Steiger... Eu vi esse livro em alemão que eu tinha lido em inglês... Quer dizer, eu vi o nome "Schopenhauer"... Eu peguei o livro e fingi ler. Eu disse: "Com certeza consigo ler melhor Schopenhauer quando ele escreve em inglês do que assim".
O que ele disse?
Ele corrigiu minha pronúncia: "Schopenhauer". Ele não acreditou que eu tinha lido aquele livro. Em idioma nenhum. É verdade que li aquele livro. Um fotógrafo que eu conhecia me deu um exemplar. "Esta é a verdade do mundo, O mundo como vontade e representação." Eu estava lendo, mas aí fiquei triste demais.
Pearlman estava sempre dizendo quão surpreso ele ficou com você. Como você realmente é.
Mas... como seria isso? Como eu sou realmente?
Só você mesma.
Mas isso não é suficiente, é?
É claro que é.
Não. Nunca é.
Como assim?

Você é um escritor, porque ser só você mesmo não é suficiente. Eu preciso ser uma atriz, porque ser só eu mesma não é suficiente. Ei, você nunca vai contar para as pessoas, vai?

Eu nunca falaria de você, querida. Seria como arrancar minha própria pele.

Você nunca escreveria sobre mim também... não é, Papai?

É claro que não!

Isso... com o sr. Pearlman... foi só algo que aconteceu. Como um... presente para ele, para agradecer? Como... "Marilyn Monroe"... Por alguns minutos...

Você deixou Pearlman fazer amor com "Marilyn Monroe".

Era assim que ele me chamava, talvez... Ah, ele não ia gostar disso! Eu contando para você.

Exatamente o que ele fez?

Ah, na maior parte só... me beijou. Em lugares diferentes.

Com ou sem roupas?

Na maior parte com. Eu não sei.

As roupas dele?

Papai, eu não sei. Eu não olhei.

E você teve uma... resposta sexual?

Provavelmente, não. Eu não, na maior parte... Exceto com alguém que eu amo. Como você.

Eu fico fora disso! Falamos de você e desse porco.

Ele não era um porco! Só um homem.

Um homem entre os homens, hum?

* * *

Um homem entre os homens "de Marilyn".

* * *

Olha, eu sinto muito. Só estou tentando lidar com isso.

Papai, eu me lembro agora! Eu estava pensando em Magda... em sua peça. O presente que o sr. Pearlman estava me dando. Ler uma peça nova sua... com atores de teatro reais. O presente que você estava me dando.

Ele colocou você no elenco sem me consultar. Eu nunca soube. Ele selecionava o elenco inteiro quando dirigia.

Ele não informou você sobre mim, eu sei! Eu estava tão assustada... Eu reverenciava tanto você.

Ele disse: "Confie em mim. Eu tenho sua Magda".
Você confiava nele?
Sim.
Por que eu não me lembro melhor das coisas? Minha mente fica tão presa em um papel que estou fazendo e eu... é como se eu estivesse em dois lugares ao mesmo tempo? Com outras pessoas, mas não... com elas. Porque eu amo atuar. Mesmo quando estou sozinha, não estou.
Seu dom é tão natural, você não "interpreta". Você não precisa de técnica alguma. Sim, é como um fósforo acendendo. Uma súbita chama flamejante...
Mas eu gosto de ler, Papai! Eu tive boas notas na escola. Eu gosto de... pensar. É como falar com alguém. Em Hollywood, no Estúdio, eu tinha que esconder o livro que estava lendo... As pessoas me achavam estranha.
Sua mente pode ficar confusa. Você se deixa influenciar com facilidade.
Só por pessoas em quem confio.
Eu vi aquele escritório dele várias vezes. Aquele sofá... Imundo, não é? Fedendo do sebo do cabelo dele, da fumaça de cigarro, do salame vencido... Pearlman floresce na miséria, é a imagem dele. No meio do mercado crasso da Broadway. "Não abre exceções." "Incorruptível."
Ah... ele não é? Achei que você fosse a-amigo dele.
Quando nós fomos intimados... pelo Comitê de Atividades Antiamericanas, em 1953... ele contratou um advogado caro de Harvard. Não era judeu. Eu contratei um cara bem aqui de Manhattan, um amigo. Um "advogado de comunistas", como chamavam... Eu era o idealista. Pearlman era o pragmático. Sorte pra cacete que não me mandaram para a cadeia.
Ah, Papai! Não vai acontecer de novo. Estamos em 1956. Estamos mais avançados agora.
Ele teve uma resposta sexual, certo?
Por que você não pergunta a ele? Ele é seu amigo de muito tempo.
Pearlman não é meu amigo. Ele tem ciúmes de mim desde o começo.
Achava que o sr. Pearlman era quem deu o seu c-começo para você...
Como se eu não pudesse ter uma carreira sem ele? É isso que ele diz? Monte de merda.
Eu não sei o que ele diz. Eu não conheço o sr. Pearlman de fato. Ele tem centenas de amigos em Nova York... vocês todos conhecem o Pearlman melhor do que eu.
Você o vê agora?
O quê? Ah, Papai.
Você e ele, estão juntos... ele olha para você. Eu já vi. E você olha para ele.
Eu olho?

Daquele seu jeito.
Que jeito?
Aquele jeito "Marilyn".
Talvez seja só... nervosismo.
Você não precisa me contar, querida, se for doloroso demais.
Contar... o quê?
Quantas vezes... você e ele.
Papai, eu não sei. Minha cabeça não é... uma calculadora.
Você precisava mostrar gratidão a ele.
É isso que era. Acho.
Antes de nós nos conhecermos.
Ah, Papai! Sim.
E foi quantas vezes? Cinco, seis? Vinte? Cinquenta?
O quê?
Você sabe o quê.
Só... quatro ou cinco vezes. Eu me refugiava na Magda. Eu não estava lá.
Ele é casado.
Acho que sim.
Mas que diabo. Eu era casado também. Não é?

* * *

Você chegou a gozar?
    O quê?
    Você chegou ao orgasmo? Com ele?
    Se eu já... Ah, céus. Papai, eu não conhecia você na época. Quero dizer, como uma pessoa real. Eu conhecia seu trabalho. Eu reverenciava você.
    Você já chegou ao orgasmo com Pearlman? Com ele "beijando" você.
    Ah, Papai, se eu já cheguei ao... um... Foi apenas para a cena, sabe? E então a cena acabou.

* * *

Agora você está furioso comigo? Você não me ama?
    Eu amo você.
    Não ama! Não a mim.
    É claro que eu amo você. Eu gostaria de salvar você de si mesma, é só isso. Fazer você enxergar quão baixo é o valor que coloca em si mesma.

Ah, mas eu já estou salva. Já, minha vida nova com você... Ah, Papai, você não vai escrever sobre mim, vai? Sobre a gente falando assim? Depois que eu... quando, talvez, você não me amar mais?

Querida, não diga coisas assim. Você deve saber a essa altura que eu sempre amarei você.

12.

Aquela peça era a vida dele. Ainda assim, a Atriz Loira, lendo Magda em sua baixa voz ofegante e passional, estava entrando na peça e entrando na sua vida. A Atriz Loira havia desviado seu terror para Magda e dado vida a ela.

Quando falava com os pais de Isaac, Magda ficava hesitante, gaguejava, a voz fina quase inaudível, e era constrangedor como a Atriz Loira não bancava a situação e desistia em um minuto; então, na cena seguinte, quando Magda falava com mais certeza, percebia-se que a Atriz Loira estivera atuando, e era disso que se tratava uma "interpretação" talentosa — uma mimese da vida tão intensa que gerava uma experiência visceral para quem estivesse assistindo, como a vida. Nas suas cenas com Isaac, Magda ficava animada, até vivaz; o raro nesse monótono espaço de ensaio, como em produções da Companhia em geral, era que a Atriz Loira exalava uma energia sexual súbita que pegava tanto a plateia quanto os outros atores de surpresa. Certamente Isaac foi pego de surpresa. O rapaz, de quem o Dramaturgo gostava, talentoso, afiado, um garoto bonito de pele morena com óculos típico de um judeu acadêmico, não soube bem, de início, como contracenar com a Magda da Atriz Loira; então de uma hora para a outra começou a responder, com a falta de jeito de Isaac, e empolgado como teria ficado um adolescente nessas circunstâncias. Sentia-se a eletricidade entre os dois: a garota húngara da fazenda com quase nenhuma educação e o garoto mais jovem suburbano-judeu prestes a entrar na faculdade com uma bolsa de estudos.

A plateia relaxou e começou a rir, pois a cena era afetuosamente cômica, diferente de qualquer coisa que o Dramaturgo, reverenciado por sua seriedade, já havia tentado. A cena terminava com "o riso dourado" de Magda.

O Dramaturgo riu também, um riso assustado de reconhecimento. Ele havia parado de fazer anotações no seu roteiro. Parecia que a peça, a peça dele, estava sendo arrancada de si. Aquela Magda, a Magda da Atriz Loira, guiava a obra em uma direção que não era a dele. Ou será que era?

A leitura continuou pelos três atos da peça, levando Isaac e Magda à idade adulta em vidas totalmente separadas por meio de cortes dramáticos rápidos.

O Dramaturgo estava pensando como aquilo era irônico! Mas que apropriado! A garota húngara robusta de cabelo de crina de cavalo de sua memória estava sendo substituída pela Magda de fragilidade emocional com a trança loiro-platinada e olhos azuis transbordantes. Lá estava Magda tão vulnerável, tão exposta, todos temiam que ela se ferisse. Temiam que ela fosse explorada. Isaac e seus pais, judeus suburbanos de Nova Jersey, privilegiados e bem de vida em contraste ao histórico pobre de Magda, não eram tão compreensivos como o Dramaturgo os imaginara. E o enredo de contos de fada que o Dramaturgo havia inventado para expressar a distância entre os mundos de Isaac e Magda — Magda engravida de Isaac; Magda mantém seu segredo escondido de Isaac e de seus pais; Isaac parte rumo à faculdade e a uma carreira brilhante; Magda se casa com um fazendeiro e tem o filho de Isaac e os filhos subsequentes; Isaac se torna um escritor, bem-sucedido, ainda na casa dos vinte; Isaac e Magda se encontram em intervalos, enfim no funeral do pai de Isaac; Isaac, apesar de todo o seu suposto brilhantismo, nunca descobre o que a plateia sabe, o que Magda blindou de sua descoberta —, aquele enredo parecia a ele agora insatisfatório, incompleto.

As falas finais da peça pertenciam a Isaac, parado no cemitério, enquanto Magda o encarava do outro lado do túmulo de seu pai. "Sempre vou lembrar de você, Magda." As imagens congelavam, as luzes baixavam e apagavam. O final que havia parecido tão certo se tornara inadequado, incompleto, que diferença fazia se Isaac se lembraria de Magda? E quanto à Magda? Qual era sua fala final?

A leitura chegara ao fim. Havia sido uma experiência emocionalmente exaustiva para todos. Em violação ao protocolo da Companhia para ocasiões informais como essa, muitos na plateia aplaudiram. Alguns indivíduos se levantaram. O Dramaturgo estava sendo parabenizado. Que loucura! Ele havia retirado os óculos e enxugado os olhos com a manga, exausto, atordoado, sorrindo confuso, tocado pelo pânico. "É um fracasso. Por que estão aplaudindo? É uma piada?" Sem os óculos, ele via o interior do espaço como um redemoinho pulsante de luzes, como supernovas e escuridão e borrões. Ele não viu rosto algum, ele não conseguia reconhecer ninguém.

Ele ouviu Pearlman dizer seu nome. Ele se virou. Tinha que fugir! Sussurrou algumas palavras em agradecimento, ou desculpas. Não conseguia falar com ninguém. Nem sequer agradecer aos atores. Nem sequer agradecer a *ela*.

Ele fugiu. Da sala de ensaio, descendo as escadas íngremes de metal. Na 51ª, ele se chocou com o frio como se desse de cara na parede, de estremecer o queixo. Fugiu para a 11ª Avenida buscando uma estação de metrô. Tinha que fugir! Tinha que ir para casa. Ou para qualquer outro lugar, onde ninguém soubesse seu nome.

— Mas eu a amei de fato. A memória dela. Minha Magda!

13.

Você fugiu de mim! Mesmo eu já amando você.
Mesmo eu vindo de tão longe, por você.
Mesmo quando minha vida já era sua. Se você quisesse. Como então eu poderia confiar em você? Ainda assim, eu amava você.
Naquele momento eu já comecei a odiar você.

14.

Na noite seguinte, eles concordaram em se encontrar. Em um restaurante na 70ª Oeste com a Broadway. A Atriz Loira era quem estava na perseguição.

Ele sabia! Um homem casado. Ainda que não um homem em um casamento feliz, não em muito anos. E ele já (ele se envergonhava de pensar nisso, apesar de ser verdade) havia começado a se apaixonar por ela. Minha Magda.

Ele havia se recuperado de seu choque da noite anterior. Em uma voz distante, ele dissera:

— Esta peça. Ela se tornou importante demais para mim. Ela se tornou minha vida. Para um artista, isso é fatal.

A Atriz Loira ouviu com cuidado. Sua expressão era sombria. Será que ela estava guardando seu sorriso deslumbrante? Ela viera para confortar o Dramaturgo pensativo. Lá estava a promessa loira de conforto infinito. Exceto que ele era casado, um homem velho casado. Ele estava um caco! O cabelo rareando, ao redor dos olhos um aspecto de meias esfarrapadas, aquelas rugas marcadas como cortes de faca nas bochechas. Seu segredo vergonhoso era que Magda nunca havia acariciado aquelas bochechas. Magda nunca o havia beijado. Magda não o havia tocado. Muito menos o seduzido. Ele tinha doze anos quando Magda, esbanjando vigor e saúde aos dezessete, viera trabalhar para seus pais; na época em que ele foi para Rutgers, Magda já havia desaparecido, casado-se e se mudado. Tudo havia sido fantasia adolescente do Dramaturgo com uma garota com cabelo de crina de cavalo tão diferente dele e de seu povo, como se pertencesse a outra espécie. Agora Magda como a Atriz Loira, muito séria, estava sentada diante dele em uma mesa de restaurante em Manhattan mais de trinta anos depois, dizendo com honestidade:

— Você não deveria dizer coisas assim! Sobre sua linda peça. Você não viu, as pessoas estavam chorando? Tem que ser sua vida, entende, do contrário, você não poderia amar. Mesmo que mate você... — A Atriz Loira fez uma pausa. Havia falado demais!

O Dramaturgo podia ver sua mente trabalhando rápido. Perguntando-se se ele era um daqueles homens que se ressentiam de uma mulher que falava com inteligência. Ou que só falava demais?

— É que eu não acho que vou conseguir terminar a peça agora. Algumas daquelas cenas foram originalmente escritas um quarto de século atrás. Antes, quase, de você nascer. — E isso foi dito pelo Dramaturgo com leveza e certamente sem reprovação. Mas a Atriz Loira de fato tinha aparência desconcertantemente jovem. E então seu jeito, modos, seu senso de si mesma eram jovens, até infantis. *Para que o mundo não a ferisse tanto quanto poderia se a enxergasse como adulta.* O Dramaturgo calculou rápido que era vinte anos mais velho que essa mulher, e aparentava ser. — Magda é uma personagem vívida para mim, ainda que eu a ache inconsistente para a plateia. E Isaac, é claro, é excessivamente *eu*. Ainda que uma fração de mim. O material é autobiográfico demais. E os pais...

— O Dramaturgo esfregou os olhos, que doíam. Ele não havia dormido muito na noite anterior. A loucura desse esforço extenso e, mais dolorosamente, de seus sucessos mais recentes o tomaram.

Eu não tenho talento, dom algum. Eu tenho o ardor arquejante de um burro de carga. Ainda assim, mesmo com o tempo, até um burro de carga se cansa.

Ele tinha visto como, na leitura, quando ele se levantara para fugir, os olhos desejosos da Atriz Loira o haviam agarrado. Ele quisera gritar: "Deixe-me em paz, todos vocês! É tarde demais". A Atriz Loira estava dizendo, hesitante:

— Eu tive algumas ideias a respeito de M-Magda... Se você se interessar? Ideias? De uma atriz?

O Dramaturgo riu. Sua risada soou assustada, grata.

— É claro que me interesso. Muito gentil da sua parte.

O Dramaturgo não teria providenciado o encontro. No fim das contas, um encontro romântico, empolgação e tensão e uma espécie de pavor nos dois lados, em um bar e restaurante fumacento de luzes baixas, em um reservado ao fundo. Um grupo negro de jazz tocando "Mood Indigo". E este era o humor do Dramaturgo: índigo. Sua esposa havia ligado de Miami logo antes de ele sair para encontrar a Atriz Loira, cabelo úmido do banho e um ardor agradável no queixo por ter sido barbeado, e ele ergueu o receptor ressabiado, temendo... o quê? Que a Atriz Loira estivesse cancelando o encontro? Tendo ela mesma, poucas horas antes, marcado o encontro? A esposa do Dramaturgo soara muito distante, a voz crepitando com a estática. Ele quase não a reconheceu. E o que aquela voz, com o perpétuo tom de repreensão, tinha a ver com *ele*?

A Atriz Loira ainda usava o cabelo em uma única trança na nuca. Ele nunca a tinha visto, em nenhuma das fotos, de trança. Então aquela era Magda! A Magda dela. A Magda dele tinha cabelo muito mais longo e o usava trançado ao redor da cabeça em um estilo antigo que a fazia parecer muito mais velha e muito mais formal. O cabelo da Magda dele era áspero como uma crina. O cabelo daquela Magda era fino, sintético, um loiro sonhador cremoso como cabelo de boneca; um homem naturalmente iria querer enfiar seu rosto ali e enfiar o rosto no pescoço da mulher e apertar a mulher com força e... protegê-la? Mas de quem? Dele mesmo? Ela parecia tão vulnerável, tão propensa a se ferir. Arriscando uma rejeição do Dramaturgo. Como havia arriscado uma rejeição dolorosa de Pearlman em público na noite anterior. O Dramaturgo havia escutado que a Atriz Loira "ia a todos os lugares sozinha" em Nova York e isso era visto como uma excentricidade, se não um risco. Ainda assim, cabelo escondido, de óculos escuros, em roupas sem glamour, a Atriz Loira não seria reconhecida. Naquela noite, ela usava um suéter largo de pelo, calça sob medida e sapatos com salto médio; um chapéu masculino fedora com uma aba baixa protegia muito de seu rosto dos olhos de estranhos curiosos. O Dramaturgo a tinha visto, quando ela entrou no bar lotado, logo quando ela o viu, sorrindo, removendo os óculos escuros com aros de tartaruga e se atrapalhando para enfiá-los na bolsa. Ela não tirou o chapéu fedora até o garçom anotar os pedidos. Sua expressão era brincalhona, esperançosa. Será que essa garota loira era "Marilyn Monroe"? Ou ela simplesmente lembrava, como uma irmã mais jovem e menos experiente, a famosa/infame atriz de Hollywood?

Surpreenderia o Dramaturgo quando ele começasse a conhecer a Atriz Loira melhor, como ela raramente era reconhecida se não quisesse, pois "Marilyn Monroe" não passava de um de seus papéis, e não o mais engajado.

Enquanto ele, o Dramaturgo, seria o mesmo sempre e para sempre.

Não, ele não teria providenciado o encontro. Ele não teria conseguido o telefone da Atriz Loira, como ela conseguira o dele e telefonara. Ele sabia do casamento com o Ex-Atleta. Todo mundo sabia, ao menos, o básico. Um casamento de conto de fadas que durou menos de um ano, tendo seu fracasso ansiosamente registrado na imprensa. O Dramaturgo se lembrava de ver em uma das revistas uma foto surpreendente, tirada do topo de um edifício, de uma multidão em Tóquio, centenas de "fãs" lotando uma esquina pública na esperança de ter um vislumbre da Atriz Loira. Ele não teria suposto que os japoneses conhecessem muito de "Marilyn Monroe" ou que se importassem tanto. Será que isso era um novo acontecimento sem graça na história da humanidade? Histeria pública na presença de um famoso? Marx havia denunciado a religião como o ópio das massas, mas a Fama se tornara esse ópio, exceto que a Igreja da Fama não trazia consigo nem a mais vagabunda promessa de salvação, paraíso. Seu panteão de santos era um corredor de espelhos distorcidos.

Com timidez, a Atriz Loira sorriu. Ah, ela era bonita! Uma beleza de garota americana, de torcer o coração. E quanta honestidade, dizendo ao Dramaturgo o quanto "admirava" seu trabalho. Que "honra" era conhecê-lo e ler o papel de Magda. As peças dele que ela tinha visto em Los Angeles. As peças que lera. O Dramaturgo estava lisonjeado, mas incerto. Mas lisonjeado. Bebendo uísque e ouvindo. Nos espelhos festivos do bar, o Dramaturgo havia passado como um espectro alto. Uma figura de dignidade com algo ferido, destroçado, no rosto. De ombros caídos, emaciado. Nascido em Nova Jersey, morando a maior parte da vida em Nova York ou na região, o Dramaturgo ainda exalava um ar do Oeste. Ele parecia ser um homem sem família, um homem sem pais. Um homem nada jovem com rosto de traços retos como um machado, bochechas enrugadas, entradas no cabelo e modos cuidadosos. Quando ele sorria, era uma ocasião inesperada. Ele ficava como um garoto! Gentil. Um homem com imaginação ruminante, mas um homem em que se podia confiar.

Talvez.

De sua bolsa de mão grande demais, a Atriz Loira sacou a cópia de *The Girl with the Flaxen Hair* e a colocou na mesa entre eles como um talismã.

— Esta garota, Magda. Ela é como a garota em *As três irmãs*? Que casa com o irmão? — Quando o Dramaturgo encarou a Atriz Loira, ela disse com incerteza: — Eles riem dela. A faixa no vestido que é da cor errada. Exceto que, com Magda, é pelo seu jeito de falar inglês.

— Quem disse isso para você?

— O quê?

— Sobre *As três irmãs* e minha peça.

— Ninguém.

— Pearlman? Que eu tinha sido influenciado?

— Ah, não, eu mesma l-li a peça, a de Tchekhov. Anos atrás. Eu queria ser primeiro atriz de teatro, mas acabei indo para o cinema porque precisava de dinheiro. Eu sempre achei que poderia interpretar Natasha... Quer dizer, alguém como eu poderia interpretá-la. Porque ela não pertence a uma boa família e as pessoas riem dela.

O Dramaturgo não disse uma palavra sequer. Seu coração ofendido batia com força.

Rápido, vendo que ele estava bravo, ela tentou corrigir o erro, dizendo com ansiedade de colegial:

— Eu estava pensando, o que Tchekhov faz com Natasha, ele te surpreende porque Natasha acaba tão forte e habilidosa. E cruel. E Magda, você sabe... Bem, Magda é sempre tão boa. Ela não seria, na vida real? Quero dizer, o tempo inteiro?

Quero dizer... — O Dramaturgo conseguia ver a Atriz Loira entrando em uma cena, rosto animado, olhos estreitos. — Se fosse eu, uma faxineira... E eu costumava fazer trabalhos assim, lavar roupa, louças, chão, banheiros, quando morei em um orfanato e em um lar temporário em Los Angeles... Eu estaria ferida, eu estaria brava, com como a vida era tão diferente para pessoas diferentes. Mas a sua Magda... ela nunca muda muito. Ela é *boa*.

— Sim. Magda é boa. Era boa. A original. Não teria ocorrido a ela ficar brava.

— Será que isso era verdade? O Dramaturgo falava com frieza, mas tinha que se perguntar. — Ela e sua família eram gratos por seu emprego. Apesar de não pagar muito, ao menos, *pagava*.

Censurada, só restava à Atriz Loira concordar. Ah, agora ela entendia! Magda era superior a ela, uma forma elevada de si mesma. Ah, sim.

O Dramaturgo chamou o garçom e pediu dois drinques. Uísque para ele, uma club soda para ela. Ele se perguntou se ela não bebia? Ou não ousaria? Ele ouvira rumores... Naquele silêncio esquisito, o Dramaturgo disse, tentando tirar a ironia da voz:

— E que ideias você tem a respeito de Magda?

A Atriz Loira ficou sentada timidamente, tocando os lábios. Ela parecia prestes a falar, mas hesitou. Ela sabia que o Dramaturgo estava bravo com ela e que em um instante teria concluído que a odiava. Qualquer atração sexual que tivesse sentindo por ela teria se transformado em ódio. Ela sabia! Ela era uma fêmea experiente (o Dramaturgo pressentia) como uma prostituta que havia sido colocada para trabalhar cedo na vida, sensível às mudanças rápidas na atenção e no desejo de um homem. "Pois sua vida depende disso. Sua vida de fêmea."

— Eu acho que... disse algo de ruim? Sobre Natasha?

— Certamente, não. É útil.

— Sua peça não é como... aquela.

— Não, não é. Tchekhov nunca me atraiu muito.

O Dramaturgo falava com cuidado. Ele se forçou a sorrir. *Ele estava sorrindo*. Confrontado com a obstinação de uma mulher, como a de sua esposa e, muito antes, a de sua mãe. As mulheres que ele sabia serem suscetíveis a ideias únicas e simplórias que se prendiam em seus cérebros como balas de revólver e não poderiam ser removidas por discussões, bom senso, lógica. "Eu não sou nada como o poeta Tchekhov. Eu sou um artista da escola de Ibsen. Os pés, sólidos, no chão. E o chão sólido sob meus pés."

A Atriz Loira tinha mais uma coisa a dizer. Ela ousaria dizer? Riu com nervosismo e se debruçou sobre o Dramaturgo, como se estivesse contando um segredo. Ele encarou a boca da Atriz Loira. Perguntando-se que coisas imundas e desesperadas aquela boca havia feito.

— Eu estava pensando uma coisa. Magda não saberia ler? Isaac poderia mostrar esse poema a ela, que tinha escrito para ela, e ela fingiria poder ler?
O Dramaturgo sentiu as têmporas pulsando.
Era isso! Magda era analfabeta.
A Magda original provavelmente fora analfabeta. É claro.
Rápido o Dramaturgo disse, sorrindo:
— Não precisamos falar mais da minha peça, Marilyn. Conte de você, por favor.
A Atriz Loira sorriu, confusa. Como se pensasse "qual das versões?".
— Devo chamar você de Marilyn, certo? Ou é só um nome artístico?
— Pode me chamar de Norma. É meu nome verdadeiro.
O Dramaturgo refletiu.
— Norma não parece combinar muito bem com você.
A Atriz Loira pareceu ofendida.
— Não parece?
— Norma é um nome de mulher mais velha, de uma era passada. Norma Talmadge. Norma Shearer.
A Atriz Loira se alegrou.
— Norma Shearer foi minha madrinha! Minha mãe era sua amiga íntima. Meu pai era um amigo do sr. Thalberg. Eu era muito novinha quando ele morreu, mas me lembro do funeral! Nós andamos em uma das limusines, com a família. Foi o maior funeral na história de Hollywood.
O Dramaturgo sabia pouco da história da Atriz Loira, mas isso não parecia bater. Ela não tinha acabado de dizer que havia sido órfã, que tinha morado em um lar temporário?
Ele decidiu não questionar. Ela estava sorrindo com tanto orgulho.
— Irving Thalberg! O jovem gênio judeu de Nova York.
A Atriz Loira sorriu, em dúvida. Uma piada? Uma forma que judeus podem falar de outros judeus, com familiaridade, afeto, até escárnio, e que não judeus não ousavam?
O Dramaturgo, vendo a confusão da Atriz Loira, disse:
— Thalberg era uma lenda. Um prodígio. Jovem até na morte.
— Ah, era? Na sua m-morte?
— Ele não teria parecido jovem a uma criança. Mas era aos olhos do mundo.
— O funeral foi em uma linda sinagoga… templo…? — disse a Atriz Loira, com ansiedade. — Em Wilshire Boulevard. Eu era jovem demais para entender muito bem. Eles falavam em hebraico…? Era tão estranho e maravilhoso. Acho que pensei que fosse a voz de Deus. Mas eu nunca voltei desde então. Quero dizer, a uma sinagoga.

O Dramaturgo remexeu os ombros com desconforto. Religião significava pouco para ele, exceto como forma de respeito a ancestrais, e, mesmo assim, sem exageros. Ele não era um judeu que acreditava no Holocausto como o fim da história ou o começo da história, nem que o Holocausto "definia" os judeus. Ele era um liberal, um socialista, um racionalista. Não era um sionista. Em segredo, de fato acreditava que judeus eram o povo mais iluminado, mais talentoso, mais bem-educado e mais bem-intencionado entre as multidões briguentas do mundo, mas ele não ligava sentimento algum ou religiosidade especial à sua crença; era só bom senso.

— Não tenho inclinações ao misticismo. Hebraico não é, aos meus ouvidos, a voz de Deus.

— Ah... não é?

— Trovões, talvez. Terremotos, maremotos. Uma voz de Deus desimpedida pela sintaxe.

A Atriz Loira encarou o Dramaturgo de olhos arregalados.

Lindos olhos de cílios longos em que se poderia afundar para sempre.

O Dramaturgo sinalizou pedindo outra bebida, para si. Ele estava pensando em como a Atriz Loira parecia mais jovem do que nas fotos, como a maioria dos atores e atrizes. E menor em estatura. E sua cabeça, sua cabeça de traços lindos, grande demais. Pois indivíduos tão bizarros fotografam bem; na tela às vezes se parecem com deuses, sabe por quê? *Beleza é uma questão de ótica. Toda a imagem é uma ilusão.* Ele não queria amar aquela mulher. Disse a si mesmo que não poderia possivelmente se envolver com uma atriz. Uma atriz! Uma atriz de Hollywood! Ao contrário de atores de teatros, que minuciosamente estudam sua arte e devem memorizar as falas, atores de cinema podem se safar sem nenhum trabalho — ensaios breves, guiados por diretores indulgentes, para murmurar poucas falas, e gravar e regravar e regravar —, os mais notoriamente idiotas "interpretam" lendo suas falas de letreiros erguidos de fora para ajudá-los. E alguns desses "atores" recebem Oscars. Que piada faziam da arte do drama! E então, suas vidas particulares. O Dramaturgo se lembrava de haver escutado rumores da Atriz Loira: sua promiscuidade antes (e durante?) de seu casamento complicado, seu uso de drogas, sua tentativa (ou tentativas) de suicídio, sua associação com um grupo de gentalha decadente de personagens às margens de Hollywood, um deles o alcoólatra e viciado em heroína filho de Charlie Chaplin, que estava na lista negra.

Agora que havia conhecido a Atriz Loira, ele não acreditava nisso por um minuto sequer.

Agora que havia conhecido sua Magda, ele não acreditaria em nada sobre ela exceto o que descobrisse por conta própria.

— O que eu amei em Magda foi que — disse ela, com timidez, como uma colegial contando um segredo — teve seu bebê porque ela sentia amor por ele. Antes de nascer, ela já amava o bebê! É só uma cena pequena, quando ela fala com ele, um solilóquio... e Isaac não sabe, ninguém sabe. Ela encontra um homem com quem se casar para que o bebê possa nascer e... não ser abandonado e desprezado. Outra garota poderia ter dado à luz em um lugar secreto e matado seu bebê. Sabe, é o que faziam antigamente, garotas pobres que não eram casadas. Minha melhor amiga no orfanato, sua mãe tentou matá-la... afogá-la. Em água fervente. Ela tinha cicatrizes por todos os braços como escamas de seda. — Os olhos da Atriz Loira transbordaram de lágrimas.

O Dramaturgo, por instinto, foi tocar sua mão, as costas de sua mão.

Eu reescreveria sua história. Isso estava em meu poder.

A Atriz Loira enxugou os olhos, assoou o nariz e disse:

— Norma Jeane é o nome que minha mãe me deu na verdade. Quero dizer, minha mãe e meu pai. Você gosta mais do que Norma?

O Dramaturgo sorriu.

— Um pouquinho mais.

Ele havia soltado a mão dela. Querendo tomá-la de novo, e se debruçar na mesa para beijá-la.

Era uma cena de filme: não era original, ainda que tão cativante! Se ele se debruçasse na mesa, a moça loira ergueria a cabeça de olhos arregalados em expectativa, e ele, o amante, emolduraria seu rosto com as mãos e lhe daria um beijo na boca.

O começo de tudo. O fim de seu longo casamento.

— Eu não gosto muito de M-Marilyn — disse a Atriz Loira, envergonhada. — Mas posso responder se me chamam. É como a maioria das pessoas me chama agora. Quem não me conhece.

— Eu poderia chamar você de Norma Jeane, se preferir. Eu poderia chamar você de... — e aqui a voz do Dramaturgo tremeu com a audácia do que dizia — "minha Magda".

— Ah. Eu gostaria disso.

— Minha Magda Secreta.

— Sim!

— Mas talvez Marilyn quando outros estiverem por perto. Para que ninguém compreendesse mal.

— Quando outros estiverem por perto, não me importa como você me chamar. Você pode assobiar. Pode me chamar de "Ei, você!". — A Atriz Loira riu, revelando seus belos dentes brancos.

Ele ficou comovido por ela ter se alegrado tão rápido.
O Dramaturgo também se alegrara tão rápido.
— Ei, você.
— Ei, *você*.
Eles riram juntos feito crianças bobas. De súbito, tímidos um com o outro e assustados. Porque não haviam se tocado ainda. Só aquele toque das mãos. Eles não haviam se beijado ainda. Eles deixariam aquele bar à meia-noite, o Dramaturgo acompanharia a Atriz Loira a um táxi e eles então se beijariam, rápido, famintos, mas castos, e apertariam as mãos e olhariam com desejo um para o outro, e nada mais. Não naquela noite.

Em um delírio de emoção o Dramaturgo caminharia as poucas quadras para seu apartamento escurecido. Feliz de estar apaixonado, e feliz de estar sozinho.

15.

"Como minha Magda, uma garota do povo.
Nenhuma cicatriz nos braços. Nenhuma cicatriz no corpo.
Minha vida começaria de novo com ela. Como Isaac! Novamente um garoto para quem o mundo é novo. Antes da história e o do Holocausto, novo."

Na verdade, mesmo depois de se tornarem amantes, o Dramaturgo raramente chamaria a Atriz Loira de Marilyn em público, pois esse era o nome pelo qual o mundo a conhecia com familiaridade; e ele, seu amante, seu protetor, não era *o mundo*. Tampouco ele a chamaria, em particular, de Magda, ou de Minha Magda. Em vez disso, ele se flagrava chamando-a de minha querida, amada, meu amor, meu amorzinho. Por esses nomes gentis *o mundo* não tinha direito de chamá-la.

Somente ele.

Quando estavam a sós, ela o chamaria de Papai. De início, de brincadeira, provocativa (certo, tudo bem, ele era mais velho que ela quase vinte anos, por que não fazer piada com isso?), então com honestidade e com amor e reverência tremeluzindo nos olhos. Quando estavam com outros, ela o chamaria de querido e às vezes de meu doce. Raramente ela o chamaria por seu primeiro nome, e nunca um diminutivo deste. Pois, também, era o nome pelo qual *o mundo* o conhecia.

Inventando um idioma em particular, a cada vez que nos amávamos. O discurso codificado dos amantes.
Ah, mas, Papai...! Você nunca falaria de mim, falaria? Para ninguém mais.
Nunca.
Você nunca escreveria sobre mim... não é, Papai?
Querida, nunca. Eu já não disse isso a você?

16.

Um épico americano. Enfim Pearlman ligou. Sabendo que algo estava errado (pois seu velho amigo, o Dramaturgo, o havia evitado desde a leitura), mas determinado a não dar sinal. Ele falou sem parar por uma hora, elogiando e dissecando *The Girl with the Flaxen Hair* e disse que esperava que a Companhia pudesse produzi-la na próxima temporada, então sua voz baixou (exatamente como o Dramaturgo previra que aconteceria naquela cena), e ele disse:

— E minha Magda... o que achou? Nada mau, hein?

O Dramaturgo tremia de ódio. Ele conseguiu forçar apenas um murmúrio educado de concordância.

— Para uma atriz de Hollywood — seguiu Pearlman, empolgado. — Uma loira burra clássica sem experiência de palco. Notável, *eu* achei.

— Sim. Notável.

Uma pausa. Aquela era uma cena improvisada, mas o Dramaturgo não estava se envolvendo da mesma forma. Pearlman disse, como se tivessem discutido:

— Esta poderia ser sua obra-prima, meu amigo. Se trabalharmos nela juntos.

— Outra pausa. Silêncio desconfortável. — Se... Marilyn puder interpretar Magda. — A pronúncia de "Marilyn" era suave, hesitante. — Você viu como ela está assustada. De "atuar ao vivo", diz ela. Tem pavor de esquecer as falas. De ficar "exposta" no palco. Tudo é vida ou morte para ela. Ela não pode fracassar. Se fracassar, é a morte. Eu respeito isso, sou exatamente da mesma forma ou seria, exceto que sou a pessoa mais sã que conheço. "Você aprende com seus erros, Marilyn", eu disse a ela — seguiu Pearlman. — "Mas as pessoas estão esperando que eu cometa erros. Estão esperando que eu fracasse, para rir de mim", disse ela. Ela estava tão assustada antes da leitura, quando repassamos naquela tarde, ela ficava pedindo licença o tempo todo para usar o banheiro. Eu disse, "Marilyn, queridinha, vamos colocar um penico logo embaixo da sua cadeira", e ela morreu de rir; ela relaxou um pouco depois disso. Fizemos dois ensaios. Dois! Para nós, isso não é nada, mas para ela deve ter parecido muito. "Eu deveria estar melhor", repetia. "Minha voz deveria ser mais forte." É verdade, ela tem pouca voz. Em qualquer teatro com mais de 150 assentos, ela não seria ouvida no fundo. Mas nós podemos desenvolver aquela voz. Nós podemos desenvolvê-*la*. "Esse é o meu trabalho", falei a ela. Me dê talento e eu viro Hércules. Me dê talento em estado bruto e eu viro Jeová. "Mas o dramaturgo vai estar lá, o dramaturgo vai me ouvir", ela ficou dizendo. "Essa é a ideia, Marilyn", falei a ela. "É isso que significa uma peça contemporânea: um dramaturgo trabalhando com você." Conosco, essa mulher poderia realizar seu talento de verdade. Na sua peça, com aquele papel. Feito para ela. Ela é uma "mulher do povo", como Magda. Veja, ela é mais que uma estrela de cinema. Ela é uma atriz nata do palco. Ela não é como qualquer outra pessoa com quem já trabalhei, exceto, talvez, Marlon Brando, eles são parecidos na alma. Nossa Magda, hein? Que coincidência, não é? O que você me diz?

O Dramaturgo havia parado de escutar. Ele estava em seu escritório no terceiro andar encarando pela janela o céu manchado no inverno. Era um dia de semana. Um dia de irresolução. Sim, mas ele havia decidido, não havia? Ele não feriria sua esposa e a humilharia. Sua família. Não poderia ser um adúltero. "Não pela minha própria felicidade. Nem mesmo a dela." Da mesma forma que cinco anos antes, o Dramaturgo havia sido um dos indivíduos que discretamente se recusara a ajudar o Comitê de Atividades Antiamericanas em sua perseguição a comunistas, simpatizantes a comunistas, dissidentes políticos. Ele não poderia denunciar conhecidos que, na verdade, em segredo, não aprovava, homens irresponsáveis, homens autodestrutivos, simpatizantes do stalinismo que se gabavam de um apocalipse sangrento que viria. Ele não poderia denunciar conhecidos que poderiam (ah, ele não queria pensar nisso!) eles mesmos havê-lo traído, em seu lugar.

Pearlman também havia permanecido firme contra o Comitê de Atividades Antiamericanas. Pearlman também havia se comportado com integridade. Dê algum crédito ao homem.

"Você comeu ela, Max? Ou planeja? É esse o subtexto aqui?"

— Se nós fizéssemos a peça, Marilyn seria sensacional. Eu poderia trabalhar com ela em particular por meses. E ela está respondendo na aula de atuação. Há uma casca exterior nela, como em todos nós, que precisa ser penetrada; dentro, ela é magma. Todo mundo na cidade estaria falando que risco para nosso teatro, para a reputação de Pearlman, e Pearlman iria mostrar para eles, Marilyn iria mostrar para eles, esta poderia ser a estreia teatral do século.

— Um golpe — disse o Dramaturgo, com ironia.

— É claro — retrucou Pearlman, preocupando-se em voz alta —, ela poderia voltar para Hollywood. Estão processando Marilyn, o Estúdio. Ela se nega a discutir isso, mas eu liguei para seu agente lá, e o homem foi razoavelmente franco e amistoso; ele explicou qual é a situação: Marilyn está violando o contrato, está devendo uns quatro ou cinco filmes ao Estúdio, está suspensa sem pagamento e não tem dinheiro economizado, e eu perguntei: "Mas ela está livre para trabalhar comigo?". Ele riu e disse: "Ela está livre se quiser pagar o preço, ou talvez vocês possam cobrir o valor". Eu perguntei: "De quanto é que estamos falando aqui? Cem mil? Duzentos mil?". E ele disse: "Por volta de um milhão, no duro. Aqui são números de Hollywood, não da Broadway", aquele fodido disse, ele parecia ser um cara novo, mais novo que eu, rindo de mim. Aí eu desliguei.

De novo, o Dramaturgo ficou em silêncio. Sentiu um leve tremor de desdém. Desde aquela primeira noite, a Atriz Loira e ele haviam se encontrado duas vezes. Eles haviam falado com honestidade. Sim, haviam dado as mãos. O Dramaturgo tinha que dizer "Eu amo você, eu adoro você". Ele ainda tinha que dizer "Não posso continuar a ver você". A Atriz Loira estivera tagarelando não sobre seu passado em Hollywood ou suas dificuldades financeiras no momento. Ainda assim, o Dramaturgo sabia, do que tinha ouvido ou lido, que Marilyn Monroe estava sendo processada pelo Estúdio.

"Quão pouco aquela pessoa, aquela presença, tem a ver com ela. Ou conosco."

Max Pearlman continuou falando por outros dez minutos, o humor oscilando entre em êxtase e convencido para agitado e em dúvida. O Dramaturgo conseguia imaginar seu velho amigo se inclinando em sua cadeira giratória antiga, esticando seus braços com músculos cobertos de gordura, coçando a barriga peluda em que seu blusão manchado subia até o torso, e nas paredes de seu escritório amontoado e fedorento, fotos de atores associados à Companhia, como Marlon Brando e Rod Steiger e Geraldine Page e Kim Stanley e Julie Harris e Montgomery Clift e James Dean e Paul Newman e Shelley Winters e Viveca Lindfors e Eli Wallach sorrindo com carinho sobre seu Max Pearlman; um dia em breve, o rosto lindo de Marilyn Monroe seria acrescentado a esses, o troféu mais valioso de todos. Enfim, Pearlman disse:

— Você vai levar sua peça para outro teatro, é? É isso?

E o Dramaturgo respondeu:

— Não, Max. Não vou. Eu só não acho que está terminada ainda, pronta para ser apresentada, só isso.

E então Pearlman explodiu:

— Merda! Então vamos terminar juntos, vamos trabalhar nela, pelo amor de Deus, você e eu, e deixar tudo em forma para ano que vem. Para *ela*.

E o Dramaturgo disse, com gentileza:

— Max. Boa noite.

Desligando, então, depressa. E tirando o telefone do gancho.

Pearlman era do tipo que ligaria de volta e deixaria o telefone tocando por toda a eternidade.

17.

Engano. Ela também havia ligado para ele. O toque familiar do telefone como a lâmina de uma faca no coração.

Oi! Sou eu. Sua Magda?

Como se ela precisasse se identificar.

Uma tarde, atendendo o telefone para ouvir a adorável voz grave da mulher gutural-ofegante, nenhum preâmbulo para seu canto de "Mood Indigo":

You ain't never been blue
No, no, no,
You ain't never been blue
Till you've had that mood indigo

Sua esposa, Esther, havia voltado de onde estava. Miami.
No rosto dele, em seus culpados olhos pesarosos, ela viu.
Essa esquisita cena improvisada: as palavras da Atriz Loira tamborilando nas orelhas, virilha, alma dele, a lembrança de seu perfume, sua promessa, seu mistério, na colisão cômica com uma Esther de testa franzida e suas malas com baques surdos na sala de estar, a sala de estar de arenito vermelho abarrotada de coisas e impossivelmente estreita porque os livros do Dramaturgo transbordavam em estantes oscilantes de pinheiro em todas as partes da casa, incluindo banheiros, e lá estava o Dramaturgo se abaixando para erguer as malas e de alguma forma uma sacola de compras Neiman-Marcus desmoronou aos seus pés.
— Ah, que sem jeito! Ah, olhe o que você fez.
Verdade! Ele era sem jeito. Não era um homem gracioso. Não era um homem romântico. Não era um amante.
Ele havia começado a chamá-la de "Cara, minha cara". "Querida", ainda não. Ah, não. "Querida", ainda não!
De mãos dadas, agarradas. Em seu encontro em um clube de jazz à meia luz. Onde ninguém os reconheceria. (Na verdade, será mesmo? Um homem em forma de cegonha de óculos com uma jovem mulher luminosa olhando para cima, para ele, com adoração?) Alguns poucos beijos. Ainda que nenhum profundamente passional. Nenhum que fosse prelúdio de sexo.
"Por favor, entenda: minha vida não é minha. Eu tenho uma esposa, tenho filhos e uma família. Eu poderia ferir outros ao amar você. Mas não posso ferir outros! Eu prefiro me ferir."
E a Atriz Loira sorria e suspirava e improvisava com tanta beleza a sua parte da cena. *Ah, meu Deus. Eu entendo, eu acho.*
A esposa estava dizendo, com brilho:
— Saudades de mim?
— É claro.
— Aham. — Ela riu. — Estou vendo.

* * *

Desde a noite da leitura da peça, e tudo aquilo que foi revelado ao Dramaturgo sobre sua tolice e a futilidade de seu esforço, ele não conseguira se concentrar em seu trabalho. Mal havia conseguido ficar sentado. De manhã, saía para longas caminhadas de vento no rosto para o lado extremo do parque; o frio era um corretivo para seu estado febril. Vagava pelos corredores arejados do Museu de História Natural onde, quando garoto, como Isaac, ele havia sonhado, e se perdeu em pensamentos e na impessoalidade austera do passado. Que mistério, esse de o mundo nos preceder, nos dar à luz, parecer nos apreciar por um breve período, e então se desgrudar de nós, como pele morta. Acaba! Com ferocidade, pensou "Eu quero que minha passagem aqui seja lembrada. Que faça por onde ser lembrada".

O Dramaturgo entendia que a Atriz Loira não queria ser sua igual. Com astúcia, ele percebia que ela estava revivendo um papel que já havia interpretado, talvez mais de uma vez, e pelo qual havia sido premiada: ela era a criança-menina; ele era o mentor masculino mais velho. Mas será que ele queria ser o mentor/pai dessa mulher, ou ele queria ser seu amante? Para a Atriz Loira, os dois eram possivelmente idênticos. Para o Dramaturgo, havia algo perverso em ser ambos, ou parecer ser ambos. "Ela só pode amar um homem que imagina ser seu superior. Será que eu sou esse homem?" Ele conhecia seus defeitos! Dos críticos do Dramaturgo, ele era o mais árduo. Ele sabia quão doloroso e experimental era em composição; como a ele faltava a genialidade da poesia que é fluida, mágica, involuntária. O momento tchekhoviano que brilha do aparentemente ordinário, como se do céu vazio. Um súbito ribombar de risadas, o ronco de um velho, o fedor da morte nas mãos de Solioni, "(...) *o som de uma corda — como de harpa — que se rompe, morrendo aos poucos, ao longe, tristemente*".

Ele não poderia ter criado a Natasha de Tchekhov. Não poderia ter entendido sequer se a sua "garota do povo" era boa demais, e tão pouco crível, exceto pelo que a Atriz Loira tinha visto por instinto. Em suas peças, obstinadamente trabalhadas, não havia brilhos tchekhovianos assim, pois a imaginação do Dramaturgo era literal, às vezes, desajeitada; sim, ele reconhecia sua falta de jeito, que era uma forma de honestidade. O Dramaturgo não conseguia desdobrar a verdade mesmo a serviço da arte! Ainda assim, ele havia sido premiado por seu trabalho; recebera um Prêmio Pulitzer (que tivera o resultado inesperado de deixar sua esposa tanto orgulhosa quanto ressentida com ele) e outros; ele seria honrado como um dos maiores dramaturgos americanos. Pois seu trabalho era capaz de comover, assim como o trabalho de Tchekhov fazia. E o trabalho de Ibsen, O'Neill, Williams. Talvez por sua grande simplicidade, com mais força os corações americanos se comoveram. Quando estava esperançoso, dizia a si mesmo que era um artesão honesto que fazia embarcações resistentes dignas do oceano. Embarcações mais leves, mais polidas e mais deslumbrantes dos dramaturgos poéticos passavam voando pela dele, mas chegavam ao mesmo porto.

Ele acreditava nisso. Ele queria acreditar!

"Seu trabalho maravilhoso. Seu trabalho lindo. Eu admiro tanto você!"

Uma linda moça, dizendo coisas assim para ele. Falando com sinceridade. Com o ar de alguém que compartilha uma verdade óbvia. Ela havia ido à livraria Strand comprar as peças esgotadas dele que ainda não havia lido, ainda em sua vida antiga.

Ela estava morando no Village. Havia sublocado um apartamento na 11ª Avenida, de um amigo do teatro de Max Pearlman. Ela nunca falava de sua "vida antiga". O Dramaturgo teria gostado de perguntar a ela: "Você ficou magoada quando seu casamento desmoronou? Quando seu amor desmoronou? O amor jamais 'desmorona' de fato, só evapora gradualmente?".

"Eu respeito o casamento. O laço entre um homem e uma mulher. Eu acredito que deva ser sagrado. Eu nunca violaria um laço assim."

Olhando-o com seus sorridentes olhos apaixonados.

Ele ficava profundamente tocado por ela, como se por uma criança perdida. Uma criança abandonada. Naquele corpo voluptuoso. O corpo dela! Quando se começava a conhecer Norma Jeane (como o Dramaturgo pensaria nela, apesar de raramente chamá-la assim; de alguma forma não era um privilégio para ele), via-se como, para a mulher, seu corpo era um objeto de curiosidade. Parecia às vezes um desejo estranho dela fazer o Dramaturgo confrontá-la, até chegarem a um consenso. Outros homens sentiam atração sexual por ela, porque só conseguiam ver seu corpo; ele, o Dramaturgo, um homem superior, a conhecia de forma diferente e nunca poderia ser enganado.

Ela falava sério? O Dramaturgo riu dela, com gentileza.

— Você deve saber que é uma mulher adorável. E que isso não é um problema.

— Um problema?

— Exato. Não é uma coisa ruim.

A Atriz Loira cutucou seu braço.

— Ei. Você não precisa *me* elogiar.

— Estou elogiando ao sugerir que, com toda a franqueza, você é uma mulher linda... E que isso não é uma deficiência... — O Dramaturgo riu, querendo apertar seu braço, seu pulso; querendo fazê-la se encolher só um pouco, reconhecer a verdade simples do que ele dizia.

Ela não poderia desejar que ele não fosse um homem! Mesmo se, ao se apresentar para ele como fazia, infantil, desejosa, ansiosa, sedutora, ela estava tão claramente o despertando para o desejo sexual.

A não ser talvez que ele estivesse imaginando isso. A campanha dela para fazê-lo amá-la. Deixar sua esposa, amá-la. Casar-se com *ela*.

A Atriz Loira não havia dito que vivia pelo seu trabalho e vivia pelo amor? E ela não estava trabalhando no momento. E não estava apaixonada no momento. (Baixando seu olhar, suas pálpebras tremulando. Ah, mas ela queria estar apaixonada!) Com ansiedade tocante, disse ao Dramaturgo:

— O único sentido da vida é a-algo maior do que você em si mesmo? Em sua própria mente? Em sua própria pele? Em sua própria história? Como o seu trabalho, você deixa algo de si mesmo para trás; e no amor, você é elevado para um nível mais alto do ser, não está só sendo *você*.

Ela falava com tanta paixão, o Dramaturgo se perguntava em parte se essas não eram palavras que ela tinha memorizado. A ingenuidade, o idealismo — será que estava ecoando uma das moças ferozmente inteligentes ainda que fatalmente iludidas de Tchekhov? Nina, de *A gaivota*, ou Irina, em *As três irmãs*? Ou será que estava citando uma fonte mais perto de casa, diálogo que o próprio Dramaturgo escrevera anos antes? Ainda assim, não havia como duvidar da sinceridade. Eles estavam juntos em um reservado escuro nos fundos de um clube de jazz na Sexta Avenida, no West Village, e estavam de mãos dadas. O Dramaturgo estava um pouco bêbado e a Atriz Loira bebera duas taças de vinho tinto, ela que raramente bebia, e seus olhos estavam brilhando com lágrimas, pois uma crise de algum tipo estava se aproximando agora que a esposa do Dramaturgo voltaria para casa no dia seguinte.

— E se você for uma mulher e amar um homem, você quer ter o bebê deste homem. Um bebê significa... Ah, você é um pai, você sabe o que um bebê significa! Não é só *você*.

— Não. Mas um bebê tampouco é *você*.

A Atriz Loira parecia tão confusa, tão estranhamente ferida, como se repreendida, e o Dramaturgo passou o braço ao redor de seus ombros e a abraçou, pois estavam aninhados lado a lado, não mais castos separados pela mesa. O Dramaturgo queria apertar a Atriz Loira em seus braços, e ela apoiaria a cabeça em seu peito ou enterraria seu quente rosto lacrimoso entre o pescoço e o ombro dele, que a consolaria e a protegeria. Ele a protegeria contra suas próprias ilusões. Pois o que é a ilusão além de um prelúdio da mágoa? E o que é a mágoa além de um prelúdio da raiva? Ele sabia, como pai, que uma criança pode entrar em sua vida e dividir essa vida em dois, não a tornar mais completa; ele sabia, como homem, que uma criança pode se intrometer em um casamento aparentemente feliz, uma criança pode alterar, se não irrevogavelmente destruir, o amor entre um homem e uma mulher; ele sabia, tendo vivido como um cidadão maduro por décadas, que não há romance na paternidade, nem sequer na maternidade, apenas uma subida na vida. Quando se é pai, você ainda é *você* — mas com o fardo novo e apavorante de ser pai. Ele queria beijar as pálpebras trêmulas daquela jovem tão mágica a ele, tão viva, e dizer "É claro que amo você. Minha Magda. Minha Norma Jeane. Como um homem poderia não amar você? Mas eu não posso...".

Eu não posso prover o que você necessita. Não sou o homem que busca. Eu sou um homem defeituoso, sou um homem incompleto, sou um homem que não foi apreciavelmente alterado pela paternidade, sou um homem com medo de ferir, humilhar, enfurecer sua esposa, não sou o salvador de seus sonhos, não sou um príncipe.

A Atriz Loira protestou:

— Minha Mãe e eu, quando eu era bebê, éramos como uma mesma pessoa... E quando eu era garotinha. Nós não precisávamos nem falar. Ela podia quase enviar pensamentos para mim. Eu nunca estava sozinha. Esse é o tipo de amor de que falo, entre uma mãe e um bebê. É algo que tira você de si mesmo, é *real*. Eu sei que seria uma boa m-mãe, porque... não ria de mim, hein?... Eu vejo um bebê passeando de carrinho, eu preciso me segurar com tudo o que tenho para não ir atrás e encher o pequeno de beijos! "Ah, céus", eu estou sempre dizendo. "Ah, posso pegar seu bebê? Ah, ele é tão lindo!". Eu começo a chorar, não consigo me segurar. Você está rindo de mim! É meu jeito, sempre amei crianças. Quando eu mesma era criança, em lares temporários, era eu que cuidava dos bebês. Só meio que cantando para eles e embalando, sabe? Até pegarem no sono. Havia uma garotinha, que a mãe não amava, eu cuidei muito dela, empurrava o carrinho pelo parque... Isso foi mais tarde, quando eu tinha talvez dezesseis anos... Eu costurei para ela um tigrezinho de pelúcia com aviamentos, eu amava tanto aquela pequena. Mas espero ter um menino, sabe por quê?

O Dramaturgo se ouviu perguntar por quê.

— Porque seria como o pai, é por isso. E o pai seria alguém por quem eu seria louca, pode apostar que seria um homem maravilhoso. Eu não me apaixono por qualquer um, sabe? — A Atriz Loira riu ofegante. — Eu nem sequer *gosto* da maioria dos homens. E você não gostaria também, querido, se fosse mulher.

Eles estavam rindo juntos. O Dramaturgo estava doente de desejo. Ele se ouviu falar:

— Você daria uma mãe incrível, querida. Nasceu para isso.

Por que, por que ele estava dizendo aquilo?! Uma cena improvisada, e o veículo saindo de controle, e ninguém para assumir o volante.

Dirigindo embriagado!

Com leveza, mas sensualidade, a Atriz Loira beijou o Dramaturgo nos lábios. Uma onda de desejo doente agitou-se em sua virilha, no fundo da barriga, e tomou seu corpo.

Ouvindo-se dizer, em uma voz crua, suave:

— Obrigado. Minha querida.

18.

O marido adúltero. Ele não queria explorar a Atriz Loira. Ela era uma criança, confiava tanto. Ele queria alertá-la. "Cuidado conosco! Não me ame."

"Conosco" era referente tanto a ele quanto a Max Pearlman. Toda a comunidade de teatro de Nova York. A Atriz Loira havia viajado para o lugar como se para um santuário, para se redimir em arte.

Para se sacrificar pela arte.

O Dramaturgo esperava que ela não tivesse viajado para lá para se sacrificar por ele.

Seu dilema era não ter parado de amar a esposa. Ele não era um homem de levar um casamento com frivolidade, como tantos homens que conhecia. Até homens de sua geração, de históricos judeus liberais com orientação para a família como ele próprio. Ele odiava as aventuras amorosas descuidadas e despachadas do libidinoso Pearlman; ele odiava que Pearlman encontrasse o perdão tão rápido das mulheres que havia tratado mal e da sua esposa atraente, mas agora na meia-idade.

Nem uma vez o Dramaturgo havia sido infiel a Esther.

Mesmo depois de sua ascendência rápida para um tipo modesto de fama em 1948. Quando, para seu choque, mortificação, vergonha, ele experimentou um crescente interesse feminino por ele: mulheres intelectuais, socialites de Manhattan, divorciadas, até as esposas de certos amigos do teatro. Em universidades em que era chamado para falar, em teatros regionais onde suas peças estavam sendo apresentadas, invariavelmente havia mulheres, brilhantes, animadas, atraentes, com cultura, judias e não judias, mulheres acadêmicas, mulheres da literatura, esposas de homens de negócios prósperos, muitas delas de meia-idade, olhos úmidos perante o gênio masculino. Talvez ele houvesse sido atraído a algumas dessas mulheres pelo tédio, pela solidão e pela frustração costumeira com seu trabalho, mas nunca havia sido infiel à Esther; havia esse lado severo de contador obediente nele, comprometido com os fatos. Ele não fora infiel a Esther, sem dúvida isso deveria significar algo a ela...

"Minha preciosa fidelidade. Que hipocrisia!"

Ele não havia parado de amar Esther e acreditava que, apesar de sua raiva e seu ressentimento, ela não havia parado de amá-lo. Mas eles sentiam zero desejo um pelo outro. Ah, nem excitação nem interesse! Fazia anos. O Dramaturgo vivia tanto dentro da própria cabeça, outras pessoas com frequência não eram reais para ele. Quanto mais íntimas, menos reais. Uma esposa, filhos. Agora filhos adultos. Filhos que ficaram distantes. E uma esposa para quem ele — literalmente! — não olhava mesmo quando falava com ela. ("Saudades de mim?"; "É claro"; "Aham, estou vendo".) A vida do Dramaturgo se resumia a palavras, palavras dolorosamente escolhidas, e quando não eram as palavras datilografadas unicamente com os dedos indicadores, que disparavam rápido em uma Olivetti portátil, sua vida era de reuniões com produtores, diretores e atores, testes e leituras de peças, oficinas e ensaios (culminando em ensaio geral e "passagem técnica"), pré-estreias e noites de estreia, críticas boas, críticas não-tão-boas, bilheteria boa, bilheteria não-tão-boa, prêmios e decepções, uma cartografia febril de crises contínuas não diferentes do curso de um esquiador montanha abaixo por um terreno desconhecido, pedras entre a neve, e ou você nasceu para esta vida enlouquecida e se emociona com ela, por mais exaustivo que seja, ou não nasceu para uma vida assim, e exaustão é a maior parte do que você sente, e no fim das contas você deseja não sentir coisa alguma. O Dramaturgo não quisera se casar com uma atriz ou escritora ou mulher de ambição artística, então se casou com uma bela moça enérgica de boa natureza e de circunstâncias parecidas com as dele, com um diploma da Columbia Teachers College. Esther dera aula de matemática para o ensino médio brevemente, logo quando se casaram, com habilidade, mas sem entusiasmo; ela havia ansiado por se casar e ter filhos. Tudo isso no começo dos trinta anos, uma vida inteira antes. Agora o Dramaturgo era um homem distinto, e Esther era uma dessas esposas de homens distintos a respeito de quem observadores neutros comentavam: "Por quê? O que é que ele viu nela?". Em encontros sociais, o Dramaturgo e sua esposa não teriam naturalmente gravitado um para o outro, não teriam naturalmente começado a conversar, talvez tivessem apenas se visto, trocado um sorriso e seguido em frente. Nenhum de seus amigos em comum teria apresentado um para o outro.

Não era uma tragédia! Apenas, acreditava o Dramaturgo, a vida normal. Não a vida dramatizada no palco.

O Dramaturgo não gostava de pensar em quanto tempo se passara desde que ele e Esther haviam feito amor ou sequer se beijado, com sentimento. De onde Eros partiu, um beijo era o gesto mais bizarro: lábios dormentes se tocando, pressionando. *"Por quê?"* O Dramaturgo sabia, se abraçasse Esther, ela ficaria tensa e, com ironia, perguntaria: "Por quê? Por que agora?".

E o marido jamais poderia dizer: "Porque estou me apaixonando por outra mulher. Ajude-me!".

Ainda assim, ele acreditava que o amor deles não havia acabado, apenas murchado. Como a sobrecapa do primeiro livro do Dramaturgo, uma coleção fina de poemas publicada quando ele tinha 24 anos, rendendo críticas elogiosas e encorajamento e vendas de 640 exemplares. Em sua memória, a sobrecapa de *The Liberation* era de um lindo azul-cobalto e as letras, um amarelo-canário, mas, na verdade, como ele tinha a oportunidade de observar de vez em quando, sempre surpreendendo-se, a capa havia sido quase totalmente descolorida pelo sol, e as letras um-dia-amarelas estavam perto de ilegíveis.

Havia a sobrecapa do livro da memória, e havia a sobrecapa do livro a alguns metros da escrivaninha do Dramaturgo. Seria possível argumentar que ambas eram reais. E que apenas haviam existido em tempos diferentes.

Hesitante, o Dramaturgo disse à mulher com quem ele morava no belo apartamento antigo de arenito vermelho na 72ª, entre estantes lotadas:

— Nós não temos conversado muito, querida. Nunca mais conversamos. Eu estava esperando, agora que...

— Quando é que nós conversamos muito? Você conversava.

Isso era injusto. Na verdade, incorreto. Mas o Dramaturgo deixou passar em silêncio.

Dizendo, em outro dia:

— Como estava São Petersburgo?

Esther o encarou como se ele tivesse falado em código.

No palco, linguagem é código. O significado verdadeiro do texto está sob o texto. E na vida?

O Dramaturgo, doente de culpa, ligou para a Atriz Loira para cancelar o encontro naquela tarde. Era para a primeira visita dele ao seu apartamento sublocado no Village.

Lembrando-se daquelas luxuriosas cenas eróticas em *Torrentes de paixão*. As surpreendentes pernas abertas da mulher loira, o V de sua virilha quase visível pelo lençol puxado até os seios. Como os cineastas haviam passado cenas assim pela censura? Pela Legião da Decência? O Dramaturgo tinha visto *Torrentes de paixão* sozinho em um cinema na Times Square. Só para satisfazer a curiosidade.

Ele não tinha visto *Os homens preferem as loiras* ou *O pecado mora ao lado*. Não queria ver Marilyn Monroe em papéis cômicos. Não depois de *Torrentes de paixão*.

Com cuidado, ele explicou à Atriz Loira que não poderia vê-la por um tempo. Talvez em uma semana ou duas. "Por favor, entenda."
Em sua voz rouca-animada de Magda, a Atriz Loira disse que sim, ela entendia.

19.

A sonata dos espectros. O Dramaturgo e a esposa, Esther, foram à estreia de uma produção de *A sonata dos espectros*, de Strindberg, no teatro Circle in the Square, na rua Bleecker. Muitos na audiência eram amigos, conhecidos, associados do teatro do Dramaturgo; o diretor da produção era um velho amigo. O teatro tinha cerca de duzentos assentos. Pouco antes das luzes se apagarem, houve murmúrios empolgados pela plateia, e quando o Dramaturgo se virou viu a Atriz Loira entrando pelo corredor central. De início, ele acreditou que ela estava sozinha, pois sempre a mulher parecia sozinha para ele, em sua memória, sozinha, tão estranha e luminosamente sozinha, com o doce sorriso astuto e vago, as pálpebras trêmulas, seu ar de ter entrado por acaso. Então ele viu que ela estava com Max Pearlman e sua esposa e o amigo deles, Marlon Brando; Brando era o acompanhante da Atriz Loira, falando e rindo com ela enquanto se sentavam na segunda fileira. Que visão: Marilyn Monroe e Marlon Brando. Ambos estavam vestidos informalmente, Brando com barba por fazer, cabelo desgrenhado abaixo das orelhas, uma jaqueta de couro gasta e calça cáqui; a Atriz Loira enrolada em seu casaco de lã escura comprado em uma loja de uniformes da Marinha na Broadway. Ela estava com a cabeça exposta; o cabelo platinado, com as raízes escuras, brilhava.

O Dramaturgo, um metro e oitenta e sete, encolheu-se no assento esperando não ser visto. Sua esposa o cutucou e disse:

— Aquela é Marilyn Monroe? Você vai me apresentar?

O emissário

Os Geminianos disseram que sentem saudades de sua Norma... e do bebê.

Na banheira vitoriana com detalhes reluzentes de latão, o Príncipe Sombrio, nu. Na água de banho soltando vapor, ela havia generosamente jogado sais com aroma delicioso, como se prepararia o banho para um deus. Para receber o Príncipe Sombrio. "Eu amo um homem", ela havia confessado de súbito para ele. "Estou tão profundamente apaixonada por um homem pela primeira vez na minha vida que às vezes sinto vontade de morrer! Mas não, eu quero viver." O Príncipe Sombrio deu um beijo casto em sua sobrancelha. Não como um amante. Pois o Príncipe Sombrio não poderia amá-la. Havia amado mulheres demais e estava enojado do amor de mulheres, ou até do toque de mulheres. Ela acreditava que o Príncipe Sombrio lhe dava sua bênção dessa forma. "Só viver", ela disse, "e saber que ele vive também. Que nós um dia poderíamos nos amar como homem e mulher". O Príncipe Sombrio havia desenvolvido desdém por fêmeas caucasianas, mas ela, ele a chamava de "meu anjo". Desde a primeira vez ele a chamara de "meu anjo". Ele não a chamava por nenhum de seus nomes, exceto por "meu anjo". Dizendo a ela naquele momento, palavras manhosas e arrastadas, e seus lindos olhos cruéis trazidos para perto dos dela: "Meu anjo, não me diga que acredita em amor? Como na vida após a morte?". E rápido ela confessou, confusa: "Ah, você sabia que judeus não acreditam na vida após a morte como os cristãos? Acabei de descobrir isso". O Príncipe Sombrio disse: "Seu amante é um judeu, hein?". E rápido ela disse: "Não somos amantes. Nós nos amamos a distância". O Príncipe Sombrio riu, dizendo: "Mantenham essa distância, meu anjo. E vão manter esse amor". Ela disse: "Eu quero ser uma grande atriz, para ele. Para encher meu amor de orgulho". O Príncipe Sombrio ficava de perna bamba. Puxando a própria camisa, suada. Ele já havia tirado sua jaqueta de couro esfarrapada e a havia largado no chão acarpetado do apartamento na 11ª Avenida. O Príncipe Sombrio poderia não saber de sua localização exata. Ele era uma dessas pessoas que são sempre atendidas pelos outros, servos, empregados. O Príncipe Sombrio estava mexendo em seu cinto e sua braguilha, em parte aberta. "Preciso tomar um banho", declarou o Príncipe Sombrio. "Preciso me limpar." Foi uma demanda abrupta e inesperada, mas ela estava preparada para as demandas abruptas e inesperadas de homens.

Ela ajudou o homem a entrar no banheiro no fundo do apartamento, ligou as torneiras de latão reluzentes e lançou os sais de banho na banheira, e o jorro de água soltou um vapor com alegria para dar as boas-vindas a ele, para honrá-lo. O Príncipe Sombrio era um emissário de seu passado, e ela estava apavorada com a mensagem que ele poderia estar trazendo a ela, pois eles haviam se conhecido anos antes, quando ela fora Norma morando com os Geminianos, antes de ter feito *Torrentes de paixão* e se tornar "Marilyn Monroe", e ela não desejava pensar naquela época, e talvez não pudesse pensar com clareza, tagarelando com o Príncipe Sombrio como mulheres fazem para criar um tipo de trilha sonora de filme para dissipar o terror do silêncio. Quando ela se virou, viu para seu choque que o Príncipe Sombrio havia, de forma desajeitada, se despido totalmente. Exceto pelas meias. Ele estava ofegante apenas com esse esforço. Vinha bebendo por horas e havia fumado um cigarro de palha com uma fumaça virulenta e doce, oferecendo-o a ela (que declinou), e agora estava ofegante, o rosto vermelho e olhos anuviados. Sua calça, sua cueca manchada e sua camiseta suada em uma bagunça aos seus pés, chutadas para o lado.

Ela sorriu, assustada. Não esperava por aquilo. O corpo do Príncipe Sombrio era tão... profundo! Era um corpo apenas parcial e exposto o suficiente para provocar nos oito filmes notáveis que tornaram o Príncipe Sombrio o ator mais reverenciado do cinema daquela era; um corpo masculino belamente esculpido com músculos distintos no peito, peitoral masculino com formato perfeito e mamilos como uvas em miniatura, uma pelugem escura em um redemoinho no peito e engrossando na virilha. O Príncipe Sombrio tinha 32 anos e estava no auge da beleza masculina: em poucos e breves anos, sua pele perderia o cintilar arrogante, seu corpo ficaria flácido; em duas décadas, ele estaria francamente gordo. Com o tempo, o Príncipe Sombrio se tornaria obeso como um balão enchido de ar por uma bomba para bicicletas, em escárnio intencional de sua versão jovem. Encarando-o, ela pensou: *Se apenas eu pudesse amá-lo! Se ele pudesse me amar. Nós estamos livres para nos amar e nos salvar.* O pênis do Príncipe Sombrio estava inchado e taciturno entre o friso de pelos na virilha, semiereto, em movimento; na sua ponta brilhava uma gota solitária de umidade em formato de pérola. Ela cambaleou para trás, colidindo com o toalheiro. As torneiras jorravam água, o vapor subia perfumado. Ainda assim ela sorria, em pânico. Pois havia um roteiro para aquela cena. *Ele vai querer que eu beije aquilo. É isso que eles demandam. Ele vai me pegar pela nuca.* Pois onde estava Mãe? Em outro quarto. Na cama. Dormindo, e gemendo enquanto dormia. Só Norma Jeane e um homem nu cambaleando de bêbado, um homem com um pênis ereto balançando, olhos gentis e com rugas, e uma boca beijável como Gladys reconheceu com ironia: *Ele é um príncipe, claro, desde que ganhe o que quer.*

Em vez disso, o Príncipe Sombrio empurrou Norma Jeane para chegar à banheira, sentando as nádegas na borda de porcelana. Entre a fumaça perfumada que subia, e irritadiço como uma criança jovem: "Meu anjo vem me ajudar aqui com essas merdas de...".

Estava se referindo às próprias meias, não conseguia se inclinar para tirá-las sozinho.

(Episódios deploráveis como aquele o Atirador de Elite gravaria. O Atirador de Elite não registraria um julgamento moral nos relatórios meticulosos, pois não era a tarefa dele. À serviço da Agência. Em questões de atividades subversivas suspeitas, ameaças à segurança nacional dos Estados Unidos. *Pois havendo uma comunidade inocente, não haveria nada a esconder. Não haveria culpa. Todos os cidadãos seriam informantes, e nenhum Atirador de Elite profissional seria necessário.*)

Ela era a Magda dele, dele! Ela ligaria para seu amante. Ela choraria pelo telefone: "Eu amo você, por favor, vem até aqui agora! Hoje à noite". Os judeus são um povo antigo, um povo nômade abençoado e amaldiçoado por Deus. A história deles é ainda uma história de homens deuses: Adão, Noé, Abraão, o deus pai de todos. Uma linhagem de homens. Homens que entendiam a fraqueza de mulheres e podiam perdoá-las. *Eu perdoo você! Por ser um covarde. Por não ousar me amar como eu amo você.*

Ah, sim, ela tinha visto o Dramaturgo no teatro na rua Bleecker. Com certeza, tinha. Ela sabia que ele estaria ali, na verdade. Para uma mulher nova na cidade, ela sabia de muitas coisas; tinha muitos novos amigos para lhe contar; quantos estranhos ansiavam por ser amigo dela, homens e mulheres de boa reputação desejosos de caminhar ao lado de "Marilyn Monroe" em público e serem fotografados com ela.

Sim, eu vi você. Vi você desviar o olhar e negar a sua Magda.

No teatro pequeno com cheiro de mofado na rua Bleecker, tenso e encolhido de medo ao lado da esposa. Aquela mulher, a esposa dele!

Eu sou a Miss Golden Dreams. Eu sou a mulher que um homem merece.

Nunca ela ligaria para seu amante! Não o Dramaturgo que ela admirava acima de todos os homens. Ele era seu Abraão: ele a levaria para a Terra Prometida. Ela fora batizada cristã e se desbatizaria e se tornaria judia. *Em minha alma, sou judia. Uma errante buscando minha terra natal verdadeira.* Ele veria quão sério ela falava, quão dedicada à sua profissão. Pois atuar é tanto uma habilidade quanto uma arte, e ela queria dominar ambas. Ela era uma mulher jovem, inteligente, uma mulher de orgulho, honra e bom senso perspicaz. Se não fosse, um homem como o Dramaturgo não poderia amá-la. Se não fosse, um homem como o Dramaturgo fugiria dela. Veja quão sensata, sua Magda: tão longe de amargura e histeria feminina, ela trocou de roupa, vestiu um robe fofo e, enquanto o Príncipe Sombrio se banhava na antiga banheira vitoriana de porcelana com detalhes em latão fulgurante localizada nos fundos de seu apartamento sublocado, ela se aninhou no sofá para copiar em seu diário versos do *Cântico dos cânticos*. Na livraria Strand, ela havia comprado uma cópia da Bíblia judaica e se surpreendeu, embora com alívio, ao descobrir que era o Antigo Testamento simplesmente com outro título.

Beije-me, beije-me mais uma vez, pois seu amor é mais doce que o vinho.

Como você é linda, minha querida, como você é linda! Seus olhos são como pombas.

Ah, ouço meu amado chegando! Ele salta sobre os montes, pula sobre as colinas.

Veja, o inverno acabou, e as chuvas passaram.

As flores estão brotando; chegou a época das canções, e o arrulhar das pombas enche o ar.

Eu dormia, mas meu coração estava desperto, quando ouvi meu amado bater à porta e chamar: "Abra a porta para mim, minha amiga, minha querida, minha pomba, minha perfeita".

Abri para meu amado, mas ele já havia partido! Meu coração quase parou de tristeza. Procurei por ele, mas não o encontrei. Chamei por ele, mas ele não respondeu.

Ela devia ter pegado no sono. A cabeça estava muito pesada! Tudo aquilo estendido na sua frente, o esforço do restante de uma vida.
Sim, ela voltaria a Hollywood; cumpriria o contrato de outro filme. Como evitar? Não tinha dinheiro algum; para o divórcio do Dramaturgo, e para viverem

juntos, precisaria de dinheiro; e, se não para ela, dinheiro estaria disponível para Marilyn Monroe. Como Marilyn, então, ela voltaria à Cidade de Areia. *Isso eu sabia de antemão. Sem saber que eu sabia.*

Ainda assim, voltaria sabendo muito mais sobre interpretação do que antes. Por meses estudando com Marx Pearlman, seu tutor exigente. Meses de humildade e ansiedade feito uma criança superdotada aprendendo o bê-a-bá.

"Você tem potencial para ser uma grande atriz", ele dissera.

Se não fosse verdade, ela faria ser!

O Príncipe Sombrio era o maior ator americano de sua geração, assim como Laurence Olivier era o maior ator britânico de seu tempo. Para o Príncipe Sombrio, sua genialidade parecia significar muito pouco; seu sucesso o havia elevado ao desdém, não à gratidão. *Eu não vou ser assim. Onde sou abençoada, abençoarei.*

Ela devia ter pegado no sono pois agora acordava de súbito. Uma sensação de pavor nauseante a varreu. Eram 3h40. Algo estava errado. O Príncipe Sombrio! Ele estava na banheira por horas.

Na banheira vitoriana, em água de banho morna, lá estava ele deitado, a nuca descansando relaxada na borda de porcelana, o Príncipe Sombrio de boca aberta, baba no queixo, olhos semicerrados, revelando apenas uma visão embaçada, anuviada, como muco. Seu cabelo estava úmido e sua cabeça lisa como a de uma foca. O corpo que parecera tão belamente esculpido a ela apenas poucas horas antes estava dobrado em um ângulo estranho, os ombros arredondados e o peito curvado para dentro, uma crista de gordura na cintura, seu pênis reduzido a um toco pálido boiando na água encardida e espumosa. Ah, ele havia vomitado na água! Estava imerso em poças de vômito. *Mas estava respirando, estava vivo. Isso era tudo que importava para mim.* Ela conseguiu despertá-lo. Ele empurrou as mãos dela e a xingou. Levantou-se esbaforido, espirrando água no piso de azulejos, e a xingou de novo, perdendo o equilíbrio e quase caindo na banheira de porcelana. Ela teve que segurá-lo para evitar que ele rachasse o crânio, seus braços tremeram com o esforço; pois o Príncipe Sombrio era um homem pesado, não alto, mas parrudo e musculoso. Ela suplicou a ele, implorou que tomasse cuidado, ele a chamou de *puta!* (mas, sem conhecê-la, no fundo não poderia ter intenção de insultá-la), mas a segurou com força, e depois de alguns minutos ela conseguiu manobrá-lo para fora da banheira, colocando-o outra vez sentado na borda, ele resmungando e balançando de olhos fechados. Ela molhou um paninho em água fria e limpou seu rosto com gentileza e tirou da melhor forma possível o vômito de seu corpo, no entanto estava com medo de que ele começasse a vomitar de novo, ele poderia ter um troço e morrer pois sua respiração saía errática, sua boca escancarada e o queixo caído, e ele parecia não saber onde estava, ainda que depois de diversas aplicações do paninho úmido tenha retomado certa consciência e se levantado, e ela o enrolou com uma toalha de banho e o levou para o quarto, o braço ao redor de sua cintura, as pernas pálidas peludas e os pés descalços molhados, ela estava rindo um pouco para garantir a ele que estava tudo bem, que ele estava seguro com ela, que ela cuidaria dele; tropeçando então e xingando-a de novo "Puta! Puta burra!", ele tombou de lado na cama com tamanha violência que as molas rangeram alto, e ela se apavorou com a hipótese de ele ter quebrado aquela cama que não pertencia a ela, a linda antiguidade que era a cama de latão de uma amiga bem de vida de Max Pearlman que morava em Paris. A seguir, ela ergueu seus pés, seus pés que estavam pesados como blocos de concreto, e posicionou a cabeça úmida em um travesseiro, todo esse tempo murmurando a ele, confortando-o como havia feito com o Ex-Atleta e outros cidadãos da Cidade de Areia às vezes; ela se sentia melhor agora, mais otimista agora, Norma Jeane Baker era por natureza uma garota otimista, ela não tinha jurado para si mesma o otimismo eterno, agachada no terraço do Lar, encarando a torre iluminada da RKO a quilômetros de distância em Hollywood? *Eu juro! Eu volto! Eu voltarei! Eu nunca desistirei!* E agora ela se dava conta de que a cena feia ignominiosa deles era na verdade uma cena de filme; seus contornos, se não os detalhes, eram familiares, e de certa forma românticos; ela era Claudette Colbert, e ele, Clark Gable; não, ela era Carole Lombard, e ele, Clark Gable; havia um roteiro para a situação e se nenhum dos dois o conhecesse, eles eram atores talentosos e poderiam improvisar.

O Príncipe Sombrio na minha cama. Ah, ele era um amigo próximo, ele me pediu para chamá-lo de Carlo. Mas fomos amantes? Acho que não. Fomos?

De imediato, ele começou a roncar. Ela o cobriu e se aninhou silenciosamente ao seu lado. O resto da noite de pesadelos passou em saltos e cortes ágeis. Ela estava exausta da esperança e do desgaste de sua vida em Nova York; a vida que era para redimi-la. Oficinas de cinco horas diversos dias por semana na Companhia e horas de treinamento particular intenso com Max Pearlman ou um de seus colaboradores jovens e agressivos; seu amor pelo Dramaturgo e a ansiedade de pensar que ele escaparia dela, e nesse caso ela deveria morrer; tamanho fracasso como mulher poderia condená-la à morte, pois Vovó Della não havia falado em escárnio de sua própria filha Gladys que não tinha a capacidade de segurar um marido, nem um amante rico para sustentá-la? Della, a respiração ruidosa, rindo: "Para que serve ser uma mulher desgarrada e vagabunda aos trinta anos se está sempre com o bolso vazio?". E Norma Jeane completaria trinta em alguns meses.

Ela posicionou a cabeça com cuidado em um dos ombros do Príncipe Sombrio. Ele não a afastou. Dormiu espasmódico, mas profundamente, como homens fazem. Trincou os dentes, saltou e chutou e suou, até que no alvorecer ele havia encharcado as roupas de cama e cheirava como se não tivesse sequer se banhado, um cheiro que fazia Norma Jeane sorrir pensando em Bucky Glazer, suas axilas encharcadas e a sujeira entre os dedos dos pés. Dessa vez, com seu marido novo, ela não cometeria um desses erros do passado. Ela deixaria o Dramaturgo orgulhoso da atriz que ela seria e o faria amá-la mais que sua esposa. Eles teriam bebês juntos. Quase já conseguia se imaginar grávida. *Na paz daquela noite, rumando ao alvorecer, Bebê de novo se aproximou e me perdoou.*

Otto Öse cruelmente previra uma overdose fatal para ela em Hollywood, mas esse não seria seu destino.

Não muito cedo na manhã seguinte, ela acordou e se vestiu da forma mais silenciosa possível enquanto o Príncipe Sombrio continuava a dormir, e foi a um mercado na Quinta Avenida para comprar ovos frescos, cereais, frutas e grãos de café, e quando ela voltou, o Príncipe Sombrio estava acordando, apertando os olhos injetados de sangue conforme a luz os atingia, mas de resto razoavelmente bem, surpreendendo-a com seu humor, sua astúcia; ele disse que o fedor de seu corpo o repelia e que precisava tomar uma ducha, e se enfiando no banheiro de novo, riu da preocupação dela, que ficou em pé na porta escutando, morrendo de medo de outra catástrofe, mas não ouviu nada mais assustador que o *pam!* de um sabonete que o Príncipe Sombrio, sem jeito, deixou cair várias vezes. Mais tarde, enxugando o cabelo com uma toalha, o Príncipe Sombrio revirou seu armário e gavetas da cômoda buscando roupas de homens, uma muda de cueca e meias ao menos. Mas não encontrou uma peça sequer. E na cozinha, aceitou dela apenas um copo de água gelada, que ele bebeu com cuidado como um homem caminhando em uma corda-bamba sem rede de proteção. Norma Jeane se frustrou por ele não querer comer nada. Ele não estava lhe dando a chance! Bucky Glazer e o Ex-Atleta ambos haviam sido excelentes devoradores de café da manhã. Ela mesma estava apenas bebendo café preto para avivar os nervos. Que belo o Príncipe Sombrio era, mesmo com olhos injetados, a cabeça latejando e o que ele chamava de "gripe intestinal". Em suas roupas sujas do dia anterior, barba por fazer e o cabelo úmido penteado sem cuidado. Ele a chamou de "meu anjo" e agradeceu. Ela acariciou sua mão, sorrindo, com tristeza, enquanto ele falava com ansiedade pouco convincente, como um personagem em uma peça de Odets, do único dia deles fazendo uma peça juntos sob os auspícios de Pearlman, ou possivelmente um filme, se conseguissem o roteiro certo (pois ele, também desprezando Hollywood, precisava do dinheiro de Hollywood); ela estava pensando quão irônico era nenhum dos dois se lembrar com qualquer nível de clareza o que havia acontecido na noite anterior, exceto a saber que alguma medida de afeto havia se passado entre eles. Talvez ela tivesse salvado sua vida, ou ele salvado a dela? E então estavam entrelaçados, mesmo que como irmãos, pela vida toda.

Depois que eu morrer, Brando não dará entrevistas sobre mim. Só ele entre os chacais de Hollywood.

Foi enquanto o Príncipe Sombrio se preparava para partir que ele se lembrou da mensagem que havia sido instruído a trazer.

— Meu anjo, escute: sabia que encontrei Cass Chaplin recentemente?

Norma Jeane sorriu, sem forças. Não disse uma palavra sequer. Estava tremendo e esperava que o amigo não notasse.

— Eu não via nem ele nem Eddy G. há quase um ano. Comentam coisas sobre eles, sabe? Então eu esbarrei em Cass na casa de alguém, e ele me disse, que da próxima vez que eu te visse, teria uma mensagem para você.

Norma Jeane continuou sem dizer uma palavra sequer. Ela poderia muito bem ter dito: "Se Cass tem uma mensagem para mim, por que ele mesmo não a entrega?".

— Ele disse para mim: "Diga a Norma que *os Geminianos sentem saudades de sua Norma... e do bebê*".

O Príncipe Sombrio viu a expressão em seu rosto e acrescentou:

— Talvez eu não devesse ter repassado a mensagem? Aquele bosta.

Norma Jeane disse adeus e caminhou às pressas para outro recinto.

Ela ouviu seu companheiro da noite chamá-la, hesitante:

— Ei, meu anjo? — Mas ele não a seguiu. Ele sabia, como ela sabia, que a cena havia terminado; a noite deles juntos havia terminado.

Brando e eu nunca fizemos um filme juntos. Ele era um ator poderoso demais para Monroe. Ele a teria quebrado, como uma boneca barata.

Ainda assim, a cena com o Príncipe Sombrio não estava totalmente acabada.

Mais tarde naquele dia, ela voltaria de uma oficina de teatro e se depararia com o que lhe pareceu, no momento inicial de surpresa e perplexidade ao entrar na sala de estar, um sepulcro de flores. Havia inúmeros arranjos de flores predominantemente brancas: lírios, rosas, cravos, gardênias.

Tão lindas! Mas tantas.

O cheiro de gardênia era quase esmagador. Os olhos arderam com lágrimas. Ela sentiu um turbilhão de náusea.

Queria pensar que as flores eram do Dramaturgo, seu amante implorando perdão. Mas sabia que não eram.

Elas eram do Príncipe Sombrio, é claro. Seu amante que não poderia amá-la. Ele havia escrito com cuidado em tinta vermelha em um cartão em formato de coração:

MEU ANJO
SE SÓ UM DE NÓS SE DER BEM, EU ESPERO QUE SEJA VOCÊ.

SEU AMIGO,
CARLO

"Dançando no escuro"

Um casaco esfarrapado de meia-idade sobre um palito. Deus, ele começara a se depreciar!

Porém: punhos fechados com força enquanto olhava a extensão de neve fresca, recém-caída e fina como pó. Lá, como se em uma comédia musical com explosão de som, cor e movimento, estava a Atriz Loira, patinando com um jovem ator da Companhia de Nova York. Na verdade, era o ator que havia feito seu Isaac. Seu Isaac, patinando no gelo com sua Magda. Quase mais do que um dramaturgo podia aguentar.

E se os dois se beijassem? Com ele assistindo?

O rumor era sobre Marlon Brando e ela também. Nisso ele não poderia se permitir pensar.

Ela tivera tantos homens. Tantos homens a tiveram.

Havia chegado aos ouvidos do Dramaturgo, por amigos em comum, que a Atriz Loira logo estaria deixando Nova York para voltar a Los Angeles; fortalecida por meses de trabalho intensivo na Companhia, ela retomaria sua carreira no cinema. Mas não nos termos anteriores. O Estúdio não apenas havia perdoado Marilyn Monroe, como havia cedido a diversas de suas demandas. Entraria para a história de Hollywood. Marilyn Monroe, por tanto tempo detestada pela indústria, havia vencido o Estúdio! Agora ela teria aprovação de projetos, aprovação de roteiro, aprovação de diretor. Seu salário foi aumentado para cem mil dólares por filme. "Por quê? Porque não conseguiram inventar nenhuma loira para assumir seu lugar. Que gerasse tantos milhares de dólares para eles, por tão pouco."

Ele não estava com inveja da Atriz Loira, ele a queria bem. Aquela tristeza profunda em seus olhos. Como nos olhos de sua Magda de trinta anos antes que ele, cegado pela enfatuação adolescente, não entendera.

No rinque de patinação no Central Park, entre dúzias de patinadores de todas as idades em roupas coloridas, a Atriz Loira, de óculos escuros, um gorro branco de pelo puxado até as orelhas para esconder cada fio de cabelo e um cachecol combinando, patinava! Ela que afirmava nunca haver patinado no gelo, apenas no sul da Califórnia.

De onde ela vinha, a Atriz Loira dizia com uma piscadela, não havia gelo. Nunca.

Via-se que patinava com hesitação. Os outros patinadores, mais experientes, passavam voando. Os tornozelos eram fracos; ela estava sempre prestes a se desequilibrar. Agitando os braços, rindo, oscilando e prestes a cair não fosse por seu parceiro, que a pescava com habilidade, um braço ao redor de sua cintura. Uma ou duas vezes, apesar de seu galanteio, ela caía com tudo de bunda no gelo, mas apenas ria e, com a ajuda dele, levanta-se, meio atrapalhada. Limpava o traseiro e continuava. Patinadores deslizavam ao redor, passando por ela; se alguém a olhasse, era apenas para ver uma garota bonita de pele cor de creme em óculos muito escuros, usando muito pouca ou nenhuma maquiagem. Estava com seu suéter de tricô trançado e calças escuras e largas de algum tecido quente e felpudo que o Dramaturgo não tinha visto antes, e patins de gelo brancos de couro até o tornozelo, alugados. Se nova no mundo da patinação, a garota era obviamente uma atleta nata, possivelmente uma dançarina. Aquela flexibilidade corporal. Aquela energia! Em um momento, ela fazia piadas para esconder sua falta de jeito, no seguinte, havia se tornado graciosa, patinando de mãos dadas com o parceiro. O rapaz era um patinador habilidoso, com longas pernas elásticas e um senso confiante de equilíbrio; usava óculos de aro de tartaruga que lhe davam, como ao Dramaturgo na idade dele, um ar jovial e estudantil de judeu, sombriamente atraente. Exceto pelos protetores de orelha, estava com a cabeça descoberta.

Era metade de março e ainda muito frio em Nova York. Um vento noroeste no céu azul ofuscante.

Triste, de coração partido, o Dramaturgo assistiu. Ele havia sido incapaz de ficar longe. Incapaz de permanecer no escritório, à escrivaninha. Doente de desejo. (Ainda assim, ele tinha o direito de envolver a Atriz Loira em sua vida? Ele estava de novo sob investigação do Comitê de Atividades Antiamericanas; não era uma investigação, mais uma perseguição, um assédio; ele teve que contratar um advogado e pagar taxas equivalentes a multas; o novo presidente do comitê havia desenvolvido um desgosto especial pelo Dramaturgo desde que vira uma de suas peças que supostamente "criticava a sociedade americana e o capitalismo". Era sabido que os arquivos do Dramaturgo no FBI eram "incriminatórios". O Dramaturgo fazia parte de um "quadro de intelectuais com inclinações à esquerda nascidos em Nova York".)

A Atriz Loira patinava, e o Dramaturgo assistia. Em sua defesa (ele pensava), ele não fazia esforço algum de se esconder. Ele não era um homem que se escondia. E qual era o propósito de se esconder? A 72ª ficava nas proximidades do Central Park, e ele caminhava ali com frequência; em geral, quando precisava esvaziar a cabeça, enfiava os pés pela neve nos dias em que a maior parte do Central Park estava deserta. Observar os patinadores o fazia sorrir. Ele amava patinar no gelo quando garoto. E havia sido surpreendentemente bom. Como um pai jovem de cidade grande, ele havia ensinado seus filhos a patinar no gelo naquele exato rinque, anos antes. De súbito, não parecia fazer tanto tempo.

A Atriz Loira no gelo reluzente, rindo e brilhando sob o sol.

A Atriz Loira que o amava como mulher alguma o havia amado. Que ele amava como não havia amado outra mulher.

Monroe! Uma ninfomaníaca.
Quem disse isso? Eu ouvi que ela transa por dinheiro. Está desesperada.
Ela é frígida, odeia homens. É lésbica. Mas, sim, faz por dinheiro quando consegue o preço que quer.

O Dramaturgo olhou sorrindo sua Magda no gelo, e seu Isaac segurando a mão dela. O coração dele pulsava com uma espécie de orgulho.

Ele se perguntou se os outros patinadores e inúmeros espectadores não a reconheciam. Não a encaravam e apontavam e aplaudiam.

Ele teve o impulso de levantar as mãos e aplaudir.

Ela já o havia notado? Será que Isaac o havia notado? O Dramaturgo estava absolutamente visível, uma figura familiar para ambos. O Dramaturgo que os havia criado. Sua Magda, seu Isaac. Ela era a garota do povo; ele era um garoto da judaria europeia ansioso por se tornar "do povo", ansioso para se tornar americano, ansioso para apagar todos os sonhos de Muito Tempo Atrás.

Talvez, na verdade, o Dramaturgo fosse um sobrevivente do Holocausto. Talvez todos os judeus vivos fossem. Não era um fato no qual o Dramaturgo queria pensar sob a luz brilhante do sul fuzilando uma tarde de fim de inverno no Central Park.

Lá ele estava em pé como um totem às margens do terraço de laje pelo qual patinadores do gelo passavam e deslizavam em longos círculos contínuos dando voltas e mais voltas pelo rinque. Uma caixinha de música de figuras vivas! O Dramaturgo, que estranhos reconheciam com frequência em Manhattan. Em seu sobretudo escuro, gorro russo *ushanka* de lã escura. Óculos de lentes grossas. Conforme a Atriz Loira e seu parceiro passavam patinando, mãos dadas, falando e rindo, o Dramaturgo se recusava a dar as costas ou sequer baixar o olhar. Nesse terraço, quando em clima quente, havia um popular café de rua ao qual o Drama-

turgo ia com frequência no meio da tarde para um intervalo em seu trabalho. No inverno, mesas e cadeiras de ferro forjado permaneciam. Ele teria arrastado uma cadeira para à beira do terraço e sentado, mas estava inquieto demais. Aquela música! A valsa *Les patineteurs*.
 Ele se casaria com ela, afinal de contas, se ela o quisesse. Ele não poderia deixá-la ir embora.
 Ele pediria o divórcio. Ele e a esposa já estavam divorciados de coração. Nunca ele a tocaria de novo, nunca a beijaria de novo. A ideia da carne envelhecida e abatida daquela mulher o repelia. Seus olhos furiosos, sua boca ferida. Sua masculinidade havia morrido com ela, mas seria ressuscitada agora.
 Ele dividiria a vida em dois pela Atriz Loira.
 Eu escreveria a história das nossas vidas. Não uma tragédia, mas um épico americano!
 Eu acreditava que tinha a força.

Lá estava ele, alugando patins de gelo! Nada de mais. Enfiando os pés nos sapatos, amarrando bem. E no gelo, os tornozelos fracos de início, os joelhos travados de início, mas as habilidades antigas retornaram rápido; ele sentia a empolgação de garoto pelo simples esforço físico. Estava patinando com ousadia no sentido anti-horário, contra os patinadores ligeiros. Parecia um homem que sabia o que estava fazendo, não um velho atrapalhado agitando os braços para manter o equilíbrio. A música amplificada agora era "Dancing in the Dark". Uma canção escrita por judeus, mas tão assimilada por americanos, como todas as grandes músicas do Tin Pan Alley. Uma canção sobre romance e mistério, para os ouvintes atentos.
 Patinando rumo à Atriz Loira, ele sorria com alegria. Ele não tinha dúvida! Essa era uma cena que nem o próprio Dramaturgo poderia ter escrito, pois não tinha ironia, sutileza. Ela o havia atraído para fora de seu escritório acolhedor sem ar na 72ª. Ela o havia atraído até ele; ele não teve escolha. Sorrindo feito um homem despertado pela luz do sol, que no escuro estava adormecido.
 — Ah, meu Deus! Ah, *olhe*.
 A Atriz Loira o via e agora patinava rumo a ele, radiante de alegria. Desde que ele fora um pai jovem com crianças que o recebiam com expressões de arrebatamento, como se nunca tivessem visto qualquer outra pessoa tão maravilhosa, nem tão inesperada, nunca mais ele havia sentido esse privilégio, nem se sentido tão feliz. A Atriz Loira teria colidido com ele, não fosse por ele tê-la segurado e a mantido de pé. Eles giraram juntos no gelo irradiante. Eram amantes bêbados juntos. Agarrando as mãos um do outro, rindo de prazer. O jovem ator que interpretava Isaac ficou para trás discretamente, magoado, mas sorrindo também,

porque ele sabia ser privilegiado em ver aquele encontro, assim como seria privilegiado de retratá-lo a outros, contar e recontar a ocasião histórica do Dramaturgo e da Atriz Loira tão publicamente apaixonados no rinque de patinação no Central Park naquele dia em março.

— Ah! Eu amo você.

— Querida, eu amo *você*.

Irresponsável e ousada em seus patins, a Atriz Loira ficou na ponta dos pés para beijar o Dramaturgo em cheio na boca.

E naquela noite no apartamento sublocado na 11ª Avenida, a Atriz Loira, nua, depois de fazer amor, trêmula de emoção, e as bochechas brilhando de lágrimas, pegou ambas as mãos do Dramaturgo, acariciou seus dedos, os ergueu aos lábios e os cobriu de beijos.

— Suas mãos são lindas — sussurrou ela. — São lindas, lindas.

Ele se sentiu profundamente tocado. Até o coração.

Eles se casariam em junho, logo depois do divórcio dele, e depois do trigésimo aniversário da Atriz Loira.

O mistério. A obscenidade.

"A interseção entre a patologia privada e o apetite insaciável de uma cultura consumidora capitalista. Como podemos entender este mistério? Esta obscenidade."
Assim o Dramaturgo enlutado escreveria um dia.
Mas não por uma década.

Cherie 1956

Eu amo Cherie! Cherie é tão corajosa.

Cherie nunca bebe por medo. Nunca toma comprimidos. Pois se Cherie começa, ela sabe como vai terminar. Onde vai terminar.

Cherie tinha pavor de voltar ao lugar de onde viera. Fechei os olhos e vi um banco de areia, um riacho raso lamacento e uma única árvore alta espigosa com raízes expostas, venosas como cordas. A família morava em um trailer miserável no meio de um monte de latas enferrujadas e videiras. Cherie com as irmãs e os irmãos mais novos. Cherie era a "mãezinha". Cantando a eles, brincando com eles. Teve que largar a escola aos quinze anos para ajudar em casa. Talvez ela tivesse namorado, um cara mais velho na casa dos vinte. Ele partiu seu coração, mas não seu orgulho. Não o espírito. Cherie costura brinquedos para os irmãos e as irmãs e costura as roupas da família. Seus figurinos de *chanteuse* vão partir seu coração, de tantos remendos malfeitos. Até as meias-calças arrastão estão remendadas! Cherie não era loira-platinada, o cabelo era loiro-escuro. Ela tinha uma cor saudável na época, passando tanto tempo na rua; agora está doentiamente pálida. Pálida como a lua. Talvez anêmica? Esse caubói, Bo, dá uma olhada nela e sabe que ela é seu Anjo. Seu Anjo! Poderia sempre ter sido anêmica, e suas irmãs e seus irmãos mais novos também. Deficiência vitamínica. Um dos irmãos era retardado. Uma das irmãs nasceu com lábio leporino e não havia dinheiro para corrigi-lo. Quando garotinha, Cherie ouvia muito rádio. Cantava com o rádio. Basicamente músicas country e de faroeste. Às vezes ela chorava, seu próprio canto partia seu coração. Eu a via levantando um bebê com uma fralda encharcada para levá-lo ao trailer e trocá-lo. Sua mãe via muita televisão quando o aparelho funcionava. Sua mãe era uma mulher pesada, de pele amarelada na casa dos quarenta, uma mulher que bebia com rosto enrugado e cheio de vincos como massa crua. O pai de Cherie havia partido. Ninguém sabia para onde. Cherie estava pegando carona para Memphis. Havia uma estação de rádio a que ela ouvia, ela esperava conhecer um dos DJs. Ela tinha uma viagem de mais de trezentos quilômetros pela frente. Apesar de ter economizado o dinheiro do ônibus com uma carona de um caminhoneiro. "Você é uma garota bonita", disse ele. "Provavelmente, a garota mais bonita que já se sentou nesse banco." Cherie fingiu ser surda e burra, retardada. Agarrada à sua Bíblia.

Ele olhava para ela tão engraçado, ela ficou com medo e começou a cantar músicas religiosas. Isso o deixou sóbrio rápido.

Como Cherie acabou com trinta anos em um pub no Arizona cantando "Old Black Magic" desafinada para caubóis bêbados que não lhe davam ouvidos, quem sabia?

Perseguida por um caubói louco por ela. Seu *Anjo*. Sempre gritando, desastrado como um novilho. Ela tem pavor dele, mas o amará, se casará com ele.

Ter seus bebês para cantar para eles, brincar com eles. E para eles, costurar brinquedinhos e roupas.

Papai, estou com saudades! Aqui é tão longe.
Querida, vou pegar um avião para ver você na semana que vem. Achei que você gostava daí. As montanhas...
As montanhas me assustam.
Achei que você tinha dito que eram lindas.
Aconteceu uma coisa, Papai.
O quê, querida? O que aconteceu?
Eu... não sei.
Aconteceu no Estúdio? O diretor, outros atores?
Não.
Querida, você está me assustando. Você está... bem?
Eu não sei. Eu não me lembro... o que é "bem".
Norma, minha garotinha querida, fale para mim o que está errado.

* * *

Querida, você está chorando? O que houve?
Eu... não tenho as palavras, Papai. Queria que você estivesse aqui.
Tem alguém sendo cruel com você? O que aconteceu?
Eu queria que estivéssemos casados. Queria que você estivesse aqui.
Estarei aí em breve, querida. Você não pode me falar o que há de errado?
Eu acho que... estou com medo.
Medo de...?

* * *

Querida, isso é terrivelmente perturbador. Eu amo tanto você. Eu queria poder ajudar.
Você ajuda, Papai. Só estando aí.
Você não está... tomando comprimidos demais, está?
Não.
Porque é melhor ficar um pouco insone do que...
Eu sei! Você me disse, Papai.
Você tem certeza de que ninguém machucou você? Ofendeu você?
Acho que só estou... com medo. Meu coração bate tão forte às vezes.
Você está empolgada, querida. É por isso que é uma atriz excelente. Você mergulha na personagem.
Eu queria estar casada agora! Queria que você pudesse me abraçar.
Querida, assim você parte o meu coração. O que posso fazer por você?

* * *

Do que você tem medo, minha queridíssima? Algo em particular?
Você nunca vai escrever sobre mim, vai?
Querida, é claro que não. Por que eu faria uma coisa dessas?
É o que as pessoas fazem. Às vezes. Escritores.
Eu não sou qualquer pessoa. Você e eu não somos quaisquer pessoas.
Sei que não, Papai. Mas às vezes tenho tanto medo. Não quero dormir...
Você não está bebendo, está?
Não.
Porque você não tem resistência à bebida, querida. Você é sensível demais. Seu metabolismo, seus nervos...
Eu não bebo. Só espumante, para celebrar.
Celebraremos juntos logo, querida. Haverá muito a celebrar.
Eu queria que estivéssemos casados agora. Eu não acho que teria medo então.
Mas do que você tem medo, querida? Tente me falar.

* * *

Não consigo ouvir você, querida. Por favor.
Acho que... tenho medo de Cherie.
Cherie? O quê?
Tenho medo dela.
Querida, achei que você amasse o papel.

Eu amo! Eu amo Cherie. Cherie é... Sou eu mesma.

Querida, Cherie pode ser uma parte de você, mas só uma parte. Você é muito mais do que Cherie poderia ser.

Sou? Acho que não.

Não seja boba. Cherie é uma mulher comicamente patética. Cherie é uma garota doce, ingênua e sem talento de Ozark. Ela é uma cantora que não sabe cantar, uma dançarina que não sabe dançar.

Ela é muito mais corajosa do que eu, Papai. Ela não se desespera.

Querida, do que você está falando? Você não se desespera! Você é uma das pessoas mais felizes que eu conheço.

Sou mesmo, Papai?

Com certeza é.

Eu faço você rir muito, não? E outras pessoas.

Com certeza, faz. Um dia o mundo vai reconhecer você como uma comediante maravilhosa.

Vai mesmo?

Vai com certeza.

Você gostou de mim como Magda, não? Eu fiz você rir e talvez tenha feito você chorar? Eu não destruí a personagem.

Querida, você foi excelente como Magda. Você foi uma Magda muito mais rica do que a Magda que eu criei. E Cherie será uma performance ainda mais brilhante.

Às vezes não sei o que as pessoas querem dizer: "performance".

Você é uma atriz talentosa, você "interpreta". Assim como uma dançarina dança no palco e sai. Como um pianista toca, um orador. Você é sempre maior que seus papéis.

As pessoas riem de Cherie. Elas não a entendem.

Elas riem porque você é engraçada. Você torna Cherie engraçada. A risada não é cruel, é de simpatia. Elas se veem em você.

Risos não são cruéis? Talvez sejam.

Não quando a pessoa na performance os controlam. Você é que realiza a performance e você está no controle.

Mas Cherie não sabe que é engraçada. Ela acha que vai ser uma estrela.

É por isso que ela é engraçada. Ela é tão... ignorante.

Está tudo bem rir de Cherie porque ela é "ignorante"?

Querida, por que estamos discutindo? Por que você está tão agitada? É claro que Cherie é engraçada e tocante também. Nunca fui santa é uma peça muito engraçada, e é tocante também. Mas é uma comédia e não uma tragédia.

O final...

Bem, é um final feliz, não é? Eles se casam.

Não tem mais ninguém para Cherie. Ninguém para amar a mulher.

Querida, Cherie é uma personagem em uma peça! Uma peça de William Inge!

Não.

Como assim, não?

Cherie, Magda... as outras. Não são apenas papéis.

É claro que são.

Elas estão em mim. Eu sou essas mulheres. São pessoas reais no mundo também.

Eu não estou entendendo você, querida. Sei que você não acredita de verdade nisso.

Se elas não fossem reais em algum lugar, você não poderia escrever a respeito delas. E ninguém reconheceria essas mulheres. Independentemente da aparência.

Minha linda, tudo bem. Acho que entendo o que quer dizer. Você tem a sensibilidade de uma poeta.

O que isso quer dizer, que sou uma loira burra? Uma mulher qualquer burra?

Querida, por favor!

De uma puta burra, já me chamaram.

Querida...

Eu amo Cherie! Mas não amo "Marilyn".

Querida, já discutimos isso. Não se chateie.

Mas as pessoas riem de Cherie como se tivessem esse direito. Porque ela é um fracasso. "Não sabe cantar, não sabe dançar."

Não porque ela é um fracasso. É porque ela tem pretensões.

Ela tem esperança!

Querida, não é uma boa ideia para nós falarmos assim. Tão longe um do outro. Se eu estivesse aí...

Você ri de Cherie, pessoas como você. Porque ela tem esperança e não tem talento. Ela é um fracasso.

... Eu poderia explicar melhor. Eu amo tanto você, eu não suporto quando ficamos mal.

É só que eu amo Cherie e quero protegê-la. De uma mulher como "Marilyn", a quem ela seria comparada, sabe? É disso que as pessoas riem.

Querida, "Marilyn" é seu nome artístico, seu nome profissional, não uma pessoa. Você fala como se...

Às vezes, à noite, quando não consigo dormir, fica claro para mim. Onde eu cometi meu primeiro erro.

Que erro? Quando?

A lua está tão brilhante aqui que pode machucar seus olhos. O ar está tão frio. Mesmo se eu fechar as venezianas e cobrir os olhos, sei que estou em um ambiente estranho, mesmo à noite.
Você gostaria de que eu voltasse mais cedo, querida? Eu posso.
Eu contei a você que fomos de carro a Sedona outro dia? Fica ao norte de Phoenix. Era como o começo do mundo. Essas montanhas vermelhas. E tão vazio. E silencioso. Ou talvez fosse o fim do mundo. Nós éramos viajantes do tempo e viajamos longe demais e não conseguíamos voltar.
Você disse que era lindo...
Seria lindo, o fim do mundo. O sol ficará todo vermelho e encherá a maior parte do céu, eles dizem.
Esse erro que você mencionou...
Não importa, Papai. Eu não conhecia você na época.
Há erros em todas as carreiras, querida. São os acertos que contam. Acredite em mim, querida, você acertou muitas, muitas vezes.
Acertei, Papai?
É claro que sim. Você é famosa. Isso deve significar alguma coisa.
O que significa, Papai? Quer dizer que sou uma boa atriz?
Acho que sim, sim.
Mas eu sou uma atriz melhor agora. Desde Nova York.
Sim. É mesmo.
Isso quer dizer que eu deveria me orgulhar de mim mesma?
Acho que você deveria se orgulhar de si mesma, sim.
Você está orgulhoso de si mesmo, Papai? Das suas peças?
Sim. Às vezes. Eu tento.
Eu tento também. Papai, eu tento!
Sei que tenta, querida. Essa é uma coisa boa, saudável.
É só que todo mundo me observa agora, esperando que eu escorregue. Eles não faziam isso. Eu não era ninguém na época. Agora sou "Marilyn" e estão esperando. Como em Nova York...
Querida, você se saiu bem em Nova York. Foi sua primeira vez atuando perante uma plateia ao vivo e todos se impressionaram e se entusiasmaram. Você sabe disso.
Mas eu estava com tanto medo. Meu Deus, eu estava tão assustada.
Isso é medo de palco, querida. Todos nós temos de vez em quando.
Eu não acho que consigo conviver com isso. Esse medo me deixa exausta.
Se você atuar no palco, vai ter semanas de ensaios. Seis semanas ao menos. Nada como aquela leitura.

Papai, eu queria poder dormir à noite, mas... Tenho medo dos meus sonhos. A lua é tão brilhante e as estrelas. Estou acostumada com a cidade. Se você estivesse aqui, Papai. Eu sei que eu poderia dormir! Eu poderia amar amar amar você e, meu Deus!, eu dormiria.

Logo, querida. Logo estarei aí.

Talvez eu nunca mais acordasse, de tanto que dormiria.

Você não está falando sério, querida.

Não, não estou, porque não posso deixar você. Uma vez que nos casarmos, eu nunca quero passar uma noite longe de você.

Não será preciso. Vou me assegurar disso.

Papai, eu já falei para você que tem uma cena de rodeio nesse filme? Cherie está lá, na plateia. É difícil para ela subir num salto alto e entrar numa saia justa. A pele dela é tão pálida. Nós a deixamos pálida, uma maquiagem especial, branca como giz, para mim, não só em meu rosto, mas em todo o lugar que se pode ver de mim. Ela é a única pessoa na plateia que parece... essa coisa estranha e triste, pálida como a lua. Uma mulher. As outras mulheres usam calça e jeans, como homens. Elas estão se divertindo.

A Cherie não se diverte?

Ela é essa aberração, não consegue se divertir. Eu estava subindo as arquibancadas, o sol estava tão forte que fiquei zonza e comecei a vomitar. Não na frente da câmera!

Você ficou enjoada? Querida, você está doente?

É Cherie, como ela é tensa. Porque ela sabe que as pessoas riem dela mesmo se, como você diz, ela for "ignorante".

Eu não quis dizer "ignorante" de uma forma pejorativa, querida. Ignorante é aquele que ignora algo. Eu só estava tentando explicar que...

Não quero ter vergonha minha vida toda. Tem gente que ri de mim...

Ao diabo com essas pessoas. Quem são elas?

Gente em Hollywood. Em todo o lugar.

Olha, a revista Time *está fazendo uma matéria de capa a respeito da Marilyn Monroe, por Deus. Quantas atrizes, quantos atores estiveram na capa da* Time*?*

Papai, por que você diria isso?!

O quê? O que tem de errado?

Ah, eu disse a eles que era cedo demais! Eu disse a eles que não queria ainda. Eu não sou tão velha assim...

É claro que você não é velha. Não é nem um pouco velha.

Deveria ser quando eu estivesse pronta. Quando eu merecesse...

Querida, é uma honra. Só não leve a sério demais. Você sabe o que é publicidade. Isso é publicidade para Nunca fui santa. *Sua "volta à Hollywood". Só fará bem, não mal.*

Papai, por que você trouxe isso à tona? Eu não queria pensar nisso agora.

Eu vou ler a matéria antes de você, prometo. Você não vai precisar nem ver a capa se não quiser.

Mas as pessoas vão ver. No mundo inteiro. Meu rosto na capa! Minha mãe vai ver; ah, e se as pessoas disserem coisas terríveis a respeito de mim? A respeito da minha família? A respeito de... você?

Querida, tenho certeza de que isso não vai acontecer. Isso vai ser uma celebração: "A volta de Marilyn Monroe à Hollywood".

Papai, estou sentindo tanto medo agora! Eu queria que você não tivesse dito isso.

Querida, sinto muito. Por favor. Você sabe que adoro você.

Não vou conseguir dormir agora. Estou com tanto medo.

Querida, vou pegar o primeiro voo para aí. Vou providenciar as coisas amanhã de manhã.

Piorou agora. Está pior que antes. Tem seis horas que ainda tenho de atravessar antes de poder ser Cherie de novo. Vou desligar agora, Papai. Ah, eu amo você!

Querida, espere...

Convocou Doc Fell ao seu quarto de hotel. Não importava a hora da noite. Doc Fell sorria com seu kit médico de emergência.

Uma paisagem deserta vermelha. Durante o dia, como uma foto de superexposição. À noite, um céu pontuado com luzes como gritos distantes. Dava vontade não apenas de esconder os olhos, mas tapar os ouvidos.

O que estava havendo no Arizona na locação de *Nunca fui santa*, o que havia acontecido em Los Angeles, o que ela não poderia contar ao seu amante era um estranhamento elusivo demais para ser nomeado.

Havia começado antes do longo voo para o oeste. Depois de se despedir do Dramaturgo no LaGuardia e de beijá-lo até ambas as bocas estarem feridas.

A tarefa diante dele era o divórcio. A tarefa diante dela, retornar para "Marilyn Monroe".

Ou havia começado no longo voo para o oeste. O avião voando à frente do sol. Diversas vezes ela perguntou à comissária (servindo bebidas) que horas eram em Los Angeles e quando iriam chegar e que horário ela deveria colocar o relógio.

Ela não parecia conseguir calcular se estavam viajando no tempo para o futuro ou o passado.

O roteiro de *Nunca fui santa* com as numerosas revisões e inserções e passagens com X. Ela tinha visto a peça na Broadway, estrelando Kim Stanley, e secretamente acreditava que ela seria uma Cherie muito mais convincente. *Mas se você fracassar. Eles estão esperando.* Ela havia levado um gigantesco e já gasto *A origem das espécies*, de Charles Darwin, edição ilustrada. Havia verdades profundas ali! Ela estava ansiosa para aprender. O Dramaturgo parecia se impressionar com seu conhecimento sobre livros, mas às vezes ele sorria de uma forma que queria dizer que ela havia dito ou pronunciado algo errado. Mas como se sabe qual é o som das palavras, só de ler? Aqueles nomes nos romances de Dostoiévski! Os nomes em Tchekhov! Havia uma certa grandeza em tais nomes quando pronunciados por inteiro.

Ela era a Princesa Cintilante voltando ao reino cruel que a havia exilado. Ainda assim, sendo a Princesa Cintilante, ela perdoava, é claro.

"Estou tão *feliz*. Tão *grata*. É hora de 'Marilyn' voltar ao trabalho!"

"Que briga? Ah, não há briga! Eu amo Hollywood e espero que Hollywood *me* ame."

"Um indivíduo, assim como uma espécie, deve se adaptar ou perecer. A um ambiente mutante. E o ambiente está sempre mudando! Em uma democracia como a nossa... tantas descobertas apenas na ciência. Um dia em breve, um homem na lua." Ela riu, ofegante, pois tudo havia sido revelado a ela, microfones enfiados em sua cara. "Um dia o mistério de mistérios, a origem da vida. Por que sou naturalmente otimista."

"Ah, sim, como Cherie, minha personagem no filme. Uma doce caipira pequenina se achando *chanteuse*, perdida no Velho Oeste. Mas uma otimista nata. Uma americana nata. Eu amo Cherie!"

Ainda assim, desembarcando no aeroporto internacional de Los Angeles! Ela poderia ter entrado em um pânico leve, recusando-se a deixar o avião. Emissários do Estúdio embarcaram. Tantas pessoas estavam esperando a chegada de Marilyn Monroe: fotógrafos, repórteres, equipes de televisão, fãs. Um rugido semelhante a uma catarata ressoava em seus ouvidos. Era Honolulu, era Tóquio. Duas horas e quarenta minutos se passariam antes de a Atriz Loira conseguir ser acompanhada para uma limusine e ser levada rápido de carro. No fundo, vislumbres de rostos assustados de viajantes comuns presos em multidões trituradas e barricadas policiais. Um terremoto? Um acidente de avião? Uma bomba atômica em Los Angeles? *Isso é uma piada*, ela pensou. Nos jornais matinais havia fotos na primeira página, artigos.

Marilyn Monroe volta à Hollywood.
Multidões no aeroporto.
Marilyn Monroe retorna às telas.
Marilyn Monroe "voltou para casa, feliz".

Nas fotos, havia a Atriz Loira replicada como uma figura refletida em espelhos múltiplos. Frente, perfil, lado esquerdo, direito, sorrindo, sorrindo mais radiantemente, mandando beijos, boca com beicinho. Um enorme buquê nos braços. Também na página da frente do *Los Angeles Times* havia artigos relatando o encontro do primeiro-ministro britânico Anthony Eden e o primeiro-ministro soviético Nikolai Bulganin, e o encontro do presidente Eisenhower com um representante da República da Alemanha Ocidental, recém-formada. Havia uma história de interesse humano das famílias dos "mais confidenciais" cientistas, envolvidos com o teste recente de uma bomba de hidrogênio (equivalente a dez milhões de toneladas de TNT!) no Atol de Bikini, no Pacífico Sul. Deslizamentos de terra em Malibu "reivindicando" três vidas. Um protesto "organizado" da Associação Nacional para o Progresso de Pessoas de Cor, em Pasadena, liderado pelo reverendo Martin Luther King.

Zombariam de mim, ela pensou. *Do que eu sou.*

Marilyn Monroe tinha um agente novo, Bix Holyrod, da agência Swanson. Ela tinha uma equipe de advogados. Um "homem do financeiro". Com seu adiantamento por assinar o contrato de *Nunca fui santa*, ela fez o primeiro pagamento do que seria com o tempo um fundo de garantia de cem mil dólares para sua mãe, Gladys Mortensen. Tinha um assessor de imprensa providenciado pelo Estúdio. Tinha um maquiador, um cabeleireiro, uma manicure, um especialista em saúde da pele e cabelos formado pela UCLA, uma massagista, uma figurinista, um motorista e um "assistente geral". Ela estava temporariamente morando no luxuoso conjunto de edifícios Torres de Bel-Air, perto de Beverly Boulevard, onde, com frequência, caminhava confusa e perdida e incapaz de encontrar a entrada do Prédio B. Tinha dificuldade com as chaves, que com frequência não sabia onde colocava. No apartamento mobiliado havia uma governanta e um chef de meio período, que se dirigia a ela em sussurros reverentes como "Senhorita Monroe". Sob o aroma agradável de flores (pois o apartamento estava sempre cheio de arranjos), um cheiro sutil de fungicida. Ela não deixava arranjos dentro do quarto, sabendo que consumiriam seu oxigênio. Havia uma meia dúzia de extensões telefônicas no apartamento, mas o aparelho raramente tocava. Todas as ligações de Marilyn eram filtradas. Quando ela levantava o fone para fazer uma chamada, em geral, a linha estava muda, ou estalava daquele jeito (o Dramaturgo havia contado) que significava que o telefone estava sendo gravado. Ela tomava o cuidado de manter as venezianas fechadas em todas as janelas. O apartamento ficava no terceiro andar do edifício e era vulnerável. Ela pediu à governanta para costurar etiquetas em todas as suas roupas e manter uma lista cuidadosa da lavanderia, pois alguém lhe dissera (Bix Holyrod, que achava engraçado) que havia um mercado negro lucrativo de roupas íntimas de Marilyn Monroe. Ela foi a almoços e jantares em sua homenagem. Pedia licença no meio de eventos assim para ligar para o Dramaturgo em Nova York, em seu novo lar, um prédio sem elevador na rua Spring. Um dos jantares mais luxuosos para Marilyn foi oferecido por sr. Z, que agora tinha uma nova propriedade, magnífica, estilo *villa* mediterrânea em Bel Air, e uma nova esposa jovem, cabelo cor de bronze, com seios duros como uma armadura. O sr. Z havia envelhecido surpreendentemente bem. Ele parecia, na verdade, estar mais jovem do que nas lembranças dela. Embora fosse muitos centímetros mais baixo do que ela ("minha maior posse, Marilyn"), com uma pequena corcunda entre as omoplatas, o sr. Z agora exibia uma cabeleira esvoaçante e branca, e seus olhos eram os de um Rei Mago. O sr. Z era um pioneiro de Hollywood, um "pedaço de história" viva.

Como sempre, o sr. Z e Marilyn Monroe trocaram gracejos aos quais os outros ouviram com inveja.

— Você ainda tem o aviário, sr. Z? Aqueles pobres pássaros mortos!

— Eu sou um colecionador de antiguidades, querida. Acho que você me confundiu com outro mentor.

— Você foi um taxidermista, sr. Z. Muitos de nós nos deslumbramos com suas mãos.

— Eu tenho a coleção particular mais seleta do país de cabeças e bustos romanos. Quer que eu lhe mostre?

Uma limusine a levava para jantares nas colinas ricas sobre Los Angeles e para compromissos durante o dia. Entrevistas, sessões de fotos, reuniões de pré-produção no Estúdio. Ela viu com uma pontada de choque que o motorista era o Chofer Sapo. *Não imaginava que seria ele afinal. Não imaginei nada daquilo.* Também o Chofer Sapo parecia não haver envelhecido. Sua postura dura e perfeita, sua pele escurecida enrugada e manchada e seus olhos brilhantes protuberantes. Ainda que olhos velados. Um quepe, um uniforme verde-escuro com botões de latão como Johnny Philip Morris, mas ao contrário daquele tratante, cujo grito em falsete era uma notificação do sangue de bilhões de americanos viciados em nicotina por muito do século xx, o Chofer Sapo estava em silêncio. A Atriz Loira sorriu para ele sem subterfúgio.

— Ora, olá! Você se lembra de mim? — Ela estava trêmula, mas determinada a ser animada e franca, pois todos nós desejamos ser bem-falados por indivíduos tais como o Chofer Sapo depois de nossa morte. — Uma vez você me levou na Sociedade Lar de Órfãos de Los Angeles. Que dia foi aquele! E a outros lugares. — No fundo da limusine, a Atriz Loira, por trás de janelas escurecidas, levada pela Cidade de Areia *enquanto meu coração estava em Nova York, com meu amante, em breve marido, que escreveria a história verdadeira de minha vida, em que eu sou uma garota americana do povo, uma heroína.* Ao mesmo tempo, exausta e levemente bêbada ("Marilyn Monroe" bebia apenas champanhe verdadeiro, e apenas Dom Pérignon), ela sorria ao pensar: *Houve uma vez um jovem belo príncipe transformado em sapo sob um feitiço cruel. Apenas se uma jovem bela princesa o beijasse, o feitiço seria quebrado e o jovem belo príncipe e a jovem bela princesa se casariam e viveriam felizes para sempre.*

No meio de tal história maravilhosa, ela pegou no sono. Em seu destino, o Chofer Sapo bateria na divisória de vidro para despertá-la, relutante até agora de pronunciar qualquer palavra.

— Srta. Monroe? Chegamos.

Em geral, ela era levada ao Estúdio. O império imenso atrás de muros; passando por um portão guardado por sentinelas. Onde "Marilyn Monroe" nascera não fazia nem uma década. Onde o destino de "Marilyn Monroe" fora forjado. Onde, décadas antes, os amantes destinados que eram os pais de "Marilyn Monroe" supostamente se conheceram. Ela, Gladys Mortensen, uma montadora de filme, mas moça muito atraente. Ele... (com toda a sinceridade, a Atriz Loira contava, a entrevistadores que insistiam em perguntas sobre o pai misterioso, que o homem ainda estava vivo, sim; ele mantinha contato com ela, sim; ela o conhecia, sim; mas ele não queria que o resto do mundo o conhecesse, "e eu respeito seus desejos").

Seu antigo camarim, anteriormente de Marlene Dietrich, estava pronto para ela. Arranjos florais a aguardavam. Pilhas de cartas, telegramas, presentinhos embrulhados com todo o cuidado. Ela abriu a porta e a fechou em um turbilhão de náusea.

Doc Bob tinha partido do Estúdio, desaparecido como se nunca houvesse pisado lá. Rumores diziam que estava cumprindo pena em San Quentin por homicídio. ("Uma garota morreu em suas mãos, e ele se recusou a se desfazer do corpo, como ordenado.") Um médico novo, Doc Fell, havia assumido seu escritório. Doc Fell era alto e de cenho sulcado, com a beleza de Cary Grant, e tinha modos vigorosos com seus pacientes. Ele os impressionava com seu conhecimento de Freud; falava com familiaridade de libido, agressão infantil reprimida e do mal-estar da civilização: "Para o qual todos nós contribuímos, e do qual todos nós sofremos". Doc Fell estaria disponível nas filmagens de *Nunca fui santa* e mais tarde acompanharia as gravações no Arizona. Com frequência, uma Cherie insone pelo brilho da lua convocaria Doc Fell de pijamas e roupão estilo Cary Grant para seu quarto no hotel, desesperada por dormir. *Só desta vez. Uma vez mais. Eu não vou fazer disto um hábito, prometo!* Doc Fell era um padre que em uma emergência tinha a autoridade de injetar Nembutal líquido diretamente em uma veia; até mesmo o mero toque de Doc Fell, seu dedão buscando uma veia no interior suave do antebraço de Cherie, já era um alívio. *Ah, meu Deus! Obrigada.*

De início, no estúdio de gravação de *Nunca fui santa*, havia uma atmosfera de mágica e boa vontade. Ela era Norma Jeane que era "Marilyn", que era "Cherie" até o último fio de cabelo. Ela era uma atriz que havia estudado na Companhia de Teatro de Nova York, uma atriz que seguia o Sistema Stanislavski; era a encarnação da sabedoria e do conhecimento de teatro. *Você sempre deve representar a si mesmo. Uma versão fundida na fornalha da memória.* Ela conhecia Cherie até o menor remendo e rasgo das fantasias pateticamente glamourosas de *chanteuse* de Cherie. Ela conhecia Cherie com a intimidade que conheceu Norma Jeane Baker da agência Preene, Miss Produtos de Alumínio 1945, Miss Produtos Laticínios do Sul da Califórnia 1945, Miss Hospitalidade a dez dólares por dia, sorrindo ansiosa, sorrindo para ser amada. *Ah, olhem para mim! Contratem-me.* Ela estava mais feliz do que jamais estivera com qualquer outro papel. Pois nunca até aquele momento ela de fato havia escolhido um papel. Como uma garota em um bordel que tinha que aceitar qualquer cliente que lhe obrigassem. Até agora. *Vou fazer vocês amarem Cherie. Vou partir seus corações de pedra com Cherie.* Ela era capaz de acreditar em si mesma e se concentrar como nunca havia se concentrado antes. Os conselhos de Pearlman ecoavam em seus ouvidos como as falas de Jeová. *Mais além! Vá além, mais fundo. Para a raiz da motivação. Na memória enterrada como um tesouro.* A gentilmente enérgica voz paternal do Dramaturgo ecoava em seus ouvidos. *Não duvide de seu talento, querida. Seu talento incandescente. Não duvide de meu amor por você.* Ah, ela não duvidava!

O diretor era um homem distinto contratado pelo Estúdio porque ela pediu. Ele não era um pilantra do Estúdio. Era um artista de teatro que o Dramaturgo tinha em altíssima conta, de mente independente e única. Ouvia com cuidado as sugestões de sua protagonista e claramente se impressionava com sua inteligência, suas intuições psicológicas e sua experiência atuando ao discutir por muito tempo a personagem Cherie; como Cherie tinha que ser vestida e iluminada e maquiada, seu cabelo, a própria tintura de sua pele ("Quero uma aparência de pelagra, doente, uma espécie de verde lunar. Só um toque, quero dizer. Deve ser sutil como um poema.") É claro que o diretor devia seu trabalho à sua protagonista, e isso pode ter amenizado sua atitude; ele não olhava de canto de olho com um sorriso ou a mimava descaradamente como outros diretores haviam feito. Ainda assim, em sua atenção havia algo perturbador. Ele parecia a ela muito escrupulosamente educado; maravilhado por ela em demasia; até cauteloso. Ele a encarava de uma forma quando ela entrava no estúdio como Cherie no figurino de dançarina de bar, os seios pulando do decote e meia-arrastão preta, que parecia estar em um sonho. Ela pedia muito a Deus que o homem não estivesse apaixonado por ela.

Mas teve uma sorte! Melhor do que talvez ela merecesse. A história da capa da *Time* era pura Marilyn, e não *ela*.

Meu Deus, eu não fazia ideia de que Monroe era tão... carismática. A mulher era fascinante como uma chama. Dentro e fora do Estúdio. Às vezes eu ficava olhando e esquecia onde diabo estava. Eu era diretor havia muito tempo, e imaginava que fosse imune à beleza feminina e certamente à atração sexual, mas Monroe estava além da beleza feminina e muito além do sexo. Alguns dias, ela simplesmente queimava de talento. Nela sempre havia uma febre urrando para sair. Via-se que era genialidade e talvez genialidade se torne doença quando não se consegue pôr para fora, o que eu acho que mais cedo ou mais tarde aconteceu com ela, do jeito que ela se despedaçou nos últimos anos. Mas eu tive Marilyn no auge. Não havia ninguém como ela. Era inspirada em tudo que fazia como personagem. Era tão insegura que pediria para regravar e regravar e regravar, e deixaria perfeito. Quando ela conseguia uma cena perfeita, ela sabia. Ela sorria para mim, e eu sabia. Ainda assim, alguns dias ela sentia tanto medo que se atrasava horas para gravação. Ou nem sequer chegava. Ela tinha todo o tipo de doença: gripe, garganta inflamada, enxaqueca, laringite, bronquite. Nós estouramos muito o orçamento. Em minha opinião, valeu cada centavo. Quando Monroe estava em seu habitat, era como um mergulhador indo às profundezas; se ela parasse para respirar, ela se afogaria. Acho que eu estava apaixonado por ela. Eu francamente era louco por ela. Foi algo que me maravilhou, eu estava pensando que essa mulher burra e bronca fosse só teta e rabo se remexendo, quando este anjo Marilyn Monroe chega suavemente e pega minhas mãos e me diz que o roteiro não é lá essas coisas, é fraco e superficial e brega, mas ela o resgataria e iria partir meu coração, e, Deus, ela partiu.

Eles nem sequer a indicaram a um Oscar naquele ano. Todo mundo sabia que ela merecia por Nunca fui santa. *Filhos da puta!*

* * *

Algo estava acontecendo, ela dissera ao seu amante, mas não ousou contar as circunstâncias. A cada vez, mais e mais tempo era necessário toda manhã para convencer a Amiga Mágica a sair do espelho.

Quando garotinha, ela mal precisara espiar as profundezas vítreas e lá vinha a bela Amiga no Espelho sorrindo, ansiosa para ser beijada e abraçada.

Quando modelo fotográfica, ela apenas precisava posar como mandavam. Nas poses sugeridas. Entrando em um transe enquanto a Amiga Mágica emergia.

Quando atriz de cinema, ela apenas precisava aparecer no estúdio, entrar no camarim e se preparar, e perante as câmeras, uma mágica inexplicável acontecia, o sangue corria ao coração, e era um pulsar mais poderoso que sexo. Dizendo suas falas, memorizadas sem esforço, com frequência sem saber que havia memorizado, empolgada e assustada de ganhar vida em seu corpo emprestado, ela se tornava Angela, Nell, Rose, Lorelei Lee, a Garota do Apartamento de Cima. Mesmo sobre a saída de ar do metrô, o Ex-Atleta testemunhando sua degradação, ela havia sido de corpo e alma a Garota do Apartamento de Cima, luxuriante em seu ser. *Olhem para mim! Eu sou quem sou.*

No entanto, por mais estranho que fosse, agora que ela acreditava estar no principal papel de sua carreira, no começo de sua carreira nova como uma atriz séria na tela, ela era assolada por dúvida. Estava ansiosa, estava doente de pavor. Levantando-se da cama apenas se esmurrassem a porta, apenas quando ela já estava atrasada para as gravações da manhã. Encarando-se no espelho: Norma Jeane em vez de "Marilyn". Pele amarelada e olhos injetados de sangue e o princípio de um terrível inchaço ao redor da boca. *Por que você está aqui? Quem é você?* Ela conseguia ouvir risos baixos, abafados. Uma risada masculina de escárnio. *Sua vaca deprimente.*

Mais e mais tempo era necessário para convocar "Marilyn" do espelho.

Ela confessou a Whitey, o maquiador, que a conhecia com mais intimidade do que qualquer amante ou marido poderia conhecê-la:

— Perdi minha coragem. A coragem de ser jovem.

A resposta de Whitey era invariavelmente repreensiva:

— Srta. Monroe! Você é uma mulher jovem, jovem.

— Esses olhos? Não, não sou.

Whitey espiou os olhos no espelho com um leve tremor.

— Quando eu terminar com estes olhos, srta. Monroe, aí veremos.

Às vezes, Whitey fazia sua mágica, e a fala se realizava. Às vezes, não.

No começo das gravações de *Nunca fui santa*, levou um pouco mais de tempo do que se esperaria para a Atriz Loira se preparar para as câmeras. Essa moça era tão naturalmente bonita, tinha uma pele tão suave e luminosa, olhos tão ágeis, que

poderia praticamente enfrentar as câmeras com uma camada leve de pó, batom e ruge. Então, em uma progressão rápida, começou a demandar mais tempo. Whitey estava perdendo seu talento? A pele da atriz não ficou boa, sua maquiagem teria que ser removida gentilmente com creme e reaplicada. Às vezes era o cabelo que não ficava bom. (Mas o que possivelmente poderia haver de errado com *cabelo*?) Umedecido e restaurado e secado tudo de novo com um secador. Enquanto Norma Jeane ficava sentada imóvel na frente do espelho, olhar baixo em oração.
    Por favor, venha. Por favor!
    Não me abandone. Por favor!
    A mesma que ela havia desdenhado. Aquela "Marilyn" que ela detestava.

O Dramaturgo voou para o Arizona ao encontro dela. Apesar de sua vida estar despedaçada. Apesar (e ele estava morrendo de medo de dizer a ela) de ele ter recebido uma intimação para comparecer de novo em Washington, à sala Caucus do edifício comercial Old House, o prédio mais antigo, ao lado do Capitólio, para explicar seu envolvimento com atividades políticas possivelmente "subversivas" e "clandestinas" quando mais novo.
    Ele se chocou ao encontrar a Atriz Loira tão perturbada, tão... diferente de si mesma. Não havia nada da garota com o cabelo de crina e riso dourado nela agora.
    Ah, me ajude. Você pode me ajudar?
    Querida, o que houve? Eu amo você.
    Eu não sei. Eu quero que Cherie viva tanto. Não quero que Cherie morra.
    Seu coração estava perfurado de amor por ela. Ora, era só uma criança! Tão dependente dele, como um de seus próprios filhos, anos antes. Só que ainda mais, porque as crianças haviam tido Esther, e Esther sempre fora mais próxima deles.
    Em sua cama no hotel, cortinas fechadas do brilho incendiário do deserto, eles ficavam deitados por horas. Sussurrando juntos, beijando-se, transando, consolando um ao outro, ele a consolava e vice-versa, pois a alma dele estava arrasada sem ela, ele também tinha medo do mundo. Em um sono sonhador sob luz baixa como sob o crepúsculo eles podiam ficar por horas. Eles imaginavam (mas talvez não fosse imaginação) que entravam um no sonho do outro, como se entrassem um na alma do outro. *Só me abrace. Me ame. Não me solte.* A paisagem desértica surreal, montanhas de pedra vermelha e serras como crateras lunares. O céu noturno, vasto e intimidatório, ainda que emocionante como a Atriz Loira o havia descrito.
    Sinto como se pudesse ser curada com você. Com você aqui. Se estivéssemos casados. Ah, quando podemos nos casar? Tenho tanto medo que algo aconteça e nos impeça.

O braço dele ao redor de sua cintura, ele falava com ela sobre o céu noturno. Ele dizia o que vinha à sua mente. Falava de um universo paralelo em que eles já estavam casados e tinham doze filhos. Ele a fazia rir. Beijava suas pálpebras. Beijava seus seios. Levava aos mãos dela à sua boca e beijava os dedos. Ele disse a ela o que sabia da Constelação de Gêmeos — pois ela lhe dissera que era do signo de Gêmeos —, não gêmeos beligerantes, mas gêmeos que se amam, leais e devotados um ao outro. Até depois da morte.

Notou-se como, depois de um dia da chegada do Dramaturgo, a Atriz Loira começou a reavivar. O Dramaturgo, já um herói para alguns, tornou-se um herói ainda maior. Era como se a Atriz Loira houvesse recebido uma transfusão de sangue. Ainda assim, o Dramaturgo não estava drenado de força, mas parecia revigorado, rejuvenescido também. Um milagre!

Estavam tão apaixonados, aqueles dois. Só de vê-los juntos... o jeito que ela segurava o braço dele, erguia a cabeça para olhá-lo. O jeito que ele olhava para ela.

Qual era o segredo do Dramaturgo? Ele argumentava com a Atriz Loira como homem algum havia feito. Sim, ele a abraçava e a confortava; sim, ele a mimava como outros homens haviam feito; mas ele também falava com franqueza com ela. Ela gostava disso! Dizia com severidade que ela tinha que ser realista. Profissional. Ela era uma das artistas mulheres mais bem-pagas no mundo e tinha sido contratada para prestar um serviço. O que suas emoções tinham a ver com isso? O que insegurança e dúvida tinham a ver com isso?

— Você é uma adulta responsável, Norma, e deve se portar com responsabilidade.

Em silêncio, ela o beijou na boca.

Ah, sim. Ele tinha razão.

Ela quase desejava que ele agarrasse seu braço e a chacoalhasse, com força. Como o Ex-Atleta havia feito, para despertá-la.

O Dramaturgo se apegava à sua pupila. Havia começado a carreira de dramaturgo compondo monólogos, e o monólogo era o mais natural para ele como forma de discurso. Ele não a havia alertado sobre os perigos de teoria em excesso?

— Sempre acreditei que você era uma atriz nata, querida. Intelectualizar só aleija você. Em Nova York, você se preparava obsessivamente para as aulas de drama, você se exauria depois de poucas semanas. Isso é sinal de amadorismo. Uma zelote. Pode ser um sinal de talento, mas eu duvido. Na minha opinião, é muito melhor que um ator mantenha um toque de algo cru e inexplorado na personagem. Esse era o segredo de John Barrymore. Você é amiga de Brando? É uma das técnicas de Brando também. Até não saber as falas completamente, ser forçado a inventar, na linguagem do personagem. Um ator de teatro brilhante nunca faz a mesma performance duas vezes. Ele não recita as falas, ele as diz como se ele próprio as ouvisse pela primeira vez. Este é um conselho que Pearlman deveria ter dado a você, mas você conhece Max: aquele "sistema" pretensioso de Stanislavski. Francamente, beira a bobagem completa. E se um beija-flor ficar consciente de suas asas batendo, de seu padrão de voo, será que ele poderia voar? Se ficarmos conscientes de cada palavra que pronunciamos, poderíamos falar? Esqueça Pearlman. Esqueça Stanislavski. Esqueça a teoria de merda. O perigo para o ator é ensaiar demais e se exaurir. Houve produções de peças minhas em que o diretor forçou demais os atores; tiveram o auge da qualidade antes da estreia, perderam o *momentum* e ficaram monótonos. Isso aconteceu com Pearlman. As pessoas ficam se vangloriando dele, de que tem "sangue no piso de suas salas de ensaio"... mais baboseiras. Você estava afirmando, querida, que conhecia Cherie de dentro? Como uma irmã? Talvez isso não fosse de todo uma coisa boa. Talvez não fosse nem verdade. Você deveria ter reconhecido que Cherie é um mistério para você. Como me disse que Magda era muito mais do que eu soubera. Por que não deixar Cherie respirar um pouco? Deixe que Cherie surpreenda você, amanhã, na gravação.

Em outro momento, em silêncio, tremendo em gratidão, a Atriz Loira ficou na ponta dos pés para beijar o Dramaturgo nos lábios.

Ah, sim. Graças a Deus. Ele tinha razão.

Lá vinha a Cherie loira-platinada pálida como se doente de pelagra para o set na manhã seguinte na blusa brega de renda preta, uma saia justa de cetim preto, cinto grosso preto justo, meia-arrastão preta e sandálias pretas de salto agulha. Olhos sujos com fuligem, uma boca de bebê voluptuosa vermelha, trêmula e contrita. Lá estava Marilyn no horário! Não, lá estava Cherie. Nós observamos esta mulher maravilhosa mordiscando a unha como uma garotinha na aula de teatro, ou como uma garota simplória de fato, sabendo muito bem que foi má e estando preparada para ser repreendida.

Ela estivera arrastando sua boá de plumas encardida pelo piso exatamente como Cherie. Ela falava com o sincero sotaque arrastado de Cherie, uma voz tão suave que nós quase não conseguíamos ouvir.

— Ah, meu Deus. Eu sinto muito. Peço perdão a todos. Fiz o que Cherie não teria feito, entrei em desespero. Não fui um membro responsável desta produção. Estou tão envergonhada!

Que diabo. Nós esquecemos nossa mágoa, nossa raiva, nossa frustração com ela. Nós explodimos em aplausos espontâneos. Nós adorávamos nossa Marilyn.

> *As coisas estão indo muito bem agora com meu filme novo depois de um começo difícil. O título é* Nunca fui santa. *Espero que goste do filme!*

Ela estava com o hábito de boa filha de enviar cartões-postais a Gladys no Lar de Lakewood. Ela havia enviado cartões de Nova York.

> *Amo esta cidade. É uma cidade de verdade, não como a Cidade de Areia. Se algum dia quiser me visitar aqui, Mãe, eu poderia providenciar. Aviões voam o tempo todo de um lado para o outro.*

Ela ficava inquieta em ligar para Gladys, desde que deixou Los Angeles. Acreditava que Gladys a culpava por abandoná-la. Apesar de que, ao telefone, Gladys não era acusadora. Norma Jeane havia ligado de Nova York quando havia se apaixonado logo de cara pelo Dramaturgo e sabia que se casaria com ele e ele seria o pai de seus filhos.

> *Tenho novos amigos maravilhosos aqui, um deles um professor de teatro famoso no mundo inteiro e outro um dramaturgo distinto, americano, que ganhou o Pulitzer. Eu vi bastante meu amigo de Hollywood, Marlon Brando.*

Ela havia contado a Gladys que comprava livros na Strand. Era um sebo onde ela havia buscado alguns dos livros antigos de Gladys, mas não os encontrara. *A Treasury of American Poetry*. Era esse o título? Ela adorava aquele livro! Ela amava ouvir Gladys lendo poesia. Agora ela lia poesia para si mesma, mas na voz de Gladys. Para observações assim, Gladys responderia, quase inaudivelmente: "Que bom, querida".

Então ela não ligou mais para Gladys, apenas enviava cartões-postais com fotos do sudoeste.

> *Um dia quando eu for rica, podemos passar uns dias aqui. Aqui é o "fim do mundo", com certeza!*

Norma Jeane tinha tanto medo de ver o material bruto das gravações, tanto pânico de descobrir que Marilyn os havia decepcionado, que não fazia ideia de o que *Nunca fui santa* estava se tornando exceto por suas cenas. E suas cenas eram filmadas e refilmadas tantas vezes, tão impregnadas do esforço de sua performance, e seu coração batucando dentro do peito, que ela não fazia ideia de como se saía aos olhos de um observador neutro. Como Cherie, ela mergulhou fundo, cega e "otimista". Confiaria, como seu amante aconselhou, no instituto.

Então Norma Jeane não viu *Nunca fui santa* por completo — do começo ruidosamente cômico ao fim sentimental romântico — até uma prévia no Estúdio no começo de setembro. Não veria tamanho era seu brilhantismo ao interpretar Cherie até meses depois. Àquela altura, uma mulher casada. Sentada com o marido segurando firme sua mão na primeira fileira de poltronas acolchoadas da sala escurecida para a pré-estreia. Envolta em uma névoa de meprobamato e Dom Pérignon. Norma Jeane era "Marilyn", mas sedada, tranquila. As crises da primavera anterior no Arizona eram tão remotas a ela quanto as crises de uma estranha. Foi um choque para ela que *Nunca fui santa* tivesse um resultado tão bom. Como Cherie, deu a performance mais inspirada de sua carreira. Apesar do terror, mais uma vez ela havia se sustentado perante um desafio do qual não precisava se envergonhar; pelo contrário, era motivo de orgulho. Ainda assim, parecia a ela uma vitória irônica, como a de uma nadadora que mal consegue atravessar um rio turbulento e quase se afoga. A nadadora cambaleia até a praia; a audiência, que não arriscou nada, explode em aplausos.

E a plateia no cinema, assim como na sessão no Estúdio, explodiu em aplausos. O Dramaturgo a abraçou, protetor, seu braço ao redor dos ombros trêmulos.

— Querida, por que está chorando? — sussurrou ele. — Você foi incrível. Você é incrível. Ouça essa resposta aqui. *Hollywood adora você.*

Por que eu estava chorando? Talvez porque na vida real, Cherie estaria bebendo, e muito. Estaria sem metade dos dentes. Teria que dormir com os bastardos. Não fazia sentido algum que ela conseguisse evitá-los exceto porque o roteiro era sentimental e brega, e em 1956 não se poderia arriscar uma classificação X da Legião de Decência. Na vida real, Cherie teria apanhado e provavelmente sido estuprada. Ela teria sido compartilhada por homens. Não me diga que o Velho Oeste não era assim, eu conheço homens. Ela teria sido usada por eles até engravidar ou perder a beleza ou os dois. Não haveria um caubói ingênuo e bonitão, um Bo, para jogá-la sobre o ombro e carregá-la para longe dali até seu rancho de dez mil acres. Ela teria bebido e usado drogas para continuar até o dia em que não pudesse mais se levantar da cama, não conseguisse sequer abrir os olhos, e então estaria morta.

A Dançarina (Americana) de Cabaré 1957

Miss Monroe! Esta é sua primeira visita à Inglaterra. Quais são suas impressões?

Era o Reino dos Mortos. Cujos habitantes se moviam inaudíveis como fantasmas. Rostos pálidos como o céu opalescente e ar brumoso e sem sombras. E ela, entre eles, a Atriz (Americana) Loira, sob aquele mesmo feitiço.

Nessas ilhas do Mar do Norte, não importava se era inverno ou primavera. Não havia previsão de um dia para o outro. Crocos e narcisos desabrochavam em brilhantes cores valentes em um frio de perfurar ossos. O sol estava em um crescente desbotado no céu de neblina.

Em pouco tempo acostumava-se.

— Querida, o que houve? Venha aqui.

— Ah, Papai. Estou com tanta saudade de casa.

O Príncipe e a Dançarina de Cabaré. Seu coprotagonista era o renomado ator britânico O.

Ela era a Dançarina (Americana) de Cabaré. Em uma trupe itinerante, em um país misterioso dos Bálcãs. Peituda e com o traseiro balançando em cetim brilhante. Quando se via a Dançarina de Cabaré pela primeira vez, tomando seu lugar às pressas em uma fila para fazer uma mesura para o Grão-Duque de monóculo, uma das alças em seu ombro se rompe e um dos seios empinados e maravilhosos fica praticamente exposto.

— É barato. É *vaudeville*. É irmãos Marx.

— Querida, é *comédia*.

A Atriz Loira era uma loira-platinada voluptuosa irlandesa-americana de Milwaukee, Wisconsin. Era Cinderela, Plebeia Esfarrapada. Cujo conhecimento improvável de alemão complica a teia frágil de um enredo. O ator O era o pretensioso Príncipe Regente. Interpretado pelo renomado ator britânico com o entusiasmo e a sutileza de um brinquedo de corda.

— O que é isso, a atuação dele? Paródia? Eu não estou entendendo.

— Não acho que sua performance tenha a intenção de ser bem uma paródia. Ele interpreta o roteiro como uma comédia de gênero, para gente chique em salões, o que implica em certo estilo teatral. Certo ar de artificialidade. Ele não é um ator que segue o método Stanislavski...
— Ele está sabotando o filme? Mas por quê? Ele é o diretor!
— Querida, ele não está "sabotando" o filme. A técnica dele só é diferente da sua.

O Príncipe e a Dançarina de Cabaré estavam fadados pelo roteiro a *se apaixonar* naquele conto de fadas. Exceto que o *se apaixonar* deles era tão crível quanto o amor entre duas bonecas animadas do tamanho de pessoas.
— Ele despreza o papel dele. E o meu.
— Isso não pode ser verdade.
— Olhe para ele! Para os olhos.

Através do monóculo de O, ela era forçada a se ver: a atriz americana com peitões, o cabelo loiro-platinado de algodão-doce em fios finos e lábios vermelhos brilhantes e maneirismos hesitantes. A Dançarina de Cabaré era uma moça sem reservas do povo (americano), o Príncipe era o aristocrata (europeu) reticente, preso à tradição. Fora das gravações, O era friamente educado, até gracioso com a Atriz Loira, mas no estúdio de gravação não; na frente das câmeras, fazia escárnio dela. Ela estava deslocada entre esses atores shakespearianos treinados na Academia Real de Teatro como a pobre Cherie, a *chanteuse*, teria estado.

Marilyn Monroe era a galinha (americana) dos ovos de ouro na fantasia britânica de O sobre a fartura proporcionada por Hollywood. O desdém de O por Hollywood e por "Marilyn" tinha um cheiro que seus perfumes desesperados não poderiam camuflar.

A forma como O pronunciava "Mari-lyn".

O, tanto diretor do filme condenado quanto protagonista. O sotaque britânico como uma faca arranhando porcelana.

Dirigindo-se a ela como se dirigiria a uma criança retardada. Só que sem sorrir.
— Mari-*lyn*. Minha querida, você pode falar um pouco mais claramente? Com mais coerência.

Ela não respondia. Ele poderia ter se aproximado e cuspido em seu rosto. Ela era Norma Jeane Baker, munida de um vestido que desnudava muito de seu peito, o couro cabeludo ardendo dos retoques matinais de água oxigenada, a mente lenta como um rádio ficando sem corda. De súbito, perdida em um sonho. Quatro horas e quarenta minutos atrasada naquele dia. Tossia, as cenas precisavam ser regravadas. Ela se atrapalhava com as falas; começava a esquecer os diálogos mais simples. Quando já havia memorizado com tanta facilidade. Quando já havia memorizado até as falas dos outros atores. Os poros da testa e do nariz soltavam gordura pela camada de maquiagem grossa como uma panqueca.

Pelo monóculo, O a encarava. Tirava o monóculo e forçava uma careta em forma de sorriso.

Era nítido que ele queria soar astuto. Astúcia de comédia de gênero, comédia elitista.

— Mari-lyn, querida. Seja sensual.

Na semana anterior, ela estivera doente, com dor de barriga. Vomitando a noite toda. O Dramaturgo foi à enfermeira, seu marido devotado e ansioso. Ela havia emagrecido três quilos. Os figurinos tiveram que ser reajustados. O rosto estava mais magro. Precisariam regravar as cenas que ela já fizera? Naquela semana, conseguiu trabalhar um único dia inteiro, da manhã até o fim da tarde. Os outros atores a viam com simpatia cautelosa. *Como se minha doença pudesse ser contagiosa. Ah, eu queria que eles me amassem!*

Foi uma vingança requintada. Vingança de garota americana. O renomado ator britânico, O, esperava explosões emocionais, histeria crua; ele havia sido alertado que a Atriz Loira era "difícil". Ele não esperava uma vingança tão passiva e letal.

Pensando que eu era uma Desdêmona loira burra. Meu segredo é que Marilyn é Iago!

Ela saía de fininho para se esconder. Ela ria. Não, estava terrivelmente magoada, confusa.

— É O quem está me deixando doente. Ele me amaldiçoou.

— Não pense assim, querida. Ele de fato admira você...

— Quando ele tem que me tocar, a pele se contorce. As narinas se contraem. Eu vejo.

— Norma, você está exagerando. Você deve saber que...

— Olha, eu estou *fedendo*? O que está acontecendo?

Acontece que, Marilyn, aqui está um homem que não deseja você. Um homem que você fracassou em seduzir. Para quem transar com você ou com uma vaca não faria diferença. Um em milhões.

O Dramaturgo! O que ele deveria pensar, e o que ele deveria fazer?

A mulher, sua esposa. A Atriz Loira, *sua esposa.*

Na Inglaterra ele começou a compreender a natureza da tarefa que tinha diante de si. Como um explorador andarilho começa a entender, à medida que o terreno muda e um novo panorama, abrupto, deslumbrante e inesperado se abre diante de si, o desafio que se colocava à frente.

Ele havia se tornado seu enfermeiro tão rápido! Seu único amigo.

Ainda assim, ele também era amigo de O. Havia admirado O por muito tempo. Suas peças não eram adequadas para um ator com o histórico e treinamento de O; porém, o Dramaturgo reverenciava O e se sentia grato pela companhia e pelas conversas com ele. Imaginava que O havia aceitado o projeto primariamente por dinheiro; ainda assim, acreditava que O era um ator profissional demais, e um homem decente demais, para não interpretar com o máximo de sua capacidade.

Como um homem do teatro, o Dramaturgo havia sido preparado para se fascinar com o fazer cinematográfico e aprender o que pudesse. Na verdade, ele havia começado a escrever um roteiro de cinema, seu primeiro.

Um roteiro para a Atriz Loira, sua esposa.

Mas o fazer cinematográfico o chocava e confundia. Ele não estava preparado para a comoção, a ocupação incessante. Tantas pessoas! O espaço brilhantemente iluminado em que atores interpretavam estava cercado por um bando de técnicos, câmeras, o diretor e assistentes. Cenas eram iniciadas e interrompidas e reiniciadas e interrompidas de novo, e de novo começavam e se interrompiam; cenas eram gravadas e regravadas; havia uma preocupação fanática e frenética com maquiagem e cabelo; havia uma qualidade artificial como de sonho ao empreendimento todo, um espírito de qualidade barata e esfarrapada que o ofendia muito. Ele começou a entender por que O, treinado como um homem do teatro, atuava de forma tão estranha, com tanta malícia, para a câmera. O Príncipe era artificial no geral, enquanto a Dançarina de Cabaré era "natural". Parecia às vezes como se os dois estivessem falando idiomas diferentes; ou que dois gêneros radicalmente diferentes, comédia elitista de gênero e um tipo de realismo, haviam sido amassados juntos. Na verdade, do elenco, apenas a Atriz Loira parecia saber atuar para a câmera enquanto se comportava como se estivesse atuando para os outros atores; mas sua confiança fora abalada tão no começo da produção, seu entusiasmo de garota murchado pela frieza de O, que ela também havia saído do próprio trilho.

— Papai, você não entende. Isto não é o teatro. É...

A voz da Atriz Loira desapareceu. Afinal, o que, de verdade, ela estava tentando dizer?

Mais tarde, naquela noite, indo a ele e puxando seu braço como se tivesse preparado as falas para recitar.

— Papai, ouça! O que eu digo é, eu digo a mim mesma que estou sozinha. E tem esta outra pessoa comigo, ou talvez mais de uma? Não sei quem são, mas existe um motivo. Para nós estarmos lá. Por que nós estamos lá naquele lugar que deveria ser uma sala, ou nós poderíamos estar do lado de fora em um carro, tem uma lógica nisso? Nós desvendamos por que estamos lá e o que significamos um para o outro levando a cena a cabo. — Ela sorriu para ele com ansiedade. Ela queria tanto que ele entendesse; seu coração foi tocado. Ele acariciou sua bochecha febril. — Viu, Papai, que nem eu e você neste momento? Estamos sozinhos aqui juntos e estamos desvendando o porquê. Nós nos apaixonamos... e nós nos juntamos para entender o porquê. Não é como se a gente soubesse antes do momento. Não podemos! Estamos em um círculo de luz e do lado de fora há escuridão, e estamos juntos, sozinhos no oceano de escuridão como se estivéssemos flutuando em um barco, vê? Nós estaríamos assustados, exceto que tem uma lógica nisso. Tem! Então mesmo quando eu tenho medo, como, acho, quando estou aqui na Inglaterra, com pessoas que me odeiam... Stanislavski diz: "Isto é solidão em público".

O Dramaturgo ficou atônito com as palavras apaixonadas da esposa, apesar de não ter entendido a maior parte do que ela dissera. Ele a abraçou forte, forte. Seu cabelo havia sido descolorido mais uma vez nas raízes naquela manhã e exalavam um odor nauseantemente químico que fazia as narinas do Dramaturgo se contraírem. A Atriz Loira já não sentia mais esse cheiro fazia muito tempo.

Agora no Reino dos Mortos, ela começou a afundar. A sua própria medula óssea se transformou em chumbo. Naquele reino gelado do fundo do mar com seus habitantes peixes, horríveis aos seus olhos.

Eles me odeiam. Olhe só os olhos deles!

O Dramaturgo era o emissário de O assim como era, ou esperava ser, amigo de O. O Dramaturgo e O, o renomado ator britânico, eram homens casados com atrizes "temperamentais".

Ela ouviu risos zombeteiros! O Dramaturgo pronunciou, como um homem sério em um filme dos irmãos Marx:

— Querida, não. É só o encanamento.

O encanamento! Ela teve que rir.

— Querida, o que há de errado? Você está me assustando.

A Atriz Loira havia sonhado com pítons de chumbo que, estremecendo, ganhavam vida logo perto de sua cama. Naqueles quartos suntuosos em uma antiga casa de pedras no reino da umidade eterna. Era verdade, os canos velhos gemiam, torciam-se, cuspiam. Risos de chacota chegavam por meio de tubos como se fossem um alto-falante. O Dramaturgo alternava entre se preocupar, lisonjeiro, impaciente, paciente e suplicante, e à beira de ameaças, e de novo preocupado, ansioso, empático e lisonjeiro, impaciente e paciente e suplicante à beira do desespero.

Norma querida tem um carro esperando por você lá embaixo já tem uma hora por que você não se levanta   toma um banho e se veste   Você quer que eu ajude você querida por favor acorde

Ela o empurrava, choramingando. As pálpebras fechadas. A voz chegava a ela abafada, como se através de um pano de algodão. Uma voz que ela se lembrava, vagamente, de ter amado uma vez como se, ao ouvir uma gravação antiga, você se lembra de emoções misteriosas que aquela gravação um dia despertou.

Horas depois, à medida que a tarde se dissipava rápido e a voz de pano de algodão ficava mais urgente. *Querida isso é sério   você está me assustando   a esperança de todos está em você não decepcione as pessoas*

Afogada em um sonho. Ah, a ansiedade havia cessado! A medicação nova mergulhou-se no tutano de seus ossos e rapidamente a manteve presa.

O Dramaturgo estava frenético; o que fazer? O que fazer?

Naquele lugar inospitaleiro frio tão longe de casa. Naquela casa de pedra velha emprestada em que o encanamento rangia e as janelas com uma única vidraça só transbordavam uma névoa perpétua.

Os sintomas inconfundíveis: olhos vidrados injetados de sangue. Se ele levantasse uma das pálpebras com o dedão, ela não via. Seu dedão afundava na carne inchada, que demorava a engolir a marca. *Como a carne dos mortos.*

Quando ela de fato conseguiu se levantar, moveu-se de forma esquisita e parecia incerta do próprio equilíbrio. Ela suava, apesar de tremer. E o hálito parecia moedas de cobre seguradas na mão.

Por que ele estava pensando, em pânico, na morte de Bovary? A terrível agonia prolongada. A língua saliente, a linda mulher de tez pálida contorcida na morte. O líquido negro correndo da boca de Bovary quando ela morreu.

O Dramaturgo se envergonhava de si mesmo por pensar em coisas assim.

"Por que eu me casei com ela! Por que eu imaginei que seria forte o suficiente!"

O Dramaturgo se envergonhava de si mesmo por pensar em coisas assim.

"Eu amo tanto esta mulher. Preciso ajudá-la."

Com vergonha de si mesmo, vasculhando os compartimentos de seda das malas em busca dos comprimidos.

Aqueles, os comprimidos "de reserva". O esconderijo de que ele não deveria saber, em que ela havia traficado em segredo para a Inglaterra.

Ela o chutou, furiosa e chorando. Por que ele não a deixou em paz, pelo amor de Deus?

Deixe-me morrer! É o que vocês todos querem, não é?

Você transformou problemas pequenos num teste à minha lealdade. Nosso amor.

Problemas pequenos! Você não me defendeu contra aquele canalha.

Nem sempre estava claro quem estava errado.

Ele detestava Marilyn!

Não. Era você quem detestava Marilyn.

* * *

Exceto se Papai pudesse deixá-la grávida, ela amaria Papai de novo.
Como desejava um bebê! Em seu melhor sonho, o travesseiro amassado era um bebê, macio e fofinho. Os seios inchados e doendo com leite. Lá estava Bebê logo depois do círculo de luz. Lá estava Bebê com olhos brilhantes. Lá estava Bebê sorrindo em reconhecimento da mãe. Lá estava Bebê, precisado de seu amor, e apenas seu amor.
Ela cometera um erro, anos antes. Ela perdeu Bebê.
Ela havia perdido a pequena Irina também. Não havia salvado Irina de sua Mãe Morte.
Nada disso ela poderia explicar ao seu marido, ou para homem algum.
Quantas vezes se aninhando nos braços do marido, tirando seus óculos (como em uma cena de filme em que ele fosse Cary Grant) para beijar e afagar com audácia tímida de garota sua calça para deixá-lo duro como nenhuma garota o havia deixado (será que era possível?) tão especificamente. *Ah, Pa-pai! Ah, meu Deus.*
Sim, ela o perdoaria se ele a engravidasse. Ela havia se casado com ele para engravidar e ter seu filho, um filho do Dramaturgo americano que ela reverenciava. (Suas peças publicadas em prateleiras de lojas. Até em Londres! Ela o amava tanto. Tinha tanto orgulho dele. Olhos arregalados, perguntando qual era a sensação de ver o próprio nome na contracapa de um livro. Espiar uma estante em uma livraria e ver o próprio nome em uma lombada, sem estar esperando por isso; qual é a sensação? *Sei que eu ficaria tão orgulhosa, nunca mais me sentiria infeliz ou indigna em toda a minha vida.*)
Sim, ela o perdoaria. Por ficar do lado do britânico O, que a odiava, e de toda a maldita companhia de atores britânicos que a olhavam de cima.
Mas ele continuou a implorar. Argumentar. Como se fosse questão de lógica.
Querida você está com febre   você não comeu   Querida vou chamar um médico

Então ela voltou para o estúdio de gravação. Isso era trabalho para ela agora, era dever e obrigação e expiação. Silêncio na sua entrada! — como se na rebarba, ou então na expectativa, de um cataclisma. Em algum lugar nos fundos do estúdio, alguém aplaudiu grosseiramente, com ironia. E quanto tempo, quanto tempo doloroso para convocar a maravilhosa Marilyn do espelho do camarim, não uma, mas duas horas, Whitey e suas mãos habilidosas de padre realizando, enfim, a mágica.
Francamente, nos surpreendeu. Essa pessoa fraca, hesitante. Nós todos éramos tão fortes, e exceto pela aparência, ela não tinha nada. Então, nos materiais brutos das gravações, no filme terminado, nós víamos uma pessoa completamente dife-

rente. A pele de Marilyn, os olhos, cabelo, expressões faciais, o corpo que estava tão vivo... Ela havia transformado a Dançarina de Cabaré em uma pessoa verdadeiramente real, sobre a qual o roteiro dava tão pouco. Ela era a única de nós que tivera qualquer experiência fazendo filmes, todos nós éramos fraudes ao lado dela. Nós éramos manequins de costureira pronunciando falas vazias em inglês perfeitamente enunciado. Ah, sim, com certeza nós odiávamos Monroe na época em que a conhecemos, mas, depois, vendo o filme, nós a adoramos. Até O, ele teve que admitir que a julgara muito mal. Ela praticamente o erradicou, em todas as cenas que dividiam! Monroe salvou aquele filme ridículo quando acreditávamos que seria justamente a responsável por seu fracasso; não é irônico? Não é estranho?

Uma vez mais, aquele maldito interior de sala de estar. Ah, era o inferno para ela, aquele cenário. O Príncipe e a Dançarina de Cabaré ficam juntos enfim, sozinhos, e o Príncipe espera seduzir a Dançarina de Cabaré, mas ela está evitando a sedução e há a maldita escadaria em caracol para ser subida, descida, subida e de novo descida, no vestido de cetim decotado apertado na cintura que a Dançarina de Cabaré precisava usar por inúmeras cenas daquele conto de fadas lento que ela já abominava. A Dançarina de Cabaré era a Plebeia Esfarrapada. A Dançarina de Cabaré era o Corpo Feminino. O pior de tudo, a Dançarina de Cabaré não poderia dançar! Por quê? — não estava no roteiro. Por quê? — não estava na peça original. Por quê? — é muito tarde agora, custaria demais. Por quê? — você demoraria uma eternidade para fazer estas cenas, Marilyn. Por quê? — só decore suas falas, Marilyn. Por quê? — porque nós detestamos você. Por quê? — porque nós queremos seus dólares.

Naquele Reino dos Mortos em que um feitiço fora colocado nela.
Sinto saudades de casa! Quero ir para casa.
De súbito, na escadaria, a Dançarina de Cabaré caiu, com força. O salto prendeu na barra do vestido. Ela grunhiu ao cair. Havia tomado diversas Benzedrinas para rebater o Nembutal e o meprobamato, e bebera gim em seu chá quente, e o Dramaturgo não sabia (segundo ele afirmaria mais tarde), e ela caiu na escada caracol, e houve gritos no cenário, e os jovens câmeras correram para ajudá-la. O Dramaturgo, que estava assistindo com ansiedade a uma distância pequena, foi na mesma hora ajudar em um tormento de amor ajoelhando-se ao lado dela.

Seu pulso! Não havia pulsação.

Uns poucos metros dali, estava o Príncipe caracterizado, encarando pelo monóculo.

— São as drogas. Façam uma lavagem estomacal.

Nunca o perdoariam.

O Reino à beira-mar

1.

Era uma ilha encantada a que ele a trouxera, Galapagos Cove, na costa do Maine a sessenta quilômetros ao norte de Brunswick.

Apesar de estarem casados fazia mais de um ano e haverem morado em muitos lugares, ela ainda era sua jovem noiva. Ainda a ser completamente conquistada.

Ele amava isso nela, aquele forte ar de descoberta, surpresa, deleite. Ele não temia seus temperamentos, ele havia se formado o mestre de seus temperamentos.

Vendo a casa que ele alugou para o verão, e a vista do oceano além, ela se empolgara feito criança.

— Ah! Isso é tão lindo. Ah, Papai, não quero ir embora nunca mais.

Havia um estranho tom infantil em sua súplica. Ela o abraçou e o beijou, com força. Ele sentiu a vida quente e desejosa nela, como anos antes havia sentido a vida quente e desejosa de seus filhos quando os abraçava. Às vezes, o amor vinha tão forte, e o senso de responsabilidade, que ele ficava fisicamente abalado. Sua própria identidade lhe parecia obliterada.

Ele ficava em pé, alto e sorrindo com orgulho para a costa rochosa sob a falésia e para as vastas águas abertas do Atlântico, como se fosse o dono. Aquele era seu presente para sua esposa. E foi recebido como um presente, adorado como uma oferenda de amor a ela. O vento deixava as ondas turbulentas naquela tarde. A luz refletia na água como metal. Cinza-ardósia, azul-nublado, um verde-escuro e amargo, algas e espuma sempre mudando de lugar. O ar era fresco e salgado e úmido com respingos trazidos pelo vento, como ele se lembrava, e o céu estava de um azul-claro desbotado como uma aquarela crivada de nuvens vaporosas correndo rápido. Sim, era lindo; era dele para outorgar; seu coração expandia com felicidade e expectativa.

Eles ficaram em pé tremendo com o vento do oceano no começo de junho. Braços apertados um ao redor do outro. Acima, gaivotas davam voltas batendo asas e soltando gritos estridentes como se furiosas pela violação de seu território.

As gaivotas-de-bico-riscado de Galapagos Cove, como pensamentos antigos.
— Ah, eu *amo você*.
Ela falou essas palavras com tamanha ferocidade, sorrindo para cima para ele, seu marido, que você acreditaria que ela nunca havia dito essas palavras antes.
— *Nós* amamos você.
Pegando a mão dele e pressionando-a em sua barriga.
Uma barriga redonda e quente; ela andara ganhando peso.
Bebê tinha dois meses e seis dias no útero.

2.

Ele a acariciou e a beijou e pressionou a bochecha contra sua barriga nua, na cama. Maravilhado com a pele clara esticada apertada como se a vácuo naquele comecinho da gravidez. Como ela estava saudável, transbordando vida! Ela queria nutrir Bebê no útero, ela seguia uma dieta restrita. Não tomava mais comprimidos, exceto vitaminas. Havia se aposentado de sua carreira *no mundo* (como ela se referia, não com desdém ou arrependimento ou raiva, mas prosaicamente como uma freira falaria de seu passado, agora repudiando a vida secular *no mundo*) para cultivar uma vida verdadeira no casamento e na maternidade. Ele a beijou, fingiu ouvir Bebê, um espectro de batimentos cardíacos. Não? Sim? Passando a mão na barriga, tocando de leve a cicatriz em zíper de uma apendicectomia que fizera anos antes. *E quantos abortos ela tivera. Os boatos sobre ela! Os quais eu me negava a ouvir, mesmo antes de me apaixonar por ela. Eu juro.* Sua necessidade de protegê-la era uma necessidade de protegê-la até da própria lembrança de um passado confuso e descuidado e promíscuo, ainda que inocente como o passado de uma criança perdida.
Perdendo-se em um transe de maravilhamento com a beleza do seu corpo. Aquela mulher, a esposa dele. Dele!
Sua primorosa pele macia, o invólucro vivo da sua beleza.
Como o oceano, essa beleza mudava constantemente. Como se com a luz, com as gradações de luz. Ou com a força gravitacional da lua. Sua alma, misteriosa e temível, era uma esfera em equilíbrio precário sobre um jato contínuo de água: trêmula, sempre em mudança, agora subindo, agora descendo, agora subindo de novo... Na Inglaterra, ela quis morrer. Se ele não tivesse chamado um médico, mais do que uma vez... Na época de seu colapso, depois do término do filme, ela ficara abatida, devastada, aparentando sua idade e até mais; porém, de volta aos Estados Unidos, em semanas, recuperou-se completamente. Agora, grávida de dois meses, ele nunca a tinha visto tão saudável. Até suas ondas crescentes de náu-

sea pareciam animá-la. Como estava normal! E que bom era ser normal! Agora havia simplicidade e franqueza nela que ele só tinha visto quando ela leu o papel de Magda em sua peça.

Longe da cidade. Longe das expectativas alheias. Os olhos eternos dos outros. Grávida de seu filho.

Eu fiz isso por ela. Eu a trouxe de volta à vida. Se eu puder estar à altura disso agora...

Seria pai de novo, depois de tanto tempo. Com quase cinquenta anos.

3.

O Dramaturgo fora muito a Galapagos Cove no verão, com outra mulher. Uma esposa anterior. Quando mais jovem. Ele franziu a testa, lembrando-se. Mas lembrando-se do quê? Não era exatamente lembrança. Como revirar jornais antigos amarelados, rascunhos de peças que havia escrito rápido, em um fervor de inspiração, e então deixar de lado; esquecer. Você não consegue acreditar, no fervor de tal inspiração, que algum dia não vai sentir aquilo, muito menos que vai esquecer. Ele suspirou, inquieto. Estremeceu no úmido ar oceânico. Não, ele estava feliz. Sua nova esposa jovem estava descendo para a costa pedregosa, ágil e só um pouco irresponsável, como uma criança geniosa. Ele nunca esteve tão feliz, tinha certeza.

Os gritos das gaivotas. O que havia revirado esses pensamentos indesejados?

4.

— Papai, vamos *lá*!

Ela descia a inclinação do penhasco entre pedras musgosas escorregadias e detritos do oceano. Empolgada como uma garotinha. A praia tinha mais pedras do que areia. Ondas espumosas rachavam aos seus pés. Ela parecia não ligar de molhar os pés. As barras das calças cáqui molhadas e sujas com lama. O cabelo pálido balançava ao vento. Lágrimas brilhavam nas bochechas, os olhos sensíveis enchiam de água com facilidade.

— Papai? Ei. — As ondas eram tão barulhentas que as palavras estavam quase inaudíveis.

Ele não gostou de vê-la descendo, mas era inteligente o suficiente para saber que não deveria alertá-la. Era inteligente o suficiente para não reestabelecer a ligação insalubre entre eles, o comportamento autoflagelante e cheio de vontades da esposa e as reprimendas, ameaças, desespero; tudo paternal, tudo dele.

Nunca mais! O Dramaturgo era inteligente demais para isso.

Ele riu e desceu atrás dela. As pedras molhadas e escorregadias eram traiçoeiras. Respingos bateram no rosto, cobrindo os óculos com umidade. A escarpa era uma descida de cerca de quatro metros, não muito, mas difícil de conseguir sem escorregar. Ele se surpreendeu por ela ter descido com tanta facilidade, flexível como um macaco. Ele pensou: *Eu não a conheço, ou conheço?* Era um pensamento que surgiu a ele rápido e espontâneo uma dúzia de vezes, e à noite, quando ele acordava por acidente e a ouvia gemendo baixinho ao seu lado, choramingando ou até rindo enquanto dormia. Seus joelhos estavam travados e ele quase torceu o pulso, mas sempre se recuperava quando perdia equilíbrio. Ele arfava, o coração batendo forte, e ainda assim sorria com alegria. Ele também era ágil para um homem daquela idade.

Em Galapagos Cove, eles passariam por pai e filha, até que as identidades fossem reveladas.

No Whaler's Inn, uma pousada um pouco mais ao norte pela costa onde ele a levaria para jantar naquela noite. De mãos dadas à luz de velas. Uma bela moça loira com traços delicados, em um vestido de verão branco; um homem mais velho, alto, de ombros caídos, educado, fala suave, com bochechas sulcadas. *Aquele casal. A mulher não me é estranha...*

Ele saltou para chegar ao lado dela, os calcanhares afundando na areia pedregosa. O barulho do mar era ensurdecedor. Ela passou os braços ao redor da cintura dele, com força; tocando sua pele, subindo por dentro do suéter e camisa. Os dois usavam suéteres de malha azul-marinho, que ela havia encomendado de um catálogo da L.L. Bean. Arfavam e riam com uma espécie curiosa de alívio, como se cada um houvesse escapado por um triz de se machucar: mas já nem lembrassem o que quase tinham machucado. Ela ficou na ponta dos dedos e o beijou na boca com força.

— Ah, Papai! Obrigada! Hoje é o dia mais feliz de minha vida.

E, sem dúvidas, estava sendo sincera.

5.

Era conhecida no local como a Casa do Capitão, às vezes a Casa Yeager, construída em 1790 para um capitão marítimo em uma falésia sobre o oceano. Uma alta e frágil cerca viva de lilases a separava do trânsito, pesado no verão, da Rota 130.

A Casa do Capitão era uma casa estilo *saltbox* da Nova Inglaterra, de madeira e pedras desgastadas, com telhado pontudo e janelas estreitas com mainéis e quartos estranhamente estreitos, baixos e retangulares; os quartos do andar de cima eram pequenos e arejados; havia lareiras de pedra grandes o suficiente para entrar de corpo inteiro com pisos velhos de tijolos; tabuões nus de madeira cobertos com tapetes trançados, carinhosamente velhos e deteriorados como se testamentos do tempo. Os rodapés e os corrimãos das escadarias eram feitos à mão. A mobília era em sua maioria velha, estilo Nova Inglaterra do século XVIII, cadeiras e mesas e estantes feitas artesanalmente, superfícies, linhas retas discretas, um ar de prudência e restrição puritana. Nos quartos do primeiro andar, havia pinturas de cenas marítimas e retratos de homens e mulheres representados de forma tão estranha que só podiam ser "arte popular" autêntica; havia colchas costuradas à mão e almofadas bordadas. Havia inúmeros relógios antigos: relógios de pêndulos, relógios de barcos, relógios cucos, relógios em caixas de música, relógios com acabamento em porcelana e verniz preto que ficou opaco com o tempo. ("Ah, olhe! Todos eles pararam em horários diferentes", disse Norma.) As tomadas da cozinha e dos banheiros eram razoavelmente modernas, pois a propriedade havia sido reformada muitas vezes, por um custo considerável, mas a Casa do Capitão tinha odor de idade, devastações e sabedoria do Tempo.

Em especial, o porão baixo, sem janelas e com piso sujo. Era preciso descer em degraus de madeira que oscilavam com o peso, apontando uma lanterna na escuridão cheia de teias de aranha. Havia uma fornalha a óleo lá, por sorte, não usada em meses de verão. Um odor poderoso de algo doce e úmido, como o de maçãs podres.

Mas por que descer para o porão? Eles não desceriam. Ficaram sentados por um tempo na varanda telada com vista, a uma pequena distância, para o oceano; eles beberam limonada e ficaram de mãos dadas e falaram dos meses que seguiam. A casa estava muito silenciosa: o telefone ainda não estava conectado, e eles fantasiaram com não ter um telefone:

— Afinal, para quê? Para os outros, que querem *nos* ligar.

Mas eles teriam telefone, é claro. Não poderiam evitar o telefone: o Dramaturgo era profunda e apaixonadamente comprometido com a carreira. A seguir, foram para o segundo andar e desfizeram as malas no quarto maior e mais arejado, com lareira e piso de lajotas e papel de parede com aspecto de novo e vista para o oceano sobre a copa de zimbros. A cama deles era com dossel e uma cabeceira de amendoeira entalhada. No espelho oval de uma penteadeira, seus rostos sorridentes. A testa, as bochechas e o nariz dele estavam queimados de sol; o rosto dela estava pálido pois ela havia protegido a pele sensível do sol com um chapéu de vime de abas largas. Ela passou creme de aloe vera na pele ardida dele com gentileza. E seus braços estavam queimados também? Ela esfregou creme nos antebraços e beijou as costas de suas mãos. Apontou para seus rostos no espelho oval e riu:

— Eles são um casal feliz. Sabe por quê? Eles têm um segredo. — Ela se referia a Bebê.

Na verdade, Bebê não era totalmente um segredo. O Dramaturgo havia contado aos seus pais idosos e a diversos de seus amigos mais antigos de Manhattan. Ele havia tentado afastar um ar de orgulho da voz; e mais ainda um ar de preocupação e vergonha. Ele sabia o que as pessoas diriam, até as pessoas que gostavam dele e o queriam bem em seu casamento novo. *Um bebê! A essa idade. Eis aí um homem à frente. Um homem com uma esposa maravilhosa jovem.* Norma não havia contado a ninguém ainda. Como se as notícias fossem preciosas demais para compartilhar. Ou ela era supersticiosa. ("Bate na madeira!", dizia sempre, com uma risada nervosa.)

Norma ligaria para a mãe em Los Angeles em algum momento em breve, dizia ela. E talvez Gladys pudesse visitá-la, mais tarde na gravidez. Ou quando Bebê nascesse.

O Dramaturgo ainda tinha que conhecer a sogra. Ficava constrangido, imaginando uma mulher não muito mais velha que ele.

Ficaram deitados por um tempo no fim da tarde, totalmente vestidos à exceção dos sapatos, na cama de dossel; tinha um colchão de crina de cavalo, comicamente duro e inflexível. Ficaram deitados, ele com o braço esquerdo por baixo dos ombros dela, e a cabeça dela no ombro dele, a posição favorita dos dois. Com frequência, deitavam assim quando Norma se sentia fraca, ou solitária, ou precisando de afeto. Às vezes, caíam no sono; às vezes, faziam amor; às vezes, caíam no sono e depois faziam amor. Naquele momento, eles ficaram deitados acordados ouvindo o silêncio da casa, que lhes pareceu um silêncio com camadas, complexo e misterioso; um silêncio que começava no porão sem janelas cheio de sujeira que cheirava a maçãs podres e subia, pelas tábuas do assoalho, pelos vários quartos da casa, para o sótão parcialmente terminado acima deles, com uma insolação surpreendentemente prateada e metálica como embrulho de presente de Natal. O Dramaturgo previa, conforme o Tempo se erguia da terra, ele se tornava mais arejado, menos condenador.

A Casa do Capitão era deles até o feriado do Dia do Trabalho. Além do silêncio misterioso, havia o pulsar rítmico das ondas, como um batimento cardíaco gigantesco. De tempos em tempos, do outro lado da casa, trânsito na rodovia.

Ele pensou que ela havia pegado no sono, mas sua voz estava completamente desperta e empolgada.

— Quer saber, Papai? Quero que Bebê nasça aqui. Nesta casa.

Ele sorriu. O bebê não deveria nascer até meados de dezembro, quando estariam de volta a Manhattan no apartamento alugado de arenito vermelho na 12ª Avenida. Mas ele não iria contradizê-la.

Ela disse, como se ele tivesse respondido:

— Eu não teria medo. Dor física não me assusta. Às vezes, acho, não é nem real, é o que nós esperamos que seja, nós nos contraímos e nos assustamos. Nós poderíamos arrumar uma parteira para mim. Poderíamos mesmo.

— Uma parteira?

— Eu odeio hospitais. Não quero morrer em um hospital, Papai!

Ele virou a cabeça para olhar para ela com tanto estranhamento. O que ela disse?

6.

Sim, mas você matou Bebê.
Ela não matou! Ela não teve a intenção.
Sim, você teve a intenção de matar Bebê. Foi sua decisão.
Não o mesmo bebê. Não este bebê...
Fui eu, é claro. Sou sempre eu.
Ela sabia que deveria evitar o porão de piso sujo que cheirava a maçãs podres. Bebê já estava lá, esperando por ela.

7.

Como ela estava feliz! Como estava saudável. O humor do Dramaturgo melhorou na Casa do Capitão. Naquela casa de veraneio à beira-mar. Ele estava mais apaixonado do que nunca pela esposa. E muito grato.

— Ela é maravilhosa. A gravidez lhe faz bem. Até os enjoos matinais, ela fica animada com eles. Ela diz: "É assim que deve ser, eu acho!".

Ele ria. Ele adorava tanto sua esposa que tinha uma tendência a imitar sua voz cadenciada, lírica, baixa. Ele era o Dramaturgo: as distinções sutis e não tão sutis entre vozes o fascinavam.

— Exceto, se eu tenho um arrependimento... o tempo passa tão rápido.

Ele falava ao telefone. Em outro quarto da casa espaçosa, ou no quintal de jardim com plantas grandes demais; ela cantava para si mesma, completamente preocupada, e nunca teria ouvido.

Ele mesmo andava preocupado, é claro. Se não preocupado, "inquieto".

Suas emoções, seus temperamentos. Sua fragilidade. O medo de que rissem dela. O medo de que a "espiassem" — fotografada sem que soubesse ou consentisse. Havia sido um pesadelo para ele, seu comportamento na Inglaterra. O comportamento para o qual ele estava tão despreparado quanto um desbravador do

Antártico equipado para uma caminhada de verão no Central Park. As únicas mulheres que conheceu com intimidade eram a mãe, a ex-mulher, a filha adulta. Todas eram dadas a explosões emocionais, é claro, e ainda assim todas se portavam dentro do entendimento do que poderia ser chamado de jogar limpo, ou sanidade. Norma era diferente delas a ponto de parecer pertencer a outra espécie. Ela se lançava contra ele cegamente, mas capaz de machucar.

Me deixem morrer! É o que vocês todos querem, não é?

O Dramaturgo pensaria como, em uma peça, uma acusação dessas teria ecoado como verdade. Mesmo se a acusação fosse vigorosamente negada, a plateia entenderia. *Sim, queremos.*

No entanto, à vida real, as estratégias do teatro não se aplicavam. Nos arroubos de emoções, coisas horríveis que não eram verdade e não tinham intenção de ser verdade foram ditas. Eram apenas expressões de dor, raiva, confusão, medo; emoções fugazes, verdades pouco obstinadas. Ele se feriu profundamente e precisou se preocupar: será que Norma acreditava de fato que os outros teriam gostado se ela morresse? Ela acreditava que ele, seu marido, teria gostado que ela morresse? Ela queria acreditar nisso? Era algo que o adoecia só de pensar que a esposa, a qual ele amava mais do que a própria vida, acreditaria, ou quereria acreditar, em tal coisa sobre ele.

Ainda que ali em Galapagos Cove, longe da Inglaterra, aquelas lembranças feias não se intrometessem. Era raro que falassem da carreira de Norma. De "Marilyn". Ela era Norma ali, e seria conhecida localmente por esse nome. Ela estava feliz e com a saúde nas melhores condições que ele já tinha visto; ele não queria arriscar chateá-la falando de finanças, de negócios, de Hollywood ou de trabalho. Era impressionante para ele que ela tivesse o poder de fechar tão completamente aquela parte da vida. Ele não acreditava que homem algum na posição dela conseguiria, ou desejaria, fazer o mesmo. Com certeza ele próprio não.

Mas, é claro, a carreira do Dramaturgo não o apavorava. Sua identidade pública era agradável a ele. Tinha orgulho do próprio trabalho e esperança para o futuro. Apesar de toda a sua reserva e ironia, ele reconhecia que era um homem ambicioso. Sorrindo para si mesmo, pensando que, sim, um pouco mais de reconhecimento e um pouco mais de renda não seriam nada mau.

Com uma peça na Broadway e algumas produções regionais de peças anteriores por todo o país, ele havia ganhado menos de quarenta mil no ano anterior. Sem descontar os impostos.

Ele havia se recusado a responder as perguntas do Comitê de Atividades Antiamericanas. Havia se negado a permitir que "Marilyn Monroe" fosse fotografada com o presidente do comitê. (Apesar de lhe haverem dito que o comitê "pegaria leve" com ele se a sessão pudesse ser arranjada. Que chantagem!) Ele foi acusado de desacatado ao Congresso e sentenciado a um ano na prisão e multado em mil dólares e os advogados que estavam recorrendo diziam que aquilo seria revertido; ainda assim, no meio-tempo ele tinha que pagar inúmeros honorários. Não era por acaso que o governo estivesse auditando sua renda, que tivesse sido pego na malha fina. E ele tinha pagamentos de pensão para fazer a Esther, queria ser um ex-marido decente e generoso. Mesmo com a renda de "Marilyn Monroe", eles não tinham muito dinheiro. Havia custos médicos, e com a gravidez de Norma e o nascimento iminente do bebê, haveria mais.

— Bem, é um tema de minhas peças, não é? "Para a humanidade, a economia é o destino."

Norma parecia haver verdadeiramente repudiado a própria carreira. Ela poderia ter talento para atuar, mas não tinha, dizia, o temperamento ou o emocional. Depois de *O príncipe encantado*, ela se recusou a sequer pensar em fazer outro filme. Havia escapado com vida; mas por um triz.

E então ela tornava o pesadelo da Inglaterra uma piada. Com malícia e elipse e sem parecer saber, ou demonstrar que sabia, a gravidade do que havia acontecido de fato. *Uma lavagem estomacal. Uma dose letal de drogas na corrente sanguínea. O médico britânico indagando se a esposa era conscientemente suicida.* Não, Norma não sabia. E ele não tinha encontrado um jeito, muito menos a coragem, de contar a ela.

Morria de medo de estragar a recuperação. Sua felicidade nova.

Quando ela descobriu que estava grávida, voltou do consultório do médico para encontrar seu marido (no seu escritório em casa, onde trabalhava na maior parte dos dias) e sussurrou as novidades em seu ouvido:

— Papai, aconteceu. Aconteceu comigo enfim. *Eu vou ter um filho.* — Ela o abraçou, chorando. Com alegria, alívio.

Ele ficou atônito, ainda que feliz por ela. Sim, é claro que ele estava feliz por ela. Um bebê! Um terceiro filho seu, nascido em seu quinquagésimo ano; em uma fase da carreira em que se sentia travado, sem inspiração... Mas, sim, é claro que estava feliz. Ele nunca permitiria que sua esposa suspeitasse que ele não estava tão feliz quanto ela. Pois Norma havia tentado tanto engravidar. Ela não falara de muitas outras coisas; ela encarava bebês e crianças na rua como se estivesse em transe; ele quase havia começado a sentir pena dela e se apavorar com o seu sexo frenético. No entanto, tudo havia se saído bem, não? Como uma peça da vida doméstica bem-costurada.

Os dois primeiros atos, ao menos.

Como esposa e futura mãe, Norma havia encontrado seu melhor papel. Não era um papel de mulher glamourosa como Marilyn Monroe. No entanto, era o que para ela, fisicamente, parecia destinado. Ela andava pela casa se gabando de que os seios estavam inchando cada vez mais, endurecendo. Estava orgulhosa da barriga crescendo "como um melão". Desde que chegaram ao Maine, ela ria espontaneamente por motivo algum além de sua felicidade. Ela preparava a maioria de suas refeições em casa. Trazia café recém-moído e uma única flor em um vaso ao Dramaturgo no fim da manhã para o quarto onde ele trabalhava no andar de cima da Casa do Capitão com vista para o oceano. Ela era graciosa, e estranhamente tímida, com os amigos dele quando vinham visitar; ela ouvia com atenção quando mulheres falavam de suas experiências com gravidez e parto, assunto que se alegravam em falar por horas; o Dramaturgo ouviu a esposa contar a uma dessas mulheres que a sua própria mãe lhe dissera que amou ficar grávida, e que era o único momento em que uma mulher verdadeiramente se sente confortável no próprio corpo, e no mundo.

— Isso é verdade?

O Dramaturgo não ficou para ouvir a resposta; ele se perguntou o que uma revelação como aquela significava, para um homem. *Nós nunca estamos confortáveis em nosso corpo? No mundo? Exceto no ato de relação sexual, transmitindo nossa semente para a mulher?*

Era uma identidade sombria, truncada! Ele não acreditava nem um pouco naqueles misticismos sensacionalistas sobre sexo.

Norma era a mãe mais devotada a um bebê que ainda não tinha nascido. Não permitia que ninguém fumasse perto dela. Estava sempre saltando para abrir janelas ou fechá-las contra correntes de ar. Ela ria de si mesma, mas não conseguia evitar.

— Bebê me informa tudo que quer. Norma é apenas o veículo.

Será que ela acreditava nisso? Às vezes, lutando contra a náusea, ela comia seis ou sete vezes por dia, refeições pequenas, mas saudáveis. Mastigava a comida com cuidado até que se tornasse uma polpa. Bebia uma boa quantidade de leite que, segundo contou, sempre odiara. Adquiriu um gosto por mingau de aveia com açúcar mascavo, pão integral com grãos grossos, bifes muito malpassados, ovos crus, cenouras cruas, ostras cruas e melões devorados praticamente até as cascas duras. Ela engolia purê de batatas com blocos gelados de manteiga sem sal direto da tigela, com uma colher grande. Limpava o prato nas refeições e com frequência o dele.

— Eu sou a sua boa menina, Papai? — perguntava ela, com ansiedade.

Ele ria e a beijava. Lembrando-se com uma pontada de prazer de que anos antes ele havia beijado sua jovem filha para premiá-la por conquistas como pratos limpos.

Quando sua filha tinha dois ou três anos.

— Você é minha boa menina, querida. Meu único amor.

Já não gostou tanto, apesar de manter sua opinião totalmente para si, que Norma tivesse comprado em uma livraria de referência em Ciência Cristã, na parte baixa da Quinta Avenida em Manhattan, uma pilha imensa de materiais, inclusive livros de Mary Baker Eddy e um periódico chamado *The Sentinel*, com testemunhos de experiências de oração e cura. Como um racionalista, um liberal e um judeu agnóstico, o Dramaturgo sentia apenas desprezo por uma "religião" dessas e só poderia esperar que Norma não olhasse aquilo com muita seriedade, da mesma forma que ela passava os olhos pelo dicionário, por enciclopédias, por livros usados, até por roupas e catálogos de sementes como se buscasse... o quê? Alguma sabedoria perdida para ser colocada em uso para o bem-estar de Bebê? Ele se sentiu particularmente comovido com longas listas de palavras que com frequência ele encontrava pela casa em lugares estranhos como o banheiro, na borda rachada de porcelana da velha banheira, ou sobre a geladeira, ou no primeiro degrau do porão, palavras absurdas e até arcaicas, bem-escritas, com caligrafia de colegial: *obcordado, obdurado, obélio, obelisco, obeliscolícnio*. ("Eu não terminei o ensino médio como você e seus amigos, Papai! Muito menos, a universidade. O que estou fazendo é, acho... Estou estudando para minhas provas finais.")

    Ela escrevia poesia também, aninhada por longas horas sonhadoras no peitoral de uma janela na Casa do Capitão, poesia a qual ele nunca espiaria sem sua permissão.

    (Apesar de ele se perguntar o que sua Norma, sua Magda minimamente alfabetizada, poderia estar escrevendo!)

    Sua Norma, sua Magda, sua esposa encantadora. O cabelo sintético de Marilyn estava dando espaço às raízes; seu cabelo verdadeiro era um castanho quente cor de mel e ondulado. E aqueles suntuosos seios com mamilos imensos, aumentados para amamentar um bebê. E a febre de seus beijos, e suas mãos em um êxtase de gratidão acariciando-a, o macho, o pai do bebê. Fora e dentro de suas roupas. Correndo as mãos rápido por dentro de sua camisa, descendo pela calça, conforme ela se inclinava nele beijando-o.

    — Ah, Papai. *Ah*.

    Ela era sua gueixa. ("Eu conheci várias em Tóquio uma vez, essas meninas gueixas. Elas são tão chiques!")

    Ela era a sua *shiksa* (A mera palavra experimental e dissoluta em sua boca, com a pronúncia nunca exatamente pronunciada: "É por isso que você me ama, eu acho? Papai? Porque eu sou sua *shik-sta* loira?")

    Ele, o marido, o macho, era tanto privilegiado quanto sobrecarregado. Abençoado e assustado. Desde o início, o primeiro toque dos dois, o primeiro toque sexual inconfundível, o primeiro beijo real, ele havia sentido que existia um poder superior na mulher buscando fluir para dentro dele. Ela era sua Magda, sua inspiração e ainda assim... muito mais!

Como relâmpago, esse poder. Poderia justificar sua existência como um dramaturgo e como um homem, ou poderia destruí-lo.

Em uma manhã no final de junho, quando já estavam morando na Casa do Capitão por três semanas idílicas, o Dramaturgo desceu as escadas muito mais cedo do que o normal, no nascer do sol, despertado por uma tempestade com trovoadas que passou e agitou a casa. No entanto, em minutos, o pior da tempestade parecia ter acabado; as janelas da casa iluminadas por uma luz transparente do oceano rapidamente alvorecendo. Norma já havia saído da cama de dossel. Apenas seu perfume permanecia nos lençóis. Um fio ou dois de cabelo, brilhando. A gravidez a deixava tonta em momentos imprevisíveis, ela tirava sonecas como um gato sempre que o sono a tomava; mas sempre acordava ao nascer do sol, ou até antes, quando os primeiros pássaros começavam a cantar, agitada por Bebê em ação.

— Quer saber? Bebê tem fome. Ele quer que a mamãe *coma*.

O Dramaturgo caminhou pelo primeiro piso da casa antiga. Pés descalços nas tábuas de madeira.

— Querida, onde você está?

Um homem da cidade, acostumado ao ar estragado da cidade e os ruídos urbanos da cidade em Manhattan, ele respirava com satisfação e uma espécie de alegria proprietária aquele ar fresco do oceano. Lá, o oceano Atlântico! O oceano *dele*. Ele fora a primeira pessoa (ele acreditava) a levar Norma tão perto do Atlântico; ele com certeza havia sido o primeiro a viajar com ela pelo Atlântico, para a Inglaterra. Ela havia sussurrado para ele tantas vezes em seus abraços mais íntimos, as bochechas úmidas com lágrimas: *Ah, Papai. Antes de você, eu não era ninguém. Eu não tinha nascido!*

Onde estava Norma agora? Ele parou na sala de estar, um longo espaço estreito com um piso incompreensivelmente irregular, para olhar para fora, para o céu se quebrando. Como visões assim deveriam parecer poderosas ao homem primitivo. O céu do nascer do sol, no limiar, na beira do oceano. Um esplendor de luz espetacular. Flamejante, dourado, sombras do céu noroeste para dentro do escuro contundente de nuvens negras com trovoadas. Mas as nuvens e os trovões se afastavam com o vento. O Dramaturgo, observando ao longe, perguntou-se se Norma também havia sido atraída para aquela imagem? Ele sentiu um turbilhão de orgulho, de, enquanto marido, poder oferecer tais presentes. Ela parecia não ter ideias próprias de destinos de viagem. Não havia céu matinal assim em Manhattan. Céu matinal assim em Rahway, Nova Jersey, nem na inocência de sua infância. Pelas vidraças com gotas de chuva, a luz do alvorecer refratava em tufos e frisos de fogo manchado no interior com papel de parede na sala de estar. Como se a luz fosse vida, vivendo. O único relógio de pêndulo de mogno entalhado que Norma conseguiu trazer de volta à vida tiquetaqueava com calma, seu pêndulo dourado de brilho opaco mantendo um ritmo sem pressa. A Casa do Capitão era um navio acolhedor flutuando em um oceano gramado verde, e o Dramaturgo, o homem da cidade, era ele próprio o Capitão. *Levando minha família a um porto seguro. Enfim!* O Dramaturgo na inocência da vaidade masculina. Na cegueira da esperança. Sentindo naquele instante como se houvesse penetrado as camadas opacas do Tempo para efetuar uma comunhão com gerações de homens que haviam vivido naquela casa ao longo das décadas e dos maridos e pais como ele próprio.

— Norma, querida? Onde você está?

Uma ideia vaga de que ela poderia estar na cozinha, ele imaginou ouvir um abrir e fechar da porta da geladeira, mas não. Será que estava fora? Ele foi para a varanda telada onde o piso, um tipo de bambu trançado, estava úmido; gotas de água brilhavam como joias na mobília verde da varanda redonda. Ele não via Norma em lugar algum no quintal e se perguntou se ela havia ido à praia pedregosa. Tão cedo? Naquele frio e naquele vento? No céu ao norte, as nuvens tempestuosas e elétricas haviam se afastado. A maior parte do céu estava agora em uma mescla de dourado com bronze brilhante, com linhas finas de laranja flamejante. Ora, ele era um "homem das letras" — por que não um artista, um pintor? Um fotógrafo? Um que homenageia a beleza do mundo natural, não que revira a tolice e fragilidade humana. Como um liberal, alguém que acredita na humanidade, por que estava sempre expondo os fracassos da humanidade, culpando governos e "capitalismo" pelo mal na alma do homem? Mas não havia mal na natureza, e feiura alguma. *Norma é natureza. Nela, não pode haver feiura má.*

— Norma? Venha olhar. O céu...! — Ele voltou à cozinha escurecida. Passou pela cozinha e pela lavanderia indo na direção da garagem, mas antes de chegar lá, a porta do porão, escancarada; e uma figura feminina de branco, quase lá dentro, alcançando sua escuridão, sentada ou agachada no primeiro degrau. A luz do porão, operada por um interruptor, era muito fraca; era preciso uma lanterna para ir até lá. Mas Norma não tinha lanterna e evidentemente não pretendia descer. Ela estava falando com alguém? Falando sozinha? Ela estava usando apenas sua camisola diáfana branca com ilhós, e o cabelo, escuro nas raízes, estava bagunçado. Ele estava prestes a chamá-la de novo quando hesitou, não querendo assustá-la, e naquele instante ela se virou, seus olhos azuis-celestes arregalados em especial porque as pupilas estavam dilatadas, sem enxergar. Ele viu que ela segurava um prato com ambas as mãos, e ali havia um naco de hambúrguer cru, pingando sangue; ela estivera comendo aquela carne, como um gato, e lambendo o sangue. Ela o viu, seu marido a encarando. Ela riu.

— Ah, Papai! Você me assustou.
Bebê logo comemoraria três meses no útero.

8.

Ela estava tão empolgada! Os convidados logo chegariam. Amigos *dele*. Seus amigos intelectuais de Manhattan: escritores e roteiristas, diretores, dramaturgos, poetas, editores. Ela sentia (ah, era tolo, ela imaginava!) que simplesmente estar ao redor de tais pessoas superiores teria que obrigatoriamente surtir algum efeito benéfico no bebê em seu útero. Como o recitar solene de palavras para aumentar o vocabulário que ela pretendia memorizar. Como trechos de Tchekhov, Dostoiévski, Darwin, Freud. (Em um sebo, em Galapagos Cove, na verdade um sótão insanamente bagunçado cheirando a mofo de alguém, ela havia encontrado uma edição brochura de *O mal-estar na civilização*, de Freud, à venda por cinquenta centavos. "Ah, é um milagre. Era justamente o que eu estava procurando.") Havia nutrição de comida, e nutrição espiritual e intelectual. Sua mãe a havia criado em uma atmosfera de livros, música, pessoas superiores mesmo que fossem empregados do Estúdio em posições relativamente malpagas, pessoas como tia Jess e tio Clive, e seu próprio bebê seria muito mais bem-nutrido, ela garantiria isso.

— Casei-me com um homem genial. Bebê é um herdeiro de gênio. Ele viverá até o século XXI sem memória da guerra.

A Casa do Capitão, dois acres de terra sobre o oceano. Era uma verdadeira casa para lua de mel. Ela sabia que não poderia ser, mas fantasiava com Bebê nascendo na casa, na cama de dossel, vindo à luz (com uma parteira?) e o tanto de dor e sangue que fosse necessário, e Norma não gritaria, nem uma vez. Ela tinha a lembrança desconsolada (contara apenas a Carlo, que pareceu acreditar, dizendo que sim, ele teve uma experiência idêntica) de sua mãe gritando sem parar de agonia do parto, o horror físico daquilo, como pítons enlouquecidas brigando; ela queria poupar Bebê de tal experiência, e uma lembrança cruel que duraria a vida toda.

Convidados chegaram para o fim de semana! Norma Jeane havia se tornado tão caseira, tão empolgada com tarefas domésticas; nunca interpretava esse papel nos filmes, ainda assim era o papel para o qual ela havia nascido. Muito mais dona de casa recepcionando convidados do que a primeira esposa do Dramaturgo (ele lhe contou), e ela gostava disso, ele estava surpreso e impressionado. Casar-se com uma atriz temperamental, que risco! Uma *"pin-up"* e "símbolo sexual" loira — que risco! Ela queria fazer seu marido entender que ela não era um risco, e que era profundamente gratificante para ela, ele chegou a entender. Ela sabia como seus amigos o haviam puxado em um canto para exclamar:

— Ora, Marilyn é amável! Marilyn é adorável! E nada parecido com o que se esperaria.

Ela havia até ouvido alguns deles se maravilhando:

— Ora, Marilyn é *inteligente*. E *leu muito*. Eu estava falando com ela justamente sobre...

Agora alguns deles sabiam que deveriam chamá-la de Norma, não Marilyn.

— Ora, Norma leu muito! Ela leu meu último livro, na verdade.

Ela os amava, os amigos do marido. Raramente falava com eles exceto se falassem com ela antes e a tirassem de seu casulo. Nesse caso, falava baixinho, hesitante, incerta de como pronunciar às vezes as palavras mais simples! Tímida e de língua presa com medo do palco.

Talvez estivesse um pouco assustada, e tensa. E Bebê dentro do útero agarrando-a com força. *Você não vai me machucar desta vez, ou vai. Não vai fazer o que fez da última vez?*

Ela estava do lado de fora, no gramado. Pés descalços, em calça de lona não muito limpas e com uma das camisas do marido amarrada com força embaixo dos seios, deixando a barriga à mostra; o chapéu de palha de abas molengas também amarrado, sob o queixo. Tinha aquela sensação fantasmagórica esquisita que significava que (talvez) alguém a observava. Uma imagem aérea, do segundo andar da Casa do Capitão. Do escritório do Dramaturgo, onde ele havia colocado uma escrivaninha perto de uma janela. *Ele me ama. Ele ama! Ele morreria por mim. Ele disse isso.* Ela gostava de ser observada pelo marido, mas não da possibilidade de ser tema de seus escritos, pois pensava: *Sendo um escritor, primeiro você vê, e em seguida escreve. Como uma aranha reclusa, picando porque é da sua natureza.* Ela estava cortando flores para colocar em vasos. Caminhava com cuidado de pés descalços porque havia coisas imprevisíveis na grama alta: peças de brinquedos infantis, pedaços quebrados de plástico e metal. Os donos da Casa do Capitão eram pessoas boas e gentis, um casal mais velho que morava em Boston e alugava o imóvel, mas os locatários anteriores haviam sido descuidados, até desleixados, talvez houvesse um pouco de malícia naquilo, jogando ossos da varanda telada no gramado em frente, para Norma descalça pisar e sentir dor.

Mas ela amava aquele lugar! A casa desgastada antiga como uma casa de livros de fábulas, tão alta diante dela, com o gramado bastante inclinado. A propriedade que subia o penhasco, e abaixo se estendia à praia pedregosa. Ela amava a paz que havia ali. Dava para ouvir as ondas e o trânsito na rodovia da frente, mas aqueles sons eram abafadores, de uma forma protetora. Não havia silêncio cru. Não havia silêncio ofuscante. Como no hospital quando ela fora despertada naquele

Reinado da Morte a milhares de quilômetros de distância. E um médico inglês de jaleco branco, um estranho, olhando-a como se ela fosse carne na chapa. Ele perguntaria na voz mais calma se ela estava ciente do que lhe havia acontecido; se ela se lembrava do número de barbitúricos que havia ingerido; se ela pretendia causar dano grave a si mesma. Ele a chamaria de srta. Monroe. Ele observaria que "apreciava alguns de seus filmes".

Muda, ela balançou a cabeça. *Não não não.*

Como ela poderia ter desejado morrer! Sem ter tido seu bebê, sem a vida realizada.

Carlo a fez prometer, da última vez que se falaram ao telefone, que ela ligaria para *ele*, assim como ele ligaria para *ela*. Se qualquer um deles estivesse pensando em dar o que Carlo chamava de "o gigantesco passinho de formiga para dentro do Desconhecido".

Carlo! O único homem que a fazia rir. Desde que Cass e Eddy G. desapareceram de sua vida.

(Não, Carlo não era amante de Norma. Apesar de colunistas de Hollywood os terem conectado e publicado fotos deles juntos, braços dados e sorrindo. "Monroe e Brando: o casal mais fino de Hollywood? Ou só 'bons amigos'?" Eles não haviam feito amor na cama de Norma naquela noite, mas a omissão fora apenas técnica, como esquecer de selar um envelope postado.)

Norma tinha uma enxada que estava na garagem e um tesourão de poda muito enferrujado, cheio de teias de aranha que havia encontrado no porão, pendurado em um gancho. Seus convidados não chegariam até o começo da noite. Não era meio-dia ainda, e ela tinha o luxo do tempo. Fizera um voto quando chegaram à Casa do Capitão que manteria o lote bem-capinado, mas diabo! — ervas daninhas crescem *rápido*. Na cabeça dela, ritmicamente conforme trabalhava, um poema cresceu subitamente como uma erva daninha.

Ervas daninhas da América

Ervas daninhas da América, nós não morremos
Bardanas capim-das-hortas cardos asclépias
Se arrancadas pelas raízes nós NÃO
Se envenenadas nós NÃO
Se amaldiçoadas nós NÃO
Ervas daninhas da América, querem saber?
NÓS SOMOS AMÉRICA

* * *

Ela riu. Bebê gostaria do poema. O ritmo simples, bem bobo. Ela criaria uma melodia para ele no piano.

Entre os canteiros de flores grandes demais havia diversas hidrângeas azuis-claras, recém-desabrochadas. A flor favorita de Norma Jeane! Ela se lembrava vividamente, no quintal dos Glazer, hidrângeas desabrochando. Azuis-claras como aquelas, também rosa e brancas. E a sra. Glazer dizendo com aquela curiosa ênfase solene em que nós comumente falamos como se a própria banalidade de nossas palavras fosse uma prova de nossa autenticidade, e um apelo que aquelas palavras durassem além de nossas vidas frágeis e fracassadas.

— Hidrângea é a *flor mais bonita*, Norma Jeane.

9.

Nada é mais dramático que um fantasma.

O Dramaturgo sempre se perguntara o que T.S. Eliot quis dizer. Ele sempre se ressentira da observação, pois suas peças não tinham fantasmas.

Ele observava Norma no jardim do quintal cortando flores com um tesourão de poda. Sua linda esposa grávida. Uma dúzia de vezes por dia ele se perdia na contemplação dela. Lá estava a Norma que falava com ele, e lá estava a Norma a uma distância pequena. A que era um objeto de emoção, a outra um objeto de admiração estética. O que, claro, é um tipo de emoção, não menos intensa. *Minha linda esposa grávida.*

Ela usava seu chapéu de palha de abas largas para proteger do sol a pele sensível, e calça e uma camisa dele, mas estava descalça, do que ele não gostava, e não usava luvas de jardinagem, do que ele não gostava. As mãos macias criariam calos! O Dramaturgo não assistia à Norma deliberadamente. Estivera espiando pela janela, o oceano e o céu cravado de nuvens em diversos níveis de translucidez e opacidade, e ele se sentia deliciosamente empolgado com seu trabalho, cenas soltas e rascunhos para uma peça nova, ou talvez para um roteiro (ele nunca havia tentado um roteiro antes) que um dia poderia ser um "veículo" para a esposa. E ela havia aparecido abaixo, no jardim. Com uma enxada, um tesourão de poda. Ela trabalhava sem jeito, mas com método. Estava absorta por completo no que fazia, como estava absorta por completo em sua gravidez; a certeza de que a felicidade lotava seu corpo como uma poderosa luz interior.

Ele morria de medo de imaginar algo acontecendo com ela, e com o bebê. Ele não aguentaria.

Como ela parecia saudável, como uma mulher de um Renoir no ápice de sua beleza física feminina. Mas, na verdade, ela não era forte: ela tinha com facilida-

de infeções, doenças respiratórias, enxaquecas cegantes e irritações estomacais. Ansiedade!
— Mas aqui não, Papai. Tenho uma sensação boa em estar *aqui*.
— Sim, querida. Eu também.
Ele a observava, apoiado nos cotovelos. Em um palco, cada um de seus gestos graciosamente desastrados carregariam algum significado; fora do palco, tais gestos passam para o esquecimento total, pois não há plateia.

Quanto tempo Norma aguentaria a categoria de *não atriz*? Ela havia detestado filmes de Hollywood, mas ainda restava o palco, para o qual ela tinha um talento natural; talvez um gênio. ("Não me faça voltar, Papai", suplicara, nua em seus braços na cama. "Eu nunca mais quero ser *aquela mulher*.") O Dramaturgo havia se fascinado por muito tempo com a estranha personalidade volátil do Ator. O que é "atuar" e por que nós respondemos a "grandes atuações" como respondemos? Nós sabemos que um ator está "interpretando" e ainda assim... desejamos esquecer que um ator está "atuando", e na presença de atores talentosos, nós de fato esquecemos rápido. Isso é um mistério, uma charada. Como podemos nos esquecer dos "atos" do ator? Estaria o ator "atuando" para nós? Seria o subtexto da "atuação" do ator sempre e para sempre nossa própria "atuação" enterrada (e negada)? Um dos inúmeros livros que Norma havia trazido consigo da Califórnia era *O manual prático para atores e suas vidas* (do qual o Dramaturgo nunca tinha ouvido falar), e cada página desse compêndio curioso de epígrafes e aforismos aparentemente anônimos havia recebido anotações escritas por ela. Era claro, esse livro era a Bíblia de Norma! As páginas estavam com orelhas, manchas de água, desprendiam-se. A data da publicação era 1948, uma editora desconhecida de Los Angeles. Alguém que se chamava "Cass" lhe dera — "Para a linda Norma geminiana, com eterno amor estrelado." Na folha de rosto, Norma havia copiado um aforismo, agora em tinta desbotada.

O ator está no auge da felicidade apenas em seu espaço sagrado: o palco.

Seria verdade? Seria verdade para Norma? Era uma revelação amarga para qualquer amante, se verdade. Uma descoberta amarga para qualquer marido.
— Mas a verdade de um ator é a verdade de apenas um momento fugaz. A verdade de um ator é "diálogo".

Isso, o Dramaturgo sentia com mais certeza, era verdade.

Norma havia terminado de cortar flores e estava se dirigindo de volta à casa. Ele se perguntou se ela espiaria para cima e o perceberia ali, e houve uma fração de segundo em que ele poderia ter se escondido, mas, sim, ela olhou para cima e acenou para ele; ele acenou de volta, sorrindo.

— Minha querida.

Estranho como havia passado por sua mente, aquela observação de T.S. Eliot. *Nada é mais dramático que um fantasma.*

— Nenhum fantasma em *nossa* vida.

O Dramaturgo se perguntava, desde a Inglaterra, qual seria o futuro de Norma. Ela desprezava atuar e ainda assim: por quanto tempo conseguiria permanecer sem atuar? Uma dona de casa e logo uma mãe, sem uma carreira? Ela era talentosa demais para ficar contente com a vida privada, ele sabia. Ele tinha certeza. Ainda assim, entendia, ela não poderia voltar a "Marilyn Monroe"; um dia, "Marilyn" a mataria.

Ainda assim, ele escrevia um roteiro. Para ela.

E eles precisavam de dinheiro. Ou precisariam, logo.

Ele desceu as escadas, para ajudá-la na cozinha. Lá estava Norma sem ar com o buquê, uma camada leve de suor no rosto. Ela havia colhido hidrângeas azuis-claras e ramos de rosas-trepadeiras vermelhas, as folhas tomadas por fungo preto.

— Olhe, Papai! Olhe o que eu tenho.

Amigos dele de Manhattan viriam visitá-los. Drinques na varanda telada, jantar mais tarde no Whaler's Inn. A esposa tímida e graciosa do Dramaturgo colocaria vasos de flores pela casa, inclusive no quarto de convidados.

— Flores fazem as pessoas se sentirem *bem-vindas*. Como se fossem *desejadas*.

Ele estava enchendo vasos com água e Norma começava a arranjar as flores, mas algo estava errado, as hidrângeas ficavam caindo dos vasos.

— Querida, você cortou os caules um pouco curtos demais. Está vendo?

Não era uma reprimenda e certamente não uma crítica, mas Norma murchou de imediato. Seu humor alegre foi arrasado.

— Ah, o que foi que eu... O quê?

— Olhe. Podemos consertar o dano, assim.

Maldição! Ele não deveria ter usado a palavra "dano". Isso a arrasou ainda mais, ela se encolheu como uma criança que acabara de apanhar.

O Dramaturgo arrumou as flores de hidrângea em tigelas rasas, cabeças de flores flutuando. (As flores estavam um pouco passadas. Não sobreviveriam mais do que um dia. Mas Norma não pareceu notar). As rosas-trepadeiras vermelhas cortadas sem jeito, as folhas machucadas já aparadas, foram então colocadas por entre as hidrângeas.

— Querida, ficou simplesmente lindo. Tem um efeito meio japonês.

De alguns metros de distância, Norma o observou as mãos habilidosas de seu marido, em silêncio. Acariciava a barriga, o lábio inferior sob seus dentes. Arfava e não parecia ter ouvido as palavras do Dramaturgo. Enfim, ela disse, em dúvida:

— Não tem problema fazer isso, assim? Colocar as flores desta forma? Tão curtas? Ninguém vai r-rir disso?
O Dramaturgo se virou para olhá-la:
— Rir? Por que alguém riria disso?
Sua expressão era incrédula. "Rir de *mim*?"

10.

Ele a buscaria em um nicho na cozinha onde ela estava se escondendo.
Se não na cozinha, na garagem.
Se não na garagem, no topo dos degraus do porão.
(Que lugar úmido e fedido para se esconder! Apesar de Norma não admitir que estava se escondendo.)
— Querida, você não vem se sentar conosco? Na varanda? Por que está aí?
— Ah, estou indo, Papai! Eu estava só...
Cumprimentou os convidados e quase na mesma hora correu para deixá-lo com os amigos, tímida como um gato feral. Será que era uma forma de medo de palco?
Ele não repreenderia: "Norma, não dê combustível para que falem de nós!".
Querendo dizer: "Para que falem de você".
Não, ele foi caloroso, empático, marital, sorridente. Fazendo da famosa timidez de Marilyn Monroe uma gentil piada do cotidiano deles. Ele se deparou com ela no nicho na cozinha, absorta na tarefa de amassar sacos de compras. Os visitantes estavam explorando a casa, saindo da varanda telada. O Dramaturgo beijou a testa de sua esposa, para acalmá-la. Um leve odor químico subiu do cabelo quando ela transpirou, apesar de não descolorir o cabelo em meses.
Com cuidado de falar com gentileza. Não com crítica. Ele via o diálogo à sua frente como se ele mesmo tivesse escrito.
— Querida, não precisa de todo esse despropósito com a visita. Você parece tão ansiosa. Conhece Rudy e Jean, disse que gostava deles...
— Eles não gostam de mim, Papai. Eles vieram ver você.
— Norma, não seja absurda. Eles vieram nos ver, nós dois.
(Não: ele tinha que manter toda a incredulidade de sua voz. Ele tinha que falar com essa mulher infantil como muito tempo antes havia falado com seus filhos muito jovens, muito vulneráveis, que o adoravam ainda que temessem seu papai.)
— Ah, eu não culpo ninguém! Eu não culpo *nenhum deles*. Veja, você é amigo deles.
— É claro que eu conheço todos há mais tempo do que você os conhece, metade da minha vida, na verdade. Mas...

Ela riu, balançando a cabeça e erguendo as mãos, palmas expostas. Era um gesto tanto de apelo quanto de rendimento.

— Ah, mas... por que essas pessoas, esses seus amigos inteligentes, ele é um escritor e ela é uma editora, por que eles iriam querer *me* ver?

— Querida, só venha, por favor? Eles estão esperando.

De novo, ela balançou a cabeça rindo. Ela os observava de canto de olho. Como um gato assustado, assustado sem motivo, prestes a disparar e perigoso. Mas o Dramaturgo se negava a confirmar as suspeitas absurdas e implorou a ela gentilmente, passando o dedão em sua testa, inclinando-se para firmar seu olhar no dela, daquela forma que às vezes funcionava com ela como uma espécie de hipnose.

— Querida, só venha comigo, sim? Você está tão, tão linda.

Ela era uma mulher linda e assustada com sua própria beleza. Parecia se ressentir disso, de que a beleza pudesse ser confundida com "ela". Ainda assim, ele nunca conhecera uma mulher tão ansiosa, ao conhecer estranhos, com relação à própria aparência.

Norma estivera ouvindo e refletindo. Enfim, estremeceu e riu e esfregou a testa grudenta no queixo dele e pegou do refrigerador um prato pesado de legumes crus arrumados geometricamente por cor e um molho de creme azedo que havia preparado. Era um prato espetacular e ele lhe disse isso. Ele levou os drinques em uma bandeja. De súbito, estava tudo bem de novo! Iria ficar tudo bem. Como no cenário de *Nunca fui santa*, ele a tinha visto entrar em pânico e travar e se afastar, e no entanto, depois de um tempo ela voltaria, e lá estava Cherie mais intensa, mais viva, mais flamejante e convincente do que antes. Seus amigos Rudy e Jean, admirando a vista para o oceano, viraram-se para ver o belo casal chegar. O Dramaturgo e a Atriz Loira. A mulher que queria ser conhecida como "Norma" estava radiantemente linda (não havia como evitar o clichê, como tanto Rudy e Jean relatariam), a pele fresca, translúcida do começo da gravidez; seu cabelo estava um loiro mais escuro, resplandecente e volumoso; ela usava um vestido largo com um decote grande revelando o topo de seus seios inchados e com uma estampa floral com papoulas cor de laranja salpicadas que se destacavam no quadril; ela usava sapatos brancos de salto agulha abertos na frente, e sorria para eles como se estivesse tonta pelas luzes da casa, e naquele instante tropeçou no único, mas íngreme, degrau para a varanda e o prato escapou de suas mãos e caiu no chão, atirando para todos os lados vegetais, molho e louça quebrada.

11.

Você transformou problemas pequenos num teste de minha lealdade. Nosso amor.
Problemas pequenos! Você quer dizer minha vida.
E sua vida se tornou uma questão. Chantagem.
Você nunca me defendeu, meu senhor. Contra nenhum daqueles malditos.
Nem sempre estava claro quem precisava ser defendido. Sempre você?
Eles me detestaram! Seus supostos amigos.
Não. Era você quem se detestava.

12.

Mas ela adorava os pais idosos dele.

E, para sua surpresa, os pais idosos a adoravam.

Em seu primeiro encontro, em Manhattan, a mãe do Dramaturgo, Miriam, o puxou num canto para apertar seu pulso e murmurar ao pé de seu ouvido, em triunfo:

— Aquela garota é exatamente igual a mim na idade dela. Tanta *esperança*.

Aquela garota! Marilyn Monroe!

Casualmente, para a surpresa e o pesar tardio do Dramaturgo, nenhum dos pais havia sentido "calor" pela primeira esposa, Esther. Mais de duas décadas da pobre Esther, que lhes dera adorados netos. Esther, que era judia e de um contexto muito parecido com o deles. Enquanto Norma — "Marilyn Monroe" — era a *shiksa* loira por definição.

Mas conheceram-se em 1956, não em 1926. Muito havia mudado na cultura judaica e no mundo desde então.

O Dramaturgo notou, como Max Pearlman havia notado, que mulheres com frequência se afeiçoavam a Norma, contrariando totalmente as expectativas. Era de se esperar ciúmes, inveja, desgosto; em vez disso, mulheres sentiam uma familiaridade estranha com Norma, ou "Marilyn"; poderia ser que mulheres olhassem para ela e de alguma forma se vissem? Uma forma idealizada de si mesmas? Um homem poderia sorrir de tal equívoco. Uma desilusão, ou uma confusão. Mas o que um homem sabe? Se havia alguém que resistia a Norma, provavelmente era um certo tipo de homem; sexualmente atraído por ela, mas inteligente o suficiente para saber que seria rejeitado. Que estratégias da ironia se criavam do ameaçado orgulho masculino, o Dramaturgo bem sabia.

Não era verdade, se a Atriz Loira não estivesse tão claramente atraída por ele, que o Dramaturgo poderia ter falado dela com desdém?

"Não é ruim para uma atriz de cinema. Mas fraca demais para o palco."

Então, casualmente, a mãe do Dramaturgo adorou a sua segunda esposa. Lá estava Norma sorrindo com timidez, uma garota que não só era jovem o bastante, como aparentava ser jovem o bastante, para atiçar as lembranças nostálgicas da velha de 75 anos de sua própria juventude pregressa. O Dramaturgo ouviu a mãe confidenciar a Norma que, na idade de Norma, ela tinha o cabelo exatamente como o dela.

— Exatamente neste tom, e volumoso. — Ele a ouviu confidenciar para Norma que a primeira gravidez também lhe fizera bem. — Eu me senti uma rainha. Ah, pela primeira vez!

Norma nunca teve medo de que os sogros, que não eram intelectuais, pudessem rir dela.

Na cozinha em Manhattan e na Casa do Capitão. Miriam tagarelando, e Norma murmurando em concordância. Miriam instruindo Norma em como preparar sopa de frango com *kneidl* e em como preparar fígado picado com cebolas. O Dramaturgo não tinha grandes desejos por *bagels* com salmão defumado, famosos pratos judeus, mas esses "favoritos" dele apareciam bastante no brunch de domingo. E *borscht*.

Miriam preparava *borscht* com beterrabas, mas às vezes com repolho.

Miriam preparou seu próprio caldo de carne. Ela afirmaria que era "tão fácil quanto" abrir uma dúzia de latas do caldo Campbell's.

Miriam servia *borscht* quente ou fria. Variava com a estação.

Miriam tinha uma receita de "*borscht* de emergência" usando beterrabas fatiadas em lata para crianças.

— Sem muito açúcar. Suco de limão. E vinagre. Quem é que vai saber?

A *borscht* deles era deliciosa como qualquer *borscht* em sua memória.

13.

O Oceano

Quebrei um espelho
& os pedaços
flutuaram à China.

Adeus!

14.

Chegou aquela terrível noite de julho em que Norma voltou de um passeio na cidade, e ele, seu marido, viu Rose em seu lugar.
Rose, a esposa adúltera de *Torrentes de paixão.*
Ele estava apenas imaginando, é claro!
Ela dirigira na perua até Galapagos Cove, a não ser que fosse Brunswick. Foi comprar mantimentos, frutas frescas ou itens da farmácia. Vitaminas. Cápsulas de fígado de peixe. Para fortalecer os glóbulos brancos, ele achou tê-la ouvido justificar. Ela falava com frequência de sua condição; de certa forma, era seu único assunto. *Um bebê se desenvolvendo dentro dela. Se preparando para nascer! Que felicidade!* Havia um obstetra em Brunswick que ela começou a ver a cada duas semanas, um conhecido profissional do obstetra de Manhattan. Ou talvez ela tivesse ido "fazer" o cabelo ou as unhas. Raramente, comprava roupas (em Manhattan, ela estava sempre sendo reconhecida e então fugia da loja), mas agora que estava grávida e começando a mostrar a barriga, ela falava com avidez de precisar de outras coisas. Batas, vestidos, roupas de grávidas.

— Tenho medo de você não me amar, Papai, se eu não ficar bem? Ou vai?

Ela havia saído de carro depois de preparar o almoço e não voltou até as três da tarde.

O Dramaturgo, perdido em sua escrita, em um transe de inspiração (ele que raramente conseguia escrever mais do que uma página de diálogo por dia e ainda provisório, truncado e de má vontade), mal havia notado a ausência de sua esposa até o telefone tocar.

— Papai? Sei que estou a-atrasada. Mas estou a caminho de casa. — Ela estava ofegante e arrependida e se desculpando.

— Minha querida, não precisa correr. Eu estava um pouco preocupado, é claro. Mas dirija com cuidado.

A pista costeira era estreita e com curvas e às vezes, até durante o dia, faixas de neblina flutuavam languidamente sobre o percurso.

Se Norma sofresse um acidente, em um momento desses!

Ela era uma motorista cuidadosa, até onde o Dramaturgo sabia. Atrás do volante da velha perua Plymouth (que parecia a ela grande e desajeitada como um ônibus), ela se inclinava para a frente, franzindo a testa e mordendo o lábio. Tendia a pressionar os freios muito rápido e bruscamente. Tendia a exagerar na presença de outros veículos. Tinha o hábito de parar para semáforos muito antes do cruzamento, como se temesse acertar os pedestres mesmo com o carro parado. Mas ela nunca dirigia a mais do que setenta quilômetros por hora mesmo na rodovia, ao contrário do Dramaturgo, que dirigia muito mais rápido e distraído, com uma certa manha masculina nova-iorquina, falando enquanto dirigia, às vezes tirando as mãos do volante para gesticular. Ele acreditava que Norma era muito mais confiável na direção do que ele!

Mas agora ele havia começado a conscientemente esperar por ela. Impossível voltar ao trabalho. Ele esperaria por mais duas horas e vinte minutos.

De carro de Galapagos Cove à Casa do Capitão, não se levava mais que dez minutos. Mas e se Norma tivesse ligado de Brunswick? Em sua confusão, ele não conseguia lembrar.

Diversas vezes, imaginou que conseguia ouvi-la subindo a ladeira da casa. Entrando na garagem daquele jeito cuidadoso. O estalar das britas. O bater da porta do carro. Seus passos. Sua voz assobiante subindo pelas tábuas.

— Papai? Cheguei.

Incapaz de resistir, ele se apressou para conferir a garagem no andar de baixo. É claro, o Plymouth não estava lá.

No caminho de volta ele passou pela porta do porão, que estava aberta. Ele a fechou com uma batida. Por que aquela maldita porta estava sempre aberta? O trinco fechava com segurança, deve ter sido Norma que a deixara aberta. Do porão de piso imundo subia um odor forte e nauseante de decomposição; de terra, podridão e Tempo. Ele estremeceu, cheirando.

Norma dissera que odiava o porão.

— É tão *nojento*.

Era a única coisa da Casa do Capitão que ela detestava. Ainda assim, o Dramaturgo imaginava que ela explorava o porão com uma lanterna, feito criança manhosa determinada a ir atrás das exatas coisas que a assustam. Mas Norma era uma mulher de 32 anos, de criança, não tinha nada. Para que propósito, se assustar? E na condição dela.

Nunca a perdoaria, pensava ele, se ela causasse mal à felicidade deles.

Enfim, depois das seis da tarde, o telefone tocou de novo. Ele se atrapalhou para atender no ato. Aquela fraca voz ofegante:

— Ahhh, Papai. Você está b-bravo comigo?

— Norma, o que houve? Onde você está?

Ele não conseguia afastar o medo da voz.

— Eu fiquei meio que presa com um pessoal...

— Que pessoal? Onde?

— Ah, não aconteceu nada, Papai. Eu só fiquei um pouco... O quê? — Alguém falou com ela, que respondeu com a mão sobre o receptor. O Dramaturgo, tremendo, ouviu vozes altas no fundo. E música alta, rock'n'roll martelando. Norma voltou à linha, rindo. — Ahhhh, está uma loucura aqui. Mas essas são pessoas realmente legais, Papai. Eles meio que falam *francês*. Tem essas duas garotas? Irmãs? *Gêmeas* idênticas.

— Norma, o quê? Não estou ouvindo. Gêmeas?

— Mas estou a caminho de casa *agora*. Vou fazer janta para nós. Prometo!

— Norma...

— Papai, você me ama, não é? Não está bravo comigo?

— Norma, pelo amor de Deus...

Enfim, às 18h40, Norma estacionou a perua na garagem. Acenando para ele pelo vidro.

Ele estava esperando por ela, o rosto retesado. A sensação dele era de ter esperado o dia inteiro. Ainda assim, muito do céu ainda estava brilhante, de verão. Apenas no horizonte ao leste, no fim distante do oceano, o pôr do sol havia começado como uma mancha escura subindo em fatias gordas de nuvem.

Então veio Norma depressa. Aquela era a Garota do Apartamento de Cima. A não ser que fosse Rose disfarçada de Garota do Apartamento de Cima.

No chapéu de palha de abas largas com um laço modesto sob seu queixo. Em uma blusa para grávidas com botões de rosa em relevo e shorts brancos um pouco sujos. Ela passou os braços ao redor do pescoço tenso do Dramaturgo e lhe deu um beijo molhado e intenso na boca.

— Ah, Papai. Eu *sinto* muito.

Ele sentiu o sabor de algo maduro e doce. Havia manchas nos cantos da boca. Ela andou bebendo?

Teve dificuldade com os sacos de compras no porta-malas do Plymouth, e o Dramaturgo os tirou dela sem uma palavra. Seu coração batia em fúria que era na verdade o vestígio de pavor. Se algo havia acontecido com Norma! E o bebê deles! Ela havia se tornado o centro de sua vida sem que ele se desse conta.

Como ele havia ficado perplexo, sido piedoso. Mesmo ouvindo histórias do ex-marido de Norma. Do Ex-Atleta contratando detetives particulares para espiarem-na.

Agora ela estava em casa, em segurança, rindo, pedindo desculpas. Observando-o, o marido de testa franzida, de soslaio. Contando a ele uma história longa e desconexa que, ele não ia imaginar, acabaria envolvendo dar carona para mochileiras na rodovia e levá-las ao seu destino, Galapagos Cove, e dali para a casa de alguém, e acabar convencida por elas a ficar um pouco.

— Veja, todos sabiam quem eu era, eles me chamavam de "Marilyn", mas eu ficava dizendo "Não, não, eu não sou ela, sou Norma"... Era como um jogo, quer dizer, nós estávamos rindo muito... Como minhas amigas do colégio, lá em Van

Nuys, das quais sinto saudades. — Aquelas irmãs gêmeas eram "muito bonitas" e moravam com a mãe divorciada em um "trailer feio e velho, caindo aos pedaços" no interior, e uma das garotas, Janice, tinha um bebê de três meses chamado Cody... — O pai, ele está na marinha mercante e não quis se casar com ela, só *saiu navegando* pelo horizonte. — Norma passou algum tempo no trailer e depois todos foram para outro lugar de perua, e então: — Papai, sabe do que mais? Acabamos naquele mercado grande, Safeway, sabe? Todos nós incluindo o bebê. Porque elas precisavam de tantas coisas só para *comer*. Eu gastei até meu último centavo. — Ela estava pedindo desculpas ao contar a história; mas num tom desafiante. Ela era uma garotinha arrependida, ainda que não estivesse minimamente arrependida, estava na verdade orgulhosa de sua pequena aventura. Sem dizer "É dinheiro de Marilyn, Papai. Vou fazer com ele o que quiser".

Suspirando, como se estivesse maravilhada:

— Até o último centavo na minha *carteira*. Céus!

O Dramaturgo estava começando a pensar em quão profundo e impotente era seu amor por aquela mulher. Aquela estranha mulher volúvel. Agora grávida com um filho dele. E ele não quisera, de verdade, outro filho. Em Manhattan, na Companhia de Nova York e em círculos de teatro, ele parecera conhecê-la; agora, não tinha tanta certeza. No começo do caso de amor deles ela parecia amá-lo mais do que ele estava preparado para amá-la; agora, eles se amavam igualmente, com uma fome terrível. Mas nunca até aquele dia o Dramaturgo havia considerado que poderia haver um momento em que ele amasse Norma mais do que ela o amava. Como ele seria capaz de suportar?!

Guardando as coisas na cozinha, Norma o olhava de canto de olho. Em uma peça, como em um filme, uma cena assim conteria um subtexto poderoso. Mas a vida raramente se conformou à arte, em especial, às formas e convenções da arte. Apesar de Norma lembrá-lo dolorosamente a personagem de Rose em *Torrentes de paixão*, levando o marido apaixonado na palma da mão. (Ou em qualquer outra parte da anatomia feminina.)

Norma contou sua história, a voz baixa, ofegante, falhando de empolgação. Ela estava mentindo? Ele achava que não. Uma história tão inocente, sem maldade. No entanto, a empolgação era tanta que ela poderia bem estar mentindo. Seria uma agitação idêntica. *Ela foi infiel. Ela foi além do casamento.* Ele viu com uma pontada de horror que o short branco estava sujo, manchas do que poderia ser sangue menstrual, ah, Deus, isso queria dizer que um aborto espontâneo estava começando... e Norma não parecia saber? Exceto que, ao ver a expressão dele, ela baixou o olhar para si e riu, envergonhada.

— Ah, céus! Nós comemos amoras. Acho que fizemos uma sujeira.

O Dramaturgo seguia ferido. O rosto magro, bronzeado pelo verão, havia empalidecido. Os óculos de lentes grossas deslizaram até o nariz. Norma removeu um pacote de amoras de uma das sacolas e então deu algumas delas para o Dramaturgo, na boca.

— Ah, Papai, não faça essa cara triste, só *prove*. São deliciosas, está vendo?

Era verdade. As amoras estavam deliciosas.

15.

Não era suficiente sublinhar essas palavras proféticas em *O mal-estar na civilização*. Norma se sentiu motivada a copiá-las em seu caderno.

Nunca estamos mais indefesos perante o sofrimento do que quando amamos, nunca mais impotentemente infelizes do que quando perdemos nosso objeto amado ou seu amor.

16.

O Reino à beira-mar

Era uma vez uma Plebeia Esfarrapada
Em um Reino à beira-mar.
Um feitiço foi lançado sobre ela...
"A Princesa Cintilante será, a elevar."

Ah, mas a Plebeia Esfarrapada gritou,
"Essa é uma maldição de arrasar".
A fada má gozou:
"As coisas ainda vão piorar".

Um Príncipe espiava a Princesa
No vale a passear,
Perguntou a ela: "Você está sozinha?
Precisa de um amigo para acompanhar?".

O Príncipe cortejou a Princesa
Por muitas noites e um dia.
A Princesa amava o Príncipe
Ainda assim... o que ela diria?

> "Não sou uma Princesa Cintilante,
> Sou uma mera Plebeia Esfarrapada.
> Você me amaria se soubesse?"
> O Príncipe sorriu para ela e disse...

Enroscada em um nicho de janela no Quarto de Bebê no topo das escadas, ela sonhava, tão feliz, e enxugava as lágrimas dos olhos e o vasto céu cavernoso pairava sobre ela e o porão de piso imundo tão lá embaixo que ela não conseguia ouvir algo que vinha de lá, Norma Jeane tentava e tentava, tanto! — mas nunca completava a rima.

17.

Quarto de Bebê. Ela sabia que o bebê nasceria em Manhattan. No Hospital Presbiteriano de Columbia. Se tudo saísse conforme agendado. (Quatro de dezembro era a data mágica!) Ainda, ali na Casa do Capitão, em Galapagos Cove, Maine, tanta solidão e tanta felicidade sonhadora ao longo do verão, ela criara um berçário de fantasia em que colocava itens comprados nas lojas de antiguidades e nos mercados de pulgas de beira de estrada. Um berço de vime para embalar Bebê, cor de creme e decorado com florezinhas azuis. (Não era praticamente idêntico ao berço que Gladys tinha para *ela*?) Bichinhos de pelúcia costurados à mão. Um chocalho de bebê, "um *American shaker* genuíno". Livros antigos para crianças, contos de fadas, Mamãe Gansa, animais falantes, entre os quais ela poderia se perder por muitas horas fascinadas. *Era uma vez...*

No Quarto de Bebê, Norma Jeane se aninhava na jardineira e sonhava sua vida. *Ele escreverá belas peças. Para eu atuar. Eu amadurecerei para esses papéis. Serei respeitada. Quando eu morrer, ninguém vai rir.*

18.

Às vezes vinha uma batida na porta. Ela não tinha escolha além de deixá-lo entrar. Ele já teria aberto a porta e enfiado a cabeça dentro. Sorrindo. *Tanto amor em seus olhos! Meu marido.*

No Quarto de Bebê ela escrevia em seu diário de colegial que era sua vida secreta. Apontamentos para si mesma, fragmentos de poemas. Listas de vocabulário. No Quarto do Bebê, Norma Jeane se aninhava na jardineira lendo *Ciência e saúde com a Chave das Escrituras*, de Mary Baker Eddy, e testemunhos fascinantes (se fossem verdade!) na *The Sentinel*; lendo livros que havia trazido para o Maine de Manhattan, apesar de saber que o Dramaturgo nem sempre aprovava os livros.

O Dramaturgo acreditava que uma mente como a de Norma ("suscetível, sensível, facilmente influenciada") era como um poço. Água pura preciosa. Não se quer contaminá-la com elementos tóxicos. Nunca!

Uma batida na porta, e ele já abria, sorrindo para ela, mas o sorriso desaparecia quando via (ela não ousava tentar esconder) o que ela estava lendo.

Certa tarde, lia *A humilhação na Europa: uma história dos judeus na Europa*. (Ao menos, não era uma das publicações de Ciência Cristã de Norma, que seu marido verdadeiramente abominava!)

A resposta do Dramaturgo a livros assim, seus livros "judaicos", era complexa. O rosto se retorcia em um sorriso reflexivo, quase um sorriso de medo. Certamente um sorriso de irritação. Ou mágoa. Foi como se involuntariamente (ah, ela não quis dizer isso! Ela *sentia* muito) ela o houvesse chutado na barriga. Ele iria até ela e se abaixaria ao seu lado e folhearia o livro, parando em algumas das fotos. Seu coração batia acelerado. Ela via no rosto dos mortos fotografados os traços de seu próprio marido vivo; às vezes, até sua expressão confusa. Quaisquer emoções que aquele homem sentisse, que estavam além da capacidade dela de imaginar (se ela fosse judia, o que sentiria em um momento assim? Ela acreditava que não suportaria), ele escondia dela. Era verdade, sua voz poderia fraquejar. Sua mão poderia tremer. Mas ele falaria com ela com calma, no tom de um homem que a amava e só queria para ela, e para o bebê deles, o bem. Ele diria:

— Norma, você acha que é uma coisa boa, em sua condição, se perturbar com estes horrores?

— Ah — diria ela, protestando sem muita força —, mas eu q-quero saber, Papai. Isso é errado?

Ele responderia, beijando-a:

— Querida, é claro que não é errado querer "saber". Mas você já sabe. Você sabe sobre o Holocausto e sabe da história dos pogroms e sabe do solo machado de sangue da Europa Cristã "civilizada". Você sabe a respeito da Alemanha Nazista e até sabe da indiferença da Grã-Bretanha e dos Estados Unidos em relação à vida dos judeus. Você sabe no geral, se não com detalhes exaustivos. Você já sabe, Norma.

Era verdade? Era verdade.

O Dramaturgo era um mestre das palavras. Quando entrava em um recinto, as palavras voavam para ele como limalhas de ferro a um ímã. Norma Jeane, hesitando e gaguejando, não tinha a menor chance.

Ele poderia falar então sobre "pornografia do horror".

Ele poderia falar então sobre "chafurdar no sofrimento, chafurdar no luto".
Com crueldade, ele poderia falar sobre "chafurdar no sofrimento dos outros".
Ah, mas eu sou judia também. Não posso ser judia? Só nascendo? De alma?
Ela ouvia. Ouvia com atenção. Nunca interrompia. Se fosse uma aula de teatro, ela pressionaria o livro ofensivo contra os seios e o coração acelerado; não era a aula de teatro, mas ela poderia pressionar o livro ofensivo contra os seios e o coração acelerado; melhor ainda, poderia fechar o livro e empurrá-lo para longe, passando pela almofada gasta no assento da janela. Em momentos assim, arrependida, humilde e magoada, mas não ferida, pois ela sabia que não tinha direito legítimo de estar ferida. *Não, não sou judia. Acho que não.*
O marido a amava, só isso. Mais que amar, ele a adorava. Mas temia por ela também. Ele estava se tornando possessivo com as emoções dela. Os nervos "sensíveis". (Lembra do que "quase aconteceu" na Inglaterra?) Ele era dezoito anos mais velho, é claro que era seu dever protegê-la. Em momentos assim, ele se sentia tocado pela magnitude dos próprios sentimentos. Ele via lágrimas brilhando nos lindos olhos azuis-ardósia. Seus lábios trêmulos. Mesmo naquele momento íntimo ele se lembraria de como o diretor de *Nunca fui santa*, que fora apaixonado por Marilyn, maravilhou-se com a habilidade de chorar espontaneamente. *Monroe nunca pedia glicerina. As lágrimas sempre estavam lá.*
Rápido agora a cena se tornava um improviso.
Ela dizia, gaguejando:
— Mas Papai... e se ninguém fizer isso? Quero dizer, agora? Eu não deveria ter que fazer isso?
— Fazer... o quê?
— Fazer isso de me informar a respeito? Pensar sobre isso? Como, em um dia de verão tão bonito? Lá longe, no oceano? Pessoas como nós? Eu não deveria o--olhar as fotos, ao menos?
— Não seja absurda, Norma. Você não "tem" que fazer o que quer que seja.
— O que quero dizer é que sempre deveria haver alguém vendo essas coisas, entende o que quero dizer? Em algum lugar no mundo. A cada minuto. Porque... e se... forem esquecidas?
— Querida, o Holocausto provavelmente não será esquecido. Não é sua responsabilidade se lembrar dele.
Ele riu, rude. Seu rosto estava esquentando.
— Ah, eu sei! Eu pareço tão boba, não é? Quero dizer — ela estava se desculpando, ainda que não se desculpasse —, acho que quero dizer... o que Freud disse? "Ninguém que compartilha uma ilusão vai reconhecê-la como tal?" Então você poderia ter a ilusão de que as outras pessoas estão fazendo o que você precisa

fazer, então você não precisaria fazer isso? Bem naquele momento? Entende o que quero dizer?

— Não. Não entendo o que quer dizer. Você está chafurdando no sofrimento alheio, francamente.

— É isso que estou fazendo?

— Tem um elemento macabro nisso, querida. Conheço muitos judeus que chafurdam na questão, pode acreditar. Uma má sorte podre na história ganhando um ângulo cosmológico. Monte de merda! Mas eu não me casei com uma mulher macabra. — Mais exaltado do que havia notado, o Dramaturgo sorriu horrivelmente do nada. — Eu não me casei com uma mulher mal-assombrada. Eu me casei com a minha *amada*.

Norma riu.

— Amada, não mal-assombrada.

— Minha linda amada, não mal-assombrada.

— Não. Uma pessoa mal-assombrada não pode ser linda. Só a amada.

— Só a amada. Certo!

Erguendo seu rosto para ser beijada. Aquela boca perfeita.

Ao improvisar, você não sabe aonde está indo. Mas às vezes é bom.

— *Ele não me ama. Ele ama essa coisa loira dentro da cabeça dele. Não a mim.*

19.

Na verdade, ela se afastou como um cachorro chutado. E Bebê em seu útero, envergonhado, encolhido para o tamanho de um dedão.

Depois eles sempre faziam as pazes. Horas mais tarde, na cama de dossel à noite. O colchão de crina comicamente duro, as molas barulhentas. Eram momentos primorosos dos quais o Dramaturgo se lembraria pelo resto da vida, estupefato pelo poder do amor físico, prazer sexual, de reverberar pelo tempo mesmo muito depois que os indivíduos que geraram tal amor, fruto de seu desejo, de corpos angustiados, já tivessem morrido.

Ela seria Rose para ele, se era Rose que ele desejava.

Ah, ela era sua esposa, ela seria qualquer uma! Por ele.

Ela o beijava sem parar até tirar seu fôlego. Sugava a língua dele para sua boca. Passava suas mãos no corpo dele, seu corpo magro anguloso começando a ficar mais molenga na cintura e barriga, com ousadia ela beijava seu peito, os pelos grossos ali, beijava e sugava seus mamilos, ria e acariciava e o manipulava com vontade. Suas mãos hábeis. Com a prática (ele se excitava pensando nisso, fosse verdade ou não) de um pianista de concerto passando os dedos pelo teclado, tocando acordes. Ela era Rose de *Torrentes de paixão*. A esposa adúltera, a esposa assassina. A mulher loira de beleza e apelo sexual incomparáveis que ele tinha visto anos antes, muito antes da possibilidade de sequer conhecê-la. E que fantasia, imaginar que ele poderia conhecê-*la*! Enquanto ele se identificava com o traído marido impotente Joseph Cotten. Mesmo no final do filme ele se identificou com Cotten. Quando Cotten estrangula Rose. Uma cena misteriosa com ares de sonho, de estrangulamento mudo. Um balé da morte. A expressão no rosto perfeito de Monroe quando ela se dá conta. *Ela vai morrer! Seu marido é a Morte!* O Dramaturgo em silêncio olhando para cima para as imagens piscando na tela, nunca fora tão tocado por filme algum. (Ele tendia a falar com desdém do cinema enquanto meio.) Nunca ele tinha visto uma mulher como Rose. Ele tinha visto o filme sozinho em um cinema na Times Square e acreditava que não poderia haver um homem na plateia que se sentisse diferente dele. *Nenhum homem se equipara a ela. Ela tem que morrer.*

Na cama deles, em sua casa de veraneio sobre o oceano em Galapagos Cove, ela se deitava nele, sua esposa, sua esposa grávida, e se encaixava nele. Sua doce respiração de bebê. Seus doces gritos agudos estrangulados:

— Ah, Papai! Ah, Deus!

Ele não sabia se eram fingidos ou verdadeiros. Nunca saberia.

20.

Ele empurrou a porta do banheiro sem saber que ela estava dentro.

Seu cabelo em uma toalha, nua e de pés chatos, barriga crescendo, ela se virou para ele surpresa:

— Ah! Ei.

Na palma da mão, vários comprimidos, e na outra, um copo plástico. Ela enfiou os comprimidos na boca rápido e bebeu, e ele disse:

— Querida, achei que não estivesse tomando nada? Você não tinha parado?

E ela disse, encontrando seus olhos no espelho:

— São vitaminas, Papai. E as cápsulas de óleo de fígado de peixe.

21.

O telefone tocou. Poucas pessoas tinham o telefone de Galapagos Cove, e o som de um telefone tocando foi chocante.

Norma atendeu. O rosto se alterou na hora. Sem palavras, ela passou o receptor para o Dramaturgo e saiu do quarto rápido.

Era Holyrod, o agente de Hollywood. Desculpando-se por ligar. Ele sabia, afirmou, que Marilyn não estava considerando filmes naquele momento. Mas aquele era um projeto especial! Chamava-se *Quanto mais quente melhor*, uma comédia excêntrica a respeito de homens fantasiados de mulher com o papel principal expressivamente escrito para "Marilyn Monroe". O Estúdio estava ansioso para financiar o projeto e pagaria a Marilyn um mínimo de cem mil dólares...

— Obrigado. Mas já dissemos a você: minha esposa não está interessada em Hollywood no momento atual. Ela está grávida de nosso primeiro filho, para dezembro.

Que alegria nestas palavras! O Dramaturgo sorriu.

Nosso primeiro filho. Nosso!

Que prazer, mas logo logo precisariam de dinheiro.

22.

Desejo

Porque você me deseja
Não sou

Este, Norma mostrou com timidez para o marido, pois ele frequentemente dizia que gostaria de ver seus poemas.

Ele leu o poeminha e releu e sorriu em perplexidade por ter esperado algo muito diferente dela. Algo que rimasse, com certeza! Agora, o que dizer? Queria encorajá-la; ele sabia quão anormalmente sensível ela era, com quanta facilidade seus sentimentos se feriam.

— Querida, este é um começo forte, dramático. É muito... promissor. Mas aonde vai? O que acontece depois deste ponto?

Rápido, Norma assentiu como se estivesse esperando críticas assim. Não, não era crítica, é claro, era encorajamento. Ela pegou o poema de volta dele e o dobrou em um quadrado pequeno e disse, rindo como a Garota do Apartamento de Cima:

— "Aonde vai? O que acontece depois deste ponto?" Ah, Papai. Você tem tanta razão. Mas acho que é o enigma de nossas vidas inteiras!

23.

Não muito longe, sob as tábuas de madeira da casa antiga, um fraco som queixoso, como miados, soluços. Choramingando: "Ajuda! Alguém me ajude".
— Não tem nada lá. E eu não ouço nada. Eu sei.

24.

Era fim de julho, fim de tarde. Um amigo do Dramaturgo viera da cidade e os dois saíram para pescar. Norma estava sozinha na Casa do Capitão. *Sozinha com Bebê: só nós.* Ela estava de bom humor, nunca se sentira tão saudável. Ela não havia ido ao porão, nem espiado escada abaixo, há dias. *Nada lá. Eu sei!*
— É só que, de onde eu venho, não tem porões. Não tem necessidade alguma.
Tinha criado o hábito de falar sozinha quando ele não estava em casa.
Era a Bebê que ela se dirigia. Seu amigo mais próximo!
Era isso que Nell, a babá, não tivera, em seu próprio ser: um bebê.
— O motivo para ela querer empurrar a garotinha da janela. Se ela própria tivesse seu bebê...
(Mas o que havia acontecido com Nell? Ela não conseguiu cortar a própria garganta. Eles a levaram embora para confinamento. Sem lutar, ela se rendera.)
Fim de julho, fim de tarde. Um dia moderadamente abafado. Sem ar. Norma Jeane entrou no escritório do Dramaturgo sentindo um tremor de empolgação como se estivesse entrando em um lugar sem autorização. Ainda assim o Dramaturgo não se importaria de ela usar a sua máquina de escrever. Por que se importaria? Esta não era exatamente uma cena improvisada, pois ela a havia planejado. Pretendia datilografar uma carta para Gladys em Lakewood, fazendo uma cópia em carbono. Naquela manhã ela havia pulado da cama, se dando conta de que Gladys deveria sentir sua falta! Ela estivera longe, no Leste, por tanto tempo. Convidaria Gladys para visitar Galapagos Cove! Pois ela tinha certeza de que Gladys já estava recuperada o suficiente para viajar, se desejasse; essa era a imagem da mãe que ela apresentava ao Dramaturgo, e era uma imagem que ela imaginava ser razoável. O Dramaturgo dissera que Gladys soava interessante, que gostaria de conhecê-la. Norma Jeane escreveria duas cartas, com cópias de ambas em papel-carbono.
É claro, ela só contaria a Gladys que estava grávida em dezembro.
— Enfim, você será avó. Ah, *eu* mal posso esperar!
Norma Jeane sentou-se à escrivaninha do Dramaturgo. A câmera se aproximaria dela, olhando para baixo. Ela amava a velha Olivetti fiel de seu marido com sua fita desgastada. Papéis jogados pela escrivaninha *tão reais* como os pensamentos

espalhados da genialidade. Talvez fossem anotações, rascunhos? Fragmentos de diálogo? O Dramaturgo raramente falava de seu trabalho em progresso. Superstição provavelmente. Mas Norma Jeane sabia que ele estava experimentando dois ou três projetos ao mesmo tempo, inclusive seu primeiro roteiro. (*Ela conseguira fazer isso por ele, ela estava tão contente e tão orgulhosa.*) Buscando uma folha de papel limpa quando seus olhos involuntariamente passaram por...

X.: Quer saber, Papai? Quero que Bebê nasça aqui. Nesta casa.

Y.: Mas, querida, nós planejamos...

X.: Nós poderíamos arranjar uma parteira para mim! Poderíamos mesmo.

(X., empolgada & com os olhos dilatados; acaricia barriga com as 2 mãos como se já estivesse inchada)

Em outra página, com inúmeras correções...

X. (com raiva): Você não me defendeu! Nunca.

Y.: Não estava claro quem estava errado.

X.: Ele me detestava!

Y.: Não. Era você quem se detestava.

Y.: Não. É você quem se detesta.

(X. não suporta a ideia de q qualquer homem possa olhá-la sem desejo. Ela tem 32 anos & teme q a juventude esteja passando)

25.

Aonde você vai quando desaparece? Ela estivera ouvindo aquele som no porão. Ela disse a ele sem olhar nos olhos, sabendo que ele não acreditava nela, não queria acreditar nela. Ele a tocava para confortá-la, e ela endurecia.

— Norma, o quê?

Ela não poderia falar. Ele saiu para investigar o porão, usando a lanterna, mas não encontrou nada. Ainda assim, ela ouvia o som. Um leve miar queixoso, soluços. Às vezes, passos arrastados. Algo arranhando, agitando-se. Ela se lembrava (isso havia sido um sonho? Uma cena de filme?) de um único grito de bebê. Cedo de manhã e durante o dia quando ela estava sozinha no andar de baixo e com frequência no meio de uma noite que, não fosse por isso, seria silenciosa, quando ela acordava suando com uma necessidade súbita e aguda de ir ao banheiro. Ela achava que poderia ser um gato ou guaxinim perdidos.

— Tem alguma coisa presa lá. Morrendo de fome.

Ela morria de medo imaginando que uma criatura viva poderia estar presa naquele porão pavoroso como se fosse em um fosso. O Dramaturgo via que ela se agitava de fato, e ele queria acalmar aquele medo. Não queria que ela mesma saísse desbravando o porão, naquele escuro deprimente.

— Eu proíbo você de descer lá, querida!

Ele havia descoberto que fazer piadas com a esposa era a estratégia mais inteligente: dessa forma, ele cooptava a Norma racional contra a Marilyn irracional. Prendendo a respiração (mais do que maçãs podres, havia um fedor de carne rançosa misturado aos cheiros de terra e Tempo), ele desceu de novo para o porão e esquadrinhou com a lanterna todos os cantos e voltou a ela arfando e irritadiço (pois era um dia injustamente quente e úmido, para a costa do Maine) e limpando teias de aranha do rosto, mas gentil com Norma, insistindo que não, não havia nada lá embaixo, nada que ele tivesse visto; tampouco ouvira os barulhos que ela afirmava ouvir. Norma pareceu relaxar com aquele relato. Parecia aliviada. Ergueu a mão dele impulsivamente para a boca e a beijou, envergonhando-o. A mão dele não estava limpa!

— Ah, Papai. Acho que você precisa fazer as vontades de uma grávida, não é?

Na verdade, Norma Jeane estivera alimentando gatos selvagens no quintal desde a segunda semana que chegaram ali. Contra as recomendações do Dramaturgo. De início, só um gato, um macho preto magricelo com orelhas mordiscadas; então mais um, uma malhada tricolor magra, mas muito grávida, juntou-se ao primeiro; logo haveria tantos, uma meia dúzia de gatos esperando com paciência na porta dos fundos para serem alimentados. Os gatos estavam estranhamente silenciosos e sentados separados um do outro; ficavam longe enquanto Norma colocava os pratinhos, então corriam para comer, rápidos como máquinas, e assim que terminavam, marchavam embora sem olhar para trás. De início, Norma havia tentado fazer amizade com eles, mesmo para acariciá-los, mas eles sibilavam para ela e se encolhiam, mostrando os dentes. Já que havia uma entrada na rua para o porão, não era irracional pensar que um dos gatos poderia ter entrado e ficado preso. Nesse caso, a criatura se esconderia do Dramaturgo, que viera resgatá-la.

— Querida, talvez você devesse parar de alimentar os gatos — sugeriu o Dramaturgo.

— Ah, eu vou! Logo.

— Vão aparecer cada vez mais. Você não pode alimentar a costa do Maine inteira.

— Eu sei, Papai. Você tem razão.

Ainda assim, ela continuou, pelo verão todo, como ele sabia que continuaria. Quantos gatos esquálidos famintos apareciam a cada manhã para serem alimentados por ela, ele nem queria saber. "A teimosia estranha. A vontade poderosa. O homem sabia estar obliterado por ela em coisas essenciais. Apenas em questões superficiais ele triunfava."

Ele estava no andar de cima à escrivaninha datilografando essas palavras, ou palavras muito parecidas com essas, quando ouviu um grito.

— Eu sabia. Eu sabia o que seria.

Ele correu escada abaixo para se deparar com ela lá embaixo do porão, deitada, gemendo e se contorcendo. A lanterna, caída de sua mão, lançando seu feixe de luz como um túnel nas profundezas do porão, para dentro das sombras amorfas do esquecimento.

Ela gritou para que ele a ajudasse, salvasse o bebê. Quando ele se abaixou perto dela, ela prendeu as mãos dele, puxando suas mãos. Como se quisesse que ele fizesse o parto do bebê.

Ele chamou uma ambulância. Ela foi levada para o Hospital Brunswick.

Aborto espontâneo na décima quinta semana de gravidez.

A data era 1º de agosto.

A despedida

Nós começamos a morrer ali, não? Você me culpou.
Nunca. Não você.
Porque eu não consegui salvar o bebê nem você.
Não você.
Porque não fui eu quem sofreu. Quem sangrou tudo que tinha.
Não você. Fui eu. Tudo o que eu merecia. Eu matei Bebê uma vez, Bebê já estava morto.

Ela, a mulher acometida, foi hospitalizada por uma semana. Ela tivera uma hemorragia severa e quase morreu na emergência do hospital. Sua pele era de um branco ceroso, baço, tinha olheiras profundas, ferimentos e lacerações no rosto, garganta, braços. Ela havia torcido um pulso na queda. Fraturado várias costelas. Sofrido uma concussão. Havia linhas fortes e superficiais sob seus olhos atordoados e lábios sem energia. A primeira vez que o marido apavorado a vira inconsciente em uma maca na sala de emergência, acreditara que ela devia estar morta; aquele corpo era um cadáver. Agora no quarto de hospital fechado para todos os visitantes, exceto para ele, deitada em travesseiros, no meio de branco flagrante, com acessos intravenosos nos dois braços e um tubo de respiração nas narinas, ela parecia a sobrevivente de um desastre: um terremoto, um bombardeio. Ela parecia a sobrevivente que não teria linguagem para expressar a que havia sobrevivido.

Ela envelheceu. Sua juventude finalmente desapareceu.

Ela estava "sob observação", porque, conforme foi informado ao Dramaturgo, havia delirado, falando que ia se matar.

Mas como era festivo o quarto daquela paciente! Cheio de flores.

Apesar da paciente estar sob um nome fictício. Um nome que de forma alguma lembrasse qualquer nome real dela.

Arranjos florais tão bonitos, como a equipe no Hospital Brunswick jamais tinha visto. Explodindo do quarto para as salas de espera e de enfermeiros.

É claro, o Hospital Brunswick nunca recebera uma celebridade de Hollywood como paciente.

É claro, imprensa e fotógrafos estavam proibidos. Ainda assim, uma foto de Marilyn Monroe apareceria na capa do *The National Enquirer*, a mulher acometida na cama hospitalar, uma imagem por entre uma porta ao longe, cerca de quatro metros.

Marilyn Monroe sofre aborto espontâneo no 4º mês de gravidez. "Sob observação por risco de suicídio."

Outra foto semelhante apareceu no *Hollywood Tatler* junto de uma "entrevista exclusiva por telefone" com Monroe, pelo colunista que se referia a si mesmo, ou mesma, como "Buraco de fechadura".

Esses ultrajes, e outros, o Dramaturgo manteria longe dela.

Ao telefone, ele contaria, em palavras ansiosas e compulsivas, a amigos em Manhattan:

— Eu estava menosprezando o medo de Norma. Não consigo me perdoar. Não, não com a gravidez: ela não tinha medo algum de ter um bebê. Quero dizer, sua fascinação com o Holocausto, com "ser judia". A fascinação com história. Agora vejo que o medo não era exagerado ou imaginado. Era uma apreensão justificada de... — ele hesitou, confuso. Estava respirando rápido e à beira de um colapso, como havia colapsado publicamente diversas vezes desde a catástrofe, sem saber que palavra buscava. Nesse momento de aflição, o Dramaturgo, o mestre da linguagem, tinha perdido boa parte de seu poder; para si mesmo, ele parecia uma criança pequena com dificuldade de expressar conceitos que flutuavam no cérebro como grandes balões moles que escapam quando são capturados. — Outros de nós aprendem a passar por cima desse medo. Desse senso trágico de história. Somos superficiais, somos sobreviventes! Mas Marilyn... Quero dizer, Norma...

Ah, Deus, o que ele queria dizer?

Muito do tempo no hospital, ela ficou em silêncio. Ficava deitada com os olhos feridos, semicerrados como um corpo flutuando logo abaixo da superfície da água. Uma poção misteriosa gotejava nas veias, e das veias corria ao coração. Ela respirava tão superficialmente, ele não conseguia ter certeza de que ela sequer estava respirando, e se ele caísse em um leve sono hipnótico, um véu branco tremulando sobre o cérebro, pois era um homem exausto, um homem não jovem, um homem que perderia a maior parte dos sete quilos que ganhara desde o casamento, acordava em pânico de que a esposa tivesse parado de respirar. Ele segurava suas mãos, garantindo que permanecesse viva. Acariciava as mãos molengas que não resistiam. As pobres mãos feridas! Vendo com horror que suas mãos eram mãos atarracadas, mãos normais, com unhas quebradas e com sujeira embaixo. O cabelo, o cabelo famoso, escurecendo nas raízes, seco e frágil e começando a afinar. Em voz baixa, ele murmurava como se ao pé da cama de uma criança:

— Eu amo você. Norma querida. Eu amo você. — Com a certeza de que ela devia ouvi-lo.

Ela devia amá-lo também, e o perdoaria. E então, de súbito, à noite do terceiro dia, ela estava sorrindo para ele. Ela apertou as mãos dele e pareceu ganhar vida de repente.

A genialidade do ator! Reunir energia da profundeza impronunciável da alma. Não podemos compreender vocês. Não espanta que tenhamos medo de vocês. Nós estamos em uma praia mais distante, estendendo as mãos para vocês em maravilhamento.

— Vamos tentar de novo, não vamos, Papai? E de novo e de novo? — ela começou a falar rápido, para alguém que não falara por dias. Ela estava feroz e impiedosa. — Nós não vamos nunca desistir, Papai? Vamos? Nunca? *Promete?*

A vida após a morte
1959-1962

A morte veio inesperadamente, pois eu a desejara.

— Vaslav Nijinsky,
O diário de Nijinsky

Em condolências

Minha linda Filha perdida...
Após ouvir sobre sua perda trágica eu quero oferecer a você minhas mais sinceras condolências.
A morte de uma alma por nascer pode se alojar mais dolorosamente dentro de nós do que qualquer outra, pois a inocência estava intacta.
Querida Norma, eu ouvi sobre sua perda mais recente em um momento também de perda, pois minha esposa amada de muitos anos se foi. Eu estou esperando um período de calma antes de considerar em que direção minha vida deve se mover agora. Não sou um homem muito jovem (ou muito bem). Provavelmente venderei minha casa & propriedades (luxuosa demais para um viúvo de quase setenta anos com gostos ascéticos). Moro perto de Griffith Park com uma vista para o sul do cemitério Forest Lawn Memorial, onde a amada Agnes está enterrada & onde um túmulo me espera um dia. ~~É muito triste e solitário que~~
Querida filha, o pensamento me veio: pode ser que sua vida tenha mudado tanto que você queira morar comigo. Minha casa é espaçosa, eu garanto, corretores a chamam de mansão.
Ouvi obre sua perda de uma forma vulgar, temo eu. Em uma "coluna de fofocas" no *Hollywood Tatler*. (Eu estava na barbearia.) É claro, esteve na imprensa agora. E também sobre seu "desgaste conjugal" no momento.
Seu talento para a tela parece muito maior, querida Filha, do que seu talento para a vida. ~~Sua infeliz mãe, eu chego a acreditar, carregava veneno nas entranhas como uma aranha peçonhenta~~
Mas eu não enviei este cartão de condolências para você para brigar. Perdoe-me, minha querida! E Deus te abençoe.
Eu não vejo seus filmes, mas vejo seu belo rosto com frequência & me pergunto como parece tão intocada, mas a alma nem sempre aparece no rosto, eu imagino. ~~Talvez aos 33 anos em uma mulher~~

Espero contatar você em breve, querida Norma. Perdoe um homem envelhecendo a sua teimozia em despertar velhas feridas.

Seu Pai amoroso e arrependido

Sugar Kane 1959

I wanna be loved by you   nobody else but you   a canção   quero ser amada por você   ninguém mais além de você   I wanna be loved by you   nobody else but you   Quero ser amada por você   ninguém mais além de você   só você ela estava aprisionada nisso! ela estava aprisionada em *quero ser amada por você ninguém mais além de você quero   ser amada   por   você só você* ela se afogava! sufocava!   *I wanna be kissed by you   nobody else but you   Quero ser beijada apenas por você* ela era Sugar Kane Kovalchick, da banda Sweet Sue's Society Syncopaters   ela era a loira estonteante que tocava ukulele e fugia de saxofonistas   seu ukulele era perseguido por saxofonistas   ela não conseguiria resistir!   de novo & de novo & sempre & eles a amavam por isso   *quero ser amada por você   só você*   estava acontecendo de novo, acontecendo sempre & para sempre   acontecendo outra vez   *quero ser amada por ninguém mais além de você*   ela estava murmurando & sorrindo para a plateia tocando o ukulele que haviam lhe ensinado a tocar & seus dedos se moviam com destreza surpreendente para alguém tão dopada & drogada & apavorada mesmo com a maravilhosa boca beijável balbuciando *quero! quero! quero ser amada!*   só outra variação da vaca débil deprimente, mas eles a adoravam & um homem estava se apaixonando por ela no filme   *quero ser beijada por você   só você* mas isso tinha graça? era engraçado? qual era a graça? o que tinha de engraçado em Sugar Kane? o que tinha de engraçado em homens vestidos de mulher? o que tinha de engraçado em homens maquiados como mulheres? o que tinha de engraçado em homens tropeçando de salto alto? qual a graça em Sugar Kane, será que Sugar Kane era mestre da personificação feminina? isso era engraçado? por que isso era engraçado? por que o feminino é engraçado? por que as pessoas estavam indo rir de Sugar Kane & se apaixonar por Sugar Kane? mais uma vez, por quê? por que Sugar Kane Kovalchick, a garota que toca ukulele, o violão havaiano, seria tamanho sucesso de bilheteria nos Estados Unidos? por que a loira estonteante alcoólatra Sugar Kane era um sucesso? por que *Quanto mais quente melhor* era uma obra-prima? por que a obra-prima de Monroe? por que o filme mais comercial de Monroe? por que eles a amaram? por que, se sua vida estava aos frangalhos como seda rasgada? por que, se sua vida estava aos pedaços como vidro quebrado? por que, se suas entranhas haviam sangrado? por que, se suas entranhas haviam sido reviradas? por que, se ela carregava veneno em seu ventre? por que, se sua cabeça zunia de dor? sua boca ardia com formigas vermelhas? por que, se todo mundo no estúdio do filme a odiava? tinha ressentimento por ela? tinha medo dela? por que, se ela estava se afogando na frente deles? *I wanna be loved by you boop boopie do!* por que Sugar Kane Kovalchick da banda Sweet Sue's Society of Syncopaters era tão sedutora?   *I wanna be loved by you   nobody else but you   Eu quero! Eu quero! Eu quero ser amada por você   só você*   mas por quê? por que Marilyn era tão engraçada? por que o mundo adorava Marilyn? por que já que Marilyn havia matado seu bebê? por que já que Marilyn havia matado seus bebês? por que o mundo queria foder Marilyn? por que o mundo queria foder foder foder Marilyn? por que o mundo queria se enfiar dentro de Marilyn até o maldito punho de uma grande espada tumescente? era uma charada? era um aviso? era só outra piada?   *I wanna be loved by you   boop boopie do   nobody else but you   nobody else but you   ninguém mais*

Essa maldição da compulsão! Era a punição da Plebeia Esfarrapada.

Veio o aplauso espontâneo nas gravações. Foi o primeiro dia inteiro de Marilyn, ela estivera doente & ausente & rumores circulavam & havia seu marido alto pálido de óculos comparecendo como um enlutado & ainda assim ela cantou "I Wanna Be Loved By You" para conquistar seus corações, eles amavam a sua Marilyn, não é mesmo? Desejavam amar a Marilyn deles! W liderou os aplausos, que era sua prerrogativa como diretor & se juntaram com ansiedade elogiando a Atriz Loira & ela estava encarando o piso & mordendo o lábio até quase sangrar seu coração sedado batendo forte em um esforço de saber se aquelas pessoas estavam mentindo conscientemente ou se elas mesmas foram inocentemente enganas & esperando que cessassem, ela disse com calma:

— Não. Eu quero tentar de novo.

E de novo o ukulele absurdamente pequeno como um instrumento de brinquedo, um emblema de sua vida de brinquedo & alma loira de brinquedo & de novo os movimentos do grande corpo de boneca sugestivo e sedutor como Mae West &

Little Bo Peep em uma mistura lasciva. O câmera era um voyeur adorando o corpo voluptuoso de Sugar Kane & a graça disso deve ser (entre câmera & público) que Sugar Kane é burra demais para compreender que estão rindo dela, Sugar Kane vai direto ao coração   *I wanna be loved by you   nobody else but you* quero ser amada por você   só você   vendo os olhos esbugalhados e sem piscar do Chofer Sapo no espelho retrovisor da limusine do estúdio, ele que era compatriota da Plebeia Esfarrapada & a conhecia   *I wanna be loved by you nobody else but you* quero ser amada por você por você *I wanna be loved by you I wanna be boop boopie do! boop boopie do! I wanna be*

— Não. Eu quero tentar de novo.

E gradualmente a performance de Sugar Kane foi ficando mais afiada, no fundo ela tinha noção de que a personagem permitia suas camadas de refinamento embora Sugar Kane não passasse de uma caricatura sexual, em mais uma pantomima sexual imaginada por homens para homens para o deleite de homens   Sugar Kane é vista como um pedaço de doce, gelatinosa   esse papel um insulto & profundamente ofensivo para Monroe & ainda assim: Sugar Kane foi escrita para ela & quem era Sugar Kane se não a atriz loira?

— Não. Eu quero tentar de novo.

I wanna be loved   by you by you   Não foi ríspido! ela não havia falado de forma ríspida, tinha certeza. Seu cabeleireiro & Whitey, o maquiador, eram testemunhas. Ela se ouviu falando com a voz rouca ofegante de Marilyn de longe como uma voz num telefone & tinha certeza de que não se dirigiu em um tom cortante para W, ela mantinha a *rispidez* reservada. Ainda havia uma ameaça *cortante*. Desde que voltara ao Estúdio, o boato recorrente era a promessa de *rispidez*. Como a lâmina reluzente de uma navalha impecável é uma ameaça & uma promessa de *rispidez*. Dizer a W, o distinto diretor que o Estúdio havia contratado para agradá-la:

— Olha aqui, senhor. Você tem Marilyn Monroe neste filme ridículo, então use-a bem, não foda com ela. E nem tente *foder* Marilyn também.

Era como se tivesse morrido e voltado para nós uma pessoa diferente. Eles dizem que ela tinha perdido um bebê menino. E havia tentado se matar. Afogada no oceano Atlântico! Monroe sempre foi corajosa.

* * *

Depois do aplauso indesejado & inconveniente, a cena seguinte foi um desastre & ela esqueceu as falas & até seus dedos a traíram tocando as notas erradas no ukulele & ela explodiu em soluços estranhamente sem lágrimas & bateu em suas coxas, em seu vestido justo e sedoso do figurino de Sugar Kane (tão justo que ela nem conseguia se sentar entre as gravações & podia apenas "descansar" em um aparato desenvolvido para circunstâncias assim) & começou a gritar como uma criatura sendo dilacerada & em uma fúria arrancou seu cabelo recém-descolorido penteado com cuidado frágil como fibra de vidro & teria passado as unhas na sua doce máscara cosmética de rosto de bebê não tivesse o próprio W corrido para impedi-la:

— Não! Marilyn, pelo amor de Deus.

Vendo nos olhos insanos de Monroe seu próprio destino iminente. Doc Fell, médico residente, nunca longe do estúdio de gravação & de Monroe, foi convocado & rápido apareceu & com uma enfermeira assistente levou sua paciente chorando histericamente para longe. Na privacidade do camarim da estrela que um dia fora o camarim de Marlene Dietrich quem sabia que poção mágica teria sido injetada diretamente em seu coração?

Eu vivo agora para o trabalho. Eu vivo para o trabalho. Eu vivo apenas para o trabalho. Um dia vou fazer um trabalho que mereça meu talento & desejo. Um dia. Isso eu juro. Isso eu prometo. Quero que me ame pelo meu trabalho. Mas se você não me amar, não posso continuar meu trabalho. Então por favor me ame!... para que eu possa continuar meu trabalho. Estou presa aqui! Estou presa nesta manequim loira com esse rosto. Eu só consigo respirar tendo esse rosto! Aquelas narinas! Aquela boca! Ajudem-me a ser perfeita. Se Deus estivesse em nós, nós seríamos perfeitos. Deus não está em nós, nós sabemos disso porque não somos perfeitos. Não quero dinheiro & fama só quero ser perfeita. A manequim loira Monroe sou eu & não sou eu. Ela não é eu. Ela é o que eu nasci. Sim, quero que você a ame. Então você vai me amar. Ah, eu quero amar você! Quem é você? Eu olho, olho & não há ninguém lá.

Ela havia dirigido em um carro emprestado na Ventura Freeway até o Griffith Park & o cemitério Forest Lawn (onde I.E. Shinn estava enterrado & para sua vergonha ela havia esquecido exatamente onde!) & assim seguiu por horas & ninguém sabia & uma enxaqueca cegante surgindo & ela continuou dirigindo & dirigiu por quilômetros de vizinhanças residenciais pensando: *Tantas pessoas! tantas! por que Deus fez tantas?*, sem saber exatamente o que buscava, quem buscava, ainda que confiante de que reconheceria seu pai se o visse. *Vê? — este homem é seu pai, Norma Jeane.* Mais vívido para sua mente, que estava escorregando e derrapando como cubos de gelo lançados sobre um piso polido, do que qualquer pessoa de sua vida do presente, aquele *pai*. Ela não poderia se permitir pensar que ele talvez a tivesse atormentando. Que suas cartas não eram de amor, mas de crueldade. Brincando com seu coração.

Minha linda Filha perdida
Seu Pai amoroso e arrependido

Brincando com Norma Jeane como a gata tricolor malhada e magra e muito grávida brincara com um filhote de coelho pelo jardim (ela havia observado horrorizada de uma janela da Casa do Capitão), permitindo que a criatura boba & sangrando & soluçando se arrastasse alguns centímetros na grama & então atacando-a com alegria & rasgando & mordendo com seus dentes carnívoros & de novo permitindo que a criatura boba & sangrando & soluçando se arrastasse alguns centímetros & então atacando-a até que enfim tudo o que restava do filhote de coelho era a parte de baixo do torso & as pernas ainda trêmulas em pavor. (Seu marido não a havia autorizado a intervir. Era apenas a natureza. A natureza de um gato. Ela só iria se chatear se o fizesse. Era tarde demais, o coelho estava morrendo.) Não. Ela não poderia aguentar pensar isso. Ela não pensaria nisso.

— Meu pai é um homem envelhecendo, um homem adoecido. Ele não quer ser cruel. Ele está envergonhado de ter me abandonado quando criança. Ter me deixado com Gladys. Ele quer reparar. Eu poderia morar com ele e ser sua companheira. Um homem mais velho distinto. Cabelos brancos. Próspero, eu acho; mas eu poderia sustentar a nós dois. Marilyn Monroe e seu pai......... Ele poderia me acompanhar às estreias. Mas por que ele não se declara? Por que está esperando?

Ela estava com 33 anos! Um pensamento cruzou sua mente de que o pai tinha vergonha de Marilyn Monroe & estava relutante em reconhecer a relação deles em público. Ele a chamava apenas de Norma. Ele falava sobre não ver os filmes de Monroe. Atravessou sua mente também que seu pai poderia estar esperando que Gladys morresse.

— Eu não posso escolher entre um e outro! Eu amo os dois.

Desde que voltou a Los Angeles para começar o trabalho de *Quanto mais quente melhor*, ela tinha visto Gladys apenas uma vez. Apesar de Gladys presumivelmente ter ficado sabendo de sua gravidez, ela não havia contado a Gladys do aborto espontâneo, e Gladys não havia perguntado. A maior parte de sua visita foi caminhando no terreno do hospital, para a cerca e de volta.

— Minha lealdade está com Mamãe. Mas meu coração é *dele*.

Nesse estado mental, ela se perdeu nas colinas sobre a cidade. Ela estava perdida no cemitério Forest Lawn & se perdeu no Griffith Park & enfim se perdeu no subúrbio de Glendale & mesmo se ela voltasse à Hollywood & Beverly Hills, ela não conseguiria lembrar exatamente onde estava morando. Graças ao sr. Z & o Estúdio. Era uma casa pequena, decorada com bom gosto não muito longe do Estúdio, mas ela não conseguia lembrar onde ficava. Em uma farmácia de Glendale (onde eles a reconheceram, malditos sejam, ela percebia, encarando & sussurrando & sorrindo & ela estava exausta em roupas amarrotadas & sem maquiagem & olhos injetados de sangue atrás de óculos escuros) ela ligou para o escritório do sr. Z implorando como Sugar Kane & um motorista foi enviado para levá-la de volta para casa, que de início ela não reconheceu, na estrada Whittier, buganvílias flamejantes & palmeiras & ela teve que ser acompanhada até a porta que foi aberta de repente & lá estava um homem alto de meia-idade com um rosto sulcado e ansioso atrás de óculos de lentes grossas & ela parecia em meio a sua enxaqueca confusa & cegante incapaz de reconhecê-lo.

— Querida, pelo amor de Deus. Eu sou seu *marido*.

Trinta e sete tomadas de *I wanna be loved by you* antes de Monroe ter segurança de que não poderia se sair melhor. Muitas delas pareceram a W e a outros quase idênticas, mas para Monroe havia distinções pequenas & estas pequenas distinções eram cruciais para ela *como se sua vida dependesse disso & se opor a ela era ameaçá-la de morte & a mulher responderia com pânico & raiva*. Todos estavam exaustos. Ela própria estava exausta, mas satisfeita & foi vista sorrindo. W a elogiou com parcimônia. Sua Sugar Kane! Com parcimônia tomou suas mãos & a agradeceu tanto quanto havia feito durante as gravações de *O pecado mora ao lado* & ela respondera com sorrisos & risinhos de gratidão, mas dessa vez Monroe endureceu & se afastou como um gato faria, sem gostar de ser tocada naquele momento, ou de ser tocada por ele. Sua respiração estava acelerada & ardente. W afirmaria que isso era combustível! W era um distinto diretor de Hollywood que havia dirigido aquela atriz difícil na comédia anterior, que havia sido um sucesso de público & de crítica em 1955 & a Garota do Apartamento de Cima, um triunfo cômico, mas ainda assim Monroe não confiava nele. Apenas três anos depois, mas Monroe havia mudado tanto que W não a reconhecia. Ela não era a Garota naquele momento. Não olhava mais para ele em busca de aprovação & elogios. Não estava mais casada com o Ex-Atleta & escondendo seus machucados & uma vez em uma locação em Nova York ela havia despencado nos braços de W, chorando como se o coração estivesse partido & W a segurou como um pai segurando uma filha & ele nunca se esquecera da ternura & da vulnerabilidade daquele momento, mas Monroe havia claramente esquecido. A verdade era que àquela altura Monroe não confiava em quem quer que fosse.

— Como eu poderia? Tem apenas uma "Monroe". As pessoas estão esperando para vê-la humilhada.

Às vezes dormia em seu camarim no Estúdio. A porta trancada & um NÃO PERTURBE do lado de fora & um dos que a adorava, com frequência Whitey, de guarda. Dormia apenas em roupas íntimas & seios nus & corpo coberto de suor & cheirando a ataques de pânico & vômito até a exaustão & o Nembutal líquido indo pelas veias até o coração era tão poderoso que ela afundava na imundície acolhedora e quente de um sono sem sonhos & o pânico terrível baixando & mais calma & *se meu coração parar um dia este é um risco que tenho que aceitar* & sua alma frágil consertada no sono de tantas horas, às vezes catorze, às vezes apenas duas ou três, exceto que então caminhando em confusão & medo sem saber onde estava, não no camarim do Estúdio no final das contas, mas no Quarto de Bebê na casa de veraneio em que ela nunca mais entrou depois do aborto espontâneo, ou um quarto desconhecido em uma casa particular ou até em um quarto de hotel & ela era Norma Jeane acordando para uma cena de devastação forjada por uma estranha, uma louca que havia derrubado vidros & tubos de maquiagem no chão, pó & talco, arrancado roupas de cabides no armário & às vezes seus livros favoritos, páginas rasgadas & espalhadas & espelho rachado onde um punho o havia esmurrado (sim, o punho de Norma Jeane estaria machucado) & uma vez havia batom carmesim manchando o espelho como um grito selvagem & ela se levantava trêmula sabendo que era responsável por limpar aquela devastação, ela não desejaria que os outros vissem, que vergonha, que vergonha de ser Norma Jeane, a filha de uma mãe enviada para Norwalk & todo mundo sabia, as outras crianças sabiam, preocupação & pena nos olhos.

No quarto fechado nos fundos da casa em Whittier Drive, um homem dizia com ternura *Norma você sabe que eu me importo muito com você* & ela respondia *Sim eu sei* & sua mente voando para Sugar Kane & a filmagem da manhã seguinte que era uma cena de amor entre Sugar Kane & um homem que a adorava (no filme) interpretado por C que (na vida real) havia começado a odiar Marilyn Monroe. Seu comportamento infantil e egoísta, incapacidades repetidas de chegar ao estúdio de gravação no horário & uma vez lá sua, inabilidade de se lembrar das falas de propósito ou estupidez ou as drogas estavam destruindo seu cérebro o que forçava C & os outros a fazer outra e outra tomada & C sabia que sua performance no filme estava piorando a cada dia & o diretor W favoreceria Monroe no corte porque Monroe era a atração principal, a vadia perturbada. E então C a detestava & na cena de beijo no clímax do filme como ele queria poder cuspir na cara falsamente ingênua de Sugar Kane, pois a essa altura o mero toque da lendária pele de Monroe causava repulsa & C seria inimigo de Monroe pela vida inteira & depois de sua morte que histórias C contaria dela! E então perante as câmeras na manhã seguinte esses dois precisavam se beijar e simular paixão & até afeto & a plateia tinha que acreditar & esse prospecto que ela estava contemplando mesmo à medida que um homem suplicava a ela *O que posso fazer para ajudar você, querida? Para nos ajudar.* Ela se lembrou com uma pontada de culpa que aquele homem que desejava confortá-la, aquele homem decente de voz baixa que estava ficando careca, era seu marido. *O que eu posso fazer para nos ajudar, querida? Só me diga.* Ela tentava falar, mas havia um pano na boca. Ele estava dizendo, acariciando seu braço *Parece que a cada dia desde o Maine estamos mais & mais distantes* & murmurou uma resposta vaga & ele disse com angústia *Estou tão preocupado com você, querida. Sua saúde. Estas drogas. Você está tentando se destruir, Norma? O que está fazendo com sua vida?* & por fim ela o empurrou para longe dizendo com frieza *Mas o que da minha vida é da sua conta? Quem é você?*

Medo do palco. A maldição da Plebeia Esfarrapada! Repetir & repetir gaguejar & repetir & começar de novo & de novo começar & gaguejar & repetir & repetir & se afastar & se trancar longe deles & voltar enfim só para repetir & repetir & repetir para conseguir com perfeição para conseguir o que quer que seja perfeição deixar perfeito o que não é aperfeiçoável para repetir & repetir até estar perfeito & inatacável então quando eles rissem eles estariam rindo de uma performance cômica brilhante & não de Norma Jeane, eles não estariam cientes de Norma Jeane de forma alguma.

Medo do palco. Um pânico animal. O pesadelo do ator. Uma corrente de adrenalina tão forte que pode derrubar você no chão & seu coração está acelerado & tanto sangue bombeado por ele que você se apavora com medo de explodir & seus dedos & dedos do pé virando gelo & não há força em suas pernas & sua língua está dormente, sua voz desapareceu. Um ator é sua voz & se sua voz desaparece ele desaparece. Com frequência há vômitos. Incontáveis & espasmódicos. Medo do palco é um mistério que pode atingir qualquer ator a qualquer momento. Até um ator experiente, um veterano. Um ator bem-sucedido. Laurence Olivier, por exemplo. Olivier foi incapaz de atuar em um palco por cinco anos no auge de sua carreira. Olivier! E Monroe, acometida por medo de palco no começo dos trinta anos, realmente acometida, na frente de câmeras de cinema & nem sequer plateias ao vivo. Por quê? Sempre se explica que medo do palco deve ser um simples medo da morte & aniquilação, mas por quê? por que um medo tão geral atingir de forma tão aleatória? por que ao ator em específico & por que tão paralisante? por que esse pânico nesse momento, por quê? será que seus membros serão arrancados de você, por quê? seus olhos arrancados, por quê? entranhas rasgadas, por quê? você é uma criança, um serzinho prestes a ser devorado, por quê, por quê, por quê?

Medo do palco. Porque ela não poderia expressar raiva. Porque ela poderia expressar com beleza & sutileza todas as emoções exceto raiva. Porque ela conseguia expressar mágoa, maravilhamento, pavor & dor ainda que não conseguisse se apresentar como um instrumento de tais reações em outros. Não no palco. Sua fraqueza, sua voz trêmula se ela a levantasse com raiva. Em protesto, de raiva. Não, mas ela não conseguia! E alguém iria gritar dos fundos do ensaio (isso era em Manhattan, na Companhia de Atores de Nova York; ela não estava com microfone) *Perdão, Marilyn, não estamos conseguindo ouvir você.* O homem que era seu amante ou que desejara ser seu amante, como todos os seus amantes um homem cheio da certeza de que ele próprio sabia o segredo do enigma, da charada, da maldição de Monroe, dizia que ela precisava aprender a expressar raiva como atriz & ela então se tornaria em uma grande atriz, ou ao menos teria a chance de se tornar uma grande atriz & ele guiaria sua carreira, ele escolheria os papéis para ela & a dirigiria & ele a transformaria em uma grande atriz de teatro; zombando e repreendendo-a mesmo enquanto fazia amor com ela (em sua forma peculiarmente lenta & entretida & quase abstrata de nunca parar de falar exceto no exato momento do clímax & então apenas um instante, como se entre parênteses) que ele sabia por que ela não conseguia expressar raiva, e ela sabia? & ela balançava a cabeça muda, não, & ele disse *Porque você quer que nós amemos você, Marilyn   você quer que o mundo ame você & não a destrua, como você gostaria de destruir o mundo & você teme que nós descubramos seu segredo, não é?* & e ela fugiu dele & amou seu amigo o Dramaturgo & se casaria com o Dramaturgo que a enxergava como Magda, mas que mal a conheceria.

Medo do palco. Quando ela caiu, batendo a barriga nos degraus, quando o sangramento começou, as contrações em seu útero & de alguma forma ela estava deitada de ponta-cabeça & e as pernas contorcidas sob ela gritando de dor & terror & seu orgulho de não ter medo da dor física se revelou o orgulho irresponsável de uma criança ignorante & condenada & sua maldade seria punida, perdendo aquele bebê que ela amava, ah, ela o havia amado mais do que a própria vida ainda que não tivesse o poder de salvá-lo. *Assim Sugar Kane se lembra & congela no meio de uma cena cômica de reconhecimento sendo beijada por C como uma mulher impostora na frente da audiência de uma boate.*

Ela congelaria   ela sairia do estúdio de gravação cambaleante como uma mulher bêbada às vezes ela chacoalharia as mãos com tanta força, como um pássaro ferido tentando alçar voo   ela não deixaria um de nós tocá-la, se o marido estivesse ali ela não o deixaria tocá-la   o pobre coitado   naquela roupa brilhante majoritariamente transparente que haviam inventado para Monroe mostrando seus peitos imensos & as bandas gêmeas da bunda gelatinosa fantástica & o vestido com um corte profundo nas costas mostrando as costas praticamente inteiras até quase o cóccix   lá estava aquela trágica mulher apavorada emergindo de Sugar Kane   como uma máscara de açúcar de confeiteiro derretendo & é Medeia por baixo   era uma imagem solene   Monroe pressionaria as mãos sobre a barriga   às vezes a cabeça, as orelhas, como se o cérebro fosse explodir   ela havia me dito que temia uma hemorragia   eu sabia que ela tivera um aborto espontâneo no verão, no Maine ela dissera *Sabe, é só uma rede de veias? artérias? mantendo nosso corpo inteiro, montado? & se elas explodirem & começarem a sangrar?*   No material bruto das gravações diárias havia essa pessoa totalmente diferente   lá estava a Monroe verdadeira que eu sempre imaginei   "Sugar Kane" com qualquer outro nome   Se ela só tivesse se permitido apenas ser "Marilyn" teria ficado bem   Sim, eu a odiava na época   Eu tinha fantasias de estrangular aquela vaca   como em *Torrentes de paixão*, mas olhando em retrospecto eu me sentia diferente   todos os meus anos dirigindo, eu acho que nunca havia trabalhado com ninguém como Monroe   ela era um enigma que eu não conseguia decifrar   ela se conectava com a câmera, mas não com o resto de nós   ela olharia através de nós como se fôssemos fantasmas   talvez fosse a Monroe por baixo daquilo que tornava Sugar Kane especial   ela tinha que atravessar Monroe, para chegar a Sugar Kane que é só superfície   talvez o que é "superficial" tenha que ser atingido indo a fundo   se ferindo muito & ferindo outros

Havia um rumor, Marilyn & Doc Fell "tinham uma coisinha". Nós ouvíamos risinhos no camarim & a porta fechada.

NÃO PERTURBE.

Havia um rumor, Marilyn & W "tinham uma coisinha entre eles & deu errado". Nós ouvíamos W xingando-a, não na cara dela, mas pelas costas enquanto ela se afastava. Ele tentaria ligar para ela no telefone quando ela se atrasava ou não aparecia, & não conseguiria falar com ela, às vezes ela se atrasava cinco, seis, horas, ou nem vinha. O problema com W começou em *Quanto mais quente melhor*. Um de nós, o assistente de W, foi enviado para buscar Marilyn em seu trailer (nós estávamos na locação na época, na praia de Coronado, para a sequência na "Flórida") & lá estava Sugar Kane toda maquiada & no figurino de roupa de banho, pronta fazia uma hora ou mais & nós estávamos esperando & ela só estava parada lá dentro lendo um livro de uma forma estranha e urgente, algo que deveria ser uma ficção científica que se chamava *A origem das espécies* & o assistente de W dizia:

— Srta. Monroe? W está esperando.

No mesmo ritmo & sem sequer olhar para ele, Marilyn diz:

— Mande W se foder.

Seu começo como jovem vedete. Monroe era tanto astuta quanto prática. Dividindo suas numerosas prescrições de medicamentos (Benzedrina, Dexedrina, Meprobamato, Dexamil, Secobarbital, Nembutal etc.) entre as diversas farmácias em Hollywood & Beverly Hills, assim como se dividia entre vários médicos cada um sem saber & sem suspeitar (ao menos, eles afirmariam assim depois de sua morte) um dos outros. Mas sua drogaria favorita, diria ela em entrevistas, sempre permaneceria sendo Schwab's.

— Onde Marilyn começou como jovem vedete, com Richard Widmark encarando seu rabo.

Não a doce Sugar Kane, mas aquela vagabunda Rose estendendo-se nua & lânguida pelos lençóis bagunçados de uma cama desfeita no hotel barato de blocos de concreto, o Sunset Honeymoon, saindo da Ventura Freeway. Rose bocejando & escovando o cabelo loiro-oxigenado para trás. Aquele olhar sonhador de uma mulher que esteve com um homem, o que quer que o homem tenha feito a ela ou com ela, o que quer que ela tenha sentido na verdade com ele ou fingido ter sentido ou poderia vir a sentir horas mais tarde, em sua própria cama em outro lugar, em retrospectiva sonhadora. No banheiro adjacente, um homem, também nu, mijava de forma ruidosa em uma privada & a porta nem sequer encostada. Mas Rose havia ligado a televisão & assistia à tela brilhar com a imagem de uma garota loira sorridente, modelo de fotos, com 22 anos, moradora de West Hollywood & seu corpo havia sido encontrado em um bueiro perto de um trilho de trem em East Los Angeles, ela havia sido estrangulada & "mutilada sexualmente" & descoberta apenas diversos dias depois. Rose encarou a loira sorridente & ela própria sorriu. Quando Rose estava nervosa ou confusa, Rose sorria. Isso compra tempo para pensar. Deixa o outro sem ação. Mas o que era isso? Algum tipo de piada de mal gosto? *A garota loira era Norma Jeane. Naquela idade.* Otto Öse deveria ter dado a eles a foto de Norma Jeane.

Deram a aquela garota morta um nome diferente. Não era o nome de Norma Jeane ou nenhum de seus nomes.

— Ah, Deus. Ah, meu Deus, nos ajude.

Ainda assim o pensamento lhe ocorreu. *Ela sabe quem é agora. Ela é um corpo no necrotério.*

Com aquele homem mijando, quem quer que ele fosse, ela não compartilharia nem a notícia do homicídio nem sua revelação.

Aquele homem que ela havia escolhido na Schwab's no café da manhã por motivos sentimentais apesar de que mesmo com aquele rosto & corpo grande robusto ele não era um ator, & sua identidade precisa ela não saberia. Ele não a havia reconhecido como Rose Loomis ou sequer como Monroe, não era um dia em que ela de fato era "Monroe". Ele estava parado agora na pia do banheiro a água fluindo com barulho de ambas as torneiras & falando com ela em um tom de voz alto como alguém na televisão. Ela não fez esforço algum para ouvir. Era diálogo vazio de filmes, uma forma de preencher a cena até terminar. Ou ela já havia mandado o cara embora & o ruído das torneiras & encanamento era do quarto adjacente. Não, ele ainda estava ali, ombros largos & sardas nas costas como manchas de areia seca. Ela perguntaria a ele seu nome & ele diria a ela & ela se esqueceria & ficaria com vergonha de perguntar outra vez & não conseguia se lembrar se lhe dissera "Meu nome é Rose Loomis" ou possivelmente "Norma Jeane" ou "Elsie Pirig", que era um nome comicamente áspero aos ouvidos, ainda assim homem algum ria. A garota morta poderia ter sido *Mona Monroe*. No carro que ela dirigia & ele havia notado sua aliança de casamento & feito um comentário quase desejoso & ela explicou rápido que estava casada com o Estúdio, ela cortava filmes & ele pareceu na verdade impressionado & perguntou se ela via "estrelas de cinema" em seu emprego & ela disse que não, nunca; apenas nos filmes, cortando & decupando filmes & eles não eram nada além de imagens em celuloide.

Foi depois. O homem sardento havia sumido. A tela de televisão era um chuvisco de linhas tortas & trêmulas & quando as linhas se transformavam em rostos humanos eles não eram rostos que ela reconhecia, a Mona Monroe estrangulada havia sumido & um barulhento programa de perguntas e resposta estava passando.

— Talvez não tenha acontecido ainda?

De súbito, ela se sentiu feliz & esperançosa de novo.

O marido injuriado. Voltando a ele no começo da noite, quem quer que ele fosse, este homem, o sêmen de outro homem vazando de sua boceta & o fedor da fumaça de cigarro de outro (Camel) em seu cabelo opaco, ela que não fumava, ela poderia ter esperado, se essa fosse uma cena de filme & música de cinema ameaçadora ao fundo, que haveria um diálogo dramático, um confronto; nos dias do Ex-Atleta, uma surra brutal & possivelmente pior. Mas aquilo não era cinema. Isso não era como o cinema. Isso era apenas a casa emprestada na Whittier Drive protegida contra o sol impiedoso & a figura envolta em silêncio com seu rosto entalhado em madeira, ele a quem ela admirara tanto & agora mal conseguia tolerar, um homem tão deslocado no sul da Califórnia como qualquer judeu de Nova York acordando na Terra de Oz; um coadjuvante no elenco com ela em uma cena prolongada que não merecia mais atenção do que qualquer coadjuvante em uma cena como essa a ser suportada até a próxima cena, só que mais empolgante: neste caso um longo mergulho em um banho quente soltando vapor & a porta trancada contra intrusão marital, pois ela se sentia tão terrivelmente cansada, tão cansada! empurrando-o afastando o rosto & desejando apenas desmaiar em graus lânguidos na banheira de mármore, beberincando gim (direto do frasco de Sugar Kane, que ela havia trazido para casa) & discando o número particular de Carlo (mas Carlo estava no set de filmagem do filme novo & Carlo estava com uma nova paixão) sem sucesso, então despencando em devaneios, buscando uma visão para fazê-la sorrir & rir, pois ela era Miss *Golden Dreams* & não tinha mente mórbida por natureza, este não é o estilo de vida da garota americana & pensou em como no Estúdio naquela manhã eles estiveram esperando por ela — "Marilyn Monroe" — & telefonando-a freneticamente mil vezes como sempre até o momento em que se tornaria claro, para até o mais esperançoso entre eles, que "Marilyn Monroe" não apareceria naquele dia para se personificar & rebaixar; e W teria de filmar com ela em outro momento. W, ousando lhe dar direção! Ah, era engraçado! Ela ria alto, visualizando a miséria do garoto bonito do Brooklyn, C, que havia deixado claro que odiava Monroe até o último fio de cabelo, forçado a ficar parado maquiado & de saltos altos, uma *drag queen* como a união entre Frankenstein & Joan Crawford, & se o *marido injuriado* pairasse com ansiedade do lado de fora da porta trancada ouviria aquela gélida risada de garota que talvez ele interpretasse como feliz?

O marido injuriado.
— Eu só queria salvá-la. Eu não estava pensando em mim mesmo, todos esses anos. Meu orgulho.

A Amiga Mágica. A quatro quilômetros de distância do Estúdio estavam começando outra vigília para esperar Monroe, que lhes havia garantido por meio do agente que certamente estaria chegando para trabalhar naquele dia, ela estivera doente "com um vírus", mas agora estava praticamente recuperada; a filmagem

deveria começar às dez da manhã & não antes disso em concessão de Monroe que, sendo uma conhecida insone, com frequência não conseguia pegar no sono antes das quatro ou cinco da manhã & já eram onze & logo seria meio-dia & o sol ardia do lado de fora da casa fechada por venezianas & o telefone começou a tocar & o receptor deixado fora do gancho & em um quarto dos fundos ela estava & sentava & andava & espiava no espelho esperando a chegada de sua Amiga Mágica, ela não estava muito orgulhosa de sussurrar:
— Por favor. Por favor, venha.

Já às oito da manhã, ela havia começado seu despertar acordando tonta & sóbria & com nada além de uma memória vaga do dia anterior & o hotel barato de blocos de concreto & determinada agora a consertar as coisas & de início ela havia sido paciente & não ansiosa ou assustada, limpando o rosto com calma aplicando creme & esfregando hidratante:
— Por favor. Por favor, venha.

Ainda assim os minutos passaram & a Amiga Mágica não apareceu.

E logo ela estava uma hora atrasada para chegar no Estúdio & logo depois duas horas & os minutos passavam cruéis como o tique-taque do relógio de avô na Casa do Capitão badalando o quarto de hora mesmo enquanto seu bebê vivo escapava na hemorragia de uma massa de coágulos & amontoados como alguma coisa, mas parcialmente digeridos & ela sabia a verdade: seu ventre estava envenenado & sua alma também. Ela sabia que não merecia a vida como outros merecem & apesar de ter tentado, havia fracassado em justificar a própria vida; ainda assim, tinha que continuar a tentar, pois seu coração tinha esperança, ela queria ser boa! ela tinha sido contratada para interpretar Sugar Kane & faria um trabalho excelente pra cacete! & ao meio-dia ela começou a ficar agitada & entre uma agitação de ligações foi combinado que Whitey, o maquiador pessoal da srta. Monroe, iria à casa na Whittier Drive & faria uma maquiagem preliminar antes de a atriz deixar a privacidade & o santuário de sua casa, pois ela não teria a coragem do contrário, & que alívio ver Whitey! amado Whitey! alto & sério & sacerdotal portando seu kit de maquiagem que continha muito mais vidros, tubos, pastas & pós & tintas & lápis & pincéis & cremes do que ela tinha; que alegria ver Whitey naquele lugar de desordem & desamparo; quase, ela teria tomado & beijado as mãos de Whitey, mas sabia que o círculo fiel de assistentes de Monroe preferia sua patroa indiferente a eles, como sua superior legítima.

Vendo o tormento & a ausência de toda a mágica em seu rosto abatido, sem cor, assustado, Whitey murmurou:
— Srta. Monroe, não fique chateada. Vai ficar tudo bem, eu prometo.

Dizia-se de Monroe, no estúdio, alguns dias, que ela falava de uma forma confusa, como se palavras a desorientassem; Whitey ouvia agora sua patroa gaguejar:

— Ah, Whitey! "Sugar Kane" tem que querer chegar lá, é mais importante do que tudo no mundo!

& sabendo exatamente o que sua patroa queria dizer, Whitey a instruiu a deitar na cama feita às pressas & começar seus exercícios de respiração de yoga (pois Whitey também era praticante de yoga, da escola chamada Hatha Yoga) & relaxar totalmente a tensão em seu rosto & corpo & ele jurou que iria conjurar "Marilyn" em menos de uma hora, & assim eles tentaram, tentaram com afinco, mas Norma Jeane achou a posição na cama desconfortável, o brocado pesado estendido sobre lençóis amassados, cheirando a pânico noturno, tinha muito de um ritual de morte ela sentia, essa postura inclinada, ela própria no mortuário & seu embalsamador trabalhando sobre ela com pastas & pós & lápis & tubos de cor, seu amante embalsamador, o primeiro marido que partira seu coração & lhe negou Bebê, como então ela era culpada de que Bebê tivesse partido; naquela postura, lágrimas começaram a vazar dos cantos de seus olhos & Whitey murmurou:

— Ah! Srta. Monroe.

Ela sentia também uma sensação pavorosa de sua pele flácida sobre seus ossos & as bochechas borrachudas & cedendo a um novo puxão da gravidade. Otto Öse havia zombado dela, ela tinha um rosto de bebê redondo sem ossos que logo despencaria & enfim o próprio Whitey cedeu, sua mágica não estava funcionando. Ainda não.

Então Whitey deixou a Plebeia Esfarrapada e trêmula diante da penteadeira com seu triunvirato de espelhos & luzes brancas onde ela se encolheu em seu sutiã de renda negra & anágua de seda negra como uma suplicante em oração, & as mãos gentis, mas habilidosas de Whitey removeram a maquiagem fracassada com cotonetes de algodão & creme frio & veio o calor de paninhos finos como gaze, como bandagens, para acalmar sua pele que havia ficado áspera, endurecida como se por algum capricho cruel da noite anterior (ou será que havia sido seu amante sardento de ombros largos, um ogro gigante que havia esfregado suas mandíbulas com barba por fazer contra sua pele sensível?) & Whitey com melancolia & sem pressa começou seus rituais uma segunda vez, mas a aplicação de adstringente & hidratante & base para maquiagem & blush & pó & sombra & lápis de olho & máscara & o batom azul-avermelhado que havia sido desenvolvido para Sugar Kane embora o filme fosse em preto & branco & não poderia mostrá-lo por completo; & com o passar dos minutos, emergiu desses espelhos uma presença familiar ainda que elusiva, de início não mais do que um brilho no piscar dos olhos, então lábios contorcidos naquele provocante sorriso sensual & a pinta no rosto foi forçada a aparecer, não mais no canto esquerdo de sua boca pintada mas cerca de dois centímetros para baixo, sob o lábio; pois o rosto de Sugar Kane havia sido planejado de uma forma sutilmente diferente de rostos anteriores de Monroe em filmes anteriores; & tanto a senhora quanto o servo começaram a sentir o coração acelerar de empolgação

— Ela está vindo! Ela está quase aqui! Marilyn! — como a tensão antes de uma tempestade de raios ou a sensação após o tremor de um terremoto, o esperar pelo próximo tremor, o próximo salto;

& enfim conforme Whitey, atarantado, apagava & refazia as sobrancelhas marrons em arco, em contraste forte com o cabelo pálido, emergia rindo dos medos da Plebeia Esfarrapada o rosto mais belo que ela já tinha visto, uma maravilha de rosto, o rosto da Princesa Cintilante.

Ao lendário Whitey, Monroe daria inúmeros presentes, o mais estimado um prendedor de gravata de ouro em formato de coração com a inscrição:

PARA WHITEY COM AMOR
ENQUANTO EU AINDA ESTOU QUENTE!
MARYLIN

Como moscas pousando em algo doce & grudento, o jeito que os olhos das mulheres se arrastavam para C. Um ator tão bonito, vestido como mulher em *Quanto mais quente melhor*, C ainda estava bonito & não terrível & ridículo como se esperaria. C, o taciturno. C, o arquirrival de Sugar Kane. C tivera mulheres demais. Ele havia se empanturrado & vomitado. Monroe não era mais tentadora a C do que uma poça de vômito fresca. Quando C beijava Monroe, sua boca tinha sabor de amêndoas amargas & ela tinha se afastou dele em pânico & fugiu do set acusando-o de haver colocado veneno nos lábios! — este seria o rumor. C contaria a história mais deplorável de que, nas reuniões iniciais, pré-produção, brincando & provocando Monroe a respeito das cenas amorosas que viriam, que eram muitas; em uma longa cena dentro de um iate, C deitaria de costas reto fingindo impotência enquanto Sugar Kane se deitava sobre ele passando o rosto no dele & beijando-o em um esforço de "curá-lo", uma cena para facilitar a travessia pela censura com a pretensão de ser cômica & teatral; & naquelas reuniões iniciais C havia gostado bastante de Monroe, nunca teria imaginado o tormento que se seguiria. Uma das cenas deles, & não era uma das complicadas, necessitaria de 65 tomadas. Dia após dia, C & outros esperariam por horas até Monroe aparecer, & às vezes nem sequer aparecia. Filmagens marcadas para as dez da manhã poderiam começar, enfim, às quatro da tarde ou às seis. C era um homem orgulhoso & ambicioso com sua carreira & não poderia abrir mão daquela joia de papel (em um filme que seria o seu melhor & lhe traria dinheiro) & daí sua raiva por Monroe. Sim, ele poderia reconhecer que Monroe era perturbada & um pouco louca (ela havia sofrido um aborto, seu casamento estava aos frangalhos), mas o que isso significava para ele, um homem lutando pela própria vida? *Com uma mulher neste estado, é você ou ela*, ele poderia ter confidenciado para o marido se fossem amigos; mas não eram. C era particularmente cruel imitando as palavras desorientadas de Monroe & sua gagueira confusa, como um dia quando eles haviam sido obrigados a esperar por ela por cinco horas — cinco! — & Monroe havia enfim aparecido, frágil & ofegante & sem se desculpar, ela se virou para ele & W com um sorriso amargo & disse: — Agora você sabe como é ser uma mulher! *Alvo de risadas.*

Para sempre perguntariam a W como foi trabalhar com Monroe naquele estágio final de sua breve carreira, e W diria com simplicidade:
— Na vida, a mulher era o inferno e estava no inferno; em filmes, divina. Não havia uma conexão. Não havia mais mistério que isso.

Ainda assim, naquele dia, Sugar Kane chegou triunfante ao estúdio, pouco menos de quatro horas de atraso; & eles haviam gravado as partes que não precisavam dela & progrediram um pouco; & lá veio Sugar Kane doce & ofegante & dessa vez se desculpando & arrependida; implorando que a perdoassem, em especial C, cujas mãos ela apertou com mãos tão geladas que C teve que suprimir um tremor; & sem explicação, Sugar Kane interpretaria ao longo de quatro ou cinco páginas de roteiro sem um único erro; aquela mesma cena de amor, prolongada & vergonhosamente íntima, no iate. Tantos beijos! Sugar Kane em seu figurino translúcido mais provocante, o decote nas costas tão profundo & solto que praticamente a parte de cima de suas nádegas estavam visíveis, uma boneca loira sensual-engraçada aos murmúrios e sorrisinhos, deitada sobre C & se movendo & C ficou estupefato, uma cena tão difícil entre dois atores que se odiavam até não poder mais sairia tão convincente & sem problemas; ele não conseguiria acreditar no desfecho, Monroe não diria: "Não. Eu quero tentar de novo". Monroe apenas sorriu. *Sorriu!* A cena permaneceria intacta, como estava, perfeitamente montada em uma única tomada. Uma única tomada! Depois do pavor da repetição de dias & semanas antes! C se perguntaria se aquele milagre era um sinal de que Monroe havia se recuperado da noite para o dia de uma doença; ou, mais provável, se ela havia feito a cena de forma tão brilhante em uma única tomada apenas para mostrar que, sim, ela conseguia. Quando queria.

Mesmo assim, até C & os outros que odiavam Monroe tinham que admitir que ela estava maravilhosa naquele dia. Nós aplaudimos, tão gratos por ela ter voltado, mesmo que só por um período curto. Nós a adorávamos, ou desejávamos adorar. Nossa Marilyn!

* * *

Você estava me vigiando o tempo todo. Covarde! Depois que ela foi liberada do Hospital Brunswick. Ele a levou de volta para a Casa do Capitão, que não era o lar deles. Nunca mais ela entraria no Quarto de Bebê. As coisas preciosas de Bebê foram dadas à Janice, para o filho dela. Nunca mais ela passaria pela porta fechada do porão, mas insistiria para o Dramaturgo que estava bem, estava feliz, estava se recuperando e não com "uma mente mórbida" & ele acreditava nela com a mesma segurança que ela acreditava nas próprias palavras firmes & em uma noite de um agosto abafado ele acordou do sono com os barulhos do encanamento na casa antiga & sua jovem esposa estava desaparecida da cama, mas não no banheiro da suíte do quarto; ele a encontrou em outro banheiro do andar de cima enchendo uma banheira de água escaldante, nua & trêmula agachada ao lado, seus quadris musculosos, seus olhos brilhantes & ele teve que pegá-la nos braços para impedir que entrasse naquela água, uma água tão quente que o vapor havia coalescido em glóbulos nos espelhos & luminárias do banheiro, & ela se digladiou com ele dizendo que o médico do Brunswick lhe havia dito para "tomar banhos" para se purificar & era isso que ela pretendia fazer & ele via em seus olhos o brilho de loucura & não a reconheceu & de novo eles brigaram, como aquela mulher era forte, mesmo em seu estado enfraquecido, a sua Magda! É claro que ela não era sua Magda, ela não era ninguém que ele conhecesse. Mais tarde, ela diria para ele com amargor:

— É o que você quer, não é? Que eu vá, desapareça. — & ele, seu marido, protestaria, & ela daria de ombros & riria. — Ahhhh, Papai. — Este termo afetivo, uma zombaria em seus lábios desde o aborto espontâneo. — Por que não me contar a verdade, pelo menos uma vez?

"Impossível saber as verdades mais simples. Exceto que a morte não é uma solução para o enigma da vida."

(Essas palavras ele havia escrito & escreveria; palavras de conforto & penitência; em tempo, palavras de exorcismo; & nunca mais ela pediria a ele com olhos suplicantes *Papai você nunca vai escrever sobre mim, vai?* Nunca mais.)

Noite de estreia! Nas cadências adocicadas de Sugar Kane, a sabedoria Zen veio a ela, murmurada depois de uma boca cheia de Dom Pérignon.

— Ahhhh, meu Deus! Ah, eu entendi! Os gatos! Foram eles.

Não até a noite de estreia de *Quanto mais quente melhor*. Não até o hiato de sabe-se-lá-quantas noites insones drogadas & dias, semanas & meses de consciência esfarrapada & suja como uma toalha em um porta-toalhas quebrado & uma entrada na emergência (na praia de Coronado, onde seu coração acelerou até uma taquicardia & C dentre todas as pessoas odiando o mero toque da pele de MM foi quem a ergueu da areia escaldante de sol onde ela havia caído!). Na longa limusine Cadillac brilhando em preto com o lendário pioneiro do cinema & filantropo sr. Z sentado à direita & o homem esquelético de testa franzida que era seu marido à esquerda.

— Aqueles gatos que dei c-comida. Ah! — Ela falava alto & ninguém ouvia.

Ela havia entrado em uma fase da vida em que com frequência falava alto & ninguém ouvia. Maquiagem & figurino no Estúdio havia requerido seis horas e quarenta minutos. Ela havia sido entregue em algum momento depois das onze da manhã, semiconsciente. Doc Fell a havia medicado na privacidade de seu camarim; seus choramingos & soluços abafados de dor tornados uma rotina que soava aos ouvidos alheios como alegria. Ela fechou os olhos & a longa agulha afiada foi cravada em uma artéria na parte interna do braço; às vezes no lado interno da coxa; às vezes em uma artéria logo abaixo da orelha & escondida pelo cabelo platinado fofo; às vezes, mais arriscado, em uma artéria sobre o coração.

— Srta. Monroe, apenas fique parada. Aí. — Que gentis olhos de águia, um bico em vez de nariz. Seu Doc Fell.

Em outro filme, Doc Fell seria um pretendente de Marilyn & mais cedo ou mais tarde, seu marido; neste filme, Doc Fell seria um rival do marido, que, reprovando a medicação da esposa com severidade, não sabia nada, ou muito pouco, do rival. Doc Fell era um daqueles como Whitey, zelosamente envolvidos na apresentação pública de MARILYN MONROE & presumivelmente recebia um salário considerável do Estúdio. Ela o temia como nunca temeria Whitey, pois Doc Fell tinha o poder da vida & da morte sobre seus sujeitos.

— Um dia em breve eu terminarei com ele. Com todos eles. Eu *juro*.

Esses eram os desejos & intenções mais verdadeiros da atriz. No diário de colegial de Norma Jeane, ela inscreveu isso.

Aquela opulenta *première* de Hollywood! Que típico da era de ouro de Hollywood! O Estúdio estava honrando com luxo *Quanto mais quente melhor*, que fora, para a surpresa de todos aqueles que conheciam os bastidores da indústria, um sucesso. No mercado, previa-se que seria outro sucesso de bilheteria de MARILYN MONROE para o Estúdio. Os primeiros espectadores adoraram. Críticos de cinema adoraram. Cinemas no país inteiro estavam competindo para exibi-lo. Ainda assim, a memória da atriz loira do filme era irregular como um sonho interrompido muitas vezes. Nenhuma fala de Sugar Kane permaneceu em sua memória, exceto por, ironicamente, a única com a qual ela havia se atrapalhado 65 lendárias vezes: "Sou eu, Sugar". Fala essa que, de alguma forma, ela havia se confundido e dito: "Sou, Sugar, eu". "Sugar, sou eu." "Sugar eu, sou?" "Sugar! Sou *eu*." "É Sugar, eu." "Sou e-eu? Sugar?" Ainda assim, tudo estava perdoado. Eles queriam amar a Marilyn deles, & Marilyn voltara a ser amável. Três anos longe de Hollywood & MARILYN ESTÁ DE VOLTA! Os anjos tocaram suas trombetas & proclamaram & anunciaram seu retorno por meses. TRAGÉDIA & TRIUNFO era a revelação. ABORTO ESPONTÂNEO NO MAINE. (Vindo do sul da Califórnia, aborto-espontâneo-no-Maine com certeza fazia sentido.) TRIUNFO EM HOLLYWOOD. (Hollywood era o lugar do triunfo!) Quando perguntavam como ela se sentia, Marilyn respondia na doce voz sensual ofegante:

— Ah, eu me sinto simplesmente tão privilegiada. De estar viva.

Essa era sua crença mais verdadeira. Ela escreveu isso em seu diário de garota colegial.

Atravessando o Boulevard bem-iluminado. Uma procissão de limusines pretas e reluzentes do Estúdio. Uma carreata da realeza de Hollywood. Oficiais da polícia de Los Angeles a cavalo. Barricadas de polícia, clarões de flashes & os inúmeros reflexos piscando nas lentes dos binóculos & até telescópios posicionados na multidão. *E o Atirador de Elite entre eles invisível de camiseta & casaco & calça preta, agachado e paciente atrás de uma janela de um quarto alugado com fachada de reboco, contratado pela Agência para observá-la (& o marido comuna) pela mira de seu rifle de alta potência,* no qual, em seu humor festivo, ela estava determinada a não pensar.

Mas por quê?

"Algumas coisas existem apenas na sua imaginação. Isso se chama 'paranoia'. Ah, a gente simplesmente *sabe*."

Esta joia de sabedoria ela havia inscrito no diário de colegial de Norma Jeane.

Milhares de pessoas enfileiradas no Boulevard naquela noite amena do sul da Califórnia, apertando-se contra as barricadas da polícia de Los Angeles para encarar maravilhadas a carreata fervilhando & murmurando & aplaudindo em ondas de êxtase! Estavam esperando por rostos famosos & o rosto (& o corpo) de MARILYN MONROE com o maior desejo de todos. Vinha o canto:

— Mari-*lyn*! Mari-*lyn*! Mari-LYN!

Se apenas a limusine fosse aberta & a atriz loira pudesse ficar de pé e ser vista com mais clareza por seus milhares, centenas de milhares de fãs! Mas o homem esquelético de testa franzida que permanecia seu marido não teria permitido tal loucura, & talvez até o sr. Z & outros chefes no Estúdio teriam proibido isso, temendo danos à sua propriedade frágil. *Monroe não duraria muito mais. Isso era óbvio. Grable durou vinte anos, e Monroe não duraria dez. Merda!*

Em maravilhamento, ela encarava os fãs. Tantos! Não imaginaria que Deus havia criado tantos deles.

De súbito, vendo rostos de gatos selvagens & sorridentes dentes carnívoros. Os narizes de desdém de felinos & orelhas eretas, pontudas. Aqueles gatos! Na Casa do Capitão. O horror a atingiu:

— Foram eles, eles queriam a morte de Bebê. Os próprios gatos que eu a--alimentei.

Ela se voltou para o homem de testa franzida ao seu lado, desconfortável em seu terno & teria contado a ele de sua descoberta, mas nem conseguia imaginar como expressar aquilo. Ele permanecia o mestre das palavras. Ela, uma intrusa em sua imaginação. *Ele se ressente de mim. Ressentimento de me amar Pobre coitado.* Ela riu. Sugar Kane era uma tocadora de ukulele & cantora & sua simplicidade era um deleite na tela mesmo que na "vida real" tal simplicidade fosse um sinal de deficiência mental; como seria mais fácil & como amariam você mais, se você pudesse ser Sugar Kane sem ironia uma vez que fosse.

— Eu consigo fazer isso. Esperem e vejam só. Sugar Kane sem ironia. Marilyn sem lágrimas.

O homem de testa franzida em seu terno parecia ferver e inclinou-se na direção dela indicando que não ouviu o que ela dissera entre os gritos & vivas & barulhos dos megafones da polícia, & rápido ela murmurou o que soou aos seus ouvidos como *Não-estava-falando-com-você*. Ela não chamava mais aquele homem com quem estivera casada por mais anos do que conseguia se lembrar de "Papai" & ainda assim parecia incapaz de criar outro nome para chamá-lo. Havia momentos em que ela não se lembrava de seu nome, nem mesmo seu sobrenome; ela tentava pensar em um nome "judeu" & se confundia. Com menos frequência agora, ele a chamava de "minha querida", "querida", "meu amor", & o próprio nome "Norma" nos lábios dele soava estrangeiro. Ela o entreouvia ao telefone falando com preocupação de "Marilyn" & entendia que, para ele, ela se tornara Marilyn; não restava Norma; era possível que para ele, ela sempre tivesse sido Marilyn.

— Mari-*lyn*! Mari-*lyn*! Mari-*LYN*!

Sua própria família!

Ah, Deus, ela havia sido costurada com tanta força no vestido de Sugar Kane que mal conseguia respirar, apertada como uma linguiça, os seios saltando para fora como se estivessem prestes a explodir com leite; & seu *derrière* volumoso posicionado na beira do assento da limusine onde ela fora colocada (já que não poderia se reclinar como os homens, ou o vestido inteiro explodiria nas costuras). Naquele dia, fora incapaz de comer & não recebeu nutriente algum exceto café preto & medicamentos & diversos goles rápidos de champanhe de uma garrafa que havia traficado para dentro da limusine.

— Igualzinha a Sugar Kane, não? O fraco de uma garota.

Ela se sentia bem agora. Borbulhante & flutuante. Sentia-se forte. Não morreria ainda, demoraria muito. Ela havia prometido a Carlo & Carlo lhe havia prometido. *Se estiver pensando seriamente nisso. Ligue para mim na hora.* Memorizara o número particular de Brando. Ela seria incapaz de se lembrar de qualquer número de telefone inclusive o próprio, ainda assim ela se lembraria até o fim da vida do número privado de Brando.

— Só Carlo entende. Nós compartilhamos a mesma alma.

Ela não havia gostado, no entanto, de Carlo como emissário para a Constelação de Gêmeos. Não gostou de Carlo no círculo marginal de Hollywood deles. Cass Chaplin! Eddy G. Jr.! Ela viu aquilo como ameaçador, nunca mais ouvira falar deles. Ninguém falava deles para ela. *Quantas pessoas sabem? Da Constelação de Gêmeos. De Bebê.*

Mas por que pensar em coisas tão mórbidas? Seu próprio marido, um intelectual & judeu, havia aconselhado a não ser tão tétrica. Não tétrica, mas teatral! Era um momento de celebração. Aquela era a noite de triunfo de Sugar Kane. A noite de vingança de Sugar Kane. Os fãs não estavam reunidos ali pelo Hollywood Boulevard & ruas laterais para um vislumbre rápido dos coprotagonistas masculinos de Marilyn, C & L, por mais admiráveis que estivessem no filme, não, não estavam; eles estavam reunidos ali naquela noite para ver MARILYN. Conforme limusines se aproximavam do Grauman's, local da *première*, havia uma batida se acelerando no ar, o barulho se tornou ensurdecedor, o batimento cardíaco coletivo da multidão, gigantesco e acelerado. Ela havia começado a reconhecer, um ou outro indivíduo na multidão. Pequenos ogros, aquelas criaturinhas que moram debaixo da terra. Gnomos corcundas & plebeias esfarrapadas & mulheres sem-teto com olhos de loucura & membros encolhidos & olhos fuzilantes brilhando & buracos em vez de boca. Viu um homem albino gorducho corpulento com uma touca de tricô apertada na cabeça oblonga; viu um homem mais baixo com rosto barbado jovial & óculos refletores segurando no alto, as mãos trêmulas, uma filmadora. Na calçada, uma mulher manca em vestes arrumadas, tufos de cabelo pintado de laranja como uma cenoura saindo do couro cabeludo & olhos aguados protuberantes, tirando fotos com uma câmera de estojo. Por perto, um rosto feito de qualquer jeito em massinha de modelar, de ponta-cabeça, com cavidades rasas para os olhos e uma pequena boca de anzol. Tantos! E ali, de súbito, uma mulher com cerca de trinta anos que era familiar, esbelta, atraente, em roupas de homem, com resplandecentes olhos ágata & cabelo marrom frisado sob um chapéu de caubói, acenando para ela vigorosamente. Será que era...? Fleece? Depois de todos aqueles anos, Fleece? Viva? Norma Jeane despertou de seu transe de imediato.

— Fleece? Ah, Fleece! Espere. — Norma Jeane agarrou a porta da limusine, enquanto o sr. Z protestava. Em sua empolgação, ela se atrapalhou nos joelhos ossudos de Z. — Fleece! Fleece! Encontre comigo no cinema no... — Mas a limusine já havia avançado.

Então como realeza ela foi carregada pelo Boulevard para a *première*. Onde um cataclisma de luzes a aguardava. Onde um tapete carmesim se estendia na calçada. Aplausos lavaram tudo ao redor dela como uma maré ensandecida quando ela emergiu da limusine acenando, sorrindo seu sorriso de covinhas conforme o canto ficava mais alto:

— Mari-*lyn*! Mari-*lyn*! — A multidão a amava! A sua Princesa Cintilante que um dia morreria por eles.

— Ah, olá! Ah, eu amo vocês! Amo, amo, amo vocês todos!

Dentro do cinema mais aplausos. Marilyn acenou e mandou beijos e caminhou sem se apoiar no braço de um acompanhante em seu salto agulha, em sua veste justíssima de Sugar Kane. Sr. Z de smoking & luminosa pele de lagarto observou a atriz loira estática com aprovação surpreendente; o homem alto magro de testa franzida que ainda era seu marido a observava abismado. Onde estava a mulher tensa, distraída, profundamente infeliz com quem todos estiveram se preocupando? A respeito de quem tantos rumores em Hollywood haviam circulado? Nem sombra dela ali! Pois lá estava "Sugar Kane", a própria essência de Marilyn. W & C & outros membros da equipe de produção exaustos pela guerra observaram a atriz com surpresa enquanto ela apertava mãos, era abraçada & beijada, sorria com doçura & alegria, falava de forma razoavelmente coerente, pois ali estava uma Marilyn Monroe que eles jurariam não terem visto uma vez sequer durante a gravação do filme. *Jesus, aquela ali era um doce! e maravilhosa! e eu acabei condenado, pobre de mim, a beijar a outra.*

Como um borrão, o filme passou diante de seus olhos. Apesar de ser recebido com entusiasmo & risos contínuos. Desde a abertura maluca com os Keystone Kops até a clássica fala final de Joe E. Brown: "Ninguém é perfeito". A plateia amou *Quanto mais quente melhor* &, ainda mais, a plateia amou MARILYN MONROE devolvida a eles em seu auge (sim, parecia!, apesar dos rumores) & ansiava por perdoar a estrela pródiga assim como MARILYN MONROE ansiava por ser perdoada.

Ao fim do filme, mais aplausos. O interior imenso do Grauman's estava lotado com cachoeiras de aplauso. Cherie, aquela *chanteuse* honesta, nunca recebera elogios assim. W, o diretor distinto, (não parecia mais exausto, e sim brilhando positivamente) & os três atores distintos estavam sendo honrados pela multidão, ainda que destes, MARILYN MONROE fosse claramente o centro das atenções.

A questão é que nunca se olhava para outra pessoa se pudesse olhar para Monroe. Com alegria, ela se levantou & aceitou com doçura os aplausos como ondas lavando-a.
— Ah, isso é tão m-maravilhoso. Ah, céus, obrigada!
Já não aconteceu? Ainda estou viva.

É claro, nós inventamos Marilyn Monroe. O cabelo loiro-platinado foi ideia do Estúdio. O nome *Mmmm!* Aquele monte de bosta com vozinha de bebê. Vi a vagabunda um dia no Estúdio, a "aspirante a vedete" igual a uma colegial imbecil. Sem estilo algum, mas Jesus, como a mulher tinha curvas! O rosto não era perfeito, então mexemos nos dentes & no nariz. Alguma coisa estava errada com o nariz. Talvez o contorno do couro cabeludo estivesse torto & teve que ser melhorado com eletrólise, a não ser que isso tenha sido com a Hayworth.

Marilyn Monroe era um robô de engenharia do Estúdio. Uma pena, uma pena do cacete não podermos patenteá-la.

— Parabéns.
— Marilyn, parabéns.
— *Marilyn, baby!* Pa-ra-*béns*!

Apesar de se lembrar de *Quanto mais quente melhor* tanto quanto uma criatura aquática com olhos menores que protuberâncias fotossensíveis na cabeça poderia se lembrar do fundo oceânico que, levada por apetite desesperado, a criatura revirava. *Estou aqui, ainda estou viva.* Ela ria com tanta felicidade, as pessoas a encaravam, sorrindo. O marido a encarava, sério. A atriz loira engoliu muitos goles de champanhe, alguns dos quais vazaram pelas narinas. Ah, que alegria! Seria vista mais tarde na noite falando com Clark Gable belo & "maduro" de smoking & sorrindo com uma surpresa cavalheiresca do gaguejar de garota:

— Ahhh, sr. G-Gable. Estou tão envergonhada. Você viu o filme? Aquela coisa loira gorda na tela, aquilo não era *eu*. Na próxima vez, juro que vou me sair melhor.

Bela ratazana

Que bela ratazana de pele sedosa e quente. Não havia ninguém como ela em toda a Hollywood.

Ahhhh, Deus. A Atriz Loira ficava dopada só de encarar & *encarar*.

Essência de Morena. Sem precisar descolorir os pelos pubianos, hein? A irmã sombria da Atriz Loira.

Ainda assim, na sua presença, a Atriz Loira era tímida. Foi a Morena que se aproximou, sorridente & sedutora. Ambas chegaram à festa (no palácio veneziano com vista para os cânions de Bel Air & nas neblinas próximas como se fosse de Shangri-La) sem acompanhantes masculinos. (Ainda assim ambas as mulheres eram casadas. Eram?) A bela ratazana de pele sedosa e quente da parte rural da Carolina do Norte. Nascida em Los Angeles com sua beleza caipira de merengue. A primeira falava & fumava & ria como um homem, por instinto; a segunda emitia fracos ruídos ofegantes simulando risos, como se não soubesse o que eram ou significavam. Ah, a Atriz Loira era calada & gaga & alta demais; & dez quilos mais pesada que a Morena. *Que vaca gorda deprimente sou.*

Estavam em uma sacada. Ar noturno & neblina. A Morena dizia:

— Por que levar tão a sério...? Atuar.

Elas estiveram discutindo o assunto? Que assunto? A Atriz Loira estava confusa.

Ela estava bêbada? No jantar longuíssimo ela havia sido brindada, porque *Quanto mais quente melhor* fora um sucesso. Outro sucesso para MM. Uma obra-prima & a melhor performance de MM. Ela não estava bêbada apesar de ter bebido (quantas?) taças de espumante naquela noite. E antes do jantar, na casa de alguém? Tampouco ela tinha tomado medicação, ela lembrava. Não desde sabe-se lá quando tinha sido, no carro de alguém.

A Morena havia chegado à fama & notoriedade anos antes da ascensão de Marilyn Monroe & ainda assim não era muito mais velha que ela.

— Atuar, o cinema, é tudo uma merda.

— Ah, mas...! É minha v-vida. — protestou a Atriz Loira.

— Que mentira de merda, Marilyn. Só a sua vida é sua vida, Marilyn — rebateu a Morena com desdém.

Não passaria desapercebido pela Atriz Loira que sua irmã no espelho escuro havia sido enviada a ela, uma emissária, para entregar uma verdade profunda; ainda que não fosse uma verdade que a Atriz Loira pudesse aceitar. Ela se retorceu & disse, quase em súplica:

— Por favor? Não me chame de "M-Marilyn"! Você está fazendo piada comigo?

A Morena a mirou e contemplou por um momento cinematográfico como se estivesse avaliando *Ela está louca? Ou só bêbada?* Ouvia-se boatos assim em Hollywood, de MM.

— Como assim piada? Não entendi.

A Atriz Loira respondeu com ansiedade:

— Você poderia me chamar de "N-Norma". Nós poderíamos ser amigas.

Quanta ânsia na voz da Atriz Loira. E a Morena:

— É claro, nós poderíamos ser amigas. Mas Norma é um nome de má sorte — disse (referindo-se a Norma Talmadge, que havia morrido, uma morte de viciada, não muito tempo antes).

— Acho que é um nome lindo. É em homenagem a Norma Shearer, que foi minha madrinha. É o *meu* nome — disse a Atriz Loira, magoada.

— É claro, Norma. Se você diz.

— Mas *é*.

— Certo. *É*.

Durante a noite inteira na mesa de jantar, uma esteve olhando a outra, avaliando. O anfitrião produtor multimilionário havia sentado a Atriz Loira & a Morena em lados opostos da mesa, como ornamentos. A Atriz Loira de sensual seda branca decotada até o umbigo & a Morena embrulhada em púrpura elegante. A Atriz Loira reticente & a Morena contava histórias feito homem. *Exceto pelo tamanho & corpo & aquele rosto, ela é um homem. Ah, Deus.* Dizia-se daquela atriz de Hollywood que ela trepava feito homem. Transava onde & quando queria, feito homem. (Mas qual homem?) Ela se casou jovem & se divorciou & se casou & se divorciou; casou-se com famosos homens ricos & havia abandonado o casamento como alguém que escapa por uma porta nos fundos sem embaraço algum & sem arrependimento & sem olhar para trás. *Mulheres não se comportam assim!* Especulava-se quantos abortos havia feito. Ela se gabava de não ter instinto materno. Será que era lésbica em segredo, ou não tão segredo. Ela havia se tornado uma das atrizes de cinema mais bem-pagas, mesmo que gostasse de chocar dizendo com franqueza:

— Sabe, eu não sei porra nenhuma de interpretação. Não acrescentei nada a esse negócio. Não tenho respeito. É uma forma de sustento. Sem de fato sujar as mãos como acontece na pornografia ou prostituição.

Era dito da beleza da Morena que ela entrava em seus papéis fazendo cena após cena em qualquer ordem que o diretor dirigisse, com poucas retomadas. Se estava bom o suficiente para o diretor, estava bom o suficiente para ela. Ela raramente lia um roteiro até o fim ou decorava e se importava muito com as falas dos outros atores. Memorizava as próprias passando os olhos rápido durante a maquiagem & figurino. Tinha uma paixão por apostas & a ágil mente rasa de um apostador. Tinha um corpo perfeito, não com tanto peito quanto a Atriz Loira, nem um traseiro voluptuoso. Tinha um rosto perfeito em forma sutil de coração, com maças do rosto bem-definidas, um queixo com uma covinha delicada & olhos negros brilhosos. Aquele rosto remetia a Botticelli. Esculturas gregas clássicas. Certamente não Hollywood, Califórnia, em 1960 & muito menos Grabtown, Carolina do Norte, no começo da década de 1920. *Se eu pudesse ser esta mulher! Só que eu mesma, por dentro.*

A Atriz Loira se viu dizendo em uma voz estridente de adolescente:

— Entende, eu sou uma atriz? É a minha vida! É por isso que quero dar meu melhor. É a melhor versão de mim mesma que é a atriz.

Com desdém entretido, a Morena acendeu um cigarro como um homem acenderia, com uma das mãos, não com um isqueiro, mas um fósforo riscado de primeira & exalou fumaça que fez os olhos da Atriz Loira se encher de água & disse, não sem gentileza, muito como uma irmã mais velha:

— O seu melhor para quem, Norma? Para os fãs? Os chefes do Estúdio? Hollywood?

A Atriz Loira disse:

— Não! Para... — *para o mundo. Para a eternidade. Para que vivesse além dela.* Ela resvalou, olhos arregalados em perplexidade e susto, seguindo: — Para...

Os lindos olhos de cílios longos da Morena estavam tão fixos nela, tão sedutores. Hipnóticos. Ela tremia & não conseguia pensar. Em um impulso de lembrança com a força de uma dose de Benzedrina, viu o olhar negro impenetrável de Harriet & gavinhas de fumaça subindo daquele rosto. *Minha sedutora irmã sombria. Minha irmã rata.* A Morena dizia:

— Por que você fica tão agitada? Você é MONROE. O que você faz é MONROE. Todos os filmes que fizer de agora em diante podem ser um fracasso de bilheteria, mas você será MONROE a vida toda. Será MONROE depois da vida. Ei. — Vendo a expressão no rosto da Atriz Loira. *Mas eu estou viva! Sou uma mulher viva!* A Morena continuou: — Ninguém interpreta a loira como você. Sempre tem uma loira. Houve Harlow e houve Lombard e houve Turner e houve Grable; agora há Monroe. Talvez você seja a última?

A Atriz Loira estava confusa. Qual era o subtexto ali? Ou será que não havia subtexto? Em algumas noites, se ficasse acordada por tempo demais, agora seu marido-o-dramaturgo (como Hollywood se submetia & referia com condescendência àquele homem misterioso) havia voltado para Nova York sob suas ordens & de novo ela vivia sozinha em Hollywood como uma pessoa flutuando em um iceberg no meio de um oceano de gelo turbulento, não apenas suas palavras ditas, mas também os pensamentos se embaralhavam. Ela conseguia sentir pensamentos rachando & deslizando um para longe do outro. Da angústia do pensar incessante & a culpa & o olhar de Gladys Mortensen com aquela expressão vazia por explosão & isso Norma Jeane tanto sabia quanto se negava a saber; esse era o subtexto secreto de sua vida. A Morena poderia ter imaginado parte disso. A Morena era poderosamente atraída pela Atriz Loira. Da mesma maneira que, quando garota, morando na fazenda em ruínas de sua família na Carolina do Norte, ela se sentira atraída por coisas feridas: os pintinhos, um dia com lindas penas, agora depenados & bicados & sangrando & condenados, depois de terem despertado a fúria misteriosa de outros do galinheiro; o menor dos filhotes da cria de uma porca, incapaz de mamar & condenado a ser pisoteado, espancado, até devorado por outros porcos... Havia tantos desses, os feridos. Você iria querer salvar todos. Quando criança, você quer salvar todos.

— Hollywood paga as contas — disse a Morena. — É por isso que estamos aqui. Somos prostitutas de luxo. Uma prostituta não vê romantismo em se prostituir. Ela se aposenta quando economizou o suficiente. Cinema não é cirurgia no cérebro, querida. Não é fazer partos.

Partos? O que aquilo tinha a ver com partos? A Atriz Loira disse, confusa:

— Ah, eu ficaria... eu ficaria com vergonha, de falar assim.

— Não há muito mais que possa *me* envergonhar. — A Morena riu.

Ainda assim, a Atriz Loira persistiu:

— Interpretar é uma v-vida. Não é só pelo dinheiro. É... você sabe. Uma arte.

— Ela estava envergonhada de falar com tanta paixão.

— Merda nenhuma. Atuar é só atuar — disse a Morena, rispidamente.

Mas eu quero ser uma grande atriz. Eu serei uma grande atriz!

Com pena dela, talvez. Vendo a expressão em seus olhos. A Morena mudou de assunto & começou a falar de homens. Astuta & cruel. Homens que conheciam em comum. Chefes no Estúdio, produtores. Atores & diretores & roteiristas & agentes & os habitantes sombrios de uma cultura às margens. Claro, ela havia trepado com Z:

— Quando ainda estava tentando chegar lá. Quem não trepou? — A Morena trepou, anos antes... com aquele judeu anãozinho sensual, Shinn. — & ela sentia falta de I.E. até naquele momento. Havia Chaplin. Na verdade, houve Charlie pai e houve Charlie filho. Houve Edward G. Robinson pai e houve Edward G. Robinson Filho. — Aqueles dois, Cass & Eddy G. são amigos seus também, hein, Norma? — Houve Sinatra, com quem tinha sido casada por alguns anos difíceis. Frankie, que havia perdido o respeito dela quando tentou se matar com remédios para dormir. — Por amor. Por *mim*. Alguém chamou uma ambulância, eu não, & salvaram o homem. Eu disse para ele: "Seu cabeça de merda. Mulheres usam remédio para dormir. Homens se enforcam ou explodem a própria cabeça". Ele nunca vai me perdoar, mas outras mulheres, ele está mais longe ainda de perdoar outras mulheres.

A Atriz Loira disse, hesitando, o quanto admirava a voz de Sinatra. A Morena deu de ombros:

— Frankie não é nada mau. Se você gosta dessa bobagem de cara branco se lamentando. Eu prefiro uma música mais provocante, suja, de negro, jazz & rock. Fodendo, Frankie era ok. Se não estivesse bêbado ou drogado. Ele tinha uma programação. Um esqueleto trêmulo, mas com um pau quente. Mas nada como aquele amigo dele italiano, como é que chama... Vocês foram casados, Norma, por um tempo. Em tudo que era jornal, dava para ler sobre vocês. — Cutucando a Atriz Loira, piscando. — "Yankee Durão", ele gostava que eu o chamasse desse jeito. A gente tem que dar o crédito aos italianos, hein? Ao menos são machos.

A expressão no rosto da Atriz Loira. De alguma distância, isso estava sendo observado & preservado & um dia seria repetido em branco & preto indistinto ainda que clássico. A linda Morena, uma bela ratazana, em seda púrpura rindo & tomando o rosto magoado de bebê da Atriz Loira em suas mãos & a beijando bem na boca.

Essência de Morena, essência de Loira.

Monroe queria ser artista. Ela era uma das poucas que eu havia conhecido que levava aquela bobagem toda a sério. Isso foi o que a matou, não o resto. Ela queria ser reconhecida como uma grande atriz, porém queria ser amada como uma criança e obviamente não se pode ter os dois.

É preciso escolher o que quer mais.

Eu, eu optei por nenhuma das duas.

A obra reunida de Marilyn Monroe

Sexo é natureza & eu sou totalmente a favor da natureza
   Eu sou Marilyn   Eu sou a Miss Golden Dreams
   Eu acredito que nenhum sexo é errado se há amor envolvido
   nenhum sexo é errado se há respeito nenhum sexo é errado se há sexo
você com certeza não pega sexo por causa de câncer   quero dizer você
não pega câncer por causa de sexo
   O corpo humano nu é lindo
   Eu nunca tive vergonha de posar nua
   Pessoas tentaram me encher de vergonha por isso mas não tenho & não terei
   Toda a minha timidez & medos foram embora quando tirei a roupa
   Você com certeza sabe quem é Marilyn quando Marilyn tira a roupa
   Eu desejei correr nua pela igreja perante Deus & a humanidade
   Veja eu não teria vergonha por que eu teria afinal Deus me criou como eu sou
   Deus nos criou como nós somos

Eu vejo você olhando para meu corpo perfeito   vejo você amando meu
corpo perfeito   como se fosse o seu próprio corpo   & numa visão me
veio   em Marilyn você pode amar o seu próprio corpo perfeito   é
por isso que Marilyn veio a este mundo   é por isso que Marilyn existe
   Eu sou Miss Golden Dreams   a pin-up mais famosa na História da Humanidade   eu diria que isso é uma honra não é   eu amo vocês
me olhando   espero que nunca parem de olhar   acredito que o corpo
humano seja lindo & não há nada de que se envergonhar   ao menos não
se você é uma mulher linda e desejável   & jovem
   Eu sou Miss Golden Dreams   qual é seu nome?
   Eu sou Miss Golden Dreams   eu diria que isso é uma responsabilidade
e tanto não é
   Eu sou Miss Golden Dreams   me diga do que você mais gosta & eu
vou realizar   Eu guardarei todos os seus segredos   Eu adorarei

você   só me ame & pense em MARILYN em algum momento? promete? *vaca deprimente   pedaço de carne   uma vadia morta por dentro*
    Não sou amarga   porque estão me dizendo que estou acabada   que agora sou só parte da HISTÓRIA   terminada   nada mais agora
    Vocês não se amargurariam se fossem parte da HISTÓRIA   nenhum de vocês
    Um HOMEM não se amarguraria se entrasse para a história!   e muito menos uma MULHER deveria
    Partir meu coração, melhor que partir meu nariz   (seus filhos da puta)
    A vingança é DOCE   (& eu preciso ter o gosto adquirido)

Ah, ei! Vamos ser FELIZES JUNTOS por favor   é por isso que nós EXISTIMOS
    Em uma visão me veio   é por isso que nós existimos
    SEXO é NATUREZA & eu sou totalmente a favor da NATUREZA você não é?
    O fato é que você não pega sexo por causa de câncer quero dizer não pega morte por causa de câncer
    Quero dizer morte por causa de sexo   NÃO PODE pegar   ou criados no inferno nós teríamos sido como somos   a NATUREZA é o único Deus   eu fui creada pela NATUREZA como sou   eu quero dizer eu fui criada desse jeito   eu fui creada   crê ada   kriada   cririada   como MARILYN   & poderia não ser alguém mais desde o começo do Tempo   eu acredito na NATUREZA   Somos todos a NATUREZA   Você é Marilyn Monroe também se é NATUREZA   Eu acredito nisso   *Nós podemos vislumbrar com certa confiança um futuro seguro e muito longevo   & dado que a* SELEÇÃO NATURAL *funciona apenas por & pelo bem de cada ser todos os benefícios corpóreos & mentais tenderão ao progresso rumo à perfeição   Há uma grandeza nisso que é tão simples como o começo que incontáveis formas mais belas & mais maravilhosas têm & estão a evoluir*
    Minha vida tem sido tão divertida, acho que vou ser punida por isso!

O Atirador de Elite

O significado secreto da evolução da civilização não é mais obscuro a nós que prometemos nossas vidas à batalha entre o Bem e o Mal; entre o instinto da Vida e o instinto da Morte conforme ele se desenvolve na espécie humana. Assim nós juramos!

— Prefácio,
O livro do patriota americano

Foi a sabedoria de pioneiro de meu papai. *Sempre tem algo que merece levar um tiro dado pelo homem certo.*

Quando eu tinha onze anos, meu papai me levou para o pasto para atirar nos *pássaros carniceiros* pela primeira vez. Eu defino que meu respeito de uma vida inteira por armas & minhas habilidades como Atirador de Elite tenham se iniciado naquele momento.

Pássaros carniceiros era o nome de papai para pássaros tipo falcões, condores da Califórnia (agora quase extintos) & águia-real (idem) que abateríamos do céu. Também, apesar de aves carniceiras (em vez de predadores que de fato ameaçavam as aves no quintal & cordeiros), papai desprezava abutres, por serem criaturas sujas & nojentas cuja existência não tinha desculpa & nós também atiraríamos naqueles animais desgraçados & abateríamos de árvores & nas cercas, onde se empoleiravam como guarda-chuvas velhos. Papai não era um homem bem de saúde, sofrendo a perda do olho esquerdo & "cinquenta metros" (como ele definia) de cólon ulcerado como resultado de ferimentos de Guerra & assim ele estava cheio de uma fúria terrível por essas criaturas predatórias atacando nosso gado como demônios voadores dos céus.

E também os corvos. Milhares de corvos crocitando & gritando na migração ao escurecer do sol.

Não há balas suficientes para todos os alvos merecedores, era uma das crenças firmes de papai. Estas herdei, além do orgulho patriótico de papai.

Nesses anos, vivemos no que restava de nosso rancho ovino. Cinquenta acres, majoritariamente de vegetação rasteira, no vale de San Joaquin, na metade do caminho entre Salinas, a oeste, & Bakersfield, ao sul. Meu papai & seu irmão mais velho que se aleijara na Guerra, mas não na guerra de papai, & eu.

Outros haviam nos desertado. Nunca falávamos deles.

Em nossa picape Ford, dirigíamos por horas. Às vezes a cavalo. Papai me presenteou com seu rifle Remington calibre .22 & me ensinou a recarregar & atirar com segurança & nunca com pressa. Por muito tempo quando garoto eu atirava em alvos parados. Um alvo vivo & em movimento é outra coisa, papai alertou. Mire com cuidado antes de sequer tocar no gatilho, lembre-se de que algum dia haverá um alvo que, se você errar, vai atirar de volta & sem misericórdia.

Essa sabedoria de papai, carrego com carinho no coração.

Sou cauteloso até demais como um Atirador de Elite, alguns acham. No entanto, minha crença é de que quando se trata de um alvo pode não haver uma segunda oportunidade.

As aves em nosso celeiro, galinhas & frangos & galinhas-d'angola & os cordeiros no prado eram as presas especiais dos *pássaros carniceiros*. Outros predadores eram os coiotes & cães selvagens & com menor frequência leões-da-montanha, mas os *pássaros carniceiros* eram piores porque eram muitos & atacavam muito rápido. Ainda assim, eram pássaros lindos, para ser justo. Falcões-de-rabo-vermelho, milhafres & águias-reais. Pairando & deslizando com suavidade & mergulhando & uma descida súbita como um tiro para agarrar criaturas pequenas & levá-las para cima ainda vivas & berrando & se debatendo.

Outros animais eram abatidos & mutilados onde pastavam ou dormiam. As ovelhas balindo. Eu tinha visto as carcaças na grama. Olhos arrancados & entranhas espalhadas pelo chão como brilhantes fitas escorregadias. Uma nuvem de moscas era o sinal.

"Atire! Atire nesses merdas!", papai dava o comando, & no exato momento nós dois atirávamos.

Eu era elogiado por todos que me conheciam, dada a minha idade. Atirador de Elite, eles me chamavam & às vezes Soldadinho.

A águia-real & o condor-da-califórnia são raridades agora, mas atiramos em muitos na minha meninice & pendurávamos suas carcaças como aviso! *Agora vocês já sabem. Agora você não é nada além de carne & penas, agora você é nada.* Apesar de haver beleza em contemplar criaturas tão poderosas dos céus, eu tinha que obedecer. Derrubar uma águia-real, como papai diria, é tarefa para um homem & para ver suas penas douradas do pescoço de perto. (Até hoje, levo comigo uma lembrança da minha infância, uma pena dourada de mais de dez centímetros, perto do coração.) O condor era um pássaro ainda maior, com asas de penas negras (mais de três metros, nós medimos uma vez) & penas de branco vívido sob as asas, como fosse um segundo par de asas. Os gritos dessas grandes aves! Deslizando em círculos amplos & se inclinando de um lado para o outro & o estranho em criaturas assim era como, ao se alimentar, outros voando de longe poderiam se juntar a eles rápido, vindos de muito além do alcance da visão humana.

Entre os *pássaros carniceiros*, os que eu mais havia abatido quando garoto eram os açores. Pois havia muitos & quando seus números diminuíam em nossas redondezas, eu saía à procura deles, mais & mais longe de casa, em um raio cada vez maior. Escolhendo atravessar o campo, eu ia a cavalo. Mais tarde, quando tive idade suficiente para tirar carteira de motorista, & o preço da gasolina ainda não era tão alto, eu ia de carro. Um açor é cinza & azul & as penas vaporosas de forma que, ao percorrer um céu translúcido, eles desapareciam & reapareciam & de novo desapareciam & reapareciam & eu ficava empolgado, sabendo que tinha que atirar para acertar um alvo que não só acelerava, mas que era pouco visível & mesmo assim eu atirava, por instinto, errando às vezes (eu reconheço), mas com frequência minha bala abatia o alvo para arrancar a criatura planando no céu como se eu tivesse uma corda invisível ao redor dela & tivesse tamanho poder sobre ela, desconhecido pelo açor & nunca imaginado, eu poderia puxá-lo para a terra num instante.

No chão, as lindas penas sangrentas & os olhos vidrados abertos, os animais abatidos como se nunca tivessem vivido.

"Pássaro carniceiro, agora você já sabe", eu diria com calma para eles.

"Pássaro carniceiro, agora você já sabe quem tem domínio sobre você, que não pode voar como você voa", eu nunca me gabaria, quase havia uma tristeza em minha fala.

Pois o que é a melancolia do Atirador de Elite, depois de sua bela presa estar caída, encolhida aos seus pés? Nenhum poeta jamais falou disso, & temo que nenhum jamais falará.

Por aqueles anos, morei naquele lugar, mesmo que passasse dias longos vagando & com frequência dormindo na picape, seguindo nem sabia o quê, que fio de desejo inominável me puxando às vezes tão ao sul como as montanhas de San Bernardino & para dentro dos vastos espaços desertos de Nevada. Eu era um soldado buscando meu exército. Eu era um atirador buscando minha convocação. No espelho retrovisor da picape, um levantar de fina poeira pálida & ao longe, na minha frente, miragens aquosas que acenavam & provocavam. *Seu destino! Onde é seu destino!* Dirigindo com meu rifle ao lado no banco do carona, às vezes dois rifles & uma espingarda de dois canos, carregada & pronta para atirar. Às vezes no vazio do deserto eu dirigia com minha fanfarronice de garoto, meu rifle inclinado em certo ângulo no volante como se eu pudesse atirar pelo para-brisas se necessário. (Eu jamais faria uma coisa tão autodestrutiva, é claro!) Com frequência eu sumia por dias & semanas, & a essa altura papai já tinha morrido, & meu tio estava idoso & debilitado, & não havia ninguém para me vigiar. Não apenas *pássaros carniceiros* exclusivamente, mas outros pássaros se tornaram meus alvos, a prioridade eram corvos, pois há corvos demais em existência & pássaros de caça como faisões & codornizes-da-califórnia & gansos, contra os quais eu usaria minha espingarda, apesar de não me incomodar em buscar suas carcaças quando caíam abatidos.

Coelhos & cervos & outras criaturas, eu poderia atirar, mas não como caçador. Um Atirador de Elite não é um caçador. Varrendo o horizonte & deserto com binóculos, em busca de vida & movimento. Uma vez, vi em uma encosta das montanhas Big Maria (perto da fronteira com o Arizona) o que parecia um rosto — um rosto feminino & cabelo anormalmente loiro & boca anormalmente vermelha contraída em um beijo provocante — & apesar de tentar não encarar a aparição, fiquei impotente perante ela, & o sangue pulsando, & as têmporas & eu racionalizei que não era nada além de um *outdoor*, um anúncio & não um rosto real, & ainda assim me provocava & zombava tanto de mim, enfim não consegui resistir & mirei o rifle conforme passava devagar pelo rosto & atirei um número de vezes até a pressão terrível se aliviar, & eu havia passado de carro, & não havia ninguém para testemunhar. *Agora você já sabe. Agora você já sabe. Agora você já sabe.*

Logo a seguir minha empolgação foi tamanha, que me senti atraído a ovelhas & gado como tiro ao alvo, até um cavalo pastando, desde que o campo estivesse vazio de todas as testemunhas. Pois *que facilidade ao puxar o gatilho*, eles me diriam um dia na Agência. Há uma sabedoria sagrada aqui, acredito que seja sabedoria dos pioneiros. *Onde a bala cai, o alvo se vai.* Sutil como a poesia de *A pergunta não é "qual" é o alvo: mas sim "onde".* Às vezes eu via um automóvel muito longe na pista, pouco mais que uma mancha se aproximando rápido & se não houvesse testemunhas (no deserto de Nevada, raramente havia), no instante crucial em que nossos veículos se aproximavam, eu ergueria meu rifle & miraria da janela aberta, &, levando em conta as prováveis velocidades combinadas de ambos veículos se aproximando, eu apertaria o gatilho no momento estratégico; com o controle supremo do Atirador de Elite eu não hesitaria, apesar de o outro motorista poder passar perto o suficiente para que eu visse a expressão no rosto dele (ou dela); eu seguiria em frente sem perder velocidade, sem acelerar, observando com calma em meu espelho retrovisor o veículo alvo guinando na pista para cair na beira da estrada. Se houvesse testemunhas, quais seriam elas além dos *pássaros carniceiros* espiando tal espetáculo ali embaixo ao planar por suas alturas; & *pássaros carniceiros* apesar da precisão de seus olhos não podem dar testemunhos? Esses atos não eram de forma alguma uma vingança pessoal, apenas o instinto do Atirador de Elite.

"Atire! Atire nesses merdas!", papai mandava, & o que um filho poderia fazer além de obedecer?

Em 1946 eu fui contratado pela Agência. Jovem demais para ter servido o meu país na Guerra, jurei servir meu país nesses interlúdios de falsa paz pois o Mal encontrou um lar na América. Não é mais da Europa nem sequer dos soviets exclusivamente, mas veio para nosso continente para subverter & destruir nossas heranças americanas. Pois o Inimigo Comunista é tanto estrangeiro quanto próximo de nós como um vizinho. Este Inimigo pode de fato ser o vizinho. *O Mal é a palavra para nosso alvo*, como se diz na Agência. *O Mal é do que falamos quando nos referimos ao nosso alvo.*

Roslyn 1961

— Não consigo decorar apenas as palavras soltas. Tenho que memorizar os sentimentos.

Os desajustados seria o último filme da Atriz Loira. Há testemunhas que afirmam que ela devia saber disso, dava para ver no seu rosto. Roslyn Tabor seria sua performance mais forte na tela. *Não uma coisa loira! Uma mulher, enfim.* Roslyn confessa a uma amiga que sempre acaba de volta onde começou & Roslyn fala com melancolia da mãe que "não era muito presente" & do pai que "não era muito presente" & do belo ex-marido que "não era muito presente" & Roslyn que é uma mulher adulta com mais de trinta anos & não uma garota, confessando à beira das lágrimas *Eu sinto saudades de minha mãe* & nós sabemos que isto é a Atriz Loira falando. Ela fala de não ter filhos, & nós sabemos que esta é a Atriz Loira falando. Nunca terminou o ensino médio. Alimenta um cão faminto & alimenta homens famintos. Ela nina homens. Homens atingidos pelo luto, feridos, envelhecendo. Derrama lágrimas por homens incapazes de chorar por si mesmos. Grita para homens no deserto de Nevada, chamando todos de *Mentirosos! Assassinos!* Ela os convence a libertar os cavalos selvagens que laçaram. Cavalos bravos que são, eles mesmos, almas selvagens feridas & perdidas. Ah, Roslyn é a Madona brilhante deles. Intensa & ofegante & luminosa como alguém à beira de um precipício. Dizendo: "*Todos nós vamos morrer, não é mesmo? Não estamos ensinando o que sabemos uns para os outros*". Roslyn é a invenção da Atriz Loira & as falas na tela, uma imitação das falas pessoais da Atriz Loira, & se o marido dramaturgo que escreveu o roteiro & se apropriou das falas da esposa & de certas circunstâncias dolorosas de sua vida também quisesse se apropriar de sua alma, a Atriz Loira não o acusaria disso. *Não. Nós existimos um para o outro & um no outro. Roslyn é seu presente para mim, assim como Roslyn foi meu presente para você.*

Agora que ela não o amava mais.

Agora era apenas a poesia que os atava. Uma poesia de fala & uma poesia de gesto ainda mais eloquente.

* * *

Ela havia sido infiel a ele, ele imaginava saber.
Com quem, quantos, quando & como & com que nível de emoção, paixão ou até sinceridade, ele não desejaria saber. Ele era um marido-cuidador agora, o enfermeiro de uma atriz famosa. (Sim, ele sentia a ironia: em *Os desajustados*, a luminosa Roslyn é a enfermeira de todos.) Não se queixava, estoico, resignado & quando não podia se segurar, ele tinha esperança. Pois esse pouco restava de sua ambiciosa versão jovial. Seria fiel a ela até que ela rejeitasse o seu toque. Ele a amaria muito depois. Pois ela não havia gerado seu bebê, morto em seu útero, não, eles estavam agora ligados por uma vida inteira de forma profunda & desmedida & sagrada demais para nomear... Ela não era mais a sua Magda, tampouco sua Roslyn, ele sabia! — ainda que ele cuidasse dela & ele a perdoasse (se ela desejava perdão, isso já não era certo). De forma contida, perguntava:
— Você tem certeza de que quer fazer este filme, Norma? Você está forte o suficiente? — Querendo dizer com isso, sem drogas dessa vez, sem se matar e deixando-o assistir, impotente & ferida, brava, ela dizia a ele:
— Estou sempre forte o suficiente. Nenhum de vocês *me* conhece.

Nós corremos sem cuidado para o precipício, depois de termos colocado algo na sua frente para evitar de vê-lo.

Essas palavras, copiadas no diário de garota colegial de Norma Jeane.
Ela não tinha certeza de ter entendido. Será que Carlo queria dizer que isso se aplicava a *ela*?
Ele havia lhe dado os *Pensamentos* de Pascal antes de ela ir para o set em Reno para gravar *Os desajustados*. Carlo-que-a-amava-mas-não-era-seu-amante.

— Minha garotinha, Angela, toda crescida agora, não é?
Se não era H, o contratado para dirigir *Os desajustados*! H, o distinto diretor de *O segredo das joias*. A Atriz Loira reverenciava H, que não via fazia dez anos. *Ele me deu meu começo. Ele me deu minha chance.* Ela havia planejado abraçar o homem mais velho quando se encontrassem, mas seu rosto enrugado, hálito de uísque & barriga a desencorajaram; seus olhos rudes encarando mais injetados de sangue que os dela. H havia observado a carreira da Atriz Loira com interesse cético e entretido, como um pai observaria de longe a vida de uma filha ou um filho bastardo: uma prole ilegítima por quem ele não sentia necessidade de ter qualquer responsabilidade paternal, apenas uma conexão elíptica e desobediente. Em sua reunião inicial em Hollywood, a Atriz Loira foi tímida & pode ter se retra-

ído quando H tomou suas mãos nas dele & as apertou, com força. Aquela calorosa voz de areia grossa, aqueles modos masculinos que uma mulher não sabe identificar se está zombando ou se é afetivo ou de alguma forma ambos? Ela o chamaria de "senhor", querendo mostrar deferência. Ele a chamaria de "queridinha", como se não conseguisse lembrar seu nome. Ele se dirigiria de forma mais respeitosa ao seu marido, o dramaturgo. Ele a deixaria nitidamente desconfortável ao olhá-la de cima a baixo, como um homem baixo conhecido por sua apreciação tanto por carne de cavalo quanto de mulheres. Ele a deixaria ainda mais desconfortável ao lembrar de seu teste para *O segredo das joias*.

— Você conquistou o papel de Angela só pelo jeito de sair.

A Atriz Loira perguntava o que ele queria dizer... Ela havia feito o teste como qualquer outra pessoa, exceto que deitada no chão para dizer as falas de Angela, porque Angela deveria estar deitada em um sofá; & H riu & piscou para Z (eles estavam no escritório de mobília opulenta de Z no Estúdio, assinando contratos) & repetiu:

— Não, queridinha. Você conquistou o papel de Angela só pelo seu jeito de sair.

Uma onda doentia de mágoa lavou a Atriz Loira. *Ele está falando da minha bunda. O filho da puta.*

A Atriz Loira não conseguia, então, lembrar-se com muita clareza da sua versão de Angela. Lembrar-se de Angela seria se lembrar de sr. Shinn, que ela havia traído, a não ser que ele a houvesse traído. Lembrar-se de Angela seria se lembrar de Cass Chaplin quando foram amantes jovens começando. *Minha alma gêmea,* Cass a havia chamado. *Minha linda gêmea.* Ela não desejaria se lembrar de si mesma antes de Angela, a aspirante a vedete que havia sido convocada ao escritório do sr. Z para conhecer o aviário.

O escritório de Z ficava em outro edifício no lote do Estúdio agora. As mobílias ali eram asiáticas: tapetes chineses grossos empilhados, sofás & cadeiras de brocado, & na parede rolos antigos & aquarelas de requintadas cenas naturais. Z era conhecido na indústria como o homem que havia inventado MARILYN MONROE. Em entrevistas, Z se gabava em voz baixa de manter "minha garota" sob contrato quando outros executivos, inclusive o então presidente da empresa, quiseram terminá-lo. ("Por quê? Você não vai acreditar: eles achavam que ela não sabia atuar & achavam que não era atraente.")

A Atriz Loira ouviu a própria voz rir, flertando & amistosa. Ela se sentia bem naquele dia. Era um de seus dias bons. E ela estava com uma aparência boa. Era sua crença fervorosa que *Os desajustados* seria um grande filme clássico & que o papel de Roslyn seria sua salvação. Faria todos esquecerem Sugar Kane & a Garota do Apartamento de Cima & Lorelei Lee & as outras. *Não uma coisa loira! Uma mulher, enfim.*

— Bem. Não sou mais Angela, sr. H. Nem sou Marilyn Monroe também, não neste filme.
— Não? Você parece com Marilyn Monroe para mim, queridinha.
— Sou Roslyn Tabor.
Essa era uma boa resposta. Ela pôde ver que H gostou dela.

Tem um tipo de cavalo, pode ser até um puro-sangue inglês, que precisa de um chicote para dar o seu melhor na corrida. Esse era eu. Eu estava endividado e precisava de respiro, e a oportunidade apareceu, e Monroe era parte disso. Eu não a respeitava como atriz. Eu não tinha visto a maioria de seus filmes. Eu não achava que poderia confiar nela, ou ao menos gostar dela. Eu nunca tive a paciência para neuróticas suicidas. Vá se matar se é essa a sua intenção, mas não esculhambe a vida dos outros. É isso o que eu penso.
As pessoas disseram que eu era doido por ela, e as pessoas disseram que eu era duro com ela e a quebrava. Ao inferno com isso tudo. Dava para ver nos olhos dela qual era a história. Permanentemente injetados de sangue, as pupilas explodindo. Nós não teríamos filmado Os desajustados *com cor nem se planejássemos.*

Reno, Nevada. É um filme em branco & preto como memória. Um filme dos anos 1940, não 1960. Atores mortos! E já póstumo no contar.
A Atriz Loira se instruía: "Eu serei profissional de todas as formas".
A Atriz Loira e o marido dramaturgo que ela não mais amava, mas que continuava obstinadamente (seria observado depois por testemunhas) a amá-la, moravam em Reno, no que parecia ser o inferno-*Desajustado*-de-Reno, em uma série de quartos no décimo andar (o último) do hotel Zephyr, nomeado assim em homenagem a Zephyr Cove. No primeiro dia de filmagem, marcado para dez da manhã no estúdio, já às nove, a Atriz Loira havia se escondido e se trancado em um banheiro, incapaz de se forçar a contemplar a aparição assustada em qualquer espelho & ela fecharia a porta até para seu fiel Whitey, que implorou a srta. Monroe que o permitisse ao menos *tentar*. Ela era emoção pura. Puro nervo. Nenhum pensamento coerente! Não havia dormido a noite toda; ou, se dormira de forma intermitente, talvez ainda estivesse adormecida, o cérebro cheio de barbitúricos e em um estado de sono, apesar dos olhos abertos & ela haver conseguido se arrastar da cama para o banheiro. E se negou a destrancar a porta. E o marido dramaturgo implorou. E o marido dramaturgo ameaçou ligar para a recepção, pedir que a porta fosse removida das dobradiças. A Atriz Loira gritou que fossem embora & a deixassem, & a quadras de distância, chegando ao estúdio às 11h15, o marido dramaturgo inventou desculpas para ela — *Marilyn está com enxaqueca. Mas Marilyn estará aqui à tarde, ela promete* —, & H, o distinto diretor, resmun-

gava & falava pouco além de que contornariam as cenas de Roslyn pela manhã & e, no privado, dizendo que esperava por Jesus Cristo que se Monroe fosse surtar, que fosse mais cedo do que mais tarde.

Trancada em um quarto no hotel Zephyr em Reno, Nevada. Uma vista das ruas ofuscadas pelo sol & placas de cassinos em neon — $$$ — & ao longe uma cordilheira chamada de as Virgínias, poeira diáfana como um cenário de estúdio desbotado de qualquer cor. Nessa época, Reno, Nevada, era a capital dos divórcios nos Estados Unidos & era lógico que Roslyn estava ali & se divorciaria, que se "libertaria" naquela cidade deserta. Ah, ela era Roslyn! Ela seria Roslyn até o último fio de cabelo. *Este é o papel de minha vida. Agora vocês todos vão ver o que consigo fazer.* Exceto que ela se sentia trêmula. Tentando ler o roteiro & a visão borrada. Já era meio-dia & tinha que estar no set de gravação às dez da manhã & ela acreditava que ainda poderia se preparar para chegar no set no meio ou no fim da tarde & esperava que H tivesse um pouco de empatia. *Ele terá, ele gosta de mim! Ele é como um pai para mim. Ele me deu minha primeira chance.*

Sob o implacável sol forte, usava óculos escuros para todos os lados & se encolhia de fotógrafos & repórteres esperando como urubus na entrada do Zephyr ou na rua. O set estava fechado para eles, mas não os lugares públicos. H reclamava que Monroe trazia um bando de cachorros junto, como uma cadela no cio, & quanto menos ela dava a eles, mais eles queriam dela & assediavam outros, incluindo ele. *Como está Marilyn? Como vai o casamento?* Finas rachaduras brancas haviam aparecido nos cantos de seus olhos & emoldurando a boca & aqueles olhos um dia tão azuis & belos agora eram uma rede de capilares estourados de forma que os globos oculares estavam descoloridos como se com icterícia que nem um sono de doze horas restauraria. *Que sorte que o filme não é em tecnicolor, hein?*

Você não conseguia mais prever o que poderia emergir da suculenta boca de Marilyn, não mais do que conseguia imaginar ou estimar tudo que havia entrado nela.

Ela havia contado a H & outros, todos eles homens, que era Roslyn Tabor.

— Eu conheço Roslyn. Eu amo Roslyn.

Isso era tanto verdade & não exatamente verdade. Pois Roslyn é apenas o que os homens veem. O que dizer da Roslyn que homens nunca veem? Ela havia contado a H que os diálogos de Roslyn eram poéticos & belos & ainda assim ela queria que Roslyn fizesse mais no filme além de consolar homens & limpar seus narizes & fazer com que se sentissem admirados & amados; por que Roslyn não podia ser a primeira pessoa que a plateia vê no filme, Roslyn emergindo de um trem, Roslyn dirigindo para Reno, Roslyn em movimento & ativa; em vez de, como era, Roslyn quase invisível atrás de uma janela no segundo piso quando um homem lança um olhar para cima, buscando; & a cena a seguir, Roslyn mirando o espelho com preocupação ao aplicar maquiagem.

— Que se fodam as janelas, espelhos. Maquiagem! Vamos ver Marilyn... Quer dizer, R-Roslyn... a toda, já pronta.

Quanto mais ela pensava a respeito, mais queria cortar algumas das falas bregas de Roslyn, sem se importar que fossem de autoria de um dramaturgo ganhador do Pulitzer. Ela queria diálogos novos. E por que a própria Roslyn não poderia libertar os pobres cavalos presos no fim do filme?

— Roslyn poderia fazer isso, tão bem quanto o caubói. Monroe, não Gable. Ou os dois... Monroe & Gable? Vê? — Ela se empolgou tentando explicar a lógica & como era a lógica de cinema, a Princesa Cintilante & o Príncipe Sombrio unidos para desatar os cavalos bravos; claro, Gable poderia ficar com o garanhão para si, soltá-lo especificamente, & ela poderia libertar os outros. — Por que diabo não?

H a encarava como se fosse uma lunática & mesmo assim a chamava de queridinha para acalmá-la.

— Só dê mais coisas para Roslyn *fazer* — suplicara ela.

Para dentro do entretido silêncio masculino deles.

Vazaria à imprensa que Marilyn era "difícil", mesmo antes de a produção de *Os desajustados* começar. Marilyn estava "fazendo as demandas ultrajantes de costume".

Ainda assim, ela não poderia ser roubada de Roslyn & da performance mais forte de sua carreira. Roslyn era uma irmã mais velha de Sugar Kane, exceto pela comédia teatral & números musicais trêmulos. Sem ukulele & cenas lascivas de amor. Roslyn era dolorosa porque era "real" & ainda assim (como qualquer mulher na plateia reconheceria de imediato) apenas um "sonho real" (um sonho masculino). Para se tornar Roslyn, ela não poderia permanecer Norma Jeane; pois Norma Jeane era mais inteligente & astuta & experiente que Roslyn; Norma Jeane era mais instruída, mesmo que autodidata. Quando o amante de Roslyn, Gay Langland, fala dela elogiosamente: "Eu não gosto de mulheres instruídas; é bom conhecer uma mulher que tem respeito por um homem". Norma Jeane teria rido na cara do homem, mas Roslyn ouve & se sente elogiada. Ah, as coisas masculinas ditas de Roslyn para lisonjear & seduzir & confundir! "Roslyn, você tem um dom para a vida. Um brinde à sua vida, espero que dure para sempre." E em outro momento: "Roslyn, por que está tão triste? Roslyn, você simplesmente ilumina meu olhar". E então: "Roslyn, você tem que parar de pensar que pode mudar as coisas". *Ah, sim, eu posso mudar as coisas. Esperem só para ver!*

O telefone estava tocando. Não atenderia nem por um cacete. Ela lavaria o rosto & passaria água fria nos olhos & tomaria um analgésico ou dois & meteria maquiagem & uma blusa & calça & os óculos escuros & deixaria o Zephyr por uma saída nos fundos, pela cozinha; ela tinha uma amiga na cozinha (ela era uma garota que sempre tivera uma amiga na cozinha dos hotéis) & ela chegaria no set inesperadamente às 15h20, agora que se sentia muito melhor & a força inundando conforme ela imaginava as expressões no rosto deles, os malditos. (Exceto por Clark Gable; ela reverenciava Clark Gable.) Ela se tornaria Roslyn: cabelo lavado & loiro brilhante penteado, maquiagem para acentuar a pele branca como a lua & um vestido apertado decorado com cerejas com gola V. A Princesa Cintilante, em uma cidade deserta em Nevada! Para a surpresa da equipe de Os *desajustados* ela trabalharia no que restava do primeiro dia de filmagem & demandaria quantas tomadas fossem necessárias para sua cena inicial (no espelho de maquiagem, falando com melancolia com uma mulher mais velha a respeito do divórcio iminente) até sua armadura de Norma Jeane estar gasta a ponto de sair, & a Roslyn trêmula & assustada & piedosa emergir. Ela impressionaria H, que não era um homem fácil de se impressionar; H que havia sido tão condescendente com ela, dez anos antes; H, que não a respeitava; H, o renomado diretor que estava esperando, ela sabia muito bem, que Monroe rachasse & explodisse cedo, para que pudessem escolher outra pessoa para o elenco, uma atriz mais maleável em seu lugar.

— Mas só existe uma Monroe. Aquele filho da puta tem que saber isso.

Era um milagre às vezes. É um clichê, mas acontece que é verdade. Monroe aparecia com horas de atraso, e poderiam surgir rumores de que ela estava no hospital em Reno (tentou se matar na noite anterior!); mesmo assim, de súbito, ela chegava com doçura & timidez & gaguejando desculpas, e uma série de vivas irromperia, ainda que todos estivessem amaldiçoando aquela puta. Quando Monroe chegava, via-se que ela não era uma puta, apenas uma força da natureza, uma tempestade de vento ou elétrica, via-se que ela mesma precisava sustentar o cabo dessa força da natureza e a ânsia era de perdoá-la; mesmo seu par, Gable, que já sofria de problemas cardíacos, dizia que ela não conseguia evitar, ele não gostava, mas entendia. E Whitey e a equipe de Monroe se colocavam a trabalhar nela como se ressuscitando um defunto e transformavam a mulher loira de pele clara que quase não se reconheceria em Roslyn, a beleza angelical; e isso aconteceria muitas vezes durante as semanas de filmagem; vezes demais, talvez; e nem sempre causaria vivas, e nem sempre a puta se transformava no anjo, mas, em geral sim. Aquilo que Monroe projetava pela câmera... nenhum de nós conseguia decifrar. Nós tínhamos visto um monte de atores e atrizes e ninguém como Monroe. Veja, havia dias em que ela parecia rasa e quase comum exceto por aquela pele pálida como a lua. E ela interrompia uma cena e pedia para recomeçar, como uma amadora & a maioria das cenas ela pedia para fazer de novo e de novo e de novo uma dúzia de vezes, vinte, trinta vezes, e com apenas uma mudança minúscula de uma tomada para outra, ainda que de alguma forma acrescentasse algo; Monroe estava esquentando, ficando paulatinamente mais forte enquanto seus coprotagonistas enfraqueciam e se exauriam, pobre Clark Gable, que não era jovem, que tinha hipertensão e problemas cardíacos, mas Monroe era impenetrável para essa exaustão; assim como Monroe era impenetrável para outras pessoas; e para H, odiando-a até as profundezas de seu ser; ou talvez ela acreditasse, talvez Marilyn sempre houvesse acreditado, que todo mundo tinha que amá-la, ela era tão bonita e aquela pobrezinha órfã era impossível de não amar. Havia uma frase de Marilyn com a qual ela havia infectado a todos, de tanta frequência com que usava. "Quando chamam seu número, é sua vez; se não, não." Isso era apropriado para Reno, Nevada, pensávamos. Então parecia não importar quão tarde Monroe chegava para trabalhar, ou quão perturbada ou confusa, uma vez que havia emergido do camarim, maquiada e de figurino, e de fato atuando como se fosse outra versão de si habitando nela, transformada em Roslyn, e como se poderia culpar Roslyn por alguma bobagem que Marilyn tivesse feito? Não poderia. Não desejaria. E o que quer que se projetasse no set, pelas câmeras, no material bruto das gravações do dia encarava-se quase em descrença pensando *Quem diabo é aquela? Aquela estranha?*

Monroe, sem dúvida nenhuma, era única.

Isso foi *antes*. O que aconteceria *não havia acontecido ainda*.

Em um sonho acordado de empolgação & esperança, ela deslizava de pés descalços pelo andar de cima da Casa do Capitão. As tábuas de madeira mal-encaixadas & janelas tortas & além, um céu opaco de neblina. Ela sabia que não havia acontecido ainda porque Bebê estava confortável sob seu coração. Um compartimento especial — uma bolsa? — sob o coração. Bebê ainda não havia partido. Um dia (ela havia imaginado isso cuidadosamente!) Bebê seria um ator & partiria nas misteriosas jornadas de ator, rompendo com fosse lá o quê, mas isso era longe no futuro, & isso era um sonho para confortá-la, não era? Bebê ainda não a havia deixado em coágulos & hemorragia uterina escura. Bebê era do tamanho de um melão inchando em sua barriga de uma maneira que ela amava acariciar. *E de alguma forma isso estava ligado ao me sentir bem com Roslyn & o filme, agora que estávamos na terceira semana.* E (isso era confuso!) poderia ter sido no sonho de Bebê, não no dela próprio (pois bebês também sonham dentro do ventre; Norma Jeane havia sonhado a vida inteira, às vezes, acreditava ela, no ventre de Gladys!), ela entrou de pés descalços pelo longo escritório gelado do homem com quem ela morava, o homem com quem ela estava casada, o homem que acreditava ser o pai de Bebê, & viu papéis espalhados pela escrivaninha; ela sabia — ela sabia! — que não deveria examinar os papéis, pois eram proibidos a ela; mesmo assim, como uma criancinha atrevida e ousada ela os ergueu & leu; & em seus sonhos essas palavras não eram visuais, mas ditas em vozes masculinas.

DR: Sr. _____, sinto que não tenho boas notícias.

Y: O que... o que é?

DR: Sua esposa vai se recuperar do aborto espontâneo, mas podem surgir dor ocasional & sangramento. Mas...

Y (tentando parecer calmo): Sim, dr.?

DR: Sinto que ~~os órgãos reprodutivos~~ útero tem muitos ferimentos. Ela fez abortos demais...

Y: Abortos?

DR (envergonhado, de homem para homem): Sua esposa... parece ter sofrido um número de abortos bastante brutais. Francamente, é um milagre que tenha conseguido conceber.

Y: Eu não acredito nisto. Minha esposa nunca...

DR: Sr._____, eu sinto muito.

Y sai (rápido? devagar? um homem em sonho)

BAIXAR DE LUZES (não apagar)

FIM DA CENA

Marilyn era tão chocante! As coisas que dizia. Sabendo que nós não poderíamos citá-la diretamente em nossas publicações puritanas, ela surgia com as observações mais selvagens, por exemplo, quando estava fazendo *Os desajustados* com Gable e atraíram muita atenção da mídia, e a *Life* me mandou para Reno para entrevistá-la e as outras estrelas e o diretor e o marido dramaturgo, todos homens, e nós estávamos providenciando o encontro em um bar de Reno, e eu fiz uma piada meia-boca do tipo que se faz por nervosismo, perguntando como a reconheceria, o que ela estaria vestindo, e Marilyn não deixou passar em branco; em sua vozinha ofegante e murmurante, ela sussurrou ao telefone:

— Ah, ei...! Será impossível não ver Marilyn, ela será a única pessoa com vagina.

Talvez a vida seja só partir para a próxima   talvez a vida seja só partir para a próxima   talvez a vida seja só   seja só   seja só para a próxima talvez a vida seja só   seja só a próxima   talvez a vida seja só seja só   seja só partir para a próxima   As falas de Roslyn presas em sua mente & ela não conseguia parar de repeti-las *Talvez a vida seja só partir para a próxima*   como um mantra hindu & ela era uma yogi murmurando sua oração secreta   *Talvez a vida seja só partir para a próxima*

Ela pensou, isso é reconfortante!

Formigas vermelhas ardendo entrando na sua boca com ela deitada, paralisada com o sono do fenobarbital. A boca aberta, escancarada. As formigas deviam ser as pequenas formigas vermelhas do deserto de Nevada. Picavam e descarregavam suas toxinas e sumiam. Porém, mais tarde, Whitey perguntava com preocupação:

— Srta. Monroe, tem algo errado?

Pois a Atriz Loira, enquanto era maquiada, estremecia ao tentar beber o café preto fervendo de quente com um comprimido ou dois de codeína dissolvido na xícara, e sussurrava para Whitey em uma voz que ele quase não conseguia ouvir. Justo Whitey, que conseguia ouvir a voz de sua patroa não só quando rouca e do outro lado de uma sala, mas a milhas e até anos de distância.

— Ah, Whitey. Eu n-não sei. — Ela riu, então começou a chorar sem mais nem menos. E parou. Ela não tinha lágrimas! Suas lágrimas haviam secado como areia! Com cuidado, ela cutucou as feridas que ardiam em sua boca. Algumas eram aftas, e outras eram pequenas bolhas.

— Srta. Monroe — disse Whitey, com severidade —, abra e me deixe ver.

Ela obedeceu. Whitey a encarou. Uma dúzia de lâmpadas de cem watts emoldurando o espelho deixavam a cena brilhante como o cenário de qualquer filme.

Pobre Whitey! Ele era da tribo dos ogros a serviço do Estúdio, seres subterrâneos, ainda que grande com a altura descomunal de mais de um metro e oitenta; com ombros e braços maciços e um gentil rosto macilento. Uma penugem esbranquiçada cobria sua cabeça, que era do formato de uma bola de futebol americano. Seus olhos descorados eram míopes, mas donos de uma ferocidade reconfortante.

Exceto por esses olhos, não se imaginava que Whitey fosse um artista. *De lama e tinta colorida, ele fazia surgir um rosto. Às vezes.*

A serviço da Atriz Loira, o esteticista especializado havia se tornado estoico; sempre um cavalheiro, escondendo qualquer sinal de preocupação, pânico ou repugnância do olhar ansioso da Atriz Loira. Ele disse, baixinho:
— Srta. Monroe, a senhorita deveria procurar um médico.
— Não.
— Sim, srta. Monroe. Vou chamar Doc Fell.
— Não quero Fell! Tenho medo dele.
— Outro médico, então. É necessário, srta. Monroe.
— Está... feia? Minha boca?
Whitey balançou a cabeça, mudo.
— Coisas morderam minha boca. Por dentro. Enquanto eu dormia, eu acho!
Whitey balançou a cabeça, mudo.
— Ou poderia ser, creio eu, algo no meu sangue? Alergia? Reação a um remédio?

Whitey ficou parado em silêncio, cabeça baixa. No espelho de luz forte, seu olhar não se levantou para encontrar o da sua patroa.
— Ninguém me beija tem muito tempo. Não profundamente, quero dizer. Não como um a-amante, quero dizer. Não posso culpar um beijo envenenado, posso? — Ela riu. Esfregou os olhos com ambos os punhos, apesar dos olhos estarem secos como areia.

Em silêncio, Whitey escapuliu para buscar Doc Fell.

Quando os homens voltaram, viram que a Atriz Loira havia descansado a cabeça nos braços. Estava inclinada para a frente, como se estivesse inconsciente e com a respiração curta. O cabelo prateado havia sido lavado e penteado em preparação para Roslyn. Ela não havia experimentado o figurino, vestia uma bata suja e uma calça larga, e as musculosas pernas de dançarina estavam brancas e à mostra e tortas sob o corpo. Sua respiração tão superficial e errática. Doc Fell sentiria um momento de pânico. *Ela está morrendo. Eu serei o culpado.* Mas conseguiu reanimá-la e examinaria sua boca e a xingaria por misturar medicações contra suas ordens e por traí-lo com outros médicos, e ele proveria mais medicação para sarar as feridas, a não ser que fosse tarde demais. Então Whitey voltaria para o desafio de seu rosto. Removeria a maquiagem que colocara antes, limparia sua pele com gentileza e recomeçaria. Ele ralharia com ela: "Srta. Monroe!", quando a visão dela saía de foco, e sua boca, mesmo enquanto ele a delineava com batom forte, despencava. No estúdio, vinham esperando por Roslyn por duas horas e quarenta minutos. Repetidas vezes, com teimosa e uma raiva masoquista, H

enviava um assistente ao camarim da Atriz Loira para ver quanto tempo mais ela demoraria. Whitey sussurrava diplomaticamente:
— Logo. Não podemos apressá-la, sabe...
A cena seguinte era mais complexa do que as anteriores, porque envolvia uma boa dose de cortes, quatro atores, música e dança. Os homens olhariam para Roslyn com uma paixão intensa que vinha de suas frustrações, misérias, raivas; a câmera gravaria devoção, esperança, amor brilhando em seus olhos como refletores. A cena pertencia a Roslyn. Roslyn beberia além da conta, dançaria sozinha mostrando o lindo corpo cheio de abandono e então correria para fora, para a escuridão romântica, e abraçaria uma árvore em um momento "poético", e o Príncipe Sombrio declararia: "Roslyn, você tem o dom da vida, um brinde à sua vida, espero que dure para sempre".

O marido distante.
— Sabe de uma coisa...? Ninguém gosta que fiquem *espionando*, senhor.
Amá-la era a missão de sua vida, e ele havia começado a sentir, naquela cidade deserta de sol ardente, que talvez, apesar de toda a sua devoção, não estivesse apto à tarefa. *Os desajustados* era para ser seu presente de Dia dos Namorados para a esposa, e agora era a tumba de seu casamento. Ele havia desejado consagrar a beleza luminosa em Roslyn e não conseguia ver onde havia fracassado, ou por que tinha que fracassar; ainda assim, ela estava cada vez mais impaciente com ele, até grosseira, conforme o trabalho com Gable, o amante na tela, se aprofundava. *Se eu tenho ciúmes? Se for só isso, tão ignóbil, talvez eu consiga aguentar.* Ainda assim, continuava a usar drogas. Drogas demais. Ela mentia a respeito disso na cara dele. Ela havia criado tamanha tolerância que conseguia mascar e engolir comprimidos de codeína enquanto falava, ria, "bancava a Marilyn" com outros. Eles diriam: "Marilyn é tão *esperta*!". Eles diriam: "Marilyn Monroe é tão... *viva*!". Enquanto ele, o marido sombrio, o marido de quatro anos, o marido-que-parece--velho-demais-para-Marilyn, o marido censor, ficava de lado, observando-a.
— Porra, eu falei para você: não gosto que fiquem me *espionando*, não, senhor. Você acha que é tão perfeito, camarada, vá se olhar no *espelho*.

Seu cérebro estava quebrado como um relógio de corda barato, mas ela estava desesperada para melhorá-lo. Desesperada!
Não só *A origem das espécies*, ela vinha lendo & fazendo anotações havia meses. Agora o livro que Carlo lhe dera. Ah, Pascal a comovia! Tanto tempo antes, tais pensamentos, como era possível, a história em *A origem das espécies* era sobre coisas melhorando, mais refinamento com o tempo, "reprodução com mo-

dificação" para a melhor, & ainda assim, Pascal! No século XVII! Um homem doentio que morreria jovem, aos 39 anos. Havia escrito os pensamentos mais profundos que ela nunca poderia ter expressado nem sequer em rudimentar gagueira.

Nossa natureza consiste em movimento; o repouso completo é a morte...
O encanto da fama é tão intenso que reverenciamos todos os objetos a qual está ligada, até mesmo a morte.

Essas palavras de Pascal, copiadas em tinta vermelha no diário de garota colegial de Norma Jeane.
Carlo havia escrito a dedicatória no livrinho: "Para o anjo, com amor de Carlo. Se só um de nós se der bem...".

— Talvez eu pudesse ter o bebê dele um dia? Marlon Brando.
Ela riu. Ah, era um pensamento maluco, mas... por que não? Eles não teriam que se casar. Gladys não era casada. O Príncipe Sombrio ficaria melhor sem se casar. Ela tinha 34 anos. Dois ou três anos ainda para dar à luz.

Os amantes se beijaram! Roslyn & o caubói Gay Langland.
— Não. Quero tentar de novo.
De novo, os amantes se beijaram. Roslyn & o caubói Gay Langland.
— Não. Quero tentar de novo.
De novo, os amantes se beijaram. Roslyn & o caubói Gay Langland.
— Não. Quero tentar de novo.
Eram amantes novos. Clark Gable, que era Gay Langland, que não era jovem, & Marilyn Monroe, que era Roslyn, uma divorciada passando o desabrochar da primeira juventude. *Muito tempo atrás no cinema escuro. Eu era uma criança, eu adorava você. O Príncipe Sombrio!* Ela tinha apenas que fechar os olhos & era aquela época, no cinema depois da escola, na avenida Highland & pagava pelo seu bilhete solitário, & Gladys a teria alertado: "Não se sente perto de homem algum! Não fale com homem algum!", & ela levantava o olhar empolgada para a tela para ver o Príncipe Sombrio que era aquele exato homem que a beijava agora & quem ela beijava com tanta fome, tendo esquecido a dor e a ardência fervendo na boca; aquele belo homem sombrio com o bigode cortado fino, na casa dos sessenta, agora com um rosto enrugado & cabelo rareando & os olhos inconfundíveis da mortalidade. *Um dia, eu acreditei que você era meu pai. Ah, me diga que é meu pai, me diga!*
Este filme que é a sua vida.

Esses eram amantes recentes & o sentimento entre eles, delicado & evanescente como uma teia de aranha. Roslyn adormecida na cama, o lindo corpo coberto apenas por um lençol, & o amante, Gay Langland, inclinando-se com gentileza sobre ela para despertá-la com um beijo, & Roslyn se levantava rápido e passava os braços nus ao redor de seu pescoço & beijava-o de volta com tanto desejo que, naquele momento, a agonia quente fervilhando em sua boca & o terror & o sofrimento da sua vida foram esquecidos. *Ah, eu amo você! Eu sempre amei você!* Ela via agora a foto emoldurada do homem bonito na parede do quarto de Gladys. Era um momento tão remoto mas tão vívido! O edifício era o Hacienda. A rua era La Mesa. Era o sexto aniversário de Norma Jeane. *Norma Jeane, está vendo...? Aquele homem é seu pai.* Roslyn estava nua sob o lençol, Gay Langland estava vestido. Estar nua na tela & contra um tecido de veludo carmesim amassado é estar tão exposta & vulnerável quanto uma criatura marinha atraída para fora da concha & se as solas de seus pés estiverem expostas, que vergonha! E a empolgação sombria de tal vergonha. Quando se beijavam, Roslyn estremecia; dava para ver a tez pálida toda arrepiada. Formigas vermelhas ardendo! As feridas minúsculas circulariam por suas veias & explodiriam em seu cérebro & a destruiriam um dia, mas não naquele momento.

Um beijo tem que machucar. Eu amo seus beijos, que machucam.

Monroe era supersticiosa e raramente assistia ao material bruto das gravações diárias, mas naquela tarde ela foi com Gable, e a cena apareceu, e eles se maravilharam com o resultado. H tomou Monroe de lado e se avultou sobre ela, agarrando suas mãos e agradecendo por seu trabalho naquele dia. Jesus, aquilo estava bom, ele disse. Era tão sutil. Era além do sexo. Ela era uma mulher real naquela cena, e Gable, um homem real. Sentia-se dor por eles. Nada daquela merda nos filmes de costume. H havia bebido algumas doses de uísques e estava em um humor arrependido, pois passara semanas xingando Monroe pelas costas e nos fazendo rir ao descrever as maneiras que desejaria assassiná-la.

— Se eu algum dia duvidar de você, queridinha, pode me dar um bom chute rápido na bunda, está bem?

Monroe riu com malícia.

— E se for um bom chute rápido no saco?

Você é minha amiga, Fleece... não é?

Norma Jeane, cê sabe que sou.

Você voltou para minha vida por um motivo.

Eu sempre soube de você.

Soube, sim! Eu amava tanto você.
Eu amava você também, Ratinha.
Nós íamos fugir juntas, Fleece.
Sim, a gente ia! Cê não lembra?
Eu tinha medo. Mas confiava em você.
Ah, Ratinha, não deveria. Eu nunca fui muito boazinha.
Fleece, era, sim!
Com você, talvez. Mas não no coração.
Você era gentil comigo. Eu nunca me esqueci. É por isso que quero dar coisas para você agora. E no meu testamento.
Ei, não fala assim. Num gosto dessas merdas de conversas assim.
Só estou sendo realista, Fleece. Neste filme que estou fazendo, um caubói me diz: "Todo mundo tem que ir em algum momento".
Cacete! O que isso tem de engraçado?
Eu não quis rir, Fleece. Eu rio às vezes... Não é por maldade.
Não entendo a graça. Cê já viu gente morta? Eu já. Já vi bem de perto. Senti o cheiro. Não tem graça, Norma Jeane.
Ah, Fleece, eu sei. É só que *Todo mundo tem que ir em algum momento* é um clichê.
Um o quê?
Algo dito antes. Muitas vezes.
É por isso que é engraçado?
Eu não estava rindo de verdade, Fleece. Não fique brava.
Tudo já foi falado por alguma pessoa, isso não quer dizer que pode rir.
Fleece, eu sinto muito.
No Lar, cê era a coisinha mais tristonha. Chorava todas as noites como se o coração estivesse partido & fazia xixi na cama.
Não, não é verdade.
As meninas que faziam xixi tinham um negócio impermeável em vez de lençol embaixo. Não cheirava nada bem. Essa era sempre a Ratinha.
Fleece, isso não é verdade!
Droga, eu fui ruim com você. Não deveria.
Fleece, você não foi ruim comigo! Você me protegeu.
Eu protegi você. Mas eu fui ruim com você. Eu gostava de fazer as outras meninas rirem.
Você me fazia rir.
Eu me sinto mal, Norma Jeane. Peguei seu presente de Natal daquela vez & você chorou.

Não.

É, eu peguei. Arranquei o rabo inteirinho. Acho que era porque eu tinha inveja daquilo.

Eu não acredito nisso, Fleece.

Aquele tigrinho listrado, eu arranquei o rabo. Fiquei com ele na cama por um tempo & mais tarde joguei fora. Eu tinha vergonha, acho.

Ah, Fleece, eu achei que você g-gostava de mim.

Eu gostava! Você era minha favorita. Você era minha Ratinha.

Desculpa por ter abandonado você. Eu precisei.

A sua mãe ainda tá viva?

Ah, está!

Você chorava muito. Sua mãe tinha abandonado você.

Minha mãe estava doente.

Sua mãe era louca & você odiava ela. Lembra, eu & você, a gente ia matar ela lá onde ela estava presa, lá em Norwalk.

Fleece, isso não é verdade! Que coisa horrível de se dizer.

A gente ia tacar fogo. Ia, sim.

Não íamos não!

Ela não deixava você ser adotada. Era por isso que você odiava ela.

Eu nunca odiei minha mãe. Eu a-amo minha mãe.

Não se preocupa, "Marilyn". Não vou contar para ninguém. É nosso segredo.

Não é segredo nenhum, Fleece. Não é verdade. Eu sempre amei minha mãe.

Cê odiava tanto ela, ela não deixava você ser adotada. Lembra? Bruxa velha nojenta não assinava os papéis.

Fleece, eu nunca quis ser adotada! Eu tinha uma m-mãe.

Ei, até eu fiquei em Norwalk por um tempo.

Norwalk? Por quê?

Por que você acha, besta?

Você ficou... doente?

Pergunta para eles. Eles fazem qualquer porra que querem com você, não dá para impedir. Um bando de gente pau no cu.

Você ficou em... Norwalk? Quando?

Como diabo vou saber quando? Muito tempo atrás. Teve a Guerra, eu me alistei no Recrutamento Feminino. Me treinaram em San Diego. Me mandaram pra Inglaterra. Eu, Fleece, na Inglaterra! Mas fiquei doente. Eu tive que ser mandada de volta para cá, para os Estados Unidos, eu acho.

Ah, Fleece. Eu sinto muito.

Ah, que se dane. Eu não olho para trás. Eu me vestia como homem, ninguém me incomodava em geral. A não ser que desse alguma merda.

Gosto da sua aparência agora, Fleece. Reconheci você de imediato, naquela multidão. Você poderia ser um cara bonito. Eu gosto disso.

É, mas eu não tenho pinto, tá vendo? Se a gente tem uma boceta a gente tem que fazer o que os filhos da puta querem. Eu usaria a minha faca neles, se pudesse. Eu não era uma florzinha envergonhada. Tenho medo de mais coisas agora do que tinha naquela época. Eu queria beleza na vida. Eu vivi em Monterey, em San Diego & em Los Angeles. Eu acompanhei a sua carreira.

Eu esperava que você tivesse acompanhado, Fleece. Todas as garotas.

Reconheci você na hora. "Marilyn". Eu vi *Almas desesperadas* & quis empurrar a pirralha da janela. Eu não gosto de criança! Em *Torrentes de paixão*, não consegui acreditar em como você estava madura & linda. Mas foi legal quando ele estrangulou você.

Fleece! Isso é uma coisa estranha de dizer.

Eu só sei dizer a verdade, Norma Jeane. Você me conhece, sabe como Fleece é.

É por isso que amo você, Fleece. Preciso de você na minha vida. Só fique em minha vida. Está vendo? Podemos falar de vez em quando.

Eu posso ser sua motorista. Eu sei dirigir.

Eu sou Roslyn agora. Esta mulher no filme em que estou trabalhando. Não sou uma atriz, só uma mulher. Tento ser boa. Eu fui ferida por homens, eu me divorciei. Mas não estou amarga. Vou achar meu caminho. Eu vivo em Reno, quero dizer, como Roslyn. Mas nunca aposto nos cassinos, eu sempre perderia.

Eu posso ser sua motorista, eu disse.

O Estúdio me fornece um motorista, eu acho.

Eu posso ser a guarda-costas de Marilyn.

Guarda-costas?

Acha que eu não sou forte? Eu sou. Não pense pouco de mim, Norma Jeane.

Eu não estou...

Esta faca aqui? Eu carrego para todos os cantos. Fico protegida de qualquer cuzão que venha mexer comigo.

Ah, Fleece.

O quê? Cê tem medo?

Ah, Fleece, eu acho que eu... Eu não gosto de facas.

Bom, esta faca é minha. É para minha proteção.

Fleece, acho que você deveria guardar essa faca.

Ah, é? Onde? Guardar onde?

Em algum... De onde você tirou.

E a lâmina? Eu deveria enfiar a lâmina... onde?
Fleece, não me assuste. Eu n-nunca quis...
Você está parecendo um pouco assustada, Marilyn. Jesus.
Eu não estou. Eu só estou...
Porque eu machucaria você, por exemplo? Norma Jeane? *Você*? Eu nunca machucaria você.
Ah, eu sei disso, Fleece. Espero que sim.
Minha Ratinha.
Ela só me deixa n-nervosa. Uma faca assim.
Eu não tenho medo de usar isso pra me proteger. Eu poderia proteger você.
Eu sei que poderia, Fleece. Fico grata por isso.
Alguém chega na Marilyn & diz uma grosseria ou encosta nela. Eu vou ser sua guarda-costas.
Eu não sei, Fleece.
Tem gente que quer machucar a Marilyn. Eu poderia proteger você.
Eu não sei, Fleece.
Pro inferno que não sabe! É para isso que você me queria de volta.
Fleece, eu...
Tá bom, guardei a faca, tá bom, chega de faca. Nunca teve faca alguma. Tá vendo?
Obrigada, Fleece.
Eu sempre soube de você, Norma Jeane. Nunca me esqueci de você. Eu vi que você foi Marilyn, por todos nós.

Beijando Fleece, será que ousei beijar Fleece ou será que foi um sonho de beijar Fleece & ser beijada (& mordida!) por Fleece, & meus lábios em carne viva depois, inchados. Beijar Fleece é como inalar éter. Tão feroz & com um cheiro alaranjado, & meu coração transbordando e explodindo.
Ah, Deus, obrigada.

O aniversário. Já estavam no quarto aniversário. Veio & foi sem grande reconhecimento.

O marido distante. Descobriu que não era apenas Gable que a encantava (& possivelmente comia), havia o ainda mais enigmático Montgomery Clift. Alcoólatra e charmosamente desequilibrado e o belo rosto devastado com cicatrizes de um acidente de motocicleta quase fatal no ano anterior; um viciado em Benzedrina/ Amobarbital (venal?); um recluso no trailer como um Dionísio voluntariamente ausente, escondendo-se com seu fruto da videira e vodca; insolente amante jovem e recusando a maioria das entrevistas e até a se aventurar no "pavoroso" sol de Nevada até a noite. Muitos na equipe de *Os desajustados* estavam apostando que Clift não terminaria o filme e era um risco ainda maior que Monroe.

— Sabe por que eu amo Monty Clift? Ele é um geminiano.
— Um o quê?
— De Gêmeos, como eu.

O marido não teria ciúmes de um ator homossexual condenado, era orgulhoso demais para isso. Ela viu a mágoa em seus olhos e tocou seu braço. (O primeiro toque dela em dias.) De súbito, ela era Roslyn, beleza loira curadora entrando em foco.

— Ah, ei, o que quero dizer é que não sei se Monty de fato nasceu no mesmo signo que eu, quero dizer, ele é como meu gêmeo? Você conhece pessoas que são como se fossem gêmeos seus? Montgomery Clift é o meu.

O marido havia começado a temer Clift como um mistério mais profundo do que a própria esposa, cuja indisposição suicida (ele tinha certeza) era apenas motivada pela perda do bebê. Aquele dia terrível no Maine que mudara a vida deles para sempre. O luto perpétuo e exaustivo de uma mulher.

Uma mulher é seu ventre, não é?

Se não seu ventre, o que é uma mulher?

Desde Maine, o relacionamento deles nunca mais fora o mesmo. Desde Nevada, ela não o recebia mais na cama. Ainda assim, ele sabia que ela queria um bebê, mais desesperadamente que nunca; talvez mais desesperadamente agora que passara outro aniversário dela e sua saúde ficava cada vez mais instável. Como o médico havia previsto, ela tinha dor uterina frequente, "sangramentos" que a apavoravam. Os ciclos menstruais doíam mais e mais, e eram irregulares.

É claro que ele nunca contou o que o médico havia contado. O útero "machucado". Os abortos "brutais".

Aquele seria o seu, do marido, segredo. Que ele sabia, e que ela não poderia saber que ele sabia.

Se não seu ventre, *o que é uma mulher?*

No final feliz de *Os desajustados*, Roslyn e o amante caubói Gay Langland falam em ter filhos. (Não importando a disparidade das idades.) Depois do trauma dos cavalos bravos laçados e enfim libertados, eles estão dirigindo "para casa". Estão sendo guiados por uma "estrela ao Norte".

Se eu não pude lhe dar um bebê em vida, Norma, eu lhe darei um bebê neste sonho de você.

Será que importava que a Atriz Loira o visse, o mestre das palavras, com escárnio? No material bruto das gravações de cada dia, Roslyn brilhava de pura sensibilidade. Aqueles que detestavam a Atriz Loira eram seduzidos por Roslyn. Roslyn era reconhecidamente a performance mais sutil, mais complexa e mais brilhante de Marilyn Monroe nas telas; mesmo no meio da filmagem, sendo o desastre uma possibilidade a qualquer momento, era um fato que todos sabiam. Roslyn era como um belo vaso que havia sido quebrado e despedaçado, porém meticulosa, hábil e pacientemente restaurado, pedacinho por pedacinho, com pinça e cola; via-se apenas o vaso restaurado, sem saber que já havia se rachado, e muito menos a energia monomaníaca que seu restauro havia exigido. A ilusão da plenitude, da beleza. Desilusão?

Eu a estou perdendo. Eu devo salvá-la. O marido distante não teria desejado admitir até para si mesmo que havia abandonado a carreira de dramaturgo. Sua versão mais profunda. Sua vida em Nova York, entre amigos teatrólogos, que ele respeitava como não podia respeitar cineastas. H, ele reconhecia como um gênio de tipo único; mas não do seu tipo, pois isso requeria solidão, introversão, um exame da imaginação, não um cutucão agressivo. Ele havia se tornado, no Oeste, um servo não apenas da Atriz Loira, que devorava aqueles a seu serviço com a ganância dos perpetuamente famintos, mas do Estúdio; ele, também, estava na folha de pagamento, ele também estava "contratado". Dizia a si mesmo que era apenas temporário. Dizia a si mesmo que *Os desajustados* seria uma obra-prima que o redimiria. Um ato de amor conjugal que salvaria seu casamento. Ainda assim, sua alma estava em outra parte: no Leste. Ele sentia falta do apartamentinho amontoado de livros aquecido a vapor na 72ª, sentia falta das caminhadas diárias até o Central Park, sentia falta da companhia beligerante de Max Pearlman. Sentia falta de sua versão mais jovem! Estranho que peças dele estivessem sendo montadas, mas eram peças que ele havia escrito anos antes; ele não estava envolvido nas produções e não teria tempo, mesmo se convidado. Ele havia se tornado um clássico ainda vivo: destino preocupante. Como Marilyn Monroe, idolatrada por milhões de estranhos enquanto a mulher em si vomitava em um vaso sanitário, a porta escancarada para que ele, o marido desesperado, o marido com repulsa, fosse obrigado a ouvir e não questionar.

— Ninguém gosta que fiquem *espionando*, senhor, entendeu?

E outra vez que a havia encontrado na banheira vaporosa depilando as pernas, a mão tão trêmula ou a visão tão borrada que ela havia se cortado, a pele branca como a morte, as belas pernas esbeltas, e ela sangrava de diversas feridas minúsculas. Quase soluçando de raiva pela preocupação dele, o olhar dele:

— Sai daqui! Quem é que pediu sua ajuda? Vai para o inferno, vai embora daqui! Eu sou tão feia? Tão nojenta? Homens judeus odeiam mulheres, esse é o problema de vocês... É seu, senhor, não meu.

Ele a havia deixado gritando. Ele bateu a porta. Talvez ela tivesse visto algo em seu rosto mais do que preocupação marital.

A partir daquele momento, ele assistiu à esposa disfarçado, sem comentar. Ele queria dizer a ela: "Eu não vou julgar você. Eu só quero salvar você". Havia deixado o trabalho na dramaturgia permanentemente de lado. Tudo que restava de anos de escrita eram fragmentos, rascunhos. Cenas que começavam e terminavam em uma única folha de papel. Ele havia abandonado *The Girl with the Flaxen Hair*. Não podia mais acreditar em sua visão ingênua de Magda, "a garota do povo". Como a Atriz Loira tinha visto com astúcia, Magda era muito mais furiosa do que ele pensava. Mas ele não conseguia visualizar sua Magda daquela forma. Não conseguia visualizar mais a sua versão adolescente de Isaac. Seus sonhos de Muito Tempo Atrás haviam cessado fazia tempos. Muito Tempo Atrás tinha sido uma perturbação emocional, mas inspiração para sua escrita; desde o casamento com a Atriz Loira, pouco de sua vida anterior permaneceu. Rahway, Nova Jersey, havia ficado mais distante dele agora do que as tribulações em Londres durante a filmagem de *O príncipe encantado*, quando desistiu de sequer tentar escrever para cuidar de sua esposa, que se desintegrava. (Ele não podia se deixar ressentir pelo sucesso surpreendente da performance de Monroe naquela encenação de bonecas de cera que foi o filme. Críticos adoraram a atuação dela, que inclusive recebeu um prêmio da indústria italiana de cinema! Para ele, não havia sequer um prêmio de consolação.) Ainda assim, ele não podia escrever a respeito dela e do casamento. Exceto em particular, em segredo. *Eu nunca a faria passar por essa exposição. Nunca a trairia. Não o farei.*

Pois a verdade era que ele ainda a amava. Estava esperando para amá-la de novo.

Mesmo se ela o repudiasse publicamente. Mesmo se pedisse o divórcio.

Secretamente, ele a observava, sem comentários ou julgamento. *Ela está se enganando. Não é Roslyn. Ela está se debatendo ao máximo para roubar com força este filme dos atores masculinos. Os rivais.* A Atriz Loira se percebia e era percebida pelo mundo como uma vítima, mas nas profundezas de seu coração, era voraz, implacável. Ele a vira ler *A origem das espécies*, de Darwin, com tamanha intensidade como se estivesse lendo sobre o próprio futuro. Marilyn Monroe lendo Darwin! Ninguém acreditaria. Agora estava lendo *Pensamentos*, de Pascal. Pascal! (Onde ela havia arranjado aquele livro? Ele se surpreendeu ao vê-la extrair aquilo do caos de uma de suas malas, folheá-lo e começar a ler, bem onde estava, franzindo a testa e movendo os lábios.) Mas agora ela raramente falava com ele sobre suas leituras, e se ainda escrevia poesia, não mostrava a ele. Ela não lia mais material da Ciência Cristã. Ela havia deixado os livros sobre a história judaica e o Holocausto para trás na Casa do Capitão.

Uma polpa sanguinolenta ensopando o piso sujo do porão.

Em Reno, sua rivalidade mais intensa era com H. Pois H era um desses homens que aparentemente não sentiam desejo por Marilyn Monroe. Ela reclamava de H.

— Todo mundo vê que ele é um gênio. Ah, sim, gênio! O que ele ama é apostar e cavalos. Ele está no projeto só pelo dinheiro. Não respeita atores.

— Por que — perguntou o marido dramaturgo — nós estamos neste projeto?

— Você talvez pelo dinheiro. Eu estou lutando para salvar minha vida.

Há uma maldição do ator: ele está sempre em busca de uma plateia. E quando essa plateia vê sua fome, é como se farejasse sangue. A crueldade deles começa.

H gritou um dia:

— Marilyn, olhe para mim! — E ela não olhou. — Olhe para *mim*. — Estavam em uma locação no deserto fora de Reno para a cena do rodeio.

Um dia ofuscante de tão quente, temperatura beirando quarenta graus. Lá estava H, barrigudo e inundado em suor, e aqueles fuzilantes olhos inchados de Nero ensandecido esculpidos por mãos entretidas e dotadas de respeitoso deboche. Saiu ofegante da cadeira, pondo-se a correr como um bezerro e de fato agarrou os pulsos dela enquanto assistíamos; ele gostaria de ver Monroe jogada na areia incandescente, tamanho desgosto Monroe estivera causando por dias e mais dias naquele inferno de sol faiscante (isso no fim de outubro), mas Monroe se virou e o atingiu, arranhou-o com a rapidez de um gato. H afirmaria *A raiva animal daquela mulher! Eu me caguei de medo.* H possivelmente tinha uns cinquenta quilos a mais que Monroe, mas não era páreo para ela, que se soltou, saiu correndo e entrou no trailer (com ar-condicionado), batendo a porta; então alguns minutos depois, ela surpreendeu a todos voltando, maquiagem retocada, cabelo escovado, pois Whitey e a equipe estavam sempre a serviço, e lá vinha Roslyn sorrindo como o gato que tomou o leite.

O que ela me mostrava era que não era Roslyn. Ela não tinha nada a ver com Roslyn. Roslyn que ama esses homens, esses fracassados, e cuida deles. Ela podia interpretar Roslyn como um músico virtuoso toca seu instrumento. Não mais do que isso. Ela queria que eu soubesse. E só então poderia terminar a cena.

* * *

Fleece! Ela soube que poderia ser um erro, mas que diabo, é como assistir à própria mão lançando dados ruins. Não há o que fazer.

Ela havia comprado uma passagem de avião para que Fleece viesse a Reno por uma semana para ficar no hotel Zephyr e fazer companhia quando ela ficasse triste & para que assistisse à filmagem de *Os desajustados*. Apertar a mão do lendário Clark Gable! Montgomery Clift! O marido reprovava. Ele disse que Fleece não era "estável", dava para ver a dez metros de distância, & ela rebateu:

— E eu sou estável? A "Marilyn" é?

— O problema não é você — disse ele. — O problema é esta pessoa que você chama de "Fleet".

— Fleece.

(Ele conhecera Fleece brevemente em Hollywood, em uma calçada. Uma Fleece mal-encarada, com um chapéu de caubói de veludo sujo, camisa de cetim azul elétrico, jeans preto justos marcando a entrada em V de sua virilha magricela & botas de couro falso brancas. Ela havia apertado a mão do dramaturgo com cortesia exagerada & o chamado de "senhor".)

— Fleece é a única pessoa que *me* conhece. Que se lembra da Norma Jeane do orfanato — disse Norma Jeane.

E o marido respondeu com gentileza:

— E por que isso é uma coisa boa, querida?

Norma Jeane o encarou, incapaz de falar.

Querida. Ela não havia matado o amor desse homem por ela, àquela altura?

Fleece estivera empolgada com ir para o Reno como convidada especial de Marilyn Monroe. Mas pediu reembolso da passagem & veio, em vez disso, de ônibus Greyhound. No Zephyr, teria uma conta de serviço de quarto de mais de trezentos dólares em três dias, a maior parte em bebida. Causaria bastante dano ao quarto com coisas derramadas & queimadas por cigarro; pegaria no sono na banheira com a torneira aberta & a água transbordaria para o piso e do piso para o quarto abaixo. (Norma Jeane arcaria com o prejuízo.) Ela penhoraria o relógio de pulso Bulova que Norma Jeane lhe dera impulsivamente, tirado-o do próprio pulso (um presente de Z, com a inscrição "Para a minha Sugar Kane"). Ela penhoraria diversos itens do quarto de hotel, incluindo uma luminária de latão no formato de cavalo empinado, contrabandeados em uma cortina de chuveiro. Ela perderia cada moeda da "ajuda de custo", os cem dólares dados por Norma Jeane, apostando nos cassinos. Ela não visitaria as filmagens de *Os desajustados* uma vez sequer. Ela beijaria Norma Jeane nos lábios & com voracidade na presença do marido dramaturgo, ele próprio um pouco bêbado ou fingindo estar. Ela deixaria o casal de forma abrupta no meio de um jantar em um restaurante em Reno, &, em seguida, seria presa no começo da manhã seguinte no bar de um cassino por causar perturbação & cortar um crupiê & um segurança com uma faca, & ela seria detida com diversas acusações, inclusive agressão com arma letal, até que Marylin Monroe, de todas as pessoas (o tabloide *National Enquirer* publicaria o furo sensacionalista com uma foto grande de Marilyn com aspecto atordoado de óculos escuros & boca borrada de batom tentando proteger os olhos dos flashes das câmeras), fosse pagar sua fiança de mil dólares. Logo em seguida desapareceria de Reno, provavelmente de ônibus Greyhound, deixando apenas um bilhete rabiscado enfiado por baixo da porta do quarto de hotel de Norma Jeane.

QUERIDA RATINHA
QUE **MARILYN** SEJA ETERNA PARA NÓS!
SUA FLEECE AMA VOCÊ

O marido distante. Ouviu um arranhar na porta. No meio da noite. Estavam em quartos separados na suíte, ele em um sofá e ela no quarto, insone e bebendo Dom Pérignon e lendo e rabiscando no diário surrado com sua caligrafia trêmula *Entre nós e o paraíso e o inferno existe apenas a vida, a coisa mais frágil no mundo* até os olhos perderem o foco e mais tarde, então, tentar sair da cama — que cama alta! —, as pernas tão fracas que ela precisava engatinhar feito bebê até a porta, mas era a porta errada, não a do banheiro; ele a encontraria nua (ela sempre dormia nua), soluçando e arranhando a porta, e descobriria, em um misto de susto e nojo, que ela havia feito suas necessidades fisiológicas em si mesma e no carpete. Não era a primeira vez.

Talvez a vida seja   só a próxima coisa

Dessa vez, Marilyn saiu sozinha, conosco, visitando os bares e cassinos, e no cassino Horseshoe lá estava H na mesa de dados e nos chamou. H era um apostador compulsivo e, como todos, a ansiedade não era perder, mas ter de sair do jogo, deixar o cassino e voltar para seu quarto de hotel sozinho. H, bêbado e sentimental com *Os desajustados* tendo apenas mais ou menos uma semana de gravação em locação, estava dizendo a si mesmo que poderia ser uma obra-prima ou talvez um fracasso total. H pegou a mão de Marilyn e a beijou. Aqueles dois! Brigavam tanto no set que no fundo não conseguiam se lembrar, ao se encontrar daquele jeito, quem havia saído enfurecido no dia, quem devia desculpas a quem; ou talvez, para variar, estivessem quites. H estava com uma vantagem de umas centenas de dólares na mesa de dados e apostou cinquenta para Monroe, e Monroe disse na vozinha de bebê que nunca havia apostado porque só perderia, sabendo que a casa sempre vence no final, e H a cortou como um diretor, sem notar que estava sendo grosseiro, e disse:

— Queridinha, só jogue a porra dos dados.

E Monroe riu essa risadinha nervosa como se um único jogar de dados fosse um risco de vida, e ela lançou e ganhou; teve que ser explicado a ela como havia ganhado (a pontuação no jogo de dados é complicada); ela sorriu para as pessoas que aplaudiam, mas disse a H que sairia enquanto estava ganhando, pois com certeza perderia se tentasse de novo, e H olhou para ela com surpresa, dizendo:

— Queridinha, esta não é a Marilyn. Não a Marilyn que eu conheço. Que espírito esportivo é esse? Nós mal começamos.

Monroe parecia assustada. (Havia muitas pessoas espiando e algumas até tirando fotos, mas não era dessas pessoas que ela tinha medo. Os estranhos que olhavam para ela, sussurrando entre si: "Aquela é Marilyn Monroe!", faziam-na se sentir segura e protegida.)

— O quê? Você joga até perder? Eu não gosto disso.

E H respondeu:

— É isso mesmo, queridinha. Você joga até não ter mais nada a perder.

E foi o que fizeram, aqueles dois, naquela noite no cassino Horseshoe em nossa última semana em Reno, Nevada.

O marido distante. Ele diria, ele se permitiria dizer e ser citado pelo descuido do luto:

— Eu dei a ela *Os desajustados*, e ela me largou sem pensar e eu a amo e não entendo.

O conto de fadas. Alguns filmes você faz e esquece mesmo enquanto ainda está fazendo e nem vai se dar ao trabalho de ver as pré-estreias, e alguns filmes causam tanta angústia que você nunca esquece e vê inúmeras vezes e começa a amar, e em retrospectiva se convence de que amou a experiência de fazer o filme a cada hora e a cada minuto, assim como em retrospectiva você pode desejar se convencer de que amou a experiência de viver sua vida misteriosa a cada hora e a cada dia, ao final. Assim, nós amamos o conto de fadas *Os desajustados*. Nós amávamos Monroe e Gable se amando. A Princesa Cintilante e o Príncipe Sombrio que eram, caminhando no crepúsculo do deserto, aos sussurros e risinhos. Monroe com o braço enroscado em Gable. Ela era uma garotinha impertinente apoiando-se nele.

Agora que havia envelhecido até seu sexagésimo aniversário, Gable se revelou sólido como uma pedra. Ele tinha um rosto largo grande e enrugado e gasto como uma rocha erodida pelo tempo. O bigode fino. O meio-sorriso debochado.

Você achou que Gable não era real? Gable não pode morrer como qualquer um de vocês, de um ataque cardíaco, daqui a umas poucas semanas?

Agora que Monroe havia completado seu trigésimo quinto ano, era nítido que nunca seria a Garota de novo, e seu cabelo parecia prematuramente branco, branco e fino sob as sombras cada vez maiores, e seus olhos! — aqueles olhos ainda lindos sempre cheios de água e perdendo o foco (nunca detectados pela câmera; a câmera foi para sempre a amante de Monroe) como se, mesmo quando falavam com ela, não estivessem ali para ela, como em um sonho, imagens aparecendo impostas sobre outras e enfraquecendo e desaparecendo sem deixar lembranças, e ainda assim, na maior parte do tempo, Monroe responderia com coerência, e com frequência era sagaz, alegre, "bancando" a Marilyn para fazer você sorrir. Naquela cena a Princesa Cintilante com camisa, calça e botas e o Príncipe Sombrio em roupas de caubói e um chapéu no meio da fragrância forte de sálvia. Era uma noite clara. A trilha do filme tão baixa que quase não se ouvia. Ao longe, via-se o brilho do Reno, como uma estranha fosforescência subaquática.

— É estranho onde nós acabamos!

— Querida, não fale assim — respondeu ele. — Você está longe de acabar.

— Quero dizer, aqui no deserto de Nevada, sr. Gable.

— Já não pedi para me chamar de "Clark", Marilyn? Quantas vezes?

— C-Clark! Quando minha mãe era garotinha, fingia que você era meu pai — disse ela, com ansiedade e, notando o erro, corrigiu: — Quero dizer, quando *eu* era uma garotinha, minha mãe fingia que você era meu pai.

Gable tentou prender uma risada, uma risada que pode ter sido genuína.

— Tanto tempo assim!

— Ah, ei. Não faz tanto tempo assim que eu era uma garotinha, Clark — protestou ela, puxando o braço dele.

— Diabos, eu sou um velho, Marilyn. Você sabe disso — falou ele, com bom humor.

— Ah, sr. Gable, nunca será velho. O resto de nós vem e vai. Eu sou só uma loira. Tem tantas loiras. Mas você, sr. Gable, será eterno.

Ela suplicava, e Clark Gable era cavalheiro o suficiente para lhe ceder a possibilidade.

— Querida, se você está dizendo.

Seus diversos ataques cardíacos haviam deixado uma noção perturbadora de sua própria mortalidade, e ainda assim, ele não havia protestado como os outros em relação aos atrasos nas gravações e ao estresse sem fim causado pelo compor-

tamento imprevisível de Monroe. *Aquela garota não está bem. Ela estaria bem, se pudesse.* Nem sequer iria reclamar de filmar em temperaturas ardentes de quentes no deserto, e como Gay Langland, ele optaria por executar muitas das sequências de ação extenuantes do personagem, e em um acidente, acabaria sendo arrastado por uma corda atrás de um caminhão a 55 km/h. Ah, Gable sabia que era mortal! Ainda assim, ele tinha uma nova esposa jovem. E ela estava grávida. Isso não significaria que ele viveria por muitos anos, para ver seu filho crescer?
   Na antiga Hollywood, significaria.

O conto de fadas. A própria Atriz Loira viria a acreditar nesse conto de fadas que um homem escrevera para ela como uma oferta de amor. Viria a acreditar não apenas que a luminosa Roslyn poderia salvar o pequeno rebanho de cavalos bravos, mas que cavalos bravos poderiam ser salvos. Esses animais, apenas seis restantes de sabe-se lá quantas centenas e um deles um potro. Um potro galopando com ansiedade ao lado da mãe. Laçados e amarrados pelos homens desesperados, mas poderiam ser salvos da morte. Da faca do açougueiro e do moedor de carne para não virar ração de cachorro. Aqui não há uma romantização do Oeste, nem sequer de ideais masculinos e coragem, mas um "realismo" melancólico para esfregar na cara dos norte-americanos! A própria Roslyn salvaria os bravos com sua fúria feminina acumulada aos poucos. A própria Roslyn correria deserto adentro em uma ação programada com cuidado pela Atriz Loira e seu diretor, que permitiria que ela expressasse, com todo o ar dos pulmões, sua fúria da crueldade masculina. ("Mas eu não quero *closes*. De mim aos berros.") Ela gritaria para os homens: "Mentirosos! Assassinos! Por que vocês não se matam?!". Ela gritaria no vazio do deserto de Nevada até a garganta ficar em carne viva. Até o interior da boca cheia de feridas pulsar de dor. Até o esforço fazer estourarem mais capilares em seus olhos. Até o coração estar batendo a ponto de explodir. *Eu odeio vocês! Por que não morrem logo?!* Ela poderia estar gritando com os homens de sua vida cujos rostos não esquecera, ou poderia estar gritando com os homens sem rosto, que constituíam o mundo vasto além dos perímetros do pano de fundo de veludo carmesim e as luzes de flashes ofuscantes. Ela poderia estar gritando com H, que havia se esquivado de seu charme. Poderia estar gritando com um espelho. Ela havia dito a Doc Fell que não precisaria de medicação alguma naquela manhã (mesmo com o estupor de uma noite de fenobarbital), e munida de emoções construídas à base de pena, horror, raiva pelo espetáculo dos cavalos presos, ela não precisou de droga alguma. Que poder! Que alegria! Ela voltaria a Hollywood sozinha e compraria uma casa, sua primeira casa, e moraria sozinha e só faria o trabalho que quisesse; seria a grande atriz que teve a chance de se tornar; não estaria mais aprisionada por homens; não seria mais destituída de sua versão mais

verdadeira. A Atriz Loira expressava raiva, fúria. Enfim. Exceto que (todos os observadores afirmariam) não era uma demonstração forjada de raiva e fúria, mas paixão genuína perfurando o corpo da mulher como uma corrente elétrica.
— Mentirosos! Assassinos! *Eu odeio vocês.*

Semanas de atraso no cronograma. Centenas de milhares de dólares acima do orçamento. O filme em preto e branco mais caro já feito.
— Devemos isso a nossa Marilyn. Gratidão eterna.

Desta vez, não haveria uma *première* luxuosa para um filme de Monroe.
Nada de carreata atravessando o Hollywood Boulevard entre milhares de fãs aos gritos. Nenhuma celebração de gala no Grauman's. Nada de Dom Pérignon borbulhando, espumando e transbordando da taça, se derramando no braço nu da Atriz Loira. Meses antes da estreia do filme, Clark Gable teria morrido. E Monroe teria se divorciado. *Os desajustados* seria um fracasso de bilheteria. Um filme que não agradou o Estúdio, apesar das resenhas inteligentes e respeitosas e dos elogios às performances de Gable, Monroe e Clift. Seria amaldiçoado como especial, "artístico". Tinha uma integridade teimosa. Os personagens lembravam atores decadentes. De famosa só tinham a fisionomia. Quando se olhava Gay Langland a pergunta era: "Esse não era aquele tal de Clark Gable?". Quando se olhava para Roslyn loira a pergunta era: "Essa não era aquela tal de Marilyn Monroe?". Quando se olhava para o peão de rodeio cansado Perce Howland pensava--se: "Meu Deus! Esse era aquele Montgomery Clift". Pessoas que você lembra da infância. Gay Langland era um tio solteiro seu; Roslyn Tabor era uma amiga de sua mãe, uma divorciada de cidade pequena. Aquela astúcia de interior e aquele glamour perdido. Talvez seu pai já tivesse sido apaixonado por Roslyn Tabor! Não dá mais para saber. O peão de rodeio era um desses viajantes sem teto, olhos tristes, magros, o rosto destruído. Costumava ser visto no começo da noite do lado de fora da rodoviária fumando e lançando olhares fantasmagóricos na sua direção. *Ei, você me conhece?* Esses eram americanos comuns da década de 1950, ainda que misteriosos para você, porque você os conhece de uma outra época em que o mundo era misterioso e até seu próprio rosto, contemplado refletido talvez na máquina de cigarros da rodoviária ou no espelho respingado sobre uma pia de banheiro, era um mistério que nunca seria resolvido.

Morando na casa no número 12.305, na Fifth Helena Drive, Brentwood, Norma Jeane um dia se daria conta:
— Tudo o que Roslyn foi, aquilo foi minha vida.

Clube Zuma

Ei? Quem? Atordoada de ver sua Amiga Mágica ali no palco & a dança interpretada na frente de espelhos. Luzes piscantes/giratórias. "I Wanna Be Loved by You." MARILYN MONROE no vestido frente única branco, a saia plissada voando e mostrando sua calcinha branca. A plateia grita. Pernas esbeltas estendidas. Arqueando a coluna dando gritinhos de deleite & a multidão assobia, grita "viva", bate palmas & pés entre uma névoa de fumaça azul & música ensurdecedora. *Ah, por que me trariam aqui, eu não quero estar aqui.* Cabelo loiro-platinado brilhando na cabeça sacolejante da dançarina. Uma sósia de MARILYN MONROE, exceto pela maquiagem branca de palhaço, o rosto mais longo & o queixo, mais proeminente, & o nariz, maior. Mas a boca lasciva vermelha & a sombra azul cintilando como pedras de strass. E seios grandes na frente única. A dançarina começa a andar empertigada, pisar com força, rebolar no salto agulha, sacudir os peitos grandes & a bunda. "Mari-*lyn*! Mari-*lyn*!", a multidão a ama. *Ah, por favor, não faça isso. Nós somos mais que um pedaço de carne que desperta risada. Somos, sim!*

Naquela noite que cheirava a jasmim & colônia Jockey Club, lá está Norma Jeane encolhida de óculos escuros, turbante de seda branca escondendo o cabelo & calça paxá de seda branca & um casaco listrado masculino de Carlo. *Ah, por que ele faria isso? Por que ele me traria aqui? Eu achei que ele me amasse...* A dançarina é habilidosa, contorcendo o corpo mamífero no ritmo acelerado da cópula. A pélvis martelando o ar. A ponta úmida e rosada entre os lábios, a língua. Arfando, gemendo. Acariciando os grandes seios flexíveis. A plateia ama isso! Quer sempre mais! *Ah, por quê? Fazer rirem de nós?* A dançarina está cocainada até as últimas, dá para ver no branco dos olhos & no suor brilhando no peito fazendo escorrer a maquiagem branca de palhaço como nervos expostos. Não consegue parar aquele ritmo! A plateia é insaciável. Que nem quando fodem. Ritmo aumenta, não pode parar. A dançarina nos espelhos tirando as luvas brancas na altura do cotovelo, lançando-as à multidão em frenesi. *I wanna be loved be loved by you by you by nobody else but you*. Tirando a meia-calça & jogando. Tirando a parte de cima do vestido — *Ahhhh!* — a multidão no clube Zuma vai à loucura. Clube Zuma na Strip, nebuloso com a fumaça azul. Os cigarros marroquinos de Carlo. Carlo rindo com os outros. A dançarina marcha entre fumaça serpenteante & música ensurdecedora, segurando os animados seios enormes, como se fossem espuma de borracha, mamilos cor-de-rosa neon e do tamanho de uvas & a seguir a saia plissada é arrancada & jogada, & ela está sacudindo a bunda roliça & dá as costas para a plateia aos gritos, ela se inclina & abre as nádegas — "*Ahhhhh!*", a audiência grita —, a dançarina agora nua brilhando em suor oleoso e branco, empelotado de maquiagem, & enfim vira-se em triunfo revelando o longo pênis esbelto grudado à púbis depilada com fita adesiva cor de pele, & esta fita adesiva ela/ele arranca com um grito de *wanna be loved be loved be loved be loved*, & agora a plateia no clube Zuma de fato foi à loucura, gritando para a dançarina & seu frenético pênis semiereto:

    Mari-lyn!   Mari-lyn!   Mari-lyn!

Divórcio (segunda tomada)

Uma vez que um papel está preparado e elaborado em todos os seus detalhes... o ator sempre o interpretará bem, mesmo quando não inspirado.

— Michael Chekhov,
Para o ator

1.

— Sinto muito. Ah, perdão! Eu n-não posso dizer mais.

No cinejornal conhecido como a Coletiva de Imprensa sobre o Divórcio, a Atriz Loira, bem-vestida de preto, está com a pele branca como uma gueixa. Como Cherie em *Nunca fui santa*, ela parece tão mais pálida que seus companheiros, que poderia ser um manequim ou um palhaço. Os lábios foram desenhados com lápis vermelho-arroxeado para parecerem maiores e mais cheios. Os olhos, aparentemente vermelhos de choro, foram maquiados com cuidado em uma sombra azul-clara e rímel marrom-escuro, para combinar com as sobrancelhas. O cabelo como sempre está loiro-platinado, com um alto brilho lustroso. Esta é MARILYN MONROE, ainda que uma mulher confusa e ferida. Os modos são igualmente agitados e ansiosos por agradar. Como ao pronunciar palavras cruciais a serem gravadas por dúzias de jornalistas, ela estivesse esquecendo as falas. Ela está esquecendo quem é: MARILYN MONROE. Está usando um elegante terno de linho preto com uma echarpe diáfana amarrada no pescoço, meia-calça escura e sapato alto e preto. Sem joias. Sem anéis: as mãos trêmulas estão conspicuamente sem anéis. (Sim: ela jogou o anel de casamento no rio Truckee, em Reno, Nevada, como a divorciada Roslyn Tabor. Um reverenciado costume antigo do Reno!) É impressionante ver MARILYN MONROE parecer frágil em vez de peituda; a equipe de mídia reunida ali foi informada de que ela emagreceu "entre cinco e sete quilos" nos últimos tempos. Ela está "sofrendo de angústia mental" desde o divórcio no México, encerrando o casamento de quatro anos com seu marido dramaturgo, e desde a "morte trágica" do amigo e coprotagonista, Clark Gable.

Como uma viúva. Você quer impressionar esses céticos como uma viúva sofrendo uma perda irrevocável, e não como uma divorciada aliviada de se livrar de um casamento morto.

Apesar de conseguir gaguejar respostas mais ou menos coerentes para perguntas sobre Clark Gable — quão próximos eram como amigos, e o que dizer das acusações da viúva do ator de que MARILYN MONROE era diretamente responsável pelo ataque cardíaco de Gable, por tanto atrasar e complicar a produção de *Os desajustados*, causando estresse *et cetera* —, ela não discutirá sobre os maridos anteriores. O Dramaturgo e o Ex-Atleta. Exceto para dizer em sua voz sussurrante, tão baixo que as palavras precisaram ser repetidas por seu advogado de divórcio, que dava o braço para a Atriz Loira se apoiar, que ela os "respeita infinitamente".

Seja natural. Diga o que sente. Se não sentir nada, diga o que imagina que sentiria se não estivesse dopada de demerol.

— Eles são g-grandes homens. Grandes americanos. Eu os reverencio como seres humanos de fama e grandes feitos em suas áreas, mas não p-posso continuar casada com eles, enquanto mulher.

Ela começa a chorar. Levanta um lenço de papel espremido na mão, não, é um lenço de tecido branco, aos olhos. Uma repórter de voz grave de um dos tabloides ousa perguntar se MARILYN MONROE sente que "fracassou como esposa, mulher, mãe" e há um arquejo coletivo da aglomeração diante de tamanha audácia (justo a pergunta que todos estavam morrendo para perguntar!); o advogado da Atriz Loira franze a testa, um representante da imprensa/consultor de mídia do Estúdio, que está por perto, atrás dela, franze a testa, e fica claro que a Atriz Loira não precisa responder uma pergunta de tamanha grosseria, mas, com coragem, erguendo o olhar ferido para buscar sua agressora, ela diz:

— Minha vida inteira, eu t-tentei não fracassar. Tentei muito! Tentei ser adotada no orfanato. Do Lar, na avenida El Centro. Tentei me destacar nos esportes quando estava na escola. Tentei ser uma boa dona de casa com meu primeiro marido que me deixou quando eu tinha dezessete anos. Tentei muito ser uma boa atriz, não apenas mais uma loira. Ah, você sabe que tentei, não sabe? Marilyn Monroe era uma *pin-up*, vocês se l-lembram, fui modelo para calendário aos dezenove anos, recebi cinquenta dólares por "Miss *Golden Dreams*", e isso quase destruiu minha carreira, dizem que é a foto de calendário mais vendida na história, e a modelo recebeu apenas cinquenta dólares por ela, lá em 1949, mas não estou a-amarga. Estou chateada, eu acho, mas não estou a-amarga ou brava ou... Eu só fico pensando como poderia ter sido, ter um bebê, e... Ah, e o sr. Gable nos deixou, e Marilyn Monroe

está sendo culpada até por isso!... Mas eu amava o sr. Gable... como um amigo... apesar de ele ter tido ataques cardíacos antes... Ah, eu sinto tanta saudade dele!... Sinto mais saudade dele do que sinto de meu casamento... Meus casamentos...
Não mais. *O humor que queremos é elegíaco, não melodramático. Se o gênero for tragédia, tem que ser clássica, grega: as bagunças sangrentas acontecem fora do palco, e só resta os reflexos.*
— Sinto muito. Ah, perdão! Eu n-não tenho nada mais a dizer.
Ela está chorando de verdade. Esconde o rosto. Flashes de câmeras têm sido intermitentes e contínuos ao longo da coletiva de imprensa, e agora dúzias de câmeras piscam ao mesmo tempo; o efeito é de uma bomba atômica em miniatura! A Atriz Loira é escoltada pelos dois companheiros homens para uma limusine que a aguarda (a Coletiva de Imprensa do Divórcio aconteceu em Beverly Hills, no jardim da frente da residência em que Atriz Loira está morando graças a seu agente Holyrod, ou talvez Z, ou talvez o Estúdio, ou um "devoto dos filmes de Marilyn"), e o pessoal da mídia, frustrado pela brevidade da coletiva, começa a pressionar, jogando-se descontrolados como cachorros ensandecidos, um bando de jornalistas, colunistas, pessoal de rádio, fotógrafos, equipes de gravação, muitos mais do que os poucos selecionados e convidados para o evento exclusivo; a trilha sonora do cinejornal capta isolados gritos em frenesi:
— Srta. Monroe, mais uma pergunta, por favor! Marilyn, espere! Marilyn, conte a nossos ouvintes do mundo do rádio: Marlon Brando vai ser seu próximo?
E, apesar de diversos seguranças do Estúdio afastando a multidão, um repórter malicioso com ar italiano e orelhas pontudas consegue escapar por baixo do braço do advogado e enfia o microfone no rosto da Atriz Loira com tamanha violência que atinge sua boca (e racha um dente da frente a ser consertado por um dentista do Estúdio), gritando com forte sotaque britânico:
— Mari-*lyn*! É verdade que você tentou cometer *suicídio* muitas vezes?
Outra pessoa audaciosa, aparentemente não um jornalista idôneo, forte e brilhando de suor, cabelo eriçado como uma escova de dentes e um rosto que parece na gravação estar fervido, consegue empurrar um envelope para a Atriz Loira assustada, que pega, vendo que está endereçado para SRTA. MARILYN MONROE em tinta vermelha e decorado atraentemente com vários corações vermelhos.
Então a Atriz Loira entra na limusine. A porta traseira se fecha. O vidro das janelas está escurecido, impedindo que os de fora vejam dentro. A escolta gritando com força para a multidão:
— Dê um tempo para a garota, fazendo o favor! Ela está sofrendo, vocês não estão vendo?

A limusine parte, devagar de início, pois fotógrafos bloqueiam a rua; então some. A multidão atrás dela ainda clamando por atenção, e câmeras ainda piscando até o jornal acabar.

2.

— Eu estou d-divorciada agora? Acabou?
— Marilyn, você se divorciou uma semana atrás. Lembra? Na Cidade do México? Nós fomos para lá juntos no avião.
— Ah, acho que sim. Acabou tudo, então?
— Acabou tudo, querida. Por enquanto.
Os homens riram como se a Atriz Loira houvesse dito uma frase espertinha.
Estavam no banco de trás da limusine acelerando por trás de janelas escurecidas. Não mais sendo gravados. Deveria ser *a vida real*, mas não parecia real. Não estava mais fácil respirar, ou focar a visão. Seu dente da frente doía no ponto onde um objeto duro a havia atingido, mas ela disse para si mesma que fora um acidente, o repórter não quisera machucá-la. O advogado, cujo nome ela não se lembrava de imediato, e o relações-públicas do Estúdio, Rollo Freund, a parabenizavam; ela havia se comportado lindamente em uma situação estressante. *Era minha vida real. Mas, sim, foi uma performance.*
— Perdão? Eu estou d-divorciada agora? — Ela viu no rosto deles que provavelmente já tinha feito a pergunta e sabia a resposta. — Ah, quero dizer... falta algum papel para assinar?
Sempre mais papéis para assinar. Na presença de um tabelião.
MARILYN MONROE assinara os documentos evitando olhá-los. Melhor nem saber!
Na velocidade da limusine, que era tipo uma Máquina do Tempo. Ela já estava se esquecendo de onde estivera. Não fazia ideia de para onde a levavam. Talvez houvesse mais publicidade para *Os desajustados*. "Rollo Freund" era na verdade "Otto Öse" e talvez ele ainda fosse um fotógrafo de garotas? Ela estava cansada demais para decifrar. Remexeu na bolsa à procura de alguma Benzedrina para acordá-la, mas não encontrou nem uma sequer. Ou seus dedos estavam atrapalhados demais. Ah, ela sentia saudades do sinistro Doc Fell agora que ele havia partido! (Doc Fell, médico residente no Estúdio, havia desaparecido do Estúdio. Um novo médico parecido com Mickey Rooney havia tomado seu lugar. Havia um rumor cruel circulando em Hollywood de que Doc Fell fora encontrado morto, sentado no vaso em seu bangalô em Topanga Canyon, calça nos tornozelos e uma seringa no braço machucado; em algumas versões da história, ele tinha mor-

rido de overdose de morfina, em outras, de overdose de heroína. Um fim trágico para um médico que lembrava um Cary Grant robusto!)

Com os dedos, ela agarrava o envelope com corações. Por meses, esperara com nervosismo por outra carta do pai, mas imaginava que não seria essa.

— Estou tão sozinha. Eu não entendo por que estou tão sozinha quando amei tantas pessoas. Eu amei as garotas no Lar, minhas irmãs... Minhas únicas amigas. Mas eu perdi todas. Minha mãe mal me reconhece. Meu pai me escreve, mas fica longe. Será que eu tenho lepra? Uma maldição? Será que sou uma aberração? Os homens dizem que me amam, mas quem é que eles amam? "Marilyn". *Eu* amo animais, especialmente cavalos. Estou ajudando umas pessoas em Reno a começar um fundo para salvar os cavalos bravos do sudoeste. Eu queria que nenhum animal precisasse morrer, nunca. Exceto por morte natural!

Um dos homens pigarreou e disse:

— A entrevista já terminou, Marilyn. Por que você não relaxa um pouco?

Ela estava tentando explicar quão injusto, quão injusto era ser culpada pela morte de Clark Gable.

— Quando era eu quem amava o homem. Amava tanto! Ele foi o único homem que eu admirei de verdade na vida. Minha m-mãe Gladys Mortensen conheceu o sr. Gable muito tempo atrás quando os dois eram jovens e novos em Hollywood.

Mais uma vez, disseram a ela:

— Marylin, a entrevista já terminou.

E ela respondeu, como se suplicasse:

— Por que o amor dá errado é um mistério. Eu não inventei esse mistério, inventei? Por que a culpa é minha? Sei que a gente deveria jogar os dados até perder. Deveria ter coragem, espírito esportivo. Vou tentar. Da próxima vez, serei uma atriz melhor, prometo.

Os homens ficaram fascinados com aquela famosa atriz de cinema. Vendo de perto agora como seu rosto era o de uma garota inocente sob a crosta de maquiagem teatral. Tal maquiagem é ideal para fotografia, mas incongruente ao olho nu. Eles notaram quão pateticamente ela segurava o envelope com corações, como se um mensageiro de um fã anônimo, uma declaração de amor de um estranho, pudesse salvar sua vida.

— Não me encarem, por favor! Não sou uma aberração. Não gosto de ser memorizada para fins anedóticos. Tampouco quero assinar qualquer outro documento. Exceto pelo fundo fiduciário para minha mãe. Para mantê-la no Lar de Lakewood depois que eu... — ela hesitou, confusa. O que ela queria dizer? — Caso algo de inesperado aconteça comigo. — Ela riu. — Ou algo esperado.

Ambos os homens protestaram rápido que ela não deveria falar assim. MARILYN MONROE ainda era uma jovem mulher e viveria uma vida muito longa.

3.

Que coisa estranha!
— Eu queria ter alguém para *contar*.

Rollo Freund, o representante da imprensa/gerente de mídia contratado pelo Estúdio para supervisionar a estrela MARILYN MONROE era ninguém mais, ninguém menos, que Otto Öse! Devolvido a ela, mais de uma década depois.

Ainda assim, o homem se recusava a reconhecer que um dia fora Otto Öse. Como Rollo Freund, ele afirmava ser um "novaiorquino nato" que migrou para Los Angeles no fim da década de 1950 para ser pioneiro de uma nova ciência chamada "gestão de mídia". Em alguns poucos anos, ele fez tanto sucesso que empresas de cinema estavam fazendo leilões por seus serviços. Para essas megaestrelas (como MARILYN MONROE) que pareciam sempre estar envolvidas em escândalo e publicidade sensacionalista, estrelas potencialmente inclinadas à autodestruição, um gestor de mídia especialista era uma necessidade. Otto Öse, ou Rollo Freund, seguia alto e avultante como Norma Jeane se lembrava dele, e ainda magro, com rosto juncado de falcão, uma pálpebra esquerda caída que lhe dava um perpétuo olhar irônico, e aquelas cicatrizes curiosas como de espinhos ao redor da testa. *Sua coroa de espinhos. Ele, Judas!* O cabelo um dia escuro havia desbotado para cor de palha de aço usada e cobria a cabeça ossuda em uma peculiar penugem oleaginosa. Ele deveria estar com cerca de cinquenta anos. Não havia envelhecido, parecia mais calcificado. Os pequenos olhos astutos pareciam espiar você, úmidos e alertas, por trás de uma imperturbável máscara de gesso. Os dentes estavam com lindas coroas, estilo Hollywood. *O homem mais feio que já vi. Mas não estava morto!*

Rollo Freund dirigia um jaguar cor verde-garrafa e se vestia em conjuntos caros de tecido brilhante feitos sob medida (como ele se gabava) pelo "meu alfaiate na Bond Street, em Londres". Esses ternos serviam seu corpo fino como lápis, de maneira tão apertada que ele tinha que se sentar ereto como um raio, em uma postura familiar à Atriz Loira de quando ela era costurada dentro de seus vestidos camisa de força. Quando foram apresentados, ela ainda era Norma Jeane de olhar atento e não a docemente míope Atriz Loira narcisista, e ela reconheceu Otto Öse de imediato, apesar de ele ter deixado crescer um cavanhaque cinzento e estar usando óculos de aço com lentes cor de âmbar e um de seus ternos sob medida. Ela havia encarado aquele homem em estupefação. Gaguejou:

— Mas nós não nos conhecemos? Otto Öse? Eu sou Norma Jeane, não lembra? Rollo Freund, como qualquer ator ou mentiroso experiente, recebeu aquela observação com tranquilidade. Não era de seu feitio permitir que qualquer situação que o envolvesse fosse guiada por outro. Sorriu com educação para a mulher claramente confusa.

— "Oz"? Temo não conhecer nenhum "Oz". Você deve estar me confundindo com outro homem, srta. Monroe.

Norma Jeane riu.

— Ah, Otto, que absurdo. Você me chamando de "Srta. Monroe". Você me conhece, Norma Jeane. Você é o fotógrafo que tirou minha foto para a *Stars & Stripes* e é responsável pela Miss *Golden Dreams*... Você me pagou cinquenta dólares...! E não mudou a ponto de ficar irreconhecível para mim. Você teria que estar mais do que morto, Otto, para que eu não reconhecesse você.

Otto Öse, ou Rollo Freund, riu com vontade como se a Atriz Loira tivesse feito uma de suas piadas astutas. Ela insistiu, suplicante:

— Por favor, Otto. Você tem que se lembrar. Eu era a sra. Bucky Glazer naquela época. Na Guerra. Você me descobriu e mudou minha v-vida. — *Destruiu minha vida, seu filho da puta.*

Mas Otto Öse, ou Rollo Freund, como ele insistia em ser chamado, era prudente demais para ser seduzido mesmo que pela Atriz Loira.

Ela tinha que admirá-lo. Que figura!

Era 1961, e em Hollywood, como em qualquer outro lugar, não era mais uma coisa traidora ser ou parecer judeu. A era da Ameaça Vermelha antissemita havia se acalmado; o ódio aos judeus foi para baixo do tapete ou havia ganhado codificações mais sutis, uma questão de participação em country clubs e restrições em vizinhanças, não uma questão de listas negras e perseguição "comuna"; os Rosenberg foram eletrocutados muito tempo antes, e seu zelo martirizado virou cinzas; o senador Joe McCarthy, o Átila da direita, havia morrido e sido arrastado por demônios para o encarniçado inferno católico que ele esperava evocar na terra para outros. Otto, ou Rollo, não disfarçava sua aparência judaica; ele falava com uma inflexão de judeu de Nova York, que soava, aos ouvidos de Norma Jeane, ela que havia morado com um judeu de Nova York por quatro anos, não totalmente convincente. No entanto, quando estavam a sós, Otto, ou o intrépido Rollo, negava-se a reconhecer o passado compartilhado. Norma Jeane dizia:

— Eu entendo, eu acho. "Otto Öse" estava na listinha de banimento, então você mudou de nome?

O homem continuava balançando a cabeça, como se estivesse incrédulo.

— Eu nasci Rollo Freund. Se tivesse minha certidão de nascimento aqui comigo, eu lhe mostraria, srta. Monroe. — Sempre ele a chamava de "Srta. Monroe" e, com o tempo, "Marilyn". Esses nomes em sua boca soavam com leve zombaria. Ele não a havia acusado uma vez de se vender como um produto? Ele não havia agourado para ela uma morte de drogada solitária? Ele dissera que o corpo feminino era uma piada. Ele abominava mulheres. Ainda assim, ele a apresentou à escrita de Schopenhauer, ele lhe dava o *Daily Worker* para ler. Ele a havia apresentado a Cass Chaplin, que a fez, por um tempo, tão feliz.

— Ah, Otto. Quero dizer, Rollo. Não vou atormentar você. Serei Marilyn.

Ela precisava admirar o gerente de mídia por sua habilidade em organizar a Coletiva de Imprensa do Divórcio e por orquestrá-la na casa emprestada, como um diretor. Ele havia orquestrado não apenas os movimentos de MARILYN MONROE, conforme ela deixava a casa para encarar a imprensa, mas os do advogado e os seus próprios. Até os guardas estavam ensaiados.

— O tom que queremos evitar é de melodrama. Você vai vestir linho preto, eu encomendei o figurino perfeito do Departamento de Guarda-Roupa, e você vai parecer uma viúva. Você quer impressionar esses céticos como uma viúva sofrendo uma perda irrevocável, não uma divorciada aliviada de se livrar de um casamento morto.

Eles estavam no escritório de Z na ocasião dessa fala de Rollo Freund. Ela estava bebendo vodca, e a Atriz Loira riu a sua nova risada das entranhas, como uma garota do interior da Carolina do Norte que cagava e andava para a indústria do cinema ou para a própria beleza ou talento.

— Você disse tudo, Rollo. Um casamento morto e enterrado. Uma porra de casamento entediante, morto e enterrado, com um marido entediante, morto e enterrado (ainda que gentil e decente e "talentoso"). Deus me ajude!

Quando a Atriz Loira partia em uma de suas tiradas, como Fred Allen, Groucho Marx, o finado W.C. Fields, observadores encaravam como se em uma espécie de choque. Rollo Freund e seu companheiro riram com nervosismo. MARILYN MONROE com frequência era a única mulher em reuniões assim, com exceção das secretárias e "assistentes"; como ela teria especificado, a "única vagina com voz"; os homens tomavam o cuidado de parecer estar encorajando-a, mas certamente a encaravam com avidez, memorizando anedotas para contar mais tarde; pois será que era verdade que MARILYN MONROE nunca usava calcinhas? (Era! dava para ver!) E passava dias sem se banhar (passava! dava para sentir o cheiro de talco no suor). Mas os homens nunca davam mais do que uma risadinha.

Ninguém ia querer encorajar Monroe. Uma histérica pode surtar a qualquer minuto. Vá com muita calma, muita prudência. Nunca esqueça que essa gatinha loira lustrosa tem garras.

Sentada naquela tarde no sofá fofo de Z, inclinando-se para a frente e com as mãos descansando no joelho, as pernas cruzadas. Tinha modos sinceros de colegial prestes a negociar com um agente de vedetes. Falava, seriamente:

— Quando eu concordei com uma "coletiva de imprensa sobre o divórcio"? O divórcio pode não ser uma tragédia, talvez, mas é uma tristeza íntima. Quatro anos de casamento com um homem, e eu não consigo... — ela parou, tentando pensar. Não conseguia o quê? Não conseguia lembrar por que diabo sequer tinha casado com o dramaturgo? Um homem com idade quase suficiente para ser seu pai e, no temperamento, velho o suficiente para ser seu avô? Não um dos judeus alegres na ribalta (como Max Pearlman, que ela adorava), mas um judeu com ares de rabino acadêmico? Que não fazia nada seu tipo? Não conseguia lembrar seu nome? — ... Eu não consigo entender onde c-cometi meu erro para que eu possa aprender com ele? Tem um filósofo francês que diz: "Coração, instinto, princípios". Eu não poderia ser guiada pelos meus? Eu sou uma pessoa séria, no fundo. Por que não cancelamos isso? Eu estou me sentindo muito triste e, não sei, *estou com vontade de me retirar.*

Z e os outros homens encaravam a Atriz Loira como se ela tivesse falado em um idioma demoníaco, desconhecido aos seus ouvidos. Rollo Freund na mesma hora reagiu, parecendo concordar com ela.

— Você sente emoções genuínas, srta. Monroe! É por isso que é uma atriz brilhante. É por isso que as pessoas veem em você uma versão potencializada de si mesmas. É claro que estão iludidas, mas a felicidade reside na ilusão. Porque você vive de sua alma da mesma forma que uma vela vive da própria cera. Você vive em nossa alma americana. Não ria, srta. Monroe. Estou falando sério também. Estou dizendo que você é uma mulher inteligente, não apenas uma mulher de "sentimentos"; você é uma artista, e como todos os artistas, sabe que a vida é apenas material para sua arte. A vida é o que desaparece, a arte é o que permanece. Suas emoções, sua angústia por seu divórcio ou a morte do sr. Gable, o que seja...
— Com um gesto de impaciência meio aérea, ele indicou o mundo inteiro que ela havia habitado ou visualizado em 35 anos: a lembrança do Holocausto evocada de livros de segunda mão surrados e cheios de orelhas resgatados de sebos, demonstrações de fortaleza e sofrimento e eloquência judaica, mesmo sob dor, os odores rançosos e velhos de hospícios da Califórnia no cativeiro de sua mãe, todas as memórias de sua vida pessoal, como se não fossem de mais significado do que um roteiro de filme. — Será mais fácil ver seu trauma como um cinejornal, porque assim os outros também verão.

— Cinejornal? Que cinejornal?

— A coletiva de imprensa será gravada. Não só por nós, mas pela mídia, é claro. Partes serão exibidas e repetidas. Será um documento precioso. — Vendo que a Atriz Loira balançava a cabeça, Rollo Freund continuou, com paixão: — Srta. Monroe. Deve, mesmo que não queira, oferecer suas emoções cruas. A vida em si não é nada além do meio para obter a forma.

Norma Jeane estava comovida demais para protestar. Encarando seu amigo Otto, que nunca fora seu amante ou nem mesmo seu amigo. Ele era tudo que restava a ela dos dias de sua juventude. Ela disse em sua voz de Marilyn, tão suave e sussurrante que foi quase inaudível:

— Ah, acho que sim. Você argumenta tão bem. Eu me rendo.

4.

E o que havia no envelope com coração?

Vendo a expressão de mágoa em seu rosto, Rollo Freund arrancou rápido o envelope das mãos dela.

— Ah, srta. Monroe. *Eu sinto muito.*

Era um quadrado de papel higiênico branco, em que alguém havia escrito em letras garrafais, com cuidado, no que parecia ser de fato um excremento:

PUTA

Minha casa. Minha jornada.

A cena deve ser bem iluminada. Além do palco, há escuridão não reconhecida.

— Do *Manual prático para o ator e sua vida*

12.305 Fifth Helena Drive, Brentwood, Califórnia
Dia de São Valentim, 1962.

Querida Mãe,
Acabei de me mudar para minha própria casa!
Eu estou mobiliando tudo & estou TÃO FELIZ.

É uma casa pequena de estilo mexicano. Muito
charmosa. Escondida & privada no fim
desta rua & com uma parte protegida por um muro.
Teto com vigas de madeira & uma grande sala
de estar (com uma lareira de pedra). A cozinha
não é muito moderna, mas você me conhece,
não sou exatamente a Dona de Casa do Ano!

A surpresa grande é que atrás desta casa
tem uma piscina. É *grande*. Imagine só!
Quando nós morávamos na Hacienda & na Highland,
que um dia teríamos uma casa
em Brentwood com uma piscina.

Estou divorciada agora. Você não me perguntou a respeito
do bebê. Temo dizer que o perdi.

O melhor jeito de dizer é que o bebê foi tirado de mim.
~~Foi um acidente eu acho~~
Eu não estive bem por muito tempo & perdi
contato com pessoas.

Agora eu estou MUITO BEM. Espero trazer
você para casa comigo para visitar muito em breve.

Eu estou "reclusa" da vida. Tem um
filósofo francês que diz que a infelicidade
de seres humanos é não poder ficar
em um único recinto pequeno. Eu ando por esses
quartos cantando!

Tive que pegar $$$ emprestado para fazer essa compra,
confesso. Chorei quando assinei a
papelada. Porque eu estava TÃO FELIZ. Dona da
minha própria casa.

Eu queria ter mais $$$ por conta de tantos
anos de trabalho. Comecei nos filmes em 1948
& tenho apenas uns 5.000 economizados. Tenho
vergonha, já que outros ganharam tanto $$$
de Marilyn. O corretor de imóveis que
me vendeu esta casa ficou muito surpreso.

Ei, não estou amargurada, é claro! Eu não.

Mãe, mal posso esperar para mostrar a minha
surpresa especial para você. É nosso piano!
Nossa espineta Steinway branca, lembra? Um dia
foi de Fredric March. Eu a havia colocado em um
depósito depois que meu primeiro casamento acabou & agora
está aqui. Na sala de estar. Eu tento
tocar todos os dias, mas meus dedos estão "enferrujados".
Logo tocarei "Für Elise" para você.

Tem um quarto para você aqui, Mãe. Só
esperando. ~~Acho que deve ser hora de~~

Eu planejo mobiliar a casa com objetos mexicanos de verdade,
inclusive azulejos. Eu vou viajar
logo para o México com uma amiga.
Você quer ser minha
amiga, Mãe?
Tenho outras notícias, Mãe.
Espero que não fique chateada. Mas eu tenho estado
em contato com o Pai. Depois de todos esses anos,
imagine só! Ninguém se surpreendeu mais que eu.
Pai mora perto de Griffith Park. Eu ainda não fui até a casa dele,
mas espero ir logo. Ele disse que acompanhava
minha carreira por anos & admira meu trabalho, em especial
Os desajustados que ele acredita ser o melhor (eu concordo).
O Pai está viúvo agora. Ele fala de vender
sua casa grande. Quem sabe qual será nosso futuro!

Às vezes eu sinto que sou viúva. Estranho que não há
palavra para uma mãe que perdeu o próprio bebê. Não
em inglês, pelo menos. (Talvez em latim?) Esta é uma
perda muito maior que um divórcio, com certeza.

Às vezes sinto que estou na Máquina do Tempo,
você não? Aquela história assustadora que você leu para mim.

Ah, Mãe, não estou criticando, mas...
é difícil falar com você às vezes!
Ao telefone, quero dizer. Você não tenta erguer
a voz para ser ouvida. Acho que é esse o
problema. Domingo passado, fiquei magoada,
você deixou o receptor pendurado & foi embora?
A enfermeira se desculpou. Eu disse para ela que não,
eu só temia que você estivesse 1) brava comigo e
2) passando mal

No entanto, você sabe, mãe Você pode vir ficar aqui
por quanto tempo quiser. Com medicação, muito pode
ser feito. Eu tenho um médico novo & novos
medicamentos. Ele me prescreveu "hidrato de cloral"

para me ajudar a dormir & acalmar os nervos. ~~Se houver vozes~~

Este médico me diz que existem drogas milagrosas agora
para controlar a "tristeza". Eu disse, ah, se a
tristeza for embora, como viverão as músicas tristes como o blues?
Ele perguntou se
a música valia a agonia & eu disse que
depende da música & ele disse que a vida é mais
preciosa que música,
se uma pessoa está
deprimida, sua vida está em perigo, & e eu disse
que tem que haver um caminho do meio & eu descobriria este
caminho.
Um dia nesta casa em Helena Drive, vai
Haver netos para você, Mãe, eu prometo.
Nós seremos como os outros americanos! A revista *Life*
perguntou se poderiam fotografar MARILYN MONROE em
sua casa nova & eu disse ah, ainda não, eu não
sinto que é exatamente minha ainda. Tenho surpresas
para vocês todos!

(Quem sabe talvez o Pai se junte a nós. Este é
meu desejo secreto. Bem, "a vida é cheia de surpresas",
como eles dizem.)

Mãe, estou TÃO FELIZ. Eu choro às vezes, eu estou
sozinha & tão feliz. Meu coração vai até
aqueles que me feriram & os perdoa.

Em um azulejo do lado da porta da frente, há uma
frase em latim dizendo CURSUM PERFICIO (traduzido,
quer dizer "Trajetória terminada", ou "eu estou terminando
minha jornada", algo assim).

Mãe, eu amo você.

Sua filha amorosa.

O Cafetão do Presidente

Claro, ele era um cafetão.
Mas não um cafetão comum. Não ele!
Ele era um cafetão *par excellence*. Um cafetão *nonpareil*. Um cafetão *sui generis*. Um cafetão com um guarda-roupa, e um cafetão com estilo. Um cafetão com sotaque britânico de classe. A posteridade o honraria como o Cafetão do Presidente.
Um homem de orgulho e estatura: o Cafetão do Presidente.
No rancho Mirage em Palm Springs, em março de 1962, lá estava o Presidente, cutucando-o na costela com um assobio baixo.
— Aquela loira. Aquela é Marilyn Monroe?
Ele disse ao Presidente que, sim, era. Monroe, uma amiga de uma amiga dele. Suculenta, não? Mas um pouco maluca.
Pensativo, o Presidente perguntou:
— Eu já saí com ela?
O Presidente era um brincalhão. Um piadista. De sacadas rápidas. Longe da Casa Branca e das pressões da presidência, sabia-se que o Presidente gostava de aproveitar a vida.
— Se não, faça acontecer. *Pronto.*
O Cafetão do Presidente riu, hesitante. Ele não era o único cafetão do Presidente, é claro, mas tinha motivo para crer que era o cafetão favorito. Com certeza, era o cafetão mais bem-informado do Presidente.
Dizendo rápido ao Presidente cabeça-quente que a loira sensual era um "risco alto" para pensar em se relacionar. Notória por...
— Quem está falando de se relacionar? Estou falando de um encontro na cabana ali. Se tiver tempo, dois.
Apreensivo, falando mais baixo, ciente de muitos olhos admiradores neles conforme caminhavam na beira da piscina fumando seus charutos pós-jantar, o Cafetão do Presidente informou a ele, como o FBI teria feito se consultado, pois suas pastas a respeito de NORMA JEANE BAKER (A.K.A MARILYN MONROE)

estavam prestes a explodir, que Monroe fizera uma dúzia de abortos, cheirava cocaína, vivia à base de Benzedrina e o fenobarbital HMC e fizera lavagem estomacal uma meia dúzia de vezes só no Hospital Cedros do Líbano. Era de conhecimento geral. Estava em todos os tabloides. Em Nova York, havia sido internada em Bellevue, sangue escorrendo de ambos os braços cortados, carregada para dentro em uma maca, nua e delirante. Isso havia aparecido na coluna de Winchell. No Maine, alguns anos antes, ela teve um aborto espontâneo, ou havia tentado o próprio aborto e deu errado, e teve que ser pescada do Atlântico por uma equipe de resgate. E ela andava com comunas conhecidos e sob suspeita.

Vê? É um risco alto.

— Você conhece bem a figura, hein? — O Presidente estava impressionado.

O Cafetão do Presidente não podia fazer algo além de assentir, sério. Puxando um pouco a gola da camisa como um personagem de filme, para indicar o suor de nervosismo, que, na verdade, ele sentia. O cafetão favorito do Presidente era um cunhado do Presidente, e sua esposa poderia transformar sua vida em um inferno, forçando-o a fazer outra hipoteca para custos do divórcio, se ele ousasse apresentar o Presidente à vagabunda Marilyn Monroe, que era viciada em drogas, ninfomaníaca, suicida e louca de pedra.

— Mas só de ouvir falar, chefe. Quem desejaria contato próximo com ela? Monroe teve relações com todos os judeus de Hollywood. Só saiu do esgoto porque dormiu com muitos homens. Morou por anos com dois pederastas viciados notórios e serviu todos os amigos ricos deles. Monroe é a origem da piada da salsicha polonesa, chefe, você já ouviu?

Mas o Presidente com rosto de garoto sardento, o mais jovem e mais viril em nossa história, mal ouvia. Encarando a mulher conhecida como Marilyn Monroe, que estivera vagando, errante, pelo terraço como uma sonâmbula, um sorriso vago, e aquele ar nela, ou talvez fosse uma aura, de vulnerabilidade extrema, tamanha ausência, outros ficavam longe também, observando. *A não ser que esse fosse o meu sonho que eles conseguiam observar?* A Atriz Loira no terraço à luz da lua, oscilando na beira da piscina de água transparente, olhos fechados, murmurando as palavras de uma canção de Sinatra, "All the Way". Cabelo loiro-platinado brilhando como se fosse fosforescente. Boca de batom vermelho em um perfeito O como se chupando. Ela usava um robe de praia provocante, curto, emprestado de sua anfitriã cujo nome era possível que ela tivesse esquecido, e amarrado na cintura; ela parecia estar nua por baixo. As pernas eram de dançarina, esbeltas e de músculos definidos, mas a parte de cima das coxas estavam começando a revelar estrias brancas fatais na carne. E sua pele era muitíssimo branca, como a de um defunto embalsamado, drenado de sangue.

Ainda assim, o Presidente a acompanhou com os olhos, aquela expressão inconfundível. Um menino na escola da paróquia pronto para fazer arte. Charme de buldogue irlandês de Boston. De lealdade feroz à família e aos amigos, de inimizade feroz a todos os rivais. Em todas as cenas, o Presidente era o protagonista, o ator com o roteiro; todo mundo ao redor, nadando ou afundando, era improviso.

O Cafetão do Presidente apenas poderia dizer, com veemência e súplica:

— Monroe! Ela já deu para Sinatra, Mitchum, Brando, Jimmy Hoffa, Skinny D'Amato, Mickey Cahen, Jahnny Roselli, aquele líder comuna Sukarno, e...

— Sukarno? — Agora o Presidente tinha ficado impressionado.

O Cafetão do Presidente percebeu que era tarde demais para intervir. Com frequência, acontecia isso. Só lhe restava sacudir a cabeça e murmurar, sem cavalheirismo algum, que se o Presidente se envolvesse com Monroe, seria inteligente usar proteção, pois a mulher era conhecida por ter se infectado de doenças venéreas dos tipos mais virulentos, quando foi trepar com McCarthy em Washington para livrar o ex-marido judeu comuna do Comitê de Atividades Antiamericanas; isso era de conhecimento geral, estava em todos os tabloides... O próprio Cafetão do Presidente era ele mesmo um homem de boa aparência, de meia-idade ainda jovial com têmporas grisalhas, olhos inteligentes ainda que cheios de autodesprezo e papada inchada. O rosto parecia ter sido fervido em um molho leitoso. No Banquete de Trimálquio, ele teria interpretado Baco, o Festeiro, folhas de parreira e hera ao redor da cabeça, sorrindo e falando alto entre convidados bêbados, embora, honestamente (ele sabia), estivesse ficando velho demais para aquele papel. Com mais uma década, ele teria os olhos vidrados em vermelho de viciado/bêbado perpétuo e um tremor em ambas as mãos como Parkinson, mas ainda não. Ah, o Cafetão favorito do Presidente tinha seu orgulho! Ele não se rebaixaria a uma mentira mesmo diante do terror de sua esposa.

— E quanto a você ter saído ou não com Marilyn Monroe, chefe, até onde sei, você não saiu.

Naquele momento, como se estivessem esperando sua deixa, Marilyn Monroe espiou, nervosa, na direção deles. Hesitante, uma garotinha sem saber se gostavam ou não dela, ela sorriu. Aquele rosto de anjo! O Presidente, impactado, era puro negócio, murmurando na orelha do Cafetão:

— Faça acontecer, já avisei. *Pronto*.

Pronto! Era o código da Casa Branca para *em menos de uma hora*.

O Príncipe e a Plebeia Esfarrapada

Você me amaria se soubesse? O Príncipe sorriu para mim e disse...
Ele disse que sabia, ele sabia o que era ser pobre! Ser pobre de doer os ossos e com pavor de o-que-poderia-vir-no-futuro! Não em sua própria vida, sua família é rica, como todos sabiam, mas no passado de seus ancestrais irlandeses, o sofrimento da opressão pelo conquistador inglês. "Como mulas de carga, eles nos usaram", ele disse. "Eles nos mataram de fome." A voz falhava. Eu o estava apertando com força. Este momento precioso. Ele sussurrou: "Linda Marilyn! Nós somos almas gêmeas por dentro".

Sua pele sardenta áspera e quente ao toque, como se estivesse queimada pelo sol. A minha macia e fina e pálida como casca de ovo e, onde um homem me pega na distração da paixão, deixa marca com facilidade.

Essas marcas usadas com orgulho como pétalas de rosa machucada.

Este, nosso segredo. Nunca revelarei o nome do meu amante.

Ele sabia que dizia saber o que é ser solitário. Em sua imensa família, houve solidão na infância. Eu chorava de pensar que ele entendia! Ele *me* entendia. Ele, de um grande nome americano. Uma tribo de abençoados. Eu disse a ele que o reverenciava tanto que nunca pediria nada depois daquela noite, exceto que pensasse em mim de vez em quando. Que pensasse em MARILYN com um sorriso. Eu reverenciava sua família, contei. Sim, e sua esposa também, eu reverenciava, tão bela e equilibrada, tão graciosa. Ele riu com tristeza, dizendo: "Mas ela não consegue abrir seu coração como você consegue, Marilyn. Ela não tem o dom da risada e calor que você tem, querida Marilyn".

Nós nos apaixonamos tão rápido!

Às vezes, é assim. Embora não seja dito.

Eu disse: "Você pode me chamar de Norma Jeane".

Ele disse: "Mas você é MARILYN para mim".

Eu disse: "Ah, você conhece MARILYN?"

Ele disse: "Eu queria conhecer MARILYN já fazia muito tempo".

Abraçados em toalhas de banho jogadas no chão e robes felpudos com cheiro de umidade e cloro no piso da casa de banho. Como crianças atrevidas, riam juntos. Ele havia trazido uma garrafa de uísque escocês. E a festa transbordando da linda casa de vidro para o terraço da piscina a apenas alguns metros de distância. Eu estava tão feliz! Onde apenas uma hora antes eu estivera tão triste! Desejando não ter me deixado convencer a vir para aquele fim de semana de festa, mas tivesse ficado na minha casa que amo, minha casinha mexicana na Fifth Helena Drive. Mas agora tão feliz e trocando risos como uma garotinha. *Ele é um homem que faz uma mulher se sentir como uma mulher de verdade. Nenhum homem que conheci era parecido. Uma figura da História.* Fazendo amor com ele, meu Príncipe. Rápido e duro e excitado como um garoto. Achei suas costas não muito fortes, "uma lesão na coluna cervical", disse, "temporária", nada com que me preocupar, "ah, mas você foi um herói de guerra", falei, "Meu Deus, como reverencio você! Meu Príncipe". Nós estávamos bebendo, ele levava a garrafa até os meus lábios para eu beber, apesar de eu saber que não deveria, não com minha medicação, mas eu não podia resistir, assim como não podia resistir aos seus beijos; quem entre as mulheres poderia resistir aquele homem, um grande homem, um herói de guerra, uma figura da História, um Príncipe. E suas mãos, as mãos desejosas de um garoto, tão ansiosas! Fizemos amor de novo. E de novo. Uma loucura me tomou. Eu de fato senti algo, uma pontada de prazer: como uma faísca começando a sair de um fósforo riscado, rápida, fugaz, partindo quase de imediato, mas você sabe que está lá e pode voltar. Quanto tempo ficamos escondidos naquela casa de banho, eu não sei. Quem sabia que nós tínhamos fugido da festa, eu não sei. O cunhado do Presidente nos havia apresentado; "Marilyn", dissera ele, "eu gostaria que você conhecesse um admirador seu"; e eu o tinha visto, meu Príncipe, me encarando com um sorriso, um homem que as mulheres amam, aquele olhar de tranquilidade e leveza de um homem que sabe que é adorado por mulheres, o seu próprio desejo como uma chama que as mulheres atiçariam e apagariam, e atiçariam e apagariam, ao longo de uma vida toda. E eu ri; de súbito eu era a Garota do Apartamento de Cima. Eu não era mais Roslyn Tabor, não era uma divorciada. Eu não era uma viúva. Eu não era uma mãe enlutada que havia perdido seu bebê em uma queda na escada do porão. Eu não era uma mãe que havia matado seu bebê. Eu não havia sido a Garota do Apartamento de Cima por muito tempo, mas em meu robe branco macio e felpudo e pernas nuas, eu me tornei de novo a Garota do Apartamento de Cima sobre a saída de ar do metrô. (Não, eu não desejaria que o Príncipe soubesse minha idade verdadeira: logo teria 36. Não era mais uma garota.) Ele gemeu, suas costas doíam. Eu fingi não notar, mas montei nele e me encaixei, minha vagina ardendo um pouco, meu ventre vazio que aquele homem poderia preencher, seu pênis tão duro e cheio de desejo; eu fui o mais gentil que pude até quase o fim quando ele agarrou meus quadris e arremeteu-se contra meu corpo, ganindo e gemendo quase fora de controle, então eu tive medo de que ele se machucasse, as costas, como ele estava me machucando, suas mãos segurando meus quadris com tanta força, e eu sussurrando "*Sim sim assim assim sim*", apesar de riachos de suor escorrerem pelo meu rosto e meus seios, ele mordia meus seios, os mamilos, "*Sua safada*", ele dizia, gemendo "*sua vadia suja, eu amo você, vadia suja*"; e logo havia terminado, e eu estava sem ar e com dor e tentando rir como a Garota faria naturalmente, e eu me ouvi dizendo: "Ahhh! Estou quase com medo de você, eu acho!", que é o que homens gostam de ouvir; eu recuperei o fôlego e disse: "Se eu fosse Castro, ahhh! Eu teria muito medo de você"; Eu fui a Garota, estilo loira burra, dizendo: "Ei, onde estão aqueles homens do Serviço Social que seguem você por aí?" (pois de súbito eu me dei conta de que aqueles homens, oficiais à paisana, deveriam estar perto, logo ali fora da casa de banho, guardando a porta, e uma onda de vergonha passou por mim, eu esperava por Deus que não estivessem escutando ou, ainda pior, assistindo com algum tipo de equipamento de vigilância como às vezes até na minha casa, com as cortinas fechadas, e no quarto, com cortinas pretas pesadas bem fechadas, eu parecia saber que estava sendo vigiada, além de meu telefone estar sendo grampeado), e ele riu e disse: "Você está falando dos homens do Serviço Secreto, MARILYN", e nós caímos na gargalhada, uma risada de uísque; eu era a garota da Carolina do Norte que cagava e andava, uma risada das entranhas como um homem ri. Ah, era gostoso. O momento tenso havia passado como se nunca tivesse existido, eu já ia me esquecendo dos nomes, as palavras sujas que usou, meu Príncipe, logo eu esqueceria que havia esquecido qualquer coisa e na manhã seguinte, eu me lembraria apenas dos beijos, uma faísca fugaz de fósforo de prazer sexual, a promessa de um futuro. Meu Príncipe estava dizendo "MARILYN, você é uma mulher genuinamente engraçada, eu ouvi que você era brilhante, ágil, inteligente, fan-tás-ti-ca" (ele estava lambendo meus seios, fazendo cócegas), e eu disse, "ah, sr. Presidente, sabe de uma coisa? Eu reescrevo minhas falas também, linha por linha". Ele disse: "Mmmm! você tem as falas mais belas do *showbiz*, MARILYN". Respondi, acariciando seu cabelo grosso: "Você pode me chamar de Norma Jeane, é como as pessoas que me conhecem me chamam", e ele disse: "Eu vou é chamar você, *baby*, sempre que tiver oportunidade. Pronto!".

Eu disse: "Meu *Pronto*! Esta é a palavra para você, hein?".

Uma única luz turva iluminava a casa de banho. Era um lugar úmido, fedorento. Através das frestas da veneziana de uma janelinha, eu conseguia ver, em um ângulo bastante fechado acima, a lua do deserto. Ah será que era uma luz borrada em uma palmeira atrás da piscina? A luz do deserto! Quase pensei estar em Nevada de novo, eu era Roslyn Tabor apaixonada por Clark Gable que logo morreria, e eu estava doente de culpa, ainda casada com um homem que não amava. Eu não estava bêbada, mas não conseguiria dizer onde me encontrava exatamente. Onde eu dormiria naquela noite, e com quem. Ou eu estaria sozinha? E como eu voltaria para casa. De volta a Los Angeles, a Cidade de Areia, de volta a Brentwood, para a 12.305 Fifth Helena Drive. Pois sempre você tem esse medo terrível, como voltar para casa?, mesmo que saiba onde é a casa. O Príncipe estava usando uma toalha para limpar entre as pernas com agilidade, dizendo que esperava poder me ver de novo logo, ele partiria de Palm Springs *pronto* de manhã para voltar a Washington, mas entraria em contato, eu disse: "Você quer meu número que não está na lista telefônica, sr. Presidente?". E ele riu e disse: "Não existem números de telefone que não estejam em alguma lista, MARILYN". E eu disse com suavidade e ofegante como uma colegial: "Eu voaria para a Costa Leste, para Washington, se ele desejasse, seu desejo é uma ordem, sr. Presidente", eu disse, brincando, beijando o rosto flamejante, ele gostava daquilo, eu conseguia ver; ele disse que providenciaria uma passagem de primeira classe para mim, e poderíamos nos encontrar em Manhattan, em um certo hotel, e ele também estaria na Califórnia para eventos de arrecadações de fundos *et cetera*, a irmã e o cunhado dele tinham uma casa de praia em Malibu. Respondi: "Ah, sim, eu g-gostaria. Quero dizer, amaria".

O que meu Príncipe me disse, meu segredo que nunca revelarei.

Emoldurando meu rosto com as mãos, ah eu esperava estar linda para ele, e não suada, a maquiagem borrada, o cabelo grudado à testa, que é como eu me sentia, mas ele falava com sinceridade, do coração, eu conseguia ver enquanto ele falava nos discursos públicos, e todos nós o amávamos; ele disse: "Tem algo em você que nenhuma outra tem, MARILYN. Nenhuma mulher que eu conheço. Você parece viva ao toque. Para ser soprada como uma chama. Viva até para ser ferida! É como se você se abrisse para a dor, nenhuma mulher que conheço é como você, MARILYN. Nenhuma imagem nas telas ou em foto mostrou sua alma, MARILYN, como eu a vi na noite de hoje".

Um beijo final, e meu Príncipe partiu.

O Príncipe deixaria a casa de banho completamente vestido, e a loira Plebeia Esfarrapada, com quem ele estivera, deveria dar um intervalo de dez minutos, por sugestão dele, mas seus guarda-costas não ficaram esperando por ela, apenas o Cafetão do Presidente esperou, a uma distância confortável do outro lado da piscina; e quando enfim ela saiu, olhar tonto, tropeçando, carregando o sapato alto nas mãos, o robe felpudo amarrado de qualquer jeito, o Cafetão do Presidente se aproximou dela com seus modos cavalheiros dizendo com um sorriso: "Srta. Monroe! O Presidente gostaria que você ficasse com esse pequeno presente como

prova de sua estima". Era uma rosa folheada, feita de uma espécie de alumínio prateado (o Cafetão havia encontrado descartada numa mesa, um toque decorativo de uma garrafa de vinho, do qual ele então se apropriou e enfiou na lapela do casaco), e seria observado como a celebridade mundial MARILYN MONROE, piscando atordoada para o Cafetão do Presidente, pegava a rosa falsa de seus dedos e sorria.
— Ah! É linda.
Sentiu sua fragrância de estanho e ficou feliz.

A Plebeia Esfarrapada apaixonada

Ainda assim, e se o Príncipe não ligasse, como havia prometido? E se ela esperasse e esperasse e esperasse, e ele não ligasse? E se outros naquele emaranhado turvo de sua vida ligassem nas semanas seguintes, e nunca ele? E enfim, quando ela havia quase perdido a esperança, a ligação de um indivíduo misterioso _____ (um nome que não significou nada para ela, em meio à sua agitação) na (ela foi dada a entender) própria Casa Branca. (Um dos assistentes do Presidente?) E logo em seguida, o cunhado do Presidente que morava em Malibu ligou para uma visita no fim de semana.

Só uma reuniãozinha, Marilyn.
Muito privativa. Só para convidados selecionados.
Com casualidade, ela perguntou:
— E ele... Ele vai estar lá?
O cunhado do Presidente sensual e galante disse, também com casualidade:
— Hmm. Diz que vai tentar o máximo que puder.
Marilyn riu com empolgação:
— Ah. Eu sei o que isso quer dizer.

Eu sei que ele tem muitas mulheres. Ele é um homem do mundo.
Eu sou uma mulher do mundo. Não sou criança!

Um fim de semana veio, passou e partiu. Ela conseguia se lembrar de apenas fragmentos como uma decupagem de filme. *Isso está acontecendo comigo? Sou eu mesma? Ou será que era?*

Ao contrário dos filmes, não dava para repetir tomadas. Era apenas uma chance.

Naqueles momentos risonhos, chamadas telefônicas, a linha particular, e o misterioso _____ (em Washington) perguntando se ela estaria em casa para receber uma ligação às 22h25, naquela noite mesmo. E rindo, precisando se sentar, pois se sentia tão fraca:

— Se vou estar em c-casa? Hmm! — Era a Garota, ingênua e engraçada. A doce Garota do Apartamento de Cima, esperta e calorosa, que reescrevia todas as suas falas. — Como é que vou saber com certeza, até chegar exatamente às 22h25?
Um murmúrio entretido do outro lado da linha. (Ou será que ela imaginou?) E então ela esperaria para sempre. Mas não era uma espera que exauria e humilhava, mas uma espera que emocionava. Espera que lhe dava um motivo para ficar feliz, animada, sorridente, cantante e dançante o dia inteiro. E com precisão, às 22h25, o telefone tocou, e ela ergueu o receptor para dizer em uma ofegante voz de bebê:
Alô?
A voz dele, grave, inconfundível. Seu Príncipe.
Alô? Marilyn? Andei pensando em você.
Andei pensando em você também, sr. P-de-Pronto!
Fazendo-o rir. Deus, é bom ouvir um homem rir. O poder de uma mulher não é o sexo, mas o poder de fazer um homem rir.
Se eu pudesse estar aí do seu lado, querida, sabe o que eu estaria fazendo?
Ahhh. Não. O quê?

* * *

Havia ocasiões em que o cunhado do Presidente ligava para sugerir dar um pulo para vê-la e tomar um drinque, ou levá-la para tomar um drinque em um bar, ou para jantar; eles tinham "assuntos confidenciais" para tratar, ele disse; e na mesma hora ela respondia que não, achava que não tinham. Lembrando-se dos olhos do homem em Palm Springs, aquele olhar de avaliação crua. Não era uma boa ideia, ela dizia, agora não. O cunhado do Presidente disse na forma afável de um homem para quem a conquista ou as recusas sexuais tinham o mesmo peso emocional: "Em outro momento, então. Hoje não tem nada de tão importante".
Ela tinha ouvido falar que eles passavam as mulheres entre si.
Mais precisamente, as mulheres eram repassadas para ele. Modelos, "aspirantes a vedetes". Do Príncipe/Presidente para diversos irmãos, cunhados e amigos.
Ainda assim, eu pensava: *Comigo não! Ele não faria isso.*
Da última vez em que ligou, uma leve conversa sem fôlego, ele havia soado sonolento e sensual e havia repetido aquelas palavras mágicas que ela começava a se perguntar se havia imaginado ou ouvido muito tempo antes em um filme esquecido exceto pelas falas. *Tem algo em você que nenhuma outra tem. Nenhuma mulher. Parece viva ao toque. Como uma chama. Nenhuma mulher que conheço é como você, Marilyn.*

Ela acreditava que poderia ser verdade. Ah, mas ela acreditava que ele poderia acreditar nisso! *É como se dissesse que me ama. Só que não com essas palavras.*

A Plebeia Esfarrapada esperou. Ela era fiel em sua espera.

Chegou até ela a notícia de que Cass Chaplin estava hospitalizado. Em uma clínica para desintoxicação em Los Angeles. Ela teve um ataque de pânico, em que chegou perto de ligar, para perguntar. Pensando então: *Não. Não posso. Não posso me envolver com eles. Agora não.* Ela se perguntou se Cass e Eddy G. ainda eram tão íntimos.

Deus, ela sentia falta deles. Seus amantes de Gêmeos. Depois de dois casamentos entediantes com homens heterossexuais bons e decentes.

Os lindos garotos Cass e Eddy G.! Ela havia sido a Norma deles, a garota deles. Ela fazia o que mandavam. Possivelmente, eles a haviam hipnotizado. Se ela tivesse ficado com eles e tivesse tido o bebê deles? Ainda assim poderia ter mantido uma carreira como "Marilyn Monroe". Mas aquilo fazia muito tempo. Bebê completaria oito anos por agora. *Nosso filho. Amaldiçoado.* Ela não conseguia se lembrar com clareza por que Bebê havia morrido, por que Bebê tinha que morrer, por que Marilyn o havia matado. Alguns meses antes, tinha visto uma foto de Cass Chaplin no tabloide *Tatler* e se chocado com quanto seu ex-amante havia envelhecido, bolsas sombrias sob os olhos e rugas ao lado da boca. Sua beleza em decadência. O flash da câmera o havia pegado em um momento de raiva, um pulso erguido, a boca retorcida em uma obscenidade.

Mas agora eu tenho um amante que vale a pena. Um homem que aprecia meu valor. Uma alma gêmea de verdade.

Ah, mesmo se fosse um monte de bobagem que irlandeses falam, e ela não duvidava que fosse, ao menos noventa por cento daquilo, ainda assim era bobagem do Príncipe e não de um drogado de Hollywood.

Que estranho! Em resposta à carta escrita com tanto afeto para Gladys, veio um bilhete datilografado, as palavras amontoadas no centro de uma folha de papel muito dobrada.

Você não tem vergonha, Norma Jeane, eu li sobre Clark Gable   estão dizendo aqui que você matou o homem e contribuiu para o seu "ataque cardíaco fatal" Até as enfermeiras daqui estão enojadas. Foi assim que eu descobri a história.

Porém, se um dia eu for chamada para a Casa Branca. Mãe poderia vir comigo. Poderia fazer toda a diferença para ela, como para qualquer mãe americana.

Ela estava indo a um psiquiatra. A um analista. E a um "conselheiro de saúde mental" em West Hollywood. Duas vezes por semana, ela visitava um fisioterapeuta. Havia retomado as aulas de yoga. Às vezes, aquelas noites sem fim em que ela sabia que não poderia se dar ao luxo de engolir um tanto de hidrato de cloral para no fim das contas só dormir por algumas horas, ela chamava um massagista que morava em Venice Beach. Em sua imaginação, ele era um dos surfistas que havia salvado Norma Jeane do afogamento muito tempo antes. Um gigante, um fisiculturista. Mas gentil. Como Whitey, Nico a adorava sem desejá-la; seu corpo era para ele um material como argila para ser apertado, servido, por um preço.

— O que eu queria poder fazer, Nico, quer saber?... Eu queria poder deixar meu corpo com você. E eu poderia ir... ah, eu não sei aonde...! A algum lugar *livre*.

Sentiu sua fragrância de estanho e ficou feliz. Voltando de Palm Springs para Brentwood e a sua *hacienda* escondida em Fifth Helena Drive (um nome estranho para uma rua! Literalmente, *estrada da quinta Helena*. Ela havia perguntado à corretora o que significava, mas a mulher não sabia), colocou a rosinha prateada em um vaso de cristal e colocou o vaso sobre a espineta Steinway branca, onde ela reluzia mesmo na sombra. A rosa! A rosa dele! Porque era feita de algum metal e não uma rosa viva, nunca murcharia nem morreria; ela a guardaria para sempre como uma lembrança do amor daquele grande homem por ela. *É claro que ele nunca deixaria sua esposa. Sua família católica, sua criação. Eu não esperaria isso. Ele é uma figura da História.* O líder reconhecido do Mundo Livre. Travando uma guerra no Vietnã. (Tão perto da Coreia! Onde MARILYN MONROE vivera o episódio famoso ao entreter as tropas.) Perto de invadir a Cuba comunista. Ah, o Presidente era um homem perigoso para se ter como inimigo. Ela se orgulhava dele, emocionava-se por ele. Sua imagem não saía dos jornais e da televisão. O mundo masculino de história e política, o mundo de conflito interminável. E alegria no conflito. O que é a política, se não a guerra em outro formato. O objetivo é derrotar o adversário. Sobrevivência do mais forte. Seleção natural. O amor é a fraqueza de um homem. A Marilyn Loira queria garantir ao seu *Pronto* que *ei, ela compreendia.*

Era a rosa prateada que a atraía ao piano. Sentada na frente das teclas na casa em silêncio fechada contra o sol implacável. Cordas deprimentes com incerteza, timidez. O modo daquela que teme tocar o piano depois de um longo hiato porque sabe que suas habilidades modestas atrofiaram muito. Ela nunca havia tocado "Für Elise" de fato e nunca tocaria. Até mais, ela temia que a memória muscular em seus dedos, na ponta dos dedos, fosse um gatilho para lembranças verdadeiras de um tempo perdido, doloridas demais agora para se lembrar. *Mãe? O que você quis de mim que eu nunca pude lhe dar? Como eu fracassei? Eu tentei tanto...* Será que se tivesse tocado piano melhor para o sr. Pearce e cantado melhor para a pobre Jess Flynn sua infância teria sido diferente? Talvez sua falta miserável de talento houvesse contribuído para a loucura de Gladys Mortensen. Talvez algo em Gladys simplesmente tivesse dado defeito.

Ainda assim, Gladys parecera absolvê-la de culpa. *Ninguém tem culpa de ter nascido, não é?*

Contudo, ela se sentia otimista. Naquela casa, sua primeira casa, ela começaria a tocar piano de novo. Faria aulas de piano de novo, logo. Quando sua vida estivesse mais em ordem.

Esperando que o Príncipe a convocasse. Bem, por que não?

Quase sem saber o que estava fazendo, como se estivesse seguindo um impulso, ela aceitou um filme novo naquela primavera. O Estúdio vinha pressionando. Seu agente vinha pressionando. Na época de seu divórcio, ela havia discutido com Max Pearlman a possibilidade de atuar em uma peça com a Companhia de Nova York, não seria *The Girl with the Flaxen Hair* no fim das contas, mas poderia ser *Uma casa de bonecas*, de Ibsen, ou *Tio Vânia*, de Tchekhov, mas, para a frustração de Pearlman, ela não parecia conseguir se comprometer com data alguma. Ela se entusiasmava feito criança quando falavam, e semana depois, ele não ouvia mais dela nem de Holyrod; se ligasse, eles raramente retornavam; o projeto definhou. *Porque eu tenho medo demais. Não consigo encarar uma plateia ao vivo.* Em um sonho, ficou paralisada de tanto terror ao perder o controle da bexiga no palco e acordou urinando na cama.

— Ah, meu Deus. Ah, *isso* não.

Lembrando do fedor de urina do colchão de Gladys em Lakewood.

E então na confusão de seus pensamentos, ela se lembraria, como se tivesse acontecido de fato, de se molhar em Nova York, durante um ensaio.

— Ah, meu Deus, eu l-levantei e a parte de trás do meu vestido estava molhada e grudando nas *pernas*. Ahhhh.

Essa história da Garota, ela não contaria na Casa Branca.

Um rendez-vous. Tão romântico! Não na Califórnia, mas em Nova York quando o Presidente estivesse visitando. *No mais absoluto segredo, é claro,* ela compreendia.

* * *

Sim, mas ela tinha de trabalhar. Ela não havia casado com um homem rico, ela havia casado por amor. *Cada um dos meus casamentos, por amor. Mas eu não me sinto desanimada. Ah, sim, eu tentaria de novo!* Ela tinha de trabalhar, e ela não estava em posição, depois de *Os desajustados* (*Os deficitários*, como Z havia chamado), de ser exigente com roteiros. Ela disse ao seu agente:

— Ah, mas Roslyn T-Tabor foi minha performance mais forte, não foi? Todo mundo disse isso.

E Rin Tin Tin latiu de uma forma que, se você não conhecesse Hollywood, poderia ter achado que significava que ele estava se divertindo. E ele disse, em sua voz de agente razoável:

— Sim, Marilyn. Todo mundo disse isso.

— Mas você não acha? Você não acha isso?

Então, naquele jeito novo dele que ela havia começado a ouvir com mais frequência desde *Os desajustados*, como se apenas estivesse dando corda a suas ideias, Rin Tin Tin disse:

— O que importa o que eu acho, querida Marilyn? A questão é o que os milhões de americanos acham, fazendo fila como ovelhas para comprar ingresso na bilheteria. Ou não fazendo.

Ela respondeu, magoada:

— Mas *Os desajustados* não se saiu tão mal, não é? Sabe quem viu? E a-amou o filme? O Presidente dos Estados Unidos. Imagine só!

— Marilyn, o Presidente deveria ter levado alguns amigos com ele.

— O que isso quer dizer? Ah, do que você está f-falando?

E Rin Tin Tin disse, cedendo, com uma voz mais ou menos normal e humana:

— Marilyn querida, o filme não se saiu tão mal assim. Não. Para um filme sem Marilyn Monroe, ele teria se saído muito bem.

E ela não perguntou "O que isso quer dizer?" porque sabia exatamente. Ela disse, mordiscando a unha, o rosto aquecendo como se tivesse levado um tapa:

— Então não importa, não é? Eu consigo "interpretar", e as pessoas reconheceram isso. Mas não importa. As pessoas zombaram de Marilyn por todos esses anos por ser uma loira bonitona que não sabia interpretar; agora elas zombam de Marilyn por não fazer muito dinheiro na bilheteria, não é? Agora Marilyn é veneno para bilheteria.

E Rin Tin Tin disse rápido, ressabiado:

— Marilyn, é claro que não. Não diga uma coisa dessas, qualquer um pode estar ouvindo. — (Eles estavam falando ao telefone. Ela estava em sua *hacienda* escondida, venezianas fechadas pelo sol.) — Marilyn Monroe *não é veneno para bilheteria.*

Rin Tin Tin parou para que ela pudesse ouvir um zumbido vibratório, não dito.

Ainda não.

Na cornija da lareira de sua sala de estar sombria havia duas estátuas magras. Uma dada pela indústria francesa de cinema, a outra pela indústria italiana de cinema. Agraciadas a MARILYN MONROE por sua performance excepcional em *O príncipe encantado*. ("Ah, mas por que me 'agraciariam' por *aquilo*? Por que não por *Nunca fui santa*? Que inferno!") Mas ela nunca recebera um prêmio por sua atuação nos Estados Unidos, nem uma indicação ao Oscar por *Nunca fui santa* ou *Os desajustados*. O que o Estúdio estava demandando sensatamente (como Rin Tin Tin explicou, a não ser que tenha sido Z com sua cara de morcego) era um retorno das seguras comédias sensuais com MARILYN MONROE, como *Quanto mais quente melhor* e *O pecado mora ao lado*, afinal por que diabo os americanos deveriam sacar seu dinheiro suado para ver filmes tristonhos que os deprimem? Filmes iguais à vida de merda deles? O que tem de errado com umas gargalhadas? Uma comichão na virilha? Hein? Loira maravilhosa, cenas com roupas caindo, saias esvoaçando até a altura do quadril. Nessa maravilhosa propriedade nova, *Something's Got to Give*, haverá figurinos muito justos e uma loira cabeça de vento que vai ser fotografada nadando nua. Fan-tás-ti-co!

Ei, eu amo interpretar. De verdade, interpretar é minha vida. O momento de maior felicidade para mim é quando estou interpretando, não vivendo.
    Ah, o que eu disse? Ah, bem, você entendeu.
    (Por que estou com tanto medo, então? Não terei medo.)

Então, ela aceitou o papel. De imediato, comunicados à imprensa do Estúdio para todos os jornais! Empolgada, MARILYN MONROE está de volta, voltou ao trabalho. Não havia lido o roteiro até aquele momento; *Something's Got to Give*, entregue à sua porta por um garoto suado e de bigode em uma bicicleta, e ela se sentou à beira da piscina (suja com folhas de palmeiras, carapaças de insetos, o que parecia restos de sêmen humano) para ler, e uma hora depois, não conseguia se lembrar de uma palavra sequer. Um amontoado de clichês. Diálogo imbecil. Ela não tinha nem certeza de qual era o seu papel. Eles confundiam o nome das duas personagens femininas a cada página.

— Acho que Marilyn é o chamariz disso aqui... O argumento para os investidores...

Agora ela se via falando com Rin Tin Tin em pessoa, ele estava entrando na meia-idade, barrigudo, com uma expressão de peixe fora d'água, o queixo e os olhos tão tensos quanto os dela. Dizendo que, olha, para aquele filme ela tinha apenas que aparecer no estúdio de gravação, dizer as palavras que lhe foram designadas e deixar para lá a preparação de atriz que a deixava ansiosa, a beira de um surto nervoso e infernizando a vida de todo mundo.

— Só apareça, seja sexy e engraçada como Marilyn era e se divirta um pouco para variar... tem algo de errado nisso?

Ela se ouviu responder, em fúria:

— Ah, sim? Bem, tem algumas merdas que nem a Marilyn consegue engolir.

Ela se ouviu dizer, na manhã seguinte, depois de discar o número da agência:

— Bem, talvez. Eu preciso do dinheiro, eu acho?

Nunca seria muito real para ela. O último filme com o qual MARILYN MONROE estaria associada.

O Presidente e a Atriz Loira:
o *rendez-vous*

Na semana depois da Páscoa de 1962, a convocação veio!
— Se eu duvidei dele? Eu não.
"Por favor, vista-se de forma inconspícua, srta. Monroe", haviam mandado. Uma voz masculina, não identificada, ao telefone. Houve uma série de mensagens telefônicas, algumas bastante diretas e outras codificadas. Sentia que estava embarcando na *aventura mais empolgante e profunda de minha vida como mulher*. Então ela se preparou em particular para a experiência. Nenhum maquiador profissional, nenhum figurinista do departamento. Comprou roupas novas (a crédito, na Saks Beverly Hills) em tons sutis de creme e urze; o cabelo loiro-platinado havia sido recém-iluminado, mas em parte escondido sob um chapéu *clochê* da moda. Apenas o batom brilhava, mas todo batom não deveria ser brilhante? Era um estilo Lorelei Lee, mas os modos seriam graciosos e restritos *como condiz com uma amiga do Presidente, e aquele homem é um aristocrata americano*. Os homens do Serviço Secreto que eram os acompanhantes, no entanto, lançaram olhares de choque e reprovação que depois mudaram para indignação e nojo, como se o sentimento tivesse coagulado.
— Vocês estavam esperando a Madre Teresa, talvez?
Ela era a Garota que reescrevia suas falas. Às vezes, ninguém ria ou fingia nem ter ouvido.
Os homens do Serviço Secreto eram Dick Tracy e como era o nome daquele, o pequeninho com a esposa, Maggie — ah, sim! Jiggs. Acompanhantes estranhos para levar Marilyn Monroe a um *rendez-vous* secreto no elegante hotel C na Quinta Avenida, Manhattan!
Com sobriedade, ela disse a si mesma: *Esses homens juraram a vida pelo Presidente. No caso de balas, eles sacrificarão o próprio corpo para proteger o dele.*
Voar de Los Angeles para Manhattan no espaço de algumas horas é ser lançada depressa para o futuro. No entanto, ao chegar, diversas horas mais tarde no dia do embarque, é difícil afastar a sensação de que chegou em um momento do passado. Anos atrás.
Minha vida de Manhattan. Vida de casada. Quando?

Ela nunca mais havia pensado no Dramaturgo. Um homem com quem vivera por cinco anos. Seu agente lhe havia mandado uma página arrancada da *Variety*, uma resenha positiva com ressalvas de *The Girl with the Flaxen Hair*. Ela parou de ler em "o que falta nesta produção honesta é uma Magda genuinamente hipnotizante. Para que o papel fosse crível, seria importante ter...".

Em Manhattan, as ginkgoáceas floresciam, e na Park Avenue, belos narcisos e tulipas, mas fazia *frio*! A Atriz Loira sentiu o choque, uma reprimenda ao seu sangue californiano; ela não levara roupas quentes o suficiente para a visita pernoite romântica a Manhattan. Era uma estação diferente. A mera luz parecia diferente. Ela se sentia frágil, desorientada. *Mas primavera é abril, não é?*, e se dando conta do erro sintático: *Abril é primavera, não é?, quero dizer*. Estavam na limusine à prova de balas seguindo em silêncio pela Park Avenue, e o maior dos homens do Serviço Secreto, o sujeito de queixo anguloso sem senso de humor que a havia feito pensar em Dick Tracy, disse com concisão:

— Isto *é* a primavera, srta. Monroe.

Ela havia pensado alto, falado? Não fora a intenção.

O outro acompanhante do Serviço Secreto, atarracado, corpulento, com rosto de batata sem sal e vazios olhos brancos, um sósia perfeito de Jiggs, sugou os próprios lábios e olhou para a frente carrancudamente. Esses eram policiais à paisana. Era possível que se ressentissem da missão presidencial daquele dia. A Atriz Loira gostaria de explicar.

— Não é sexual. Entre o Presidente e eu. Tem pouco a ver com sexo. É um encontro de almas.

O motorista da limusine deveria ser outro agente do Serviço Secreto, rosto sombrio como o dos outros, de chapéu fedora. Ele mal assentiu para ela no aeroporto. Tinha semelhança impressionante com o personagem de quadrinhos Jughead Jones.

Deus, é assustador às vezes! As pessoas dos quadrinhos habitando o mundo.

Na véspera, com um mensageiro de bicicleta para entregas especiais, vieram as passagens de primeira classe do voo da Atriz Loira (comprados para ela sob o pseudônimo "P. Belle", que, segundo o cunhado do Presidente lhe informou, era código para "*Pronto*, a Bela") e durante o voo da costa oeste para leste, ela teve motivos para suspeitar que o piloto e a equipe estavam cientes de sua conexão com a Casa Branca.

— Além de eu ser "Marilyn". Este dia é especial. Este voo é especial.

Na perversidade de sua felicidade, pareceu a ela que o avião cairia! Mas isso não aconteceu. O voo teve turbulências intermitentes, mas fora isso nenhum grande acontecimento. Ah, havia Dom Pérignon, srta. Belle. Ela recebera dois assentos na primeira fila da cabine de primeira classe. Tratada como a realeza. A Plebeia Esfarrapada como a Princesa Cintilante. Ah, ela ficou profundamente comovida. Uma aeromoça designada para observá-la, garantir que ninguém perturbasse a Atriz Loira viajando incógnita, perdida em um devaneio sonhador de *um rendez-vous. Com ele*. Eles haviam se falado apenas três vezes ao telefone nas semanas depois e ainda assim, brevemente. Se não fosse pela imagem do Presidente nos jornais e na televisão (a que ela agora assistia, todas as noites), talvez não se lembrasse da aparência dele; pois na luz incerta da casa de banho (a casa de Palm Springs de Bing Crosby, perto do campo de golfe, não foi ali que se conheceram?), ele poderia ter sido qualquer homem de meia-idade com ares juvenis e vigorosos, com rosto de garoto americano e um poderoso apetite sexual. Naquela manhã, ela se medicara com Meprobamato, Amytal e codeína (apenas um comprimido, pois parecia febril) em doses cuidadosas. Era um momento em sua vida em que, teria jurado que seria temporário, estava vendo dois, três, talvez quatro médicos, cada homem, em suposta ignorância da existência dos outros, fornecendo prescrições. *Só para ajudar a dormir, doutor. Ah, só para ajudar a acordar. E para acalmar os nervos, como seda rasgada.*

Doutor, não, é claro que não bebo.

Não como carne vermelha, a digestão é muito pesada.

No aeroporto LaGuardia, com as pernas bambas, ela foi a primeira a desembarcar.

— Srta. Belle? Deixe-me ajudar.

— Uma aeromoça a ajudou a descer pela rampa no túnel do avião, e lá no portão aguardavam dois homens taciturnos e carrancudos em ternos lustrosos e chapéus fedora. Ela sentiu uma pontada de pânico. *Vou ser presa? O que vai me acontecer?* Ela era a Garota, sorrindo inane. As mãos tremiam, ela quase derrubou a malinha que levara para o pernoite, e o maior dos homens do Serviço Secreto a segurou para ela. Eles a chamavam de "srta. Monroe" e "madame" como se mortificados de vergonha de serem entreouvidos, até por ela, sua superior. Nitidamente, desviaram os olhares policiais de sua boca cor fúcsia e peitos generosos, os quais eles não aprovavam, os malditos de coração frígido. *Só estão com inveja, não estão? Do chefe de vocês. Porque ele é um homem de verdade, não é?* Mas ela estava determinada a ser doce com eles. Conversando do jeito ensolarado e amistoso da Garota enquanto os homens silenciosos a escoltavam rápido pelo aeroporto (atraindo olhares surpresos de muitos indivíduos, mas não por muito tempo) para uma limusine que estava esperando. O veículo era de um preto brilhante, com interior grande o suficiente para receber uma dúzia de pessoas.

— Ahhh. É a prova de balas, eu espero? — Ela riu com nervosismo. Ajeitando-se no assento fofo traseiro, puxando a saia para baixo do joelho, pura empolgação feminina e perfume, enquanto os homens do Serviço Secreto se sentavam um de cada lado dela, de costas para as janelas. Ela se perguntou se o Presidente os havia instruído para protegê-la de balas também. Será que isso era parte de um convite presidencial? — Céus, com toda essa atenção, eu fico me sentindo uma R.I.P. — E deu risadas nervosas dentro do silêncio masculino. Então percebeu a morbidez do que dissera. — Não. Quis dizer v.I.P. Foi isso que eu quis dizer.

Jiggs, com rosto macilento, murmurou algo que talvez significasse que achou graça. Talvez não. Dick Tracy, de perfil, não deu sinal algum de ter ouvido.

Ela pensou: *Estes homens. Estes três. Estão armados!*

Bem, ela estava magoada. Um pouco. Pois eles claramente reprovavam seu lindo conjunto de tricô de caxemira em tons de branco cremoso e urze, comprado na Saks Beverly Hills, a gola decotada, o busto proeminente e os quadris bem-marcados. As pernas de dançarina. Sapatos de couro de crocodilo de bico aberto, salto de oito centímetros. Ela havia pintado as unhas da mão e dos pés em um tom opaco de bom gosto. Batom fúcsia forte e cabelo loiríssimo e o irradiar inconfundível de Marilyn saindo da pele anormalmente pálida como reboco pintado de branco sob o calor tropical. Ainda assim, aqueles homens a reprovavam como mulher, como indivíduo e como um *fato* histórico. Ela esperava que não acabasse fazendo algum movimento errado e eles sacassem suas armas e atirassem nela.

Quanto desconforto a Atriz Loira sentia, no trigésimo sexto ano de sua via, no auge enquanto celebridade, causado por homens que a olhavam sem desejo. *Ah, mas por quê? Quando eu poderia amar vocês tanto.*

Dick Tracy estava contando para a Atriz Loira, sem contato visual e um sorrisinho presunçoso satisfeito, que os planos do Presidente haviam sido alterados de súbito e, consequentemente, os dela também. Houve uma emergência que o chamara de volta à Casa Branca, e ele retornaria naquela mesma tarde. No fim das contas, ele acabaria não pernoitando em Nova York.

— Sua passagem de avião, madame, para seu retorno a Los Angeles na noite de hoje. Você tomará um táxi do hotel para LaGuardia, madame.

Por cima de um zumbido forte nos ouvidos, a Atriz Loira conseguiu pensar com clareza surpreendente, em autoconsolo: *Meu amante não é um cidadão comum, ele é uma figura da História.* Murmurou apenas:

— Ah. Entendo. — Ela não conseguia esconder que estava surpresa, ferida. Desapontada. A Garota era simplesmente humana, não era? Mas se negando a perguntar qual era a emergência para não dar a Dick Tracy a satisfação de dizer que era confidencial.

A limusine entrou em uma rua lateral. Dirigiu-se ao Central Park. Ela ouviu uma voz infantil perguntar:

— Eu a-acho que você não pode me contar o que é? A emergência? Espero que não seja uma guerra n-nuclear! Algo ruim na União Soviética!

E Dick Tracy respondeu, como se estivesse seguindo a deixa, embora falasse baixo e sem se gabar:

— Srta. Monroe. Sinto muito. Isso é informação confidencial.

Outra decepção: a limusine parou não na frente do famoso Hotel C na Quinta Avenida, mas em uma entrada dos fundos, um beco estreito atrás do maciço edifício de referência. A Atriz Loira recebeu uma capa de chuva para cobrir as roupas, uma capa preta barata, plástica e amassada com um capuz para esconder o chapéu *clochê* e o cabelo; ela estava furiosa, mas obedeceu, pois isso estava se tornando um tipo familiar de cena de filme, uma comédia absurda, cujas cenas não duram mais do que poucos minutos. Ah, como ansiava por escapar daqueles homens frios e se aconchegar nos braços de seu amante! A seguir, Jiggs ousou lhe dar um lenço, pedindo que ela, por favor, removesse a "graxa vermelha" da boca, mas ela estava indignada e se recusou. E ele insistiu:

— Madame, a senhora pode colocar de volta lá dentro. O quanto quiser.

— Eu não farei isso — respondeu ela. — Me deixem sair deste carro. — Ela de fato sacou da bolsa óculos muito escuros que escondiam metade do rosto.

Jiggs e Dick Tracy se consultaram em resmungos e deviam ter julgado que ela estava coberta o bastante para atravessar uma distância de uns cinco metros, pois destrancaram as portas da limusine e com cuidado escoltaram a Atriz Loira em sua absurda capa de chuva por uma entrada dos fundos, atravessando uma rajada de odores rançosos e quentes de cozinha, e, logo ao entrar, ela foi guiada para o elevador de carga para ser levada de forma lenta e cuidadosa ao décimo sexto andar, a cobertura, então a porta se abriu e ela foi tirada do elevador, às pressas.

— Srta. Monroe, madame. Um passo à frente, madame.

— Eu consigo caminhar sozinha, muito obrigada. Não sou aleijada. — Apesar de estar tropeçando um pouco nos saltos. Eram italianos, os sapatos mais caros que já tivera, com o bico aberto, em forma de V, revelando os dedos.

Os homens do Serviço Secreto bateram à porta da suíte literalmente presidencial. A Atriz Loira foi tomada com uma súbita inquietude. *Eu sou carne de mulher, a ser entregue? É isso que está acontecendo? Serviço de quarto?* Mas ela havia tirado a capa de chuva e a devolvido a sua escolta; a cena de comédia escrachada havia acabado. A porta foi aberta por outro guarda do Serviço Secreto de rosto congelado, que os permitiu entrar com não mais do que um movimento de cabeça curto para a Atriz Loira e um murmúrio carregado:

— Madame!

Deste momento em diante, a cena se moveria em um zigue-zague, como se a câmera estivesse sendo empurrada. A Atriz Loira foi autorizada a usar o banheiro:

— Caso queira se refrescar, srta. Monroe.

No cubículo dourado e marfim, ela conferiu a maquiagem, que estava se mantendo muito bem, e seus olhos, os olhos grandes e francos em maravilhamento, azuis e cristalinos, a parte branca ainda colorida de uma miríade de capilares rompidos que demoravam a sarar, e as ligeiras linhas brancas ao lado, que ela esperava que uma luz mais suave de quarto não fosse expor ao escrutínio de seu amante. O Presidente completaria 45 anos em 29 de maio de 1962; a Atriz Loira, 36 em 1º de junho de 1962; estava um pouco velha demais para ele, mas talvez ele não soubesse? Pois Marilyn de fato estava bem! Aparência boa o suficiente para seu papel! Perfumada, preparada e arrumada e o corpo depilado e o cabelo tanto na cabeça quanto no púbis recentemente descoloridos, a odiosa pasta roxa ardendo na pele sensível, então ela estava com a aparência que o papel requeria, a Marilyn boneca platinada, a amante secreta do Presidente. (Apesar de ter passado alguns maus bocados no avião. Vomitando no vaso em miniatura no lavabo em miniatura mesmo sem ter conseguido comer nas últimas 24 horas. Precisando consertar a maquiagem com a mão trêmula enquanto se olhava em um espelho mal-iluminado.) Sim, ela teve que admitir que estava "se sentindo um pouco triste" de ouvir de forma tão grosseira que o encontro com o Presidente seria truncado; o *rendez-vous* era para durar uma noite e um dia inteiro. A Atriz Loira engoliu um comprimido de Miltown (Meprobamato) para os nervos; e, para dar energia e coragem, uma Benzedrina. Usou o vaso e se lavou entre as pernas (em Palm Springs, o Presidente lhe havia beijado com generosidade ali, como em todos os lugares de seu corpo); ela não notaria, em uma cesta de lixo ao lado do vaso, chumaços de papel higiênico não diferentes do que ela estava largando na cesta, lenços manchados com um batom cor de ameixa. *Não! Não notaria.*

— Por aqui, madame. — Um oficial do Serviço Secreto que ela não tinha visto, com dentes superiores tão proeminentes quanto os do Pernalonga e um pouco da leveza do passo do personagem de desenho animado, a acompanhou por um corredor. — Aqui dentro, madame.

Sem fôlego, então, a Atriz Loira se viu entrando em um quarto espaçoso, mas pouco iluminado, como alguém entraria em um palco mal-iluminado cujas dimensões estão perdidas além da sombra. O quarto era tão grande quanto sua sala de estar em Brentwood e mobiliado no que seus olhos pouco treinados imaginavam ser antiguidades francesas autênticas. Algum tipo de antiguidade, ao menos. Quanto luxo! Quanto romance! No chão, um tapete oriental grosso. As cortinas de brocado pesado de diversas janelas altas e estreitas estavam fechadas contra a luz ácida do sol de abril em Manhattan, assim como as próprias cortinas de seu quarto estavam fechadas contra o sol mais quente do sul da Califórnia. Havia uma mistura de odores no recinto, fumaça de tabaco, torrada queimada, roupas de cama sujas, corpos. Na cama de dossel com quatro postes, lá estava o Presidente nu; o telefone descansando em seu peito enquanto falava rápido no receptor; entre roupas de cama amontoadas e travesseiros bagunçados, ele estava deitado, o rosto de príncipe carrancudo e corado e tão belo! Como qualquer Primeira-Dama poderia ser fria com *ele*? Entrando em um palco com apenas um coator companheiro com quem interpretaria a cena. As dimensões do palco, assim como a da vasta audiência murmurante, impossível saber. *Eu entrei para a História!*

Mas era uma cena que já havia iniciado. Ao lado do Presidente, fora da cama, havia uma bandeja de prata com pratos de porcelana chinesa sujos com gema de ovo coagulada e cascas queimadas de torrada, xícaras de café, taças e uma garrafa vazia de Borgonha. O Presidente, um cacho de cabelo castanho-agrisalhando caído sobre o olho. O belo corpo másculo coberto em uma penugem fina marrom reluzente que ficava mais grossa no torso e nas pernas; era quase como se ele usasse um colete. Páginas de *The New York Times* e *The Washington Post* estavam espalhadas pela cama *king size* e, mal-equilibrada contra um travesseiro na vertical, havia uma garrafa de uísque Black & White. Ao ver a Atriz Loira fazer sua entrada, uma visão de tons em creme e um sorriso fúcsia radiante, o Presidente engoliu em seco, sorriu ansioso e gesticulou para que se aproximasse, mesmo com o receptor no ouvido. O pênis flácido também se agitou em um reconhecimento de sua beleza, entre o emaranhado de pelos ouriçados, como uma grande lesma afável que ficaria maior. Aquilo sim era uma recepção digna de uma peregrinação de quase cinco mil quilômetros!

— Pronto. Olá.

A Atriz Loira tirando o chapéu *clochê* e soltando os volumosos cabelos finos platinados, riu com alegria. Ah, isso sim era uma cena! Ela sentiu seu nervosismo se esvair, a ansiedade. Se havia plateia, a plateia estava invisível; o palco flutuava na escuridão; o holofote estava nela e no Presidente, exclusivamente. O que a surpreendeu foi o tom: pois aquele era um encontro engraçado, bem-humorado, relaxado, um encontro de tamanha tranquilidade erótica que levaria um observador neutro a acreditar que o Presidente e a Atriz Loira haviam se encontrado muitas vezes em *rendez-vous* como aquele, haviam sido amantes por muitos anos. A Atriz Loira, que sentia tão pouco desejo sexual, habitante de seu corpo voluptuoso feito uma criança enfiada em um manequim, encarou o Presidente em maravilhamento. *O homem mais atraente que já amei! Exceto por Carlo, talvez.* Ela teria se debruçado nele com graça para beijar o Presidente em saudação, exceto que ele estava com o maldito receptor do lado da boca, murmurando:

— Aham. Sim. Entendi. Ok. Merda.

Ele gesticulou para que ela se sentasse ao lado dele na cama, e ela obedeceu; ele a abraçou de forma brincalhona com uma musculosa perna nua e a mão livre, acariciou seu cabelo e seus ombros e seios, a curva bem-formada de seus quadris, com a expressão de um garoto adolescente fascinado. Ele sussurrou, parecendo sentir um pouco de dor:

— Marilyn. Você. O-*lá*.

— O-*lá*. — Ela sussurrou.

— Como estou feliz em ver você, *baby* — sussurrou ele, em um gemido abafado. — Está sendo um dia dos infernos.

Ela disse com uma urgência calorosa e ofegante que tinha certeza de que a Primeira-Dama com sua pose aristocrática não conseguiria imitar:

— Ah, céus! Eles me contaram, querido. Como posso ajudar?

Com um sorriso escancarado, o Presidente tomou a mão dela que acariciava sua barba por fazer e a colocou em seu pênis agora ereto; aquilo foi abrupto, mas não inesperado; em Palm Springs, ela se chocara um pouco com a ousadia do homem, porém, havia tanto conforto na intimidade tão imediata, não havia?; eliminava-se tanto e a recompensa era tanta e tão rápida. Entrando no jogo, a Atriz Loira começou a acariciar o pênis do Presidente, como alguém faria com um animal de estimação encantador, mas rebelde, sob supervisão do dono orgulhoso. No entanto, para sua irritação, o Presidente não desligou o telefone.

A conversa não apenas continuou, mas mudou para outro grau de seriedade; outra pessoa devia ter entrado na linha, com mais urgência, um conselheiro da Casa Branca, ou membro do gabinete (Rusk? McNamara?). O assunto parecia ser Cuba. Castro, o glamouroso rival cubano do Presidente! A Atriz Loira sentiu a empolgação do desafio, apesar de não saber os fatos ainda. Ela se lembrou do belo revolucionário cubano barbudo na capa da revista *Time* uma década antes; na memória recente, Castro havia sido um herói nos Estados Unidos em muitas partes. É claro, sua imagem havia mudado radicalmente e ele se tornara um dos inimigos comunistas. E apenas a cerca de 150 quilômetros de território americano. Tanto o Presidente jovial quanto Castro ainda mais jovem eram atores de uma forma romântica e heroica; ambos eram supostos "homens do povo", vãos e exibidos e impiedosos com inimigos políticos, idealizados por seguidores, que perdoariam qualquer coisa; o primeiro, o Presidente americano, determinado a proteger a "democracia" no mundo todo; o outro, o ditador cubano, comprometido àquela forma extrema de democracia política e econômica chamada comunismo, que era na verdade o totalitarismo. Ambos eram de família rica, mas se alinhariam publicamente, a sua maneira, com o "povo"; um criticaria com eloquência as "conexões corporativas do Partido Republicano", e o outro lideraria uma revolta sangrenta contra o capitalismo, inclusive o capitalismo americano. Era parte da fábula de Castro que o cubano arrojado em roupas militares e coturnos desdenhasse de medidas de segurança, apesar de estar sob ameaça constante de assassinato. Castro enganava os guarda-costas para se misturar às "massas" que o adoravam. O Presidente americano desejava ser tão corajoso, ou ao menos ser percebido assim! Ambos os homens haviam sido criados cristãos e educados por jesuítas e podem ter sido influenciados desde a infância com o ideal jesuíta de estar acima não da lei de Deus, mas da do homem, e se Deus não existir, quem dá a mínima para a lei do homem?

O belo rosto do Presidente ficou feio. O Presidente xingou Castro de uma forma chocante para a Atriz Loira: será que ela, uma cidadã comum, apesar de eleitora leal dos democratas, deveria ser testemunha de tais observações? Ou será que em parte era justamente para que ela ouvisse? A cena pulsava de energia sexual. A Atriz Loira havia gradualmente parado de acariciar o Presidente ao se dar conta de que ele estava distraído, sequer pensando nela. *Está pensando em Castro. Seu rival.* Com desalento, notou os pratos sujos, as manchas de batom ameixa em um travesseiro. Começou a organizar bruscamente as coisas. *Marilyn era a June Allyson das beldades.* Ela recolheu a bandeja, sem querer examinar de perto a taça de vinho. Levou a garrafa de uísque para a mesinha de cabeceira e antes de notar o que estava fazendo, apesar da cabeça estar zunindo da combinação de Dom Pérignon e suas medicações, ela tomou um gole do uísque. Como descia ardendo! Ela odiou o sabor. Tossiu, cuspiu. Tomou um segundo gole.

Passavam das três da tarde...! O Presidente deixaria o encontro deles em breve. Quão em breve, a Atriz Loira não sabia. Ainda assim, a conversa continuava. A Atriz Loira pescou pelo que entreouvia que os russos e os cubanos estavam conspirando juntos.

— Retaliação pela Baía dos Porcos, é? É o que vamos ver!

A Atriz Loira começou a tremer internamente, pois o Presidente estava falando de... mísseis nucleares? Mísseis soviéticos? Em Cuba? Ela quis tapar os ouvidos. Não queria bisbilhotar; não queria arriscar a raiva do Presidente; conseguia ver que o Presidente era tão esquentado quanto o Ex-Atleta e de um tipo masculino parecido. Raiva o excitava sexualmente, e então raiva era prazer para ele. Ele notou que ela encarava o pênis em pêndulo como uma cabeça furiosa, e disse:

— Baby. Vamos lá. — O Presidente agarrou seu cabelo. Ele a puxou na direção dele para beijá-la de forma brusca, mesmo ainda segurando o receptor do telefone com prática entre o pescoço e o ombro. Do interior plástico do receptor, uma vozinha masculina zumbia. O Presidente sussurrou: — Não seja tímida. — Como em uma cena de filme ensaiada às pressas, a Atriz Loira o beijou e acariciou e alisou seu cabelo, sabendo o que se esperava que ela fizesse, o que o roteiro demandava dela, mas resistindo. — *Baby...?*

Com gentileza de início, mas com a segurança de um homem acostumado a conseguir o que queria, o Presidente pegou a Atriz Loira pela nuca, guiando-a para a virilha. *Eu não vou. Não sou uma puta chamada pelo telefone. Eu sou...* — Na verdade, ela era Norma Jeane, confusa e assustada. Não conseguia se lembrar de como havia chegado àquele lugar, quem a havia levado. Havia sido Marilyn? Mas por que Marilyn fazia coisas assim? O que Marilyn queria? Ou era uma cena de filme? Um filme erótico? Ela havia recusado todas as ofertas, mas era possível que fosse 1948 de novo e estivesse desempregada, largada pelo Estúdio. Ela fechou os olhos, tentando visualizar o próprio quarto de hotel em que se encontrava, um quarto de luxo, ela estava interpretando o papel de uma atriz loira famosa encontrando o belo rapaz líder do mundo livre, o Presidente dos Estados Unidos da América, para um *rendez-vous* romântico. A Garota do Apartamento de Cima em um inócuo filme erótico, só uma vez, por que não? Ela se atrapalhou e tomou um gole de uísque da garrafa outra vez, e o Presidente cedeu, lhe permitindo um drinque. O líquido ardente queimou, mas reconfortou.

Qualquer cena (desde que seja cena e não a vida) pode ser interpretada. Pode ser interpretada bem ou mal. E não vai durar mais do que alguns minutos.

Nenhuma discussão! Esses amantes nunca discutiam.

Lá estava Atriz Loira, emaranhada nua nos membros nus de um homem. Podia respirar agora. Havia conseguido superar uma poderosa onda de náusea. Estivera morrendo de medo de vomitar, tivera ânsia de vômito e não havia sensação pior do que aquela: ânsia de vômito na cama, de todos os lugares! *Nos braços daquele homem.* Ela se desculpou por engasgar e tossir, mas não parecia conseguir parar. Engolir o sêmen de um homem é uma honra que se concede a ele, mas será que havia algo mais nojento?; sim, mas se você ama o macho, o homem, não deveria fazer isso? Amar seu pau, seu sêmen? Sua mandíbula doía e a nuca onde ele a havia segurado, com tanta força no final, com pinotes de quadril que ela se apavorou com medo de que ele quebrasse seu pescoço. *Safada. Sua vadia safada. Ah, Baby. Você é fan-tás-ti-ca.* Em filmes eróticos, as cenas são montadas de qualquer jeito, ninguém se importa muito com continuidade ou lógica narrativa, mas na vida de fato uma cena sexual pode mudar de modo com bastante naturalidade, e agora que a conversa telefônica com a Casa Branca havia terminado, que o receptor estava de volta no gancho, que o Presidente poderia falar com a Atriz Loira, havia certa expectativa da parte dela de que ele de fato fosse falar com ela, mas ele não falou, simplesmente ficou deitado ofegante, um braço descansando sobre a testa suada, e ela se ouviu dizer, em desespero por uma fala, qualquer fala, já que estava sem roteiro:

— C-Castro? Ele é um ditador? Mas, *Pronto*, será que o povo cubano deveria ser punido? Este embargo? Ah, meu Deus, isso não vai fazer com que nos odeiem mais? E então...

Aquelas palavras alarmantes, murmuradas na ruptura sísmica da cama *king size*, perderam-se entre os lençóis e os travesseiros revirados; o Presidente não deu sinal de reconhecê-las mais do que teria reconhecido o ruído no encanamento antigo em uma parte da suíte, uma descarga. Desde seu clímax agitado, o Presidente não havia tocado na Atriz Loira; o pênis estava caído flácido e gasto no meio dos pelos da virilha, como uma lesma envelhecida; seu rosto havia assumido o tom de maturidade pesarosa; ele não era mais um garoto americano, mas um patriarca aristocrático; mas, já que ele continuaria nu, ela continuaria sendo a Garota.

Ela tentou falar de novo, possivelmente se desculpar por oferecer sua opinião desinformada, ou talvez em um gesto coquete de Garota, ela quis reiterá-la, e se deparou consigo, na escadaria, caindo de súbito. Ou talvez ele estivesse pressionando a traqueia. Uma palma da mão salgada sobre sua boca e um cotovelo contra o pescoço. Estava fraca demais para protestar. Perdeu a consciência e foi despertada um tempo depois (ela imaginou talvez uns vinte minutos, uma parte dos fluidos grudentos na roupa de cama havia coagulado) com outro homem, um estranho, montando-a com vigor; um homem às pressas, como um jóquei sobre a potranca; um homem de camisa branca cheirando a goma; um homem nu da cintura para baixo, o pênis investindo cegamente nela, e dentro dela, no talho entre suas pernas, no vazio dolorido entre as pernas, e ela o empurrou sem força, tentando dizer *"Não! Não, por favor! Não é justo"*. Ela amava o Presidente e nenhum outro homem, isso era um uso injusto de seu amor. Um homem dando estocadas nelas, que nem conseguia acordar e (seria o Presidente já arrumado agora?) metendo nela com o ar teimoso e inexplicável de um homem chutando areia dura.

Então um tempo se passou, e alguém estava tentando reanimá-la. Chacoalhando-a. Sua cabeça despencava sobre os ombros. Olhos injetados de sangue voltados para dentro no crânio. Na distância próxima, a voz de seu amante fria com fúria: "Pelo amor de Deus, tirem essa mulher daqui".

Mais tempo se passou. Um reloginho de cabeceira ornamentado badalava 16h30. Vozes escutadas acima:

— Srta. Monroe. Por aqui. Madame, precisa de ajuda?

Não, ela não precisava! Que diabo, ela estava bem. Trôpega nos pés descalços, e vestida de qualquer jeito, mas estava bem, um pouco tonta, mas afastou mãos indesejadas de si. No banheiro dourado e marmorizado. Com o espelho fuzilando luz que feria seus olhos. Lá estava a Amiga Mágica, pálida e exausta, uma crosta de vômito ao redor dos lábios. Ela se inclinou para passar água no rosto e começou a desmaiar, mas a água fria lhe trouxe de volta à vida, e ela conseguiu fazer xixi no vaso, um xixi escaldante e ardente, ela soluçou de dor tão alto que veio uma batida rápida à porta.

— Madame?

E às pressas ela respondeu que não, não, ela estava bem, não entre, não, por favor.

A fechadura havia sido removida da porta, e por quê?

Na bancada, estavam a bolsa e a malinha para o pernoite. Com mãos trêmulas, ela tirou as roupas manchadas nas quais havia se digladiado para entrar, pensando que eles a largariam direto na rua e colocou um vestido de seda, em um vistoso púrpura real, no tom do que a Atriz Morena da Carolina do Norte havia usado com tanto estilo. Ela não se daria ao trabalho de colocar meia-calça. Deveria ter deixado a cinta-liga no quarto. Desde que estivesse usando os sapatos italianos caros de dedos de fora, que fosse tudo para inferno. Meteu maquiagem, esfregou o batom fúcsia brilhante na boca inchada, revirou tudo atrás de seu chapéu *clochê* e o colocou para esconder o cabelo opaco. Uma garota burra como Sugar Kane merece apanhar. Conforme ela deixava a suíte por uma entrada lateral, com Dick Tracy à esquerda e Pernalonga à direita, ambos a segurando pelo braço, ela conseguiu espiar por entre uma porta parcialmente aberta, o Presidente! — Seu amante! — Ela tivera motivos para acreditar que ele já havia deixado a suíte. Ele estava usando um terno risca de giz belamente cortado, uma camisa branca e uma gravada xadrez prateada; seu rosto estava recém-barbeado e o cabelo, úmido do banho; ele falava e ria com a moça ruiva no que parecia ser culote; não é assim que se chamam calça de equitação? Culote. O Presidente e a ruiva falavam com um idêntico sotaque de Boston, as mandíbulas travadas, o coração dela batia com força. Ah, ela não estava com ciúmes! A garota poderia ser parente dele, uma amiga da família. Ela chamou delicadamente:

— Ah, com licença? — Querendo entrar no quarto para se despedir do Presidente e ser apresentada à moça ruiva, mas Dick Tracy e Pernalonga a puxaram com tamanha violência que ela teve medo de que arrancassem seus braços.

O Presidente a encarava. Seu rosto com um rubor de raiva da cor de bife mal-passado. Ele marchou até lá e bateu a porta na cara dela.

Ela tentou se defender de seus captores. Um deles a sacudiu, e o outro lhe deu um tapa, e sua boca começou a sangrar.

— Ah! Meu vestido novo.

Foi Dick Tracy com sua careta de queixo reto:

— Calma, madame. Isso é a graxa vermelha da sua boca.

Ela começou a chorar. O sangue escorria por entre os dedos. Um deles pressionou nela, com nojo, um pedaço de papel higiênico. Eles a levavam depressa por um corredor. Ela estava chorando, ameaçando que contaria como a haviam tratado, ela contaria ao Presidente, o Presidente os demitiria, e lá veio Jiggs de rosto macilento com olhos agora fixos nela, não mais vazios e sem pupilas, alertando-a, em uma voz cruel:

— Ninguém ameaça o Presidente dos Estados Unidos da América, senhora. Isso é traição.

Ela despertaria quando o avião aterrissasse no Aeroporto Internacional de Los Angeles. Seu primeiro pensamento foi: *Ao menos eles não atiraram em mim. Ao menos.*

Histórias de Whitey

No espelho, Whitey chorava!
Ela gaguejou:
— Whitey, o que... O que foi?
Cheio de culpa, sabendo que deveria ser de pena dela. Seu maquiador chorava de pena dela.
Estava tarde. Uma manhã de abril, a não ser que fosse maio. Na terceira semana de filmagem. Não: deveria ser mais tarde, uma semana ou duas depois. De início, ela havia acreditado que era seu dia de folga, e então se deu conta do erro quando o intrépido Whitey chegou às 7h30 e ficou de prontidão, como evidentemente estava planejado. Nico, o massagista, havia partido não fazia muito. Uma coincidência, ou talvez não uma coincidência já que ambos eram de gêmeos; Nico o massagista tinha insônia também. Nico à noite, Whitey no alvorecer. Ela nunca imploraria a eles "Não conte meus segredos, ah, por favor?" Eles a viam pelada, não nua.
Agora Whitey estava chorando, ah, por quê?
Ah, a culpa era dela — era? Ela sabia.
Estava tarde! Sempre estava tarde. Ela sabia sem ter que espreitar o relógio que estava tarde. Apesar das cortinas fechadas, rigorosamente rente às janelas, toda a luz do céu banida. Ela gritaria de agonia se, tendo enfim pegado no mais próximo que poderia do sono, tivesse que aguentar o menor fio de luz solar entrando no quarto, perfurando as pálpebras como agulhas e a trazendo de volta ao despertar das batidas fortes do coração. Nico se atrapalhava no escuro, de boa natureza, talvez um pouco desajeitado às vezes; Whitey, cuja chegada significava o fim da noite, era obrigado a acender uma lâmpada de baixa voltagem na luminária na mesinha de cabeceira e receber permissão de sua senhora para fazê-lo. Em manhãs extremas, Whitey levava seu kit para a cama e começava as preliminares com gentileza (adstringente de limpeza profunda, óleos e hidratante) enquanto ela ficava deitada, olhos fechados, flutuando em uma sombra de sonhos. Mas essa não havia sido uma das manhãs ruins, havia?

No entanto, Whitey chorava. Embora com estoicidade, como um homem chorará; tentando não soluçar ou fazer caretas, apenas lágrimas escorrendo pelas bochechas e denunciando seu pesar.
— Whitey? O que f-foi?
— Srta. Monroe, por favor. Eu não estou chorando.
— Ah, Whitey, isso é... mentira. Você está chorando, sim.
— Não, srta. Monroe, eu *não* estou.
Whitey, tão teimoso. Whitey, o intrépido maquiador. Quanto tempo antes naquela manhã ele havia começado seu procedimento, ela não conseguia se lembrar claramente, sabendo apenas que deveria ter sido no mínimo duas horas, pois ela havia consumido seis xícaras de café preto quente e doce com um analgésico e um pouco de gim (um hábito que adquiriu na Inglaterra durante a filmagem de outro filme mal-agourado), e o próprio Whitey havia consumido um quarto de garrafa de suco de toranja sem açúcar (bebeu no estilo Whitey, direto da garrafa, o pomo de Adão subindo e descendo). Whitey, que nunca diria a sua patroa: "Srta. Monroe, o que houve com a senhorita desde sua viagem para Nova York em abril, ah, o que houve?!". Whitey tão taciturno com os outros e consigo.

Os dedos hábeis de Whitey e cotonetes inundados com adstringente. Seus óleos suavizadores, seus modeladores de cílios e pinças e pequenos pincéis e lápis coloridos, suas pastas, seus ruges e pós fazendo sua arte, ou quase. Naquela manhã, ele vinha trabalhando por horas e conseguira trazer apenas parcialmente MARILYN MONROE ao espelho. Ah, manhãs de tanto mau agouro que ela não poderia deixar a casa, ela não ousava deixar a segurança de seu quarto até MARILYN MONROE estar presente. Ela não exigia uma MARILYN MONROE perfeita, mas uma MARILYN MONROE respeitável e reconhecível. Um indivíduo que não fosse ouvir de qualquer testemunha surpresa na rua, no Estúdio, ou no set: "Ah, meu Deus, aquela ali é Marilyn Monroe? Eu não tinha reconhecido!". A Atriz estava com uma febre de 38 graus, uma infecção viral. Sua cabeça parecia cheia de hélio. Tantos medicamentos poderosos, e a febre ainda continuava. Talvez ela estivesse com malária? Talvez tivesse contraído uma doença rara do Presidente? (Talvez estivesse grávida?) Um de seus médicos de Brentwood disse que ela deveria ser hospitalizada, o número de glóbulos brancos estava baixo, então ela parou de vê-lo. Ela preferia psiquiatras que nunca a examinavam, mas prescreviam comprimidos: a interpretação deles para seu problema era teórica, freudiana. O que quer dizer mítica, lendária. "Nenhuma pessoa bonita como você, srta. Monroe, tem motivo para ser infeliz. E talentosa, também. Eu acho que você sabe disso, sim?" Dois dias na semana anterior e três dias seguidos naquela semana, Whitey havia ligado para o Estúdio para informar a C, o diretor, que a srta. Monroe estava doente e não poderia ir trabalhar; em outros dias, ela chegava horas atrasada, tossindo, com olhos avermelhados e nariz escorrendo, ou, surpreendentemente, como a beldade luminosa MARILYN MONROE.

A mera visão de MARILYN MONROE chegando ao estúdio fazia a equipe de produção explodir em vivas e aplausos aliviados às vezes. Nos últimos tempos, silêncio sepulcral.

C, o celebrado picareta de Hollywood. C, que detestava e temia MARILYN MONROE. C, que havia aceitado o projeto com plena consciência do que poderia estar à frente, mas que precisava do trabalho, do dinheiro. Ela afirmaria com certa razão que C a punia ao mudar as cenas continuamente, arrancando trechos inteiros do roteiro banal e vulgar de *Something's Got to Give* e encomendando revisões de um dia para o outro. Cada vez que MARILYN MONROE estava pronta para uma cena, era recebida com diálogos novos. O nome de sua personagem havia sido alterado de Roxanne para Phyllis para Queenie para Roxanne. Ela dissera a C com uma risadinha estilo Marilyn (porque na época eles ainda estavam se falando):

— Ah, céus! Que diabo, sabe com o que isso se parece muito? A vida.

Naquela manhã, no espelho, MARILYN apareceu apenas para se retirar de imediato como uma provocação de criança. Ela emergiu e se retraiu. Pairou e fugiu. Em algum lugar nas profundezas vítreas do espelho ela residia e tinha que ser aliciada para sair. A amiga de Norma Jeane, a Amiga Mágica do Espelho, que um dia ela adorara, mas em quem agora sabia que não podia confiar. Tampouco o pobre Whitey podia. Whitey, que era muito mais paciente do que Norma Jeane e mais difícil de se intimidar. Pois de súbito, enquanto Whitey pintava os cílios, poderia aparecer, MARILYN manhosa, os olhos azuis cristalinos irradiando vida; ela piscava e ria dos dois; ainda que minutos depois, passado um acesso de tosse, os olhos de MARILYN houvessem desaparecido, e no seu lugar, ficasse Norma Jeane com desânimo e autodesprezo no olhar, dizendo:

— Ah, Whitey, vamos desistir.

Whitey ignorava observações assim, não eram dignas dela, nem dele.

Sempre, Norma Jeane segurava a voz para que não entregasse seu desespero. Era o mínimo que ela podia fazer por Whitey, que a adorava.

Pobre Whitey havia ganhado peso e perdido o viço e a cor da pele e o cabelo ao longo do tempo de serviço para MARILYN MONROE. Seu corpo andrógino estava grande e com formato suave de pera, e sua cabeça, uma bela cabeça com traços nobres, estava desproporcionalmente pequena, cravada sobre maciços ombros caídos. Seus olhos haviam começado a lembrar os de sua senhora, os olhos de uma criança envelhecida. Um dos membros da tribo dos ogros, ele era orgulhoso, teimoso e leal. Se às vezes tropeçava no chão bagunçado do quarto (cheio de roupas jogadas, toalhas, pratos de papel, potes de comida, livros e jornais, além de roteiros indesejados enviados por seu agente, como destroços em uma praia depois de uma tempestade), ela poderia ouvi-lo xingar baixinho, como uma pessoa normal faria, mas ele nunca a repreenderia e, acreditava ela, não a julgava. (Norma Jeane havia aos poucos se cansado de limpar a bagunça de Marilyn. Seus hábitos bagunçados eram tão claramente falhas de caráter, irremediáveis! O Estúdio havia conseguido uma diarista para cuidar da casa da srta. Monroe, e da srta. Monroe, o investimento, mas Norma Jeane pediu que a mulher não fosse mais do que uma vez por semana. "Pode ficar com o salário completo. Mas eu preciso de um tempo sozinha." Ela havia pegado a mulher mexendo nos closets e gavetas, lendo o diário dela, examinando a rosa prateada sobre o piano.) Whitey era seu amigo, mais querido que o noturno Nico. Ela estava deixando uma surpresa para Whitey em seu testamento: uma porcentagem dos royalties futuros dos filmes de Monroe, se houvesse royalties no futuro.

Ainda assim, Whitey piscava as lágrimas dos olhos. A imagem dele a chateava.

— Whitey, o que houve? Por favor, me diga.

— Srta. Monroe. Olhe para o teto, por favor.

O teimoso Whitey se inclinou sobre seu trabalho, testa franzida. Aplicando lápis castanho-escuro em suas pálpebras, com uma ponta traiçoeiramente afiada; pintando os cílios curvados com rímel. Seu hálito tinha um cheiro frutado e quente, como o de um bebê. Quando enfim terminou o trabalho doloroso, ele se aprumou e tirou os olhos do espelho.

— Srta. Monroe, desculpe minha fraqueza. É só que minha gata, Marigold, morreu noite passada.

— Ah, Whitey. Eu sinto muito. Marigold?

— Ela tinha dezessete anos, srta. Monroe. Velha para uma gata, eu sei, mas nunca pareceu velha! Ficou em meus braços até quase a hora em que morreu. Uma linda gata tricolor de pelo sedoso, uma gata de rua que veio à minha porta dos fundos de casa anos atrás, sem mãe, abandonada e morrendo de fome. Marigold dormia no meu peito na maioria das noites e era minha companheira sempre que eu estava em casa. Ela era tão doce e amorosa, srta. Monroe. Ronronava tão alto! Eu não sei como conseguirei viver sem ela.

O discurso longo de Whitey, que raramente dizia mais que poucas palavras e ainda assim em voz baixa, surpreendeu Norma Jeane. Na maquiagem de MARILYN e do cabelo loiro-platinado, ela se sentiu atingida por vergonha. Ela poderia ter apertado as mãos de Whitey, se, escondendo seu rosto lacrimoso, ele não tivesse se afastado. Ele gaguejou:

— Ela morreu de forma tão s-súbita, sabe? E agora se foi. Não consigo acreditar. E quase exatamente um ano depois da minha mãe.

Norma Jeane encarou o rosto de Whitey no espelho. Ela também estava surpresa ao reagir. Mãe? A mãe de Whitey? Ela não soubera que a mãe de Whitey havia morrido; não soube que Whitey tinha mãe. Norma Jeane era quem se orgulhava de conhecer e se preocupar com seus assistentes. Ela se lembrava dos aniversários, dava presentes e ouvia as histórias. As histórias que eram de pouco significado no mundo público eram muito mais significativas para ela do que suas próprias, que ganhavam proporção exagerada naquele mundo. Como responder ao luto de Whitey? Obviamente, a morte de Marigold era a mais clara em seus pensamentos; era com Marigold que ele dormia, e por Marigold que ele chorava; ainda assim, Norma Jeane tinha que falar da mãe dele, não tinha? Que estranho Whitey nunca ter mencionado a morte da mãe na época. Nenhuma palavra. Nem pista! Ele nunca sequer havia mencionado a mãe à Norma Jeane. Comiserar ambas as perdas agora seria trivializar a perda da mãe.

Porém, era a morte de Marigold que fazia Whitey chorar.

Enfim, Norma Jeane disse, de forma ambígua:

— Ah, Whitey. Eu sinto muito. — Teria que funcionar para as duas.

— Srta. Monroe — disse Whitey —, eu prometo que não vai se repetir.

Ele enxugou o rosto e voltou ao trabalho. Whitey convocaria uma MARILYN MONROE estonteante e com ar jovem, que chegaria ao estúdio do malfadado *Something's Got to Give* com diversas horas de atraso, mas chegaria! À medida que ele terminava seu procedimento, Norma Jeane pensou com inquietude: *Mas isso já era uma história. Uma história russa. Um motorista de carruagem começa a chorar, seu filho morreu e ninguém vai ouvir? Ah, por que não consigo me lembrar?!* Era assustador a ela que, desde que seu amante furioso havia batido a porta na sua cara, ela estava esquecendo tanto.

Outra história de Whitey. Um dia, ele estava fazendo um tratamento de pele em sua patroa no camarim no Estúdio. Uma máscara de argila com fedor nojento de lama e água de vala, mas ela gostava do cheiro, harmonizava com Norma Jeane. A sensação do secar e endurecer do creme de argila era pacífica para ela, hipnótica e consoladora. Ela estava deitada em um divã forrado de toalhas, seus olhos cobertos por algodões úmidos. Naquele dia, ela havia sido levado ao Estúdio grogue e sedada. Entregue à equipe de assistentes como uma inválida, uma MARILYN MONROE na verdade recém-saída do Hospital Cedros do Líbano (infecção urinária, pneumonia, exaustão, anemia?). E naquele dia no Estúdio, ela deveria fazer ensaios de fotos publicitárias exclusivamente, sem falar, sem atuar, sem motivo para ansiedade, e então havia deitado enquanto Whitey aplicava a máscara de argila e pegou rápido no sono como alguém privado de seus sentidos *a garota que vê demais e um corvo vem e arranca seus olhos a bicadas, uma garotinha que ouve demais e um peixe grande caminhando com as barbatanas vem e come suas orelhas*, e depois de um tempo, ela acordou e se sentou ereta, empolgada e confusa, e removeu os algodões dos olhos e se viu no espelho — o rosto enlameado, os olhos nus e chocados — e gritou, ao que Whitey veio correndo, a mão no coração, perguntando o que havia de errado, srta. Monroe, e srta. Monroe apenas disse, rindo:

— Ah, Céus, por um instante eu achei que tinha morrido, Whitey.

E então eles riram juntos, sabe-se lá por quê. No meio da bagunça de presentes no camarim de MARILYN MONROE que um dia havia sido o camarim de MARLENE DIETRICH, havia uma garrafa aberta de licor de chocolate com cereja, e cada um tomou vários goles e riram de novo, lágrimas nos olhos, pois uma mulher em uma máscara de argila é uma imagem cômica, boca e olhos intocados, mas delineados pela argila, e Norma Jeane disse na trêmula voz de MARILYN, o que significava que estava falando sério, sem brincar, sem flertar ou zombar, e não conte a ninguém, por favor.

— Whitey? Promete? Depois que eu... — hesitando em dizer *morrer*, ou até *me for*, por delicadeza com Whitey —, você poderia fazer a maquiagem de Marilyn? Uma última vez?

— Srta. Monroe — disse Whitey —, eu prometo.

"Parabéns, sr. Presidente"

Ela sonhara que estava grávida do Presidente, mas havia algo de errado com o bebê do Presidente, eles a acusariam de homicídio, as drogas que ela andava tomando, então o feto estava malformado no ventre, menor do que um cavalo-marinho flutuando naquela escuridão líquida, e de qualquer forma o Presidente, um católico fervoroso, com pânico de aborto e de contraceptivos desejava fortemente evitar um escândalo nacional, e então o feto malformado teria que ser removido cirurgicamente dela. *Ei, eu sei que é um sonho maluco*, ela acordaria a cada meia hora tremendo e transpirando e seu coração batucando, morrendo de medo de que um deles (Dick Tracy, Jiggs, Pernalonga, o Atirador de Elite) tivesse entrado furtivamente na casa para drogá-la com clorofórmio (como eles a haviam drogado com clorofórmio no hotel C e a entregaram em coma, dentro da capa de chuva de capuz preto para o seu voo de retorno a Los Angeles), então ela discou o número de Carlo, desesperada, apesar de saber que Carlo não atenderia, mas discar o número de Carlo em si já era um consolo, como oração, seu orgulho não permitiria que ela considerasse quantas outras mulheres, e homens, estavam discando o número de Carlo sob efeito de um terror noturno banal demais para ser nomeado, porém mais tarde naquele dia, quando ela estava acordada por completo e consciente e ciente de seus entornos, *Esta é a vida real! Não o palco*, o telefone tocou, e quando ela ergueu o receptor disse na receptiva voz ofegante da Garota:

— Oi? Alô? Quem fala? — (seu número não estava na lista telefônica, apenas pessoas queridas a ela ou cruciais a sua carreira tinham esse número), ouvindo o clique claque da linha que queria dizer que o telefone estava sendo grampeado, o equipamento de monitoração em uma van do outro lado da esquina, ou estacionada sem obstrução na entrada para carros de um vizinho, mas ela não tinha prova alguma, é claro, não queria exagerar, certa de que as drogas exacerbavam os nervos, as suspeitas, as diarreias, a tontura e o vômito com emoções e pensamentos paranoicos. *Mas aquilo que é imaginado poderia já ter acontecido.*

E mais tarde naquele dia, conforme o crepúsculo suavizava os contornos das coisas, um céu de apocalipse aquarelado, ela estava deitada em uma espreguiçadeira plástica na beira da piscina (em que ela nunca nadaria, nem uma única vez) e quando olhou para cima o viu, não o Presidente, mas o cunhado do Presidente que lembrava o Presidente, os homens tão parecidos quanto irmãos e não cunhados, e ele sorriu para ela dizendo:

— Marilyn. Aqui estamos nós de novo. — Aquele ex-ator genial e oleoso que (ela descobriria, para sua vergonha) era conhecido, carinhosamente em certos círculos e com desdém em outros, como o Cafetão do Presidente.

Ele é o demônio. Mas eu não acredito no demônio, acredito? Sentia-se vulnerável. Andara lendo *As três irmãs*, de Tchekhov, imaginando que poderia interpretar Masha; ela havia sido sondada por um diretor teatral bem-visto em Nova York para participar de uma curta temporada de seis semanas e seu coração otimista a impelia, *Por que não? Eu sei assoviar, como Masha!*, pois ela havia amadurecido para Masha, ela estava amadurecendo para a tragédia, embora seu coração pessimista-realista soubesse, *Você vai apenas fracassar de novo, não arrisque.* Os sucessos de MARILYN MONROE que constituíam sua carreira tinham o sabor de fracasso, um paladar de cinzas molhadas, mas lá estava de súbito um emissário do Presidente, "comendo-a com os olhos", MARILYN MONROE de biquíni preto lendo *Tchekhov: Obras selecionadas*, o que poderia ser mais engraçado, se ele ao menos tivesse uma câmera, Jesus! Ele conseguia imaginar o Presidente, seu amigo para beber e foder, rachando de rir por causa disso.

Pediu uma bebida a MARILYN, que foi buscar (pés descalços e a bunda chacoalhando no biquíni preto cavado e os peitos mais maravilhosos que ele já tinha visto em uma fêmea *Homo sapiens*), e quando ela voltou, ele jogou nela a surpresa: MARILYN MONROE estava sendo convidada para cantar "Parabéns para você" ao Presidente em uma saudação de gala para seu aniversário, no Madison Square Garden, naquele mês; era para ser um dos maiores eventos para arrecadação de fundos na história, e por uma causa malditamente boa, o Partido Democrata, o partido do povo, quinze mil convidados pagantes e mais de um milhão de dólares angariados para as eleições no próximo novembro, e apenas os artistas mais especiais, de maior talento, estavam sendo convidados a participar, apenas amigos importantes do Presidente, inclusive MARILYN MONROE. Ela ficou encarando o homem. Sem maquiagem, um visual comum, limpo e bonito, o cabelo em trancinhas, parecendo ser tão mais velha do que seus quase 36 anos, astuta e lamuriosa e dizendo com timidez:

— Ah, mas eu achava que ele não g-gostava de mim mais? O Presidente?

O cunhado do Presidente ficou confuso.

— Não gosta de *você*? Está de brincadeira, Marilyn? *Você?* — Quando ela não respondeu, mordiscando a unha irregular, ele protestou: — Querida, você deve saber que somos todos loucos por você. Por Marilyn.

Ela disse, em dúvida, como se pensasse que poderia ser uma pegadinha:
— Vocês... são mesmo?
— Com certeza. Até a Primeira-Dama, a Rainha do Gelo, como é chamada afetivamente. Ama seus filmes.
— *Ela* ama? Ah, meu Deus.
Ele riu, terminando sua bebida, *scotch and soda* preparado com a mesma ineptidão de uma criança, e no tipo errado de copo ainda, e com a borda lascada.
— "O que os olhos não veem..." É minha estratégia também.
Ela não poderia voar para Nova York no meio da gravação de um filme, disse. Ela estava perto de ser demitida do projeto. Ah, ela sentia muito, sabia que era uma honra, uma honra do tipo que só se tem uma vez na vida, mas não poderia arriscar ser demitida e, francamente, isso sairia caro demais para ela. Ela não era Elizabeth Taylor que ganhava um milhão de dólares por filme; ela tinha sorte de ganhar cem mil e via tão pouco disso depois de despesas e taxas dos agentes e Deus sabe o que mais sugava tudo, ah, ela quase sentia vergonha, mas não tinha muito dinheiro. Talvez pudesse explicar ao Presidente? Aquela casa que ela amava lhe custava muito, mais do que ela podia pagar. Bilhetes de avião, gastos com hotel, um vestido novo, ah, céus, ela teria de usar um vestido especial para a ocasião, não teria? Que custaria milhares de dólares, e se ela fosse a Nova York, violando o contrato com o Estúdio, eles não pagariam pelo vestido, é claro, já que não poderiam ressarcir seus gastos, ela estaria completamente por si só; não, ela não tinha dinheiro, era a maior honra do mundo, mas não: ela não tinha dinheiro.
De qualquer forma, eu sei que ele me odeia. Ele não me respeita. Por que eu deveria ser explorada por essa gangue?
O Cafetão do Presidente pegou a mão dela e a beijou.
— Marilyn. Até a próxima.

Custaria cinco mil dólares.
Ela não tinha cinco mil dólares, mas (haviam prometido a ela!), os organizadores do evento de aniversário ao Presidente iriam ressarcir seus gastos inclusive o vestido, então estava tirando medidas, risinhos empolgados de nervosismo como qualquer garota colegial provando o vestido para o baile de formatura. E que vestido de formatura! Um tecido muito muito fino da "cor da sua pele" como gaze magicamente coberto com centenas... milhares?... de pedrarias, então MARILYN MONROE iria brilhar... resplandecer... cintilar... parecer praticamente prestes a explodir com o redemoinho delirante de luzes do Madison Square Garden. Ela estaria nua sob o vestido, é claro. Absolutamente nada embaixo. Garantia MARILYN MONROE. Ela havia se depilado assiduamente, tornando-se lisa

como uma boneca. Ah, aquela velha boneca careca de pés caídos de sua infância! Exceto que nada em MARILYN MONROE estava caído, ainda não. Então a multidão espremida, aplaudindo, assistiria à maravilhosa boneca inflável de corda do Presidente, uma boneca sexy, loira-platinada que apareceria. Eles a observariam e imaginariam o que não podiam de fato ver e ao imaginar, eles veriam, *o vestido marcando a boceta! o vestido marcando a boceta! o vestido marcando o vazio entre as coxas voluptuosas pálidas e cor de creme da mulher!* Como se o vinco do vestido fosse a própria eucaristia, um mistério. Casualmente, o mestre de cerimônias do evento seria ninguém mais ninguém menos do que o belo cunhado do Presidente, ou, para os íntimos, o Cafetão do Presidente, suave e radiante de smoking, incentivando a multidão em uma euforia quase insustentável com vivas, brados, aplausos, assobios, pisoteio, em entusiasmo para ver MARILYN MONROE, a puta do Presidente.

De tão bêbada, Marilyn teve que ser buscada nos bastidores e praticamente levada nos braços pelo mestre de cerimônias de sorriso largo. Caminhou até o microfone. Tão apertada naquele vestido absurdo e mal conseguindo andar no salto agulha, em modestos passos de bebê. Tão apavorada, apesar de estar bêbada e cocainada até o último fio de cabelo, ela mal conseguia focar o olhar. Que espetáculo. Que visão. A plateia de quinze mil eleitores e membros do Partido Democrata influentes berraram, satisfeitos. A não ser que fosse desdém na forma de bom humor. *Mari-lyn! Mari-lyn!* Essa mulher incrível fechava o evento de aniversário com chave de ouro e valeu toda a espera. Até o Presidente, que havia pegado no sono durante algumas das saudações, inclusive alguns gospels profundos e tocantes cantados *a cappella* por um coro misto com negros do Alabama, se insuflou de energia com atenção renovada. No camarote presidencial sobre o palco, lá estava o belo Presidente jovial vestido em *black tie*, pés descansando na amurada, um imenso charuto (cubanos, os melhores) entre os dentes. E que dentes firmes e brancos como leite. Ele olhava para baixo, para MARILYN MONROE, esse espetáculo mamífero em um vestido "cor de pele" cintilante. Será que Marilyn tivera tempo de se perguntar se o Presidente voaria para Los Angeles para participar de uma celebração de seu aniversário em 1º de junho, quem sabe uma celebração íntima. Não, provavelmente não teve tempo de se perguntar, pois ela se deparou consigo mesma ali diante do microfone, tonta e com um sorriso oco, passando a língua sobre lábios de batom vermelho como se tentasse desesperadamente lembrar onde estava, o que era aquilo, olhos vidrados, cambaleando sobre o salto agulha, começando enfim a cantar depois de uma pausa constrangedora, na voz sussurrada, sensual, gutural e ofegante de MARILYN:

HAP py birth day to YOU
Happy birth dayyyy to YOU
H-Hap py bir th day mis ter
PRES i dent
Hap py BIRTH day TOYOU

De alguma forma, essas sílabas arfadas saíram, apesar da terrível secura de sua boca e o zumbido em seus ouvidos e os focos de luz ofuscantes girando enquanto ela estava em pé segurando o microfone, agarrada com desespero para não cair. E sem lhe dar assistência alguma, estava o mestre de cerimônias em seu smoking parado atrás dela, aplaudindo vigorosamente e sorrindo feito um lobo para o seu traseiro no vestido brilhante; alguns afirmariam que MARILYN lançou olhares apaixonados para o Presidente, um jovem príncipe mimado no camarote acima dela, sua canção de ninar sensual e íntima claramente para ele, e mais ninguém, exceto que o Presidente estava em um humor festivo, não sentimental, rodeado por amigos, inclusive seus irmãos rivais, e a Primeira-Dama notoriamente ausente. A Primeira-Dama detestava ocasiões de demagogia barulhenta como aquele evento vulgar para arrecadar fundos no Madison Square Garden, preferindo muito mais companhias de bons modos do que aquele bando de picaretas e gente da politicagem, aquelas figuras grosseiras! Quando o Presidente olhou para MARILYN MONROE arrulhando lá embaixo, sedutora, para ele, um de seus parceiros o cutucou: "Espero que ela trepe melhor do que canta, meu chapa", e seu chapa, o Presidente, espertinho murmurou com o charuto na boca: "Não, mas quando ela está trepando, você não precisa ouvir a cantoria", o que fez todo mundo no camarote cair na gargalhada. Na verdade MARILYN MONROE conseguiu atravessar não apenas um, mas dois refrões de "Happy Birthday", observada pela vasta plateia com atenção, a atenção que um equilibrista andando na corda-bamba tomado de súbito por uma vertigem receberia, uma plateia calada esperando pela queda, ainda que ela tenha cantado sem errar uma única nota (ao que parecia) ou gaguejado ou se perdido, e tenha puxado um coro do público de pé para um *finale* animado, desejando um feliz aniversário ao Presidente. *Marilyn estava fabulosa naquela noite, uma artista fantástica, ninguém além de Marilyn tem a coragem necessária para ficar na frente de quinze mil pessoas sabendo que não tem talento algum* e parecendo uma mulher afogada, apesar de linda daquele jeito branco defunto dela, um corpo flutuando logo abaixo da água, *tão doce que naquela noite nos apaixonamos por ela mais uma vez, Marilyn em seu vestido estranho e ofuscante que tinha sido costurado em seu corpo que nem uma salsicha, e nos surpreendeu, ela quase conseguia cantar naquela contrita voz fantasma*. E de súbito acabou. Ela estava estreitando os olhos para eles, esses estranhos que a adoravam. Aplaudiam e gritavam por ela. E o Presidente e seus companheiros aplaudiam com vigor também. Riam e aplaudiam. Ah, eles gostavam dela! Eles a respeitavam. Ela não havia mergulhado no terror e no mal-estar por nada. *Hoje é o dia mais feliz da minha vida*, ela tentava explicar *agora posso morrer feliz, estou tão feliz, ah, obrigada!*, tentava explicar para a multidão, mas o mestre de cerimônias rindo em seu smoking a apressava para sair, "Obrigado, obrigado, srta. Monroe". Um assistente veio do fundo para acompanhar a srta. Monroe para fora, a pobre mulher tonta se apoiando no braço de um estranho. *Dava para ver que ela estava doente, drenada, que dera tudo o que tinha e dava dó ver aquilo*, ela estava se apoiando no braço de um homem, poderia ter afundado no chão para dormir ali mesmo, mas ele disse *Srta. Monroe? A senhorita não quer se deitar aí, não* e de repente estava ela respirando com dificuldade se segurando no batente da porta, então se escorou na bancada do banheiro, estava sozinha, lutando contra ondas de náusea, em seu banheiro, na 12.305 Fifth Helena Drive, encarando o próprio rosto exausto no espelho, ela nunca havia saído de casa? Nunca havia voado para Nova York, para cantar parabéns ao Presidente? Sim, mas aquilo já fazia dias, ela havia sido demitida do Estúdio e estava sendo processada em um milhão de dólares (segundo a *Variety*), mas também tivera seu momento na História, havia o fabuloso vestido "cor de pele" decorado com imitações de diamante, pendurado em seu *closet*, um vestido tão lindo requer um cabide de tecido, não de arame, mas ela não tinha, ou estava em algum canto, não fazia ideia onde, ah, Céus, ela ficou chocada quando notou que muitas das pedras haviam caído, o vestido tinha sido tão caro e eles nunca "reembolsariam" seus gastos. Ah, ela sabia!

Entrega especial: 3 de agosto de 1962

Lá vinha a Morte se arremessando na direção dela, ainda que ela não conseguisse saber como ou quando.
 Naquela noite, depois da notícia da morte de Cass Chaplin.
 Colocando o telefone no gancho, entorpecida, depois de saber, ela ficou sentada por muito tempo, imóvel, com um gosto salobro e frio no fundo da boca. *Cass se foi! Nós nunca nos despedimos.* Ele tinha 36 anos, a idade dela. Gêmeo dela. Obituários não seriam gentis com Charlie Chaplin Jr., filho de Carlitos.
 — A culpa foi minha? Faz tanto tempo.
 Sentir culpa seria um luxo agora. Poder me sentir viva!
 Foi Eddy G. quem ligou. Eddy G. bêbado e agressivo, na mesma hora ela reconheceu.
 O primeiro instinto dela foi perguntar como ele tinha conseguido esse número, esse telefone não está na lista, lembrando-se então do Presidente a corrigindo *Não existem números de telefone que não estejam em alguma lista.* Em um silêncio paralisado, ela ouviu, sabendo que Eddy G. só ligaria para ela para contar da morte de Cass Chaplin, assim como Cass só ligaria para ela para contar da morte de Eddy G.
 Então Cass foi o primeiro de nós! Da Constelação de Gêmeos.
 Ela sempre havia pensado, secretamente, que Cass era o pai de Bebê.
 Porque ela o amara mais do que conseguira amar Eddy G.
 Porque ele havia entrado em sua vida antes de Marilyn. Quando ela era "Miss *Golden Dreams*" e tinha o mundo todo pela frente.
 A culpa é minha? Todos nós queríamos Bebê morto.
 Cass havia morrido, dizia Eddy G., cedo naquela manhã. O legista estimava entre três e cinco horas. Em um lugar em Topanga Drive, onde estava ficando e onde Eddy G. o visitava às vezes.
 Foi uma morte de *alcoólatra*, não uma morte de *drogado*, Eddy G. contou.
 Norma Jeane engoliu em seco. Ah, ela não queria saber disso!

Eddy G. continuou, a voz trêmula; você conseguia ver o ator acessando suas emoções enterradas, sua fúria, começando com calma, uma calma enganosa, então mais intensamente, a mandíbula contraída, a voz engrossando.

— Ele estava de barriga para cima na cama, apagado, frio. Ele tinha bebido, principalmente vodca, e alguma coisa molenga, podia ser rolinho primavera e yakisoba, e ele começou a vomitar, fraco demais para se virar de lado e sem ninguém com ele, então engasgou com o próprio vômito e sufocou. Uma morte clássica de alcoólatra, não é? Eu encontrei Cass quando fui visitá-lo hoje de manhã, perto do meio-dia.

Norma Jeane estava ouvindo. Ela não tinha certeza do que tinha ouvido.

Inclinada para a frente agora, o punho fechado, pressionado contra a boca.

Com urgência de garoto, Eddy G. dizia (como se esse fosse o motivo real para ter ligado, não para ferir Norma, não para perturbá-la):

— Cass deixou uma lembrança para você, Norma. A maioria das coisas ele deixou para mim... Entende, eu era um bom amigo para ele, nunca o decepcionei, então ele deixou a maioria das coisas para mim... Mas essa lembrança. "Isso é para Norma um dia", dizia. Significava muito para ele. "Norma sempre teve meu coração", dizia.

Norma Jeane sussurrou:

— Não.

— Não o quê?

— Eu n-não quero, Eddy.

— Como você sabe que não quer, Norma? Se você nem sabe o que é?

Ela não tinha resposta.

— Certo, *baby*. Vou mandar para você. Mandarei por mensageiro.

Lá vinha a Morte se arremessando na direção dela, e enfim na luz enfraquecida do que havia sido (ela imaginava, pois não havia saído, tampouco aberto quase nenhuma veneziana) um dia de calor sufocante, lá estava a Morte tocando a campainha, e o pavor da espera tinha acabado, ou acabaria em breve. A Morte mostrando seus grandes dentes brancos em um sorriso, limpando a testa suada na manga, um garoto hispânico alto e magrelo com uma camiseta da Cal Tech.

— Madame? Entrega para a senhora.

Sua bicicleta era feia, sem adornos e costurava pelo trânsito engarrafado, e ela sorriu pensando nele, um estranho, portando a Morte a ela, sem saber o que trazia. Ele era empregado do Serviço de Entregas de Hollywood e sorria esperando uma gorjeta generosa naquele endereço em Brentwood, e ela não queria desapontá-lo. Tomando de suas mãos o pacote marrom leve, embrulhado em papel brilhante com estampa brilhante de doces de Natal e um laço de cetim de loja de um e noventa e nove.

OCUPANTE — "MM"
12.305 FIFTH HELENA DRIVE
BRENTWOOD, CALIFÓRNIA
ESTADOS UNIDOS
"TERRA"

Ela se ouviu rindo. Assinou: "MM".
O entregador não disse "Este é o seu nome, madame? Que nome estanho...".
Não reconheceu "MM" evidentemente.
Em suas roupas lavadas, mas não passadas, pés descalços com as unhas dos pés com esmalte cor-de-rosa descascando, cabelo opaco e despenteado, escuro nas raízes, escondido com um turbante de toalha. Em seus óculos muito escuros, grandes demais e cujas lentes sacavam as cores do mundo como o negativo de uma foto. Ela disse:
— Pode esperar? Só um m-minuto.
Ela saiu atrás da bolsa, e onde estava sua carteira, que não na bolsa, ah, onde é que tinha enfiado? ela esperava que não tivesse sido roubada como a carteira anterior, que tanto poderia ter sido levada dela, colocada no lugar errado, perdida, estragada, e ela carregando o embrulho para presente como se não fosse nada fora do normal, só uma entrega que estava esperando cujo conteúdo ela conhecia, mordendo o lábio, começando a transpirar e procurando a maldita carteira no meio de uma confusão de itens na sala de estar sombria, uma lâmpada de cabeceira ainda no embrulho de papel-celofane no sofá, tapeçarias mexicanas compradas no começo do verão e ainda a pendurar nas paredes, vasos de cerâmica em tons terrosos, ah, onde estava sua carteira?, com a sua carteira de motorista do Estado da Califórnia, seus cartões de crédito, o que restava de seu dinheiro?, e no quarto, com seu odor medicinal forte combinado com perfume, pó derrubado, o miolo de uma maçã apodrecendo que devia ter rolado para baixo da cama na outra noite, enfim na cozinha ela encontrou o que estava procurando, atrapalhando-se com a caríssima carteira de couro de vitelo, um presente de um amigo esquecido, para encontrar enfim uma nota e correr para a porta da frente com a nota, mas...
— Ah. Desculpe.
O entregador hispânico havia sumido com sua bicicleta desajeitada.
Na palma de sua mão, uma nota de vinte dólares.

Era o pequeno tigre listrado.
A pelúcia. A que Eddy G. havia roubado para Bebê.
— Ah, meu Deus.

Fazia tanto tempo! Ela havia desembrulhado o papel de presente com dedos trêmulos e de início havia pensado — ah, isso era uma loucura, mas ela achou que o tigrinho poderia ser o que lhe haviam roubado no Lar, Fleece disse que havia roubado por ciúmes, mas talvez (talvez!) Fleece estivesse mentindo; então ela havia pensado que possivelmente era o tigre que ela havia costurado para Irina com aviamentos, e Harriet nunca havia agradecido; apesar de saber é claro que tinha que ser o tigre que Eddy G. pegou da vitrine. Ela se lembrava daquela loja vividamente: BRINQUEDOS DO HENRI. BRINQUEDOS FEITOS À MÃO — MINHA ESPECIALIDADE. Eddy G. a havia assustado quebrando a vitrine e roubando o tigrinho listrado porque Norma Jeane havia expressado desejo pelo brinquedo, para si e para Bebê.

Ela encarou o bichinho, o coração batendo com tanta força que fazia seu corpo tremer. Por que Cass iria querer que ela ficasse com aquilo? Por mais que tivesse uma década, parecia novo. Nunca havia sido abraçado nem sujado por criança alguma. Cass devia tê-lo enfiado em alguma gaveta, sua lembrança de Norma e de Bebê, mas nunca o esquecera.

— Mas você queria que Bebê estivesse morto também. Você sabe que queria.

Ela examinou o cartão que Eddy G. incluíra com o brinquedo. A não ser que fosse algo que Cass datilografara antecipando a própria morte.

PARA MM EM SUA VIDA, SEU PAI EM LÁGRIMAS

"Partimos todos para o Mundo de Luz"

A espineta fantasma. Ela podia agir rápido quando necessário. Quando o tempo estava acabando. Dois ou três telefonemas, & a espineta Steinway branca foi entregue para o Lar de Lakewood, a ser colocada na área de visitas em nome de GLADYS MORTENSEN. Gladys ficou confusa quando a honra foi explicada a ela, mas naquela nova fase de sua vida (ela tinha 62 anos, não havia tentado escapar do Lar nem causado perturbações entre os companheiros pacientes nem a equipe, nenhuma tentativa grave de se matar em anos, havia se tornado uma paciente modelo/estabilizada), ela estava disposta a ser alegrada, ou parecer se alegrar, como uma criança pode responder com sorrisos às expectativas de adultos; negou-se a sentar ao piano como pedido, mas tocou as teclas com timidez, tocou alguns acordes da forma cuidadosa e reverente que sua filha fazia. Norma Jeane dizendo ao Diretor & equipe em admiração: "É um instrumento precioso que tentei manter perfeitamente afinado, o tom não é lindo?", & eles lhe garantiam que era lindo & muito apreciado. Aquela era uma cena não ensaiada em todos os seus detalhes, mas ela se saiu bem. Supreendentemente bem. O Diretor expressou gratidão & mais da equipe do que ela se lembrava & diversos dos amigos de Gladys entre os pacientes sorrindo & lúcidos & encarando a visitante loira que agora eles chamavam abertamente de srta. Monroe & parecia a ela igualmente bobo & sem sentido insistir no seu nome real. No salão de visitantes, entre peças pesadas de mobília, o gracioso piano pequeno brilhava fantasmagórico como um piano da memória. Ela estava dizendo: "Música é importante para almas sensíveis, almas solitárias, ah, música significou tanto para mim", essas falas banais & reconfortantes & o Diretor tomou suas mãos calorosamente pela segunda ou terceira vez, era claro que não queria que sua celebridade convidada fosse embora, ainda não.

Mas tinha outro compromisso, explicou ela, despedindo-se da mãe & beijando-a & apesar de Gladys não responder com um beijo ou abraço de volta, ela de fato sorriu, permitindo-se ser beijada & abraçada pela filha, como se rendida — *É assim que uma mãe se comporta, eu reconheço isso* —, era provável que fosse a medicação, mas esses calmantes poderosos eram mais misericordiosos & humanos do que uma lobotomia ou tratamento de choque & acima de tudo, preferíveis à emoções cruas sem mediação. Norma Jeane prometeu ligar em breve & da próxima vez visitaria por mais tempo & foi embora andando rápido, recolocando os óculos escuros, para que não vissem seus olhos, mas uma das enfermeiras mais jovens ousou caminhar com ela até o estacionamento, uma loira sorridente nervosa como uma jovem June Haver, tímida demais para falar com Marilyn Monroe, mas dizendo que havia feito aulas de piano por cinco anos & daria aulas aos pacientes. "Um piano branco, céus! Eu achei que só existiam nos filmes", & Norma Jeane disse: "É um presente de família, ele um dia foi de Fredric March", & a jovem enfermeira franziu o rosto & perguntou: "De quem?".

A lareira. Então ele a havia odiado & ela aceitaria seu ódio, como ela um dia aceitara seu amor, se banhara em seu amor & o traiu, & ela via a justiça daquilo, possivelmente era risível, uma piada, se seus detratores soubessem, dariam risada. *Cass Chaplin estava escrevendo cartas esquisitas para Monroe fingindo ser o pai de Monroe & ela acreditou nele; isso durou anos.* Aquelas cartas tão preciosas para ela & guardadas em um cofre pequeno à prova de fogo, inundações, terremotos & as destruições do Tempo & sem se permitir espiá-las mais uma vez, aquelas cartas datilografadas & assinadas "Seu Pai em lágrimas", ela as queimou na lareira de pedras da casa na 12.305 Fifth Helena Drive. *A primeira e última vez que Monroe daria utilidade para a lareira.*

O parquinho. Na verdade, havia diversos parquinhos em Brentwood, perto o suficiente para ir a pé, em West Hollywood & na cidade, pois ela estivera ciente de ser notada, ser observada & identificada, já que em Manhattan ela havia sido identificada no Washington Square Park anos antes observando as crianças brincando & rindo & perguntando seus nomes & estava tudo bem naqueles meses antes de Galapagos Cove & a queda no porão; mas agora, após a terra sair do eixo, agora ela era sábia & cautelosa & raramente voltava a um parquinho com menos do que dez dias ou duas semanas de distância. Ela começou a reconhecer as crianças, mas não os observava abertamente. Ela levaria um livro ou revista ou seu diário. Ela se sentaria perto dos balanços, encarando a frente do escorregador & o trepa-trepa & as gangorras. Ela aceitaria que alguém poderia estar a observá-la (não uma mãe, ou babá) de uma distância pequena, treinando sua mira nela & secretamente fotografando ou filmando a cena. O Atirador de Elite em sua van ou um detetive particular (contratado pelo Ex-Atleta, ainda apaixonado por ela & amargamente enciumado?) & ela não poderia se proteger, exceto se escondendo para sempre naquela casa, coisa que ela se recusava a fazer. Pois nos parquinhos, as crianças a atraíam. Ela amava ouvir seus gritos empolgados & risos & seus nomes pronunciados pelas mães repetidas vezes, assim como o ditado diz que nós pronunciamos os nomes daqueles que amamos apenas para ouvir os nomes, os sons; se alguém falasse com ela de forma espontânea, uma criança corresse na sua direção, uma bola passasse rolando perto, ela levantava o olhar & sorria & ainda assim, não desejaria fazer contato visual com adulto algum, em seu disfarce de medo. *Esta mulher parecida com Marilyn Monroe, eu juro, só que mais velha & mais magra & solitária aqui no parque!* No entanto, nas circunstâncias certas, se uma criança corresse perto & a mãe/babá estivesse a uma distância segura, ela poderia dizer "*Oi! Qual é o seu nome?*", & deixar acontecer, se a criança parasse para dizer o nome a ela, pois algumas crianças são amistosas & sociáveis & outras amedrontadas como ratinhos. Ela não daria o tigrinho de pelúcia a uma criança qualquer. Ela não abordaria uma mãe ou babá ou governanta & diria: "Com licença isso foi de uma garotinha que cresceu demais, você gostaria de ficar com ele? Está limpinho! impecável! Costurado à mão!". Ela não diria sequer em um delírio febril: "Com licença, isso pertenceu a uma garotinha que morreu, você gostaria de ficar com ele? Ah, por favor, fique com isso". Ela era orgulhosa demais & temia ser rejeitada. Ela não suportaria ser rejeitada. Então a estratégia era dirigir a um parquinho em Los Angeles onde as crianças fossem caucasianas, negras, hispânicas & lá ela deixou o tigrinho listrado em uma mesinha para piqueniques perto das caixas de areia, onde crianças menores brincavam & ela flutuou para longe sem olhar para trás & voltou para casa em Brentwood de carro, sentindo um alívio imenso, conseguia respirar livremente & fundo & sorria pensando em uma garotinha se deparando com o brinquedo... "Mamãe, olhe!", & a mãe diria: "Mas de quem é isso, tem que ser de alguém", & a garotinha diria: "Eu achei ele, Mamãe, é meu", & a mãe perguntaria por ali: "É seu? É de algum de vocês?", & assim a cena terminaria de ocorrer, como acontece com cenas, em nossa ausência.

O viajante no tempo. Era um momento de disciplina. Era um momento que ela não poderia repetir & portanto sagrado em suas particularidades. Estava escrevendo no diário, um poema & um conto de fadas. O caderninho de colegial havia se desgastado fazia muito tempo, o pequeno diário vermelho que uma mulher que a amara lhe deu, cada página coberta na caligrafia de Norma Jeane & folhas soltas de papel agora enfiadas dentro. Em uma folha, ela transcreveu com cuidado, copiando a tinta desbotada de uma página anterior *Então, viajei, parando em alguns momentos & retomando em passadas imensas de mil ou mais anos, em atração pelo mistério do destino do planeta Terra, assistindo com estranho fascínio ao sol ficando maior & mais opaco no céu ocidental & a vida na boa & velha Terra se esvaindo. Enfim, mais de trinta milhões de anos depois, a imensa cúpula vermelha* quente do sol havia conseguido obscurecer quase um décimo da obscuridade celestial... *Um frio amargo me tomou.* Ainda assim, ela estava viva.

Clorofórmio. Era um sonho & portanto irreal. Ela sabia. Nenhuma evidência do contrário. Ela não estava alucinando. Hidrato de cloral era o sedativo seguro. Ela não estava naquele estado mental. Ela escondera o telefone como se esconderia a tentação. Trancado dentro de uma gaveta de uma cômoda. E se tocasse, como o grito de um bebê. Para não ser tentada a responder, pois não havia ninguém com quem quisesse falar, exceto com ele, que nunca ligava para ela. E ela tinha orgulho demais para ligar para um certo número que havia jurado nunca mais ligar. Se em meados de julho era óbvio que ela havia parado de menstruar, devia ser por algum outro motivo & ela era obrigada a saber aquele motivo. Ela examinou os seios: eram/não eram os seios de uma mulher recém-grávida. Ela associava seios assim com o cheiro do oceano Atlântico. Galapagos Cove vívido nela, remota como um filme que tinha visto anos atrás em um estado de alerta mais acentuado, de agitação. Ela perguntou a um dos médicos & ele disse: "Teremos de fazer um exame pélvico, srta. Monroe & um teste de gravidez", é claro & ele havia soado muito sério, & rápido ela disse: "Ah, mas eu não tenho tempo hoje". Nunca mais voltou. (Tinha pavor desses médicos & analistas! *Um dia vão me trair. A própria paciente. Eles vão contar ao mundo os segredos de Monroe & os que não souberem vão inventar.*)

Ela entendia o que era a menopausa & se perguntava em fascinação clínica Já começou? Tão cedo? Confundindo a própria idade (36) com a da mãe (62). Num piscar de olhos, juraria que um número era o dobro do outro, mas não. Ainda assim, ambas haviam nascido sob o signo de gêmeos, havia uma conexão fatal. E naquela noite, veio alguém, deveria ser mais de um indivíduo, ainda assim, ela sabia de apenas um, entrando na casa pela porta dos fundos, & ela deitada na cama nua por baixo de um único lençol incapaz de mover os músculos rígidos & paralisados com um terror animal, um tecido embebido de clorofórmio pressionado sobre sua boca & nariz, & ela não conseguia se debater ou se soltar para fugir & não tinha ar para gritar, & seria carregada da casa para um veículo à espera & levada para uma sala de operação longe, onde um cirurgião removeria o bebê do Presidente (sob o pretexto de má formação & de que não poderia sobreviver), & quando acordou quinze horas depois, exausta & com o útero sangrando, sangue escuro grosso salobro encharcando o lençol & colchão onde ela dormia nua, & o ventre pulsando com cólicas, o primeiro pensamento foi: *Ah, meu Jesus, que sonho horrível,* & seu segundo pensamento foi: *E tinha mesmo de ser um sonho, ninguém acreditaria em mim de qualquer forma.*

* * *

Maiô branco, 1941.
— Esta pobre garota doce & burra. Claro, todo mundo a conhecia. Ela estava com um maiô novo, branco e glamouroso, uma peça só com faixas atravessadas na frente & costas abertas & a garota tinha essa silhueta incrível, de matar, & cabelo cacheado até as costas, mas o maiô era feito de um material barato, & quando ela entrou na água (isso na praia de Will Rogers), ficou quase transparente, dava para ver os pelos pubianos & os mamilos, & ela não pareceu notar, correndo & dando gritinhos na beira d'água, & Bucky ficou muitíssimo vermelho & sem jeito & deve ter dito alguma coisa para ela enfim, porque ele a acalmou & colocou uma toalha ao redor da cintura & fez a garota usar uma de suas camisas, tão grande nela que parecia quase uma tenda sob o vento. Ela ficou envergonhada na hora & não disse qualquer palavra mais naquele dia. Nós nunca rimos dela em sua cara, mas nós ríamos muito, era uma piada e tanto entre nós; quando Bucky & sua garota Norma Jeane não estavam por perto, nós ríamos que nem hienas.

O poema.
Rio da noite

& o olho, abro-te.

Schwab's. Ela andava sem Nembutal fazia meses. Estivera tomando doses moderadas de hidrato de cloral prescritas por dois médicos & tinha um monte em casa, cinquenta comprimidos, ao menos. Ela tinha uma prescrição nova de um médico novo, para Nembutal, que levou à farmácia Schwab's para comprar naquela noite & esperou o farmacêutico pegar o remédio, setenta e cinco comprimidos, porque ela estaria fora do país, viajando por semanas & enquanto esperava, ela se movia inquieta pela farmácia bem-iluminada, evitando só o canto com revistas & capas tétricas de *Screen World, Hollywood Tatler, Movie Romance, Photoplay, Cue, Swank, Sir!, Peek, Parade et cetera*, em cujas páginas MARILYN MONROE vivia a vida de quadrinhos & a jovem caixa se lembraria *Claro que todos conhecíamos a srta. Monroe. Ela vinha aqui tarde da noite. Ela me disse: Schwab's é meu lugar favorito do mundo todo, eu comecei em uma Schwab's, sabe como, e eu perguntei: como?, e ela disse, Um homem qualquer olhando a minha bunda, o que mais seria?, e ria. Ela não era como as outras estrelas grandes que nunca davam as caras, que mandavam empregados. Vinha ela mesma e estava sempre sozinha. Sem maquiagem, mal dava para reconhecer. Ela era a pessoa mais sozinha que eu já vi na vida. Naquela* noite, foi perto das 22h30. *Pagou em dinheiro, contando notas e troco da carteira. Ela se confundiu contando e teve que recomeçar. Ela sempre sorria para mim e tinha algo amigável para dizer como se fôssemos amigas, e aquela noite não foi diferente.*

O massagista. À meia-noite, veio Nico, que ela tinha quase esquecido, & ela o encontrou na porta & se desculpou por não ligar, mas ela não precisaria dele naquela noite & insistiu para pagar, um punhado de notas que ele contaria depois & descobriria para sua surpresa quase cem dólares além de seu preço normal & quando ele perguntou se deveria voltar na noite seguinte, ela disse que possivelmente não, não por um tempo, & quando Nico perguntou por quê, ela disse rindo: "Ah, Nico, você deixou meu corpo perfeito".

O elixir. Desses pós & líquidos misteriosos, ela faria um elixir delicioso para ela como Dom Pérignon & tão intoxicante quanto.

O conto de fadas.

A PRINCESA EM CHAMAS

 E o Príncipe Sombrio tomou a mão da Plebeia Esfarrapada
 & lhe ordenou "Venha comigo!".

 A Plebeia Esfarrapada não era capaz de nada além de obedecer, ela estava
 deslumbrada pela beleza de um sol vermelho
 brilhando pelas águas do mundo.

 "Confie em mim!", disse o Príncipe Sombrio,
 & então ela confiou.

 "Obedeça-me!", disse o Príncipe Sombrio,
 & então ela obedeceu.

 "Adore-me", disse o Príncipe Sombrio,
 & então ela o adorou.
 "Venha comigo", disse o Príncipe Sombrio,
 & então eu fui.
 Ansiosa, apesar de meu medo de altura, eu subi a
 notória escada de 1.001 degraus
 & cada degrau com chamas nas beiradas.

"Fique parada aqui ao meu lado!", disse o Príncipe Sombrio
& então eu parei ao seu lado
apesar de assustada &
desejando estar em casa.

Na plataforma alta, oscilando com o vento
muito acima da multidão gritando
o Príncipe Sombrio ergueu a varinha de condão
do Empresário.

Eu disse: "Mas quem é você?", & ele disse:
"Eu sou seu amado".
Eu fora banhada em águas perfumadas
& as impurezas de meu corpo lavadas de mim,
cada rachadura de meu corpo cuidadosamente limpa.
O cabelo feio em meu crânio havia sido descolorido
de toda a cor & tornado fino como seda
& os pelos de meu corpo haviam sido arrancados
& meu corpo foi coberto em um óleo cheiroso para me dar poder
de aguentar a dor que os outros não aguentariam.

Era um óleo mágico, o Empresário prometeu.
Besuntado no corpo, misturando-se com os próprios óleos do corpo
para produzir uma película de invulnerabilidade como uma concha
& apesar de fina como a membrana translúcida de um ovo
queimaria & não causaria dor.

Disse o Empresário: "Eis aqui seu Elixir",
& estendeu o cálice na minha mão, que tremeu
& muito acima da multidão aplaudindo, hesitei
& o Príncipe Sombrio comandou: "Beba!".

Eu estremeci de medo.
Tentei falar, o vento levou minhas palavras.

"Aqui. Na beira da plataforma", disse o Empresário.
"Beba o Elixir, eu ordeno."

"Quero voltar", falei.
O vento levou minhas palavras.

"Beba, e você será a Princesa Cintilante!
Beba, e você será imortal."

Eu bebi o Elixir.
Era amargo & me fez engasgar.
"Beba tudo", disse o Empresário.
"Até a última gota."

& então eu bebi todo o Elixir,
até a última gota.

"Agora você saltará para a frente", disse o Empresário.
"Agora você é a Princesa Cintilante
& imortal."

O Empresário deixou a multidão em frenesi.
Muito abaixo, havia um tanque de água para que eu mergulhasse.
Muito abaixo, uma banda tocava música circense.
A multidão estava ficando impaciente.

O Empresário acendeu uma tocha.
O Empresário instigou a multidão ao frenesi.
"Você não sentirá dor alguma", disse o Empresário.

Eu fui hipnotizada pelas chamas...
eu não conseguia tirar os olhos delas.

O Empresário trouxe a tocha até minha cabeça
& de imediato meu cabelo estava pegando fogo
& meu corpo nu pegava fogo.
Ergui os braços, a cabeça flamejante
espirais de chamas.

A multidão estava em silêncio
uma besta imensa me encarando.

Tanta dor senti, era mais do que eu conseguia sentir.
Tanta dor!
Meu cabelo em chamas, minha barriga em chamas, meus olhos em chamas, eu deixaria meu corpo em chamas para trás.

"Mergulhe!", comandou o Empresário. "Obedeça!"

Eu mergulhei da plataforma para o tanque de água lá embaixo.
Eu era uma joia ardente, um cometa rumo à Terra.
Eu era a Princesa em chamas, imortal.
Mergulhei escuridão adentro, noite adentro.
A última coisa que ouvi foram os gritos ensandecidos da multidão.

Eu corri pela praia de pés descalços & o vento batendo no cabelo.
Era Venice Beach, era manhã cedo, eu estava sozinha &
a Princesa em chamas estava morta.

& eu estava viva.

O Atirador de Elite. Em roupas escuras & seu rosto mascarado, o Atirador de Elite entrou em uma casa escondida, estilo mexicano, na 12.305 Fifth Helena Drive, pelos fundos. Ele tinha uma chave fornecida pelo informante R.F. O Atirador de Elite agia sob ordens & aquelas ordens tinham a ver com fatos físicos, evidência. Ele não era de interpretar. Nem suas próprias ações ele interpretaria. Ele era desapaixonado & impiedoso. Andando furtivamente pela casa escurecida como um pássaro carniceiro rondando. Em um espelho, ele não veria reflexo. O facho de sua lanterna estreita não era maior que o de um lápis, mas poderoso & inabalável. A vontade do Atirador de Elite era poderosa & inabalável. *Mal é uma palavra para o alvo. Mal é o que queremos dizer quando falamos do alvo.* Ele não tinha como saber que foi enviado naquela missão para proteger o Presidente da vagabunda loira do Presidente que o havia ameaçado & consequentemente ameaçado a "segurança nacional" ou que ele executaria ações naquela noite, que, quando reveladas ao público, manchariam o Presidente por ser associado à vagabunda loira. Pois a Presidência & e a Agência não eram aliados irrevogáveis; a Presidência era um poder efêmero, a Agência, um poder permanente. O Atirador de Elite sabia do longo envolvimento dessa loira com organizações subversivas na América & no exterior & do casamento com um subversivo judeu & suas ligações sexuais com o Sukarno comunista da Indonésia (um encontro no hotel Beverly Hills em abril de 1956) & sua defesa pública de ditadores comunistas como Castro; ele sabia, o que o teria enraivecido se fosse um homem de paixão & não calculista, que aquela própria fêmea havia assinado petições inflamatórias desafiando o poder do próprio Estado ao qual ele havia jurado a vida. Ainda assim, ele não especularia. Ele reuniria evidência em uma valise & entregaria para que seus superiores examinassem & destruíssem. Ele próprio não destruiria evidência alguma. Páginas de diário incriminadoras, documentos & material para potenciais (ou reais) chantagens dos quais o Atirador de Elite não saberia qualquer coisa. O primeiro daqueles itens era uma rosa folheada de prata, empoeirada, em um vaso na sala de estar; isso ele colocaria na valise. A seguir, um diário ou caderno em que numerosas folhas de papel haviam sido inseridas, em uma pequena mesa de jantar bagunçada com livros, roteiros, jornais, copos sujos & taças & pratos. Ele folheou rápido as páginas do caderno, sabendo que eram evidências & que tinham que ser confiscadas. Palavras organizadas como "poesia" em uma singela caligrafia de colegial.

Havia um pássaro no ar tão alto ao léu
Ele não mais poderia dizer: "Aqui é o céu".

Se um cego pode VER
O que de MIM dizer?

Para meu Bebê

Em você,
o mundo volta a nascer.

Antes de você...
havia o nada.

Bebê! Isso pareceu perigoso para alguém.

Os japoneses têm um nome para mim.
Monchan é como me chamam.
"Garotinha preciosa" é como me chamam.
Minha alma voou para fora de mim.

Japas! Isso não o surpreendia.

Socorro, socorro!
Socorro, eu sinto a Vida se aproximar!

Ele sorriu. Passou a mão dentro do casaco, para acariciar sua pena de pescoço de águia-real de quinze centímetros carregada em um bolso interno perto do coração. A seguir, ele se deparou com uma lista de palavras, era claramente palavras codificadas, naquela mesma singela caligrafia de colegial para enganar. *Ofuscar obdurado plangente assurgente exorbitante palingênese/metempsicose.* Esses materiais o Atirador de Elite colocou com cuidado na valise para que os especialistas decodificassem, analisassem & destruíssem no momento apropriado. Pois tudo que entrava na Agência como evidência seria destruído nas imensas máquinas trituradoras ou consumido pelo incinerador. (Será que isso se aplicava aos próprios agentes, um dia a serem apagado dos arquivos da Agência? Não era uma pergunta de um patriota.)

Tudo o que permaneceria seria reduzido a uma pasta & aquela pasta, enigmática em sua brevidade & linguagem, era indecifrável até pela maioria dos agentes. O Atirador de Elite então se encaminhou para o quarto escurecido nos fundos da casa. Ali, o próprio alvo estava deitado, parecendo dormir. Julgando-a pela respiração rouca & irregular, o Atirador de Elite conseguia confiar que ela estava profundamente inconsciente. Seu informante, R.F., havia lhe garantido, a atriz loira dormia um sonho dopado todas as noites & não despertaria cedo. O Atirador de Elite — apesar de ser um profissional experiente em agosto 1962, não mais um garoto tosco dirigindo a picape do pai por seus terrenos, rifle de calibre .22 engatilhado para atirar — ainda sentiu uma pontada de empolgação na presença da presa. E essa presa, a notória Atriz Loira. Pois sempre as presas como essa fêmea estão "inconscientes": alheias & ignorantes. *O alvo nunca é pessoal. Assim como o mau nunca é pessoal.* A puta do Presidente era uma drogada alcoólatra & uma morte assim não seria inesperada em Hollywood & arredores. Em sua mesinha de cabeceira, um punhado de vidrinhos de remédios, frascos, um copo parcialmente cheio de um líquido turvo. No quarto, um pequeno ar-condicionado de janela zunia & vibrava, mas ainda era incapaz de purificar o forte cheiro rançoso de mulher & pó derrubado & perfume, toalhas & roupas de cama sujas & um odor medicinal pungente que fez seus olhos lacrimejarem; ele sentiu gratidão pela máscara de fibras fechada sobre boca & nariz, protegendo-o do ar estragado.

O alvo não ofereceria resistência. As palavras de R.F. confirmadas.

A mulher estava deitada nua sob um único lençol branco, como se já estivesse na mesa do médico legista. O lençol úmido grudando ao corpo febril, definindo sua barriga, seu quadril, seus seios, de uma forma tanto excitante quanto repugnante. Sob o lençol, as pernas se abriam com luxúria, um joelho ligeiramente erguido. Imagine um joelho erguido assim em *rigor mortis*! Um de seus seios, o esquerdo, estava quase nu. O Atirador de Elite teria desejado cobri-lo. O cabelo loiro-platinado opaco como o de uma boneca & a palidez fantasmagórica quase invisível no travesseiro. Sua pele era muito pálida e fantasmagórica. Na vida, o Atirador de Elite tinha visto aquela fêmea muitas vezes & sempre era tocado pela brancura & a suavidade nada natural daquela pele. E o que o mundo chamava em covarde servidão de *Beleza*. Da mesma maneira que os grandes pássaros no céu, as águias-reais & açores & outros, eram belos em voo & ainda assim poderiam ser reduzidos a mera carne, carcaças agourentas quando pousadas em postes. *Agora você vê o que é. Agora você vê o poder do Atirador de Elite.* Como se a mulher pudesse ouvir seus pensamentos, as pálpebras tremularam, mas o Atirador de Elite não teve medo; em tal estado, um sujeito poderia abrir os olhos & mesmo assim não ver, pois estava atormentado pelos sonhos & distante de seus arredores. A boca estava solta como um corte sem jeito no meio do rosto & os músculos nas bochechas contraídos como se ela estivesse tentando falar. Na verdade, ela gemeu baixinho. Estremeceu. Ficou deitada com o braço esquerdo atirado sobre a cabeça, emoldurando-a. A axila exposta & pelos loiro-escuros finos e enrolados reluziram sob o fio de luz da lanterna, repugnantes a ele. Da pasta, ele sacou uma seringa. Havia sido preparada por um médico a serviço da Agência, preenchida com Nembutal líquido. Apesar do Atirador de Elite usar luvas, eram luvas de látex finas como as de qualquer cirurgião. O Atirador de Elite deu a volta na cama, determinando de que ângulo atacar. Ele deveria atacar rápido & com precisão, como instruído. O ideal seria montar no alvo. Mas não arriscaria acordá-la. Enfim, ele se inclinou sobre a mulher inconsciente pela esquerda, & quando ela inspirou fundo e pesadamente & e as costelas levantaram-se, ele enfiou a agulha de quinze centímetros até o fim, até o coração do alvo.

Hacienda. No cinema escurecido! Era seu momento mais feliz. Reconhecendo o Grauman's de anos antes, quando ela era garotinha. Naquelas tardes em que ela não ficava solitária quando Mãe estava no trabalho porque ia assistir a sessões duplas de filmes & decorava tudo para poder contar a Mãe, & Mãe era cativada por seus relatos ofegantes do Príncipe Sombrio & da Princesa Cintilante & às vezes pediria mais detalhes. No Grauman's, ela não deveria se sentar perto de homens. Homens solitários. E então, naquela tarde, em uma fileira perto de duas mulheres mais velhas com sacolas de compras, ela sabia que estaria segura & tão feliz! Embora o filme terminasse com a Princesa Cintilante morrendo, seu cabelo dourado esparramado em um travesseiro, & o Príncipe Sombrio sobre ela, & quando as luzes se acenderam, as mulheres enxugavam os olhos, & ela mesma enxugou os seus & assoou o nariz na mão, embora o belo rosto morto da Princesa Cintilante já estivesse desbotando, uma imagem na tela tão insubstancial quanto as asas de um beija-flor batendo.

 Rápido ela deixou o cinema, antes que qualquer um pudesse falar com ela como às vezes faziam, & estava escurecendo, & as lâmpadas na rua se acendiam, & estava surpreendentemente ventoso & úmido, e suas roupas eram leves, as pernas nuas & expostas, mangas curtas de algodão revelando seus braços como se ela houvesse se vestido, ou sido vestida, para outra estação. Seguiu pelo Boulevard, sempre perto da calçada como Mãe instruía. Havia poucos veículos na rua; um bonde barulhento passava ali perto, mas não parecia ter ninguém dentro. Ela não poderia se perder, sabia o caminho. Ainda assim, no edifício de Mãe, viu que era o HACIENDA & não o outro; & soube que havia se confundido no Tempo. Aquela não era a rua Mesa, mas a avenida Highland; ainda assim, era rua Mesa, pois lá estava o prédio de estuque estilo espanhol, com os toldos verdes que Gladys chamava de monstruosidades & saídas de incêndio corroídas que Gladys um dia disse de brincadeira que despencariam com o peso de qualquer um em caso de incêndio. O HACIENDA com a fachada brilhosa iluminada a ponto de cegar como um cenário de filme & ao redor da entrada havia escuridão & de súbito ela teve medo.

 Concentre-se Norma Jeane   não se distraia   o holofote é seu   você se enclausura neste holofote   você o leva aonde quer que vá   Norma Jeane estava nas escadas & Gladys viera cumprimentá-la, Gladys estava sorridente & parecia feliz. Seus lábios & e suas bochechas estavam avermelhados & ela cheirava a algo floral. Gladys também estava mais jovem. O que aconteceria ainda não havia acontecido. Gladys & Norma Jeane davam risadinhas feito garotinhas atrevidas. Tão empolgadas! Tão felizes! Havia uma surpresa para Norma Jeane no apartamento. Seu coração batia como um beija-flor preso na mão e desesperado para fugir. Lá, pôsteres de filmes nas paredes da cozinha, Charlie Chaplin em *Luzes da cidade* olhando para ela. Lindos olhos negros expressivos encarando Norma Jeane. Mas a surpresa de Gladys estava no quarto, Gladys puxou a mão de Norma Jeane & a levantou para olhar o belo homem sorridente na foto emoldurada que pareceu naquele instante estar sorrindo para ela.

— Norma Jeane, está vendo? Este homem é seu pai.

Este livro foi impresso pela Lis Gráfica, em 2021, para a HaperCollins Brasil.
A fonte do miolo é Minion Pro. O papel do miolo é pólen soft 70g/m²,
e o da capa é cartão 250g/m².